Effi Briest

THEODOR FONTANE

Effi Briest

Roman

Mit einem Nachwort,
einer Zeittafel zu Fontane,
Anmerkungen und
bibliographischen Hinweisen
von Dirk Mende

Weltbild

Vollständige Ausgabe von *Effi Briest* nach dem Wortlaut der Erstausgabe (Berlin 1896)

Besuchen Sie uns im Internet:
www.weltbild.de

Genehmigte Lizenzausgabe für Verlagsgruppe Weltbild GmbH,
Steinerne Furt, 86167 Augsburg

Umschlaggestaltung: Studio Höpfner-Thoma, Gräfelfing
Umschlagmotiv: William John Hennessey,
Bridgeman Art Library, London
Gesamtherstellung: Imago Publishing, Shen Zhen
Printed in China

ISBN 978-3-8289-8916-0

2011 2010 2009 2008
Die letzte Jahreszahl gibt die aktuelle Lizenzausgabe an.

Inhalt

Erstes Kapitel

In Front des schon seit Kurfürst Georg Wilhelm von der Familie von Briest bewohnten Herrenhauses zu Hohen-Cremmen fiel heller Sonnenschein auf die mittagsstille Dorfstraße, während nach der Park- und Gartenseite hin ein rechtwinklig angebauter Seitenflügel einen breiten Schatten erst auf einen weiß und grün quadrierten Fliesengang und dann über diesen hinaus auf ein großes, in seiner Mitte mit einer Sonnenuhr und an seinem Rande mit Canna indica und Rhabarberstauden besetztes Rondell warf. Einige zwanzig Schritte weiter, in Richtung und Lage genau dem Seitenflügel entsprechend, lief eine ganz in kleinblättrigem Efeu stehende, nur an einer Stelle von einer kleinen weißgestrichenen Eisentür unterbrochene Kirchhofsmauer, hinter der der Hohen-Cremmener Schindelturm mit seinem blitzenden, weil neuerdings erst wieder vergoldeten Wetterhahn aufragte. Fronthaus, Seitenflügel und Kirchhofsmauer bildeten ein einen kleinen Ziergarten umschließendes Hufeisen, an dessen offener Seite man eines Teiches mit Wassersteg und angeketteltem Boot und dicht daneben einer Schaukel gewahr wurde, deren horizontal gelegtes Brett zu Häupten und Füßen an je zwei Stricken hing – die Pfosten der Balkenlage schon etwas schief stehend. Zwischen Teich und Rondell aber und die Schaukel halb versteckend standen ein paar mächtige alte Platanen.

Auch die Front des Herrenhauses – eine mit Aloe–

kübeln und ein paar Gartenstühlen besetzte Rampe – gewährte bei bewölktem Himmel einen angenehmen und zugleich allerlei Zerstreuung bietenden Aufenthalt; an Tagen aber, wo die Sonne niederbrannte, wurde die Gartenseite ganz entschieden bevorzugt, besonders von Frau und Tochter des Hauses, die denn auch heute wieder auf dem im vollen Schatten liegenden Fliesengange saßen, in ihrem Rücken ein paar offene, von wildem Wein umrankte Fenster, neben sich eine vorspringende kleine Treppe, deren vier Steinstufen vom Garten aus in das Hochparterre des Seitenflügels hinaufführten. Beide, Mutter und Tochter, waren fleißig bei der Arbeit, die der Herstellung eines aus Einzelquadraten zusammenzusetzenden Altarteppichs galt; ungezählte Wollsträhnen und Seidendocken lagen auf einem großen runden Tisch bunt durcheinander, dazwischen, noch vom Lunch her, ein paar Dessertteller und eine mit großen, schönen Stachelbeeren gefüllte Majolikaschale. Rasch und sicher ging die Wollnadel der Damen hin und her, aber während die Mutter kein Auge von der Arbeit ließ, legte die Tochter, die den Rufnamen Effi führte, von Zeit zu Zeit die Nadel nieder und erhob sich, um unter allerlei kunstgerechten Beugungen und Streckungen den ganzen Kursus der Heil- und Zimmergymnastik durchzumachen. Es war ersichtlich, daß sie sich diesen absichtlich ein wenig ins Komische gezogenen Übungen mit ganz besonderer Liebe hingab, und wenn sie dann so dastand und, langsam die Arme hebend, die Handflächen hoch über dem Kopf zusammenlegte, so sah auch wohl die Mama von ihrer Handarbeit auf, aber immer nur flüchtig und verstohlen, weil sie nicht zeigen wollte, wie entzückend sie ihr eigenes Kind finde, zu welcher Regung mütterlichen Stolzes sie voll berechtigt war. Effi trug ein blau und weiß gestreiftes, halb kittelartiges Leinwandkleid, dem erst ein fest zusammengezogener bronzefarbener Ledergürtel die Taille gab; der Hals war frei, und über Schulter und Nacken fiel ein breiter Matrosenkragen. In allem, was sie tat, paarte sich Übermut und Grazie, während ihre lachenden braunen Augen eine große, natürliche Klugheit und viel Lebenslust und Herzensgüte verrieten. Man nannte sie die »Kleine«, was sie sich nur gefallen lassen mußte, weil die schöne, schlanke Mama noch um eine Handbreit höher war.

Eben hatte sich Effi wieder erhoben, um abwechselnd nach links und rechts ihre turnerischen Drehungen zu machen, als die von ihrer Stickerei gerade wieder aufblickende Mama ihr zurief: »Effi, eigentlich hättest du doch wohl Kunstreiterin werden müssen. Immer am Trapez, immer Tochter der Luft. Ich glaube beinah, daß du so was möchtest.«

»Vielleicht, Mama. Aber wenn es so wäre, wer wäre schuld? Von wem hab ich es? Doch nur von dir. Oder meinst du von Papa? Da mußt du nun selber lachen. Und dann, warum steckst du mich in diesen Hänger, in diesen Jungenskittel? Mitunter denk ich, ich komme noch wieder in kurze Kleider. Und wenn ich *die* erst wieder habe, dann knicks ich auch wieder wie ein Backfisch, und wenn dann die Rathenower herüberkommen, setze ich mich auf Oberst Goetzes Schoß und reite hopp, hopp. Warum auch nicht? Drei Viertel ist er Onkel und nur ein Viertel Courmacher. Du bist schuld. Warum kriege ich keine Staatskleider? Warum machst du keine Dame aus mir?«

»Möchtest du's?«

»Nein.« Und dabei lief sie auf die Mama zu und umarmte sie stürmisch und küßte sie.

»Nicht so wild, Effi, nicht so leidenschaftlich. Ich beunruhige mich immer, wenn ich dich so sehe...« Und die Mama schien ernstlich willens, in Äußerung ihrer Sorgen und Ängste fortzufahren. Aber sie kam nicht weit damit, weil in ebendiesem Augenblicke drei junge Mädchen aus der kleinen, in der Kirchhofsmauer angebrachten Eisentür in den Garten eintraten und einen Kiesweg entlang auf das Rondell und die Sonnenuhr zuschritten. Alle drei grüßten mit ihren Sonnenschirmen zu Effi herüber und eilten dann auf Frau von Briest zu, um dieser die Hand zu küssen. Diese tat rasch ein paar Fragen und lud dann die Mädchen ein, ihnen oder doch wenigstens Effi auf eine halbe Stunde Gesellschaft zu leisten. »Ich habe ohnehin noch zu tun, und junges Volk ist am liebsten unter sich. Gehabt euch wohl.« Und dabei stieg sie die vom Garten in den Seitenflügel führende Steintreppe hinauf.

Und da war nun die Jugend wirklich allein.

Zwei der jungen Mädchen – kleine, rundliche Persönchen, zu deren krausem, rotblondem Haar ihre Sommersprossen und ihre gute Laune ganz vorzüglich paßten – waren Töchter des auf Hansa, Skandinavien und Fritz Reuter eingeschworenen Kantors Jahnke, der denn auch, unter Anlehnung an seinen mecklenburgischen Landsmann und Lieblingsdichter und nach dem Vorbilde von Mining und Lining, seinen eigenen Zwillingen die Namen Bertha und Hertha gegeben hatte. Die dritte junge Dame war Hulda Niemeyer, Pastor Niemeyers einziges Kind; sie war damenhafter als die beiden anderen, dafür aber langweilig und eingebildet, eine lymphatische Blondine, mit etwas vorspringenden, blöden Augen, die trotzdem beständig nach was zu suchen schienen, weshalb denn auch Klitzing von den Husaren gesagt hatte: »Sieht sie nicht aus, als erwarte sie jeden Augenblick den Engel Gabriel?« Effi fand, daß der etwas kritische Klitzing nur zu sehr recht habe, vermied es aber trotzdem, einen Unterschied zwischen den drei Freundinnen zu machen. Am wenigsten war ihr in diesem Augenblicke danach zu Sinn, und während sie die Arme auf den Tisch stemmte, sagte sie: »Diese langweilige Stickerei. Gott sei Dank, daß ihr da seid.«

»Aber deine Mama haben wir vertrieben«, sagte Hulda.

»Nicht doch. Wie sie euch schon sagte, sie wäre doch gegangen; sie erwartet nämlich Besuch, einen alten Freund aus ihren Mädchentagen her, von dem ich euch nachher erzählen muß, eine Liebesgeschichte mit Held und Heldin und zuletzt mit Entsagung. Ihr werdet Augen machen und euch wundern. Übrigens habe ich Mamas alten Freund schon drüben in Schwantikow gesehen; er ist Landrat, gute Figur und sehr männlich.«

»Das ist die Hauptsache«, sagte Hertha.

»Freilich ist das die Hauptsache, ›Weiber weiblich, Männer männlich‹ das ist, wie ihr wißt, einer von Papas Lieblingssätzen. Und nun helft mir erst Ordnung schaffen auf dem Tisch hier, sonst gibt es wieder eine Strafpredigt.«

Im Nu waren die Docken in den Korb gepackt, und als alle wieder saßen, sagte Hulda: »Nun aber, Effi, nun ist es Zeit, nun die Liebesgeschichte mit Entsagung. Oder ist es nicht so schlimm?«

»Eine Geschichte mit Entsagung ist nie schlimm. Aber ehe Hertha nicht von den Stachelbeeren genommen, eh kann ich nicht anfangen – sie läßt ja kein Auge davon. Übrigens nimm, soviel du willst, wir können ja hinterher neue pflücken; nur wirf die Schalen weit weg oder, noch besser, lege sie hier auf die Zeitungsbeilage, wir machen dann eine Tüte daraus und schaffen alles beiseite. Mama kann es nicht leiden, wenn die Schlusen so überall umherliegen, und sagt immer, man könne dabei ausgleiten und ein Bein brechen.«

»Glaub ich nicht« sagte Hertha, während sie den Stachelbeeren fleißig zusprach.

»Ich auch nicht«, bestätigte Effi. »Denkt doch mal nach, ich falle jeden Tag wenigstens zwei-, dreimal, und noch ist mir nichts gebrochen. Was ein richtiges Bein ist, das bricht nicht so leicht, meines gewiß nicht und deines auch nicht, Hertha. Was meinst du, Hulda?«

»Man soll sein Schicksal nicht versuchen; Hochmut kommt vor dem Fall.«

»Immer Gouvernante; du bist doch die geborne alte Jungfer.«

»Und hoffe mich doch noch zu verheiraten. Und vielleicht eher als du.«

»Meinetwegen. Denkst du, daß ich darauf warte? Das fehlte noch. Übrigens, ich kriege schon einen, und vielleicht bald. Da ist mir nicht bange. Neulich erst hat mir der kleine Ventivegni von drüben gesagt: ›Fräulein Effi, was gilt die Wette, wir sind hier noch in diesem Jahre zu Polterabend und Hochzeit.‹«

»Und was sagtest du da?«

»›Wohl möglich‹, sagt ich, ›wohl möglich; Hulda ist die älteste und kann sich jeden Tag verheiraten.‹ Aber er wollte davon nichts wissen und sagte: ›Nein, bei einer anderen jungen Dame, die geradeso brünett ist, wie Fräulein Hulda blond ist.‹ Und dabei sah er mich ganz ernsthaft an ... Aber ich komme vom Hundertsten aufs Tausendste und vergesse die Geschichte.«

»Ja, du brichst immer wieder ab; am Ende willst du nicht.«

»Oh, ich will schon, aber freilich, ich breche immer wieder ab, weil es alles ein bißchen sonderbar ist, ja beinah romantisch.«

»Aber du sagtest doch, er sei Landrat.«

»Allerdings Landrat. Und er heißt Geert von Innstetten, Baron von Innstetten.«

Alle drei lachten.

»Warum lacht ihr?« sagte Effi pikiert. »Was soll das heißen?«

»Ach, Effi, wir wollen dich ja nicht beleidigen und auch den Baron nicht. Innstetten sagtest du? Und Geert? So heißt doch hier kein Mensch. Freilich, die adeligen Namen haben oft so was Komisches.«

»Ja, meine Liebe, das haben sie. Dafür sind es eben Adelige. Die dürfen sich das gönnen, und je weiter zurück, ich meine der Zeit nach, desto mehr dürfen sie sich's gönnen. Aber davon versteht ihr nichts, was ihr mir nicht übelnehmen dürft. Wir bleiben doch gute Freunde. Geert von Innstetten also und Baron. Er ist geradeso alt wie Mama, auf den Tag.«

»Und wie alt ist denn eigentlich deine Mama?«

»Achtunddreißig.«

»Ein schönes Alter.«

»Ist es auch, namentlich wenn man noch so aussieht wie die Mama. Sie ist doch eigentlich eine schöne Frau, findet ihr nicht auch? Und wie sie alles so weghat, immer so sicher und dabei so fein und nie unpassend wie Papa. Wenn ich ein junger Leutnant wäre, so würd ich mich in die Mama verlieben.«

»Aber Effi, wie kannst du nur so was sagen«, sagte Hulda. »Das ist ja gegen das vierte Gebot.«

»Unsinn. Wie kann das gegen das vierte Gebot sein? Ich glaube, Mama würde sich freuen, wenn sie wüßte, daß ich so was gesagt habe.«

»Kann schon sein«, unterbrach hierauf Hertha. »Aber nun endlich die Geschichte.«

»Nun, gib dich zufrieden, ich fange schon an… Also Baron Innstetten! Als er noch keine zwanzig war, stand er drüben bei den Rathenowern und verkehrte viel auf den Gütern hierherum, und am liebsten war er in Schwantikow drüben bei meinem Großvater Belling. Natürlich war es nicht des Großvaters wegen, daß er so oft drüben war, und wenn die Mama davon erzählt, so kann jeder leicht sehen, um wen es eigentlich war. Und ich glaube, es war auch gegenseitig.«

»Und wie kam es nachher?«

»Nun, es kam, wie's kommen mußte, wie's immer kommt. Er war ja noch viel zu jung, und als mein Papa sich einfand, der schon Ritterschaftsrat war und Hohen-Cremmen hatte, da war kein langes Besinnen mehr, und sie nahm ihn und wurde Frau von Briest… Und das andere, was sonst noch kam, nun, das wißt ihr… das andere bin ich.«

»Ja, das andere bist du, Effi«, sagte Bertha. »Gott sei Dank; wir hätten dich nicht, wenn es anders gekommen wäre. Und nun sage, was tat Innstetten, was wurde aus ihm? Das Leben hat er sich nicht genommen, sonst könntet ihr ihn heute nicht erwarten.«

»Nein, das Leben hat er sich nicht genommen. Aber ein bißchen war es doch so was.«

»Hat er einen Versuch gemacht?«

»Auch das nicht. Aber er mochte doch nicht länger hier in der Nähe bleiben, und das ganze Soldatenleben überhaupt muß ihm damals wie verleidet gewesen sein. Es war ja auch Friedenszeit. Kurz und gut, er nahm den Abschied und fing an, Juristerei zu studieren, wie Papa sagt, mit einem ›wahren Biereifer‹; nur als der Siebziger Krieg kam, trat er wieder ein, aber bei den Perlebergern statt bei seinem alten Regiment, und hat auch das Kreuz. Natürlich, denn er ist sehr schneidig. Und gleich nach dem Kriege saß er wieder bei seinen Akten, und es heißt, Bismarck halte große Stücke von ihm und auch der Kaiser, und so kam es denn, daß er Landrat wurde, Landrat im Kessiner Kreise.«

»Was ist Kessin? Ich kenne hier kein Kessin.«

»Nein, hier in unserer Gegend liegt es nicht; es liegt eine hübsche Strecke von hier fort, in Pommern, in Hinterpommern sogar, was aber nichts sagen will, weil es ein Badeort ist (alles da herum ist Badeort), und die Ferienreise, die Baron Innstetten jetzt macht, ist eigentlich eine Vetternreise oder doch etwas Ähnliches. Er will hier alte Freundschaft und Verwandtschaft wiedersehn.«

»Hat er denn hier Verwandte?«

»Ja, und nein, wie man's nehmen will. Innstettens gibt es hier nicht, gibt es, glaub ich, überhaupt nicht mehr. Aber er hat hier entfernte Vettern von der Mutter Seite her, und vor allem hat er wohl Schwantikow und das Bellingsche Haus wiedersehen wollen, an das ihn soviel Erinnerungen knüpfen. Da war er denn vorgestern drüben, und heute will er hier in Hohen-Cremmen sein.«

»Und was sagt dein Vater dazu?«

»Gar nichts. Der ist nicht so. Und dann kennt er ja doch die Mama. Er neckt sie bloß.«

In diesem Augenblick schlug es Mittag, und ehe es noch ausgeschlagen, erschien Wilke, das alte Brieststsche Haus- und Familienfaktotum, um Fräulein Effi zu bestellen: Die gnädige Frau ließe bitten, daß das gnädige Fräulein zu rechter Zeit auch Toilette mache; gleich nach eins würde der Herr Baron wohl vorfahren. Und während Wilke dies noch vermeldete, begann er auch schon auf dem Arbeitstisch der Damen abzuräumen und griff dabei zunächst nach dem Zeitungsblatt, auf dem die Stachelbeerschalen lagen.

»Nein, Wilke, nicht so; das mit den Schlusen, das ist unsere Sache… Hertha, du mußt nun die Tüte machen und einen Stein hineintun, daß alles besser versinken kann. Und dann wollen wir in einem langen Trauerzug aufbrechen und die Tüte auf offener See begraben.«

Wilke schmunzelte. Is doch ein Daus, unser Fräulein, so etwa gingen seine Gedanken; Effi aber, während sie die Tüte mitten auf die rasch zusammengeraffte Tischdecke legte, sagte: »Nun fassen wir alle vier an, jeder an einem Zipfel, und singen was Trauriges.«

»Ja, das sagst du wohl, Effi. Aber was sollen wir denn singen?«

»Irgendwas; es ist ganz gleich, es muß nur einen

Reim auf ›u‹ haben; ›u‹ ist immer Trauervokal. Also singen wir:

Flut, Flut,
Mach alles wieder gut …«

Und während Effi diese Litanei feierlich anstimmte, setzten sich alle vier auf den Steg hin in Bewegung, stiegen in das dort angekettelte Boot und ließen von diesem aus die mit einem Kiesel beschwerte Tüte langsam in den Teich niedergleiten.

»Hertha, nun ist deine Schuld versenkt«, sagte Effi, »wobei mir übrigens einfällt, so vom Boot aus sollen früher auch arme unglückliche Frauen versenkt worden sein, natürlich wegen Untreue.«

»Aber doch nicht hier.«

»Nein, nicht hier«, lachte Effi, »hier kommt so was nicht vor. Aber in Konstantinopel, und du mußt ja, wie mir eben einfällt, auch davon wissen, so gut wie ich, du bist ja mit dabeigewesen, als uns Kandidat Holzapfel in der Geographiestunde davon erzählte.«

»Ja«, sagte Hulda, »der erzählte immer so was. Aber so was vergißt man doch wieder.«

»Ich nicht. Ich behalte so was.«

Zweites Kapitel

Sie sprachen noch eine Weile so weiter, wobei sie sich ihrer gemeinschaftlichen Schulstunden und einer ganzen Reihe Holzapfelscher Unpassendheiten mit Empörung und Behagen erinnerten. Ja, man konnte sich nicht genugtun damit, bis Hulda mit einem Male sagte: »Nun aber ist es höchste Zeit, Effi; du siehst ja aus, ja, wie sag ich nur, du siehst ja aus, wie wenn du vom Kirschenpflücken kämst, alles zerknittert und zerknautscht; das Leinenzeug macht immer so viele Falten, und der große weiße Klappkragen … ja, wahrhaftig, jetzt hab ich es, du siehst aus wie ein Schiffsjunge.«

»Midshipman, wenn ich bitten darf. Etwas muß ich doch von meinem Adel haben. Übrigens Midshipman oder Schiffsjunge, Papa hat mir erst neulich wieder einen Mastbaum versprochen, hier dicht neben der Schaukel, mit Rahen und einer Strickleiter. Wahrhaftig, das sollte mir gefallen, und den Wimpel oben selbst anzumachen, das ließ ich mir nicht nehmen. Und du, Hulda, du kämst dann von der anderen Seite her herauf, und oben in der Luft wollten wir hurra rufen und uns einen Kuß geben. Alle Wetter, das sollte schmecken.«

»›Alle Wetter …‹, wie das nun wieder klingt … Du sprichst wirklich wie ein Midshipman. Ich werde mich aber hüten, dir nachzuklettern, ich bin nicht so waghalsig. Jahnke hat ganz recht, wenn er immer sagt, du hättest zuviel von dem Bellingschen in dir, von deiner Mama her. Ich bin bloß ein Pastorskind.«

»Ach, geh mir. Stille Wasser sind tief. Weißt du noch, wie du damals, als Vetter Briest als Kadett hier war, aber doch schon groß genug, wie du damals auf dem Scheunendach entlangrutschtest. Und warum? Nun, ich will es nicht verraten. Aber kommt, wir wollen uns schaukeln, auf jeder Seite zwei; reißen wird es ja wohl nicht, oder wenn ihr nicht Lust habt, denn ihr macht wieder lange Gesichter, dann wollen wir Anschlag spielen. Eine Viertelstunde hab ich noch. Ich mag noch nicht hineingehen, und alles bloß, um einem Landrat guten Tag zu sagen, noch dazu einem Landrat aus Hinterpommern. Ältlich ist er auch, er könnte ja beinah mein Vater sein, und wenn er wirklich in einer Seestadt wohnt, Kessin soll ja so was sein, nun, da muß ich ihm in diesem Matrosenkostüm eigentlich am besten gefallen und muß ihm beinah wie eine große Aufmerksamkeit vorkommen. Fürsten, wenn sie wen empfangen, soviel weiß ich von meinem Papa her, legen auch immer die Uniform aus der Gegend des anderen an. Also nur nicht ängstlich… rasch, rasch, ich fliege aus, und neben der Bank hier ist frei.«

Hulda wollte noch ein paar Einschränkungen machen, aber Effi war schon den nächsten Kiesweg hinauf, links hin, rechts hin, bis sie mit einem Male verschwunden war. »Effi, das gilt nicht; wo bist du? Wir spielen nicht Versteck, wir spielen Anschlag.« Unter diesen und ähnlichen Vorwürfen eilten die Freundinnen ihr nach, weit über das Rondell und die beiden seitwärts stehenden Platanen hinaus, bis die Verschwundene mit einem Male aus ihrem Verstecke hervorbrach und mühelos, weil sie schon im Rücken ihrer Verfolger war, mit »eins, zwei, drei« den Freiplatz neben der Bank erreichte.

»Wo warst du?«

»Hinter den Rhabarberstauden; die haben so große Blätter, noch größer als ein Feigenblatt…«

»Pfui…«

»Nein, pfui für euch, weil ihr verspielt habt. Hulda, mit ihren großen Augen, sah wieder nichts, immer ungeschickt.« Und dabei flog Effi von neuem über das

Rondell hin, auf den Tisch zu, vielleicht weil sie vorhatte, sich erst hinter einer dort aufwachsenden dichten Haselnußhecke zu verstecken, um dann, von dieser aus, mit einem weiten Umweg um Kirchhof und Fronthaus, wieder bis an den Seitenflügel und seinen Freiplatz zu kommen. Alles war gut berechnet; aber freilich, ehe sie noch halb um den Teich herum war, hörte sie schon vom Hause her ihren Namen rufen und sah, während sie sich umwandte, die Mama, die von der Steintreppe her mit ihrem Taschentuche winkte. Noch einen Augenblick, und Effi stand vor ihr.

»Nun bist du doch noch in deinem Kittel, und der Besuch ist da. Nie hältst du Zeit.«

»Ich halte schon Zeit, aber der Besuch hat nicht Zeit gehalten. Es ist noch nicht eins; noch lange nicht«, und sich nach den Zwillingen hin umwendend (Hulda war noch weiter zurück), rief sie diesen zu: »Spielt nur weiter; ich bin gleich wieder da.«

Schon im nächsten Augenblicke trat Effi mit der Mama in den großen Gartensaal, der fast den ganzen Raum des Seitenflügels füllte.

»Mama, du darfst mich nicht schelten. Es ist wirklich erst halb. Warum kommt er so früh? Kavaliere kommen nicht zu spät; aber noch weniger zu früh.«

Frau von Briest war in sichtlicher Verlegenheit; Effi aber schmiegte sich liebkosend an sie und sagte: »Verzeih, ich will mich nun eilen; du weißt, ich kann auch rasch sein, und in fünf Minuten ist Aschenputtel in eine Prinzessin verwandelt. So lange kann er warten oder mit dem Papa plaudern.«

Und der Mama zunickend, wollte sie leichten Fußes

eine kleine eiserne Stiege hinauf, die aus dem Saal in den Oberstock hinaufführte. Frau von Briest aber, die unter Umständen auch unkonventionell sein konnte, hielt plötzlich die schon forteilende Effi zurück, warf einen Blick auf das jugendlich reizende Geschöpf, das, noch erhitzt von der Aufregung des Spiels, wie ein Bild frischesten Lebens vor ihr stand, und sagte beinahe vertraulich: »Es ist am Ende das Beste, du bleibst, wie du bist. Ja, bleibe so. Du siehst gerade sehr gut aus. Und wenn es auch nicht wäre, du siehst so unvorbereitet aus, so gar nicht zurechtgemacht, und darauf kommt es in diesem Augenblicke an. Ich muß dir nämlich sagen, meine süße Effi ...«, und sie nahm ihres Kindes beide Hände, »... ich muß dir nämlich sagen ...«

»Aber Mama, was hast du nur? Mir wird ja ganz angst und bange.«

»... Ich muß dir nämlich sagen, Effi, daß Baron Innstetten eben um deine Hand angehalten hat.«

»Um meine Hand angehalten? Und im Ernst?«

»Es ist keine Sache, um einen Scherz daraus zu machen. Du hast ihn vorgestern gesehen, und ich glaube, er hat dir auch gut gefallen. Er ist freilich älter als du, was alles in allem ein Glück ist, dazu ein Mann von Charakter, von Stellung und guten Sitten, und wenn du nicht nein sagst, was ich von meiner klugen Effi kaum denken kann, so stehst du mit zwanzig Jahren da, wo andere mit vierzig stehen. Du wirst deine Mama weit überholen.«

Effi schwieg und suchte nach einer Antwort. Aber ehe sie diese finden konnte, hörte sie schon des Vaters Stimme von dem angrenzenden, noch im Fronthause gelegenen Hinterzimmer her, und gleich danach überschritt Ritterschaftsrat von Briest, ein wohlkonservierter Fünfziger von ausgesprochener Bonhomie, die Gartensalonschwelle – mit ihm Baron Innstetten, schlank, brünett und von militärischer Haltung.

Effi, als sie seiner ansichtig wurde, kam in ein nervöses Zittern; aber nicht auf lange, denn im selben Augenblicke fast, wo sich Innstetten unter freundlicher Verneigung ihr näherte, wurden an dem mittleren der weit offenstehenden und von wildem Wein halb überwachsenen Fenster die rotblonden Köpfe der Zwillinge sichtbar, und Hertha, die Ausgelassenste, rief in den Saal hinein: »Effi, komm.«

Dann duckte sie sich, und beide Schwestern sprangen von der Banklehne, darauf sie gestanden, wieder in den Garten hinab, und man hörte nur noch ihr leises Kichern und Lachen.

Drittes Kapitel

Noch an demselben Tage hatte sich Baron Innstetten mit Effi Briest verlobt. Der joviale Brautvater, der sich nicht leicht in seiner Feierlichkeitsrolle zurechtfand, hatte bei dem Verlobungsmahl, das folgte, das junge Paar leben lassen, was auf Frau von Briest, die dabei der nun um kaum achtzehn Jahre zurückliegenden Zeit gedenken mochte, nicht ohne herzbeweglichen Eindruck geblieben war. Aber nicht auf lange; *sie* hatte es nicht sein können, nun war es statt ihrer die Tochter – alles in allem ebenso gut oder vielleicht noch besser. Denn mit Briest ließ sich leben, trotzdem er ein wenig prosaisch war und dann und wann einen kleinen frivolen Zug hatte. Gegen Ende der Tafel, das Eis wurde schon herumgereicht, nahm der alte Ritterschaftsrat noch einmal das Wort, um in einer zweiten Ansprache das allgemeine Familien-Du zu proponieren. Er umarmte dabei Innstetten und gab ihm einen Kuß auf die linke Backe. Hiermit war aber die Sache für ihn noch nicht abgeschlossen, vielmehr fuhr er fort, außer dem »Du« zugleich intimere Namen und Titel für den Hausverkehr zu empfehlen, eine Art Gemütlichkeitsrangliste aufzustellen, natürlich unter Wahrung berechtigter, weil wohlerworbener Eigentümlichkeiten. Für seine Frau, so hieß es, würde der Fortbestand von »Mama« (denn es gäbe auch junge Mamas) wohl das Beste sein, während er für seine Person, unter Verzicht auf den Ehrentitel »Papa«, das einfache Briest entschieden bevorzugen müsse, schon weil es so hübsch kurz sei. Und was nun die Kinder angehe – bei welchem Wort er sich, Aug in Auge mit dem nur etwa um ein Dutzend Jahre jüngeren Innstetten, einen Ruck geben mußte –, nun, so sei Effi eben Effi und Geert Geert. Geert, wenn er nicht irre, habe die Bedeutung von einem schlank aufgeschossenen Stamm, und Effi sei dann also der Efeu,der sich darum zu ranken habe. Das Brautpaar sah sich bei diesen Worten etwas verlegen an, Effi zugleich mit einem Ausdruck kindlicher Heiterkeit, Frau von Briest aber sagte: »Briest, sprich, was du willst, und formuliere deine Toaste nach Gefallen, nur poetische Bilder, wenn ich dich bitten darf, laß beiseite, das liegt jenseits deiner Sphäre.« Zurechtweisende Worte, die bei Briest mehr Zustimmung als Ablehnung gefunden hatten. »Es ist möglich, daß du recht hast, Luise.«

Gleich nach Aufhebung der Tafel beurlaubte sich Effi, um einen Besuch drüben bei Pastors zu machen. Unterwegs sagte sie sich: »Ich glaube, Hulda wird sich ärgern. Nun bin ich ihr doch zuvorgekommen – sie war immer zu eitel und eingebildet.« Aber Effi traf es mit ihrer Erwartung nicht ganz; Hulda, durchaus Haltung bewahrend, benahm sich sehr gut und überließ die Bezeugung von Unmut und Ärger ihrer Mutter, der Frau Pastorin, die denn auch sehr sonderbare Bemerkungen machte. »Ja, ja, so geht es. Natürlich. Wenn's die Mutter nicht sein konnte, muß es die Tochter sein. Das kennt man. Alte Familien halten immer zusammen, und wo was is, kommt was dazu.« Der alte Niemeyer kam in arge Verlegenheit über diese fortgesetzten spitzen Redensarten ohne Bildung und Anstand und beklagte mal wieder, eine Wirtschafterin geheiratet zu haben.

Von Pastors ging Effi natürlich auch zu Kantor Jahnkes; die Zwillinge hatten schon nach ihr ausgeschaut und empfingen sie im Vorgarten.

»Nun, Effi«, sagte Hertha, während alle drei zwischen den rechts und links blühenden Studentenblumen auf und ab schritten, »nun, Effi, wie ist dir eigentlich?«

»Wie mir ist? Oh, ganz gut. Wir nennen uns auch schon du und bei Vornamen. Er heißt nämlich Geert, was ich euch, wie mir einfällt, auch schon gesagt habe.«

»Ja, das hast du. Mir ist aber doch so bange dabei. Ist es denn auch der Richtige?«

»Gewiß ist es der Richtige. Das verstehst du nicht, Hertha. Jeder ist der Richtige. Natürlich muß er von Adel sein und eine Stellung haben und gut aussehen.«

»Gott, Effi, wie du nur sprichst. Sonst sprichst du doch ganz anders.«

»Ja, sonst.«

»Und bist auch schon ganz glücklich?«

»Wenn man zwei Stunden verlobt ist, ist man immer ganz glücklich. Wenigstens denk ich es mir so.«

»Und ist es dir denn gar nicht, ja, wie sag ich nur, ein bißchen genant?«

»Ja, ein bißchen genant ist es mir, aber doch nicht sehr. Und ich denke, ich werde darüber wegkommen.«

Nach diesem im Pfarr- und Kantorhause gemachten Besuche, der keine halbe Stunde gedauert hatte, war Effi wieder nach drüben zurückgekehrt, wo man auf der Gartenveranda eben den Kaffee nehmen wollte. Schwiegervater und Schwiegersohn gingen auf dem Kieswege zwischen den zwei Platanen auf und ab. Briest sprach von dem Schwierigen einer landrätlichen Stellung; sie sei ihm verschiedentlich angetragen worden, aber er habe jedesmal gedankt. »So nach meinem eigenen Willen schalten und walten zu können ist mir immer das Liebste gewesen, jedenfalls lieber – Pardon, Innstetten –, als so die Blicke beständig nach oben richten zu müssen. Man hat dann bloß immer Sinn und Merk für hohe und höchste Vorgesetzte. Das ist nichts für mich. Hier leb ich so freiweg und freue mich über jedes grüne Blatt und über den wilden Wein, der da drüben in die Fenster wächst.«

Er sprach noch mehr dergleichen, allerhand Antibeamtliches, und entschuldigte sich von Zeit zu Zeit mit einem kurzen, verschiedentlich wiederkehrenden »Pardon, Innstetten«. Dieser nickte mechanisch zustimmend, war aber eigentlich wenig bei der Sache, sah vielmehr, wie gebannt, immer aufs neue nach dem drüben am Fenster rankenden wilden Wein hinüber, von dem Briest eben gesprochen, und während er dem nachhing, war es ihm, als säh er wieder die rotblonden Mädchenköpfe zwischen den Weinranken und höre dabei den übermütigen Zuruf: »Effi, komm.«

Er glaubte nicht an Zeichen und Ähnliches, im Gegenteil, wies alles Abergläubische weit zurück. Aber er konnte trotzdem von den zwei Worten nicht los, und während Briest immer weiter perorierte, war es ihm beständig, als wäre der kleine Hergang doch mehr als ein bloßer Zufall gewesen.

Innstetten, der nur einen kurzen Urlaub genommen, war schon am folgenden Tage wieder abgereist, nachdem er versprochen hatte, jeden Tag schreiben zu wollen. »Ja, das mußt du«, hatte Effi gesagt, ein Wort, das ihr von Herzen kam, da sie seit Jahren nichts Schöneres kannte als beispielsweise den Empfang vieler Geburtstagsbriefe. Jeder mußte ihr zu diesem Tage schreiben. In den Brief eingestreute Wendungen, etwa wie »Gertrud und Klara senden Dir mit mir ihre herzlichsten Glückwünsche«, waren verpönt; Gertrud und Klara, wenn sie Freundinnen sein wollten, hatten dafür zu sorgen, daß ein Brief mit selbständiger Marke daläge, womöglich – denn ihr Geburtstag fiel noch in die Reisezeit – mit einer fremden, aus der Schweiz oder Karlsbad.

Innstetten, wie versprochen, schrieb wirklich jeden Tag; was aber den Empfang seiner Briefe ganz besonders angenehm machte, war der Umstand, daß er allwöchentlich nur einmal einen ganz kleinen Antwortbrief erwartete. Den erhielt er denn auch, voll reizend nichtigen und ihn jedesmal entzückenden Inhalts. Was es von ernsteren Dingen zu besprechen gab, das verhandelte Frau von Briest mit ihrem Schwiegersohne: Festsetzungen wegen der Hochzeit, Ausstattungs- und Wirtschafts-Einrichtungsfragen. Innstetten, schon an die drei Jahre im Amt, war in seinem Kessiner Hause nicht glänzend, aber doch sehr standesgemäß eingerichtet, und es empfahl sich, in der Korrespondenz mit ihm ein Bild von allem, was da war, zu gewinnen, um nichts Unnützes anzuschaffen. Schließlich, als Frau von Briest über all diese Dinge genugsam unterrichtet war, wurde seitens Mutter und Tochter eine Reise nach Berlin beschlossen, um, wie Briest sich ausdrückte, den »Trousseau« für Prinzessin Effi zusammenzukaufen. Effi freute sich sehr auf den Aufenthalt in Berlin, um so mehr, als der Vater darein gewilligt hatte, im Hôtel du Nord Wohnung zu nehmen. Was es koste, könne ja von der Ausstattung abgezogen werden; Innstetten habe ohnehin alles. Effi – ganz im Gegensatze zu der solche »Mesquinerien« ein für allemal sich verbittenden Mama – hatte dem Vater, ohne jede Sorge darum, ob er's scherz- oder ernsthaft gemeint hatte, freudig zugestimmt und beschäftigte sich in ihren Gedanken viel, viel mehr mit dem Eindruck, den sie beide, Mutter und Tochter, bei ihrem Erscheinen an der Table d'hôte machen würden, als mit Spinn und Mencke, Goschenhofer und ähnlichen Firmen, die vorläufig notiert worden waren. Und diesen ihren heiteren Phantasien entsprach denn auch ihre Haltung, als die große Berliner Woche nun wirklich da war. Vetter

Briest vom Alexander-Regiment, ein ungemein ausgelassener junger Leutnant, der die »Fliegenden Blätter« hielt und über die besten Witze Buch führte, stellte sich den Damen für jede dienstfreie Stunde zur Verfügung, und so saßen sie denn mit ihm bei Kranzler am Eckfenster oder zu statthafter Zeit auch wohl im Café Bauer und fuhren nachmittags in den Zoologischen Garten, um da die Giraffen zu sehen, von denen Vetter Briest, der übrigens Dagobert hieß, mit Vorliebe behauptete, sie sähen aus wie adlige alte Jungfern. Jeder Tag verlief programmäßig, und am dritten oder vierten Tage gingen sie, wie vorgeschrieben, in die Nationalgalerie, weil Vetter Dagobert seiner Cousine die »Insel der Seligen« zeigen wollte. Fräulein Cousine stehe zwar auf dem Punkte, sich zu verheiraten, es sei aber doch vielleicht gut, die »Insel der Seligen« schon vorher kennengelernt zu haben. Die Tante gab ihm einen Schlag mit dem Fächer, begleitete diesen Schlag aber mit einem so gnädigen Blick, daß er keine Veranlassung hatte, den Ton zu ändern. Es waren himmlische Tage für alle drei, nicht zum wenigsten für den Vetter, der so wundervoll zu chaperonnieren und kleine Differenzen immer rasch auszugleichen verstand. An solchen Meinungsverschiedenheiten zwischen Mutter und Tochter war nun, wie das so geht, all die Zeit über kein Mangel, aber sie traten glücklicherweise nie bei den zu machenden Einkäufen hervor. Ob man von einer Sache sechs oder drei Dutzend erstand, Effi war mit allem gleichmäßig einverstanden, und wenn dann auf dem Heimwege von dem Preise der eben eingekauften Gegenstände gesprochen wurde, so verwechselte sie regelmäßig die Zahlen. Frau von Briest, sonst so kritisch, auch ihrem eigenen geliebten Kinde gegenüber, nahm dies anscheinend mangelnde Interesse nicht nur von der leichten Seite, sondern erkannte sogar einen Vorzug darin. »Alle diese Dinge«, so sagte sie sich, »bedeuten Effi nicht viel. Effi ist anspruchslos; sie lebt in ihren Vorstellungen und Träumen, und wenn die Prinzessin Friedrich Karl vorüberfährt und sie von ihrem Wagen aus freundlich grüßt, so gilt ihr das mehr als eine ganze Truhe voll Weißzeug.«

Das alles war auch richtig, aber doch nur halb. An dem Besitze mehr oder weniger alltäglicher Dinge lag Effi nicht viel, aber wenn sie mit der Mama die Linden hinauf und hinunter ging und nach Musterung der schönsten Schaufenster in den Demuthschen Laden eintrat, um für die gleich nach der Hochzeit geplante italienische Reise allerlei Einkäufe zu machen, so zeigte sich ihr wahrer Charakter. Nur das Eleganteste gefiel ihr, und wenn sie das Beste nicht haben konnte, so verzichtete sie auf das Zweitbeste, weil ihr dies Zweite nun nichts mehr bedeutete. Ja, sie konnte verzichten, darin hatte die Mama recht, und in diesem Verzichtenkönnen lag etwas von Anspruchslosigkeit; wenn es aber ausnahmsweise mal wirklich etwas zu besitzen galt, so mußte dies immer was ganz Apartes sein. Und *darin* war sie anspruchsvoll.

Viertes Kapitel

Vetter Dagobert war am Bahnhof, als die Damen ihre Rückreise nach Hohen-Cremmen antraten. Es waren glückliche Tage gewesen, vor allem auch darin, daß man nicht unter unbequemer und beinahe unstandesgemäßer Verwandtschaft gelitten hatte. »Für Tante Therese«, so hatte Effi gleich nach der Ankunft gesagt, »müssen wir diesmal inkognito bleiben. Es geht nicht, daß sie hier ins Hotel kommt. Entweder Hôtel du Nord oder Tante Therese; beides zusammen paßt nicht.« Die Mama hatte sich schließlich einverstanden damit erklärt, ja dem Lieblinge zur Besiegelung des Einverständnisses einen Kuß auf die Stirn gegeben.

Mit Vetter Dagobert war das natürlich etwas ganz anderes gewesen, der hatte nicht bloß den Gardepli, der hatte vor allem auch mit Hilfe jener eigentümlich guten Laune, wie sie bei den Alexanderoffizieren beinahe traditionell geworden, sowohl Mutter wie Tochter von Anfang an anzuregen und aufzuheitern gewußt, und diese gute Stimmung dauerte bis zuletzt. »Dagobert«, so hieß es noch beim Abschied, »du kommst also zu meinem Polterabend, und natürlich mit Cortege. Denn nach den Aufführungen (aber kommt mir nicht mit Dienstmann oder Mausefallenhändler) ist Ball. Und du mußt bedenken, mein erster großer Ball ist vielleicht auch mein letzter. Unter sechs Kameraden – natürlich beste Tänzer – wird gar nicht angenommen. Und mit dem Frühzug könnt ihr wieder zurück.« Der Vetter versprach alles, und so trennte man sich.

Gegen Mittag trafen beide Damen an ihrer havelländischen Bahnstation ein, mitten im Luch, und fuhren in einer halben Stunde nach Hohen-Cremmen hinüber. Briest war sehr froh, Frau und Tochter wieder zu Hause zu haben, und stellte Fragen über Fragen, deren Beantwortung er meist nicht abwartete. Statt dessen erging er sich in Mitteilung dessen, was er inzwischen erlebt. »Ihr habt mir da vorhin von der Nationalgalerie gesprochen und von der ›Insel der Seligen‹ – nun, wir haben hier, während ihr fort wart, auch so was gehabt: unser Inspektor Pink und die Gärtnersfrau. Natürlich habe ich Pink entlassen müssen, übrigens ungern. Es ist sehr fatal, daß solche Geschichten fast immer in die Erntezeit fallen. Und Pink war sonst ein ungewöhnlich tüchtiger Mann, hier leider am unrechten Fleck. Aber lassen wir das; Wilke wird schon unruhig.«

Bei Tische hörte Briest besser zu; das gute Einvernehmen mit dem Vetter, von dem ihm viel erzählt wurde, hatte seinen Beifall, weniger das Verhalten gegen Tante Therese. Man sah aber deutlich, daß er inmitten seiner Mißbilligung sich eigentlich darüber freute; denn ein kleiner Schabernack entsprach ganz seinem Geschmack, und Tante Therese war wirklich eine lächerliche Figur. Er hob sein Glas und stieß mit Frau und Tochter an. Auch als nach Tisch einzelne der hübschesten Einkäufe vor ihm ausgepackt und seiner Beurteilung unterbreitet wurden, verriet er viel Interesse, das selbst noch anhielt oder wenigstens nicht ganz hinstarb, als er die Rechnung überflog. »Etwas teuer, oder sagen wir lieber sehr teuer; indessen es tut nichts. Es hat alles so viel Schick, ich möchte sagen so viel Animierendes, daß ich deutlich fühle, wenn du mir solchen Koffer und solche Reisedecke zu Weihnachten schenkst, so sind wir zu Ostern auch in Rom und machen nach achtzehn Jahren unsere Hochzeitsreise. Was meinst du, Luise? Wollen wir nachexerzieren? Spät kommt ihr, doch ihr kommt.«

Frau von Briest machte eine Handbewegung, wie

wenn sie sagen wollte: »Unverbesserlich«, und überließ ihn im übrigen seiner eigenen Beschämung, die aber nicht groß war.

Ende August war da, der Hochzeitstag (3. Oktober) rückte näher, und sowohl im Herrenhause wie in der Pfarre und Schule war man unausgesetzt bei den Vorbereitungen zum Polterabend. Jahnke, getreu seiner Fritz-Reuter-Passion, hatte sich's als etwas besonders »Sinniges« ausgedacht, Bertha und Hertha als Lining und Mining auftreten zu lassen, natürlich plattdeutsch, während Hulda das Käthchen von Heilbronn in der Holunderbaumszene darstellen sollte, Leutnant Engelbrecht von den Husaren als Wetter vom Strahl. Niemeyer, der sich den Vater der Idee nennen durfte, hatte keinen Augenblick gesäumt, auch die verschämte Nutzanwendung auf Innstetten und Effi hinzuzudichten. Er selbst war mit seiner Arbeit zufrieden und hörte, gleich nach der Leseprobe, von allen Beteiligten viel Freundliches darüber, freilich mit Ausnahme seines Patronatsherrn und alten Freundes Briest, der, als er die Mischung von Kleist und Niemeyer mit angehört hatte, lebhaft protestierte, wenn auch keineswegs aus literarischen Gründen. »Hoher Herr und immer wieder hoher Herr – was soll das? Das leitet in die Irre, das verschiebt alles. Innstetten, unbestritten, ist ein famoses Menschenexemplar, Mann von Charakter und Schneid, aber die Briests – verzeih den Berolinismus, Luise –, die Briests sind schließlich auch nicht von schlechten Eltern. Wir sind doch nun mal eine historische Familie, laß mich hinzufügen Gott sei Dank, und die Innstettens sind es *nicht;* die Innstettens sind bloß alt, meinetwegen Uradel, aber was heißt Uradel? Ich will nicht, daß eine Briest oder doch mindestens eine Polterabendfigur, in der jeder das Widerspiel unserer Effi erkennen muß – ich will nicht, daß eine Briest mittelbar oder unmittelbar in einem fort von ›hoher Herr‹ spricht. Da müßte denn doch Innstetten wenigstens ein verkappter Hohenzoller sein, es gibt ja dergleichen. Das ist er aber nicht, und so kann ich nur wiederholen, es verschiebt die Situation.«

Und wirklich, Briest hielt mit besonderer Zähigkeit eine ganze Zeit lang an dieser Anschauung fest. Erst nach der zweiten Probe, wo das »Käthchen«, schon halb im Kostüm, ein sehr eng anliegendes Sammetmieder trug, ließ er sich – der es auch sonst nicht an Huldigungen gegen Hulda fehlen ließ – zu der Bemerkung hinreißen, das Käthchen liege sehr gut da, welche Wendung einer Waffenstreckung ziemlich gleichkam oder doch zu solcher hinüberleitete. Daß alle diese Dinge vor Effi geheimgehalten wurden, braucht nicht erst gesagt zu werden. Bei mehr Neugier auf seiten dieser letzteren wäre das nun freilich ganz unmöglich gewesen, aber Effi hatte so wenig Verlangen, in die Vorbereitungen und geplanten Überraschungen einzudringen, daß sie der Mama mit allem Nachdruck erklärte, sie könne es abwarten, und wenn diese dann zweifelte, so schloß Effi mit der wiederholten Versicherung: es wäre wirklich so; die Mama könne es glauben. Und warum auch nicht? Es sei doch alles nur Theateraufführung und hübscher und poetischer als »Aschenbrödel«, das sie noch am letzten Abend in Berlin gesehen hätte, hübscher und poetischer könne es ja doch nicht sein. Da hätte sie wirklich selber mitspielen mögen, wenn auch nur, um dem lächerlichen Pensionslehrer einen Kreidestrich auf den Rücken zu machen. »Und wie reizend im letzten Akt ›Aschenbrödels Erwachen als Prinzessin‹ oder doch wenigstens als Gräfin; wirklich, es war ganz wie ein Märchen.« In dieser Weise sprach sie oft, war meist ausgelassener als vordem und ärgerte sich bloß über das beständige Tuscheln und Geheimtun der Freundinnen. »Ich wollte, sie hätten sich weniger wichtig und wären mehr für mich da. Nachher bleiben sie doch bloß stecken, und ich muß mich um sie ängstigen und mich schämen, daß es meine Freundinnen sind.«

So gingen Effis Spottreden, und es war ganz unverkennbar, daß sie sich um Polterabend und Hochzeit nicht allzusehr kümmerte. Frau von Briest hatte so ihre Gedanken darüber, aber zu Sorgen kam es nicht, weil sich Effi, was doch ein gutes Zeichen war, ziemlich viel mit ihrer Zukunft beschäftigte und sich, phantasiereich, wie sie war, viertelstundenlang in Schilderungen ihres Kessiner Lebens erging, Schilderungen, in denen sich nebenher und sehr zur Erheiterung der Mama eine merkwürdige Vorstellung von Hinterpommern aussprach oder vielleicht auch, mit kluger Berechnung, aussprechen sollte. Sie gefiel sich nämlich darin, Kessin als einen halb sibirischen Ort aufzufassen, wo Eis und Schnee nie recht aufhörten.

»Heute hat Goschenhofer das letzte geschickt«, sagte Frau von Briest, als sie wie gewöhnlich in Front des Seitenflügels mit Effi am Arbeitstische saß, auf dem die Leinen- und Wäschevorräte beständig wuchsen, während der Zeitungen, die bloß Platz wegnahmen, immer weniger wurden. »Ich hoffe, du hast nun alles, Effi. Wenn du aber noch kleine Wünsche hegst, so mußt du sie jetzt aussprechen, womöglich in dieser Stunde noch. Papa hat den Raps vorteilhaft verkauft und ist ungewöhnlich guter Laune.«

»Ungewöhnlich? Er ist immer in guter Laune.«

»In ungewöhnlich guter Laune«, wiederholte die Mama. »Und die muß benutzt werden. Sprich also. Mehrmals, als wir noch in Berlin waren, war es mir, als ob du doch nach dem einen oder anderen noch ein ganz besonderes Verlangen gehabt hättest.«

»Ja, liebe Mama, was soll ich da sagen. Eigentlich habe ich ja alles, was man braucht, ich meine, was man *hier* braucht. Aber da mir's nun mal bestimmt ist, so hoch nördlich zu kommen ... ich bemerke, daß ich nichts dagegen habe, im Gegenteil, ich freue mich darauf, auf die Nordlichter und auf den helleren Glanz der Sterne ... da mir's nun mal so bestimmt ist, so hätte ich wohl gern einen Pelz gehabt.«

»Aber Effi, Kind, das ist doch alles bloß leere Torheit. Du kommst ja nicht nach Petersburg oder nach Archangel.«

»Nein; aber ich bin doch auf dem Wege dahin ...«

»Gewiß, Kind. Auf dem Wege dahin bist du; aber was heißt das? Wenn du von hier nach Nauen fährst, bist du auch auf dem Wege nach Rußland. Im übrigen, wenn du's wünschst, so sollst du einen Pelz haben. Nur das laß mich im voraus sagen, ich rate dir davon ab. Ein Pelz ist für ältere Personen, selbst deine alte Mama ist noch zu jung dafür, und wenn du mit deinen siebzehn Jahren in Nerz oder Marder auftrittst, so glauben die Kessiner, es sei eine Maskerade.«

Das war am 2. September, daß sie so sprachen, ein Gespräch, das sich wohl fortgesetzt hätte, wenn nicht gerade Sedantag gewesen wäre. So aber wurden sie durch Trommel- und Pfeifenklang unterbrochen, und Effi, die schon vorher von dem beabsichtigten Aufzuge gehört, aber es wieder vergessen hatte, stürzte mit einem Male von dem gemeinschaftlichen Arbeitstische fort und an Rondell und Teich vorüber auf einen kleinen, an die Kirchhofsmauer angebauten Balkon zu, zu dem sechs Stufen, nicht viel breiter als Leitersprossen, hinaufführten. Im Nu war sie oben, und richtig, da kam auch schon die ganze Schuljugend heran, Jahnke gravitätisch am rechten Flügel, während ein kleiner Tambourmajor, weit voran, an der Spitze des Zuges marschierte, mit einem Gesichtsausdruck, als ob ihm obläge, die Schlacht bei Sedan noch einmal zu schlagen. Effi winkte mit dem Taschentuch, und der Begrüßte versäumte nicht, mit seinem blanken Kugelstock zu salutieren.

Eine Woche später saßen Mutter und Tochter wieder am alten Fleck, auch wieder mit ihrer Arbeit beschäftigt. Es war ein wunderschöner Tag; der in einem zierlichen Beet um die Sonnenuhr herumstehende Heliotrop blühte noch, und die leise Brise, die ging, trug den Duft davon zu ihnen herüber.

»Ach, wie wohl ich mich fühle«, sagte Effi, »so wohl und so glücklich; ich kann mir den Himmel nicht schöner denken. Und am Ende, wer weiß, ob sie im Himmel so wundervollen Heliotrop haben.«

»Aber Effi, so darfst du nicht sprechen; das hast du von deinem Vater, dem nichts heilig ist und der neulich sogar sagte: Niemeyer sähe aus wie Lot. Unerhört. Und was soll es nur heißen? Erstlich weiß er nicht, wie Lot ausgesehen hat, und zweitens ist es eine grenzenlose Rücksichtslosigkeit gegen Hulda. Ein Glück, daß Niemeyer nur die einzige Tochter hat, dadurch fällt es eigentlich in sich zusammen. In einem freilich hat er nur zu sehr recht gehabt, in all und jedem, was er über ›Lots Frau‹, unsere gute Frau Pastorin, sagte, die uns denn auch wirklich wieder mit ihrer Torheit und Anmaßung den ganzen Sedantag ruinierte. Wobei mir übrigens einfällt, daß wir, als Jahnke mit der Schule vorbeikam, in unserem Gespräche unterbrochen wurden – wenigstens kann ich mir nicht denken, daß der Pelz, von dem du damals sprachst, dein einziger Wunsch gewesen sein sollte. Laß mich also wissen, Schatz, was du noch weiter auf dem Herzen hast?«

»Nichts, Mama.«

»Wirklich nichts?«

»Nein, wirklich nichts; ganz im Ernste … Wenn es aber doch am Ende was sein sollte …«

»Nun …«

»… so müßt es ein japanischer Bettschirm sein, schwarz und goldene Vögel darauf, alle mit einem langen Kranichschnabel … Und dann vielleicht auch noch eine Ampel für unser Schlafzimmer, mit rotem Schein.«

Frau von Briest schwieg.

»Nun siehst du, Mama, du schweigst und siehst aus, als ob ich etwas besonders Unpassendes gesagt hätte.«

»Nein, Effi, nichts Unpassendes. Und vor deiner Mutter nun schon gewiß nicht. Denn ich kenne dich ja. Du bist eine phantastische kleine Person, malst dir mit Vorliebe Zukunftsbilder aus, und je farbenprächtiger sie sind, desto schöner und begehrlicher erscheinen sie dir. Ich sah das so recht, als wir die Reisesachen kauften. Und nun denkst du dir's ganz wundervoll, einen Bettschirm mit allerhand fabelhaftem Getier zu haben, alles im Halblicht einer roten Ampel. Es kommt dir vor wie ein Märchen, und du möchtest eine Prinzessin sein.«

Effi nahm die Hand der Mama und küßte sie. »Ja, Mama, so bin ich.«

»Ja, so bist du. Ich weiß es wohl. Aber meine liebe Effi, wir müssen vorsichtig im Leben sein, und zumal wir Frauen. Und wenn du nach Kessin kommst, einem kleinen Ort, wo nachts kaum eine Laterne brennt, so lacht man über dergleichen. Und wenn man bloß lachte. Die, die dir ungewogen sind, und solche gibt es immer, sprechen von schlechter Erziehung, und manche sagen auch wohl noch Schlimmeres.«

»Also nichts Japanisches und auch keine Ampel. Aber ich bekenne dir, ich hatte es mir so schön und poetisch gedacht, alles in einem roten Schimmer zu sehen.«

Frau von Briest war bewegt. Sie stand auf und küßte Effi. »Du bist ein Kind. Schön und poetisch. Das sind so Vorstellungen. Die Wirklichkeit ist anders, und oft ist es gut, daß es statt Licht und Schimmer ein Dunkel gibt.«

Effi schien antworten zu wollen, aber in diesem Augenblick kam Wilke und brachte Briefe. Der eine war aus Kessin von Innstetten. »Ach, von Geert«, sagte Effi, und während sie den Brief beiseite steckte, fuhr sie in ruhigem Tone fort: »Aber das wirst du doch gestatten, daß ich den Flügel schräg in die Stube stelle. Daran liegt mir mehr als an einem Kamin, den mir Geert versprochen hat. Und das Bild von dir, das stell ich dann auf eine Staffelei; ganz ohne dich kann ich nicht sein. Ach, wie werd ich mich nach euch sehnen, vielleicht auf der Reise schon und dann in Kessin ganz gewiß. Es soll ja keine Garnison haben, nicht einmal einen Stabsarzt, und ein Glück, daß es wenigstens ein Badeort ist. Vetter Briest, und daran will ich mich aufrichten, dessen Mutter und Schwester immer nach Warnemünde gehen – nun, ich sehe doch wirklich nicht ein, warum der die lieben Verwandten nicht auch einmal nach Kessin hindirigieren sollte. Dirigieren, das klingt ohnehin so nach Generalstab, worauf er, glaub ich, ambiert. Und dann kommt er natürlich mit und wohnt bei uns. Übrigens haben die Kessiner, wie mir neulich erst wer erzählt hat, ein ziemlich großes Dampfschiff, das zweimal die Woche nach Schweden hinüberfährt. Und auf dem Schiffe ist dann Ball (sie haben da natürlich auch Musik), und er tanzt sehr gut …«

»Wer?«

»Nun, Dagobert.«

»Ich dachte, du meintest Innstetten. Aber jedenfalls ist es an der Zeit, endlich zu wissen, was er schreibt … Du hast ja den Brief noch in der Tasche.«

»Richtig. Den hätt ich fast vergessen.« Und sie öffnete den Brief und überflog ihn.

»Nun, Effi, kein Wort? Du strahlst nicht und lachst nicht einmal. Und er schreibt doch immer so heiter und unterhaltlich und gar nicht väterlich weise.«

»Das würd ich mir auch verbitten. Er hat sein Alter, und ich habe meine Jugend. Und ich würde ihm mit dem Finger drohen und ihm sagen: ›Geert, überlege, was besser ist.‹«

»Und dann würde er dir antworten: ›Was *du* hast, Effi, das ist das Bessere.‹ Denn er ist nicht nur ein

Mann der feinsten Formen, er ist auch gerecht und verständig und weiß recht gut, was Jugend bedeutet. Er sagt sich das immer und stimmt sich auf das Jugendliche hin, und wenn er in der Ehe so bleibt, so werdet ihr eine Musterehe führen.«

»Ja, das glaube ich auch, Mama. Aber kannst du dir vorstellen, und ich schäme mich fast, es zu sagen, ich bin nicht so sehr für das, was man eine Musterehe nennt.«

»Das sieht dir ähnlich. Und nun sage mir, wofür bist du denn eigentlich?«

»Ich bin ... nun, ich bin für gleich und gleich und natürlich auch für Zärtlichkeit und Liebe. Und wenn es Zärtlichkeit und Liebe nicht sein können, weil Liebe, wie Papa sagt, doch nur ein Papperlapapp ist (was ich aber nicht glaube), nun, dann bin ich für Reichtum und ein vornehmes Haus, ein *ganz* vornehmes, wo Prinz Friedrich Karl zur Jagd kommt, auf Elchwild oder Auerhahn, oder wo der alte Kaiser vorfährt und für jede Dame, auch für die jungen, ein gnädiges Wort hat. Und wenn wir dann in Berlin sind, dann bin ich für Hofball und Galaoper, immer dicht neben der großen Mittelloge.«

»Sagst du das so bloß aus Übermut und Laune?«

»Nein, Mama, das ist mein völliger Ernst. Liebe kommt zuerst, aber gleich hinterher kommt Glanz und Ehre, und dann kommt Zerstreuung, – ja, Zerstreuung, immer was Neues, immer was, daß ich lachen oder weinen muß. Was ich nicht aushalten kann, ist Langeweile.«

»Wie bist du da nur mit uns fertig geworden?«

»Ach, Mama, wie du nur so was sagen kannst. Freilich, wenn im Winter die liebe Verwandtschaft vorgefahren kommt und sechs Stunden bleibt oder wohl auch noch länger und Tante Gundel und Tante Olga mich mustern und mich naseweis finden – und Tante Gundel hat es mir auch mal gesagt –, ja, da macht sich's mitunter nicht sehr hübsch, das muß ich zugeben. Aber sonst bin ich hier immer glücklich gewesen, *so* glücklich …«

Und während sie das sagte, warf sie sich heftig weinend vor der Mama auf die Knie und küßte ihre beiden Hände.

»Steh auf, Effi. Das sind so Stimmungen, die über einen kommen, wenn man so jung ist wie du und vor der Hochzeit steht und vor dem Ungewissen. Aber nun lies mir den Brief vor, wenn er nicht was ganz Besonderes enthält oder vielleicht Geheimnisse.«

»Geheimnisse«, lachte Effi und sprang in plötzlich veränderter Stimmung wieder auf. »Geheimnisse! Ja, er nimmt immer einen Anlauf, aber das meiste könnt ich auf dem Schulzenamt anschlagen lassen, da, wo immer die landrätlichen Verordnungen stehen. Nun, Geert ist ja auch Landrat.«

»Lies, lies.«

»›Liebe Effi …‹ So fängt es nämlich immer an, und manchmal nennt er mich auch seine ›kleine Eva‹.«

»Lies, lies … Du sollst ja lesen.«

»Also: ›Liebe Effi! Je näher wir unsrem Hochzeitstage kommen, je sparsamer werden Deine Briefe. Wenn die Post kommt, suche ich immer zuerst nach Deiner Handschrift, aber, wie Du weißt (und ich hab es ja auch nicht anders gewollt), in der Regel vergeblich. Im Hause sind jetzt die Handwerker, die die Zimmer, freilich nur wenige, für Dein Kommen herrichten sollen. Das Beste wird wohl erst geschehen, wenn wir auf der Reise sind. Tapezierer Madelung, der alles liefert, ist ein Original, von dem ich Dir mit nächstem erzähle, vor allem aber, wie glücklich ich bin über Dich, über meine süße, kleine Effi. Mir brennt hier der Boden unter den Füßen, und dabei wird es in unserer guten Stadt immer stiller und einsamer. Der letzte Badegast ist gestern abgereist; er badete zuletzt bei 9 Grad, und die Badewärter waren immer froh, wenn er wieder heil heraus war. Denn sie fürchteten einen Schlaganfall, was dann das Bad in Mißkredit bringt, als ob die Wellen hier schlimmer wären als woanders. Ich juble, wenn ich denke, daß ich in vier Wochen schon mit Dir von der Piazzetta aus nach dem Lido fahre oder nach Murano hin, wo sie Glasperlen machen und schönen Schmuck. Und der schönste sei für Dich. Viele Grüße den Eltern und den zärtlichsten Kuß Dir von Deinem Geert.‹«

Effi faltete den Brief wieder zusammen, um ihn in das Kuvert zu stecken.

»Das ist ein sehr hübscher Brief«, sagte Frau von Briest, »und daß er in allem das richtige Maß hält, das ist ein Vorzug mehr.«

»Ja, das rechte Maß, das hält er.«

»Meine liebe Effi, laß mich eine Frage tun; wünschtest du, daß der Brief *nicht* das richtige Maß hielte, wünschtest du, daß er zärtlicher wäre, vielleicht überschwenglich zärtlich?«

»Nein, nein, Mama. Wahr und wahrhaftig nicht, das wünsche ich nicht. Da ist es doch besser so.«

»Da ist es doch besser so. Wie das nun wieder klingt. Du bist so sonderbar. Und daß du vorhin weintest. Hast du was auf deinem Herzen? Noch ist es Zeit. Liebst du Geert nicht?«

»Warum soll ich ihn nicht lieben? Ich liebe Hulda, und ich liebe Bertha, und ich liebe Hertha. Und ich liebe auch den alten Niemeyer. Und daß ich euch liebe, davon spreche ich gar nicht erst. Ich liebe alle, die's gut mit mir meinen und gütig gegen mich sind und mich verwöhnen. Und Geert wird mich auch wohl verwöhnen. Natürlich auf seine Art. Er will mir ja schon Schmuck schenken in Venedig. Er hat keine Ahnung davon, daß ich mir nichts aus Schmuck mache. Ich klettre lieber, und ich schaukle mich lieber, und am liebsten immer in der Furcht, daß es irgendwo reißen oder brechen und ich niederstürzen könnte. Den Kopf wird es ja nicht gleich kosten.«

»Und liebst du vielleicht auch deinen Vetter Briest?«

»Ja, sehr. Der erheitert mich immer.«

»Und hättest du Vetter Briest heiraten mögen?«

»Heiraten? Um Gottes willen nicht. Er ist ja noch ein halber Junge. Geert ist ein Mann, ein schöner Mann, ein Mann, mit dem ich Staat machen kann und aus dem was wird in der Welt. Wo denkst du hin, Mama.«

»Nun, das ist recht, Effi, das freut mich. Aber du hast noch was auf der Seele.«

»Vielleicht.«

»Nun, sprich.«

»Sieh, Mama, daß er älter ist als ich, das schadet nichts, das ist vielleicht recht gut; er ist ja doch nicht alt und ist gesund und frisch und so soldatisch und so schneidig. Und ich könnte beinah sagen, ich wäre ganz und gar für ihn, wenn er nur … ja, wenn er nur ein bißchen anders wäre.«

»Wie denn, Effi?«

»Ja, wie. Nun, du darfst mich nicht auslachen. Es ist etwas, was ich erst ganz vor kurzem aufgehorcht habe, drüben im Pastorhause. Wir sprachen da von Innstetten, und mit einem Male zog der alte Niemeyer seine Stirn in Falten, aber in Respekts- und Bewunderungsfalten, und sagte: ›Ja, der Baron! Das ist ein Mann von Charakter, ein Mann von Prinzipien.‹«

»Das ist er auch, Effi.«

»Gewiß. Und ich glaube, Niemeyer sagte nachher sogar, er sei auch ein Mann von Grundsätzen. Und das ist, glaub ich, noch etwas mehr. Ach, und ich ... ich habe keine. Sieh, Mama, da liegt etwas, was mich quält und ängstigt. Er ist so lieb und gut gegen mich und so nachsichtig, aber ... ich fürchte mich vor ihm.«

Fünftes Kapitel

Die Hohen-Cremmer Festtage lagen zurück; alles war abgereist, auch das junge Paar, noch am Abend des Hochzeitstages.

Der Polterabend hatte jeden zufriedengestellt, besonders die Mitspielenden, und Hulda war dabei das Entzücken aller jungen Offiziere gewesen, sowohl der Rathenower Husaren wie der etwas kritischer gestimmten Kameraden vom Alexander-Regiment. Ja, alles war gut und glatt verlaufen, fast über Erwarten. Nur Bertha und Hertha hatten so heftig geschluchzt, daß Jahnkes plattdeutsche Verse so gut wie verlorengegangen waren. Aber auch das hatte wenig geschadet. Einige feine Kenner waren sogar der Meinung gewesen, das sei das Wahre; Steckenbleiben und Schluchzen und Unverständlichkeit – in *diesem* Zeichen (und nun gar, wenn es so hübsche rotblonde Krausköpfe wären) werde immer am entschiedensten gesiegt. Eines ganz besonderen Triumphes hatte sich Vetter Briest in seiner selbstgedichteten Rolle rühmen dürfen. Er war als Demuthscher Kommis erschienen, der in Erfahrung gebracht, die junge Braut habe vor, gleich nach der Hochzeit nach Italien zu reisen, weshalb er einen Reisekoffer abliefern wolle. Dieser Koffer entpuppte sich natürlich als eine Riesenbonbonniere von Hövel. Bis um drei Uhr war getanzt worden, bei welcher Gelegenheit der sich mehr und mehr in eine höchste Champagnerstimmung hineinredende alte Briest allerlei Bemerkungen über den an manchen Höfen immer noch üblichen Fackeltanz und die merkwürdige Sitte des Strumpfband-Austanzens gemacht hatte, Bemerkungen, die nicht abschließen wollten und, sich immer mehr steigernd, am Ende so weit gingen, daß ihnen durchaus ein Riegel vorgeschoben werden mußte. »Nimm dich zusammen, Briest«, war ihm in ziemlich ernstem Tone von seiner Frau zugeflüstert worden, »du stehst hier nicht, um Zweideutigkeiten zu sagen, sondern um die Honneurs des Hauses zu machen. Wir haben eben eine Hochzeit und nicht eine Jagdpartie.« Worauf Briest geantwortet, er sähe darin keinen so großen Unterschied; übrigens sei er glücklich.

Auch der Hochzeitstag selbst war gut verlaufen. Niemeyer hatte vorzüglich gesprochen, und einer der alten Berliner Herren, der halb und halb zur Hofgesellschaft gehörte, hatte sich auf dem Rückwege von der Kirche zum Hochzeitshause dahin geäußert, es sei doch merkwürdig, wie reich gesät in einem Staate wie der unsrige die Talente seien. »Ich sehe darin einen Triumph unserer Schulen und vielleicht mehr noch unserer Philosophie. Wenn ich bedenke, dieser Niemeyer, ein alter Dorfpastor, der anfangs aussah wie ein Hospitalit… ja, Freund, sagen Sie selbst, hat er nicht gesprochen wie ein Hofprediger? Dieser Takt und diese Kunst der Antithese, ganz wie Kögel und an Gefühl ihm noch über. Kögel ist zu kalt. Freilich, ein Mann in seiner Stellung muß kalt sein. Woran scheitert man denn im Leben überhaupt? Immer nur an der Wärme.« Der noch unverheiratete, aber wohl ebendeshalb zum vierten Male in einem »Verhältnis« stehende Würdenträger, an den sich diese Worte gerichtet hatten, stimmte selbstverständlich zu. »Nur zu wahr, lieber Freund«, sagte er. »Zuviel Wärme! … Ganz vorzüglich… Übrigens muß ich Ihnen nachher eine Geschichte erzählen.«

Der Tag nach der Hochzeit war ein heller Oktobertag. Die Morgensonne blinkte; trotzdem war es schon herbstlich frisch, und Briest, der eben gemeinschaftlich mit seiner Frau das Frühstück genommen, erhob sich von seinem Platz und stellte sich, beide Hände auf dem Rücken, gegen das mehr und mehr verglimmende Kaminfeuer. Frau von Briest, eine Handarbeit in Händen, rückte gleichfalls näher an den Kamin und sagte zu Wilke, der gerade eintrat, um den Frühstückstisch abzuräumen: »Und nun, Wilke, wenn Sie drin im Saal, aber das geht vor, alles in Ordnung haben, dann sorgen Sie, daß die Torten nach drüben kommen, die Nußtorte zu Pastors und die Schüssel mit kleinen Kuchen zu Jahnkes. Und nehmen Sie sich mit den Gläsern in acht. Ich meine die dünngeschliffenen.«

Briest war schon bei der dritten Zigarette, sah sehr wohl aus und erklärte, nichts bekomme einem so gut wie eine Hochzeit, natürlich die eigene ausgenommen.

»Ich weiß nicht, Briest, wie du zu solcher Bemerkung kommst. Mir war ganz neu, daß du darunter gelitten haben willst. Ich wüßte auch nicht warum.«

»Luise, du bist eine Spielverderberin. Aber ich nehme nichts übel, auch nicht einmal so was. Im übrigen, was wollen wir von uns sprechen, die wir nicht einmal eine Hochzeitsreise gemacht haben. Dein Vater war dagegen. Aber Effi macht nun eine Hochzeitsreise. Beneidenswert. Mit dem Zehnuhrzug ab. Sie müssen jetzt schon bei Regensburg sein, und ich nehme an, daß er ihr – selbstverständlich, ohne auszusteigen – die Hauptkunstschätze der Walhalla herzählt. Innstetten ist ein vorzüglicher Kerl, aber er hat so was von einem Kunstfex, und Effi, Gott, unsere arme Effi, ist ein Naturkind. Ich fürchte, daß er sie mit seinem Kunstenthusiasmus etwas quälen wird.«

»Jeder quält seine Frau. Und Kunstenthusiasmus ist noch lange nicht das Schlimmste.«

»Nein, gewiß nicht; jedenfalls wollen wir darüber nicht streiten; es ist ein weites Feld. Und dann sind auch die Menschen so verschieden. Du, nun ja, du hättest dazu getaugt. Überhaupt hättest du besser zu Innstetten gepaßt als Effi. Schade, nun ist es zu spät.«

»Überaus galant, abgesehen davon, daß es nicht paßt. Unter allen Umständen aber, was gewesen ist, ist gewesen. Jetzt ist er mein Schwiegersohn, und es kann zu nichts führen, immer auf Jugendlichkeiten zurückzuweisen.«

»Ich habe dich nur in eine animierte Stimmung bringen wollen.«

»Sehr gütig. Übrigens nicht nötig. Ich *bin* in animierter Stimmung.«

»Und auch in guter?«

»Ich kann es fast sagen. Aber du darfst sie nicht verderben. Nun, was hast du noch? Ich sehe, daß du was auf dem Herzen hast.«

»Gefiel dir Effi? Gefiel dir die ganze Geschichte? Sie war so sonderbar, halb wie ein Kind und dann wieder sehr selbstbewußt und durchaus nicht so bescheiden, wie sie's solchem Manne gegenüber sein müßte. Das kann doch nur so zusammenhängen, daß sie noch nicht recht weiß, was sie an ihm hat. Oder ist es einfach, daß sie ihn nicht recht liebt? Das wäre schlimm. Denn bei all seinen Vorzügen, er ist nicht der Mann, sich diese Liebe mit leichter Manier zu gewinnen.«

Frau von Briest schwieg und zählte die Stiche auf dem Kanevas. Endlich sagte sie: »Was du da sagst, Briest, ist das Gescheiteste, was ich seit drei Tagen von dir gehört habe, deine Rede bei Tisch mit eingerechnet. Ich habe auch so meine Bedenken gehabt. Aber ich glaube, wir können uns beruhigen.«

»Hat sie dir ihr Herz ausgeschüttet?«

»So möcht ich es nicht nennen. Sie hat wohl das Bedürfnis zu sprechen, aber sie hat nicht das Bedürfnis, sich so recht von Herzen auszusprechen, und macht vieles in sich selber ab; sie ist mitteilsam und verschlossen zugleich, beinah versteckt; überhaupt ein ganz eigenes Gemisch.«

»Ich bin ganz deiner Meinung. Aber wenn sie dir nichts gesagt hat, woher weißt du's?«

»Ich sagte nur, sie habe mir nicht ihr Herz ausgeschüttet. Solche Generalbeichte, so alles von der Seele herunter, das liegt nicht in ihr. Es fuhr alles so bloß ruckweis und plötzlich aus ihr heraus, und dann war es wieder vorüber. Aber gerade weil es so ungewollt und wie von ungefähr aus ihrer Seele kam, deshalb war es mir so wichtig.«

»Und wann war es denn und bei welcher Gelegenheit?«

»Es werden jetzt gerade drei Wochen sein, und wir saßen im Garten, mit allerhand Ausstattungsdingen, großen und kleinen, beschäftigt, als Wilke einen Brief von Innstetten brachte. Sie steckte ihn zu sich, und ich mußte sie eine Viertelstunde später erst erinnern, daß sie ja einen Brief habe. Dann las sie ihn, aber verzog kaum eine Miene. Ich bekenne dir, daß mir bang ums Herz dabei wurde, so bang, daß ich gern eine Gewißheit haben wollte, so viel, wie man in diesen Dingen haben kann.«

»Sehr wahr, sehr wahr.«

»Was meinst du damit?«

»Nun, ich meine nur … Aber das ist ja ganz gleich. Sprich nur weiter; ich bin ganz Ohr.«

»Ich fragte also rundheraus, wie's stünde, und weil ich bei ihrem eigenen Charakter einen feierlichen Ton vermeiden und alles so leicht wie möglich, ja beinah scherzhaft nehmen wollte, so warf ich die Frage hin, ob sie vielleicht den Vetter Briest, der ihr in Berlin sehr stark den Hof gemacht hatte, ob sie den vielleicht lieber heiraten würde …«

»Und?«

»Da hättest du sie sehen sollen. Ihre nächste Antwort war ein schnippisches Lachen. Der Vetter sei doch eigentlich nur ein großer Kadett in Leutnantsuniform. Und einen Kadetten könne sie nicht einmal lieben, geschweige heiraten. Und dann sprach sie von Innstetten, der ihr mit einem Male der Träger aller männlichen Tugenden war.«

»Und wie erklärst du dir das?«

»Ganz einfach. So geweckt und temperamentvoll und beinahe leidenschaftlich sie ist, oder vielleicht auch weil sie es ist, sie gehört nicht zu denen, die so recht eigentlich auf Liebe gestellt sind, wenigstens nicht auf das, was den Namen ehrlich verdient. Sie redet zwar davon, sogar mit Nachdruck und einem gewissen Überzeugungston, aber doch nur, weil sie irgendwo gelesen hat, Liebe sei nun mal das Höchste, das Schönste, das Herrlichste. Vielleicht hat sie's auch bloß von der sentimentalen Person, der Hulda, gehört und spricht es ihr nach. Aber sie empfindet nicht viel dabei. Wohl möglich, daß es alles mal kommt, Gott verhüte es, aber noch ist es nicht da.«

»Und was ist da? Was hat sie?«

»Sie hat nach meinem und auch nach ihrem eigenen Zeugnis zweierlei: Vergnügungssucht und Ehrgeiz.«

»Nun, das kann passieren. Da bin ich beruhigt.«

»Ich nicht. Innstetten ist ein Karrieremacher – vom Streber will ich nicht sprechen, das ist er auch nicht, dazu ist er zu wirklich vornehm – also Karrieremacher, und das wird Effis Ehrgeiz befriedigen.«

»Nun also. Das ist doch gut.«

»Ja, das ist gut. Aber es ist erst die Hälfte. Ihr Ehrgeiz wird befriedigt werden, aber ob auch ihr Hang nach Spiel und Abenteuer? Ich bezweifle. Für die stündliche kleine Zerstreuung und Anregung, für alles, was die Langeweile bekämpft, diese Todfeindin einer geistreichen kleinen Person, dafür wird Innstetten sehr schlecht sorgen. Er wird sie nicht in einer geistigen Öde lassen, dazu ist er zu klug und zu weltmännisch, aber er wird sie auch nicht sonderlich amüsieren. Und was das Schlimmste ist, er wird sich nicht einmal recht mit der Frage beschäftigen, wie das wohl anzufangen sei. Das wird eine Weile so gehen, ohne viel Schaden anzurichten, aber zuletzt wird sie's merken, und dann wird es sie beleidigen. Und dann weiß ich nicht, was geschieht. Denn so weich und nachgiebig sie ist, sie hat auch was Rabiates und läßt es auf alles ankommen.«

In diesem Augenblicke trat Wilke vom Saal her ein und meldete, daß er alles nachgezählt und alles vollzählig gefunden habe; nur von den feinen Weingläsern sei eins zerbrochen, aber schon gestern, als das Hoch ausgebracht wurde – Fräulein Hulda habe mit Leutnant Nienkerken zu scharf angestoßen.

»Versteht sich, von alter Zeit her immer im Schlaf, und unterm Holunderbaum ist es natürlich nicht besser geworden. Eine alberne Person, und ich begreife Nienkerken nicht.«

»Ich begreife ihn vollkommen.«

»Er kann sie doch nicht heiraten.«

»Nein.«

»Also zu was?«

»Ein weites Feld, Luise.«

Dies war am Tage nach der Hochzeit. Drei Tage später kam eine kleine gekritzelte Karte aus München, die Namen alle nur mit zwei Buchstaben angedeutet. »Liebe Mama! Heute vormittag die Pinakothek besucht. Geert wollte auch noch nach dem andern hinüber, das ich hier nicht nenne, weil ich wegen der Rechtschreibung in Zweifel bin, und fragen mag ich ihn nicht. Er ist übrigens engelsgut gegen mich und erklärt mir alles. Überhaupt alles sehr schön, aber anstrengend. In Italien wird es wohl nachlassen und besser werden. Wir wohnen in den ›Vier Jahreszeiten‹, was Geert veranlaßte, mir zu sagen, draußen sei Herbst, aber er habe in mir den Frühling. Ich finde es sehr sinnig. Er ist überhaupt sehr aufmerksam. Freilich ich muß es *auch* sein, namentlich wenn er was sagt oder erklärt. Er weiß übrigens alles so gut, daß er nicht einmal nachzuschlagen braucht. Mit Entzükken spricht er von Euch, namentlich von Mama. Hulda findet er etwas zierig; aber der alte Niemeyer hat es ihm ganz angetan. Tausend Grüße von Eurer ganz berauschten, aber auch etwas müden Effi.«

Solche Karten trafen nun täglich ein, aus Innsbruck, aus Verona, aus Vicenza, aus Padua, eine jede fing an: »Wir haben heute vormittag die hiesige berühmte Galerie besucht«, oder wenn es nicht die Galerie war, so war es eine Arena oder irgendeine Kirche »Santa Maria« mit einem Zunamen. Aus Padua kam, zugleich mit der Karte, noch ein wirklicher Brief. »Gestern waren wir in Vicenza. Vicenza muß man sehn wegen des Palladio; Geert sagte mir, daß in ihm alles Moderne wurzele. Natürlich nur in bezug auf Baukunst. Hier in Padua (wo wir heute früh ankamen) sprach er im Hotelwagen etliche Male vor sich hin: ›Er liegt in Padua begraben‹ und war überrascht, als er von mir vernahm, daß ich diese Worte noch nie gehört hätte. Schließlich aber sagte er, es sei eigentlich ganz gut und ein Vorzug, daß ich nichts davon wüßte. Es ist überhaupt sehr gerecht. Und vor allem ist er engelsgut gegen mich und gar nicht überheblich und auch gar nicht alt. Ich habe noch immer das Ziehen in den Füßen, und das Nachschlagen und das lange Stehen vor den Bildern strengt mich an. Aber es muß ja sein. Ich freue mich sehr auf Venedig. Da bleiben wir fünf Tage, ja vielleicht eine ganze Woche. Geert hat mir schon von den Tauben auf dem Markusplatze vorgeschwärmt und daß man sich da Tüten mit Erbsen kauft und dann die schönen Tiere damit füttert. Es soll Bilder geben, die das darstellen, schöne blonde Mädchen, ›ein Typus wie Hulda‹, sagte er. Wobei mir denn auch die Jahnkeschen Mädchen einfallen. Ach, ich gäbe was drum, wenn ich mit ihnen auf unserm Hof auf einer Wagendeichsel sitzen und *unsere* Tauben füttern könnte. Die Pfauentaube mit dem starken Kropf dürft Ihr aber nicht schlachten, die will ich noch wiedersehen. Ach, es ist so schön hier. Es soll ja auch das Schönste sein. Eure glückliche, aber etwas müde Effi.«

Frau von Briest, als sie den Brief vorgelesen hatte, sagte: »Das arme Kind. Sie hat Sehnsucht.«

»Ja«, sagte Briest, »sie hat Sehnsucht. Diese verwünschte Reiserei …«

»Warum sagst du das jetzt? Du hättest es ja hindern können. Aber das ist so deine Art, hinterher den Weisen zu spielen. Wenn das Kind in den Brunnen gefallen ist, decken die Ratsherren den Brunnen zu.«

»Ach, Luise, komme mir doch nicht mit solchen Geschichten. Effi ist unser Kind, aber seit dem 3. Oktober ist sie Baronin Innstetten. Und wenn ihr Mann, unser Herr Schwiegersohn, eine Hochzeitsreise machen und bei der Gelegenheit jede Galerie neu katalogisieren will, so kann ich ihn daran nicht hindern. Das ist eben das, was man sich verheiraten nennt.«

»Also jetzt gibst du das zu. Mir gegenüber hast du's immer bestritten, immer bestritten, daß die Frau in einer Zwangslage sei.«

»Ja, Luise, das hab ich. Aber wozu das jetzt. Das ist wirklich ein zu weites Feld.«

Sechstes Kapitel

Mitte November – sie waren bis Capri und Sorrent gekommen – lief Innstettens Urlaub ab, und es entsprach seinem Charakter und seinen Gewohnheiten, genau Zeit und Stunde zu halten. Am 14. früh traf er denn auch mit dem Kurierzuge in Berlin ein, wo Vetter Briest ihn und die Cousine begrüßte und vorschlug, die zwei bis zum Abgange des Stettiner Zuges noch zur Verfügung bleibenden Stunden zum Besuche des St.-Privat-Panoramas zu benutzen und diesem Panoramabesuch ein kleines Gabelfrühstück folgen zu lassen. Beides wurde dankbar akzeptiert. Um Mittag war man wieder auf dem Bahnhof und nahm hier, nachdem, wie herkömmlich, die glücklicherweise nie ernstgemeinte Aufforderung, »doch auch mal herüberzukommen«, ebenso von Effi wie von Innstetten ausgesprochen worden war, unter herzlichem Händeschütteln Abschied voneinander. Noch als der Zug sich schon in Bewegung setzte, grüßte Effi vom Kupee aus. Dann machte sie sich's bequem und schloß die Augen; nur von Zeit zu Zeit richtete sie sich wieder auf und reichte Innstetten die Hand.

Es war eine angenehme Fahrt, und pünktlich erreichte der Zug den Bahnhof Klein-Tantow, von dem aus eine Chaussee nach dem noch zwei Meilen entfernten Kessin hinüberführte. Bei Sommerzeit, namentlich während der Bademonate, benutzte man statt der Chaussee lieber den Wasserweg und fuhr, auf einem alten Raddampfer, das Flüßchen Kessine, dem Kessin selbst seinen Namen verdankte, hinunter; am 1. Oktober aber stellte der »Phönix«, von dem seit lange vergeblich gewünscht wurde, daß er in einer passagierfreien Stunde sich seines Namens entsinnen und verbrennen möge, regelmäßig seine Fahrten ein, weshalb denn auch Innstetten bereits von Stettin aus an seinen Kutscher Kruse telegraphiert hatte: »Fünf Uhr, Bahnhof Klein-Tantow. Bei gutem Wetter offener Wagen.«

Und nun *war* gutes Wetter, und Kruse hielt in offenem Gefährt am Bahnhof und begrüßte die Ankommenden mit dem vorschriftsmäßigen Anstand eines herrschaftlichen Kutschers.

»Nun, Kruse, alles in Ordnung?«

»Zu Befehl, Herr Landrat.«

»Dann, Effi, bitte, steig ein.« Und während Effi dem nachkam und einer von den Bahnhofsleuten einen kleinen Handkoffer vorn beim Kutscher unterbrachte, gab Innstetten Weisung, den Rest des Gepäcks mit dem Omnibus nachzuschicken. Gleich danach nahm auch er seinen Platz, bat, sich populär machend, einen der Umstehenden um Feuer und rief Kruse zu: »Nun vorwärts, Kruse.« Und über die Schienen weg, die vielgleisig an der Übergangsstelle lagen, ging es in Schräglinie den Bahndamm hinunter und gleich danach an einem schon an der Chaussee gelegenen Gasthause vorüber, das den Namen »Zum Fürsten Bismarck« führte. Denn an ebendieser Stelle gabelte der Weg und zweigte, wie rechts nach Kessin, so links nach Varzin hin ab. Vor dem Gasthofe stand ein mittelgroßer breitschultriger Mann in Pelz und Pelzmütze, welch letztere er, als der Herr Landrat vorüberfuhr, mit vieler Würde vom Haupte nahm. »Wer war denn das?« sagte Effi, die durch alles, was sie sah, aufs höchste interessiert und schon deshalb bei bester Laune war. »Er sah ja aus wie ein Starost, wobei ich freilich bekennen muß, nie einen Starosten gesehen zu haben.«

»Was auch nicht schadet, Effi. Du hast es trotzdem sehr gut getroffen. Er sieht wirklich aus wie ein Starost und ist auch so was. Er ist nämlich ein halber Pole, heißt Golchowski, und wenn wir hier Wahl haben oder eine Jagd, dann ist er obenauf. Eigentlich ein ganz unsicherer Passagier, dem ich nicht über den Weg traue und der wohl viel auf dem Gewissen hat. Er spielt sich aber auf den Loyalen hinaus, und wenn die Varziner Herrschaften hier vorüberkommen, möcht er sich am liebsten vor den Wagen werfen. Ich weiß, daß er dem Fürsten auch widerlich ist. Aber was hilft's? Wir dürfen es nicht mit ihm verderben, weil wir ihn brauchen. Er hat hier die ganze Gegend in der Tasche und versteht die Wahlmache wie kein anderer, gilt auch für wohlhabend. Dabei leiht er auf Wucher, was sonst die Polen nicht tun; in der Regel das Gegenteil.«

»Er sah aber gut aus.«

»Ja, gut aussehen tut er. Gut aussehen tun die meisten hier. Ein hübscher Schlag Menschen. Aber das ist auch das Beste, was man von ihnen sagen kann. Eure märkischen Leute sehen unscheinbarer aus und verdrießlicher, und in ihrer Haltung sind sie weniger respektvoll, eigentlich gar nicht, aber ihr Ja ist Ja, und Nein ist Nein, und man kann sich auf sie verlassen. Hier ist alles unsicher.«

»Warum sagst du mir das? Ich muß nun doch hier mit ihnen leben.«

»Du nicht, du wirst nicht viel von ihnen hören und sehen. Denn Stadt und Land hier sind sehr verschieden, und du wirst nur unsere Städter kennenlernen, unsere guten Kessiner.«

»Unsere guten Kessiner. Ist es Spott, oder sind sie wirklich so gut?«

»Daß sie wirklich gut sind, will ich nicht gerade behaupten, aber sie sind doch anders als die andern; ja, sie haben gar keine Ähnlichkeit mit der Landbevölkerung hier.«

»Und wie kommt das?«

»Weil es eben ganz andere Menschen sind, ihrer Abstammung nach und ihren Beziehungen nach. Was du hier landeinwärts findest, das sind sogenannte Kaschuben, von denen du vielleicht gehört hast, slawische Leute, die hier schon tausend Jahre sitzen und wahrscheinlich noch viel länger. Alles aber, was hier an der Küste hin in den kleinen See- und Handelsstädten wohnt, das sind von weit her Eingewanderte, die sich um das kaschubische Hinterland wenig kümmern, weil sie wenig davon haben und auf etwas ganz anderes angewiesen sind. Worauf sie angewiesen sind, das sind die Gegenden, mit denen sie Handel treiben, und da sie das mit aller Welt tun und mit aller Welt in Verbindung stehen, so findest du zwischen ihnen auch Menschen aus aller Welt Ecken und Enden. Auch in unserem guten Kessin, trotzdem es eigentlich nur ein Nest ist.«

»Aber das ist ja entzückend, Geert. Du sprichst immer von Nest, und nun finde ich, wenn du nicht übertrieben hast, eine ganz neue Welt hier. Allerlei Exotisches. Nicht wahr, so was Ähnliches meintest du doch?«

Er nickte.

»Eine ganz neue Welt, sag ich, vielleicht einen Neger oder einen Türken oder vielleicht sogar einen Chinesen.«

»Auch einen Chinesen. Wie gut du raten kannst. Es ist möglich, daß wir wirklich noch einen haben, aber jedenfalls haben wir einen gehabt; jetzt ist er tot und auf einem kleinen eingegitterten Stück Erde begraben, dicht neben dem Kirchhof. Wenn du nicht furchtsam bist, will ich dir bei Gelegenheit mal sein Grab zeigen; es liegt zwischen den Dünen, bloß Strandhafer drum rum und dann und wann ein paar Immortellen, und immer hört man das Meer. Es ist sehr schön und sehr schauerlich.«

»Ja, schauerlich, und ich möchte wohl mehr davon wissen. Aber doch lieber nicht, ich habe dann immer gleich Visionen und Träume und möchte doch nicht, wenn ich diese Nacht hoffentlich gut schlafe, gleich einen Chinesen an mein Bett treten sehen.«

»Das wird er auch nicht.«

»Das wird er auch nicht. Höre, das klingt ja sonderbar, als ob es doch möglich wäre. Du willst mir Kessin interessant machen, aber du gehst darin ein bißchen weit. Und solche fremde Leute habt ihr viele in Kessin?«

»Sehr viele. Die ganze Stadt besteht aus solchen Fremden, aus Menschen, deren Eltern oder Großeltern noch ganz woanders saßen.«

»Höchst merkwürdig. Bitte, sage mir mehr davon. Aber nicht wieder was Gruseliges. Ein Chinese, find ich, hat immer was Gruseliges.«

»Ja, das hat er«, lachte Geert. »Aber der Rest ist, Gott sei Dank, von ganz anderer Art, lauter manierliche Leute, vielleicht ein bißchen zu sehr Kaufmann, ein bißchen zu sehr auf ihren Vorteil bedacht und mit Wechseln von zweifelhaftem Wert immer bei der Hand. Ja, man muß sich vorsehen mit ihnen. Aber sonst ganz gemütlich. Und damit du siehst, daß ich dir nichts vorgemacht habe, will ich dir nur so eine kleine Probe geben, so eine Art Register oder Personenverzeichnis.«

»Ja, Geert, das tu.«

»Da haben wir beispielsweise keine fünfzig Schritt von uns, und unsere Gärten stoßen sogar zusammen, den Maschinen- und Baggermeister Macpherson, einen richtigen Schotten und Hochländer.«

»Und trägt sich auch noch so?«

»Nein, Gott sei Dank nicht, denn es ist ein verhutzeltes Männchen, auf das weder sein Clan noch Walter Scott besonders stolz sein würden. Und dann haben wir in demselben Hause, wo dieser Macpherson wohnt, auch noch einen alten Wundarzt, Beza mit Namen, eigentlich bloß Barbier; der stammt aus Lissabon, gerade daher, wo auch der berühmte General de Meza herstammt – Meza, Beza, du hörst die Landesverwandtschaft heraus. Und dann haben wir flußaufwärts am Bollwerk – das ist nämlich der Kai, wo die Schiffe liegen – einen Goldschmied namens Stedingk, der aus einer alten schwedischen Familie stammt; ja, ich glaube, es gibt sogar Reichsgrafen, die so heißen, und des weiteren, und damit will ich dann vorläufig abschließen, haben wir den guten alten Doktor Hannemann, der natürlich ein Däne ist und lange in Island war und sogar ein kleines Buch geschrieben hat über den letzten Ausbruch des Hekla oder Krabla.«

»Das ist ja aber großartig, Geert. Das ist ja wie sechs Romane, damit kann man ja gar nicht fertig werden. Es klingt erst spießbürgerlich und ist doch hinterher ganz apart. Und dann müßt ihr ja doch auch Menschen haben, schon weil es eine Seestadt ist, die nicht bloß Chirurgen oder Barbiere sind oder sonst dergleichen. Ihr müßt doch auch Kapitäne haben, irgendeinen fliegenden Holländer oder …«

»Da hast du ganz recht. Wir haben sogar einen Kapitän, der war Seeräuber unter den Schwarzflaggen.«

»Kenn ich nicht. Was sind Schwarzflaggen?«

»Das sind Leute weit dahinten in Tonkin und an der Südsee … Seit er aber wieder unter Menschen ist, hat er auch wieder die besten Formen und ist ganz unterhaltlich.«

»Ich würde mich aber doch vor ihm fürchten.«

»Was du nicht nötig hast, zu keiner Zeit und auch dann nicht, wenn ich über Land bin oder zum Tee beim Fürsten, denn zu allem andern, was wir haben, haben wir ja Gott sei Dank auch Rollo …«

»Rollo?«

»Ja, Rollo. Du denkst dabei, vorausgesetzt, daß du bei Niemeyer oder Jahnke von dergleichen gehört hast, an den Normannenherzog, und unserer hat auch so was. Es ist aber bloß ein Neufundländer, ein wunderschönes Tier, das mich liebt und dich auch lieben wird. Denn Rollo ist ein Kenner. Und solange du den um dich hast, so lange bist du sicher und kann nichts an dich heran, kein Lebendiger und kein Toter. Aber sieh mal den Mond da drüben. Ist es nicht schön?«

Effi, die, still in sich versunken, jedes Wort halb ängstlich, halb begierig eingesogen hatte, richtete sich jetzt auf und sah nach rechts hinüber, wo der Mond, unter weißem, aber rasch hinschwindendem Gewölk, eben aufgegangen war. Kupferfarben stand die große Scheibe hinter einem Erlengehölz und warf ihr Licht auf eine breite Wasserfläche, die die Kessine hier bildete. Oder vielleicht war es auch schon ein Haff, an dem das Meer draußen seinen Anteil hatte.

Effi war wie benommen. »Ja, du hast recht, Geert, wie schön; aber es hat zugleich so was Unheimliches. In Italien habe ich nie solchen Eindruck gehabt, auch nicht als wir von Mestre nach Venedig hinüberfuhren. Da war auch Wasser und Sumpf und Mondschein, und ich dachte, die Brücke würde brechen; aber es war nicht so gespenstig. Woran liegt es nur? Ist es doch das Nördliche?«

Innstetten lachte. »Wir sind hier fünfzehn Meilen nördlicher als in Hohen-Cremmen, und eh der erste Eisbär kommt, mußt du noch eine Weile warten. Ich glaube, du bist nervös von der langen Reise und dazu das St.-Privat-Panorama und die Geschichte von dem Chinesen.«

»Du hast mir ja gar keine erzählt.«

»Nein, ich hab ihn nur eben genannt. Aber ein Chinese ist schon an und für sich eine Geschichte ...«

»Ja«, lachte sie.

»Und jedenfalls hast du's bald überstanden. Siehst du da vor dir das kleine Haus mit dem Licht? Es ist eine Schmiede. Da biegt der Weg. Und wenn wir die Biegung gemacht haben, dann siehst du schon den Turm von Kessin oder richtiger beide...«

»Hat es denn zwei?«

»Ja, Kessin nimmt sich auf. Es hat jetzt auch eine katholische Kirche.«

Eine halbe Stunde später hielt der Wagen an der ganz am entgegengesetzten Ende der Stadt gelegenen landrätlichen Wohnung, einem einfachen, etwas altmodischen Fachwerkhause, das mit seiner Front auf die nach den Seebädern hinausführende Hauptstraße, mit seinem Giebel aber auf ein zwischen der Stadt und den Dünen liegendes Wäldchen, das die »Plantage« hieß, herniederblickte. Dies altmodische Fachwerkhaus war übrigens nur Innstettens Privatwohnung, nicht das eigentliche Landratsamt, welches letztere, schräg gegenüber, an der anderen Seite der Straße lag.

Kruse hatte nicht nötig, durch einen dreimaligen Peitschenknips die Ankunft zu vermelden; längst hatte man von Tür und Fenstern aus nach den Herrschaften ausgeschaut, und ehe noch der Wagen heran war, waren bereits alle Hausinsassen auf dem die ganze Breite des Bürgersteiges einnehmenden Schwellstein versammelt, vorauf Rollo, der im selben Augenblicke, wo der Wagen hielt, diesen zu umkreisen begann. Innstetten war zunächst seiner jungen Frau beim Aussteigen behilflich und ging dann, dieser den Arm reichend, unter freundlichem Gruß an der Dienerschaft vorüber, die nun dem jungen Paare in den mit prächtigen alten Wandschränken umstandenen Hausflur folgte. Das Hausmädchen, eine hübsche, nicht mehr ganz jugendliche Person, der ihre stattliche Fülle fast ebenso gut kleidete wie das zierliche Mützchen auf dem blonden Haar, war der gnädigen Frau beim Ablegen von Muff und Mantel behilflich und bückte sich eben, um ihr auch die mit Pelz gefütterten Gummistiefel auszuziehen. Aber ehe sie noch dazu kommen konnte, sagte Innstetten: »Es wird das Beste sein, ich stelle dir gleich hier unsere gesamte Hausgenossenschaft vor, mit Ausnahme der Frau Kruse, die sich – ich vermute sie wieder bei ihrem unvermeidlichen schwarzen Huhn – nicht gerne sehen läßt.« Alles lächelte. »Aber lassen wir Frau Kruse ... Dies hier ist mein alter Friedrich, der schon mit mir auf der Universität war ... Nicht wahr, Friedrich, gute Zeiten damals ... und dies hier ist Johanna, märkische Landsmännin von dir, wenn du, was aus Pasewalker Gegend stammt, noch für voll gelten lassen willst, und dies ist Christel, der wir mittags und abends unser leibliches Wohl anvertrauen und die zu kochen versteht, das kann ich dir versichern. Und dies hier ist Rollo. Nun, Rollo, wie geht's?«

Rollo schien nur auf diese spezielle Ansprache gewartet zu haben, denn im selben Augenblicke, wo er seinen Namen hörte, gab er einen Freudenblaff, richtete sich auf und legte die Pfoten auf seines Herrn Schulter.

»Schon gut, Rollo, schon gut. Aber sieh da, das ist die Frau; ich hab ihr von dir erzählt und ihr gesagt, daß du ein schönes Tier seiest und sie schützen würdest.« Und nun ließ Rollo ab und setzte sich vor Innstetten nieder, zugleich neugierig zu der jungen Frau aufblickend. Und als diese ihm die Hand hinhielt, umschmeichelte er sie.

Effi hatte während dieser Vorstellungsszene Zeit gefunden, sich umzuschauen. Sie war wie gebannt von allem, was sie sah, und dabei geblendet von der Fülle von Licht. In der vorderen Flurhälfte brannten vier, fünf Wandleuchter, die Leuchter selbst sehr primitiv, von bloßem Weißblech, was aber den Glanz und die Helle nur noch steigerte. Zwei mit roten Schleiern bedeckte Astrallampen, Hochzeitsgeschenk von Niemeyer, standen auf einem zwischen zwei Eichenschränken angebrachten Klapptisch, in Front davon das Teezeug, dessen Lämpchen unter dem Kessel schon angezündet war. Aber noch viel, viel anderes und zum Teil sehr Sonderbares kam zu dem allen hinzu. Quer über den Flur fort liefen drei, die Flurdecke in ebenso viele Felder teilende Balken; an dem vordersten hing ein Schiff mit vollen Segeln, hohem Hinterdeck und Kanonenluken, während weiter hin ein riesiger Fisch in der Luft zu schwimmen schien. Effi nahm ihren Schirm, den sie noch in Händen hielt, und stieß leis an das Ungetüm an, so daß es sich in eine langsam schaukelnde Bewegung setzte.

»Was ist das, Geert?« fragte sie.

»Das ist ein Haifisch.«

»Und ganz dahinten das, was aussieht wie eine große Zigarre vor einem Tabaksladen?«

»Das ist ein junges Krokodil. Aber das kannst du dir alles morgen viel besser und genauer ansehen; jetzt komm und laß uns eine Tasse Tee nehmen. Denn trotz aller Plaids und Decken wirst du gefroren haben. Es war zuletzt empfindlich kalt.«

Er bot nun Effi den Arm, und während sich die beiden Mädchen zurückzogen und nur Friedrich und Rollo folgten, trat man, nach links hin, in des Hausherrn Wohn- und Arbeitszimmer ein. Effi war hier ähnlich überrascht wie draußen im Flur; aber ehe sie sich darüber äußern konnte, schlug Innstetten eine Portiere zurück, hinter der ein zweites, etwas größeres Zimmer mit Blick auf Hof und Garten gelegen war. »Das, Effi, ist nun also dein. Friedrich und Johanna haben es, so gut es ging, nach meinen Anordnungen herrichten müssen. Ich finde es ganz erträglich und würde mich freuen, wenn es dir auch gefiele.«

Sie nahm ihren Arm aus dem seinigen und hob sich auf die Fußspitzen, um ihm einen herzlichen Kuß zu geben.

»Ich armes kleines Ding, wie du mich verwöhnst. Dieser Flügel und dieser Teppich, ich glaube gar, es ist ein türkischer, und das Bassin mit den Fischchen und dazu der Blumentisch. Verwöhnung, wohin ich sehe.«

»Ja, meine liebe Effi, das mußt du dir nun schon gefallen lassen, dafür ist man jung und hübsch und liebenswürdig, was die Kessiner wohl auch schon erfahren haben werden, Gott weiß woher. Denn an dem Blumentisch wenigstens bin ich unschuldig. Friedrich, wo kommt der Blumentisch her?«

»Apotheker Gieshübler … Es liegt auch eine Karte bei.«

»Ah, Gieshübler, Alonzo Gieshübler«, sagte Innstetten und reichte lachend und in beinahe ausgelassener Laune die Karte mit dem etwas fremdartig klingenden Vornamen zu Effi hinüber. »Gieshübler, von dem hab ich dir zu erzählen vergessen – beiläufig, er führt auch den Doktortitel, hat's aber nicht gern, wenn man ihn dabei nennt, das ärgere, so meint er, die richtigen Doktors bloß, und darin wird er wohl recht haben. Nun, ich denke, du wirst ihn kennenlernen, und zwar bald; er ist unsere beste Nummer hier, Schöngeist und Original und vor allem Seele von Mensch, was doch immer die Hauptsache bleibt. Aber lassen wir das alles und setzen uns und nehmen unseren Tee. Wo soll es sein? Hier bei dir oder drin bei mir? Denn eine weitere Wahl gibt es nicht. Eng und klein ist meine Hütte.«

Sie setzte sich ohne Besinnen auf ein kleines Ecksofa. »Heute bleiben wir hier, heute bist du bei mir zu Gast. Oder lieber so: den Tee regelmäßig bei mir, das Frühstück bei dir; dann kommt jeder zu seinem Recht, und ich bin neugierig, wo mir's am besten gefallen wird.«

»Das ist eine Morgen- und Abendfrage.«

»Gewiß. Aber wie sie sich stellt oder, richtiger, wie wir uns dazu stellen, das ist es eben.«

Und sie lachte und schmiegte sich an ihn und wollte ihm die Hand küssen.

»Nein, Effi, um Himmels willen nicht, nicht so. Mir liegt nicht daran, die Respektsperson zu sein, das bin ich für die Kessiner. Für dich bin ich …«

»Nun was?«

»Ach laß. Ich werde mich hüten, es zu sagen.«

Siebentes Kapitel

Es war schon heller Tag, als Effi am andern Morgen erwachte. Sie hatte Mühe, sich zurechtzufinden. Wo war sie? Richtig, in Kessin, im Hause des Landrats von Innstetten, und sie war seine Frau, Baronin Innstetten. Und, sich aufrichtend, sah sie sich neugierig um; am Abend vorher war sie zu müde gewesen, um alles, was sie da halb fremdartig, halb altmodisch umgab, genauer in Augenschein zu nehmen. Zwei Säulen stützten den Deckenbalken, und grüne Vorhänge schlossen den alkovenartigen Schlafraum, in welchem die Betten standen, von dem Rest des Zimmers ab; nur in der Mitte fehlte der Vorhang oder war zurückgeschlagen, was ihr von ihrem Bette aus eine bequeme Orientierung gestattete. Da, zwischen den zwei Fenstern, stand der schmale, bis hoch hinauf reichende Trumeau, während rechts daneben, und schon an der Flurwand hin, der große schwarze Kachelofen aufragte, der noch (soviel hatte sie schon am Abend vorher bemerkt) nach alter Sitte von außen her geheizt wurde. Sie fühlte jetzt, wie seine Wärme herüberströmte. Wie schön es doch war, im eigenen Hause zu sein; soviel Behagen hatte sie während der ganzen Reise nicht empfunden, nicht einmal in Sorrent.

Aber wo war Innstetten? Alles still um sie her, niemand da. Sie hörte nur den Ticktackschlag einer kleinen Pendule und dann und wann einen dumpfen Ton im Ofen, woraus sie schloß, daß vom Flur her ein paar neue Scheite nachgeschoben würden. Allmählich entsann sie sich auch, daß Geert, am Abend vorher, von einer elektrischen Klingel gesprochen hatte, nach der sie denn auch nicht lange mehr zu suchen brauchte; dicht neben ihrem Kissen war der kleine weiße Elfenbeinknopf, auf den sie nun leise drückte.

Gleich danach erschien Johanna. »Gnädige Frau haben befohlen.«

»Ach, Johanna, ich glaube, ich habe mich verschlafen. Es muß schon spät sein.«

»Eben neun.«

»Und der Herr…«, es wollt ihr nicht glücken, so ohne weiteres von ihrem »Manne« zu sprechen, »…der Herr, er muß sehr leise gemacht haben; ich habe nichts gehört.«

»Das hat er gewiß. Und gnäd'ge Frau werden fest geschlafen haben. Nach der langen Reise…«

»Ja, das hab ich. Und der Herr, ist er immer so früh auf?«

»Immer, gnäd'ge Frau. Darin ist er streng; er kann das lange Schlafen nicht leiden, und wenn er drüben in sein Zimmer tritt, da muß der Ofen warm sein, und der Kaffee darf auch nicht auf sich warten lassen.«

»Da hat er also schon gefrühstückt?«

»O nicht doch, gnäd'ge Frau … der gnäd'ge Herr…«

Effi fühlte, daß sie die Frage nicht hätte tun und die Vermutung, Innstetten könne nicht auf sie gewartet haben, lieber nicht hätte aussprechen sollen. Es lag ihr denn auch daran, diesen ihren Fehler, so gut es ging, wieder auszugleichen, und als sie sich erhoben und vor dem Trumeau Platz genommen hatte, nahm sie das Gespräch wieder auf und sagte: »Der Herr hat übrigens ganz recht. Immer früh auf, das war auch Regel in meiner Eltern Hause. Wo die Leute den Morgen verschlafen, da gibt es den ganzen Tag keine Ordnung mehr. Aber der Herr wird es so streng mit mir nicht nehmen; eine ganze Weile hab ich diese Nacht nicht schlafen können und habe mich sogar ein wenig geängstigt.«

»Was ich hören muß, gnäd'ge Frau! Was war es denn?«

»Es war über mir ein ganz sonderbarer Ton, nicht laut, aber doch sehr eindringlich. Erst klang es, wie wenn lange Schleppenkleider über die Diele hinschleiften, und in meiner Erregung war es mir ein paarmal, als ob ich kleine weiße Atlasschuhe sähe. Es war, als tanze man oben, aber ganz leise.«

Johanna, während das Gespräch so ging, sah über die Schulter der jungen Frau fort in den hohen schmalen Spiegel hinein, um die Mienen Effis besser beobachten zu können. Dann sagte sie: »Ja, das ist oben im Saal. Früher hörten wir es in der Küche auch. Aber jetzt hören wir es nicht mehr; wir haben uns daran gewöhnt.«

»Ist es denn etwas Besonderes damit?«

»O Gott bewahre, nicht im geringsten. Eine Weile wußte man nicht recht, woher es käme, und der Herr Prediger machte ein verlegenes Gesicht, trotzdem Doktor Gieshübler immer nur darüber lachte. Nun aber wissen wir, daß es die Gardinen sind. Der Saal ist etwas multrig und stockig, und deshalb stehen immer die Fenster auf, wenn nicht gerade Sturm ist. Und da ist denn fast immer ein starker Zug oben und fegt die alten, weißen Gardinen, die außerdem viel zu lang sind, über die Dielen hin und her. Das klingt dann so wie seidne Kleider oder auch wie Atlasschuhe, wie die gnäd'ge Frau eben bemerkten.«

»Natürlich ist es das. Aber ich begreife nur nicht,

warum dann die Gardinen nicht abgenommen werden. Oder man könnte sie ja kürzer machen. Es ist ein so sonderbares Geräusch, das einem auf die Nerven fällt. Und nun, Johanna, bitte, geben Sie mir doch das kleine Tuch und tupfen Sie mir die Stirn. Oder nehmen Sie lieber den Rafraichisseur aus meiner Reisetasche … Ach, das ist schön und erfrischt mich. Nun werde ich hinübergehen. Er ist doch noch da, oder war er schon aus?«

»Der gnäd'ge Herr war schon aus, ich glaube drüben auf dem Amt. Aber seit einer Viertelstunde ist er zurück. Ich werde Friedrich sagen, daß er das Frühstück bringt.«

Und damit verließ Johanna das Zimmer, während Effi noch einen Blick in den Spiegel tat und dann über den Flur fort, der bei der Tagesbeleuchtung viel von seinem Zauber vom Abend vorher eingebüßt hatte, bei Geert eintrat.

Dieser saß an seinem Schreibtisch, einem etwas schwerfälligen Zylinderbureau, das er aber, als Erbstück aus dem elterlichen Hause, nicht missen mochte. Effi stand hinter ihm und umarmte und küßte ihn, noch eh er sich von seinem Platz erheben konnte.

»Schon?«

»Schon, sagst du. Natürlich um mich zu verspotten.«

Innstetten schüttelte den Kopf. »Wie werd ich das?« Effi fand aber ein Gefallen daran, sich anzuklagen, und wollte von den Versicherungen ihres Mannes, daß sein »schon« ganz aufrichtig gemeint gewesen sei, nichts hören. »Du mußt noch von der Reise her wissen, daß ich morgens nie habe warten lassen. Im Laufe des Tages, nun ja, da ist es etwas anderes. Es ist wahr, ich bin nicht sehr pünktlich, aber ich bin keine Langschläferin. Darin, denk ich, haben mich die Eltern gut erzogen.«

»Darin? In allem, meine süße Effi.«

»Das sagst du so, weil wir noch in den Flitterwochen sind... aber nein, wir sind ja schon heraus. Um's Himmels willen, Geert, daran habe ich noch gar nicht gedacht, wir sind ja schon über sechs Wochen verheiratet, sechs Wochen und einen Tag. Ja, das ist etwas anderes; da nehme ich es nicht mehr als Schmeichelei, da nehme ich es als Wahrheit.«

In diesem Augenblicke trat Friedrich ein und brachte den Kaffee. Der Frühstückstisch stand in Schräglinie vor einem kleinen rechtwinkligen Sofa, das gerade die eine Ecke des Wohnzimmers ausfüllte. Hier setzten sich beide.

»Der Kaffee ist ja vorzüglich«, sagte Effi, während sie zugleich das Zimmer und seine Einrichtung musterte. »Das ist noch Hotelkaffee oder wie der bei Bottegone... erinnerst du dich noch, in Florenz, mit dem Blick auf den Dom. Davon muß ich der Mama schreiben, solchen Kaffee haben wir in Hohen-Cremmen nicht. Überhaupt, Geert, ich sehe nun erst, wie vornehm ich mich verheiratet habe. Bei uns konnte alles nur so gerade passieren.«

»Torheit, Effi, ich habe nie eine bessere Hausführung gesehen als bei euch.«

»Und dann, wie du wohnst. Als Papa sich den neuen Gewehrschrank angeschafft und über seinem Schreibtisch einen Büffelkopf und dicht darunter den alten Wrangel angebracht hatte (er war nämlich mal Adjutant bei dem Alten), da dacht er, wunder was er getan; aber wenn ich mich hier umsehe, daneben ist unsere ganze Hohen-Cremmener Herrlichkeit ja bloß dürftig und alltäglich. Ich weiß gar nicht, womit ich das alles vergleichen soll; schon gestern abend, als ich nur so flüchtig darüber hinsah, kamen mir allerhand Gedanken.«

»Und welche, wenn ich fragen darf?«

»Ja, welche. Du darfst aber nicht drüber lachen. Ich habe mal ein Bilderbuch gehabt, wo ein persischer oder indischer Fürst (denn er trug einen Turban) mit untergeschlagenen Beinen auf einem roten Seidenkissen saß, und in seinem Rücken war außerdem noch eine große rote Seidenrolle, die links und rechts ganz bauschig zum Vorschein kam, und die Wand hinter dem indischen Fürsten starrte von Schwertern und Dolchen und Parderfellen und Schilden und langen türkischen Flinten. Und sieh, ganz so sieht es hier bei dir aus, und wenn du noch die Beine unterschlägst, ist die Ähnlichkeit vollkommen.«

»Effi, du bist ein entzückendes, liebes Geschöpf. Du weißt gar nicht, wie sehr ich's finde und wie gern ich dir in jedem Augenblicke zeigen möchte, daß ich's finde.«

»Nun, dazu ist ja noch vollauf Zeit; ich bin ja erst siebzehn und habe noch nicht vor zu sterben.«

»Wenigstens nicht vor mir. Freilich, wenn ich dann stürbe, nähme ich dich am liebsten mit. Ich will dich keinem andern lassen; was meinst du dazu?«

»Das muß ich mir doch noch überlegen. Oder lieber, lassen wir's überhaupt. Ich spreche nicht gern von Tod, ich bin für Leben. Und nun sage mir, wie leben wir hier? Du hast mir unterwegs allerlei Sonderbares von Stadt und Land erzählt, aber wie wir selber hier leben werden, davon kein Wort. Daß hier alles anders ist als in Hohen-Cremmen und Schwantikow, das seh ich wohl, aber wir müssen doch in dem ›guten Kessin‹, wie du's immer nennst, auch etwas wie Umgang und Gesellschaft haben können. Habt ihr denn Leute von Familie in der Stadt?«

»Nein, meine liebe Effi; nach dieser Seite hin gehst du großen Enttäuschungen entgegen. In der Nähe haben wir ein paar Adlige, die du kennenlernen wirst, aber hier in der Stadt ist gar nichts.«

»Gar nichts? Das kann ich nicht glauben. Ihr seid doch bis zu dreitausend Menschen, und unter dreitausend Menschen muß es doch außer so kleinen Leuten wie Barbier Beza (so hieß er ja wohl) doch auch noch eine Elite geben, Honoratioren oder dergleichen.«

Innstetten lachte. »Ja, Honoratioren, die gibt es. Aber bei Lichte besehen, ist es nicht viel damit. Natürlich haben wir einen Prediger und einen Amtsrichter und einen Rektor und einen Lotsenkommandeur, und von solchen beamteten Leuten findet sich schließlich wohl ein ganzes Dutzend zusammen, aber die meisten davon: gute Menschen und schlechte Musikanten. Und was dann noch bleibt, das sind bloß Konsuln.«

»Bloß Konsuln. Ich bitte dich, Geert, wie kannst du nur sagen ›bloß Konsuln‹. Das ist doch etwas sehr Hohes und Großes, und ich möchte beinah sagen Furchtbares. Konsuln, das sind doch die mit dem Rutenbündel, draus, glaub ich, ein Beil heraussah.«

»Nicht ganz, Effi. Die heißen Liktoren.«

»Richtig, die heißen Liktoren. Aber Konsul ist doch auch etwas sehr Vornehmes und Hochgesetzliches. Brutus war doch ein Konsul.«

»Ja, Brutus war ein Konsul. Aber unsere sind ihm

nicht sehr ähnlich und begnügen sich damit, mit Zucker und Kaffee zu handeln oder eine Kiste mit Apfelsinen aufzubrechen, und verkaufen dir dann das Stück pro zehn Pfennige.«

»Nicht möglich.«

»Sogar gewiß. Es sind kleine, pfiffige Kaufleute, die, wenn fremdländische Schiffe hier einlaufen und in irgendeiner Geschäftsfrage nicht recht aus noch ein wissen, die dann mit ihrem Rate zur Hand sind, und wenn sie diesen Rat gegeben und irgendeinem holländischen oder portugiesischen Schiff einen Dienst geleistet haben, so werden sie zuletzt zu beglaubigten Vertretern solcher fremder Staaten, und geradeso viele Botschafter und Gesandte, wie wir in Berlin haben, so viele Konsuln haben wir auch in Kessin, und wenn irgendein Festtag ist, und es gibt hier viel Festtage, dann werden alle Wimpel gehißt, und haben wir gerad eine grelle Morgensonne, so siehst du an solchem Tage ganz Europa von unsern Dächern flaggen und das Sternenbanner und den chinesischen Drachen dazu.«

»Du bist in einer spöttischen Laune, Geert, und magst auch wohl recht haben. Aber ich, für meine kleine Person, muß dir gestehen, daß ich dies alles entzückend finde und daß unsere havelländischen Städte daneben verschwinden. Wenn sie da Kaisers Geburtstag feiern, so flaggt es immer bloß Schwarz und Weiß und allenfalls ein bißchen Rot dazwischen, aber das kann sich doch nicht vergleichen mit der Welt von Flaggen, von der du sprichst. Überhaupt, wie ich dir schon sagte, ich finde immer wieder und wieder, es hat alles so was Fremdländisches hier, und ich habe noch nichts gehört und gesehen, was mich nicht in eine gewisse Verwunderung gesetzt hätte, gleich gestern abend das merkwürdige Schiff draußen im Flur und dahinter der Haifisch und das Krokodil und hier dein eigenes Zimmer. Alles so orientalisch, und ich muß es wiederholen, alles wie bei einem indischen Fürsten …«

»Meinetwegen. Ich gratuliere, Fürstin …«

»Und dann oben der Saal mit seinen langen Gardinen, die über die Diele hinfegen.«

»Aber was weißt du denn von dem Saal, Effi?«

»Nichts, als was ich dir eben gesagt habe. Wohl eine Stunde lang, als ich in der Nacht aufwachte, war es mir, als ob ich Schuhe auf der Erde schleifen hörte und als würde getanzt und fast auch wie Musik. Aber alles ganz leise. Und das hab ich dann heute früh an Johanna erzählt, bloß um mich zu entschuldigen, daß ich hinterher so lange geschlafen. Und da sagte sie mir, das sei von den langen Gardinen oben im Saal. Ich denke, wir machen kurzen Prozeß damit und schneiden die Gardinen etwas ab oder schließen wenigstens die Fenster; es wird ohnehin bald stürmisch genug werden. Mitte November ist ja die Zeit.«

Innstetten sah in einer kleinen Verlegenheit vor sich hin und schien schwankend, ob er auf all das antworten solle. Schließlich entschied er sich für Schweigen. »Du hast ganz recht, Effi, wir wollen die langen Gardinen oben kürzer machen. Aber es eilt nicht damit, um so weniger, als es nicht sicher ist, ob es hilft. Es kann auch was anderes sein, im Rauchfang oder der Wurm im Holz oder ein Iltis. Wir haben nämlich hier Iltisse. Jedenfalls aber, eh wir Änderungen vornehmen, mußt du dich in unserem Hauswesen erst umsehen, natürlich unter meiner Führung; in einer Viertelstunde zwingen wir's. Und dann machst du Toilette, nur ein ganz klein wenig, denn eigentlich bist du so am reizendsten – Toilette für unseren Freund Gieshübler; es ist jetzt zehn vorüber, und ich müßte mich sehr in ihm irren, wenn er nicht um elf oder doch spätestens um die Mittagsstunde hier antreten und dir seinen Respekt devotest zu Füßen legen sollte. Das ist nämlich die Sprache, drin er sich ergeht. Übrigens, wie ich dir schon sagte, ein kapitaler Mann, der dein Freund werden wird, wenn ich ihn und dich recht kenne.«

Achtes Kapitel

Elf war es längst vorüber, aber Gieshübler hatte sich noch immer nicht sehen lassen. »Ich kann nicht länger warten«, hatte Geert gesagt, den der Dienst abrief. »Wenn Gieshübler noch erscheint, so sei möglichst entgegenkommend, dann wird es vorzüglich gehen; er darf nicht verlegen werden; ist er befangen, so kann er kein Wort finden oder sagt die sonderbarsten Dinge; weißt du ihn aber in Zutrauen und gute Laune zu bringen, dann redet er wie ein Buch. Nun, du wirst es schon machen. Erwarte mich nicht vor drei; es gibt drüben allerlei zu tun. Und das mit dem Saal oben wollen wir noch überlegen; es wird aber wohl am besten sein, wir lassen es beim alten.«

Damit ging Innstetten und ließ seine junge Frau allein. Diese saß, etwas zurückgelehnt, in einem lauschigen Winkel am Fenster und stützte sich, während sie hinaussah, mit ihrem linken Arm auf ein kleines

Seitenbrett, das aus dem Zylinderbureau herausgezogen war. Die Straße war die Hauptverkehrsstraße nach dem Strande hin, weshalb denn auch in Sommerzeit ein reges Leben hier herrschte; jetzt aber, um Mitte November, war alles leer und still, und nur ein paar arme Kinder, deren Eltern in etlichen ganz am äußersten Rande der »Plantage« gelegenen Strohdachhäusern wohnten, klappten in ihren Holzpantinen an dem Innstettenschen Hause vorüber. Effi empfand aber nichts von dieser Einsamkeit, denn ihre Phantasie war noch immer bei den wunderlichen Dingen, die sie, kurz vorher, während ihrer Umschau haltenden Musterung im Hause gesehen hatte. Diese Musterung hatte mit der Küche begonnen, deren Herd eine moderne Konstruktion aufwies, während an der Decke hin, und zwar bis in die Mädchenstube hinein, ein elektrischer Draht lief – beides vor kurzem erst hergerichtet. Effi war erfreut gewesen, als ihr Innstetten davon erzählt hatte, dann aber waren sie von der Küche wieder in den Flur zurück- und von diesem in den Hof hinausgetreten, der in seiner ersten Hälfte nicht viel mehr als ein zwischen zwei Seitenflügeln hinlaufender ziemlich schmaler Gang war. In diesen Flügeln war alles untergebracht, was sonst noch zu Haushalt und Wirtschaftsführung gehörte, rechts Mädchenstube, Bedientenstube, Rollkammer, links eine zwischen Pferdestall und Wagenremise gelegene, von der Familie Kruse bewohnte Kutscherwohnung. Über dieser, in einem Verschlage, waren die Hühner einlogiert, und eine Dachklappe über dem Pferdestall bildete den Aus- und Einschlupf für die Tauben. All dies hatte sich Effi mit vielem Interesse angesehen, aber dies Interesse sah sich doch weit überholt, als sie, nach ihrer Rückkehr vom Hof ins Vorderhaus, unter Innstettens Führung die nach oben führende Treppe hinaufgestiegen war. Diese war schief, baufällig, dunkel; der Flur dagegen, auf den sie mündete, wirkte beinah heiter, weil er viel Licht und einen guten landschaftlichen Ausblick hatte; nach der einen Seite hin, über die Dächer des Stadtrandes und die »Plantage« fort, auf eine hoch auf einer Düne stehende holländische Windmühle, nach der anderen Seite hin auf die Kessine, die hier, unmittelbar vor ihrer Einmündung, ziemlich breit war und einen stattlichen Eindruck machte. Diesem Eindruck konnte man sich unmöglich entziehen, und Effi hatte denn auch nicht gesäumt, ihrer Freude lebhaften Ausdruck zu geben. »Ja, sehr schön, sehr malerisch«, hatte Innstetten, ohne weiter darauf einzugehen, geantwortet und dann eine mit ihren Flügeln etwas schief hängende Doppeltür geöffnet, die nach rechts hin in den sogenannten Saal führte. Dieser lief durch die ganze Etage; Vorder- und Hinterfenster standen auf, und die mehr erwähnten langen Gardinen bewegten sich in dem starken Luftzuge hin und her. In der Mitte der einen Längswand sprang ein Kamin vor mit einer großen Steinplatte, während an der Wand gegenüber ein paar blecherne Leuchter hingen, jeder mit zwei Lichtöffnungen, ganz so wie unten im Flur, aber alles stumpf und ungepflegt. Effi war einigermaßen enttäuscht, sprach es auch aus und erklärte, statt des öden und ärmlichen Saals doch lieber die Zimmer an der gegenüberliegenden Flurseite sehen zu wollen. »Da ist nun eigentlich vollends nichts«, hatte Innstetten geantwortet, aber doch die Türen geöffnet. Es befanden sich hier vier einfenstrige Zimmer, alle gelb getüncht, gerade wie der Saal, und ebenfalls ganz leer. Nur in einem standen drei Binsenstühle, die durchgesessen waren, und an die Lehne des einen war ein kleines, nur einen halben Finger langes Bildchen geklebt, das einen Chinesen darstellte, blauer Rock mit gelben Pluderhosen und einen flachen Hut auf dem Kopf. Effi sah es und sagte: »Was soll der Chinese?« Innstetten selber schien von dem Bildchen überrascht und versicherte, daß er es nicht wisse. »Das hat Christel angeklebt oder Johanna. Spielerei. Du kannst sehen, es ist aus einer Fibel herausgeschnitten.« Effi fand es auch und war nur verwundert, daß Innstetten alles so ernsthaft nahm, als ob es doch etwas sei. Dann hatte sie noch einmal einen Blick in den Saal getan und sich dabei dahin geäußert, wie es doch eigentlich schade sei, daß das alles leer stehe. »Wir haben unten ja nur drei Zimmer, und wenn uns wer besucht, so wissen wir nicht aus noch ein. Meinst du nicht, daß man aus dem Saal zwei hübsche Fremdenzimmer machen könnte? Das wäre so was für die Mama; nach hinten heraus könnte sie schlafen und hätte den Blick auf den Fluß und die beiden Molen, und vorn hätte sie die Stadt und die holländische Windmühle. In Hohen-Cremmen haben wir noch immer bloß eine Bockmühle. Nun sage, was meinst du dazu? Nächsten Mai wird doch die Mama wohl kommen.«

Innstetten war mit allem einverstanden gewesen und hatte nur zum Schlusse gesagt: »Alles ganz gut. Aber es ist doch am Ende besser, wir logieren die Mama drüben ein, auf dem Landratsamt; die ganze erste Etage steht da leer, geradeso wie hier, und sie ist da noch mehr für sich.«

Das war so das Resultat des ersten Umgangs im Hause gewesen; dann hatte Effi drüben ihre Toilette gemacht, nicht ganz so schnell, wie Innstetten angenommen, und nun saß sie in ihres Gatten Zimmer und beschäftigte sich in ihren Gedanken abwechselnd mit dem kleinen Chinesen oben und mit Gieshübler, der noch immer nicht kam. Vor einer Viertelstunde war freilich ein kleiner, schiefschultriger und fast schon so gut wie verwachsener Herr in einem kurzen eleganten Pelzrock und einem hohen, sehr glatt gebürsteten Zylinder an der andern Seite der Straße vorbeigegangen und hatte nach ihrem Fenster hinübergesehen. Aber das konnte Gieshübler wohl nicht gewesen sein! Nein, dieser schiefschultrige Herr, der zugleich etwas so Distinguiertes hatte, das mußte der Herr Gerichtspräsident gewesen sein, und sie entsann sich auch wirklich, in einer Gesellschaft bei Tante Therese, mal einen solchen gesehen zu haben, bis ihr mit einem Male einfiel, daß Kessin bloß einen Amtsrichter habe.

Während sie diesen Betrachtungen noch nachhing, wurde der Gegenstand derselben, der augenscheinlich erst eine Morgen- oder vielleicht auch eine Ermutigungspromenade um die Plantage herum gemacht hatte, wieder sichtbar, und eine Minute später erschien Friedrich, um Apotheker Gieshübler anzumelden.

»Ich lasse sehr bitten.«

Der armen jungen Frau schlug das Herz, weil es das erste Mal war, daß sie sich als Hausfrau und noch dazu als erste Frau der Stadt zu zeigen hatte.

Friedrich half Gieshübler den Pelzrock ablegen und öffnete dann wieder die Tür.

Effi reichte dem verlegen Eintretenden die Hand, die dieser mit einem gewissen Ungestüm küßte. Die junge Frau schien sofort einen großen Eindruck auf ihn gemacht zu haben.

»Mein Mann hat mir bereits gesagt... Aber ich empfange Sie hier in meines Mannes Zimmer... er ist drüben auf dem Amt und kann jeden Augenblick zurück sein... Darf ich Sie bitten, bei mir eintreten zu wollen?«

Gieshübler folgte der voranschreitenden Effi ins Nebenzimmer, wo diese auf einen der Fauteuils wies, während sie sich selbst ins Sofa setzte. »Daß ich Ihnen sagen könnte, welche Freude Sie mir gestern durch die schönen Blumen und Ihre Karte gemacht haben. Ich hörte sofort auf, mich hier als eine Fremde zu fühlen, und als ich dies Innstetten aussprach, sagte er mir, wir würden überhaupt gute Freunde sein.«

»Sagte er so? Der gute Herr Landrat. Ja, der Herr Landrat und Sie, meine gnädigste Frau, da sind, das bitte ich sagen zu dürfen, zwei liebe Menschen zueinandergekommen. Denn wie Ihr Herr Gemahl ist, das weiß ich, und wie Sie sind, meine gnädigste Frau, das sehe ich.«

»Wenn Sie nur nicht mit zu freundlichen Augen sehen. Ich bin so sehr jung. Und Jugend...«

»Ach, meine gnädigste Frau, sagen Sie nichts gegen die Jugend. Die Jugend, auch in ihren Fehlern ist sie noch schön und liebenswürdig, und das Alter, auch in seinen Tugenden taugt es nicht viel. Persönlich kann ich in dieser Frage freilich nicht mitsprechen, vom Alter wohl, aber von der Jugend nicht, denn ich bin eigentlich nie jung gewesen. Personen meines Schlages sind nie jung. Ich darf wohl sagen, das ist das Traurigste von der Sache. Man hat keinen rechten Mut, man hat kein Vertrauen zu sich selbst, man wagt kaum, eine Dame zum Tanz aufzufordern, weil man ihr eine Verlegenheit ersparen will, und so gehen die Jahre hin, und man wird alt, und das Leben war arm und leer.«

Effi gab ihm die Hand. »Ach, Sie dürfen so was nicht sagen. Wir Frauen sind gar nicht so schlecht.«

»O nein, gewiß nicht…«

»Und wenn ich mir so zurückrufe«, fuhr Effi fort, »was ich alles erlebt habe… viel ist es nicht, denn ich bin wenig herausgekommen und habe fast immer auf dem Lande gelebt… Aber wenn ich es mir zurückrufe, so finde ich doch, daß wir immer das lieben, was liebenswert ist. Und dann sehe ich doch auch gleich, daß Sie anders sind als andere, dafür haben wir Frauen ein scharfes Auge. Vielleicht ist es auch der Name, der in Ihrem Falle mitwirkt. Das war immer eine Lieblingsbehauptung unseres alten Pastors Niemeyer; der Name, so liebte er zu sagen, besonders der Taufname, habe was geheimnisvoll Bestimmendes, und Alonzo Gieshübler, so mein ich, schließt eine ganz neue Welt vor einem auf, ja, fast möcht ich sagen dürfen, Alonzo ist ein romantischer Name, ein Preziosa-Name.«

Gieshübler lächelte mit einem ganz ungemeinen Behagen und fand den Mut, seinen für seine Verhältnisse viel zu hohen Zylinder, den er bis dahin in der Hand gedreht hatte, beiseite zu stellen. »Ja, meine gnädigste Frau, da treffen Sie's.«

»Oh, ich verstehe. Ich habe von den Konsuln gehört, deren Kessin so viele haben soll, und in dem Hause des spanischen Konsuls hat Ihr Herr Vater mutmaßlich die Tochter eines seemännischen Capitanos kennengelernt, wie ich annehme irgendeine schöne Andalusierin. Andalusierinnen sind immer schön.«

»Ganz wie Sie vermuten, meine Gnädigste. Und meine Mutter war wirklich eine schöne Frau, so schlecht es mir persönlich zusteht, die Beweisführung zu übernehmen. Aber als Ihr Herr Gemahl vor drei Jahren hierherkam, lebte sie noch und hatte noch ganz die Feueraugen. Er wird es mir bestätigen. Ich persönlich bin mehr ins Gieshüblersche geschlagen, Leute von wenig Exterieur, aber sonst leidlich im Stande. Wir sitzen hier schon in der vierten Generation, volle hundert Jahre, und wenn es einen Apothekeradel gäbe...«

»So würden Sie ihn beanspruchen dürfen. Und ich meinerseits nehme ihn für bewiesen an und sogar für bewiesen ohne jede Einschränkung. Uns, aus den alten Familien, wird das am leichtesten, weil wir, so wenigstens bin ich von meinem Vater und auch von meiner Mutter her erzogen, jede gute Gesinnung, sie komme, woher sie wolle, mit Freudigkeit gelten lassen. Ich bin eine geborene Briest und stamme von dem Briest ab, der, am Tage vor der Fehrbelliner Schlacht, den Überfall von Rathenow ausführte, wovon Sie vielleicht einmal gehört haben...«

»O gewiß, meine Gnädigste, das ist ja meine Spezialität.«

»Eine Briest also. Und mein Vater, da reichen keine hundert Male, daß er zu mir gesagt hat: Effi (so heiße ich nämlich), Effi, *hier* sitzt es, bloß hier, und als Froben das Pferd tauschte, da war er von Adel, und als Luther sagte: ›Hier stehe ich‹, da war er erst recht von

Adel. Und ich denke, Herr Gieshübler, Innstetten hatte ganz recht, als er mir versicherte, wir würden gute Freundschaft halten.«

Gieshübler hätte nun am liebsten gleich eine Liebeserklärung gemacht und gebeten, daß er als Cid oder irgend sonst ein Campeador für sie kämpfen und sterben könne. Da dies alles aber nicht ging und sein Herz es nicht mehr aushalten konnte, so stand er auf, suchte nach seinem Hut, den er auch glücklicherweise gleich fand, und zog sich, nach wiederholtem Handkuß, rasch zurück, ohne weiter ein Wort gesagt zu haben.

Neuntes Kapitel

So war Effis erster Tag in Kessin gewesen. Innstetten gab ihr noch eine halbe Woche Zeit, sich einzurichten und die verschiedensten Briefe nach Hohen-Cremmen zu schreiben, an die Mama, an Hulda und die Zwillinge; dann aber hatten die Stadtbesuche begonnen, die zum Teil (es regnete gerade so, daß man sich diese Ungewöhnlichkeit schon gestatten konnte) in einer geschlossenen Kutsche gemacht wurden. Als man damit fertig war, kam der Landadel an die Reihe. Das dauerte länger, da sich, bei den meist großen Entfernungen, an jedem Tage nur eine Visite machen ließ. Zuerst war man bei den Borckes in Rothenmoor, dann ging es nach Morgnitz, Dabergotz und Kroschentin, wo man bei den Ahlemanns, den Jatzkows und den Grasenabbs den pflichtschuldigen Besuch abstattete. Noch ein paar andere folgten, unter denen auch der alte Baron von Güldenklee auf Papenhagen war. Der Eindruck, den Effi empfing, war überall derselbe: mittelmäßige Menschen, von meist zweifelhafter Liebenswürdigkeit, die, während sie vorgaben, über Bismarck und die Kronprinzessin zu sprechen, eigentlich nur Effis Toilette musterten, die von einigen als zu prätentiös für eine so jugendliche Dame, von andern als zu wenig dezent für eine Dame von gesellschaftlicher Stellung befunden wurde. Man merke doch an allem die Berliner Schule: Sinn für Äußerliches und eine merkwürdige Verlegenheit und Unsicherheit bei Berührung großer Fragen. In Rothenmoor bei den Borckes und dann auch bei den Familien in Morgnitz und Dabergotz war sie für »rationalistisch angekränkelt«, bei den Grasenabbs in Kroschentin aber rundweg für eine »Atheistin« erklärt worden. Allerdings hatte die alte Frau von Grasenabb, eine Süddeutsche (geborene Stiefel von Stiefelstein), einen schwachen Versuch gemacht, Effi wenigstens für den Deismus zu retten; Sidonie von Grasenabb aber, eine dreiundvierzigjährige alte Jungfer, war barsch dazwischengefahren: »Ich sage dir, Mutter, einfach Atheistin, kein Zollbreit weniger, und dabei bleibt es«, worauf die Alte, die sich vor ihrer eigenen Tochter fürchtete, klüglich geschwiegen hatte.

Die ganze Tournee hatte so ziemlich zwei Wochen gedauert, und es war am 2. Dezember, als man, zu schon später Stunde, von dem letzten dieser Besuche nach Kessin zurückkehrte. Dieser letzte Besuch hatte den Güldenklees auf Papenhagen gegolten, bei welcher Gelegenheit Innstetten dem Schicksal nicht entgangen war, mit dem alten Güldenklee politisieren zu müssen. »Ja, teuerster Landrat, wenn ich so den

Wechsel der Zeiten bedenke! Heute vor einem Menschenalter oder ungefähr so lange, ja, da war auch ein zweiter Dezember, und der gute Louis und Napoleons-Neffe – *wenn* er so was war und nicht eigentlich ganz woanders herstammte –, der kartätschte damals auf die Pariser Kanaille. Na, *das* mag ihm verziehen sein, für so was war er der rechte Mann, und ich halte zu dem Satze: ›Jeder hat es gerade so gut und so schlecht, wie er's verdient.‹ Aber daß er nachher alle Schätzung verlor und Anno 70 so mir nichts, dir nichts auch mit *uns* anbinden wollte, sehen Sie, Baron, das war, ja wie sag ich, das war eine Insolenz. Es ist ihm aber auch heimgezahlt worden. Unser Alter da oben läßt sich nicht spotten, *der* steht zu uns.«

»Ja«, sagte Innstetten, der klug genug war, auf solche Philistereien anscheinend ernsthaft einzugehen, »der Held und Eroberer von Saarbrücken wußte nicht, was er tat. Aber Sie dürfen nicht zu streng mit ihm persönlich abrechnen. Wer ist am Ende Herr in seinem Hause? Niemand. Ich richte mich auch schon darauf ein, die Zügel der Regierung in andere Hände zu legen, und Louis Napoleon, nun, der war vollends ein Stück Wachs in den Händen seiner katholischen Frau, oder sagen wir lieber, seiner jesuitischen Frau.«

»Wachs in den Händen seiner Frau, die ihm dann eine Nase drehte. Natürlich, Innstetten, *das* war er. Aber damit wollen Sie diese Puppe doch nicht etwa retten? Er ist und bleibt gerichtet. An und für sich ist es übrigens noch gar nicht mal erwiesen«, und sein Blick suchte bei diesen Worten etwas ängstlich nach dem Auge seiner Ehehälfte, »ob nicht Frauenherrschaft eigentlich als ein Vorzug gelten kann; nur freilich, die Frau muß danach sein. Aber wer war diese

Frau? Sie war überhaupt keine Frau, im günstigsten Falle war sie eine Dame, das sagt alles; ›Dame‹ hat beinah immer einen Beigeschmack. Diese Eugenie – über deren Verhältnis zu dem jüdischen Bankier ich hier gern hingehe, denn ich hasse Tugendhochmut – hatte was vom Café chantant, und wenn die Stadt, in der sie lebte, das Babel war, so war sie das Weib von Babel. Ich mag mich nicht deutlicher ausdrücken, denn ich weiß«, und er verneigte sich gegen Effi, »was ich deutschen Frauen schuldig bin. Um Vergebung, meine Gnädigste, daß ich diese Dinge vor Ihren Ohren überhaupt berührt habe.«

So war die Unterhaltung gegangen, nachdem man vorher von Wahl, Nobiling und Raps gesprochen hatte, und nun saßen Innstetten und Effi wieder daheim und plauderten noch eine halbe Stunde. Die beiden Mädchen im Hause waren schon zu Bett, denn es war nah an Mitternacht.

Innstetten, in kurzem Hausrock und Saffianschuhen, ging auf und ab; Effi war noch in ihrer Gesellschaftstoilette; Fächer und Handschuhe lagen neben ihr.

»Ja«, sagte Innstetten, während er sein Aufundabschreiten im Zimmer unterbrach, »diesen Tag müßten wir nun wohl eigentlich feiern, und ich weiß nur noch nicht womit. Soll ich dir einen Siegesmarsch vorspielen oder den Haifisch draußen in Bewegung setzen oder dich im Triumph über den Flur tragen? Etwas muß doch geschehen, denn du mußt wissen, das war nun heute die letzte Visite.«

»Gott sei Dank, war sie's«, sagte Effi. »Aber das Gefühl, daß wir nun Ruhe haben, ist, denk ich, gerade Feier genug. Nur einen Kuß könntest du mir geben.

Aber daran denkst du nicht. Auf dem ganzen weiten Wege nicht gerührt, frostig wie ein Schneemann. Und immer nur die Zigarre.«

»Laß, ich werde mich schon bessern und will vorläufig nur wissen, wie stehst du zu dieser ganzen Umgangs- und Verkehrsfrage? Fühlst du dich zu dem einen oder andern hingezogen? Haben die Borckes die Grasenabbs geschlagen oder umgekehrt, oder hältst du's mit dem alten Güldenklee? Was er da über die Eugenie sagte, machte doch einen sehr edlen und reinen Eindruck.«

»Ei, sieh, Herr von Innstetten, auch medisant! Ich lerne Sie von einer ganz neuen Seite kennen.«

»Und wenn's unser Adel nicht tut«, fuhr Innstetten fort, ohne sich stören zu lassen, »wie stehst du zu den Kessiner Stadthonoratioren? Wie stehst du zur Ressource? Daran hängt doch am Ende Leben und Sterben. Ich habe dich da neulich mit unserem reserveleutnantlichen Amtsrichter sprechen sehen, einem zierlichen Männchen, mit dem sich vielleicht durchkommen ließe, wenn er nur endlich von der Vorstellung loskönnte, die Wiedereroberung von Le Bourget durch sein Erscheinen in der Flanke zustande gebracht zu haben. Und seine Frau! Sie gilt als die beste Bostonspielerin und hat auch die hübschesten Anlegemarken. Also nochmals, Effi, wie wird es werden in Kessin? Wirst du dich einleben? Wirst du populär werden und mir die Majorität sichern, wenn ich in den Reichstag will? Oder bist du für Einsiedlertum, für Abschluß von der Kessiner Menschheit, so Stadt wie Land?«

»Ich werde mich wohl für Einsiedlertum entschließen, wenn mich die Mohrenapotheke nicht herausreißt. Bei Sidonie werd ich dadurch freilich noch etwas tiefer sinken, aber darauf muß ich es ankommen lassen; dieser Kampf muß eben gekämpft werden. Ich steh und falle mit Gieshübler. Es klingt etwas komisch, aber er ist wirklich der einzige, mit dem sich ein Wort reden läßt, der einzige richtige Mensch hier.«

»Das ist er«, sagte Innstetten. »Wie gut du zu wählen verstehst.«

»Hätte ich sonst *dich*?« sagte Effi und hing sich an seinen Arm.

Das war am 2. Dezember. Eine Woche später war Bismarck in Varzin, und nun wußte Innstetten, daß, bis Weihnachten und vielleicht noch drüber hinaus, an ruhige Tage für ihn gar nicht mehr zu denken sei. Der Fürst hatte noch von Versailles her eine Vorliebe für ihn und lud ihn, wenn Besuch da war, häufig zu Tisch, aber auch allein, denn der jugendliche, durch Haltung und Klugheit gleich ausgezeichnete Landrat stand ebenso in Gunst bei der Fürstin.

Zum 14. erfolgte die erste Einladung. Es lag Schnee, weshalb Innstetten die fast zweistündige Fahrt bis an den Bahnhof, von wo noch eine Stunde Eisenbahn war, im Schlitten zu machen vorhatte. »Warte nicht auf mich, Effi. Vor Mitternacht kann ich nicht zurück sein; wahrscheinlich wird es zwei oder noch später. Ich störe dich aber nicht. Gehab dich wohl und auf Wiedersehen morgen früh.« Und damit stieg er ein, und die beiden isabellfarbenen Graditzer jagten im Fluge durch die Stadt hin und dann landeinwärts auf den Bahnhof zu.

Das war die erste lange Trennung, fast auf zwölf

Stunden. Arme Effi. Wie sollte sie den Abend verbringen? Früh zu Bett, das war gefährlich, dann wachte sie auf und konnte nicht wieder einschlafen und horchte auf alles. Nein, erst recht müde werden und dann ein fester Schlaf, das war das Beste. Sie schrieb einen Brief an die Mama und ging dann zu der Frau Kruse, deren gemütskranker Zustand – sie hatte das schwarze Huhn oft bis in die Nacht hinein auf ihrem Schoß – ihr Teilnahme einflößte. Die Freundlichkeit indessen, die sich darin aussprach, wurde von der in ihrer überheizten Stube sitzenden und nur still und stumm vor sich hin brütenden Frau keinen Augenblick erwidert, weshalb Effi, als sie wahrnahm, daß ihr Besuch mehr als Störung wie als Freude empfunden wurde, wieder ging und nur noch fragte, ob die Kranke etwas haben wolle. Diese lehnte aber alles ab.

Inzwischen war es Abend geworden, und die Lampe brannte schon. Effi stellte sich ans Fenster ihres Zimmers und sah auf das Wäldchen hinaus, auf dessen Zweigen der glitzernde Schnee lag. Sie war von dem Bilde ganz in Anspruch genommen und kümmerte sich nicht um das, was hinter ihr in dem Zimmer vorging. Als sie sich wieder umsah, bemerkte sie, daß Friedrich still und geräuschlos ein Kuvert gelegt und ein Kabarett auf den Sofatisch gestellt hatte. »Ja so, Abendbrot… Da werd ich mich nun wohl setzen müssen.« Aber es wollte nicht schmecken, und so stand sie wieder auf und las den an die Mama geschriebenen Brief noch einmal durch. Hatte sie schon vorher ein Gefühl der Einsamkeit gehabt, so jetzt doppelt. Was hätte sie darum gegeben, wenn die beiden Jahnkeschen Rotköpfe jetzt eingetreten wären oder selbst Hulda. Die war freilich immer so sentimental und beschäftigte sich meist nur mit ihren Triumphen, aber so zweifelhaft und anfechtbar diese Triumphe waren, sie hätte sich in diesem Augenblicke doch gern davon erzählen lassen. Schließlich klappte sie den Flügel auf, um zu spielen; aber es ging nicht. »Nein, dabei werd ich vollends melancholisch; lieber lesen.« Und so suchte sie nach einem Buche. Das erste, was ihr zu Händen kam, war ein dickes rotes Reisehandbuch, alter Jahrgang, vielleicht schon aus Innstettens Leutnantstagen her. »Ja, darin will ich lesen; es gibt nichts Beruhigenderes als solche Bücher. Das Gefährliche sind bloß immer die Karten; aber vor diesem Augenpulver, das ich hasse, werd ich mich schon hüten.« Und so schlug sie denn auf gut Glück auf, Seite 153. Nebenan hörte sie das Ticktack der Uhr und draußen Rollo, der, seit es dunkel war, seinen Platz in der Remise aufgegeben und sich, wie jeden Abend, so auch heute wieder, auf die große geflochtene Matte, die vor dem Schlafzimmer lag, ausgestreckt hatte. Das Bewußtsein seiner Nähe minderte das Gefühl ihrer Verlassenheit, ja, sie kam fast in Stimmung, und so begann sie denn auch unverzüglich zu lesen. Auf der gerade vor ihr aufgeschlagenen Seite war von der »Eremitage«, dem bekannten markgräflichen Lustschloß in der Nähe von Bayreuth, die Rede; das lockte sie, Bayreuth, Richard Wagner, und so las sie denn: »Unter den Bildern in der Eremitage nennen wir noch eins, das nicht durch seine Schönheit, wohl aber durch sein Alter und durch die Person, die es darstellt, ein Interesse beansprucht. Es ist dies ein stark nachgedunkeltes Frauenporträt, kleiner Kopf, mit herben, etwas unheimlichen Gesichtszügen und einer Halskrause, die den Kopf zu tragen scheint. Einige meinen, es sei eine alte Markgräfin aus dem Ende des fünfzehnten Jahrhunderts, andere sind der Ansicht, es sei die Gräfin von Orlamünde; darin aber sind beide einig, daß es das Bildnis der Dame sei, die seither in der Geschichte der Hohenzollern unter dem Namen der ›weißen Frau‹ eine gewisse Berühmtheit erlangt hat.«

»Das hab ich gut getroffen«, sagte Effi, während sie das Buch beiseite schob; »ich will mir die Nerven beruhigen, und das erste, was ich lese, ist die Geschichte von der weißen Frau, vor der ich mich gefürchtet habe, solange ich denken kann. Aber da nun das Gruseln mal da ist, will ich doch auch zu Ende lesen.«

Und sie schlug wieder auf und las weiter: »… Eben dies alte Porträt (dessen *Original* in der Hohenzollernschen Familiengeschichte solche Rolle spielt) spielt als *Bild* auch eine Rolle in der Spezialgeschichte des Schlosses Eremitage, was wohl damit zusammenhängt, daß es an einer dem Fremden unsichtbaren Tapetentür hängt, hinter der sich eine vom Souterrain her hinaufführende Treppe befindet. Es heißt, daß, als Napoleon hier übernachtete, die ›weiße Frau‹ aus dem Rahmen herausgetreten und auf sein Bett zugeschritten sei. Der Kaiser, entsetzt auffahrend, habe nach seinem Adjutanten gerufen und bis an sein Lebensende mit Entrüstung von diesem ›maudit château‹ gesprochen.«

»Ich muß es aufgeben, mich durch Lektüre beruhigen zu wollen«, sagte Effi. »Lese ich weiter, so komm ich gewiß noch nach einem Kellergewölbe, wo der Teufel auf einem Weinfaß davongeritten ist. Es gibt, glaub ich, in Deutschland viel dergleichen, und in einem Reisehandbuch muß es sich natürlich alles zusammenfinden. Ich will also lieber wieder die Augen schließen und mir, so gut es geht, meinen Polterabend vorstellen: die Zwillinge, wie sie vor Tränen nicht weiterkonnten, und dazu den Vetter Briest, der, als sich alles verlegen anblickte, mit erstaunlicher Würde behauptete, solche Tränen öffneten einem das Paradies. Er war wirklich charmant und immer so übermütig... Und nun ich! Und gerade hier. Ach, ich tauge doch gar nicht für eine große Dame. Die Mama, ja, die hätte hierher gepaßt, die hätte, wie's einer Landrätin zukommt, den Ton angegeben, und Sidonie Grasenabb wäre ganz Huldigung gegen sie gewesen und hätte sich über ihren Glauben oder Unglauben nicht groß beunruhigt. Aber ich... Ich bin ein Kind und werd es auch wohl bleiben. Einmal hab ich gehört, das sei ein Glück. Aber ich weiß doch nicht, ob das wahr ist. Man muß doch immer dahin passen, wohin man nun mal gestellt ist.«

In diesem Augenblicke kam Friedrich, um den Tisch abzuräumen.

»Wie spät ist es, Friedrich?«

»Es geht auf neun, gnäd'ge Frau.«

»Nun, das läßt sich hören. Schicken Sie mir Johanna.«

»Gnäd'ge Frau haben befohlen.«

»Ja, Johanna. Ich will zu Bett gehen. Es ist eigentlich noch früh. Aber ich bin so allein. Bitte, tun Sie den Brief erst ein, und wenn Sie wieder da sind, nun, dann wird es wohl Zeit sein. Und wenn auch nicht.«

Effi nahm die Lampe und ging in ihr Schlafzimmer hinüber. Richtig, auf der Binsenmatte lag Rollo. Als er

Effi kommen sah, erhob er sich, um den Platz freizugeben, und strich mit seinem Behang an ihrer Hand hin. Dann legte er sich wieder nieder.

Johanna war inzwischen nach dem Landratsamt hinübergegangen, um da den Brief einzustecken. Sie hatte sich drüben nicht sonderlich beeilt, vielmehr vorgezogen, mit der Frau Paaschen, des Amtsdieners Frau, ein Gespräch zu führen. Natürlich über die junge Frau.

»Wie ist sie denn?« fragte die Paaschen.

»Sehr jung ist sie.«

»Nun, das ist kein Unglück, eher umgekehrt. Die Jungen, und das ist eben das Gute, stehen immer bloß vorm Spiegel und zupfen und stecken sich was vor und sehen nicht viel und hören nicht viel und sind noch nicht so, daß sie draußen immer die Lichtstümpfe zählen und einem nicht gönnen, daß man einen Kuß kriegt, bloß weil sie selber keinen mehr kriegen.«

»Ja«, sagte Johanna, »so war meine vorige Madam und ganz ohne Not. Aber davon hat unsere Gnäd'ge nichts.«

»Ist er denn sehr zärtlich?«

»O sehr. Das können Sie doch wohl denken.«

»Aber daß er sie so allein läßt ...«

»Ja, liebe Paaschen, Sie dürfen nicht vergessen ... der Fürst. Und dann, er ist ja doch am Ende Landrat. Und vielleicht will er auch noch höher.«

»Gewiß, will er. Und er wird auch noch. Er hat so was. Paaschen sagt es auch immer, und er kennt seine Leute.«

Während dieses Ganges drüben nach dem Amt hinüber war wohl eine Viertelstunde vergangen, und als Johanna wieder zurück war, saß Effi schon vor dem Trumeau und wartete.

»Sie sind lange geblieben, Johanna.«

»Ja, gnäd'ge Frau... Gnäd'ge Frau wollen entschuldigen... Ich traf drüben die Frau Paaschen, und da hab ich mich ein wenig verweilt. Es ist so still hier. Man ist immer froh, wenn man einen Menschen trifft, mit dem man ein Wort sprechen kann. Christel ist eine sehr gute Person, aber sie spricht nicht, und Friedrich ist so dusig und auch so vorsichtig und will mit der Sprache nie recht heraus. Gewiß, man muß auch schweigen können, und die Paaschen, die so neugierig und so ganz gewöhnlich ist, ist eigentlich gar nicht nach meinem Geschmack; aber man hat es doch gern, wenn man mal was hört und sieht.«

Effi seufzte. »Ja, Johanna, das ist auch das Beste...«

»Gnäd'ge Frau haben so schönes Haar, so lang und so seidenweich.«

»Ja, es ist sehr weich. Aber das ist nicht gut, Johanna. Wie das Haar ist, ist der Charakter.«

»Gewiß, gnäd'ge Frau. Und ein weicher Charakter ist doch besser als ein harter. Ich habe auch weiches Haar.«

»Ja, Johanna. Und Sie haben auch blondes. Das haben die Männer am liebsten.«

»Ach, das ist doch sehr verschieden, gnäd'ge Frau. Manche sind doch auch für das schwarze.«

»Freilich«, lachte Effi, »das habe ich auch schon gefunden. Es wird wohl an was ganz anderem liegen. Aber die, die blond sind, die haben auch immer einen weißen Teint, Sie auch, Johanna, und ich möchte mich wohl verwetten, daß Sie viel Nachstellung haben. Ich bin noch sehr jung, aber das weiß ich doch auch. Und dann habe ich eine Freundin, die war auch so blond, ganz flachsblond, noch blonder als Sie, und war eine Predigerstochter ...«

»Ja, denn ...«

»Aber ich bitte Sie, Johanna, was meinen Sie mit ›ja denn‹. Das klingt ja ganz anzüglich und sonderbar, und Sie werden doch nichts gegen Predigerstöchter haben ... Es war ein sehr hübsches Mädchen, was selbst unsere Offiziere – wir hatten nämlich Offiziere, noch dazu rote Husaren – auch immer fanden, und verstand sich dabei sehr gut auf Toilette, schwarzes Sammetmieder und eine Blume, Rose oder auch Heliotrop, und wenn sie nicht so vorstehende große Augen gehabt hätte ... Ach, die hätten Sie sehen sollen, Johanna, wenigstens so groß« (und Effi zog unter Lachen an ihrem rechten Augenlid), »so wäre sie geradezu eine Schönheit gewesen. Sie hieß Hulda, Hulda Niemeyer, und wir waren nicht einmal so ganz intim; aber wenn ich sie jetzt hier hätte und sie da säße, da in der kleinen Sofaecke, so wollte ich bis Mitternacht mit ihr plaudern oder noch länger. Ich habe solche Sehnsucht, und ...«, und dabei zog sie Johannas Kopf dicht an sich heran, »... ich habe solche Angst.«

»Ach, das gibt sich, gnäd'ge Frau, die hatten wir alle.«

»Die hattet ihr alle? Was soll das heißen, Johanna?«

»... Und wenn die gnäd'ge Frau wirklich solche Angst haben, so kann ich mir ja ein Lager hier machen. Ich nehme die Strohmatte und kehre einen Stuhl um, daß ich eine Kopflehne habe, und dann schlafe ich hier bis morgen früh oder bis der gnäd'ge Herr wieder da ist.«

»Er will mich nicht stören. Das hat er mir eigens versprochen.«

»Oder ich setze mich bloß in die Sofaecke.«

»Ja, das ginge vielleicht. Aber nein, es geht auch nicht. Der Herr darf nicht wissen, daß ich mich ängstige, das liebt er nicht: Er will immer, daß ich tapfer und entschlossen bin, so wie er. Und das kann ich nicht; ich war immer etwas anfällig... Aber freilich, ich sehe wohl ein, ich muß mich bezwingen und ihm in solchen Stücken und überhaupt zu Willen sein... Und dann habe ich ja auch Rollo. Der liegt ja vor der Türschwelle.«

Johanna nickte zu jedem Wort und zündete dann das Licht an, das auf Effis Nachttisch stand. Dann nahm sie die Lampe.

»Befehlen gnäd'ge Frau noch etwas?«

»Nein, Johanna. Die Läden sind doch fest geschlossen?«

»Bloß angelegt, gnäd'ge Frau. Es ist sonst so dunkel und so stickig.«

»Gut, gut.«

Und nun entfernte sich Johanna; Effi aber ging auf ihr Bett zu und wickelte sich in ihre Decken.

Sie ließ das Licht brennen, weil sie gewillt war, nicht gleich einzuschlafen, vielmehr vorhatte, wie vorhin ihren Polterabend, so jetzt ihre Hochzeitsreise zu rekapitulieren und alles an sich vorüberziehen zu lassen. Aber es kam anders, wie sie gedacht, und als sie bis Verona war und nach dem Hause der Julia Capulet suchte, fielen ihr schon die Augen zu. Das Stümpfchen Licht in dem kleinen Silberleuchter brannte allmählich nieder, und nun flackerte es noch einmal auf und erlosch.

Effi schlief eine Weile ganz fest. Aber mit einem Male fuhr sie mit einem lauten Schrei aus ihrem Schlafe auf, ja sie hörte selber noch den Aufschrei und auch wie Rollo draußen anschlug – »wau, wau«, klang es den Flur entlang, dumpf und selber beinah ängstlich. Ihr war, als ob ihr das Herz stillstände; sie konnte nicht rufen, und in diesem Augenblicke huschte was an ihr vorbei, und die nach dem Flur hinausführende Tür sprang auf. Aber ebendieser Moment höchster Angst war auch der ihrer Befreiung, denn statt etwas Schrecklichem kam jetzt Rollo auf sie zu, suchte mit seinem Kopf nach ihrer Hand und legte sich, als er diese gefunden, auf den vor ihrem Bett ausgebreiteten Teppich nieder. Effi selber aber hatte mit der anderen Hand dreimal auf den Knopf der Klingel gedrückt, und keine halbe Minute, so war Johanna da, barfüßig, den Rock über dem Arm und ein großes kariertes Tuch über Kopf und Schulter geschlagen.

»Gott sei Dank, Johanna, daß Sie da sind.«

»Was war denn, gnäd'ge Frau? Gnäd'ge Frau haben geträumt.«

»Ja, geträumt. Es muß so was gewesen sein ... aber es war doch auch noch was anderes.«

»Was denn, gnäd'ge Frau?«

»Ich schlief ganz fest, und mit einem Male fuhr ich auf und schrie ... Vielleicht, daß es ein Alpdruck war ... Alpdruck ist in unserer Familie, mein Papa hat es auch und ängstigt uns damit, und nur die Mama sagt immer, er solle sich nicht so gehen lassen; aber das ist leicht gesagt ... Ich fuhr also auf aus dem Schlaf und schrie, und als ich mich umsah, so gut es eben ging in dem Dunkel, da strich was an meinem Bett vorbei, gerade da, wo Sie jetzt stehen, Johanna, und dann war es weg. Und wenn ich mich recht frage, was es war…«

»Nun was denn, gnäd'ge Frau?«

»Und wenn ich mich recht frage… ich mag es nicht sagen, Johanna… aber ich glaube, der Chinese.«

»Der von oben?« Und Johanna versuchte zu lachen. »Unser kleiner Chinese, den wir an die Stuhllehne geklebt haben, Christel und ich. Ach, gnäd'ge Frau haben geträumt, und wenn Sie schon wach waren, so war es doch alles noch aus dem Traum.«

»Ich würd es glauben. Aber es war genau derselbe Augenblick, wo Rollo draußen anschlug, der muß es also auch gesehen haben, und dann flog die Tür auf, und das gute, treue Tier sprang auf mich los, als ob es mich zu retten käme. Ach, meine liebe Johanna, es war entsetzlich. Und ich so allein, und so jung. Ach, wenn ich doch wen hier hätte, bei dem ich weinen könnte. Aber so weit von Hause… Ach, von Hause…«

»Der Herr kann jede Stunde kommen.«

»Nein, er soll nicht kommen; er soll mich so nicht sehen. Er würde mich vielleicht auslachen, und das könnt ich ihm nie verzeihen. Denn es war so furchtbar, Johanna… Sie müssen nun hier bleiben… Aber lassen Sie Christel schlafen und Friedrich auch. Es soll es keiner wissen.«

»Oder vielleicht kann ich auch die Frau Kruse holen; die schläft doch nicht, die sitzt die ganze Nacht da.«

»Nein, nein, die ist selber so was. Das mit dem schwarzen Huhn, das ist auch so was; die darf nicht kommen. Nein, Johanna, Sie bleiben allein hier. Und wie gut, daß Sie die Läden nur angelegt. Stoßen Sie sie auf, recht laut, daß ich einen Ton höre, einen menschlichen Ton… ich muß es so nennen, wenn es auch sonderbar klingt. Und dann machen Sie das Fenster ein wenig auf, daß ich Luft und Licht habe.«

Johanna tat, wie ihr geheißen, und Effi fiel in ihre Kissen zurück und bald danach in einen lethargischen Schlaf.

Zehntes Kapitel

Innstetten war erst sechs Uhr früh von Varzin zurückgekommen und hatte sich, Rollos Liebkosungen abwehrend, so leise wie möglich in sein Zimmer zurückgezogen. Er machte sich's hier bequem und duldete nur, daß ihn Friedrich mit einer Reisedecke zudeckte. »Wecke mich um neun.« Und um diese Stunde war er denn auch geweckt worden. Er stand rasch auf und sagte: »Bringe das Frühstück.«

»Die gnäd'ge Frau schläft noch.«

»Aber es ist ja schon spät. Ist etwas passiert?«

»Ich weiß es nicht; ich weiß nur, Johanna hat die Nacht über im Zimmer der gnädigen Frau schlafen müssen.«

»Nun, dann schicke Johanna.«

Diese kam denn auch. Sie hatte denselben rosigen Teint wie immer, schien sich also die Vorgänge der Nacht nicht sonderlich zu Gemüte genommen zu haben.

»Was ist das mit der gnäd'gen Frau? Friedrich sagt mir, es sei was passiert und Sie hätten drüben geschlafen.«

»Ja, Herr Baron. Gnäd'ge Frau klingelte dreimal ganz rasch hintereinander, daß ich gleich dachte, es bedeutet was. Und so war es auch. Sie hat wohl geträumt, oder vielleicht war es auch das andere.«

»Welches andere?«

»Ach, der gnäd'ge Herr wissen ja.«

»Ich weiß nichts. Jedenfalls muß ein Ende damit gemacht werden. Und wie fanden Sie die Frau?«

»Sie war wie außer sich und hielt das Halsband von Rollo, der neben dem Bett der gnäd'gen Frau stand, fest umklammert. Und das Tier ängstigte sich auch.«

»Und was hatte sie geträumt oder, meinetwegen auch, was hatte sie gehört oder gesehen? Was sagte sie?«

»Es sei so hingeschlichen, dicht an ihr vorbei.«

»Was? Wer?«

»Der von oben. Der aus dem Saal oder aus der kleinen Kammer.«

»Unsinn, sag ich. Immer wieder das alberne Zeug; ich mag davon nicht mehr hören. Und dann blieben Sie bei der Frau?«

»Ja, gnäd'ger Herr. Ich machte mir ein Lager an der Erde dicht neben ihr. Und ich mußte ihre Hand halten, und dann schlief sie ein.«

»Und sie schläft noch?«

»Ganz fest.«

»Das ist mir ängstlich, Johanna. Man kann sich gesund schlafen, aber auch krank. Wir müssen sie wecken, natürlich vorsichtig, daß sie nicht wieder erschrickt. Und Friedrich soll das Frühstück nicht bringen; ich will warten, bis die gnäd'ge Frau da ist. Und machen Sie's geschickt.«

Eine halbe Stunde später kam Effi. Sie sah reizend aus, ganz blaß und stützte sich auf Johanna. Als sie aber Innstettens ansichtig wurde, stürzte sie auf ihn zu und umarmte und küßte ihn. Und dabei liefen ihr die Tränen übers Gesicht. »Ach, Geert, Gott sei Dank, daß du da bist. Nun ist alles wieder gut. Du darfst nicht wieder fort, darfst mich nicht wieder allein lassen.«

»Meine liebe Effi… stellen Sie hin, Friedrich, ich werde schon alles zurechtmachen… meine liebe Effi, ich lasse dich ja nicht allein aus Rücksichtslosigkeit oder Laune, sondern weil es so sein muß; ich habe keine Wahl, ich bin ein Mann im Dienst, ich kann zum Fürsten oder auch zur Fürstin nicht sagen: Durchlaucht, ich kann nicht kommen, meine Frau ist so allein, oder meine Frau fürchtet sich. Wenn ich das sagte, würden wir in einem ziemlich komischen Lichte dastehen, ich gewiß, und du auch. Aber nimm erst eine Tasse Kaffee.«

Effi trank, was sie sichtlich belebte. Dann ergriff sie wieder ihres Mannes Hand und sagte: »Du sollst recht haben; ich sehe ein, das geht nicht. Und dann wollen wir ja auch höher hinauf. Ich sage wir, denn ich bin eigentlich begieriger danach als du…«

»So sind alle Frauen«, lachte Innstetten.

»Also abgemacht; du nimmst die Einladungen an nach wie vor, und ich bleibe hier und warte auf meinen ›hohen Herrn‹, wobei mir Hulda unterm Holunderbaum einfällt. Wie's ihr wohl gehen mag?«

»Damen wie Hulda geht es immer gut. Aber was wolltest du noch sagen?«

»Ich wollte sagen, ich bleibe hier und auch allein, wenn es sein muß. Aber nicht in diesem Hause. Laß uns die Wohnung wechseln. Es gibt so hübsche Häuser am Bollwerk, eins zwischen Konsul Martens und Konsul Grützmacher und eins am Markt, gerade gegenüber von Gieshübler; warum können wir da nicht wohnen? Warum gerade hier? Ich habe, wenn wir Freunde und Verwandte zum Besuch hatten, oft gehört, daß in Berlin Familien ausziehen wegen Klavierspiel oder wegen Schwaben oder wegen einer unfreundlichen Portiersfrau; wenn das um solcher Kleinigkeit willen geschieht...«

»Kleinigkeiten? Portiersfrau? Das sage nicht...«

»Wenn das um solcher Dinge willen möglich ist, so muß es doch auch hier möglich sein, wo du Landrat bist und die Leute dir zu Willen sind und viele selbst zu Dank verpflichtet. Gieshübler würde uns gewiß dabei behülflich sein, wenn auch nur um meinetwegen, denn er wird Mitleid mit mir haben. Und nun sage, Geert, wollen wir dies verwunschene Haus aufgeben, dies Haus mit dem...«

»... Chinesen, willst du sagen. Du siehst, Effi, man kann das furchtbare Wort aussprechen, ohne daß er erscheint. Was du da gesehen hast oder was da, wie du meinst, an deinem Bette vorüberschlich, das war der kleine Chinese, den die Mädchen oben an die Stuhllehne geklebt haben; ich wette, daß er einen blauen Rock anhatte und einen ganz flachen Deckelhut mit einem blanken Knopf oben.«

Sie nickte.

»Nun siehst du, Traum, Sinnestäuschung. Und dann wird dir Johanna wohl gestern abend was erzählt haben, von der Hochzeit hier oben...«

»Nein.«

»Desto besser.«

»Kein Wort hat sie mir erzählt. Aber ich sehe doch

aus dem allen, daß es hier etwas Sonderbares gibt. Und dann das Krokodil; es ist alles so unheimlich hier.«

»Den ersten Abend, als du das Krokodil sahst, fandest du's märchenhaft…«

»Ja, damals…«

»…Und dann, Effi, kann ich hier nicht gut fort, auch wenn es möglich wäre, das Haus zu verkaufen oder einen Tausch zu machen. Es ist damit ganz wie mit einer Absage nach Varzin hin. Ich kann hier in der Stadt die Leute nicht sagen lassen, Landrat Innstetten verkauft sein Haus, weil seine Frau den aufgeklebten kleinen Chinesen als Spuk an ihrem Bette gesehen hat. Dann bin ich verloren, Effi. Von solcher Lächerlichkeit kann man sich nie wieder erholen.«

»Ja, Geert, bist du denn so sicher, daß es so was nicht gibt?«

»Will ich nicht behaupten. Es ist eine Sache, die man glauben und noch besser nicht glauben kann. Aber angenommen, es gäbe dergleichen, was schadet es? Daß in der Luft Bazillen herumfliegen, von denen du gehört haben wirst, ist viel schlimmer und gefährlicher als diese ganze Geistertummelage. Vorausgesetzt, daß sie sich tummeln, daß so was wirklich existiert. Und dann bin ich überrascht, solcher Furcht und Abneigung gerade bei *dir* zu begegnen, bei einer Briest. Das ist ja, wie wenn du aus einem kleinen Bürgerhause stammtest. Spuk ist ein Vorzug, wie Stammbaum und dergleichen, und ich kenne Familien, die sich ebenso gern ihr Wappen nehmen ließen als ihre ›weiße Frau‹, die natürlich auch eine schwarze sein kann.«

Effi schwieg.

»Nun, Effi. Keine Antwort?«

»Was soll ich antworten? Ich habe dir nachgegeben und mich willig gezeigt, aber ich finde doch, daß du deinerseits teilnahmsvoller sein könntest. Wenn du wüßtest, wie mir gerade danach verlangt. Ich habe sehr gelitten, wirklich sehr, und als ich dich sah, da dacht ich, nun würd ich frei werden von meiner Angst. Aber du sagst mir bloß, daß du nicht Lust hättest, dich lächerlich zu machen, nicht vor dem Fürsten und auch nicht vor der Stadt. Das ist ein geringer Trost. Ich finde es wenig und um so weniger, als du dir schließlich auch noch widersprichst und nicht bloß persönlich an diese Dinge zu glauben scheinst, sondern auch noch einen adligen Spukstolz von mir forderst. Nun, den hab ich nicht. Und wenn du von Familien sprichst, denen ihr Spuk soviel wert sei wie ihr Wappen, so ist das Geschmackssache; mir gilt mein Wappen mehr. Gott sei Dank haben wir Briests keinen Spuk. Die Briests waren immer sehr gute Leute, und damit hängt es wohl zusammen.«

Der Streit hätte wohl noch angedauert und vielleicht zu einer ersten ernstlichen Verstimmung geführt, wenn Friedrich nicht eingetreten wäre, um der gnädigen Frau einen Brief zu überreichen. »Von Herrn Gieshübler. Der Bote wartet auf Antwort.«

Aller Unmut auf Effis Antlitz war sofort verschwunden; schon bloß Gieshüblers Namen zu hören tat Effi wohl, und ihr Wohlgefühl steigerte sich, als sie jetzt den Brief musterte. Zunächst war es gar kein Brief, sondern ein Billett, die Adresse »Frau Baronin von Innstetten, geb. von Briest« in wundervoller Kanzleihandschrift und statt des Siegels ein aufgeklebtes rundes Bildchen, eine Lyra, darin ein Stab steckte. Dieser Stab konnte aber auch ein Pfeil sein. Sie reichte das Billett ihrem Manne, der es ebenfalls bewunderte.

»Nun lies aber.«

Und nun löste Effi die Oblate und las: »Hochverehrteste Frau, gnädigste Frau Baronin! Gestatten Sie mir, meinem respektvollsten Vormittagsgruß eine ganz gehorsamste Bitte hinzufügen zu dürfen. Mit dem Mittagszuge wird eine vieljährige liebe Freundin von mir, eine Tochter unserer guten Stadt Kessin, Fräulein Marietta Trippelli, hier eintreffen und bis morgen früh unter uns weilen. Am 17. will sie in Petersburg sein, um daselbst bis Mitte Januar zu konzertieren. Fürst Kotschukoff öffnet ihr auch diesmal wieder sein gastliches Haus. In ihrer immer gleichen Güte gegen mich hat die Trippelli mir zugesagt, den heutigen Abend bei mir zubringen und einige Lieder ganz nach meiner Wahl (denn sie kennt keine Schwierigkeiten) vortragen zu wollen. Könnten sich Frau Baronin dazu verstehen, diesem Musikabende beizuwohnen? Sieben Uhr. Ihr Herr Gemahl, auf dessen Erscheinen ich mit Sicherheit rechne, wird meine gehorsamste Bitte unterstützen. Anwesend nur Pastor Lindequist (der begleitet) und natürlich die verwitwete Frau Pastorin Trippel. In vorzüglicher Ergebenheit A. Gieshübler.«

»Nun …«, sagte Innstetten, »ja oder nein?«

»Natürlich ja. Das wird mich herausreißen. Und dann kann ich doch meinem lieben Gieshübler nicht gleich bei seiner ersten Einladung einen Korb geben.«

»Einverstanden. Also, Friedrich, sagen Sie Mirambo, der doch wohl das Billett gebracht haben wird, wir würden die Ehre haben.«

Friedrich ging. Als er fort war, fragte Effi: »Wer ist Mirambo?«

»Der echte Mirambo ist Räuberhauptmann in Afrika... Tanganjika-See, wenn deine Geographie so weit reicht... unserer aber ist bloß Gieshüblers Kohlenprovisor und Faktotum und wird heute abend in Frack und baumwollenen Handschuhen sehr wahrscheinlich aufwarten.«

Es war ganz ersichtlich, daß der kleine Zwischenfall auf Effi günstig eingewirkt und ihr ein gut Teil ihrer Leichtlebigkeit zurückgegeben hatte, Innstetten aber wollte das Seine tun, diese Rekonvaleszenz zu steigern. »Ich freue mich, daß du ja gesagt hast und so rasch und ohne Besinnen, und nun möcht ich dir noch einen Vorschlag machen, um dich ganz wieder in Ordnung zu bringen. Ich sehe wohl, es schleicht dir noch von der Nacht her etwas nach, das zu meiner Effi nicht paßt, das durchaus wieder fort muß, und dazu gibt es nichts Besseres als frische Luft. Das Wetter ist prachtvoll, frisch und milde zugleich, kaum daß ein Lüftchen geht; was meinst du, wenn wir eine Spazierfahrt machten, aber eine lange, nicht bloß so durch die Plantage hin, und natürlich im Schlitten und das Geläut auf und die weißen Schneedecken, und wenn wir dann um vier zurück sind, dann ruhst du dich aus, und um sieben sind wir bei Gieshübler und hören die Trippelli.«

Effi nahm seine Hand. »Wie gut du bist, Geert, und wie nachsichtig. Denn ich muß dir ja kindisch oder doch wenigstens sehr kindlich vorgekommen sein; erst das mit meiner Angst und dann hinterher, daß ich dir einen Hausverkauf und, was noch schlimmer ist, das mit dem Fürsten ansinne. Du sollst ihm den Stuhl vor die Tür setzen – es ist zum Lachen. Denn schließlich ist er doch der Mann, der über uns entscheidet. Auch über mich. Du glaubst gar nicht, wie ehrgeizig ich bin. Ich habe dich eigentlich bloß aus Ehrgeiz geheiratet. Aber du mußt nicht solch ernstes Gesicht dabei machen. Ich liebe dich ja … wie heißt es doch, wenn man einen Zweig abbricht und die Blätter abreißt? Von Herzen, mit Schmerzen, über alle Maßen.«

Und sie lachte hell auf. »Und nun sage mir«, fuhr sie fort, als Innstetten noch immer schwieg, »wo soll es hingehen?«

»Ich habe mir gedacht, nach der Bahnstation, aber auf einem Umwege, und dann auf der Chaussee zurück. Und auf der Station essen wir oder noch besser bei Golchowski, in dem Gasthofe ›Zum Fürsten Bismarck‹, dran wir, wenn du dich vielleicht erinnerst, am Tage unserer Ankunft vorüberkamen. Solch Vorsprechen wirkt immer gut, und ich habe dann mit dem Starosten von Effis Gnaden ein Wahlgespräch, und wenn er auch persönlich nicht viel taugt, seine Wirtschaft hält er in Ordnung und seine Küche noch besser. Auf Essen und Trinken verstehen sich die Leute hier.«

Es war gegen elf, daß sie dies Gespräch führten. Um zwölf hielt Kruse mit dem Schlitten vor der Tür, und Effi stieg ein. Johanna wollte Fußsack und Pelze bringen, aber Effi hatte nach allem, was noch auf ihr lag, so sehr das Bedürfnis nach frischer Luft, daß sie alles zurückwies und nur eine doppelte Decke nahm. Innstetten aber sagte zu Kruse: »Kruse, wir wollen nun also nach dem Bahnhof, wo wir zwei beide heute früh schon mal waren. Die Leute werden sich wundern, aber es schadet nichts. Ich denke, wir fahren hier an der Plantage lang und dann links auf den Kroschentiner Kirchturm zu. Lassen Sie die Pferde laufen. Um eins müssen wir am Bahnhof sein.«

Und so ging die Fahrt. Über den weißen Dächern der Stadt stand der Rauch, denn die Luftbewegung war gering. Auch Utpatels Mühle drehte sich nur langsam, und im Fluge fuhren sie daran vorüber, dicht am Kirchhofe hin, dessen Berberitzensträucher über das Gitter hinauswuchsen und mit ihren Spitzen Effi streiften, so daß der Schnee auf ihre Reisedecke fiel. An der anderen Seite des Weges war ein eingefriedeter Platz, nicht viel größer als ein Gartenbeet, und innerhalb nichts sichtbar als eine junge Kiefer, die mitten daraus hervorragte.

»Liegt da auch wer begraben?« fragte Effi.

»Ja. Der Chinese.«

Effi fuhr zusammen; es war ihr wie ein Stich. Aber sie hatte doch Kraft genug, sich zu beherrschen, und fragte mit anscheinender Ruhe: »Unserer?«

»Ja, unserer. Auf dem Gemeindekirchhof war er natürlich nicht unterzubringen, und da hat denn Kapitän Thomsen, der so was wie sein Freund war, diese Stelle gekauft und ihn hier begraben lassen. Es ist auch ein Stein da mit Inschrift. Alles natürlich vor meiner Zeit. Aber es wird noch immer davon gesprochen.«

»Also es ist doch was damit. Eine Geschichte. Du sagtest schon heute früh so was. Und es wird am Ende das Beste sein, ich höre, was es ist. Solang ich es nicht weiß, bin ich, trotz aller guten Vorsätze, doch immer ein Opfer meiner Vorstellungen. Erzähle mir das Wirkliche. Die Wirklichkeit kann mich nicht so quälen wie meine Phantasie.«

»Bravo, Effi. Ich wollte nicht davon sprechen. Aber nun macht es sich so von selbst, und das ist gut. Übrigens ist es eigentlich gar nichts.«

»Mir gleich; gar nichts oder viel oder wenig. Fange nur an.«

»Ja, das ist leicht gesagt. Der Anfang ist immer das Schwerste, auch bei Geschichten. Nun, ich denke, ich beginne mit Kapitän Thomsen.«

»Gut, gut.«

»Also Thomsen, den ich dir schon genannt habe, war viele Jahre lang ein sogenannter Chinafahrer, immer mit Reisfracht zwischen Schanghai und Singapur, und mochte wohl schon sechzig sein, als er hier ankam. Ich weiß nicht, ob er hier geboren war oder ob er andere Beziehungen hier hatte. Kurz und gut, er war nun da und verkaufte sein Schiff, einen alten Kasten, draus er nicht viel herausschlug, und kaufte sich ein Haus, dasselbe, drin wir jetzt wohnen. Denn er war draußen in der Welt ein vermögender Mann geworden. Und von daher schreibt sich auch das Krokodil und der Haifisch und natürlich auch das Schiff... Also Thomsen war nun da, ein sehr adretter Mann (so wenigstens hat man mir gesagt) und wohlgelitten. Auch beim Bürgermeister Kirstein und vor allem bei dem damaligen Pastor in Kessin, einem Berliner, der kurz vor Thomsen auch hierhergekommen war und viel Anfeindung hatte.«

»Glaub ich. Ich merke das auch; sie sind hier so streng und selbstgerecht. Ich glaube, das ist pommersch.«

»Ja und nein, je nachdem. Es gibt auch Gegenden, wo sie gar nicht streng sind und wo's drunter und drüber geht... Aber sieh nur, Effi, da haben wir gerade den Kroschentiner Kirchturm dicht vor uns. Wollen wir nicht den Bahnhof aufgeben und lieber bei der alten Frau von Grasenabb vorfahren? Sidonie, wenn ich recht berichtet bin, ist nicht zu Hause. Wir könnten es also wagen …«

»Ich bitte dich, Geert, wo denkst du hin? Es ist ja himmlisch, so hinzufliegen, und ich fühle ordentlich, wie mir so frei wird und wie alle Angst von mir abfällt. Und nun soll ich das alles aufgeben, bloß um den alten Leuten eine Stippvisite zu machen und ihnen sehr wahrscheinlich eine Verlegenheit zu schaffen. Um Gottes willen nicht. Und dann will ich vor allem auch die Geschichte hören. Also wir waren bei Kapitän Thomsen, den ich mir als einen Dänen oder Engländer denke, sehr sauber, mit weißen Vatermördern und ganz weißer Wäsche …«

»Ganz richtig. So soll er gewesen sein. Und mit ihm war eine junge Person von etwa zwanzig, von der einige sagen, sie sei seine Nichte gewesen, aber die meisten sagen, seine Enkelin, was übrigens den Jahren nach kaum möglich. Und außer der Enkelin oder der Nichte war da auch noch ein Chinese, derselbe, der da zwischen den Dünen liegt und an dessen Grab wir eben vorübergekommen sind.«

»Gut, gut.«

»Also dieser Chinese war Diener bei Thomsen, und Thomsen hielt so große Stücke auf ihn, daß er eigentlich mehr Freund als Diener war. Und das ging so Jahr und Tag. Da mit einemmal hieß es, Thomsens Enkelin, die, glaub ich, Nina hieß, solle sich, nach des Alten Wunsche, verheiraten, auch mit einem Kapitän. Und richtig, so war es auch. Es gab eine große Hochzeit im Hause, der Berliner Pastor tat sie zusammen, und

Müller Utpatel, der ein Konventikler war, und Gieshübler, dem man in der Stadt in kirchlichen Dingen auch nicht recht traute, waren geladen, und vor allem viele Kapitäne mit ihren Frauen und Töchtern. Und wie man sich denken kann, es ging hoch her. Am Abend aber war Tanz, und die Braut tanzte mit jedem und zuletzt auch mit dem Chinesen. Da mit einemmal hieß es, sie sei fort, die Braut nämlich. Und sie war auch wirklich fort, irgendwohin, und niemand weiß, was da vorgefallen. Und nach vierzehn Tagen starb der Chinese; Thomsen kaufte die Stelle, die ich dir gezeigt habe, und da wurd er begraben. Der Berliner Pastor aber soll gesagt haben: Man hätte ihn auch ruhig auf dem christlichen Kirchhof begraben können, denn der Chinese sei ein sehr guter Mensch gewesen und geradeso gut wie die anderen. Wen er mit den ›anderen‹ eigentlich gemeint hat, sagte mir Gieshübler, das wisse man nicht recht.«

»Aber ich bin in dieser Sache doch ganz und gar gegen den Pastor; so was darf man nicht aussprechen, weil es gewagt und unpassend ist. Das würde selbst Niemeyer nicht gesagt haben.«

»Und ist auch dem armen Pastor, der übrigens Trippel hieß, sehr verdacht worden, so daß es eigentlich ein Glück war, daß er drüber hinstarb, sonst hätte er seine Stelle verloren. Denn die Stadt, trotzdem sie ihn gewählt, war doch auch gegen ihn, geradeso wie du, und das Konsistorium natürlich erst recht.«

»Trippel sagst du? Dann hängt er am Ende mit der Frau Pastor Trippel zusammen, die wir heute abend sehen sollen?«

»Natürlich hängt er mit der zusammen. Er war ihr Mann und ist der Vater von der Trippelli.«

Effi lachte. »Von der Trippelli! Nun sehe ich erst klar in allem. Daß sie in Kessin geboren, schrieb ja schon Gieshübler; aber ich dachte, sie sei die Tochter von einem italienischen Konsul. Wir haben ja so viele fremdländische Namen hier. Und nun ist sie gut deutsch und stammt von Trippel. Ist sie denn so vorzüglich, daß sie wagen konnte, sich so zu italienisieren?«

»Dem Mutigen gehört die Welt. Übrigens ist sie ganz tüchtig. Sie war ein paar Jahre lang in Paris bei der berühmten Viardot, wo sie auch den russischen Fürsten kennenlernte, denn die russischen Fürsten sind sehr aufgeklärt, über kleine Standesvorurteile weg, und Kotschukoff und Gieshübler – den sie übrigens ›Onkel‹ nennt, und man kann fast von ihm sagen, er sei der geborne Onkel –, diese beiden sind es recht eigentlich, die die kleine Marie Trippel zu dem gemacht haben, was sie jetzt ist. Gieshübler war es, durch den sie nach Paris kam, und Kotschukoff hat sie dann in die Trippelli transponiert.«

»Ach, Geert, wie reizend ist das alles und welch Alltagsleben habe ich doch in Hohen-Cremmen geführt! Nie was Apartes.«

Innstetten nahm ihre Hand und sagte: »So darfst du nicht sprechen, Effi. Spuk, dazu kann man sich stellen, wie man will. Aber hüte dich vor dem Aparten oder was man so das Aparte nennt. Was dir so verlockend erscheint – und ich rechne auch ein Leben dahin, wie's die Trippelli führt –, das bezahlt man in der Regel mit seinem Glück. Ich weiß wohl, wie sehr du dein Hohen-Cremmen liebst und daran hängst, aber du spottest doch auch oft darüber und hast keine Ahnung davon, was stille Tage, wie die Hohen-Cremmner, bedeuten.«

»Doch, doch«, sagte sie. »Ich weiß es wohl. Ich höre nur gern einmal von etwas anderem, und dann wandelt mich die Lust an, mit dabeizusein. Aber du hast ganz recht. Und eigentlich hab ich doch eine Sehnsucht nach Ruh und Frieden.«

Innstetten drohte ihr mit dem Finger. »Meine einzig liebe Effi, das denkst du dir nun auch wieder so aus. Immer Phantasien, mal so, mal so.«

Elftes Kapitel

Die Fahrt verlief ganz wie geplant. Um ein Uhr hielt der Schlitten unten am Bahndamm vor dem Gasthause »Zum Fürsten Bismarck«, und Golchowski, glücklich, den Landrat bei sich zu sehen, war beflissen, ein vorzügliches Dejeuner herzurichten. Als zuletzt das Dessert und der Ungarwein aufgetragen wurden, rief Innstetten den von Zeit zu Zeit erscheinenden und nach der Ordnung sehenden Wirt heran und bat ihn, sich mit an den Tisch zu setzen und ihnen was zu erzählen. Dazu war Golchowski denn auch der rechte Mann; auf zwei Meilen in der Runde wurde kein Ei gelegt, von dem er nicht wußte. Das zeigte sich auch heute wieder. Sidonie Grasenabb, Innstetten hatte recht vermutet, war, wie vorige Weihnachten, so auch diesmal wieder auf vier Wochen zu »Hofpredigers« gereist; Frau von Palleske, so hieß es weiter, habe ihre Jungfer wegen einer fatalen Geschichte Knall und Fall entlassen müssen, und mit dem alten Fraude steh es schlecht – es werde zwar in Kurs gesetzt, er sei bloß ausgeglitten, aber es sei ein

Schlaganfall gewesen, und der Sohn, der in Lissa bei den Husaren stehe, werde jede Stunde erwartet. Nach diesem Geplänkel war man dann, zu Ernsthafterem übergehend, auf Varzin gekommen. »Ja«, sagte Golchowski, »wenn man sich den Fürsten so als Papiermüller denkt! Es ist doch alles sehr merkwürdig; eigentlich kann er die Schreiberei nicht leiden, und das bedruckte Papier erst recht nicht, und nun legt er doch selber eine Papiermühle an.«

»Schon recht, lieber Golchowski«, sagte Innstetten, »aber aus solchen Widersprüchen kommt man im Leben nicht heraus. Und da hilft auch kein Fürst und keine Größe.«

»Nein, nein, da hilft keine Größe.«

Wahrscheinlich, daß sich dies Gespräch über den Fürsten noch fortgesetzt hätte, wenn nicht in ebendiesem Augenblicke die von der Bahn her herüberklingende Signalglocke einen bald eintreffenden Zug angemeldet hätte. Innstetten sah nach der Uhr.

»Welcher Zug ist das, Golchowski?«

»Das ist der Danziger Schnellzug; er hält hier nicht, aber ich gehe doch immer hinauf und zähle die Wagen, und mitunter steht auch einer am Fenster, den ich kenne. Hier gleich hinter meinem Hofe führt eine Treppe den Damm hinauf, Wärterhaus 417...«

»Oh, das wollen wir uns zunutze machen«, sagte Effi. »Ich sehe so gern Züge...«

»Dann ist es die höchste Zeit, gnäd'ge Frau.«

Und so machten sich denn alle drei auf den Weg und stellten sich, als sie oben waren, in einem neben dem Wärterhause gelegenen Gartenstreifen auf, der jetzt freilich unter Schnee lag, aber doch eine freigeschaufelte Stelle hatte. Der Bahnwärter stand schon da, die Fahne in der Hand. Und jetzt jagte der Zug über das Bahnhofsgeleise hin und im nächsten Augenblick an dem Häuschen und an dem Gartenstreifen vorüber. Effi war so erregt, daß sie nichts sah und nur dem letzten Wagen, auf dessen Höhe ein Bremser saß, ganz wie benommen nachblickte.

»Sechs Uhr fünfzig ist er in Berlin«, sagte Innstetten, »und noch eine Stunde später, so können ihn die Hohen-Cremmner, wenn der Wind so steht, in der Ferne vorbeiklappern hören. Möchtest du mit, Effi?«

Sie sagte nichts. Als er aber zu ihr hinüberblickte, sah er, daß eine Träne in ihrem Auge stand.

Effi war, als der Zug vorbeijagte, von einer herzlichen Sehnsucht erfaßt worden. So gut es ihr ging, sie fühlte sich trotzdem wie in einer fremden Welt. Wenn sie sich eben noch an dem einen oder andern entzückt hatte, so kam ihr doch gleich nachher zum Bewußtsein, was ihr fehlte. Da drüben lag Varzin, und da, nach der anderen Seite hin, blitzte der Kroschentiner Kirchturm auf, und weiter hin der Morgenitzer, und da saßen die Grasenabbs und die Borckes, *nicht* die Bellings und *nicht* die Briests. »Ja, *die*!« Innstetten hatte ganz recht gehabt mit dem raschen Wechsel ihrer Stimmung, und sie sah jetzt wieder alles, was zurücklag, wie in einer Verklärung. Aber so gewiß sie voll Sehnsucht dem Zuge nachgesehen, sie war doch andererseits viel zu beweglichen Gemüts, um lange dabei zu verweilen, und schon auf der Heimfahrt, als der rote Ball der niedergehenden Sonne seinen Schimmer über den Schnee ausgoß, fühlte sie sich wieder freier; alles erschien ihr schön und frisch, und als sie, nach Kessin zurückgekehrt, fast mit dem

Glockenschlage sieben in den Gieshüblerschen Flur eintrat, war ihr nicht bloß behaglich, sondern beinah übermütig zu Sinn, wozu die das Haus durchziehende Baldrian- und Veilchenwurzelluft das Ihrige beitragen mochte.

Pünktlich waren Innstetten und Frau erschienen, aber trotz dieser Pünktlichkeit immer noch hinter den anderen Geladenen zurückgeblieben; Pastor Lindequist, die alte Frau Trippel und die Trippelli selbst waren schon da. Gieshübler – im blauen Frack mit mattgoldenen Knöpfen, dazu Pincenez an einem breiten schwarzen Bande, das wie ein Ordensband auf der blendendweißen Pikeeweste lag –, Gieshübler konnte seiner Erregung nur mit Mühe Herr werden. »Darf ich die Herrschaften miteinander bekannt machen: Baron und Baronin Innstetten, Frau Pastor Trippel, Fräulein Marietta Trippelli.« Pastor Lindequist, den alle kannten, stand lächelnd beiseite.

Die Trippelli, Anfang der Dreißig, stark männlich und von ausgesprochen humoristischem Typus, hatte bis zu dem Momente der Vorstellung den Sofa-Ehrenplatz innegehabt. Nach der Vorstellung aber sagte sie, während sie auf einen in der Nähe stehenden Stuhl mit hoher Lehne zuschritt: »Ich bitte Sie nunmehro, gnäd'ge Frau, die Bürden und Fährlichkeiten Ihres Amtes auf sich nehmen zu wollen. Denn von ›Fährlichkeiten‹« – und sie wies auf das Sofa – »wird sich in diesem Falle wohl sprechen lassen. Ich habe Gieshübler schon vor Jahr und Tag darauf aufmerksam gemacht, aber leider vergeblich; so gut er ist, so eigensinnig ist er auch.«

»Aber Marietta ...«

»Dies Sofa nämlich, dessen Geburt um wenigstens

fünfzig Jahre zurückliegt, ist noch nach einem altmodischen Versenkungsprinzip gebaut, und wer sich ihm anvertraut, ohne vorher einen Kissenturm untergeschoben zu haben, sinkt ins Bodenlose, jedenfalls aber gerade tief genug, um die Knie wie ein Monument aufragen zu lassen.« All dies wurde seitens der Trippelli mit ebensoviel Bonhomie wie Sicherheit hingesprochen, in einem Tone, der ausdrücken sollte: »Du bist die Baronin Innstetten, ich bin die Trippelli.«

Gieshübler liebte seine Künstlerfreundin enthusiastisch und dachte hoch von ihren Talenten; aber all seine Begeisterung konnte ihn doch nicht blind gegen die Tatsache machen, daß ihr von gesellschaftlicher Feinheit nur ein bescheidenes Maß zuteil geworden war. Und diese Feinheit war gerade das, was er persönlich kultivierte. »Liebe Marietta«, nahm er das Wort, »Sie haben eine so reizend heitere Behandlung solcher Fragen; aber was mein Sofa betrifft, so haben Sie wirklich unrecht, und jeder Sachverständige mag zwischen uns entscheiden. Selbst ein Mann wie Fürst Kotschukoff...«

»Ach, ich bitte Sie, Gieshübler, lassen Sie doch *den*. Immer Kotschukoff. Sie werden mich bei der gnäd'gen Frau hier noch in den Verdacht bringen, als ob ich bei diesem Fürsten – der übrigens nur zu den kleineren zählt und nicht mehr als tausend Seelen hat, das heißt *hatte* (früher, wo die Rechnung noch nach Seelen ging) –, als ob ich stolz wäre, seine tausendundeinste Seele zu sein. Nein, es liegt wirklich anders; ›immer frei weg‹, Sie kennen meine Devise, Gieshübler. Kotschukoff ist ein guter Kamerad und mein Freund, aber von Kunst und ähnlichen Sachen versteht er gar nichts, von Musik gewiß nicht, wiewohl er Messen und Oratorien komponiert – die meisten russischen Fürsten, wenn sie Kunst treiben, fallen ein bißchen nach der geistlichen oder orthodoxen Seite hin –, und zu den vielen Dingen, von denen er nichts versteht, gehören auch unbedingt Einrichtungs- und Tapezierfragen. Er ist gerade vornehm genug, um sich alles als schön aufreden zu lassen, was bunt aussieht und viel Geld kostet.«

Innstetten amüsierte sich, und Pastor Lindequist war in einem allersichtlichsten Behagen. Die gute alte Trippel aber geriet über den ungenierten Ton ihrer Tochter aus einer Verlegenheit in die andere, während Gieshübler es für angezeigt hielt, eine so schwierig werdende Unterhaltung zu kupieren. Dazu waren etliche Gesangspiecen das Beste. Daß Marietta Lieder von anfechtbarem Inhalt wählen würde, war nicht anzunehmen, und selbst wenn dies sein sollte, so war ihre Vortragskunst so groß, daß der Inhalt dadurch geadelt wurde. »Liebe Marietta«, nahm er also das Wort, »ich habe unser kleines Mahl zu acht Uhr bestellt. Wir hätten also noch drei viertel Stunden, wenn Sie nicht vielleicht vorziehen, während Tisch ein heitres Lied zu singen oder vielleicht erst, wenn wir von Tisch aufgestanden sind …«

»Ich bitte Sie, Gieshübler! Sie, der Mann der Ästhetik. Es gibt nichts Unästhetischeres als einen Gesangsvortrag mit vollem Magen. Außerdem – und ich weiß, Sie sind ein Mann der ausgesuchten Küche, ja, Gourmand –, außerdem schmeckt es besser, wenn man die Sache hinter sich hat. Erst Kunst und dann Nußeis, das ist die richtige Reihenfolge.«

»Also ich darf Ihnen die Noten bringen, Marietta?«

»Noten bringen. Ja, was heißt das, Gieshübler? Wie ich Sie kenne, werden Sie ganze Schränke voll Noten haben, und ich kann Ihnen doch nicht den ganzen Bock und Bote vorspielen. Noten! *Was* für Noten, Gieshübler, darauf kommt es an. Und dann, daß es richtig liegt, Altstimme …«

»Nun, ich werde schon bringen.«

Und er machte sich an einem Schranke zu schaffen, ein Fach nach dem andern herausziehend, während die Trippelli ihren Stuhl weiter links um den Tisch herumschob, so daß sie nun dicht neben Effi saß.

»Ich bin neugierig, was er bringen wird«, sagte sie. Effi geriet dabei in eine kleine Verlegenheit.

»Ich möchte annehmen«, antwortete sie befangen, »etwas von Gluck, etwas ausgesprochen Dramatisches … Überhaupt, mein gnädigstes Fräulein, wenn ich mir die Bemerkung erlauben darf, ich bin überrascht, zu hören, daß Sie lediglich Konzertsängerin sind. Ich dächte, daß Sie, wie wenige, für die Bühne berufen sein müßten. Ihre Erscheinung, Ihre Kraft, Ihr Organ … ich habe noch sowenig derart kennengelernt, immer nur auf kurzen Besuchen in Berlin … und dann war ich noch ein halbes Kind. Aber ich dächte Orpheus oder Kriemhild oder die Vestalin.«

Die Trippelli wiegte den Kopf und sah in Abgründe, kam aber zu keiner Entgegnung, weil eben jetzt Gieshübler wieder erschien und ein halbes Dutzend Notenhefte vorlegte, die seine Freundin in rascher Reihenfolge durch die Hand gleiten ließ. »›Erlkönig‹ … ah, bah; ›Bächlein, laß dein Rauschen sein …‹ Aber Gieshübler, ich bitte Sie, Sie sind ein Murmeltier, Sie haben sieben Jahre lang geschlafen … Und hier Loewesche Balladen; auch nicht gerade das Neueste.

›Glocken von Speyer‹ ... Ach, dies ewige Bimbam, das beinah einer Kulissenreißerei gleichkommt, ist geschmacklos und abgestanden. Aber hier ›Ritter Olaf‹ ... nun das geht.«

Und sie stand auf, und während der Pastor begleitete, sang sie den »Olaf« mit großer Sicherheit und Bravour und erntete allgemeinen Beifall.

Es wurde dann noch ähnlich Romantisches gefunden, einiges aus dem »Fliegenden Holländer« und aus »Zampa«, dann »Der Heideknabe«, lauter Sachen, die sie mit ebensoviel Virtuosität wie Seelenruhe vortrug, während Effi von Text und Komposition wie benommen war.

Als die Trippelli mit dem »Heideknaben« fertig war, sagte sie: »Nun ist es genug«, eine Erklärung, die so bestimmt von ihr abgegeben wurde, daß weder Gieshübler noch ein anderer den Mut hatte, mit weiteren Bitten in sie zu dringen. Am wenigsten Effi. Diese sagte nur, als Gieshüblers Freundin wieder neben ihr saß: »Daß ich Ihnen doch sagen könnte, mein gnädigstes Fräulein, wie dankbar ich Ihnen bin! Alles so schön, so sicher, so gewandt. Aber eines, wenn Sie mir verzeihen, bewundere ich fast noch mehr, das ist die Ruhe, womit Sie diese Sachen vorzutragen wissen. Ich bin so leicht Eindrücken hingegeben, und wenn ich die kleinste Gespenstergeschichte höre, so zittere ich und kann mich kaum wieder zurechtfinden. Und Sie tragen das so mächtig und erschütternd vor und sind selbst ganz heiter und guter Dinge.«

»Ja, meine gnädigste Frau, das ist in der Kunst nicht anders. Und nun gar erst auf dem Theater, vor dem ich übrigens glücklicherweise bewahrt geblieben bin. Denn so gewiß ich mich persönlich gegen seine Versuchungen gefeit fühle – es verdirbt den Ruf, also das Beste, was man hat. Im übrigen stumpft man ab, wie mir Kolleginnen hundertfach versichert haben. Da wird vergiftet und erstochen, und der toten Julia flüstert Romeo einen Kalauer ins Ohr oder wohl auch eine Malice, oder er drückt ihr einen kleinen Liebesbrief in die Hand.«

»Es ist mir unbegreiflich. Und um bei dem stehenzubleiben, was ich Ihnen diesen Abend verdanke, beispielsweise bei dem Gespenstischen im ›Olaf‹, ich versichere Ihnen, wenn ich einen ängstlichen Traum habe oder wenn ich glaube, über mir hörte ich ein leises Tanzen oder Musizieren, während doch niemand da ist, oder es schleicht wer an meinem Bette vorbei, so bin ich außer mir und kann es tagelang nicht vergessen.«

»Ja, meine gnädigste Frau, was Sie da schildern und beschreiben, das ist auch etwas anderes, das ist ja wirklich oder kann wenigstens etwas Wirkliches sein. Ein Gespenst, das durch die Ballade geht, da graule ich mich gar nicht, aber ein Gespenst, das durch meine Stube geht, ist mir, geradeso wie andern, sehr unangenehm. Darin empfinden wir also ganz gleich.«

»Haben Sie denn dergleichen auch einmal erlebt?«

»Gewiß. Und noch dazu bei Kotschukoff. Und ich habe mir auch ausbedungen, daß ich diesmal anders schlafe, vielleicht mit der englischen Gouvernante zusammen. Das ist nämlich eine Quäkerin, und da ist man sicher.«

»Und Sie halten dergleichen für möglich?«

»Meine gnädigste Frau, wenn man so alt ist wie ich und viel rumgestoßen wurde und in Rußland war und sogar auch ein halbes Jahr in Rumänien, da hält man alles für möglich. Es gibt so viele schlechte Menschen, und das andere findet sich dann auch, das gehört dann sozusagen mit dazu.«

Effi horchte auf.

»Ich bin«, fuhr die Trippelli fort, »aus einer sehr aufgeklärten Familie (bloß mit Mutter war es immer nicht so recht), und doch sagte mir mein Vater, als das mit dem Psychographen aufkam: ›Höre, Marie, das ist was.‹ Und er hat recht gehabt, es ist auch was damit. Überhaupt, man ist links und rechts umlauert, hinten und vorn. Sie werden das noch kennenlernen.«

In diesem Augenblicke trat Gieshübler heran und bot Effi den Arm, Innstetten führte Marietta, dann folgte Pastor Lindequist und die verwitwete Trippel. So ging man zu Tisch.

Zwölftes Kapitel

Es war spät, als man aufbrach. Schon bald nach zehn hatte Effi zu Gieshübler gesagt, es sei nun wohl Zeit; Fräulein Trippelli, die den Zug nicht versäumen dürfe, müsse ja schon um sechs von Kessin aufbrechen; die danebenstehende Trippelli aber, die diese Worte gehört, hatte mit der ihr eigenen ungenierten Beredsamkeit gegen solche zarte Rücksichtnahme protestiert. »Ach, meine gnädigste Frau, Sie glauben, daß unsereins einen regelmäßigen Schlaf braucht, das trifft aber nicht zu; was wir regelmäßig brauchen, heißt Beifall und hohe Preise. Ja, lachen Sie nur. Außerdem (so was lernt man) kann ich auch im Kupee schlafen, in jeder Situation und sogar auf der linken

Seite, und brauche nicht einmal das Kleid aufzumachen. Freilich bin ich auch nie eingepreßt; Brust und Lunge müssen immer frei sein, und vor allem das Herz. Ja, meine gnädigste Frau, das ist die Hauptsache. Und dann das Kapitel Schlaf überhaupt – die Menge tut es nicht, was entscheidet, ist die Qualität; ein guter Nicker von fünf Minuten ist besser als fünf Stunden unruhige Rumdreherei, mal links, mal rechts. Übrigens schläft man in Rußland wundervoll, trotz des starken Tees. Es muß die Luft machen oder das späte Diner oder weil man so verwöhnt wird. Sorgen gibt es in Rußland nicht; darin – im Geldpunkt sind beide gleich – ist Rußland noch besser als Amerika.«

Nach dieser Erklärung der Trippelli hatte Effi von allen Mahnungen zum Aufbruch Abstand genommen, und so war Mitternacht herangekommen. Man trennte sich heiter und herzlich und mit einer gewissen Vertraulichkeit.

Der Weg von der Mohrenapotheke bis zur landrätlichen Wohnung war ziemlich weit; er kürzte sich aber dadurch, daß Pastor Lindequist bat, Innstetten und Frau eine Strecke begleiten zu dürfen; ein Spaziergang unterm Sternenhimmel sei das Beste, um über Gieshüblers Rheinwein hinwegzukommen. Unterwegs wurde man natürlich nicht müde, die verschiedensten Trippelliana heranzuziehen; Effi begann mit dem, was ihr in Erinnerung geblieben, und gleich nach ihr kam der Pastor an die Reihe. Dieser, ein Ironikus, hatte die Trippelli, wie nach vielem sehr Weltlichen, so schließlich auch nach ihrer kirchlichen Richtung gefragt und dabei von ihr in Erfahrung gebracht, daß sie nur *eine* Richtung kenne, die orthodoxe. Ihr Vater sei freilich ein Rationalist gewesen, fast schon ein Freigeist, weshalb er auch den Chinesen am liebsten auf dem Gemeindekirchhof gehabt hätte; sie ihrerseits sei aber ganz entgegengesetzter Ansicht, trotzdem sie persönlich des großen Vorzugs genieße, gar nichts zu glauben. Aber sie sei sich in ihrem entschiedenen Nichtglauben doch auch jeden Augenblick bewußt, daß das ein Spezialluxus sei, den man sich nur als Privatperson gestatten könne. Staatlich höre der Spaß auf, und wenn ihr das Kultusministerium oder gar ein Konsistorialregiment unterstünde, so würde sie mit unnachsichtiger Strenge vorgehen. »Ich fühle so was von einem Torquemada in mir.«

Innstetten war sehr erheitert und erzählte seinerseits, daß er etwas so Heikles wie das Dogmatische geflissentlich vermieden, aber dafür das Moralische desto mehr in den Vordergrund gestellt habe. Hauptthema sei das Verführerische gewesen, das beständige Gefährdetsein, das in allem öffentlichen Auftreten liege, worauf die Trippelli leichthin und nur mit Betonung der zweiten Satzhälfte geantwortet habe: »Ja, beständig gefährdet; am meisten die Stimme.«

Unter solchem Geplauder war, ehe man sich trennte, der Trippelli-Abend noch einmal an ihnen vorübergezogen, und erst drei Tage später hatte sich Gieshüblers Freundin durch ein von Petersburg aus an Effi gerichtetes Telegramm noch einmal in Erinnerung gebracht. Es lautete: »Madame la Baronne d'-Innstetten, née de Briest. Bien arrivée. Prince K. à la gare. Plus épris de moi que jamais. Mille fois merci de votre bon accueil. Compliments empressés à Monsieur le Baron. Marietta Trippelli.«

Innstetten war entzückt und gab diesem Entzükken lebhafteren Ausdruck, als Effi begreifen konnte.

»Ich verstehe dich nicht, Geert.«

»Weil du die Trippelli nicht verstehst. Midi entzückt die Echtheit; alles da, bis auf das Pünktchen überm i.«

»Du nimmst also alles als eine Komödie.«

»Aber als was sonst? Alles berechnet für dort und für hier, für Kotschukoff und für Gieshübler. Gieshübler wird wohl eine Stiftung machen, vielleicht auch bloß ein Legat für die Trippelli.«

Die musikalische Soiree bei Gieshübler hatte Mitte Dezember stattgefunden, gleich danach begannen die Vorbereitungen für Weihnachten, und Effi, die sonst schwer über diese Tage hingekommen wäre, segnete es, daß sie selber einen Hausstand hatte, dessen Ansprüche befriedigt werden mußten. Es galt nachsinnen, fragen, anschaffen, und das alles ließ trübe Gedanken nicht aufkommen. Am Tage vor Heiligabend trafen Geschenke von den Eltern aus Hohen-Cremmen ein, und mit in die Kiste waren allerhand Kleinigkeiten aus dem Kantorhause gepackt: wunderschöne Reinetten von einem Baum, den Effi und Jahnke vor mehreren Jahren gemeinschaftlich okuliert hatten, und dazu braune Puls- und Kniewärmer von Bertha und Hertha. Hulda schrieb nur wenige Zeilen, weil sie, wie sie sich entschuldigte, für X. noch eine Reisedecke zu stricken habe. »Was einfach nicht wahr ist«, sagte Effi. »Ich wette, X. existiert gar nicht. Daß sie nicht davon lassen kann, sich mit Anbetern zu umgeben, die nicht da sind!«

Und so kam Heiligabend heran.

Innstetten selbst baute auf für seine junge Frau, der

Baum brannte, und ein kleiner Engel schwebte oben in Lüften. Auch eine Krippe war da mit hübschen Transparenten und Inschriften, deren eine sich, in leiser Andeutung, auf ein dem Innstettenschen Hause für nächstes Jahr bevorstehendes Ereignis bezog. Effi las es und errötete. Dann ging sie auf Innstetten zu, um ihm zu danken, aber eh sie dies konnte, flog, nach altpommerschem Weihnachtsbrauch, ein Julklapp in den Hausflur: eine große Kiste, drin eine Welt von Dingen steckte. Zuletzt fand man die Hauptsache, ein zierliches, mit allerlei japanischen Bildchen überklebtes Morsellenkästchen, dessen eigentlichem Inhalt auch noch ein Zettelchen beigegeben war. Es hieß da:

Drei Könige kamen zum Heiligenchrist,
Mohrenkönig einer gewesen ist –
Ein Mohrenapothekerlein
Erscheinet heute mit Spezerein,
Doch statt Weihrauch und Myrrhen, die nicht zur Stelle,
Bringt er Pistazien- und Mandel-Morselle.

Effi las es zwei-, dreimal und freute sich darüber. »Die Huldigungen eines guten Menschen haben doch etwas besonders Wohltuendes. Meinst du nicht auch, Geert?«

»Gewiß meine ich das. Es ist eigentlich das einzige, was einem Freude macht oder wenigstens Freude machen sollte. Denn jeder steckt noch so nebenher in allerhand dummem Zeuge drin. Ich auch. Aber freilich, man ist, wie man ist.«

Der erste Feiertag war Kirchtag, am zweiten war man bei Borckes draußen, alles zugegen, mit Ausnahme von Grasenabbs, die nicht kommen wollten, weil Sidonie nicht da sei, was man als Entschuldigung allseitig ziemlich sonderbar fand. Einige tuschelten sogar: »Umgekehrt; gerade deshalb hätten sie kommen sollen.« Am Silvester war Ressourcenball, auf dem Effi nicht fehlen durfte und auch nicht wollte, denn der Ball gab ihr Gelegenheit, endlich einmal die ganze Stadtflora beisammen zu sehen. Johanna hatte mit den Vorbereitungen zum Ballstaate für ihre Gnäd'ge vollauf zu tun, Gieshübler, der, wie alles, so auch ein Treibhaus hatte, schickte Kamelien, und Innstetten, so knapp bemessen die Zeit für ihn war, fuhr am Nachmittage noch über Land nach Papenhagen, wo drei Scheunen abgebrannt waren.

Es war ganz still im Hause. Christel, beschäftigungslos, hatte sich schläfrig eine Fußbank an den Herd gerückt, und Effi zog sich in ihr Schlafzimmer zurück, wo sie sich, zwischen Spiegel und Sofa, an einen kleinen, eigens zu diesem Zweck zurechtgemachten Schreibtisch setzte, um von hier aus an die Mama zu schreiben, der sie für Weihnachtsbrief und Weihnachtsgeschenke bis dahin bloß in einer Karte gedankt, sonst aber seit Wochen keine Nachricht gegeben hatte.

»Kessin, 31. Dezember. Meine liebe Mama! Das wird nun wohl ein langer Schreibebrief werden, denn ich habe – die Karte rechnet nicht – lange nichts von mir hören lassen. Als ich das letzte Mal schrieb, steckte ich noch in den Weihnachtsvorbereitungen, jetzt liegen die Weihnachtstage schon zurück. Innstetten und mein guter Freund Gieshübler hatten alles aufgeboten, mir den Heiligen Abend so angenehm wie möglich zu machen, aber ich fühlte mich doch ein wenig einsam und bangte mich nach Euch. Überhaupt, soviel Ursache ich habe, zu danken und froh und glücklich zu sein, ich kann ein Gefühl des Alleinseins nicht ganz loswerden, und wenn ich mich früher, vielleicht mehr als nötig, über Huldas ewige Gefühlsträne mokiert habe, so werde ich jetzt dafür bestraft und habe selber mit dieser Träne zu kämpfen. Denn Innstetten darf es nicht sehen. Ich bin aber sicher, daß das alles besser werden wird, wenn unser Hausstand sich mehr belebt, und das wird der Fall sein, meine liebe Mama. Was ich neulich andeutete, das ist nun Gewißheit, und Innstetten bezeugt mir täglich seine Freude darüber. Wie glücklich ich selber im Hinblick darauf bin, brauche ich nicht erst zu versichern, schon weil ich dann Leben und Zerstreuung um mich her haben werde oder, wie Geert sich ausdrückt, ›ein liebes Spielzeug‹. Mit diesem Worte wird er wohl recht haben, aber er sollte es lieber nicht gebrauchen, weil es mir immer einen kleinen Stich gibt und mich daran erinnert, wie jung ich bin und daß ich noch halb in die Kinderstube gehöre. Diese Vorstellung verläßt mich nicht (Geert meint, es sei krankhaft) und bringt es zuwege, daß das, was mein höchstes Glück sein sollte, doch fast noch mehr eine beständige Verlegenheit für mich ist. Ja, meine liebe Mama, als die guten Flemmingschen Damen sich neulich nach allem möglichen erkundigten, war mir zumut, als stünd ich schlecht vorbereitet in einem Examen, und ich glaube auch, daß ich recht dumm geantwortet habe. Verdrießlich war ich auch. Denn manches, was wie Teilnahme aussieht, ist doch bloß Neugier und wirkt um so zudringlicher, als ich ja noch lange, bis in den Sommer hinein, auf das frohe

Ereignis zu warten habe. Ich denke, die ersten Julitage. Dann mußt Du kommen, oder, noch besser, sobald ich einigermaßen wieder bei Wege bin, komme *ich,* nehme hier Urlaub und mache mich auf nach Hohen-Cremmen. Ach, wie ich mich darauf freue und auf die havelländische Luft – hier ist es fast immer rauh und kalt – und dann jeden Tag eine Fahrt ins Luch, alles rot und gelb, und ich sehe schon, wie das Kind die Hände danach streckt, denn es wird doch wohl fühlen, daß es eigentlich da zu Hause ist. Aber das schreibe ich nur *Dir.* Innstetten darf nicht davon wissen, und auch Dir gegenüber muß ich mich wie entschuldigen, daß ich mit dem Kinde nach Hohen-Cremmen will und mich heute schon anmelde, statt Dich, meine liebe Mama, dringend und herzlich nach Kessin hin einzuladen, das ja doch jeden Sommer fünfzehnhundert Badegäste hat und Schiffe mit allen möglichen Flaggen und sogar ein Dünenhotel. Aber daß ich so wenig Gastlichkeit zeige, das macht nicht, daß ich ungastlich wäre, so sehr bin ich nicht aus der Art geschlagen, das macht einfach unser landrätliches Haus, das, soviel Hübsches und Apartes es hat, doch eigentlich gar kein richtiges Haus ist, sondern nur eine Wohnung für zwei Menschen, und auch das kaum, denn wir haben nicht einmal ein Eßzimmer, was doch genant ist, wenn ein paar Personen zu Besuch sich einstellen. Wir haben freilich noch Räumlichkeiten im ersten Stock, einen großen Saal und vier kleine Zimmer, aber sie haben alle etwas wenig Einladendes, und ich würde sie Rumpelkammern nennen, wenn sich etwas Gerümpel darin vorfände; sie sind aber ganz leer, ein paar Binsenstühle abgerechnet, und machen, das mindeste zu sagen, einen sehr sonderbaren Eindruck. Nun wirst Du wohl meinen, das alles sei ja leicht zu ändern. Aber es ist nicht zu ändern; denn das Haus, das wir bewohnen, ist... ist ein Spukhaus; da ist es heraus. Ich beschwöre Dich übrigens, mir auf diese meine Mitteilung nicht zu antworten, denn ich zeige Innstetten immer Eure Briefe, und er wäre außer sich, wenn er erführe, daß ich Dir das geschrieben. Ich hätte es auch nicht getan, und zwar um so weniger, als ich seit vielen Wochen in Ruhe geblieben bin und aufgehört habe, mich zu ängstigen; aber Johanna sagt mir, es käme immer mal wieder, namentlich wenn wer Neues im Hause erschiene. Und ich kann Dich doch einer solchen Gefahr oder, wenn das zuviel gesagt ist, einer solchen eigentümlichen und unbequemen Störung nicht aussetzen! Mit der Sache selber will ich Dich heute nicht behelligen, jedenfalls nicht ausführlich. Es ist eine Geschichte von einem alten Kapitän, einem sogenannten Chinafahrer, und seiner Enkelin, die mit einem hiesigen jungen Kapitän eine kurze Zeit verlobt war und an ihrem Hochzeitstage plötzlich verschwand. Das möchte hingehn. Aber was wichtiger ist, ein junger Chinese, den ihr Vater aus China mit zurückgebracht hatte und der erst der Diener und dann der Freund des Alten war, der starb kurze Zeit danach und ist an einer einsamen Stelle neben dem Kirchhof begraben worden. Ich bin neulich da vorübergefahren, wandte mich aber rasch ab und sah nach der anderen Seite, weil ich glaube, ich hätte ihn sonst auf dem Grabe sitzen sehen. Denn ach, meine liebe Mama, ich habe ihn einmal wirklich gesehen, oder es ist mir wenigstens so vorgekommen, als ich fest schlief und Innstetten auf Besuch beim Fürsten war.

Es war schrecklich; ich möchte so was nicht wieder erleben. Und in ein solches Haus, so hübsch es sonst ist (es ist sonderbarerweise gemütlich und unheimlich zugleich), kann ich Dich doch nicht gut einladen. Und Innstetten, trotzdem ich ihm schließlich in vielen Stücken zustimmte, hat sich dabei, soviel möcht ich sagen dürfen, auch nicht ganz richtig benommen. Er verlangte von mir, ich solle das alles als Alten-Weiber-Unsinn ansehen und darüber lachen, aber mit einemmal schien er doch auch wieder selber daran zu glauben und stellte mir zugleich die sonderbare Zumutung, einen solchen Hausspuk als etwas Vornehmes und Altadliges anzusehen. Das kann ich aber nicht und will es auch nicht. Er ist in diesem Punkte, so gütig er sonst ist, nicht gütig und nachsichtig genug gegen mich. Denn daß es etwas damit ist, das weiß ich von Johanna und weiß es auch von unserer Frau Kruse. Das ist nämlich unsere Kutscherfrau, die mit einem schwarzen Huhn beständig in einer überheizten Stube sitzt. Dies allein schon ist ängstlich genug. Und nun weißt Du, warum *ich* kommen will, wenn es erst soweit ist. Ach, wäre es nur erst soweit. Es sind so viele Gründe, warum ich es wünsche. Heute abend haben wir Silvesterball, und Gieshübler – der einzig nette Mensch hier, trotzdem er eine hohe Schulter hat, oder eigentlich schon etwas mehr –, Gieshübler hat mir Kamelien geschickt. Ich werde doch vielleicht tanzen. Unser Arzt sagt, es würde mir nichts schaden, im Gegenteil. Und Innstetten, was mich fast überraschte, hat auch eingewilligt. Und nun grüße und küsse Papa und all die andern Lieben. Glückauf zum neuen Jahr. Deine Effi.«

Dreizehntes Kapitel

Der Silvesterball hatte bis an den frühen Morgen gedauert, und Effi war ausgiebig bewundert worden, freilich nicht ganz so anstandslos wie das Kamelienbukett, von dem man wußte, daß es aus dem Gieshüblerschen Treibhause kam. Im übrigen blieb auch nach dem Silvesterball alles beim alten, kaum daß Versuche gesellschaftlicher Annäherung gemacht worden wären, und so kam es denn, daß der Winter als recht lange dauernd empfunden wurde. Besuche seitens der benachbarten Adelsfamilien fanden nur selten statt, und dem pflichtschuldigen Gegenbesuche ging in einem halben Trauertone jedesmal die Bemerkung voraus: »Ja, Geert, wenn es durchaus sein muß, aber ich vergehe vor Langerweile.« Worte, denen Innstetten nur immer zustimmte. Was an solchen Besuchsnachmittagen über Familie, Kinder, auch Landwirtschaft gesagt wurde, mochte gehen; wenn dann aber die kirchlichen Fragen an die Reihe kamen und die mitanwesenden Pastoren wie kleine Päpste behandelt wurden oder sich auch wohl selbst als solche ansahen, dann riß Effi der Faden der Geduld, und sie dachte mit Wehmut an Niemeyer, der immer zurückhaltend und anspruchslos war, trotzdem es bei jeder größeren Feierlichkeit hieß, er habe das Zeug, an den »Dom« berufen zu werden. Mit den Borckes, den Flemmings, den Grasenabbs, so freundlich die Familien, von Sidonie Grasenabb abgesehen, gesinnt waren – es wollte mit allen nicht so recht gehen, und es hätte mit Freude, Zerstreuung und auch nur leidlichem Sich-behaglich-Fühlen manchmal recht schlimm gestanden, wenn Gieshübler nicht gewesen wäre. Der sorgte für Effi wie eine kleine Vorsehung, und sie wußte es ihm auch Dank. Natürlich war er, neben allem anderen, auch ein eifriger und aufmerksamer Zeitungsleser, ganz zu geschweigen, daß er an der Spitze des Journalzirkels stand, und so verging denn fast kein Tag, wo nicht Mirambo ein großes weißes Kuvert gebracht hätte, mit allerhand Blättern und Zeitungen, in denen die betreffenden Stellen angestrichen waren, meist eine kleine, feine Bleistiftlinie, mitunter aber auch dick mit Blaustift und ein Ausrufungs- oder Fragezeichen daneben. Und dabei ließ er es nicht bewenden; er schickte auch Feigen und Datteln, Schokoladentafeln in Satineepapier und ein rotes Bändchen drum, und wenn etwas besonders Schönes in seinem Treibhaus blühte, so brachte er es selbst und hatte dann eine glückliche Plauderstunde mit der ihm so sympathischen jungen Frau, für die er alle schönen Liebesgefühle durch- und nebeneinander hatte, die des Vaters und Onkels, des Lehrers und Verehrers. Effi war gerührt von dem allen und schrieb öfters darüber nach Hohen-Cremmen, so daß die Mama sie mit ihrer »Liebe zum Alchimisten« zu necken begann; aber diese wohlgemeinten Neckereien verfehlten ihren Zweck, ja berührten sie beinahe schmerzlich, weil ihr, wenn auch unklar, dabei zum Bewußtsein kam, was ihr in ihrer Ehe eigentlich fehlte: Huldigungen, Anregungen, kleine Aufmerksamkeiten. Innstetten war lieb und gut, aber ein Liebhaber war er nicht. Er hatte das Gefühl, Effi zu lieben, und das gute Gewissen, daß es so sei, ließ ihn von besonderen Anstrengungen absehen. Es war fast zur Regel geworden, daß er sich, wenn Friedrich die Lampe brachte, aus seiner Frau Zimmer in sein eigenes zurückzog. »Ich habe da noch eine verzwickte Geschichte zu erledigen.« Und damit ging er. Die Portiere blieb freilich zurückgeschlagen, so daß Effi das Blättern in dem Aktenstück oder das Kritzeln seiner Feder hören konnte, aber das war auch alles. Rollo kam dann wohl und legte sich vor sie hin auf den Kaminteppich, als ob er sagen wolle: »Muß nur mal wieder nach dir sehen; ein anderer tut's doch nicht.« Und dann beugte sie sich nieder und sagte leise: »Ja, Rollo, wir sind allein.« Um neun erschien dann Innstetten wieder zum Tee, meist die Zeitung in der Hand, sprach vom Fürsten, der wieder viel Ärger habe, zumal über diesen Eugen Richter, dessen Haltung und Sprache ganz unqualifizierbar seien, und ging dann die Ernennungen und Ordensverleihungen durch, von denen er die meisten beanstandete. Zuletzt sprach er von den Wahlen und daß es ein Glück sei, einem Kreise vorzustehen, in dem es noch Respekt gäbe. War er damit durch, so bat er Effi, daß sie was spiele, aus »Lohengrin« oder aus der »Walküre«, denn er war ein Wagner-Schwärmer. Was ihn zu diesem hinübergeführt hatte, war ungewiß; einige sagten, seine Nerven, denn so schüchtern er schien, eigentlich war er nervös; andere schoben es auf Wagners Stellung zur Judenfrage. Wahrscheinlich hatten beide recht. Um zehn war Innstetten dann abgespannt und erging sich in ein paar wohlgemeinten, aber etwas müden Zärtlichkeiten, die sich Effi gefallen ließ, ohne sie recht zu erwidern.

So verging der Winter, der April kam, und in dem Garten hinter dem Hofe begann es zu grünen, worüber sich Effi freute; sie konnte gar nicht abwarten, daß der Sommer komme mit seinen Spaziergängen am Strand und seinen Badegästen. Wenn sie so zurückblickte, der Trippelli-Abend bei Gieshübler und dann der Silvesterball, ja, das ging, das war etwas Hübsches gewesen; aber die Monate, die dann gefolgt waren, die hatten doch viel zu wünschen übriggelassen, und vor allem waren sie so monoton gewesen, daß sie sogar mal an die Mama geschrieben hatte: »Kannst Du Dir denken, Mama, daß ich mich mit unsrem Spuk beinah ausgesöhnt habe? Natürlich die schreckliche Nacht, wo Geert drüben beim Fürsten war, die möcht ich nicht noch einmal durchmachen, nein, gewiß nicht; aber immer das Alleinsein und so gar nichts erleben, das hat doch auch sein Schweres, und wenn ich dann in der Nacht aufwache, dann horche ich mitunter hinauf, ob ich nicht die Schuhe schleifen höre, und wenn alles still bleibt, so bin ich fast wie enttäuscht und sage mir: wenn es doch nur wiederkäme, nur nicht zu arg und nicht zu nah.«

Das war im Februar, daß Effi so schrieb, und nun war beinahe Mai. Drüben in der Plantage belebte sich's schon wieder, und man hörte die Finken schlagen. Und in derselben Woche war es auch, daß die Störche kamen, und einer schwebte langsam über ihr Haus hin und ließ sich dann auf einer Scheune nieder, die neben Utpatels Mühle stand. Das war seine alte Raststätte. Auch über dies Ereignis berichtete Effi, die jetzt überhaupt häufiger nach Hohen-Cremmen schrieb, und es war in demselben Briefe, daß es am Schlusse hieß: »Etwas, meine liebe Mama, hätte ich beinah vergessen: den neuen Landwehrbezirkskommandeur, den wir nun schon beinah vier Wochen hier haben. Ja, haben wir ihn wirklich? Das ist die Frage, und eine Frage von Wichtigkeit dazu, so sehr Du darüber lachen wirst und auch lachen mußt, weil Du den gesellschaftlichen Notstand nicht kennst, in dem wir uns nach wie vor befinden. Oder wenigstens *ich*, die ich mich mit dem Adel hier nicht gut zurechtfinden kann. Vielleicht meine Schuld. Aber das ist gleich. Tatsache bleibt: Notstand, und deshalb sah ich, durch all diese Winterwochen hin, dem neuen Bezirkskommandeur wie einem Trost- und Rettungsbringer entgegen. Sein Vorgänger war ein Greuel, von schlechten Manieren und noch schlechteren Sitten, und zum Überfluß auch noch immer schlecht bei Kasse. Wir haben all die Zeit über unter ihm gelitten, Innstetten noch mehr als ich, und als wir Anfang April hörten, Major von Crampas sei da, das ist nämlich der Name des Neuen, da fielen wir uns in die Arme, als könne uns nun nichts Schlimmes mehr in diesem lieben Kessin passieren. Aber, wie schon kurz erwähnt, es scheint, trotzdem er da ist, wieder nichts werden zu wollen. Crampas ist verheiratet, zwei Kinder von zehn und acht Jahren, die Frau ein Jahr älter als er, also sagen wir fünfundvierzig. Das würde nun an und für sich nicht viel schaden, warum soll ich mich nicht mit einer mütterlichen Freundin wundervoll unterhalten können? Die Trippelli war auch nahe an die Dreißig, und es ging ganz gut. Aber mit der Frau von Crampas, übrigens keine Geborne, kann es nichts werden. Sie ist immer verstimmt, beinahe melancholisch (ähnlich wie unsere Frau Kruse, an die sie mich überhaupt erinnert), und das alles aus Eifersucht. Er, Crampas, soll nämlich ein Mann vieler Verhältnisse sein, ein Damenmann, etwas, was mir immer lächerlich ist und mir auch in diesem Falle lächerlich sein würde, wenn er nicht, um eben solcher Dinge willen, ein Duell mit einem Kameraden gehabt hätte. Der linke Arm wurde ihm dicht unter der Schulter zerschmettert, und man sieht es sofort, trotzdem die Operation, wie mir Innstetten erzählt (ich glaube, sie nennen es Resektion, damals noch von Wilms ausgeführt), als ein Meisterstück der Kunst gerühmt wurde. Beide, Herr und Frau von Crampas, waren vor vierzehn Tagen bei uns, um uns ihren Besuch zu machen; es war eine sehr peinliche Situation, denn Frau von Crampas beobachtete ihren Mann so, daß *er* in eine halbe und *ich* in eine ganze Verlegenheit kam. Daß er selbst sehr anders sein kann, ausgelassen und übermütig, davon überzeugte ich mich, als er vor drei Tagen mit Innstetten allein war und ich, von meinem Zimmer her, dem Gang ihrer Unterhaltung folgen konnte. Nachher sprach auch ich ihn. Vollkommener Kavalier, ungewöhnlich gewandt. Innstetten war während des Krieges in derselben Brigade mit ihm, und sie haben sich im Norden von Paris bei Graf Gröben öfter gesehen. Ja, meine liebe Mama, das wäre nun also etwas gewesen, um in Kessin ein neues Leben beginnen zu können; er, der Major, hat auch nicht die pommerschen Vorurteile, trotzdem er in Schwedisch-Pommern zu Hause sein soll. Aber die Frau! Ohne sie geht es natürlich nicht, und mit ihr erst recht nicht.«

Effi hatte ganz recht gehabt, und es kam wirklich zu keiner weiteren Annäherung mit dem Crampasschen Paare. Man sah sich mal bei der Borckeschen Familie draußen, ein andermal ganz flüchtig auf dem Bahnhof und wenige Tage später auf einer Boot- und Vergnügungsfahrt, die nach einem am Breitling gelegenen großen Buchen- und Eichenwalde, der »der Schnatermann« hieß, gemacht wurde; es kam aber über kurze Begrüßungen nicht hinaus, und Effi war froh, als Anfang Juni die Saison sich ankündigte. Freilich fehlte es noch an Badegästen, die vor Johanni überhaupt nur in Einzelexemplaren einzutreffen pflegten, aber schon die Vorbereitungen waren eine Zerstreuung. In der Plantage wurden Karussell und Scheibenstände hergerichtet, die Schiffersleute kalfaterten und strichen ihre Boote, jede kleine Wohnung erhielt neue Gardinen, und die Zimmer, die feucht lagen, also den Schwamm unter der Diele hatten, wurden ausgeschwefelt und dann gelüftet.

Auch in Effis eigener Wohnung, freilich um eines anderen Ankömmlings als der Badegäste willen, war alles in einer gewissen Erregung; selbst Frau Kruse wollte mittun, so gut es ging. Aber davor erschrak Effi lebhaft und sagte: »Geert, daß nur die Frau Kruse nichts anfaßt; da kann nichts werden, und ich ängstige mich schon gerade genug.« Innstetten versprach auch alles, Christel und Johanna hätten ja Zeit genug, und um seiner jungen Frau Gedanken überhaupt in eine andere Richtung zu bringen, ließ er das Thema der Vorbereitungen ganz fallen und fragte statt dessen, ob sie denn schon bemerkt habe, daß drüben ein Badegast eingezogen sei, nicht gerade der erste, aber doch einer der ersten.

»Ein Herr?«

»Nein, eine Dame, die schon früher hier war, jedesmal in derselben Wohnung. Und sie kommt immer so früh, weil sie's nicht leiden kann, wenn alles schon so voll ist.«

»Das kann ich ihr nicht verdenken. Und wer ist es denn?«

»Die verwitwete Registrator Rode.«

»Sonderbar. Ich habe mir Registratorwitwen immer arm gedacht.«

»Ja«, lachte Innstetten, »das ist die Regel. Aber hier hast du eine Ausnahme. Jedenfalls hat sie mehr als ihre Witwenpension. Sie kommt immer mit viel Gepäck, unendlich viel mehr, als sie gebraucht, und scheint überhaupt eine ganz eigene Frau, wunderlich, kränklich und namentlich schwach auf den Füßen. Sie mißtraut sich deshalb auch und hat immer eine ältliche Dienerin um sich, die kräftig genug ist, sie zu schützen oder sie zu tragen, wenn ihr etwas passiert. Diesmal hat sie eine neue. Aber doch auch wieder eine ganz ramassierte Person, ähnlich wie die Trippelli, nur noch stärker.«

»Oh, die hab ich schon gesehen. Gute braune Augen, die einen treu und zuversichtlich ansehen. Aber ein klein bißchen dumm.«

»Richtig, das ist sie.«

Das war Mitte Juni, daß Innstetten und Effi dies Gespräch hatten. Von da ab brachte jeder Tag Zuzug, und nach dem Bollwerk hin spazierengehen, um daselbst die Ankunft des Dampfschiffes abzuwarten, wurde, wie immer um diese Zeit, eine Art Tagesbeschäftigung für die Kessiner. Effi freilich, weil Innstetten sie nicht begleiten konnte, mußte darauf verzichten, aber sie hatte doch wenigstens die Freude, die nach dem Strand und dem Strandhotel hinausführende, sonst so menschenleere Straße sich beleben zu sehen, und war denn auch, um immer wieder Zeuge davon zu sein, viel mehr als sonst in ihrem Schlafzimmer, von dessen Fenstern aus sich alles am besten beobachten ließ. Johanna stand dann neben ihr und gab Antwort auf ziemlich alles, was sie wissen wollte; denn da die meisten alljährlich wiederkehrende Gäste waren, so konnte das Mädchen nicht bloß die Namen nennen, sondern mitunter auch eine Geschichte dazu geben.

Das alles war unterhaltlich und erheiternd für Effi. Grade am Johannistage aber traf es sich, daß kurz vor elf Uhr vormittags, wo sonst der Verkehr vom Dampfschiff her am buntesten vorüberflutete, statt der mit Ehepaaren, Kindern und Reisekoffern besetzten Droschken aus der Mitte der Stadt her ein schwarz verhangener Wagen (dem sich zwei Trauerkutschen anschlossen) die zur Plantage führende Straße herunterkam und vor dem der landrätlichen Wohnung gegenüber gelegenen Hause hielt. Die verwitwete Frau Registrator Rode war nämlich drei Tage vorher gestorben, und nach Eintreffen der in aller Kürze benachrichtigten Berliner Verwandten war seitens ebendieser beschlossen worden, die Tote nicht nach Berlin hin überführen, sondern auf dem Kessiner Dünenkirchhof begraben zu wollen. Effi stand am Fenster und sah neugierig auf die sonderbar feierliche Szene, die sich drüben abspielte. Die zum Begräbnis von Berlin her Eingetroffenen waren zwei Neffen mit ihren Frauen, alle gegen vierzig, etwas mehr oder weniger, und von beneidenswert gesunder Gesichtsfarbe. Die Neffen, in gutsitzenden Fracks, konnten passieren, und die nüchterne Geschäftsmäßigkeit, die sich in ihrem gesamten Tun ausdrückte, war im Grunde mehr kleidsam als störend. Aber die beiden Frauen! Sie waren ganz ersichtlich bemüht, den Kessinern zu zeigen, was eigentlich Trauer sei, und trugen denn auch lange, bis an die Erde reichende schwarze Kreppschleier, die zugleich ihr Gesicht verhüllten. Und nun wurde der Sarg, auf dem einige Kränze und sogar ein Palmenwedel lagen, auf den Wagen gestellt, und die beiden Ehepaare setzten sich in die Kutschen. In die erste – gemeinschaftlich mit dem einen der beiden leidtragenden Paare – stieg auch Lindequist, hinter der zweiten Kutsche aber ging die Hauswirtin und neben dieser die stattliche Person, die die Verstorbene zur Aushülfe mit nach Kessin gebracht hatte. Letztere war sehr aufgeregt und schien durchaus ehrlich darin, wenn dies Aufgeregtsein auch vielleicht nicht gerade Trauer war; der sehr heftig schluchzenden Hauswirtin aber, einer Witwe, sah man dagegen fast allzu deutlich an, daß sie sich beständig die Möglichkeit eines Extrageschenkes berechnete, trotzdem sie in der bevorzugten und von anderen Wirtinnen auch sehr beneideten Lage war, die für den ganzen Sommer vermietete Wohnung noch einmal vermieten zu können.

Effi, als der Zug sich in Bewegung setzte, ging in ihren hinter dem Hofe gelegenen Garten, um hier, zwischen den Buchsbaumbeeten, den Eindruck des Lieb- und Leblosen, den die ganze Szene drüben auf sie gemacht hatte, wieder loszuwerden. Als dies aber nicht glücken wollte, kam ihr die Lust, statt ihrer eintönigen Gartenpromenade lieber einen weiteren Spaziergang zu machen, und zwar um so mehr, als ihr der Arzt gesagt hatte, viel Bewegung im Freien sei das Beste, was sie, bei dem, was ihr bevorstände, tun könne. Johanna, die mit im Garten war, brachte ihr denn auch Umhang, Hut und Entoutcas, und mit einem freundlichen »Guten Tag« trat Effi aus dem

Hause heraus und ging auf das Wäldchen zu, neben dessen breitem chaussierten Mittelweg ein schmalerer Fußsteig auf die Dünen und das am Strand gelegene Hotel zulief. Unterwegs standen Bänke, von denen sie jede benutzte, denn das Gehen griff sie an, und um so mehr, als inzwischen die heiße Mittagsstunde herangekommen war. Aber wenn sie saß und von ihrem bequemen Platz aus die Wagen und die Damen in Toilette beobachtete, die da hinausfuhren, so belebte sie sich wieder. Denn Heiteres sehen war ihr wie Lebensluft. Als das Wäldchen aufhörte, kam freilich noch eine allerschlimmste Wegstelle, Sand und wieder Sand und nirgends eine Spur von Schatten; aber glücklicherweise waren hier Bohlen und Bretter gelegt, und so kam sie, wenn auch erhitzt und müde, doch in guter Laune bei dem Strandhotel an. Drinnen im Saal wurde schon gegessen, aber hier draußen um sie her war alles still und leer, was ihr in diesem Augenblicke denn auch das Liebste war. Sie ließ sich ein Glas Sherry und eine Flasche Biliner Wasser bringen und sah auf das Meer hinaus, das im hellen Sonnenlichte schimmerte, während es am Ufer in kleinen Wellen brandete. »Da drüben liegt Bornholm und dahinter Wisby, wovon mir Jahnke vor Zeiten immer Wunderdinge vorschwärmte. Wisby ging ihm fast noch über Lübeck und Wullenweber. Und hinter Wisby kommt Stockholm, wo das Stockholmer Blutbad war, und dann kommen die großen Ströme und dann das Nordkap und dann die Mitternachtssonne.« Und im Augenblick erfaßte sie eine Sehnsucht, das alles zu sehen. Aber dann gedachte sie wieder dessen, was ihr so nahe bevorstand, und sie erschrak fast. »Es ist eine Sünde, daß ich so leichtsinnig bin und solche

Gedanken habe und mich wegträume, während ich doch an das Nächste denken müßte. Vielleicht bestraft es sich auch noch, und alles stirbt hin, das Kind und ich. Und der Wagen und die zwei Kutschen, die halten dann nicht drüben vor dem Hause, die halten dann bei uns... Nein, nein, ich mag hier nicht sterben, ich will hier nicht begraben sein, ich will nach Hohen-Cremmen. Und Lindequist, so gut er ist – aber Niemeyer ist mir lieber; er hat mich getauft und eingesegnet und getraut, und Niemeyer soll mich auch begraben.« Und dabei fiel eine Träne auf ihre Hand. Dann aber lachte sie wieder. »Ich lebe ja noch und bin erst siebzehn, und Niemeyer ist siebenundfünfzig.«

In dem Eßsaal hörte sie das Geklapper des Geschirrs. Aber mit einem Male war es ihr, als ob die Stühle geschoben würden; vielleicht stand man schon auf, und sie wollte jede Begegnung vermeiden. So erhob sie sich auch ihrerseits rasch wieder von ihrem Platz, um auf einem Umweg nach der Stadt zurückzukehren. Dieser Umweg führte sie dicht an dem Dünenkirchhof vorüber, und weil der Torweg des Kirchhofs gerade offenstand, trat sie ein. Alles blühte hier, Schmetterlinge flogen über die Gräber hin, und hoch in den Lüften standen ein paar Möwen. Es war so still und schön, und sie hätte hier gleich bei den ersten Gräbern verweilen mögen; aber weil die Sonne mit jedem Augenblick heißer niederbrannte, ging sie höher hinauf, auf einen schattigen Gang zu, den Hängeweiden und etliche an den Gräbern stehende Traueresche bildeten. Als sie bis an das Ende dieses Ganges gekommen, sah sie zur Rechten einen frisch aufgeworfenen Sandhügel, mit vier, fünf Kränzen darauf, und dicht daneben eine schon außerhalb der Baumreihe stehende Bank, darauf die gute, robuste Person saß, die, an der Seite der Hauswirtin, dem Sarge der verwitweten Registratorin als letzte Leidtragende gefolgt war. Effi erkannte sie sofort wieder und war in ihrem Herzen bewegt, die gute, treue Person, denn dafür mußte sie sie halten, in sengender Sonnenhitze hier vorzufinden. Seit dem Begräbnis waren wohl an zwei Stunden vergangen.

»Es ist eine heiße Stelle, die Sie sich da ausgesucht haben«, sagte Effi, »viel zu heiß. Und wenn ein Unglück kommen soll, dann haben Sie den Sonnenstich.«

»Das wäre auch das Beste.«

»Wie das?«

»Dann wär ich aus der Welt.«

»Ich meine, das darf man nicht sagen, auch wenn man unglücklich ist oder wenn einem wer gestorben ist, den man liebhatte. Sie hatten sie wohl sehr lieb?«

»Ich? *Die?* I Gott bewahre.«

»Sie sind aber doch sehr traurig. Das muß doch einen Grund haben.«

»Den hat es auch, gnädigste Frau.«

»Kennen Sie mich?«

»Ja. Sie sind die Frau Landrätin von drüben. Und ich habe mit der Alten immer von Ihnen gesprochen. Zuletzt konnte sie nicht mehr, weil sie keine rechte Luft mehr hatte, denn es saß ihr hier und wird wohl Wasser gewesen sein; aber solange sie noch reden konnte, redete sie immerzu. Es war 'ne richtige Berlinsche…«

»Gute Frau?«

»Nein; wenn ich das sagen wollte, müßt ich lügen.

Da liegt sie nun, und man soll von einem Toten nichts Schlimmes sagen, und erst recht nicht, wenn er so kaum seine Ruhe hat. Na, die wird sie ja wohl haben! Aber sie taugte nichts und war zänkisch und geizig, und für mich hat sie auch nicht gesorgt. Und die Verwandtschaft, die da gestern von Berlin gekommen... gezankt haben sie sich bis in die sinkende Nacht... na, die taugt auch nichts, die taugt erst recht nichts. Lauter schlechtes Volk, happig und gierig und hartherzig, und haben mir barsch und unfreundlich und mit allerlei Redensarten meinen Lohn ausgezahlt, bloß weil sie mußten und weil es bloß noch sechs Tage sind bis zum Vierteljahrsersten. Sonst hätte ich nichts gekriegt oder bloß halb oder bloß ein Viertel. Nichts aus freien Stücken. Und einen eingerissenen Fünfmarkschein haben sie mir gegeben, daß ich nach Berlin zurückreisen kann; na, es reicht so gerade für die vierte Klasse, und ich werde wohl auf meinem Koffer sitzen müssen. Aber ich will auch gar nicht; ich will hier sitzen bleiben und warten, bis ich sterbe... Gott, ich dachte nun mal Ruhe zu haben und hätte auch ausgehalten bei der Alten. Und nun ist es wieder nichts, und soll mich wieder rumstoßen lassen. Und kattolsch bin ich auch noch. Ach, ich hab es satt und läg am liebsten, wo die Alte liegt, und sie könnte meinetwegen weiterleben... Sie hätte gern noch weitergelebt; solche Menschenschikanierer, die nich mal Luft haben, die leben immer am liebsten.«

Rollo, der Effi begleitet hatte, hatte sich mittlerweile vor die Person hingesetzt, die Zunge weit heraus, und sah sie an. Als sie jetzt schwieg, erhob er sich, ging einen Schritt vor und legte seinen Kopf auf ihre Knie.

Mit einem Male war die Person wie verwandelt. »Gott, das bedeutet mir was. Da ist ja 'ne Kreatur, die mich leiden kann, die mich freundlich ansieht und ihren Kopf auf meine Knie legt. Gott, das ist lange her, daß ich so was gehabt habe. Nun, mein Alterchen, wie heißt du denn? Du bist ja ein Prachtkerl.«

»Rollo«, sagte Effi.

»Rollo; das ist sonderbar. Aber der Name tut nichts. Ich habe auch einen sonderbaren Namen, das heißt Vornamen. Und einen andern hat unsereins ja nicht.«

»Wie heißen Sie denn?«

»Ich heiße Roswitha.«

»Ja, das ist selten, das ist ja…«

»Ja, ganz recht, gnädige Frau, das ist ein kattolscher Name. Und das kommt auch noch dazu, daß ich eine Kattolsche bin. Aus 'n Eichsfeld. Und das Kattolsche, das macht es einem immer noch schwerer und saurer. Viele wollen keine Kattolsche, weil sie soviel in die Kirche rennen. ›Immer in die Beichte, und die Hauptsache sagen sie doch nich‹ – Gott, wie oft hab ich das hören müssen, erst als ich in Giebichenstein im Dienst war und dann in Berlin. Ich bin aber eine schlechte Katholikin und bin ganz davon abgekommen, und vielleicht geht es mir deshalb so schlecht; ja, man darf nich von seinem Glauben lassen und muß alles ordentlich mitmachen.«

»Roswitha«, wiederholte Effi den Namen und setzte sich zu ihr auf die Bank. »Was haben Sie nun vor?«

»Ach, gnäd'ge Frau, was soll ich vorhaben. Ich habe gar nichts vor. Wahr und wahrhaftig, ich möchte hier sitzen bleiben und warten, bis ich tot umfalle. Das wär mir das Liebste. Und dann würden die Leute noch denken, ich hätte die Alte so geliebt wie ein treuer Hund und hätte von ihrem Grabe nicht weg gewollt und wäre da gestorben. Aber das ist falsch, für solche Alte stirbt man nicht; ich will bloß sterben, weil ich nicht leben kann.«

»Ich will Sie was fragen, Roswitha. Sind Sie, was man so ›kinderlieb‹ nennt? Waren Sie schon mal bei kleinen Kindern?«

»Gewiß, war ich. Das ist ja mein Bestes und Schönstes. Solche alte Berlinsche – Gott verzeih mir die Sünde, denn sie ist nun tot und steht vor Gottes Thron und kann mich da verklagen –, solche Alte wie die da, ja, das ist schrecklich, was man da alles tun muß, und steht einem hier vor Brust und Magen, aber solch kleines, liebes Ding, solch Dingelchen wie 'ne Puppe, das einen mit seinen Guckäugelchen ansieht, ja, das ist was, da geht einem das Herz auf. Als ich in Halle war, da war ich Amme bei der Frau Salzdirektorin, und in Giebichenstein, wo ich nachher hinkam, da hab ich Zwillinge mit der Flasche großgezogen; ja, gnäd'ge Frau, das versteh ich, da drin bin ich wie zu Hause.«

»Nun, wissen Sie was, Roswitha, Sie sind eine gute, treue Person, das seh ich Ihnen an, ein bißchen gradezu, aber das schadet nichts, das sind mitunter die Besten, und ich habe gleich ein Zutrauen zu Ihnen gefaßt. Wollen Sie mit zu mir kommen? Mir ist, als hätte Gott Sie mir geschickt. Ich erwarte nun bald ein Kleines, Gott gebe mir seine Hülfe dazu, und wenn das Kind da ist, dann muß es gepflegt und abgewartet werden und vielleicht auch gepäppelt. Man kann das ja nicht wissen, wiewohl ich es anders wünsche. Was meinen Sie, wollen Sie mit zu mir kommen? Ich kann mir nicht denken, daß ich mich in Ihnen irre.«

Roswitha war aufgesprungen und hatte die Hand der jungen Frau ergriffen und küßte sie mit Ungestüm. »Ach, es ist doch ein Gott im Himmel, und wenn die Not am größten ist, ist die Hilfe am nächsten. Sie sollen sehn, gnäd'ge Frau, es geht; ich bin eine ordentliche Person und habe gute Zeugnisse. Das können Sie sehn, wenn ich Ihnen mein Buch bringe. Gleich den ersten Tag, als ich die gnäd'ge Frau sah, da dacht ich: Ja, wenn du mal solchen Dienst hättest. Und nun soll ich ihn haben. O du lieber Gott, o du heil'ge Jungfrau Maria, wer mir das gesagt hätte, wie wir die Alte hier unter der Erde hatten und die Verwandten machten, daß sie wieder fortkamen, und mich hier sitzen ließen.«

»Ja, unverhofft kommt oft, Roswitha, und mitunter auch im guten. Und nun wollen wir gehen. Rollo wird schon ungeduldig und läuft immer auf das Tor zu.«

Roswitha war gleich bereit, trat aber noch einmal an das Grab, brummelte was vor sich hin und machte ein Kreuz. Und dann gingen sie den schattigen Gang hinunter und wieder auf das Kirchhofstor zu.

Drüben lag die eingegitterte Stelle, deren weißer Stein in der Nachmittagssonne blinkte und blitzte. Effi konnte jetzt ruhiger hinsehen. Eine Weile noch führte der Weg zwischen Dünen hin, bis sie, dicht vor Utpatels Mühle, den Außenrand des Wäldchens erreichte. Da bog sie links ein, und unter Benutzung einer schräglaufenden Allee, die die »Reeperbahn« hieß, ging sie mit Roswitha auf die landrätliche Wohnung zu.

Vierzehntes Kapitel

Keine Viertelstunde, so war die Wohnung erreicht. Als beide hier in den kühlen Flur traten, war Roswitha beim Anblick all des Sonderbaren, das da umherging, wie befangen; Effi aber ließ sie nicht zu weiteren Betrachtungen kommen und sagte: »Roswitha, nun gehen Sie da hinein. Das ist das Zimmer, wo wir schlafen. Ich will erst zu meinem Manne nach dem Landratsamt hinüber – das große Haus da neben dem kleinen, in dem Sie gewohnt haben – und will ihm sagen, daß ich Sie zur Pflege haben möchte bei dem Kinde. Er wird wohl mit allem einverstanden sein, aber ich muß doch erst seine Zustimmung haben. Und wenn ich die habe, dann müssen wir ihn ausquartieren, und Sie schlafen mit mir in dem Alkoven. Ich denke, wir werden uns schon vertragen.«

Innstetten, als er erfuhr, um was sich's handle, sagte rasch und in guter Laune: »Das hast du recht gemacht, Effi, und wenn ihr Gesindebuch nicht zu schlimme Sachen sagt, so nehmen wir sie auf ihr gutes Gesicht hin. Es ist doch, Gott sei Dank, selten, daß einen das täuscht.«

Effi war sehr glücklich, so wenig Schwierigkeiten zu begegnen, und sagte: »Nun wird es gehen. Ich fürchte mich jetzt nicht mehr.«

»Um was, Effi?«

»Ach, du weißt ja … Aber Einbildungen sind das Schlimmste, mitunter schlimmer als alles.«

Roswitha zog in selbiger Stunde noch mit ihren paar Habseligkeiten in das landrätliche Haus hinüber und richtete sich in dem kleinen Alkoven ein. Als der Tag um war, ging sie früh zu Bett und schlief, ermüdet wie sie war, gleich ein.

Am andern Morgen erkundigte sich Effi – die seit einiger Zeit (denn es war gerade Vollmond) wieder in Ängsten lebte –, wie Roswitha geschlafen und ob sie nichts gehört habe?

»Was?« fragte diese.

»O nichts. Ich meine nur so; so was, wie wenn ein Besen fegt oder wie wenn einer über die Diele schlittert.«

Roswitha lachte, was auf ihre junge Herrin einen besonders guten Eindruck machte. Effi war fest protestantisch erzogen und würde sehr erschrocken gewesen sein, wenn man an und in ihr was Katholisches entdeckt hätte; trotzdem glaubte sie, daß der Katholizismus uns gegen solche Dinge »wie da oben« besser schütze; ja, diese Betrachtung hatte bei dem Plane, Roswitha ins Haus zu nehmen, ganz erheblich mitgewirkt.

Man lebte sich schnell ein, denn Effi hatte ganz den liebenswürdigen Zug der meisten märkischen Landfräulein, sich gern allerlei kleine Geschichten erzählen zu lassen, und die verstorbene Frau Registratorin und ihr Geiz und ihre Neffen und deren Frauen boten einen unerschöpflichen Stoff. Auch Johanna hörte dabei gerne zu.

Diese, wenn Effi bei den drastischen Stellen oft laut lachte, lächelte freilich und verwunderte sich im stillen, daß die gnädige Frau an all dem dummen Zeuge soviel Gefallen finde; diese Verwunderung aber, die mit einem starken Überlegenheitsgefühle Hand in Hand ging, war doch auch wieder ein Glück und sorgte dafür, daß keine Rangstreitigkeiten aufkommen konnten. Roswitha war einfach die komische Figur, und Neid gegen sie zu hegen wäre für Johanna nichts anderes gewesen, wie wenn sie Rollo um seine Freundschaftsstellung beneidet hätte.

So verging eine Woche, plauderhaft und beinahe gemütlich, weil Effi dem, was ihr persönlich bevorstand, ungeängstigter als früher entgegensah. Auch glaubte sie nicht, daß es so nahe sei. Den neunten Tag aber war es mit dem Plaudern und den Gemütlichkeiten vorbei; da gab es ein Laufen und Rennen, Innstetten selbst kam ganz aus seiner gewohnten Reserve heraus, und am Morgen des 3. Juli stand neben Effis Bett eine Wiege. Doktor Hannemann patschelte der jungen Frau die Hand und sagte: »Wir haben heute den Tag von Königgrätz; schade, daß es ein Mädchen ist. Aber das andere kann ja nachkommen, und die Preußen haben viele Siegestage.« Roswitha mochte wohl Ähnliches denken, freute sich indessen vorläufig ganz uneingeschränkt über das, was da war, und nannte das Kind ohne weiteres »Lütt Annie«, was der jungen Mutter als ein Zeichen galt. Es müsse doch wohl eine Eingebung gewesen sein, daß Roswitha gerade auf diesen Namen gekommen sei. Selbst Innstetten wußte nichts dagegen zu sagen, und so wurde schon von Klein Annie gesprochen, lange bevor der Tauftag da war.

Effi, die von Mitte August an bei den Eltern in Hohen-Cremmen sein wollte, hätte die Taufe gern bis dahin verschoben. Aber es ließ sich nicht tun; Innstetten konnte nicht Urlaub nehmen, und so wurde denn der 15. August, trotzdem es der Napoleonstag war (was denn auch von seiten einiger Familien beanstandet wurde), für diesen Taufakt festgesetzt, natürlich in der Kirche. Das sich anschließende Festmahl, weil das landrätliche Haus keinen Saal hatte, fand in dem großen Ressourcen-Hotel am Bollwerk statt, und der gesamte Nachbaradel war geladen und auch erschienen. Pastor Lindequist ließ Mutter und Kind in einem liebenswürdigen und allseitig bewunderten Toaste leben, bei welcher Gelegenheit Sidonie von Grasenabb zu ihrem Nachbar, einem adligen Assessor von der strengen Richtung, bemerkte: »Ja, seine Kasualreden, das geht. Aber seine Predigten kann er vor Gott und Menschen nicht verantworten; er ist ein Halber, einer von denen, die verworfen sind, weil sie lau sind. Ich mag das Bibelwort hier nicht wörtlich zitieren.« Gleich danach nahm auch der alte Herr von Borcke das Wort, um Innstetten leben zu lassen. »Meine Herrschaften, es sind schwere Zeiten, in denen wir leben, Auflehnung, Trotz, Indisziplin, wohin wir blicken. Aber solange wir noch Männer haben, und ich darf hinzusetzen, Frauen und Mütter« (und hierbei verbeugte er sich mit einer eleganten Handbewegung gegen Effi), »solange wir noch Männer haben wie Baron Innstetten, den ich stolz bin meinen Freund nennen zu dürfen, so lange geht es noch, so lange hält unser altes Preußen noch. Ja, meine Freunde, Pommern und Brandenburg, damit zwingen wir's und zertreten dem Drachen der Revolution das giftige Haupt. Fest und treu, so siegen wir. Die Katholiken, unsere Brüder, die wir, auch wenn wir sie bekämpfen, achten müssen, haben den Felsen Petri, wir aber haben den Rocher de bronze. Baron Innstetten, er lebe hoch!« Innstetten dankte ganz kurz. Effi sagte zu dem neben ihr sitzenden Major von Crampas: Das mit dem »Felsen Petri« sei wahrscheinlich eine Huldigung gegen Roswitha gewesen; sie werde nachher an den alten Justizrat Gadebusch herantreten und ihn fragen, ob er nicht ihrer Meinung sei. Crampas nahm diese Bemerkung unerklärlicherweise für Ernst und riet von einer Anfrage bei dem Justizrat ab, was Effi ungemein erheiterte. »Ich habe Sie doch für einen besseren Seelenleser gehalten.«

»Ach, meine Gnädigste, bei schönen, jungen Frauen, die noch nicht achtzehn sind, scheitert alle Lesekunst.«

»Sie verderben sich vollends, Major. Sie können mich eine Großmutter nennen, aber Anspielungen darauf, daß ich noch nicht achtzehn bin, das kann Ihnen nie verziehen werden.«

Als man von Tisch aufgestanden war, kam der Spätnachmittagsdampfer die Kessine herunter und legte an der Landungsbrücke, gegenüber dem Hotel, an. Effi saß mit Crampas und Gieshübler beim Kaffee, alle Fenster auf, und sah dem Schauspiel drüben zu. »Morgen früh um neun führt mich dasselbe Schiff den Fluß hinauf, und zu Mittag bin ich in Berlin, und am Abend bin ich in Hohen-Cremmen, und Roswitha geht neben mir und hält das Kind auf dem Arme. Hoffentlich schreit es nicht. Ach, wie mir schon heute zumute ist! Lieber Gieshübler, sind Sie auch mal so froh gewesen, Ihr elterliches Haus wiederzusehen?«

»Ja, ich kenne das auch, gnädigste Frau. Nur bloß, ich brachte kein Anniechen mit, weil ich keins hatte.«

»Kommt noch«, sagte Crampas. »Stoßen Sie an, Gieshübler; Sie sind der einzige vernünftige Mensch hier.«

»Aber, Herr Major, wir haben ja bloß noch den Kognak.«

»Desto besser.«

Fünfzehntes Kapitel

Mitte August war Effi abgereist, Ende September war sie wieder in Kessin. Manchmal in den zwischenliegenden sechs Wochen hatte sie's zurückverlangt; als sie aber wieder da war und in den dunklen Flur eintrat, auf den nur von der Treppenstiege her ein etwas fahles Licht fiel, wurde ihr mit einemmal wieder bang, und sie sagte leise: »Solch fahles, gelbes Licht gibt es in Hohen-Cremmen gar nicht.«

Ja, ein paarmal, während ihrer Hohen-Cremmer Tage, hatte sie Sehnsucht nach dem »verwunschenen Hause« gehabt, alles in allem aber war ihr doch das Leben daheim voller Glück und Zufriedenheit gewesen. Mit Hulda freilich, die's nicht verwinden konnte, noch immer auf Mann oder Bräutigam warten zu müssen, hatte sie sich nicht recht stellen können, desto besser dagegen mit den Zwillingen, und mehr als einmal, wenn sie mit ihnen Ball oder Krokket gespielt hatte, war ihr's ganz aus dem Sinn gekommen, überhaupt verheiratet zu sein. Das waren dann glückliche Viertelstunden gewesen. Am liebsten aber hatte sie wie früher auf dem durch die Luft fliegenden Schaukelbrett gestanden und, in dem Gefühle: »Jetzt stürz ich«, etwas eigentümlich Prickelndes, einen Schauer süßer Gefahr empfunden. Sprang sie dann schließlich von der Schaukel ab, so begleitete sie die beiden Mädchen bis an die Bank vor dem Schulhause und erzählte, wenn sie da saßen, dem alsbald hinzukommenden alten Jahnke von ihrem Leben in Kessin, das halb hanseatisch und halb skandinavisch und jedenfalls sehr anders als in Schwantikow und Hohen-Cremmen sei.

Das waren so die täglichen kleinen Zerstreuungen, an die sich gelegentlich auch Fahrten in das sommerliche Luch schlossen, meist im Jagdwagen; allem voran aber standen für Effi doch die Plaudereien, die sie beinahe jeden Morgen mit der Mama hatte. Sie saßen dann oben in der luftigen, großen Stube, Roswitha wiegte das Kind und sang in einem thüringischen Platt allerlei Wiegenlieder, die niemand recht verstand, vielleicht sie selber nicht; Effi und Frau von Briest aber rückten ans offene Fenster und sahen, während sie sprachen, auf den Park hinunter, auf die Sonnenuhr oder auf die Libellen, die beinahe regungslos über dem Teich standen, oder auch auf den Fliesengang, wo Herr von Briest neben dem Treppenvorbau saß und die Zeitungen las. Immer wenn er umschlug, nahm er zuvor den Kneifer ab und grüßte zu Frau und Tochter hinauf. Kam dann das letzte Blatt an die Reihe, das in der Regel der »Anzeiger fürs Havelland« war, so ging Effi hinunter, um sich entweder zu ihm zu setzen oder um mit ihm durch Garten und Park zu schlendern. Einmal, bei solcher Gelegenheit, traten sie, von dem Kieswege her, an ein kleines, zur Seite stehendes Denkmal heran, das schon Briests Großvater zur Erinnerung an die Schlacht von Waterloo hatte aufrichten lassen, eine verrostete Pyramide mit einem gegossenen Blücher in Front und einem dito Wellington auf der Rückseite.

»Hast du nun solche Spaziergänge auch in Kessin«, sagte Briest, »und begleitet dich Innstetten auch und erzählt dir allerlei?«

»Nein, Papa, solche Spaziergänge habe ich nicht. Das ist ausgeschlossen, denn wir haben bloß einen kleinen Garten hinter dem Hause, der eigentlich kaum ein Garten ist, bloß ein paar Buchsbaumrabatten und Gemüsebeete mit drei, vier Obstbäumen drin. Innstetten hat keinen Sinn dafür und denkt wohl auch nicht sehr lange mehr in Kessin zu bleiben.«

»Aber Kind, du mußt doch Bewegung haben und frische Luft, daran bist du doch gewöhnt.«

»Hab ich auch. Unser Haus liegt an einem Wäldchen, das sie die Plantage nennen. Und da geh ich denn viel spazieren und Rollo mit mir.«

»Immer Rollo«, lachte Briest. »Wenn man's nicht anders wüßte, so sollte man beinah glauben, Rollo sei dir mehr ans Herz gewachsen als Mann und Kind.«

»Ach, Papa, das wäre ja schrecklich, wenn's auch freilich – soviel muß ich zugeben – eine Zeit gegeben hat, wo's ohne Rollo gar nicht gegangen wäre. Das war damals ... nun, du weißt schon ... Da hat er mich so gut wie gerettet, oder ich habe mir's wenigstens eingebildet, und seitdem ist er mein guter Freund und mein ganz besonderer Verlaß. Aber er ist doch bloß ein Hund. Und erst kommen doch natürlich die Menschen.«

»Ja, das sagt man immer, aber ich habe da doch so meine Zweifel. Das mit der Kreatur, damit hat's doch seine eigene Bewandtnis, und was da das Richtige ist, darüber sind die Akten noch nicht geschlossen. Glaube mir, Effi, das ist auch ein weites Feld. Wenn ich mir so denke, da verunglückt einer auf dem Wasser oder gar auf dem schülbrigen Eis, und solch ein Hund, sagen wir so einer wie dein Rollo, ist dabei, ja, der ruht nicht eher, als bis er den Verunglückten wieder an Land hat. Und wenn der Verunglückte schon tot ist, dann legt er sich neben den Toten hin und blafft und winselt so lange, bis wer kommt, und wenn keiner kommt, dann bleibt er bei dem Toten liegen, bis er selber tot ist. Und das tut solch Tier immer. Und nun nimm dagegen die Menschheit! Gott, vergib mir die Sünde, aber mitunter ist mir's doch, als ob die Kreatur besser wäre als der Mensch.«

»Aber, Papa, wenn ich das Innstetten wiedererzählte ...«

»Nein, das tu lieber nicht, Effi ...«

»Rollo würde mich ja natürlich retten, aber Innstetten würde mich auch retten. Er ist ja ein Mann von Ehre.«

»Das ist er.«

»Und liebt mich.«

»Versteht sich, versteht sich. Und wo Liebe ist, da ist auch Gegenliebe. Das ist nun mal so. Mich wundert nur, daß er nicht mal Urlaub genommen hat und rübergeflitzt ist. Wenn man eine so junge Frau hat ...«

Effi errötete, weil sie geradeso dachte. Sie mochte es aber nicht einräumen. »Innstetten ist so gewissenhaft und will, glaub ich, gut angeschrieben sein und hat so seine Pläne für die Zukunft; Kessin ist doch bloß eine Station. Und dann am Ende, ich lauf ihm ja nicht fort. Er hat mich ja. Wenn man zu zärtlich ist ... und dazu der Unterschied der Jahre ... da lächeln die Leute bloß.«

»Ja, das tun sie, Effi. Aber darauf muß man's ankommen lassen. Übrigens sage nichts darüber, auch nicht zu Mama. Es ist so schwer, was man tun und lassen soll. Das ist auch ein weites Feld.«

Gespräche wie diese waren während Effis Besuch im elterlichen Hause mehr als einmal geführt worden, hatten aber glücklicherweise nicht lange nachgewirkt, und ebenso war auch der etwas melancholische Eindruck rasch verflogen, den das erste Wiederbetreten ihres Kessiner Hauses auf Effi gemacht hatte. Innstetten zeigte sich voll kleiner Aufmerksamkeiten, und als der Tee genommen und alle Stadt- und Liebesgeschichten in heiterster Stimmung durchgesprochen waren, hing sich Effi zärtlich an seinen Arm, um drüben ihre Plaudereien mit ihm fortzusetzen und noch einige Anekdoten von der Trippelli zu hören, die neuerdings wieder mit Gieshübler in einer lebhaften Korrespondenz gestanden hatte, was immer gleichbedeutend mit einer neuen Belastung ihres nie ausgeglichenen Kontos war. Effi war bei diesem Gespräch sehr ausgelassen, fühlte sich ganz als junge Frau und war froh, die nach der Gesindestube hin ausquartierte Roswitha auf unbestimmte Zeit los zu sein.

Am anderen Morgen sagte sie: »Das Wetter ist schön und mild, und ich hoffe, die Veranda nach der Plantage hinaus ist noch in gutem Stande und wir können uns ins Freie setzen und da das Frühstück nehmen. In unsere Zimmer kommen wir ohnehin noch früh genug, und der Kessiner Winter ist wirklich um vier Wochen zu lang.«

Innstetten war sehr einverstanden. Die Veranda, von der Effi gesprochen und die vielleicht richtiger ein Zelt genannt worden wäre, war schon im Sommer hergerichtet worden, drei, vier Wochen vor Effis Abreise nach Hohen-Cremmen, und bestand aus einem großen gedielten Podium, vorn offen, mit einer mächtigen Markise zu Häupten, während links und rechts breite Leinwandvorhänge waren, die sich mit Hülfe von Ringen an einer Eisenstange hin und her schieben ließen. Es war ein reizender Platz, den ganzen Sommer über von allen Badegästen, die hier vorüber mußten, bewundert.

Effi hatte sich in einen Schaukelstuhl gelehnt und sagte, während sie das Kaffeebrett von der Seite her ihrem Manne zuschob: »Geert, du könntest heute den liebenswürdigen Wirt machen; ich für mein Teil find es so schön in diesem Schaukelstuhl, daß ich nicht aufstehen mag. Also strenge dich an, und wenn du dich recht freust, mich wieder hier zu haben, so werd ich mich auch zu revanchieren wissen.« Und dabei zupfte sie die weiße Damastdecke zurecht und legte ihre Hand darauf, die Innstetten nahm und küßte.

»Wie bist du nur eigentlich ohne mich fertig geworden?«

»Schlecht genug, Effi.«

»Das sagst du so hin und machst ein betrübtes Gesicht, und ist doch eigentlich alles nicht wahr.«

»Aber Effi...«

»Was ich dir beweisen will. Denn wenn du ein bißchen Sehnsucht nach deinem Kinde gehabt hättest – von mir selber will ich nicht sprechen, was ist man am Ende solchem hohen Herrn, der so lange Jahre Junggeselle war und es nicht eilig hatte...«

»Nun?«

»Ja, Geert, wenn du nur ein bißchen Sehnsucht gehabt hättest, so hättest du mich nicht sechs Wochen mutterwindallein in Hohen-Cremmen sitzen lassen wie eine Witwe, und nichts da als Niemeyer und Jahnke und mal die Schwantikower. Und von den Rathenowern ist niemand gekommen, als ob sie sich vor mir gefürchtet hätten oder als ob ich zu alt geworden sei.«

»Ach, Effi, wie du nur sprichst. Weißt du, daß du eine kleine Kokette bist?«

»Gott sei Dank, daß du das sagst. Das ist für euch das Beste, was man sein kann. Und du bist nichts anderes als die anderen, wenn du auch so feierlich und ehrsam tust. Ich weiß es recht gut, Geert ... Eigentlich bist du ...«

»Nun, was?«

»Nun, ich will es lieber nicht sagen. Aber ich kenne dich recht gut; du bist eigentlich, wie der Schwantikower Onkel mal sagte, ein Zärtlichkeitsmensch und unterm Liebesstern geboren, und Onkel Belling hatte ganz recht, als er das sagte. Du willst es bloß nicht zeigen und denkst, es schickt sich nicht und verdirbt einem die Karriere. Hab ich's getroffen?«

Innstetten lachte. »Ein bißchen getroffen hast du's. Weißt du was, Effi, du kommst mir ganz anders vor. Bis Anniechen da war, warst du ein Kind. Aber mit einemmal ...«

»Nun?«

»Mit einemmal bist du wie vertauscht. Aber es steht dir, du gefällst mir sehr, Effi. Weißt du was?«

»Nun?«

»Du hast was Verführerisches.«

»Ach, mein einziger Geert, das ist ja herrlich, was du da sagst; nun wird mir erst recht wohl ums Herz ... Gib mir noch eine halbe Tasse ... Weißt du denn, daß ich mir das immer gewünscht habe? Wir müssen verführerisch sein, sonst sind wir gar nichts ...«

»Hast du das aus dir?«

»Ich könnt es wohl auch aus mir haben. Aber ich hab es von Niemeyer ...«

»Von Niemeyer! O du himmlischer Vater, ist *das* ein

Pastor. Nein, solche gibt es hier nicht. Aber wie kam denn *der* dazu? Das ist ja, als ob es irgendein Don Juan oder Herzensbrecher gesprochen hätte.«

»Ja, wer weiß«, lachte Effi … »Aber kommt da nicht Crampas? Und vom Strand her. Er wird doch nicht gebadet haben? Am 27. September …«

»Er macht öfter solche Sachen. Reine Renommisterei.«

Derweilen war Crampas bis in nächste Nähe gekommen und grüßte.

»Guten Morgen«, rief Innstetten ihm zu. »Nur näher, nur näher.«

Crampas trat heran. Er war in Zivil und küßte der in ihrem Schaukelstuhl sich weiterwiegenden Effi die Hand.

»Entschuldigen Sie mich, Major, daß ich so schlecht die Honneurs des Hauses mache; aber die Veranda ist kein Haus, und zehn Uhr früh ist eigentlich gar keine Zeit. Da wird man formlos oder, wenn Sie wollen, intim. Und nun setzen Sie sich und geben Sie Rechenschaft von Ihrem Tun. Denn an Ihrem Haar, ich wünschte Ihnen, daß es mehr wäre, sieht man deutlich, daß Sie gebadet haben.«

Er nickte.

»Unverantwortlich«, sagte Innstetten, halb ernst-, halb scherzhaft. »Da haben Sie nun selber vor vier Wochen die Geschichte mit dem Bankier Heinersdorf erlebt, der auch dachte, das Meer und der grandiose Wellenschlag würden ihn um seiner Million willen respektieren. Aber die Götter sind eifersüchtig untereinander, und Neptun stellte sich ohne weiteres gegen Pluto oder doch wenigstens gegen Heinersdorf.«

Crampas lachte. »Ja, eine Million Mark! Lieber Innstetten, wenn ich *die* hätte, da hätt ich es am Ende nicht gewagt; denn so schön das Wetter ist, das Wasser hatte nur neun Grad. Aber unsereins mit seiner Million Unterbilanz, gestatten Sie mir diese kleine Renommage, unsereins kann sich so was ohne Furcht vor der Götter Eifersucht erlauben. Und dann muß einen das Sprichwort trösten: ›Wer für den Strick geboren ist, kann im Wasser nicht umkommen.‹«

»Aber Major, Sie werden sich doch nicht etwas so Urprosaisches, ich möchte beinah sagen, an den Hals reden wollen. Allerdings glauben manche, daß... ich meine *das,* wovon Sie eben gesprochen haben... daß ihn jeder mehr oder weniger verdiene. Trotzdem, Major... für einen Major...«

»... ist es keine herkömmliche Todesart. Zugegeben, meine Gnädigste. Nicht herkömmlich und in meinem Falle auch nicht einmal sehr wahrscheinlich – also alles bloß Zitat oder, noch richtiger, Façon de parler. Und doch steckt etwas Aufrichtiggemeintes dahinter, wenn ich da eben sagte, die See werde mir nichts anhaben. Es steht mir nämlich fest, daß ich einen richtigen und hoffentlich ehrlichen Soldatentod sterben werde. Zunächst bloß Zigeunerprophezeiung, aber mit Resonanz im eigenen Gewissen.«

Innstetten lachte. »Das wird seine Schwierigkeiten haben, Crampas, wenn Sie nicht vorhaben, beim Großtürken oder unterm chinesischen Drachen Dienste zu nehmen. Da schlägt man sich jetzt herum. Hier ist die Geschichte, glauben Sie mir, auf dreißig Jahre vorbei, und wer seinen Soldatentod sterben will...«

»... der muß sich erst bei Bismarck einen Krieg bestellen. Weiß ich alles, Innstetten. Aber das ist doch für Sie eine Kleinigkeit. Jetzt haben wir Ende September; in zehn Wochen spätestens ist der Fürst wieder in Varzin, und da er ein liking für Sie hat – mit der volkstümlicheren Wendung will ich zurückhalten, um nicht direkt vor Ihren Pistolenlauf zu kommen –, so werden Sie einem alten Kameraden von Vionville her doch wohl ein bißchen Krieg besorgen können. Der Fürst ist auch nur ein Mensch, und Zureden hilft.«

Effi hatte während dieses Gesprächs einige Brotkügelchen gedreht, würfelte damit und legte sie zu Figuren zusammen, um so anzuzeigen, daß ihr ein Wechsel des Themas wünschenswert wäre. Trotzdem schien Innstetten auf Crampas' scherzhafte Bemerkungen antworten zu wollen, was denn Effi bestimmte, lieber direkt einzugreifen. »Ich sehe nicht ein, Major, warum wir uns mit Ihrer Todesart beschäftigen sollen; das Leben ist uns näher und zunächst auch eine viel ernstere Sache.«

Crampas nickte.

»Das ist recht, daß Sie mir recht geben. Wie soll man hier leben? *Das* ist vorläufig die Frage, *das* ist wichtiger als alles andere. Gieshübler hat mir darüber geschrieben, und wenn es nicht indiskret und eitel wäre, denn es steht noch allerlei nebenher darin, so zeigte ich Ihnen den Brief ... Innstetten braucht ihn nicht zu lesen, der hat keinen Sinn für dergleichen ... beiläufig, eine Handschrift wie gestochen und Ausdrucksformen, als wäre unser Freund statt am Kessiner Alten Markt an einem altfranzösischen Hofe erzogen. Und daß er verwachsen ist und weiße Jabots trägt wie kein anderer Mensch mehr – ich weiß nur nicht, wo er die Plätterin hernimmt –, das paßt alles so vorzüglich. Nun, also Gieshübler hat mir von Plänen für die Ressourcenabende geschrieben und von einem Entrepreneur namens Crampas. Sehen Sie, Major, das gefällt mir besser als der Soldatentod oder gar der andere.«

»Mir persönlich nicht minder. Und es muß ein Prachtwinter werden, wenn wir uns der Unterstützung der gnädigen Frau versichert halten dürfen. Die Trippelli kommt...«

»Die Trippelli? Dann bin ich überflüssig.«

»Mitnichten, gnädigste Frau. Die Trippelli kann nicht von Sonntag bis wieder Sonntag singen, es wäre zuviel für sie und für uns; Abwechslung ist des Lebens Reiz, eine Wahrheit, die freilich jede glückliche Ehe zu widerlegen scheint.«

»Wenn es glückliche Ehen gibt, die meinige ausgenommen...«, und sie reichte Innstetten die Hand.

»Abwechslung also«, fuhr Crampas fort. »Und diese für uns und unsere Ressource zu gewinnen, deren Vizevorstand zu sein ich zur Zeit die Ehre habe, dazu braucht es aller bewährten Kräfte. Wenn wir uns zusammentun, so müssen wir das ganze Nest auf den Kopf stellen. Die Theaterstücke sind schon ausgesucht: ›Krieg im Frieden‹, ›Monsieur Herkules‹, ›Jugendliebe‹ von Wilbrandt, vielleicht auch ›Euphrosyne‹ von Gensichen. Sie die Euphrosyne, ich der alte Goethe. Sie sollten staunen, wie gut ich den Dichterfürsten tragiere... wenn ›tragieren‹ das richtige Wort ist.«

»Kein Zweifel. Hab ich doch inzwischen aus dem Briefe meines alchimistischen Geheimkorrespondenten erfahren, daß Sie, neben vielem anderen, gelegentlich auch Dichter sind. Anfangs habe ich mich gewundert...«

»Denn Sie haben es mir nicht angesehen.«

»Nein. Aber seit ich weiß, daß Sie bei neun Grad baden, bin ich anderen Sinnes geworden … neun Grad Ostsee, das geht über den kastalischen Quell …«

»… dessen Temperatur unbekannt ist.«

»Nicht für mich; wenigstens wird mich niemand widerlegen. Aber nun muß ich aufstehen. Da kommt ja Roswitha mit Lütt Annie.«

Und sie erhob sich rasch und ging auf Roswitha zu, nahm ihr das Kind aus dem Arm und hielt es stolz und glücklich in die Höhe.

Sechzehntes Kapitel

Die Tage waren schön und blieben es bis in den Oktober hinein. Eine Folge davon war, daß die halb zeltartige Veranda draußen zu ihrem Rechte kam, so sehr, daß sich wenigstens die Vormittagsstunden regelmäßig darin abspielten. Gegen elf kam dann wohl der Major, um sich zunächst nach dem Befinden der gnädigen Frau zu erkundigen und mit ihr ein wenig zu medisieren, was er wundervoll verstand, danach aber mit Innstetten einen Ausritt zu verabreden, oft landeinwärts, die Kessine hinauf bis an den Breitling, noch häufiger auf die Molen zu. Effi, wenn die Herren fort waren, spielte mit dem Kind oder durchblätterte die von Gieshübler nach wie vor ihr zugeschickten Zeitungen und Journale, schrieb auch wohl einen Brief an die Mama oder sagte: »Roswitha, wir wollen mit Annie spazierenfahren«, und dann spannte sich Roswitha vor den Korbwagen und fuhr, während Effi hinterherging, ein paar hundert Schritt in das Wäldchen hinein, auf eine Stelle zu, wo Kastanien ausgestreut lagen, die man nun auflas, um sie dem Kinde als Spielzeug zu geben. In die Stadt kam Effi wenig; es war niemand recht da, mit dem sie hätte plaudern können, nachdem ein Versuch, mit der Frau von Crampas auf einen Umgangsfuß zu kommen, aufs neue gescheitert war. Die Majorin war und blieb menschenscheu.

Das ging so wochenlang, bis Effi plötzlich den Wunsch äußerte, mit ausreiten zu dürfen; sie habe nun mal die Passion, und es sei doch zu viel verlangt, bloß um des Geredes der Kessiner willen auf etwas zu verzichten, das einem so viel wert sei. Der Major fand die Sache kapital, und Innstetten, dem es augenscheinlich weniger paßte – so wenig, daß er immer wieder hervorhob, es werde sich kein Damenpferd finden lassen –, Innstetten mußte nachgeben, als Crampas versicherte, das solle seine Sorge sein. Und richtig, was man wünschte, fand sich auch, und Effi war selig, am Strande hinjagen zu können, jetzt wo »Damenbad« und »Herrenbad« keine scheidenden Schreckensworte mehr waren. Meist war auch Rollo mit von der Partie, und weil es sich ein paarmal ereignet hatte, daß man am Strande zu rasten oder auch eine Strecke Wegs zu Fuß zu machen wünschte, so kam man überein, sich von entsprechender Dienerschaft begleiten zu lassen, zu welchem Behufe des Majors Bursche, ein alter Treptower Ulan, der Knut hieß, und Innstettens Kutscher Kruse zu Reitknechten umgewandelt wurden, allerdings ziemlich unvollkommen, indem sie, zu Effis Leidwesen, in eine Phantasielivree gesteckt wurden, darin der eigentliche Beruf beider noch nachspukte.

Mitte Oktober war schon heran, als man, so herausstaffiert, zum erstenmal in voller Kavalkade aufbrach, in Front Innstetten und Crampas, Effi zwischen ihnen, dann Kruse und Knut und zuletzt Rollo, der aber bald, weil ihm das Nachtrotten mißfiel, allen vorauf war. Als man das jetzt öde Strandhotel passiert und bald danach, sich rechts haltend, auf dem von einer mäßigen Brandung überschäumten Strandwege den diesseitigen Molendamm erreicht hatte, verspürte man Lust, abzusteigen und einen Spaziergang bis an den Kopf der Mole zu machen. Effi war die erste aus dem Sattel. Zwischen den beiden Steindämmen floß die Kessine breit und ruhig dem Meere zu, das wie eine sonnenbeschienene Fläche, darauf nur hier und da eine leichte Welle kräuselte, vor ihnen lag.

Effi war noch nie hier draußen gewesen, denn als sie vorigen November in Kessin eintraf, war schon Sturmzeit, und als der Sommer kam, war sie nicht mehr imstande, weite Gänge zu machen. Sie war jetzt entzückt, fand alles groß und herrlich, erging sich in kränkenden Vergleichen zwischen dem Luch und dem Meer und ergriff, sooft die Gelegenheit dazu sich bot, ein Stück angeschwemmtes Holz, um es nach links hin in die See oder nach rechts hin in die Kessine zu werfen. Rollo war immer glücklich, im Dienste seiner Herrin sich nachstürzen zu können; mit einemmal aber wurde seine Aufmerksamkeit nach einer ganz anderen Seite hin abgezogen, und sich vorsichtig, ja beinahe ängstlich vorwärtsschleichend, sprang er plötzlich auf einen in Front sichtbar werdenden Gegenstand zu, freilich vergeblich, denn im selben Augenblicke glitt von einem sonnenbeschienenen und mit grünem Tang überwachsenen Stein eine

Robbe glatt und geräuschlos in das nur etwa fünf Schritt entfernte Meer hinunter. Eine kurze Weile noch sah man den Kopf, dann tauchte auch dieser unter.

Alle waren erregt, und Crampas phantasierte von Robbenjagd und daß man das nächste Mal die Büchse mitnehmen müsse, »denn die Dinger haben ein festes Fell«.

»Geht nicht«, sagte Innstetten, »Hafenpolizei.«

»Wenn ich so was höre«, lachte der Major. »Hafenpolizei! Die drei Behörden, die wir hier haben, werden doch wohl untereinander die Augen zudrücken können. Muß denn alles so furchtbar gesetzlich sein? Alle Gesetzlichkeiten sind langweilig.«

Effi klatschte in die Hände.

»Ja, Crampas, Sie kleidet das, und Effi, wie Sie sehen, klatscht Ihnen Beifall. Natürlich; die Weiber schreien sofort nach einem Schutzmann, aber von Gesetz wollen sie nichts wissen.«

»Das ist so Frauenrecht von alter Zeit her, und wir werden's nicht ändern, Innstetten.«

»Nein«, lachte dieser, »und ich will es auch nicht. Auf Mohrenwäsche lasse ich mich nicht ein. Aber einer wie Sie, Crampas, der unter der Fahne der Disziplin groß geworden ist und recht gut weiß, daß es ohne Zucht und Ordnung nicht geht, ein Mann wie Sie, der sollte doch eigentlich so was nicht reden, auch nicht einmal im Spaß. Indessen, ich weiß schon, Sie haben einen himmlischen Kehrmichnichtdran und denken, der Himmel wird nicht gleich einstürzen. Nein, gleich nicht. Aber mal kommt es.«

Crampas wurde einen Augenblick verlegen, weil er glaubte, das alles sei mit einer gewissen Absicht gesprochen, was aber nicht der Fall war. Innstetten hielt nur einen seiner kleinen moralischen Vorträge, zu denen er überhaupt hinneigte. »Da lob ich mir Gieshübler«, sagte er einlenkend, »immer Kavalier und dabei doch Grundsätze.«

Der Major hatte sich mittlerweile wieder zurechtgefunden und sagte in seinem alten Ton: »Ja, Gieshübler; der beste Kerl von der Welt und, wenn möglich, noch bessere Grundsätze. Aber am Ende woher? Warum? Weil er einen ›Verdruß‹ hat. Wer gerade gewachsen ist, ist für Leichtsinn. Überhaupt, ohne Leichtsinn ist das ganze Leben keinen Schuß Pulver wert.«

»Nun hören Sie, Crampas, gerade soviel kommt mitunter dabei heraus.« Und dabei sah er auf des Majors linken, etwas verkürzten Arm.

Effi hatte von diesem Gespräche wenig gehört. Sie war dicht an die Stelle getreten, wo die Robbe gelegen, und Rollo stand neben ihr. Dann sahen beide, von dem Stein weg, auf das Meer und warteten, ob die »Seejungfrau« noch einmal sichtbar werden würde.

Ende Oktober begann die Wahlkampagne, was Innstetten hinderte, sich ferner an den Ausflügen zu beteiligen, und auch Crampas und Effi hätten jetzt um der lieben Kessiner willen wohl verzichten müssen, wenn nicht Knut und Kruse als eine Art Ehrengarde gewesen wären. So kam es, daß sich die Spazierritte bis in den November hinein fortsetzten.

Ein Wetterumschlag war freilich eingetreten, ein andauernder Nordwest trieb Wolkenmassen heran, und das Meer schäumte mächtig, aber Regen und Kälte fehlten noch, und so waren diese Ausflüge bei grauem Himmel und lärmender Brandung fast noch schöner, als sie vorher bei Sonnenschein und stiller See gewesen waren. Rollo jagte vorauf, dann und wann von dem Gischt überspritzt, und der Schleier von Effis Reithut flatterte im Winde. Dabei zu sprechen war fast unmöglich; wenn man dann aber, vom Meere fort, in die schutzgebenden Dünen oder, noch besser, in den weiter zurückgelegenen Kiefernwald einlenkte, so wurd es still, Effis Schleier flatterte nicht mehr, und die Enge des Wegs zwang die beiden Reiter dicht nebeneinander. Das war dann die Zeit, wo man – schon um der Knorren und Wurzeln willen im Schritt reitend – die Gespräche, die der Brandungslärm unterbrochen hatte, wieder aufnehmen konnte. Crampas, ein guter Causeur, erzählte dann Kriegs- und Regimentsgeschichten, auch Anekdoten und kleine Charakterzüge von Innstetten, der mit seinem Ernst und seiner Zugeknöpftheit in den übermütigen Kreis der Kameraden nie recht hineingepaßt habe, so daß er eigentlich immer mehr respektiert als geliebt worden sei.

»Das kann ich mir denken«, sagte Effi, »ein Glück nur, daß der Respekt die Hauptsache ist.«

»Ja, zu seiner Zeit. Aber er paßt doch nicht immer. Und zu dem allen kam noch seine mystische Richtung, die mitunter Anstoß gab, einmal, weil Soldaten überhaupt nicht sehr für derlei Dinge sind, und dann, weil wir die Vorstellung unterhielten, vielleicht mit Unrecht, daß er doch nicht ganz so dazu stände, wie er's uns einreden wollte.«

»Mystische Richtung?« sagte Effi. »Ja, Major, was verstehen Sie darunter? Er kann doch keine Konventikel abgehalten und den Propheten gespielt haben.

Auch nicht einmal den aus der Oper ... ich habe seinen Namen vergessen.«

»Nein, so weit ging er nicht. Aber es ist vielleicht besser, davon abzubrechen. Ich möchte nicht hinter seinem Rücken etwas sagen, was falsch ausgelegt werden könnte. Zudem sind es Dinge, die sich sehr gut auch in seiner Gegenwart verhandeln lassen, Dinge, die nur, man mag wollen oder nicht, zu was Sonderbarem aufgebauscht werden, wenn er nicht dabei ist und nicht jeden Augenblick eingreifen und uns widerlegen oder meinetwegen auch auslachen kann.«

»Aber das ist ja grausam, Major. Wie können Sie meine Neugier so auf die Folter spannen. Erst ist es was, und dann ist es wieder nichts. Und Mystik! Ist er denn ein Geisterseher?«

»Ein Geisterseher! Das will ich nicht gerade sagen. Aber er hatte eine Vorliebe, uns Spukgeschichten zu erzählen. Und wenn er uns dann in große Aufregung versetzt und manchen auch wohl geängstigt hatte, dann war es mit einem Male wieder, als habe er sich über alle die Leichtgläubigen bloß mokieren wollen. Und kurz und gut, einmal kam es, daß ich ihm auf den Kopf zusagte: ›Ach was, Innstetten, das ist ja alles bloß Komödie. Mich täuschen Sie nicht. Sie treiben Ihr Spiel mit uns. Eigentlich glauben Sie's grad so wenig wie wir, aber Sie wollen sich interessant machen und haben eine Vorstellung davon, daß Ungewöhnlichkeiten nach oben hin besser empfehlen. In höheren Karrieren will man keine Alltagsmenschen. Und da Sie so was vorhaben, so haben Sie sich was Apartes ausgesucht und sind bei der Gelegenheit auf den Spuk gefallen.‹«

Effi sagte kein Wort, was dem Major zuletzt bedrücklich wurde. »Sie schweigen, gnädigste Frau.«

»Ja.«

»Darf ich fragen, warum? Hab ich Anstoß gegeben? Oder finden Sie's unritterlich, einen abwesenden Freund, ich muß das trotz aller Verwahrungen einräumen, ein klein wenig zu hecheln? Aber da tun Sie mir trotz alledem unrecht. Das alles soll ganz ungeniert seine Fortsetzung vor seinen Ohren haben, und ich will ihm dabei jedes Wort wiederholen, was ich jetzt eben gesagt habe.«

»Glaub es.« Und nun brach Effi das Schweigen und erzählte, was sie alles in ihrem Hause erlebt und wie sonderbar sich Innstetten damals dazu gestellt habe. »Er sagte nicht ja und nicht nein, und ich bin nicht klug aus ihm geworden.«

»Also ganz der alte«, lachte Crampas. »So war er damals auch schon, als wir in Liancourt und dann später in Beauvais mit ihm in Quartier lagen. Er wohnte da in einem alten bischöflichen Palast – beiläufig, was Sie vielleicht interessieren wird, war es ein Bischof von Beauvais, glücklicherweise ›Cochon‹ mit Namen, der die Jungfrau von Orleans zum Feuertod verurteilte –, und da verging denn kein Tag, das heißt keine Nacht, wo Innstetten nicht Unglaubliches erlebt hatte. Freilich immer nur so halb. Es konnte auch nichts sein. Und nach diesem Prinzip arbeitet er noch, wie ich sehe.«

»Gut, gut. Und nun ein ernstes Wort, Crampas, auf das ich mir eine ernste Antwort erbitte: Wie erklären Sie sich dies alles?«

»Ja, meine gnädigste Frau...«

»Keine Ausweichungen, Major. Dies alles ist sehr

wichtig für mich. Er ist Ihr Freund, und ich bin Ihre Freundin. Ich will wissen, wie hängt dies zusammen? Was denkt er sich dabei?«

»Ja, meine gnädigste Frau, Gott sieht ins Herz, aber ein Major vom Landwehrbezirkskommando, der sieht in gar nichts. Wie soll ich solche psychologischen Rätsel lösen? Ich bin ein einfacher Mann.«

»Ach, Crampas, reden Sie nicht so töricht. Ich bin zu jung, um eine große Menschenkennerin zu sein; aber ich müßte noch vor der Einsegnung und beinah vor der Taufe stehen, um Sie für einen einfachen Mann zu halten. Sie sind das Gegenteil davon, Sie sind gefährlich…«

»Das Schmeichelhafteste, was einem guten Vierziger, mit einem a.D. auf der Karte, gesagt werden kann. Und nun also, was sich Innstetten dabei denkt…«

Effi nickte.

»Ja, wenn ich durchaus sprechen soll, er denkt sich dabei, daß ein Mann wie Landrat Baron Innstetten, der jeden Tag Ministerialdirektor oder dergleichen werden kann (denn glauben Sie mir, er ist hoch hinaus), daß ein Mann wie Baron Innstetten nicht in einem gewöhnlichen Hause wohnen kann, nicht in einer solchen Kate, wie die landrätliche Wohnung, ich bitte um Vergebung, gnädigste Frau, doch eigentlich ist. Da hilft er denn nach. Ein Spukhaus ist nie was Gewöhnliches… Das ist das eine.«

»Das eine? Mein Gott, haben Sie noch etwas?«

»Ja.«

»Nun denn… ich bin ganz Ohr. Aber wenn es sein kann, lassen Sie's was Gutes sein.«

»Dessen bin ich nicht ganz sicher. Es ist etwas Heikles, beinah Gewagtes, und ganz besonders vor Ihren Ohren, gnädigste Frau.«

»Das macht mich nur um so neugieriger.«

»Gut denn. Also Innstetten, meine gnädigste Frau, hat außer seinem brennenden Verlangen, es koste, was es wolle, ja, wenn es sein muß, unter Heranziehung eines Spuks, seine Karriere zu machen, noch eine zweite Passion: er operiert nämlich immer erzieherisch, ist der geborene Pädagog und hätte, links Basedow und rechts Pestalozzi (aber doch kirchlicher als beide), eigentlich nach Schnepfenthal oder Bunzlau hingepaßt.«

»Und will er mich auch erziehen? Erziehen durch Spuk?«

»Erziehen ist vielleicht nicht das richtige Wort. Aber doch erziehen auf einem Umweg.«

»Ich verstehe Sie nicht.«

»Eine junge Frau ist eine junge Frau, und ein Landrat ist ein Landrat. Er kutschiert oft im Kreise umher, und dann ist das Haus allein und unbewohnt. Aber solch Spuk ist wie ein Cherub mit dem Schwert ...«

»Ah, da sind wir wieder aus dem Walde heraus«, sagte Effi. »Und da ist Utpatels Mühle. Wir müssen nur noch an dem Kirchhof vorüber.«

Gleich danach passierten sie den Hohlweg zwischen dem Kirchhof und der eingegitterten Stelle, und Effi sah nach dem Stein und der Tanne hinüber, wo der Chinese lag.

Siebzehntes Kapitel

Es schlug zwei Uhr, als man zurück war. Crampas verabschiedete sich und ritt in die Stadt hinein, bis er vor seiner am Marktplatz gelegenen Wohnung hielt. Effi ihrerseits kleidete sich um und versuchte zu schlafen; es wollte aber nicht glücken, denn ihre Verstimmung war noch größer als ihre Müdigkeit. Daß Innstetten sich seinen Spuk parat hielt, um ein nicht ganz gewöhnliches Haus zu bewohnen, das mochte hingehen, das stimmte zu seinem Hange, sich von der großen Menge zu unterscheiden; aber das andere, daß er den Spuk als Erziehungsmittel brauchte, das war doch arg und beinahe beleidigend. Und »Erziehungsmittel«, darüber war sie sich klar, sagte nur die kleinere Hälfte; was Crampas gemeint hatte, war viel, viel mehr, war eine Art Angstapparat aus Kalkül. Es fehlte jede Herzensgüte darin und grenzte schon fast an Grausamkeit. Das Blut stieg ihr zu Kopf, und sie ballte ihre kleine Hand und wollte Pläne schmieden; aber mit einem Male mußte sie wieder lachen. »Ich Kindskopf! Wer bürgt mir denn dafür, daß Crampas recht hat! Crampas ist unterhaltlich, weil er medisant ist, aber er ist unzuverlässig und ein bloßer Haselant, der schließlich Innstetten nicht das Wasser reicht.«

In diesem Augenblick fuhr Innstetten vor, der heute früher zurückkam als gewöhnlich. Effi sprang auf, um ihn schon im Flur zu begrüßen, und war um so zärtlicher, je mehr sie das Gefühl hatte, etwas gutmachen zu müssen. Aber ganz konnte sie das, was Crampas gesagt hatte, doch nicht verwinden, und inmitten ihrer Zärtlichkeiten und während sie mit anscheinendem Interesse zuhörte, klang es in ihr immer wieder:

»Also Spuk aus Berechnung, Spuk, um dich in Ordnung zu halten.«

Zuletzt indessen vergaß sie's und ließ sich unbefangen von ihm erzählen.

Inzwischen war Mitte November herangekommen, und der bis zum Sturm sich steigernde Nordwester stand anderthalb Tag lang so hart auf den Molen, daß die mehr und mehr zurückgestaute Kessine das Bollwerk überstieg und in die Straßen trat. Aber nachdem sich's ausgetobt, legte sich das Unwetter, und es kamen noch ein paar sonnige Spätherbsttage. »Wer weiß, wie lange sie dauern«, sagte Effi zu Crampas, und so beschloß man, am nächsten Vormittage noch einmal auszureiten; auch Innstetten, der einen freien Tag hatte, wollte mit. Es sollte zunächst wieder bis an die Mole gehen; da wollte man dann absteigen, ein wenig am Strande promenieren und schließlich im Schutze der Dünen, wo's windstill war, ein Frühstück nehmen.

Um die festgesetzte Stunde ritt Crampas vor dem landrätlichen Hause vor; Kruse hielt schon das Pferd der gnädigen Frau, die sich rasch in den Sattel hob und noch im Aufsteigen Innstetten entschuldigte, der nun doch verhindert sei: letzte Nacht wieder großes Feuer in Morgenitz – das dritte seit drei Wochen, also angelegt –, da habe er hin gemußt, sehr zu seinem Leidwesen, denn er habe sich auf diesen Ausritt, der wohl der letzte in diesem Herbste sein werde, wirklich gefreut.

Crampas sprach sein Bedauern aus, vielleicht nur, um was zu sagen, vielleicht aber auch aufrichtig, denn so rücksichtslos er im Punkte chevaleresker Liebesabenteuer war, so sehr war er auch wieder guter Kamerad. Natürlich, alles ganz oberflächlich. Einem Freunde helfen und fünf Minuten später ihn betrügen waren Dinge, die sich mit seinem Ehrbegriffe sehr wohl vertrugen. Er tat das eine und das andere mit unglaublicher Bonhomie.

Der Ritt ging wie gewöhnlich durch die Plantage hin. Rollo war wieder vorauf, dann kamen Crampas und Effi, dann Kruse. Knut fehlte.

»Wo haben Sie Knut gelassen?«

»Er hat einen Ziegenpeter.«

»Merkwürdig«, lachte Effi. »Eigentlich sah er schon immer so aus.«

»Sehr richtig. Aber Sie sollten ihn jetzt sehen! Oder doch lieber nicht. Denn Ziegenpeter ist ansteckend, schon bloß durch Anblick.«

»Glaub ich nicht.«

»Junge Frauen glauben vieles nicht.«

»Und dann glauben sie wieder vieles, was sie besser nicht glaubten.«

»An meine Adresse?«

»Nein.«

»Schade.«

»Wie dies ›Schade‹ Sie kleidet. Ich glaube wirklich, Major, Sie hielten es für ganz in der Ordnung, wenn ich Ihnen eine Liebeserklärung machte.«

»So weit will ich nicht gehen. Aber ich möchte den sehen, der sich dergleichen nicht wünschte. Gedanken und Wünsche sind zollfrei.«

»Das fragt sich. Und dann ist doch immer noch ein Unterschied zwischen Gedanken und Wünschen. Gedanken sind in der Regel etwas, das noch im Hintergrunde liegt, Wünsche aber liegen meist schon auf der Lippe.«

»Nur nicht gerade *diesen* Vergleich!«

»Ach, Crampas, Sie sind ... Sie sind ...«

»Ein Narr.«

»Nein. Auch darin übertreiben Sie wieder. Aber Sie sind etwas anderes. In Hohen-Cremmen sagten wir immer, und ich mit, das Eitelste, was es gäbe, das sei ein Husarenfähnrich von achtzehn ...«

»Und jetzt?«

»Und jetzt sag ich, das Eitelste, was es gibt, ist ein Landwehrbezirksmajor von zweiundvierzig.«

»... Wobei die zwei Jahre, die Sie mir gnädigst erlassen, alles wieder gutmachen – küss' die Hand.«

»Ja, küss' die Hand. Das ist so recht das Wort, das für Sie paßt. Das ist wienerisch. Und die Wiener, die hab ich kennengelernt, in Karlsbad, vor vier Jahren, wo sie mir vierzehnjährigem Dinge den Hof machten. Was ich da alles gehört habe!«

»Gewiß nicht mehr, als recht war.«

»Wenn das zuträfe, wäre das, was mir schmeicheln soll, ziemlich ungezogen ... Aber sehen Sie da die Bojen, wie die schwimmen und tanzen. Die kleinen roten Fahnen sind eingezogen. Immer wenn ich diesen Sommer, die paarmal, wo ich mich bis an den Strand hinauswagte, die roten Fahnen sah, sagt ich mir: Da liegt Vineta, da *muß* es liegen, das sind die Turmspitzen ...«

»Das macht, weil Sie das Heinesche Gedicht kennen.«

»Welches?«

»Nun, das von Vineta.«

»Nein, das kenne ich nicht; ich kenne überhaupt nur wenig. Leider.«

»Und haben doch Gieshübler und den Journalzirkel! Übrigens hat Heine dem Gedicht einen anderen

Namen gegeben, ich glaube ›Seegespenst‹ oder so ähnlich. Aber Vineta hat er gemeint. Und er selber – verzeihen Sie, wenn ich Ihnen so ohne weiteres den Inhalt hier wiedergebe –, der Dichter also, während er die Stelle passiert, liegt auf einem Schiffsdeck und sieht hinunter und sieht da schmale, mittelalterliche Straßen und trippelnde Frauen in Kapotthüten, und alle haben ein Gesangbuch in Händen und wollen zur Kirche, und alle Glocken läuten. Und als er das hört, da faßt ihn eine Sehnsucht, auch mit in die Kirche zu gehen, wenn auch bloß um der Kapotthüte willen, und vor Verlangen schreit er auf und will sich hinunterstürzen. Aber im selben Augenblicke packt ihn der Kapitän am Bein und ruft ihm zu: ›Doktor, sind Sie des Teufels?‹«

»Das ist ja allerliebst. Das möcht ich lesen. Ist es lang?«

»Nein, es ist eigentlich kurz, etwas länger als ›Du hast Diamanten und Perlen‹ oder ›Deine weichen Lilienfinger‹...« Und er berührte leise ihre Hand. »Aber lang oder kurz, welche Schilderungskraft, welche Anschaulichkeit! Er ist mein Lieblingsdichter, und ich kann ihn auswendig, so wenig ich mir sonst, trotz gelegentlich eigener Versündigungen, aus der Dichterei mache. Bei Heine liegt es aber anders: Alles ist Leben, und vor allem versteht er sich auf die Liebe, die doch die Hauptsache bleibt. Er ist übrigens nicht einseitig darin...«

»Wie meinen Sie das?«

»Ich meine, er ist nicht bloß für die Liebe...«

»Nun, wenn er diese Einseitigkeit auch hätte... das wäre am Ende noch nicht das Schlimmste. Wofür ist er denn sonst noch?«

»Er ist auch sehr für das Romantische, was freilich gleich nach der Liebe kommt und nach Meinung einiger sogar damit zusammenfällt. Was ich aber nicht glaube. Denn in seinen späteren Gedichten, die man denn auch die ›romantischen‹ genannt hat, oder eigentlich hat er es selber getan, in diesen romantischen Dichtungen wird in einem fort hingerichtet, allerdings vielfach aus Liebe. Aber doch meist aus anderen, gröberen Motiven, wohin ich in erster Reihe die Politik, die fast immer gröblich ist, rechne. Karl Stuart zum Beispiel trägt in einer dieser Romanzen seinen Kopf unterm Arm, und noch fataler ist die Geschichte vom Vitzliputzli…«

»Von wem?«

»Vom Vitzliputzli. Vitzliputzli ist nämlich ein mexikanischer Gott, und als die Mexikaner zwanzig oder dreißig Spanier gefangengenommen hatten, mußten diese zwanzig oder dreißig dem Vitzliputzli geopfert werden. Das war da nicht anders, Landessitte, Kultus, und ging auch alles im Handumdrehen, Bauch auf, Herz raus…«

»Nein, Crampas, so dürfen Sie nicht weitersprechen. Das ist indezent und degoutant zugleich. Und das alles so ziemlich in demselben Augenblicke, wo wir frühstücken wollen.«

»Ich für meine Person sehe mich dadurch unbeeinflußt und stelle meinen Appetit überhaupt nur in Abhängigkeit vom Menü.«

Während dieser Worte waren sie, ganz wie's das Programm wollte, vom Strand her bis an eine schon halb im Schutze der Dünen aufgeschlagene Bank, mit einem äußerst primitiven Tisch davor, gekommen, zwei Pfosten mit einem Brett darüber. Kruse, der voraufgeritten, hatte hier bereits serviert; Teebrötchen und Aufschnitt von kaltem Braten, dazu Rotwein und neben der Flasche zwei hübsche zierliche Trinkgläser, klein und mit Goldrand, wie man sie in Badeorten kauft oder von Glashütten als Erinnerung mitbringt.

Und nun stieg man ab. Kruse, der die Zügel seines eigenen Pferdes um eine Krüppelkiefer geschlungen hatte, ging mit den beiden anderen Pferden auf und ab, während sich Crampas und Effi, die durch eine schmale Dünenöffnung einen freien Blick auf Strand und Mole hatten, vor dem gedeckten Tische niederließen.

Über das von den Sturmtagen her noch bewegte Meer goß die schon halb winterliche Novembersonne ihr fahles Licht aus, und die Brandung ging hoch. Dann und wann kam ein Windzug und trieb den Schaum bis dicht an sie heran. Strandhafer stand umher, und das helle Gelb der Immortellen hob sich, trotz der Farbenverwandtschaft, von dem gelben Sand, darauf sie wuchsen, scharf ab. Effi machte die Wirtin. »Es tut mir leid, Major, Ihnen diese Brötchen in einem Korbdeckel präsentieren zu müssen...«

»Ein Korbdeckel ist kein Korb...«

»... Indessen Kruse hat es so gewollt. Und da bist du ja auch, Rollo. Auf dich ist unser Vorrat aber nicht eingerichtet. Was machen wir mit Rollo?«

»Ich denke, wir geben ihm alles; ich meinerseits schon aus Dankbarkeit. Denn sehen Sie, teuerste Effi...«

Effi sah ihn an.

»... Denn sehen Sie, gnädigste Frau, Rollo erinnert mich wieder an das, was ich Ihnen noch als Fortsetzung oder Seitenstück zum Vitzliputzli erzählen wollte – nur viel pikanter, weil Liebesgeschichte. Haben Sie mal von einem gewissen Pedro dem Grausamen gehört?«

»So dunkel.«

»... Eine Art Blaubartskönig.«

»Das ist gut. Von so einem hört man immer am liebsten, und ich weiß noch, daß wir von meiner Freundin Hulda Niemeyer, deren Namen Sie ja kennen, immer behaupteten: sie wisse nichts von Geschichte, mit Ausnahme der sechs Frauen von Heinrich dem Achten, diesem englischen Blaubart, wenn das Wort für ihn reicht. Und wirklich, diese sechs kannte sie auswendig. Und dabei hätten Sie hören sollen, wie sie die Namen aussprach, namentlich den von der Mutter der Elisabeth – so schrecklich verlegen, als wäre *sie* nun an der Reihe... Aber nun bitte, die Geschichte von Don Pedro...«

»Nun also, an Don Pedros Hofe war ein schöner, schwarzer spanischer Ritter, der das Kreuz von Calatrava – was ungefähr soviel bedeutet wie Schwarzer Adler und Pour le mérite zusammengenommen – auf seiner Brust trug. Dies Kreuz gehörte mit dazu, das mußten sie immer tragen, und dieser Calatrava-Ritter, den die Königin natürlich heimlich liebte...«

»Warum natürlich?«

»Weil wir in Spanien sind.«

»Ach so.«

»Und dieser Calatrava-Ritter, sag ich, hatte einen wunderschönen Hund, einen Neufundländer, wiewohl es die noch gar nicht gab, denn es war grade hundert Jahre vor der Entdeckung von Amerika. Einen wunderschönen Hund also, sagen wir, wie Rollo...«

Rollo schlug an, als er seinen Namen hörte, und wedelte mit dem Schweif.

»Das ging so manchen Tag. Aber das mit der heimlichen Liebe, die wohl nicht ganz heimlich blieb, das wurde dem Könige doch zuviel, und weil er den schönen Calatrava-Ritter überhaupt nicht recht leiden mochte – denn er war nicht bloß grausam, er war auch ein Neidhammel oder, wenn das Wort für einen König und noch mehr für meine liebenswürdige Zuhörerin, Frau Effi, nicht recht passen sollte, wenigstens ein Neidling –, so beschloß er, den Calatrava-Ritter für die heimliche Liebe heimlich hinrichten zu lassen.«

»Kann ich ihm nicht verdenken.«

»Ich weiß doch nicht, meine Gnädigste. Hören Sie nur weiter. Etwas geht schon, aber es war zu viel, der König, find ich, ging um ein Erkleckliches zu weit. Er heuchelte nämlich, daß er dem Ritter wegen seiner Kriegs- und Heldentaten ein Fest veranstalten wolle, und da gab es denn eine lange, lange Tafel, und alle Granden des Reichs saßen an dieser Tafel, und in der Mitte saß der König, und ihm gegenüber war der Platz für *den,* dem dies alles galt, also für den Calatrava-Ritter, für den an diesem Tage zu Feiernden. Und weil der, trotzdem man schon eine ganze Weile seiner gewartet hatte, noch immer nicht kommen wollte, so mußte schließlich die Festlichkeit ohne ihn begonnen werden, und es blieb ein leerer Platz – ein leerer Platz gerade gegenüber dem König.«

»Und nun?«

»Und nun denken Sie, meine gnädigste Frau, wie der König, dieser Pedro, sich eben erheben will, um gleisnerisch sein Bedauern auszusprechen, daß sein

›lieber Gast‹ noch immer fehle, da hört man auf der Treppe draußen einen Aufschrei der entsetzten Dienerschaften, und ehe noch irgendwer weiß, was geschehen ist, jagt etwas an der langen Festtafel entlang, und nun springt es auf den Stuhl und setzt ein abgeschlagenes Haupt auf den leer gebliebenen Platz, und über ebendieses Haupt hinweg starrt Rollo auf sein Gegenüber, den König. Rollo hatte seinen Herrn auf seinem letzten Gange begleitet, und im selben Augenblicke, wo das Beil fiel, hatte das treue Tier das fallende Haupt gepackt, und da war er nun, unser Freund Rollo, an der langen Festestafel und verklagte den königlichen Mörder.«

Effi war ganz still geworden. Endlich sagte sie: »Crampas, das ist in seiner Art sehr schön, und weil es sehr schön ist, will ich es Ihnen verzeihen. Aber Sie könnten doch Beßres und zugleich mir Lieberes tun, wenn Sie mir andere Geschichten erzählten. Auch von Heine. Heine wird doch nicht bloß von Vitzliputzli und Don Pedro und *Ihrem* Rollo – denn meiner hätte so was nicht getan – gedichtet haben. Komm, Rollo! Armes Tier, ich kann dich gar nicht mehr ansehen, ohne an den Calatrava-Ritter zu denken, den die Königin heimlich liebte … Rufen Sie, bitte, Kruse, daß er die Sachen hier wieder in die Halfter steckt, und wenn wir zurückreiten, müssen Sie mir was anderes erzählen, ganz was anderes.«

Kruse kam. Als er aber die Gläser nehmen wollte, sagte Crampas: »Kruse, das eine Glas, *das* da, das lassen Sie stehen. Das werde ich selber nehmen.«

»Zu Befehl, Herr Major.«

Effi, die dies mit angehört hatte, schüttelte den Kopf. Dann lachte sie. »Crampas, was fällt Ihnen nur eigentlich ein? Kruse ist dumm genug, über die Sache nicht weiter nachzudenken, und wenn er darüber nachdenkt, so findet er glücklicherweise nichts. Aber das berechtigt Sie doch nicht, dies Glas … dies Dreißigpfennigglas aus der Josefinenhütte …«

»Daß Sie so spöttisch den Preis nennen, läßt mich seinen Wert um so tiefer empfinden.«

»Immer derselbe. Sie haben soviel von einem Humoristen, aber doch von ganz sonderbarer Art. Wenn ich Sie recht verstehe, so haben Sie vor – es ist zum Lachen, und ich geniere mich fast, es auszusprechen –, so haben Sie vor, sich vor der Zeit auf den König von Thule hin auszuspielen.«

Er nickte mit einem Anfluge von Schelmerei.

»Nun denn, meinetwegen. Jeder trägt seine Kappe; Sie wissen, welche. Nur das muß ich Ihnen doch sagen dürfen, die Rolle, die Sie *mir* dabei zudiktieren, ist mir zuwenig schmeichelhaft. Ich mag nicht als Reimwort auf Ihren König von Thule herumlaufen. Behalten Sie das Glas, aber bitte, ziehen Sie nicht Schlüsse daraus, die mich kompromittieren. Ich werde Innstetten davon erzählen.«

»Das werden Sie nicht tun, meine gnädigste Frau.«

»Warum nicht?«

»Innstetten ist nicht der Mann, solche Dinge *so* zu sehen, wie sie gesehen sein wollen.«

Sie sah ihn einen Augenblick scharf an. Dann aber schlug sie verwirrt und fast verlegen die Augen nieder.

Achtzehntes Kapitel

Effi war unzufrieden mit sich und freute sich, daß es nunmehr feststand, diese gemeinschaftlichen Ausflüge für die ganze Winterdauer auf sich beruhen zu lassen. Überlegte sie, was während all dieser Wochen und Tage gesprochen, berührt und angedeutet war, so fand sie nichts, um dessentwillen sie sich direkte Vorwürfe zu machen gehabt hätte. Crampas war ein kluger Mann, welterfahren, humoristisch, frei, frei auch im Guten, und es wäre kleinlich und kümmerlich gewesen, wenn sie sich ihm gegenüber aufgesteift und jeden Augenblick die Regeln strengen Anstandes befolgt hätte. Nein, sie konnte sich nicht tadeln, auf seinen Ton eingegangen zu sein, und doch hatte sie ganz leise das Gefühl einer überstandenen Gefahr und beglückwünschte sich, daß das alles nun mutmaßlich hinter ihr läge. Denn an ein häufigeres Sichsehen en famille war nicht wohl zu denken, das war durch die Crampasschen Hauszustände so gut wie ausgeschlossen, und Begegnungen bei den benachbarten adligen Familien, die freilich für den Winter in Sicht standen, konnten immer nur sehr vereinzelt und sehr flüchtige sein. Effi rechnete sich dies alles mit wachsender Befriedigung heraus und fand schließlich, daß ihr der Verzicht auf das, was sie dem Verkehr mit dem Major verdankte, nicht allzu schwer ankommen würde. Dazu kam noch, daß Innstetten ihr mitteilte, seine Fahrten nach Varzin würden in diesem Jahre fortfallen: der Fürst gehe nach Friedrichsruh, das ihm immer lieber zu werden scheine; nach der einen Seite hin bedauere er das, nach der anderen sei es ihm lieb – er könne sich nun ganz seinem Hause widmen, und wenn es ihr recht wäre, so wollten sie die italienische Reise, an der Hand seiner Aufzeichnungen, noch einmal durchmachen. Eine solche Rekapitulation sei eigentlich die Hauptsache, dadurch mache man sich alles erst dauernd zu eigen, und selbst Dinge, die man nur flüchtig gesehen und von denen man kaum wisse, daß man sie in seiner Seele beherberge, kämen einem durch solche nachträglichen Studien erst voll zu Bewußtsein und Besitz. Er führte das noch weiter aus und fügte hinzu, daß ihn Gieshübler, der den ganzen »italienischen Stiefel« bis Palermo kenne, gebeten habe, mit dabeisein zu dürfen. Effi, der ein ganz gewöhnlicher Plauderabend ohne den »italienischen Stiefel« (es sollten sogar Photographien herumgereicht werden) viel, viel lieber gewesen wäre, antwortete mit einer gewissen Gezwungenheit; Innstetten indessen, ganz erfüllt von seinem Plane, merkte nichts und fuhr fort: »Natürlich ist nicht bloß Gieshübler zugegen, auch Roswitha und Annie müssen dabeisein, und wenn ich mir dann denke, daß wir den Canal grande hinauffahren und hören dabei ganz in der Ferne die Gondoliere singen, während drei Schritte von uns Roswitha sich über Annie beugt und ›Buhküken von Halberstadt‹ oder so was Ähnliches zum besten gibt, so können das schöne Winterabende werden, und du sitzest dabei und strickst mir eine große Winterkappe. Was meinst du dazu, Effi?«

Solche Abende wurden nicht bloß geplant, sie nahmen auch ihren Anfang, und sie würden sich, aller Wahrscheinlichkeit nach, über viele Wochen hin ausgedehnt haben, wenn nicht der unschuldige, harmlose Gieshübler, trotz größter Abgeneigtheit gegen zweideutiges Handeln, dennoch im Dienste zweier

Herren gestanden hätte. Der eine, dem er diente, war Innstetten, der andere war Crampas, und wenn er der Innstettenschen Aufforderung zu den italienischen Abenden, schon um Effis willen, auch mit aufrichtigster Freude Folge leistete, so war die Freude, mit der er Crampas gehorchte, doch noch eine größere. Nach einem Crampasschen Plane nämlich sollte noch vor Weihnachten »Ein Schritt vom Wege« aufgeführt werden, und als man vor dem dritten italienischen Abend stand, nahm Gieshübler die Gelegenheit wahr, mit Effi, die die Rolle der Ella spielen sollte, darüber zu sprechen.

Effi war wie elektrisiert; was wollten Padua, Vicenza daneben bedeuten! Effi war nicht für Aufgewärmtheiten; Frisches war es, wonach sie sich sehnte, Wechsel der Dinge. Aber als ob eine Stimme ihr zugerufen hätte: »Sieh dich vor!«, so fragte sie doch, inmitten ihrer freudigen Erregung: »Ist es der Major, der den Plan aufgebracht hat?«

»Ja. Sie wissen, gnädigste Frau, daß er einstimmig in das Vergnügungskomitee gewählt wurde. Wir dürfen uns endlich einen hübschen Winter in der Ressource versprechen. Er ist ja wie geschaffen dazu.«

»Und wird er auch mitspielen?«

»Nein, das hat er abgelehnt. Ich muß sagen, leider. Denn er kann ja alles und würde den Arthur von Schmettwitz ganz vorzüglich geben. Er hat nur die Regie übernommen.«

»Desto schlimmer.«

»Desto schlimmer?« wiederholte Gieshübler.

»Oh, Sie dürfen das nicht so feierlich nehmen; das ist nur so eine Redensart, die eigentlich das Gegenteil bedeutet. Auf der anderen Seite freilich, der Major hat so was Gewaltsames, er nimmt einem die Dinge gern über den Kopf fort. Und man muß dann spielen, wie er will, und nicht, wie man selber will.«

Sie sprach noch so weiter und verwickelte sich immer mehr in Widersprüche.

Der »Schritt vom Wege« kam wirklich zustande, und gerade weil man nur noch gute vierzehn Tage hatte (die letzte Woche vor Weihnachten war ausgeschlossen), so strengte sich alles an, und es ging vorzüglich; die Mitspielenden, vor allem Effi, ernteten reichen Beifall. Crampas hatte sich wirklich mit der Regie begnügt, und so streng er gegen alle anderen war, so wenig hatte er auf den Proben in Effis Spiel hineingeredet. Entweder waren ihm von seiten Gieshüblers Mitteilungen über das mit Effi gehabte Gespräch gemacht worden, oder er hatte es auch aus sich selber bemerkt, daß Effi beflissen war, sich von ihm zurückzuziehen. Und er war klug und Frauenkenner genug, um den natürlichen Entwicklungsgang, den er nach seinen Erfahrungen nur zu gut kannte, nicht zu stören.

Am Theaterabend in der Ressource trennte man sich spät, und Mitternacht war vorüber, als Innstetten und Effi wieder zu Hause bei sich eintrafen. Johanna war noch auf, um behülflich zu sein, und Innstetten, der auf seine junge Frau nicht wenig eitel war, erzählte Johanna, wie reizend die gnädige Frau ausgesehen und wie gut sie gespielt habe. Schade, daß er nicht vorher daran gedacht, Christel und sie selber und auch die alte Unke, die Kruse, hätten von der Musikgalerie her sehr gut zusehen können; es seien viele dagewesen. Dann ging Johanna, und Effi, die müde war, legte sich nieder. Innstetten aber, der noch plaudern wollte, schob einen Stuhl heran und setzte sich an das Bett seiner Frau, diese freundlich ansehend und ihre Hand in der seinen haltend.

»Ja, Effi, das war ein hübscher Abend. Ich habe mich amüsiert über das hübsche Stück. Und denke dir, der Dichter ist ein Kammergerichtsrat, eigentlich kaum zu glauben. Und noch dazu aus Königsberg. Aber worüber ich mich am meisten gefreut, das war doch meine entzückende kleine Frau, die allen die Köpfe verdreht hat.«

»Ach, Geert, sprich nicht so. Ich bin schon gerade eitel genug.«

»Eitel genug, das wird wohl richtig sein. Aber doch lange nicht so eitel wie die anderen. Und das ist zu deinen sieben Schönheiten…«

»Sieben Schönheiten haben alle.«

»…Ich habe mich auch bloß versprochen; du kannst die Zahl gut mit sich selbst multiplizieren.«

»Wie galant du bist, Geert. Wenn ich dich nicht kennte, könnt ich mich fürchten. Oder lauert wirklich was dahinter?«

»Hast du ein schlechtes Gewissen? Selber hinter der Tür gestanden?«

»Ach, Geert, ich ängstige mich wirklich.« Und sie richtete sich im Bett in die Höh und sah ihn starr an. »Soll ich noch nach Johanna klingeln, daß sie uns Tee bringt? Du hast es so gern vor dem Schlafengehen.«

Er küßte ihr die Hand. »Nein, Effi. Nach Mitternacht kann auch der Kaiser keine Tasse Tee mehr verlangen, und du weißt, ich mag die Leute nicht mehr in Anspruch nehmen als nötig. Nein, ich will nichts als dich ansehen und mich freuen, daß ich dich habe. So manchmal empfindet man's doch stärker, welchen Schatz man hat. Du könntest ja auch so sein wie die arme Frau Crampas; das ist eine schreckliche Frau, gegen keinen freundlich, und dich hätte sie vom Erdboden vertilgen mögen.«

»Ach, ich bitte dich, Geert, das bildest du dir wieder ein. Die arme Frau! Mir ist nichts aufgefallen.«

»Weil du für derlei keine Augen hast. Aber es war so, wie ich dir sage, und der arme Crampas war wie befangen dadurch und mied dich immer und sah dich kaum an. Was doch ganz unnatürlich ist; denn erstens ist er überhaupt ein Damenmann, und nun gar Damen wie du, das ist seine besondere Passion. Und ich wette auch, daß es keiner besser weiß als meine kleine Frau selber. Wenn ich daran denke, wie, Pardon, das Geschnatter hin und her ging, wenn er morgens in die Veranda kam oder wenn wir am Strande ritten oder auf der Mole spazierengingen. Es ist, wie ich dir sage, er traute sich heute nicht, er fürchtete sich vor seiner Frau. Und ich kann es ihm nicht verdenken. Die Majorin ist so etwas wie unsere Frau Kruse, und wenn ich zwischen beiden wählen müßte, ich wüßte nicht wen.«

»Ich wüßt es schon; es ist doch ein Unterschied zwischen den beiden. Die arme Majorin ist unglücklich, die Kruse ist unheimlich.«

»Und da bist du doch mehr für das Unglückliche?«

»Ganz entschieden.«

»Nun höre, das ist Geschmacksache. Man merkt, daß du noch nicht unglücklich warst. Übrigens hat Crampas ein Talent, die arme Frau zu eskamotieren. Er erfindet immer etwas, sie zu Hause zu lassen.«

»Aber heute war sie doch da.«

»Ja, heute. Da ging es nicht anders. Aber ich habe mit ihm eine Partie zu Oberförster Ring verabredet, er, Gieshübler und der Pastor, auf den dritten Feiertag, und da hättest du sehen sollen, mit welcher Geschicklichkeit er bewies, daß sie, die Frau, zu Hause bleiben müsse.«

»Sind es denn nur Herren?«

»O bewahre. Da würd ich mich auch bedanken. *Du* bist mit dabei und noch zwei, drei andere Damen, die von den Gütern ungerechnet.«

»Aber dann ist es doch auch häßlich von ihm, ich meine von Crampas, und so was bestraft sich immer.«

»Ja, mal kommt es. Aber ich glaube, unser Freund hält zu denen, die sich über das, was kommt, keine grauen Haare wachsen lassen.«

»Hältst du ihn für schlecht?«

»Nein, für schlecht nicht. Beinah im Gegenteil, jedenfalls hat er gute Seiten. Aber er ist so'n halber Pole, kein rechter Verlaß, eigentlich in nichts, am wenigsten mit Frauen. Eine Spielernatur. Er spielt nicht am Spieltisch, aber er hasardiert im Leben in einem fort, und man muß ihm auf die Finger sehen.«

»Es ist mir doch lieb, daß du mir das sagst. Ich werde mich vorsehen mit ihm.«

»Das tu. Aber nicht zu sehr; dann hilft es nichts. Unbefangenheit ist immer das Beste, und natürlich das Allerbeste ist Charakter und Festigkeit und, wenn ich solch steifleinenes Wort brauchen darf, eine reine Seele.«

Sie sah ihn groß an. Dann sagte sie: »Ja, gewiß. Aber nun sprich nicht mehr, und noch dazu lauter Dinge, die mich nicht recht froh machen können. Weißt du, mir ist, als hörte ich oben das Tanzen. Sonderbar, daß es immer wiederkommt. Ich dachte, du hättest mit dem allen nur so gespaßt.«

»Das will ich doch nicht sagen, Effi. Aber so oder so, man muß nur in Ordnung sein und sich nicht zu fürchten brauchen.«

Effi nickte und dachte mit einem Male wieder an die Worte, die ihr Crampas über ihren Mann als »Erzieher« gesagt hatte.

Der Heilige Abend kam und verging ähnlich wie das Jahr vorher; aus Hohen-Cremmen kamen Geschenke und Briefe; Gieshübler war wieder mit einem Huldigungsvers zur Stelle, und Vetter Briest sandte eine Karte: Schneelandschaft mit Telegraphenstangen, auf deren Draht geduckt ein Vögelchen saß. Auch für Annie war aufgebaut: ein Baum mit Lichtern, und das Kind griff mit seinen Händchen danach. Innstetten, unbefangen und heiter, schien sich seines häuslichen Glücks zu freuen und beschäftigte sich viel mit dem Kinde. Roswitha war erstaunt, den gnädigen Herrn so zärtlich und zugleich so aufgeräumt zu sehen. Auch Effi sprach viel und lachte viel, es kam ihr aber nicht aus innerster Seele. Sie fühlte sich bedrückt und wußte nur nicht, wen sie dafür verantwortlich machen sollte, Innstetten oder sich selber. Von Crampas war kein Weihnachtsgruß eingetroffen; eigentlich war es ihr lieb, aber auch wieder nicht, seine Huldigungen erfüllten sie mit einem gewissen Bangen, und seine Gleichgültigkeiten verstimmten sie; sie sah ein, es war nicht alles so, wie's sein sollte.

»Du bist so unruhig«, sagte Innstetten nach einer Weile.

»Ja. Alle Welt hat es so gut mit mir gemeint, am

meisten du; das bedrückt mich, weil ich fühle, daß ich es nicht verdiene.«

»Damit darf man sich nicht quälen, Effi. Zuletzt ist es doch so: Was man empfängt, das hat man auch verdient.«

Effi hörte scharf hin, und ihr schlechtes Gewissen ließ sie sich selber fragen, ob er das absichtlich in so zweideutiger Form gesagt habe.

Spät gegen Abend kam Pastor Lindequist, um zu gratulieren und noch wegen der Partie nach der Oberförsterei Uvagla hin anzufragen, die natürlich eine Schlittenpartie werden müsse. Crampas habe ihm einen Platz in seinem Schlitten angeboten, aber weder der Major noch sein Bursche, der, wie alles, auch das Kutschieren übernehmen solle, kenne den Weg, und so würde es sich vielleicht empfehlen, die Fahrt gemeinschaftlich zu machen, wobei dann der landrätliche Schlitten die Tête zu nehmen und der Crampassche zu folgen hätte. Wahrscheinlich auch der Gieshüblersche. Denn mit der Wegkenntnis Mirambos, dem sich unerklärlicherweise Freund Alonzo, der doch sonst so vorsichtig, anvertrauen wolle, stehe es wahrscheinlich noch schlechter als mit der des sommersprossigen Treptower Ulanen. Innstetten, den diese kleinen Verlegenheiten erheiterten, war mit Lindequists Vorschlage durchaus einverstanden und ordnete die Sache dahin, daß er pünktlich um zwei Uhr über den Marktplatz fahren und ohne alles Säumen die Führung des Zuges in die Hand nehmen werde.

Nach diesem Übereinkommen wurde denn auch verfahren, und als Innstetten Punkt zwei Uhr den Marktplatz passierte, grüßte Crampas zunächst von seinem Schlitten aus zu Effi hinüber und schloß sich dann dem Innstettenschen an. Der Pastor saß neben ihm. Gieshüblers Schlitten, mit Gieshübler selbst und Doktor Hannemann, folgte, jener in einem eleganten Büffelrock mit Marderbesatz, dieser in einem Bärenpelz, dem man ansah, daß er wenigstens dreißig Dienstjahre zählte. Hannemann war nämlich in seiner Jugend Schiffschirurgus auf einem Grönlandfahrer gewesen. Mirambo saß vorn, etwas aufgeregt wegen Unkenntnis im Kutschieren, ganz wie Lindequist vermutet hatte.

Schon nach zwei Minuten war man an Utpatels Mühle vorbei.

Zwischen Kessin und Uvagla (wo, der Sage nach, ein Wendentempel gestanden) lag ein nur etwa tausend Schritt breiter, aber wohl anderthalb Meilen langer Waldstreifen, der an seiner rechten Längsseite das Meer, an seiner linken, bis weit an den Horizont hin, ein großes, überaus fruchtbares und gut angebautes Stück Land hatte. Hier, an der Binnenseite, flogen jetzt die drei Schlitten hin, in einiger Entfernung ein paar alte Kutschwagen vor sich, in denen, aller Wahrscheinlichkeit nach, andere nach der Oberförsterei hin eingeladene Gäste saßen. Einer dieser Wagen war an seinen altmodisch hohen Rädern deutlich zu erkennen, es war der Papenhagensche. Natürlich. Güldenklee galt als der beste Redner des Kreises (noch besser als Borcke, ja selbst besser als Grasenabb) und durfte bei Festlichkeiten nicht leicht fehlen.

Die Fahrt ging rasch – auch die herrschaftlichen Kutscher strengten sich an und wollten sich nicht überholen lassen –, so daß man schon um drei vor der Oberförsterei hielt. Ring, ein stattlicher, militärisch dreinschauender Herr von Mitte Fünfzig, der den ersten Feldzug in Schleswig noch unter Wrangel und Bonin mitgemacht und sich bei Erstürmung des Danewerks ausgezeichnet hatte, stand in der Tür und empfing seine Gäste, die, nachdem sie abgelegt und die Frau des Hauses begrüßt hatten, zunächst vor einem langgedeckten Kaffeetische Platz nahmen, auf dem kunstvoll aufgeschichtete Kuchenpyramiden standen. Die Oberförsterin, eine von Natur sehr ängstliche, zum mindesten aber sehr befangene Frau, zeigte sich auch als Wirtin so, was den überaus eitlen Oberförster, der für Sicherheit und Schneidigkeit war, ganz augenscheinlich verdroß. Zum Glück kam sein Unmut zu keinem Ausbruch, denn von dem, was seine Frau vermissen ließ, hatten seine Töchter desto mehr, bildhübsche Backfische von vierzehn und dreizehn, die ganz nach dem Vater schlugen. Besonders die ältere, Cora, kokettierte sofort mit Innstetten und Crampas, und beide gingen auch darauf ein. Effi ärgerte sich darüber und schämte sich dann wieder, daß sie sich geärgert habe. Sie saß neben Sidonie von Grasenabb und sagte: »Sonderbar, so bin ich auch gewesen, als ich vierzehn war.«

Effi rechnete darauf, daß Sidonie dies bestreiten oder doch wenigstens Einschränkungen machen würde. Statt dessen sagte diese: »Das kann ich mir denken.«

»Und wie der Vater sie verzieht«, fuhr Effi halb verlegen, und nur um doch was zu sagen, fort.

Sidonie nickte. »Da liegt es. Keine Zucht. Das ist die Signatur unserer Zeit.«

Effi brach nun ab.

Der Kaffee war bald genommen, und man stand auf, um noch einen halbstündigen Spaziergang in den umliegenden Wald zu machen, zunächst auf ein Gehege zu, drin Wild eingezäunt war. Cora öffnete das Gatter, und kaum daß sie eingetreten, so kamen auch schon die Rehe auf sie zu. Es war eigentlich reizend, ganz wie ein Märchen. Aber die Eitelkeit des jungen Dinges, das sich bewußt war, ein lebendes Bild zu stellen, ließ doch einen reinen Eindruck nicht aufkommen, am wenigsten bei Effi. »Nein«, sagte sie zu sich selber, »so bin ich doch nicht gewesen. Vielleicht hat es mir auch an Zucht gefehlt, wie diese furchtbare Sidonie mir eben andeutete, vielleicht auch anderes noch. Man war zu Haus zu gütig gegen mich, man liebte mich zu sehr. Aber das darf ich doch wohl sagen, ich habe mich nie geziert. Das war immer Huldas Sache. Darum gefiel sie mir auch nicht, als ich diesen Sommer sie wiedersah.«

Auf dem Rückwege vom Walde nach der Oberförsterei begann es zu schneien. Crampas gesellte sich zu Effi und sprach ihr sein Bedauern aus, daß er noch nicht Gelegenheit gehabt habe, sie zu begrüßen. Zugleich wies er auf die großen, schweren Schneeflokken, die fielen, und sagte: »Wenn das so weitergeht, so schneien wir hier ein.«

»Das wäre nicht das Schlimmste. Mit dem Eingeschneitwerden verbinde ich von langer Zeit her eine freundliche Vorstellung, eine Vorstellung von Schutz und Beistand.«

»Das ist mir neu, meine gnädigste Frau.«

»Ja«, fuhr Effi fort und versuchte zu lachen, »mit den Vorstellungen ist es ein eigen Ding, man macht sie sich nicht bloß nach dem, was man persönlich erfahren hat, auch nach dem, was man irgendwo gehört oder ganz zufällig weiß. Sie sind so belesen, Major, aber mit einem Gedichte – freilich keinem Heineschen, keinem ›Seegespenst‹ und keinem ›Vitzliputzli‹ – bin ich Ihnen, wie mir scheint, doch voraus. Dies Gedicht heißt die ›Gottesmauer‹, und ich hab es bei unserm Hohen-Cremmner Pastor vor vielen, vielen Jahren, als ich noch ganz klein war, auswendig gelernt.«

»Gottesmauer«, wiederholte Crampas. »Ein hübscher Titel, und wie verhält es sich damit?«

»Eine kleine Geschichte, nur ganz kurz. Da war irgendwo Krieg, ein Winterfeldzug, und eine alte Witwe, die sich vor dem Feinde mächtig fürchtete, betete zu Gott, er möge doch ›eine Mauer um sie bauen‹, um sie vor dem Landesfeinde zu schützen. Und da ließ Gott das Haus einschneien, und der Feind zog daran vorüber.«

Crampas war sichtlich betroffen und wechselte das Gespräch.

Als es dunkelte, waren alle wieder in der Oberförsterei zurück.

Neunzehntes Kapitel

Gleich nach sieben ging man zu Tisch, und alles freute sich, daß der Weihnachtsbaum, eine mit zahllosen Silberkugeln bedeckte Tanne, noch einmal angesteckt wurde. Crampas, der das Ringsche Haus noch nicht kannte, war helle Bewunderung. Der Damast, die Weinkühler, das reiche Silbergeschirr, alles wirkte herrschaftlich, weit über oberförsterliche Durchschnittsverhältnisse hinaus, was darin seinen Grund hatte, daß Rings Frau, so scheu und verlegen sie war, aus einem reichen Danziger Kornhändlerhause stammte. Von da her rührten auch die meisten der ringsumher hängenden Bilder: der Kornhändler und seine Frau, der Marienburger Remter und eine gute Kopie nach dem berühmten Memlingschen Altarbilde in der Danziger Marienkirche. Kloster Oliva war zweimal da, einmal in Öl und einmal in Kork geschnitzt. Außerdem befand sich über dem Büfett ein sehr nachgedunkeltes Porträt des alten Nettelbeck, das noch aus dem bescheidenen Mobiliar des erst vor anderthalb Jahren verstorbenen Ringschen Amtsvorgängers herrührte. Niemand hatte damals, bei der wie gewöhnlich stattfindenden Auktion, das Bild des Alten haben wollen, bis Innstetten, der sich über diese Mißachtung ärgerte, darauf geboten hatte. Da hatte sich denn auch Ring patriotisch besonnen, und der alte Kolbergverteidiger war der Oberförsterei verblieben.

Das Nettelbeck-Bild ließ ziemlich viel zu wünschen übrig; sonst aber verriet alles, wie schon angedeutet, eine beinahe an Glanz streifende Wohlhabenheit, und dem entsprach denn auch das Mahl, das aufgetragen wurde. Jeder hatte mehr oder weniger seine Freude daran, mit Ausnahme Sidoniens. Diese saß zwischen Innstetten und Lindequist und sagte, als sie Coras ansichtig wurde: »Da ist ja wieder dies unausstehliche Balg, diese Cora. Sehen Sie nur, Innstetten, wie sie die kleinen Weingläser präsentiert, ein wahres Kunststück, sie könnte jeden Augenblick Kellnerin werden. Ganz unerträglich. Und dazu die Blicke von Ihrem

Freunde Crampas! Das ist so die rechte Saat! Ich frage Sie, was soll dabei herauskommen?«

Innstetten, der ihr eigentlich zustimmte, fand trotzdem den Ton, in dem das alles gesagt wurde, so verletzend herbe, daß er spöttisch bemerkte: »Ja, meine Gnädigste, was dabei herauskommen soll? Ich weiß es *auch* nicht« – worauf sich Sidonie von ihm ab- und ihrem Nachbar zur Linken zuwandte: »Sagen Sie, Pastor, ist diese vierzehnjährige Kokette schon im Unterricht bei Ihnen?«

»Ja, mein gnädigstes Fräulein.«

»Dann müssen Sie mir die Bemerkung verzeihen, daß Sie sie nicht in die richtige Schule genommen haben. Ich weiß wohl, es hält das heutzutage sehr schwer, aber ich weiß auch, daß die, denen die Fürsorge für junge Seelen obliegt, es vielfach an dem rechten Ernste fehlen lassen. Es bleibt dabei, die Hauptschuld tragen die Eltern und Erzieher.«

Lindequist, denselben Ton anschlagend wie Innstetten, antwortete, daß das alles sehr richtig, der Geist der Zeit aber *zu* mächtig sei.

»Geist der Zeit!« sagte Sidonie. »Kommen Sie mir nicht damit. Das kann ich nicht hören, das ist der Ausdruck höchster Schwäche, Bankrotterklärung. Ich kenne das; nie scharf zufassen wollen, immer dem Unbequemen aus dem Wege gehen. Denn Pflicht ist unbequem. Und so wird nur allzu leicht vergessen, daß das uns anvertraute Gut auch mal von uns zurückgefordert wird. Eingreifen, lieber Pastor, Zucht. Das Fleisch ist schwach, gewiß; aber ...«

In diesem Augenblicke kam ein englisches Roastbeef, von dem Sidonie ziemlich ausgiebig nahm, ohne Lindequists Lächeln dabei zu bemerken. Und weil sie's nicht bemerkte, so durfte es auch nicht wundernehmen, daß sie mit vieler Unbefangenheit fortfuhr: »Es kann übrigens alles, was Sie hier sehen, nicht wohl anders sein; alles ist schief und verfahren von Anfang an. Ring, Ring – wenn ich nicht irre, hat es drüben in Schweden oder da herum mal einen Sagenkönig dieses Namens gegeben. Nun, sehen Sie, benimmt er sich nicht, als ob er von dem abstamme, und seine Mutter, die ich noch gekannt habe, war eine Plättfrau in Köslin.«

»Ich kann darin nichts Schlimmes finden.«

»Schlimmes finden? Ich auch nicht. Und jedenfalls gibt es Schlimmeres. Aber soviel muß ich doch von Ihnen, als einem geweihten Diener der Kirche, gewärtigen dürfen, daß Sie die gesellschaftlichen Ordnungen gelten lassen. Ein Oberförster ist ein bißchen mehr als ein Förster, und ein Förster hat nicht solche Weinkühler und solch Silberzeug; das alles ist ungehörig und zieht dann solche Kinder groß wie dies Fräulein Cora.«

Sidonie, jedesmal bereit, irgendwas Schreckliches zu prophezeien, wenn sie, vom Geist überkommen, die Schalen ihres Zornes ausschüttete, würde sich auch heute bis zum Kassandrablick in die Zukunft gesteigert haben, wenn nicht in ebendiesem Augenblicke die dampfende Punschbowle – womit die Weihnachtsreunions bei Ring immer abschlossen – auf der Tafel erschienen wäre, dazu Krausgebackenes, das, geschickt übereinandergetürmt, noch weit über die vor einigen Stunden aufgetragene Kaffeekuchenpyramide hinauswuchs. Und nun trat auch Ring selbst, der sich bis dahin etwas zurückgehalten hatte, mit einer gewissen strahlenden Feierlichkeit in Aktion und begann die vor ihm stehenden Gläser, große, geschliffene Römer, in virtuosem Bogensturz zu füllen, ein Einschenkekunststück, das die stets schlagfertige Frau von Padden, die heute leider fehlte, mal als »Ringsche Füllung en cascade« bezeichnet hatte. Rotgolden wölbte sich dabei der Strahl, und kein Tropfen durfte verlorengehen. So war es auch heute wieder. Zuletzt aber, als jeder, was ihm zukam, in Händen hielt – auch Cora, die sich mittlerweile mit ihrem rotblonden Wellenhaar auf »Onkel Crampas'« Schoß gesetzt hatte –, erhob sich der alte Papenhagner, um, wie herkömmlich bei Festlichkeiten der Art, einen Toast auf seinen lieben Oberförster auszubringen. Es gäbe viele Ringe, so etwa begann er, Jahresringe, Gardinenringe, Trauringe, und was nun gar – denn auch davon dürfe sich am Ende wohl sprechen lassen – die Verlobungsringe angehe, so sei glücklicherweise die Gewähr gegeben, daß einer davon in kürzester Frist in diesem Hause sichtbar werden und den Ringfinger (und zwar hier in einem *doppelten* Sinne den Ringfinger) eines kleinen hübschen Pätschelchens zieren werde …

»Unerhört«, raunte Sidonie dem Pastor zu.

»Ja, meine Freunde«, fuhr Güldenklee mit gehobener Stimme fort, »viele Ringe gibt es, und es gibt sogar eine Geschichte, die wir alle kennen, die die Geschichte von den ›drei Ringen‹ heißt, eine Judengeschichte, die, wie der ganze liberale Krimskrams, nichts wie Verwirrung und Unheil gestiftet hat und noch stiftet. Gott bessere es. Und nun lassen Sie mich schließen, um Ihre Geduld und Nachsicht nicht über Gebühr in Anspruch zu nehmen. Ich bin *nicht* für diese drei Ringe, meine Lieben, ich bin vielmehr für *einen* Ring, für *einen* Ring, der so recht ein Ring ist, wie er sein soll, ein Ring, der alles Gute, was wir in unsrem altpommerschen Kessiner Kreise haben, alles, was noch mit Gott für König und Vaterland einsteht – und es sind ihrer noch einige (lauter Jubel) –, an diesem seinem gastlichen Tisch vereinigt sieht. Für *diesen* Ring bin ich. Er lebe hoch!«

Alles stimmte ein und umdrängte Ring, der, solange das dauerte, das Amt des »Einschenkens en cascade« an den ihm gegenübersitzenden Crampas abtreten mußte; der Hauslehrer aber stürzte von seinem Platz am unteren Ende der Tafel an das Klavier und schlug die ersten Takte des Preußenliedes an, worauf alles stehend und feierlich einfiel: »Ich bin ein Preuße ... will ein Preuße sein.«

»Es ist doch etwas Schönes«, sagte gleich nach der ersten Strophe der alte Borcke zu Innstetten, »so was hat man in anderen Ländern nicht.«

»Nein«, antwortete Innstetten, der von solchem Patriotismus nicht viel hielt, »in anderen Ländern hat man was anderes.«

Man sang alle Strophen durch, dann hieß es, die Wagen seien vorgefahren, und gleich darnach erhob sich alles, um die Pferde nicht warten zu lassen. Denn diese Rücksicht »auf die Pferde« ging auch im Kreise Kessin allem anderen vor. Im Hausflur standen zwei hübsche Mägde, Ring hielt auf dergleichen, um den Herrschaften beim Anziehen ihrer Pelze behülflich zu sein. Alles war heiter angeregt, einige mehr als das, und das Einsteigen in die verschiedenen Gefährte schien sich schnell und ohne Störung vollziehen zu sollen, als es mit einemmal hieß, der Gieshüblersche Schlitten sei nicht da. Gieshübler selbst war viel zu artig, um gleich Unruhe zu zeigen oder gar Lärm zu machen; endlich aber, weil doch wer das Wort nehmen mußte, fragte Crampas, was es denn eigentlich sei?

»Mirambo kann nicht fahren«, sagte der Hofeknecht; »das linke Pferd hat ihn beim Anspannen vor das Schienbein geschlagen. Er liegt im Stall und schreit.«

Nun wurde natürlich nach Doktor Hannemann gerufen, der denn auch hinausging und nach fünf Minuten mit echter Chirurgenruhe versicherte: Ja, Mirambo müsse zurückbleiben; es sei vorläufig in der Sache nichts zu machen als still liegen und kühlen. Übrigens von Bedenklichem keine Rede. Das war nun einigermaßen ein Trost, aber schaffte doch die Verlegenheit, wie der Gieshüblersche Schlitten zurückzufahren sei, nicht aus der Welt, bis Innstetten erklärte, daß er für Mirambo einzutreten und das Zwiegestirn von Doktor und Apotheker persönlich glücklich heimzusteuern gedenke. Lachend und unter ziemlich angeheiterten Scherzen gegen den verbindlichsten aller Landräte, der sich, um hülfreich zu sein, sogar von seiner jungen Frau trennen wolle, wurde dem Vorschlage zugestimmt, und Innstetten, mit Gieshübler und dem Doktor im Fond, nahm jetzt wieder die Tête. Crampas und Lindequist folgten unmittelbar. Und als gleich danach auch Kruse mit dem landrätlichen Schlitten vorfuhr, trat Sidonie lächelnd an Effi heran und bat diese, da ja nun ein Platz frei sei, mit ihr fahren zu dürfen. »In unserer Kutsche ist es immer so stickig; mein Vater liebt das. Und außerdem, ich möchte so gerne mit Ihnen plaudern. Aber nur bis Quappendorf. Wo der

Morgnitzer Weg abzweigt, steig ich aus und muß dann wieder in unsern unbequemen Kasten. Und Papa raucht auch noch.«

Effi war wenig erfreut über diese Begleitung und hätte die Fahrt lieber allein gemacht; aber ihr blieb keine Wahl, und so stieg denn das Fräulein ein, und kaum daß beide Damen ihre Plätze genommen hatten, so gab Kruse den Pferden auch schon einen Peitschenknips, und von der oberförsterlichen Rampe her, von der man einen prächtigen Ausblick auf das Meer hatte, ging es, die ziemlich steile Düne hinunter, auf den Strandweg zu, der, eine Meile lang, in beinahe gerader Linie bis an das Kessiner Strandhotel und von dort aus, rechts einbiegend, durch die Plantage hin, in die Stadt führte. Der Schneefall hatte schon seit ein paar Stunden aufgehört, die Luft war frisch, und auf das weite dunkelnde Meer fiel der matte Schein der Mondsichel. Kruse fuhr hart am Wasser hin, mitunter den Schaum der Brandung durchschneidend, und Effi, die etwas fröstelte, wickelte sich fester in ihren Mantel und schwieg noch immer und mit Absicht. Sie wußte recht gut, daß das mit der »stickigen Kutsche« bloß Vorwand gewesen und daß sich Sidonie nur zu ihr gesetzt hatte, um ihr etwas Unangenehmes zu sagen. Und das kam immer noch früh genug. Zudem war sie wirklich müde, vielleicht von dem Spaziergang im Walde, vielleicht auch von dem oberförsterlichen Punsch, dem sie, auf Zureden der neben ihr sitzenden Frau von Flemming, tapfer zugesprochen hatte. Sie tat denn auch, als ob sie schliefe, schloß die Augen und neigte den Kopf immer mehr nach links.

»Sie sollten sich nicht so sehr nach links beugen, meine gnädigste Frau. Fährt der Schlitten auf einen

Stein, so fliegen Sie hinaus. Ihr Schlitten hat ohnehin kein Schutzleder und, wie ich sehe, auch nicht einmal die Haken dazu.«

»Ich kann die Schutzleder nicht leiden; sie haben so was Prosaisches. Und dann, wenn ich hinausflöge, mir wäre es recht, am liebsten gleich in die Brandung. Freilich ein etwas kaltes Bad, aber was tut's... Übrigens, hören Sie nichts?«

»Nein.«

»Hören Sie nicht etwas wie Musik?«

»Orgel?«

»Nein, nicht Orgel. Da würd ich denken, es sei das Meer. Aber es ist etwas anderes, ein unendlich feiner Ton, fast wie menschliche Stimme...«

»Das sind Sinnestäuschungen«, sagte Sidonie, die jetzt den richtigen Einsetzemoment gekommen glaubte. »Sie sind nervenkrank. Sie hören Stimmen. Gebe Gott, daß Sie auch die richtige Stimme hören.«

»Ich höre... nun, gewiß, es ist Torheit, ich weiß, sonst würd ich mir einbilden, ich hätte die Meerfrauen singen hören... Aber, ich bitte Sie, was ist das? Es blitzt ja bis hoch in den Himmel hinauf. Das muß ein Nordlicht sein.«

»Ja«, sagte Sidonie. »Gnädigste Frau tun ja, als ob es ein Weltwunder wäre. Das ist es nicht. Und wenn es dergleichen wäre, wir haben uns vor Naturkultus zu hüten. Übrigens ein wahres Glück, daß wir außer Gefahr sind, unsern Freund Oberförster, diesen eitelsten aller Sterblichen, über dies Nordlicht sprechen zu hören. Ich wette, daß er sich einbilden würde, das tue ihm der Himmel zu Gefallen, um sein Fest noch festlicher zu machen. Er ist ein Narr. Güldenklee konnte Besseres tun als ihn feiern. Und dabei spielt er sich auf den Kirchlichen aus und hat auch neulich eine Altardecke geschenkt. Vielleicht, daß Cora daran mitgestickt hat. Diese Unechten sind schuld an allem, denn ihre Weltlichkeit liegt immer obenauf und wird denen mit angerechnet, die's ernst mit dem Heil ihrer Seele meinen.«

»Es ist so schwer, ins Herz zu sehen!«

»Ja. Das ist es. Aber bei manchem ist es auch ganz leicht.«

Und dabei sah sie die junge Frau mit beinahe ungezogener Eindringlichkeit an.

Effi schwieg und wandte sich ungeduldig zur Seite.

»Bei manchem, sag ich, ist es ganz leicht«, wiederholte Sidonie, die ihren Zweck erreicht hatte und deshalb ruhig lächelnd fortfuhr, »und zu diesen leichten Rätseln gehört unser Oberförster. Wer seine Kinder so erzieht, den beklag ich, aber das *eine* Gute hat es, es liegt bei ihm alles klar da. Und wie bei ihm selbst, so bei den Töchtern. Cora geht nach Amerika und wird Millionärin oder Methodistenpredigerin; in jedem Fall ist sie verloren. Ich habe noch keine Vierzehnjährige gesehen ...«

In diesem Augenblicke hielt der Schlitten, und als sich beide Damen umsahen, um in Erfahrung zu bringen, was es denn eigentlich sei, bemerkten sie, daß rechts von ihnen, in etwa dreißig Schritt Abstand, auch die beiden anderen Schlitten hielten am weitesten nach rechts der von Innstetten geführte, näher heran der Crampassche.

»Was ist?« fragte Effi.

Kruse wandte sich halb herum und sagte: »Der Schloon, gnäd'ge Frau.«

»Der Schloon? Was ist das? Ich sehe nichts.«

Kruse wiegte den Kopf hin und her, wie wenn er ausdrücken wollte, daß die Frage leichter gestellt als beantwortet sei. Worin er auch recht hatte. Denn was der Schloon sei, das war nicht so mit drei Worten zu sagen. Kruse fand aber in seiner Verlegenheit alsbald Hülfe bei dem gnädigen Fräulein, das hier mit allem Bescheid wußte und natürlich auch mit dem Schloon.

»Ja, meine gnädigste Frau«, sagte Sidonie, »da steht es schlimm. Für mich hat es nicht viel auf sich, ich komme bequem durch; denn wenn erst die Wagen heran sind, die haben hohe Räder, und unsere Pferde sind außerdem daran gewöhnt. Aber mit solchem Schlitten ist es was anderes; die versinken im Schloon, und Sie werden wohl oder übel einen Umweg machen müssen.«

»Versinken! Ich bitte Sie, mein gnädigstes Fräulein, ich sehe noch immer nicht klar. Ist denn der Schloon ein Abgrund oder irgendwas, drin man mit Mann und Maus zugrunde gehen muß? Ich kann mir so was hierzulande gar nicht denken.«

»Und doch ist es so was, nur freilich im kleinen; dieser Schloon ist eigentlich bloß ein kümmerliches Rinnsal, das hier rechts vom Gothener See her herunterkommt und sich durch die Dünen schleicht. Und im Sommer trocknet es mitunter ganz aus, und Sie fahren dann ruhig drüber hin und wissen es nicht einmal.«

»Und im Winter?«

»Ja, im Winter, da ist es was anderes; nicht immer, aber doch oft. Da wird es dann ein Sog.«

»Mein Gott, was sind das nur alles für Namen und Wörter!«

»...Da wird es ein Sog, und am stärksten immer

dann, wenn der Wind nach dem Lande hin steht. Dann drückt der Wind das Meerwasser in das kleine Rinnsal hinein, aber nicht so, daß man es sehen kann. Und das ist das Schlimmste von der Sache, darin steckt die eigentliche Gefahr. Alles geht nämlich unterirdisch vor sich, und der ganze Strandsand ist dann bis tief hinunter mit Wasser durchsetzt und gefüllt. Und wenn man dann über solche Sandstelle weg will, die keine mehr ist, dann sinkt man ein, als ob es ein Sumpf oder ein Moor wäre.«

»Das kenn ich«, sagte Effi lebhaft. »Das ist wie in unsrem Luch«, und inmitten all ihrer Ängstlichkeit wurde ihr mit einem Male ganz wehmütig-freudig zu Sinn.

Während das Gespräch noch so ging und sich fortsetzte, war Crampas aus seinem Schlitten ausgestiegen und auf den am äußersten Flügel haltenden Gieshüblerschen zugeschritten, um hier mit Innstetten zu verabreden, was nun wohl eigentlich zu tun sei. Knut, so vermeldete er, wolle die Durchfahrt riskieren, aber Knut sei zu dumm und verstehe nichts von der Sache; nur solche, die hier zu Hause seien, müßten die Entscheidung treffen. Innstetten – sehr zu Crampas' Überraschung – war auch fürs »Riskieren«, es müsse durchaus noch mal versucht werden... er wisse schon, die Geschichte wiederhole sich jedesmal: die Leute hier hätten einen Aberglauben und vorweg eine Furcht, während es doch eigentlich wenig zu bedeuten habe. Nicht Knut, der wisse nicht Bescheid, wohl aber Kruse solle noch einmal einen Anlauf nehmen und Crampas derweilen bei den Damen einsteigen (ein kleiner Rücksitz sei ja noch da), um bei der Hand zu sein, wenn der Schlitten umkippe. Das sei doch schließlich das Schlimmste, was geschehen könne.

Mit dieser Innstettenschen Botschaft erschien jetzt Crampas bei den beiden Damen und nahm, als er lachend seinen Auftrag ausgeführt hatte, ganz nach empfangener Order den kleinen Sitzplatz ein, der eigentlich nichts als eine mit Tuch überzogene Leiste war, und rief Kruse zu: »Nun, vorwärts, Kruse.«

Dieser hatte denn auch die Pferde bereits um hundert Schritte zurückgezoppt und hoffte, scharf anfahrend, den Schlitten glücklich durchbringen zu können; im selben Augenblick aber, wo die Pferde den Schloon auch nur berührten, sanken sie bis über die Knöchel in den Sand ein, so daß sie nur mit Mühe nach rückwärts wieder heraus konnten.

»Es geht nicht«, sagte Crampas, und Kruse nickte.

Während sich dies abspielte, waren endlich auch die Kutschen herangekommen, die Grasenabbsche vorauf, und als Sidonie, nach kurzem Dank gegen Effi, sich verabschiedet und dem seine türkische Pfeife rauchenden Vater gegenüber ihren Rückplatz eingenommen hatte, ging es mit dem Wagen ohne weiteres auf den Schloon zu; die Pferde sanken tief ein, aber die Räder ließen alle Gefahr leicht überwinden, und ehe eine halbe Minute vorüber war, trabten auch schon die Grasenabbs drüben weiter. Die andern Kutschen folgten. Effi sah ihnen nicht ohne Neid nach. Indessen nicht lange, denn auch für die Schlittenfahrer war in der zwischenliegenden Zeit Rat geschafft worden, und zwar einfach dadurch, daß sich Innstetten entschlossen hatte, statt aller weiteren Forcierung das friedlichere Mittel eines Umwegs zu wählen. Also genau das, was Sidonie gleich anfangs in

Sicht gestellt hatte. Vom rechten Flügel her klang des Landrats bestimmte Weisung herüber, vorläufig diesseits zu bleiben und ihm durch die Dünen hin bis an eine weiter hinauf gelegene Bohlenbrücke zu folgen. Als beide Kutscher, Knut und Kruse, so verständigt waren, trat der Major, der, um Sidonie zu helfen, gleichzeitig mit dieser ausgestiegen war, wieder an Effi heran und sagte: »Ich kann Sie nicht allein lassen, gnäd'ge Frau.«

Effi war einen Augenblick unschlüssig, rückte dann aber rasch von der einen Seite nach der anderen hinüber, und Crampas nahm links neben ihr Platz.

All dies hätte vielleicht mißdeutet werden können, Crampas selbst aber war zu sehr Frauenkenner, um es sich bloß in Eitelkeit zurechtzulegen. Er sah deutlich, daß Effi nur tat, was, nach Lage der Sache, das einzig Richtige war. Es war unmöglich für sie, sich seine Gegenwart zu verbitten. Und so ging es denn im Fluge den beiden anderen Schlitten nach, immer dicht an dem Wasserlaufe hin, an dessen anderem Ufer dunkle Waldmassen aufragten. Effi sah hinüber und nahm an, daß schließlich an dem landeinwärts gelegenen Außenrande des Waldes hin die Weiterfahrt gehen würde, genau also *den* Weg entlang, auf dem man in früher Nachmittagsstunde gekommen war. Innstetten aber hatte sich inzwischen einen andern Plan gemacht, und im selben Augenblicke, wo sein Schlitten die Bohlenbrücke passierte, bog er, statt den Außenweg zu wählen, in einen schmaleren Weg ein, der mitten durch die dichte Waldmasse hindurchführte. Effi schrak zusammen. Bis dahin waren Luft und Licht um sie her gewesen, aber jetzt war es damit vorbei, und die dunklen Kronen wölbten sich über ihr. Ein

Zittern überkam sie, und sie schob die Finger fest ineinander, um sich einen Halt zu geben. Gedanken und Bilder jagten sich, und eines dieser Bilder war das Mütterchen in dem Gedichte, das die »Gottesmauer« hieß, und wie das Mütterchen, so betete auch sie jetzt, daß Gott eine Mauer um sie her bauen möge. Zwei, drei Male kam es auch über ihre Lippen, aber mit einemmal fühlte sie, daß es tote Worte waren. Sie fürchtete sich und war doch zugleich wie in einem Zauberbann und wollte auch nicht heraus.

»Effi«, klang es jetzt leis an ihr Ohr, und sie hörte, daß seine Stimme zitterte. Dann nahm er ihre Hand und löste die Finger, die sie noch immer geschlossen hielt, und überdeckte sie mit heißen Küssen. Es war ihr, als wandle sie eine Ohnmacht an.

Als sie die Augen wieder öffnete, war man aus dem Walde heraus, und in geringer Entfernung vor sich hörte sie das Geläut der voraufeilenden Schlitten. Immer vernehmlicher klang es, und als man, dicht vor Utpatels Mühle, von den Dünen her in die Stadt einbog, lagen rechts die kleinen Häuser mit ihren Schneedächern neben ihnen.

Effi blickte sich um, und im nächsten Augenblicke hielt der Schlitten vor dem landrätlichen Hause.

Zwanzigstes Kapitel

Innstetten, der Effi, als er sie aus dem Schlitten hob, scharf beobachtete, aber doch ein Sprechen über die sonderbare Fahrt zu zweien vermieden hatte, war am anderen Morgen früh auf und suchte seiner Verstimmung, die noch nachwirkte, so gut es ging, Herr zu werden.

»Du hast gut geschlafen?« sagte er, als Effi zum Frühstück kam.

»Ja.«

»Wohl dir. Ich kann dasselbe von mir nicht sagen. Ich träumte, daß du mit dem Schlitten im Schloon verunglückt seist, und Crampas mühte sich, dich zu retten; ich muß es so nennen, aber er versank mit dir.«

»Du sprichst das alles so sonderbar, Geert. Es verbirgt sich ein Vorwurf dahinter, und ich ahne weshalb.«

»Sehr merkwürdig.«

»Du bist nicht einverstanden damit, daß Crampas kam und uns seine Hülfe anbot.«

»Uns?«

»Ja, uns. Sidonien und mir. Du mußt durchaus vergessen haben, daß der Major in deinem Auftrage kam. Und als er mir erst gegenübersaß, beiläufig jämmerlich genug auf der elenden schmalen Leiste, sollte ich ihn da ausweisen, als die Grasenabbs kamen und mit einem Male die Fahrt weiterging? Ich hätte mich lächerlich gemacht, und dagegen bist du doch so empfindlich. Erinnere dich, daß wir unter deiner Zustimmung viele Male gemeinschaftlich spazierengeritten sind, und nun sollte ich nicht gemeinschaftlich mit ihm fahren? Es ist falsch, so hieß es bei uns zu Haus, einem Edelmanne Mißtrauen zu zeigen.«

»Einem Edelmanne«, sagte Innstetten mit Betonung.

»Ist er keiner? Du hast ihn selbst einen Kavalier genannt, sogar einen perfekten Kavalier.«

»Ja«, fuhr Innstetten fort, und seine Stimme wurde

freundlicher, trotzdem ein leiser Spott noch darin nachklang. »Kavalier, das ist er, und ein perfekter Kavalier, das ist er nun schon ganz gewiß. Aber Edelmann! Meine liebe Effi, ein Edelmann sieht anders aus. Hast du schon etwas Edles an ihm bemerkt? Ich nicht.«

Effi sah vor sich hin und schwieg.

»Es scheint, wir sind gleicher Meinung. Im übrigen, wie du schon sagtest, ich bin selber schuld; von einem Fauxpas mag ich nicht sprechen, das ist in diesem Zusammenhange kein gutes Wort. Also selber schuld, und es soll nicht wieder vorkommen, soweit ich's hindern kann. Aber auch du, wenn ich dir raten darf, sei auf deiner Hut. Er ist ein Mann der Rücksichtslosigkeiten und hat so seine Ansichten über junge Frauen. Ich kenne ihn von früher.«

»Ich werde mir deine Worte gesagt sein lassen. Nur soviel, ich glaube, du verkennst ihn.«

»Ich verkenne ihn *nicht.*«

»Oder mich«, sagte sie mit einer Kraftanstrengung und versuchte seinem Blicke zu begegnen.

»Auch *dich* nicht, meine liebe Effi. Du bist eine reizende kleine Frau, aber Festigkeit ist nicht eben deine Spezialität.«

Er erhob sich, um zu gehen. Als er bis an die Tür gegangen war, trat Friedrich ein, um ein Gieshüblersches Billett abzugeben, das natürlich an die gnädige Frau gerichtet war.

Effi nahm es. »Eine Geheimkorrespondenz mit Gieshübler«, sagte sie, »Stoff zu neuer Eifersucht für meinen gestrengen Herrn. Oder nicht?«

»Nein, nicht ganz, meine liebe Effi. Ich begehe die Torheit, zwischen Crampas und Gieshübler einen

Unterschied zu machen. Sie sind sozusagen nicht von gleichem Karat; nach Karat berechnet man nämlich den reinen Goldeswert, unter Umständen auch der Menschen. Mir persönlich, um auch das noch zu sagen, ist Gieshüblers weißes Jabot, trotzdem kein Mensch mehr Jabots trägt, erheblich lieber als Crampas' rotblonder Sappeurbart. Aber ich bezweifle, daß dies weiblicher Geschmack ist.«

»Du hältst uns für schwächer, als wir sind.«

»Eine Tröstung von praktisch außerordentlicher Geringfügigkeit. Aber lassen wir das. Lies lieber.«

Und Effi las: »Darf ich mich nach der gnäd'gen Frau Befinden erkundigen? Ich weiß nur, daß Sie dem Schloon glücklich entronnen sind: aber es blieb auch durch den Wald hin immer noch Fährlichkeit genug. Eben kommt Dr. Hannemann von Uvagla zurück und beruhigt mich über Mirambo; gestern habe er die Sache für bedenklicher angesehen, als er uns habe sagen wollen, heute nicht mehr. Es war eine reizende Fahrt. – In drei Tagen feiern wir Silvester. Auf eine Festlichkeit wie die vorjährige müssen wir verzichten; aber einen Ball haben wir natürlich, und Sie erscheinen zu sehen würde die Tanzwelt beglücken und nicht am wenigsten Ihren respektvollst ergebenen Alonzo G.«

Effi lachte. »Nun, was sagst du?«

»Nach wie vor nur das eine, daß ich dich lieber mit Gieshübler als mit Crampas sehe.«

»Weil du den Crampas zu schwer und den Gieshübler zu leicht nimmst.«

Innstetten drohte ihr scherzhaft mit dem Finger.

Drei Tage später war Silvester. Effi erschien in einer reizenden Balltoilette, einem Geschenk, das ihr der

Weihnachtstisch gebracht hatte; sie tanzte aber nicht, sondern nahm ihren Platz bei den alten Damen, für die, ganz in der Nähe der Musikempore, die Fauteuils gestellt waren. Von den adligen Familien, mit denen Innstettens vorzugsweise verkehrten, war niemand da, weil kurz vorher ein kleines Zerwürfnis mit dem städtischen Ressourcenvorstand, der, namentlich seitens des alten Güldenklee, mal wieder »destruktiver Tendenzen« beschuldigt worden war, stattgefunden hatte; drei, vier andere adlige Familien aber, die nicht Mitglieder der Ressource, sondern immer nur geladene Gäste waren und deren Güter an der anderen Seite der Kessine lagen, waren aus zum Teil weiter Entfernung über das Flußeis gekommen und freuten sich, an dem Feste teilnehmen zu können. Effi saß zwischen der alten Ritterschaftsrätin von Padden und einer etwas jüngeren Frau von Titzewitz. Die Ritterschaftsrätin, eine vorzügliche alte Dame, war in allen Stücken ein Original und suchte das, was die Natur, besonders durch starke Backenknochenbildung, nach der wendisch-heidnischen Seite hin für sie getan hatte, durch christlich-germanische Glaubensstrenge wieder in Ausgleich zu bringen. In dieser Strenge ging sie so weit, daß selbst Sidonie von Grasenabb eine Art Esprit fort neben ihr war, wogegen sie freilich – vielleicht weil sich die Radegaster und die Swantowiter Linie des Hauses in ihr vereinigten – über jenen alten Paddenhumor verfügte, der, von langer Zeit her, wie ein Segen auf der Familie ruhte und jeden, der mit derselben in Berührung kam, auch wenn es Gegner in Politik und Kirche waren, herzlich erfreute.

»Nun, Kind«, sagte die Ritterschaftsrätin, »wie geht es Ihnen denn eigentlich?«

»Gut, gnädigste Frau; ich habe einen sehr ausgezeichneten Mann.«

»Weiß ich. Aber das hilft nicht immer. Ich hatte auch einen ausgezeichneten Mann. Wie steht es hier? Keine Anfechtungen?«

Effi erschrak und war zugleich wie gerührt. Es lag etwas ungemein Erquickliches in dem freien und natürlichen Ton, in dem die alte Dame sprach, und daß es eine so fromme Frau war, das machte die Sache nur noch erquicklicher.

»Ach, gnädigste Frau …«

»Da kommt es schon. Ich kenne das. Immer dasselbe. Darin ändern die Zeiten nichts. Und vielleicht ist es auch recht gut so. Denn worauf es ankommt, meine liebe junge Frau, das ist das Kämpfen. Man muß immer ringen mit dem natürlichen Menschen. Und wenn man sich dann so unter hat und beinah schreien möchte, weil's weh tut, dann jubeln die lieben Engel!«

»Ach, gnädigste Frau. Es ist oft recht schwer.«

»Freilich ist es schwer. Aber je schwerer, desto besser. Darüber müssen Sie sich freuen. Das mit dem Fleisch, das bleibt, und ich habe Enkel und Enkelinnen, da seh ich es jeden Tag. Aber im Glauben sich unterkriegen, meine liebe Frau, darauf kommt es an, das ist das Wahre. Das hat uns unser alter Martin Luther zur Erkenntnis gebracht, der Gottesmann. Kennen Sie seine Tischreden?«

»Nein, gnädigste Frau.«

»Die werde ich Ihnen schicken.«

In diesem Augenblicke trat Major Crampas an Effi heran und bat, sich nach ihrem Befinden erkundigen zu dürfen. Effi war wie mit Blut übergossen, aber ehe sie noch antworten konnte, sagte Crampas: »Darf ich Sie bitten, gnädigste Frau, mich den Damen vorstellen zu wollen?«

Effi nannte nun Crampas' Namen, der seinerseits schon vorher vollkommen orientiert war und in leichtem Geplauder alle Paddens und Titzewitze, von denen er je gehört hatte, Revue passieren ließ. Zugleich entschuldigte er sich, den Herrschaften jenseits der Kessine noch immer nicht seinen Besuch gemacht und seine Frau vorgestellt zu haben; aber es sei sonderbar, welche trennende Macht das Wasser habe. Es sei dasselbe wie mit dem Canal La Manche …

»Wie?« fragte die alte Titzewitz.

Crampas seinerseits hielt es für unangebracht, Aufklärungen zu geben, die doch zu nichts geführt haben würden, und fuhr fort: »Auf zwanzig Deutsche, die nach Frankreich gehen, kommt noch nicht einer, der nach England geht. Das macht das Wasser; ich wiederhole, das Wasser hat eine scheidende Kraft.«

Frau von Padden, die darin mit feinem Instinkt etwas Anzügliches witterte, wollte für das Wasser eintreten, Crampas aber sprach mit immer wachsendem Redefluß weiter und lenkte die Aufmerksamkeit der Damen auf ein schönes Fräulein von Stojentin, »das ohne Zweifel die Ballkönigin« sei, wobei sein Blick übrigens Effi bewundernd streifte. Dann empfahl er sich rasch unter Verbeugung gegen alle drei.

»Schöner Mann«, sagte die Padden. »Verkehrt er in Ihrem Hause?«

»Flüchtig.«

»Wirklich«, wiederholte die Padden, »ein schöner Mann. Ein bißchen zu sicher. Und Hochmut kommt vor dem Fall … Aber sehen Sie nur, da tritt er wirklich mit der Grete Stojentin an. Eigentlich ist er doch zu alt; wenigstens Mitte Vierzig.«

»Er wird vierundvierzig.«

»Ei, ei, Sie scheinen ihn ja gut zu kennen.«

Es kam Effi sehr zupaß, daß das neue Jahr, gleich in seinem Anfang, allerlei Aufregungen brachte. Seit Silvesternacht ging ein scharfer Nordost, der sich in den nächsten Tagen fast bis zum Sturm steigerte, und am dritten Januar nachmittags hieß es, daß ein Schiff draußen mit der Einfahrt nicht zustande gekommen und hundert Schritt vor der Mole gescheitert sei; es sei ein englisches, von Sunderland her, und, soweit sich erkennen lasse, sieben Mann an Bord; die Lotsen könnten beim Ausfahren, trotz aller Anstrengung, nicht um die Mole herum, und vom Strande aus ein Boot abzulassen, daran sei nun vollends nicht zu denken, die Brandung sei viel zu stark. Das klang traurig genug. Aber Johanna, die die Nachricht brachte, hatte doch auch Trost bei der Hand: Konsul Eschrich, mit dem Rettungsapparat und der Raketenbatterie, sei schon unterwegs, und es würde gewiß glücken; die Entfernung sei nicht voll so weit wie anno 75, wo's doch auch gegangen, und sie hätten damals sogar den Pudel mit gerettet, und es wäre ordentlich rührend gewesen, wie sich das Tier gefreut und die Kapitänsfrau und das liebe, kleine Kind, nicht viel größer als Anniechen, immer wieder mit seiner roten Zunge geleckt habe.

»Geert, da muß ich mit hinaus, das muß ich sehen«, hatte Effi sofort erklärt, und beide waren aufgebrochen, um nicht zu spät zu kommen, und hatten denn auch den rechten Moment abgepaßt; denn in dem

Augenblick, als sie, von der Plantage her, den Strand erreichten, fiel der erste Schuß, und sie sahen ganz deutlich, wie die Rakete mit dem Fangseil unter dem Sturmgewölk hinflog und über das Schiff weg jenseits niederfiel. Alle Hände regten sich sofort an Bord, und nun holten sie, mit Hülfe der kleinen Leine, das dikkere Tau samt dem Korb heran, und nicht lange, so kam der Korb in einer Art Kreislauf wieder zurück, und einer der Matrosen, ein schlanker, bildhübscher Mensch mit einer wachsleinenen Kappe, war geborgen an Land und wurde neugierig ausgefragt, während der Korb aufs neue seinen Weg machte, zunächst den zweiten und dann den dritten heranzuholen und so fort. Alle wurden gerettet, und Effi hätte sich, als sie nach einer halben Stunde mit ihrem Manne wieder heimging, in die Dünen werfen und sich ausweinen mögen. Ein schönes Gefühl hatte wieder Platz in ihrem Herzen gefunden, und es beglückte sie unendlich, daß es so war.

Das war am Dritten gewesen. Schon am Fünften kam ihr eine neue Aufregung, freilich ganz anderer Art. Innstetten hatte Gieshübler, der natürlich auch Stadtrat und Magistratsmitglied war, beim Herauskommen aus dem Rathause getroffen und im Gespräche mit ihm erfahren, daß seitens des Kriegsministeriums angefragt worden sei, wie sich die Stadtbehörden eventuell zur Garnisonsfrage zu stellen gedächten? Bei nötigem Entgegenkommen, also bei Bereitwilligkeit zu Stall- und Kasernenbauten, könnten ihnen zwei Schwadronen Husaren zugesagt werden. »Nun, Effi, was sagst du dazu?« – Effi war wie benommen. All das unschuldige Glück ihrer Kinderjahre stand mit einemmal wieder vor ihrer Seele, und im Augenblick war es ihr, als ob rote Husaren – denn es waren auch rote wie daheim in Hohen-Cremmen – so recht eigentlich die Hüter von Paradies und Unschuld seien. Und dabei schwieg sie noch immer.

»Du sagst ja nichts, Effi.«

»Ja, sonderbar, Geert. Aber es beglückt mich so, daß ich vor Freude nichts sagen kann. Wird es denn auch sein? Werden sie denn auch kommen?«

»Damit hat's freilich noch gute Wege, ja Gieshübler meinte sogar, die Väter der Stadt, seine Kollegen, verdienten es gar nicht. Statt einfach über die Ehre, und wenn nicht über die Ehre, so doch wenigstens über den Vorteil einig und glücklich zu sein, wären sie mit allerlei ›Wenns‹ und ›Abers‹ gekommen und hätten geknausert wegen der neuen Bauten; ja Pfefferküchler Michelsen habe sogar gesagt, es verderbe die Sitten der Stadt, und wer eine Tochter habe, der möge sich vorsehen und Gitterfenster anschaffen.«

»Es ist nicht zu glauben. Ich habe nie manierlichere Leute gesehen als unsere Husaren; wirklich, Geert. Nun, du weißt es ja selbst. Und nun will dieser Michelsen alles vergittern. Hat er denn Töchter?«

»Gewiß; sogar drei. Aber sie sind sämtlich hors concours.«

Effi lachte so herzlich, wie sie seit langem nicht mehr gelacht hatte. Doch es war von keiner Dauer, und als Innstetten ging und sie allein ließ, setzte sie sich an die Wiege des Kindes, und ihre Tränen fielen auf die Kissen. Es brach wieder über sie herein, und sie fühlte, daß sie wie eine Gefangene sei und nicht mehr heraus könne.

Sie litt schwer darunter und wollte sich befreien. Aber wiewohl sie starker Empfindungen fähig war, so war sie doch keine starke Natur; ihr fehlte die Nachhaltigkeit, und alle guten Anwandlungen gingen wieder vorüber. So trieb sie denn weiter, heute, weil sie's nicht ändern konnte, morgen, weil sie's nicht ändern wollte. Das Verbotene, das Geheimnisvolle hatte seine Macht über sie.

So kam es, daß sie sich, von Natur frei und offen, in ein verstecktes Komödienspiel mehr und mehr hineinlebte. Mitunter erschrak sie, wie leicht es ihr wurde. Nur in einem blieb sie sich gleich; sie sah alles klar und beschönigte nichts. Einmal trat sie spätabends vor den Spiegel in ihrer Schlafstube; die Lichter und Schatten flogen hin und her, und Rollo schlug draußen an, und im selben Augenblicke war es ihr, als sähe ihr wer über die Schulter. Aber sie besann sich rasch. »Ich weiß schon, was es ist; es war nicht *der*«, und sie wies mit dem Finger nach dem Spukzimmer oben. »Es war was anderes … mein Gewissen … Effi, du bist verloren.«

Es ging aber doch weiter so, die Kugel war im Rollen, und was an einem Tage geschah, machte das Tun des andern zur Notwendigkeit.

Um die Mitte des Monats kamen Einladungen aufs Land. Über die dabei innezuhaltende Reihenfolge hatten sich die vier Familien, mit denen Innstettens vorzugsweise verkehrten, geeinigt: die Borckes sollten beginnen, die Flemmings und Grasenabbs folgten, die Güldenklees schlossen ab. Immer eine Woche dazwischen. Alle vier Einladungen kamen am selben Tage; sie sollten ersichtlich den Eindruck des Ordentlichen und Wohlerwogenen machen, auch wohl den einer besonderen freundschaftlichen Zusammengehörigkeit.

»Ich werde nicht dabeisein, Geert, und du mußt mich der Kur halber, in der ich nun seit Wochen stehe, von vornherein entschuldigen.«

Innstetten lachte. »Kur. Ich soll es auf die Kur schieben. Das ist das Vorgebliche; das Eigentliche heißt: du willst nicht.«

»Nein, es ist doch mehr Ehrlichkeit dabei, als du zugeben willst. Du hast selbst gewollt, daß ich den Doktor zu Rate ziehe. Das hab ich getan, und nun muß ich doch seinem Rate folgen. Der gute Doktor, er hält mich für bleichsüchtig, sonderbar genug, und du weißt, daß ich jeden Tag von dem Eisenwasser trinke. Wenn du dir ein Borckesches Diner dazu vorstellst, vielleicht mit Preßkopf und Aal in Aspik, so mußt du den Eindruck haben, es wäre mein Tod. Und so wirst du dich doch zu deiner Effi nicht stellen wollen. Freilich, mitunter ist es mir ...«

»Ich bitte dich, Effi ...«

»... Übrigens freu ich mich, und das ist das einzige Gute dabei, dich jedesmal, wenn du fährst, eine Strecke Wegs begleiten zu können, bis an die Mühle gewiß oder bis an den Kirchhof oder auch bis an die Waldecke, da, wo der Morgnitzer Querweg einmündet. Und dann steig ich ab und schlendere wieder zurück. In den Dünen ist es immer am schönsten.«

Innstetten war einverstanden, und als drei Tage später der Wagen vorfuhr, stieg Effi mit auf und gab ihrem Manne das Geleit bis an die Waldecke. »Hier laß halten, Geert. Du fährst nun links weiter, ich gehe rechts bis an den Strand und durch die Plantage zurück. Es ist etwas weit, aber doch nicht zu weit. Doktor Hannemann sagt mir jeden Tag, Bewegung sei alles, Bewegung und frische Luft. Und ich glaube beinah, daß er recht hat. Empfiehl mich all den Herrschaften; nur bei Sidonie kannst du schweigen.«

Die Fahrten, auf denen Effi ihren Gatten bis an die Waldecke begleitete, wiederholten sich allwöchentlich; aber auch in der zwischenliegenden Zeit hielt Effi darauf, daß sie der ärztlichen Verordnung streng nachkam. Es verging kein Tag, wo sie nicht ihren vorgeschriebenen Spaziergang gemacht hätte, meist nachmittags, wenn sich Innstetten in seine Zeitungen zu vertiefen begann. Das Wetter war schön, eine milde, frische Luft, der Himmel bedeckt. Sie ging in der Regel allein und sagte zu Roswitha: »Roswitha, ich gehe nun also die Chaussee hinunter und dann rechts an den Platz mit dem Karussell; da will ich auf dich warten, da hole mich ab. Und dann gehen wir durch die Birkenallee oder durch die Reeperbahn wieder zurück. Aber komme nur, wenn Annie schläft. Und wenn sie nicht schläft, so schicke Johanna. Oder laß es lieber ganz; es ist nicht nötig, ich finde mich schon zurecht.«

Den ersten Tag, als es so verabredet war, trafen sie sich auch wirklich. Effi saß auf einer an einem langen Holzschuppen sich hinziehenden Bank und sah nach einem niedrigen Fachwerkhause hinüber, gelb mit schwarzgestrichenen Balken, einer Wirtschaft für kleine Bürger, die hier ihr Glas Bier tranken oder Solo spielten. Es dunkelte noch kaum, die Fenster aber waren schon hell, und ihr Lichtschimmer fiel auf die Schneemassen und etliche zur Seite stehende Bäume. »Sieh, Roswitha, wie schön das aussieht.«

Ein paar Tage wiederholte sich das. Meist aber, wenn Roswitha bei dem Karussell und dem Holzschuppen ankam, war niemand da, und wenn sie dann zurückkam und in den Hausflur eintrat, kam ihr Effi schon entgegen und sagte: »Wo du nur bleibst, Roswitha, ich bin schon lange wieder hier.«

In dieser Art ging es durch Wochen hin. Das mit den Husaren hatte sich wegen der Schwierigkeiten, die die Bürgerschaft machte, so gut wie zerschlagen; aber da die Verhandlungen noch nicht geradezu abgeschlossen waren und neuerdings durch eine andere Behörde, das Generalkommando, gingen, so war Crampas nach Stettin berufen worden, wo man seine Meinung in dieser Angelegenheit hören wollte. Von dort schrieb er den zweiten Tag an Innstetten: »Pardon, Innstetten, daß ich mich auf französisch empfohlen. Es kam alles so schnell. Ich werde übrigens die Sache hinauszuspinnen suchen, denn man ist froh, einmal draußen zu sein. Empfehlen Sie mich der gnädigen Frau, meiner liebenswürdigen Gönnerin.«

Er las es Effi vor. Diese blieb ruhig. Endlich sagte sie: »Es ist recht gut so.«

»Wie meinst du das?«

»Daß er fort ist. Er sagt eigentlich immer dasselbe. Wenn er wieder da ist, wird er wenigstens vorübergehend was Neues zu sagen haben.«

Innstettens Blick flog scharf über sie hin. Aber er sah nichts, und sein Verdacht beruhigte sich wieder. »Ich will auch fort«, sagte er nach einer Weile, »sogar nach Berlin; vielleicht kann ich dann, wie Crampas, auch mal was Neues mitbringen. Meine liebe Effi will immer gern was Neues hören; sie langweilt sich in unserm guten Kessin. Ich werde gegen acht Tage fort sein, vielleicht noch einen Tag länger. Und ängstige dich nicht... es wird ja wohl nicht wiederkommen...

du weißt schon, das da oben … Und wenn doch, du hast ja Rollo und Roswitha.«

Effi lächelte vor sich hin, und es mischte sich etwas von Wehmut mit ein. Sie mußte des Tages gedenken, wo Crampas ihr zum erstenmal gesagt hatte, daß er mit dem Spuk und ihrer Furcht eine Komödie spiele. Der große Erzieher! Aber hatte er nicht recht? War die Komödie nicht am Platz? Und allerhand Widerstreitendes, Gutes und Böses, ging ihr durch den Kopf.

Den dritten Tag reiste Innstetten ab.

Über das, was er in Berlin vorhabe, hatte er nichts gesagt.

Einundzwanzigstes Kapitel

Innstetten war erst vier Tage fort, als Crampas von Stettin wieder eintraf und die Nachricht brachte, man hätte höheren Orts die Absicht, zwei Schwadronen nach Kessin zu legen, endgültig fallen lassen; es gäbe so viele kleine Städte, die sich um eine Kavallerie-Garnison, und nun gar um Blüchersche Husaren, bewürben, daß man gewohnt sei, bei solchem Anerbieten einem herzlichen Entgegenkommen, aber nicht einem zögernden zu begegnen. Als Crampas dies mitteilte, machte der Magistrat ein ziemlich verlegenes Gesicht, nur Gieshübler, weil er der Philisterei seiner Kollegen eine Niederlage gönnte, triumphierte. Seitens der kleinen Leute griff, beim Bekanntwerden der Nachricht, eine gewisse Verstimmung Platz, ja selbst einige Konsuln mit Töchtern waren momentan unzufrieden; im ganzen aber kam man rasch über die

Sache hin, vielleicht weil die nebenherlaufende Frage, was Innstetten in Berlin vorhabe, die Kessiner Bevölkerung oder doch wenigstens die Honoratiorenschaft der Stadt mehr interessierte. Diese wollte den überaus wohlgelittenen Landrat nicht gern verlieren, und doch gingen darüber ganz ausschweifende Gerüchte, die von Gieshübler, wenn er nicht ihr Erfinder war, wenigstens genährt und weiterverbreitet wurden. Unter anderem hieß es, Innstetten würde als Führer einer Gesandtschaft nach Marokko gehn, und zwar mit Geschenken, unter denen nicht bloß die herkömmliche Vase mit Sanssouci und dem Neuen Palais, sondern vor allem auch eine große Eismaschine sei. Das letztere erschien, mit Rücksicht auf die marokkanischen Temperaturverhältnisse, so wahrscheinlich, daß das Ganze geglaubt wurde.

Effi hörte auch davon. Die Tage, wo sie sich darüber erheitert hätte, lagen noch nicht allzu weit zurück; aber in der Seelenstimmung, in der sie sich seit Schluß des Jahres befand, war sie nicht mehr fähig, unbefangen und ausgelassen über derlei Dinge zu lachen. Ihre Gesichtszüge hatten einen ganz anderen Ausdruck angenommen, und das halb rührend, halb schelmisch Kindliche, was sie noch als Frau gehabt hatte, war hin. Die Spaziergänge nach dem Strand und der Plantage, die sie, während Crampas in Stettin war, aufgegeben hatte, nahm sie nach seiner Rückkehr wieder auf und ließ sich auch durch ungünstige Witterung nicht davon abhalten. Es wurde wie früher bestimmt, daß ihr Roswitha bis an den Ausgang der Reeperbahn oder bis in die Nähe des Kirchhofs entgegenkommen solle, sie verfehlten sich aber noch häufiger als früher. »Ich könnte dich schelten, Roswitha, daß du mich nie findest. Aber es hat nichts auf sich; ich ängstige mich nicht mehr, auch nicht einmal am Kirchhof, und im Walde bin ich noch keiner Menschenseele begegnet.«

Es war am Tage vor Innstettens Rückkehr von Berlin, daß Effi das sagte. Roswitha machte nicht viel davon und beschäftigte sich lieber damit, Girlanden über den Türen anzubringen; auch der Haifisch bekam einen Fichtenzweig und sah noch merkwürdiger aus als gewöhnlich. Effi sagte: »Das ist recht, Roswitha; er wird sich freuen über all das Grün, wenn er morgen wieder da ist. Ob ich heute wohl noch gehe? Doktor Hannemann besteht darauf und meint in einem fort, ich nähme es nicht ernst genug, sonst müßte ich besser aussehn ; ich habe aber keine rechte Lust heut, es nieselt, und der Himmel ist so grau.«

»Ich werde der gnäd'gen Frau den Regenmantel bringen.«

»Das tu! Aber komme heute nicht nach, wir treffen uns ja doch nicht«, und sie lachte. »Wirklich, du bist gar nicht findig, Roswitha. Und ich mag nicht, daß du dich erkältest, und alles um nichts.«

Roswitha blieb denn auch zu Haus, und weil Annie schlief, ging sie zu Kruses, um mit der Frau zu plaudern. »Liebe Frau Kruse«, sagte sie. »Sie wollten mir ja das mit dem Chinesen noch erzählen. Gestern kam die Johanna dazwischen, die tut immer so vornehm, für die ist so was nicht. Ich glaube aber doch, daß es was gewesen ist, ich meine, mit dem Chinesen und mit Thomsens Nichte, wenn es nicht seine Enkelin war.«

Die Kruse nickte.

»Entweder«, fuhr Roswitha fort, »war es eine unglückliche Liebe« (die Kruse nickte wieder), »oder es kann auch eine glückliche gewesen sein, und der Chinese konnte es bloß nicht aushalten, daß es alles mit einemmal so wieder vorbei sein sollte. Denn die Chinesen sind doch auch Menschen, und es wird wohl alles ebenso mit ihnen sein wie mit uns.«

»Alles«, versicherte die Kruse und wollte dies eben durch ihre Geschichte bestätigen, als ihr Mann eintrat und sagte: »Mutter, du könntest mir die Flasche mit dem Lederlack geben; ich muß doch das Sielenzeug blank haben, wenn der Herr morgen wieder da ist; der sieht alles, und wenn er auch nichts sagt, so merkt man doch, daß er's gesehn hat.«

»Ich bring es Ihnen raus, Kruse«, sagte Roswitha. »Ihre Frau will mir bloß noch was erzählen; aber es is gleich aus, und dann komm ich und bring es.«

Roswitha, die Flasche mit dem Lack in der Hand, kam denn auch ein paar Minuten danach auf den Hof hinaus und stellte sich neben das Sielenzeug, das Kruse eben über den Gartenzaun gelegt hatte. »Gott«, sagte er, während er ihr die Flasche aus der Hand nahm, »viel hilft es ja nicht, es nieselt in einem weg, und die Blänke vergeht doch wieder. Aber ich denke, alles muß seine Ordnung haben.«

»Das muß es. Und dann, Kruse, es ist ja doch auch ein richtiger Lack, das kann ich gleich sehn, und was ein richtiger Lack ist, der klebt nicht lange, der muß gleich trocknen. Und wenn es dann morgen nebelt oder naß fällt, dann schadet es nich mehr. Aber das muß ich doch sagen, das mit dem Chinesen is eine merkwürdige Geschichte.«

Kruse lachte. »Unsinn is es, Roswitha. Und meine Frau, statt aufs Richtige zu sehen, erzählt immer so was, un wenn ich ein reines Hemd anziehen will, fehlt ein Knopp. Un so is es nu schon, solange wir hier sind. Sie hat immer bloß solche Geschichten in ihrem Kopp und dazu das schwarze Huhn. Un das schwarze Huhn legt nich mal Eier. Un am Ende, wovon soll es auch Eier legen? Es kommt ja nich raus, und von 's bloße Kikeriki kann doch so was nich kommen. Das is von keinem Huhn nich zu verlangen.«

»Hören Sie, Kruse, das werde ich Ihrer Frau wiedererzählen. Ich habe Sie immer für einen anständigen Menschen gehalten, und nun sagen Sie so was wie das da von Kikeriki. Die Mannsleute sind doch immer noch schlimmer, als man denkt. Un eigentlich müßt ich nu gleich den Pinsel hier nehmen und Ihnen einen schwarzen Schnurrbart anmalen.«

»Nun, von Ihnen, Roswitha, kann man sich das schon gefallen lassen«, und Kruse, der meist den Würdigen spielte, schien in einen mehr und mehr schäkrigen Ton übergehen zu wollen, als er plötzlich der gnädigen Frau ansichtig wurde, die heute von der anderen Seite der Plantage herkam und in ebendiesem Augenblicke den Gartenzaun passierte.

»Guten Tag, Roswitha, du bist ja so ausgelassen. Was macht denn Annie?«

»Sie schläft, gnäd'ge Frau.«

Aber Roswitha, als sie das sagte, war doch rot geworden und ging, rasch abbrechend, auf das Haus zu, um der gnädigen Frau beim Umkleiden behülflich zu sein. Denn ob Johanna da war, das war die Frage. Die steckte jetzt viel auf dem »Amt« drüben, weil es zu Haus weniger zu tun gab, und Friedrich und Christel waren ihr zu langweilig und wußten nie was.

Annie schlief noch. Effi beugte sich über die Wiege,

ließ sich dann Hut und Regenmantel abnehmen und setzte sich auf das kleine Sofa in ihrer Schlafstube. Das feuchte Haar strich sie langsam zurück, legte die Füße auf einen niedrigen Stuhl, den Roswitha herangeschoben, und sagte, während sie sichtlich das Ruhebehagen nach einem ziemlich langen Spaziergange genoß: »Ich muß dich darauf aufmerksam machen, Roswitha, daß Kruse verheiratet ist.«

»Ich weiß, gnäd'ge Frau.«

»Ja, was weiß man nicht alles und handelt doch, als ob man es *nicht* wüßte. Das kann nie was werden.«

»Es soll ja auch nichts werden, gnäd'ge Frau …«

»Denn wenn du denkst, sie sei krank, da machst du die Rechnung ohne den Wirt. Die Kranken leben am längsten. Und dann hat sie das schwarze Huhn. Vor dem hüte dich, das weiß alles und plaudert alles aus. Ich weiß nicht, ich habe einen Schauder davor. Und ich wette, daß das alles da oben mit dem Huhn zusammenhängt.«

»Ach, das glaub ich nicht. Aber schrecklich ist es doch. Und Kruse, der immer gegen seine Frau ist, kann es mir nicht ausreden.«

»Was sagte der?«

»Er sagte, es seien bloß Mäuse.«

»Nun, Mäuse, das ist auch gerade schlimm genug. Ich kann keine Mäuse leiden. Aber ich sah ja deutlich, wie du mit dem Kruse schwatztest und vertraulich tatest, und ich glaube sogar, du wolltest ihm einen Schnurrbart anmalen. Das ist doch schon sehr viel. Und nachher sitzest du da. Da bist ja noch eine schmucke Person und hast so was. Aber sieh dich vor, soviel kann ich dir bloß sagen. Wie war es denn eigentlich das erstemal mit dir? Ist es so, daß du mir's erzählen kannst?«

»Ach, ich kann schon. Aber schrecklich war es. Und weil es so schrecklich war, drum können gnäd'ge Frau auch ganz ruhig sein, von wegen dem Kruse. Wem es so gegangen ist wie mir, der hat genug davon und paßt auf. Mitunter träume ich noch davon, und dann bin ich den andern Tag wie zerschlagen. Solche grausame Angst...«

Effi hatte sich aufgerichtet und stützte den Kopf auf ihren Arm. »Nun erzähle. Wie kann es denn gewesen sein? Es ist ja mit euch, das weiß ich noch von Hause her, immer dieselbe Geschichte...«

»Ja, zuerst is es wohl immer dasselbe, und ich will mir auch nicht einbilden, daß es mit mir was Besonderes war, ganz und gar nicht. Aber wie sie's mir dann auf den Kopf zusagten und ich mit einem Male sagen mußte: ›Ja, es ist so‹, ja, das war schrecklich. Die Mutter, na, das ging noch, aber der Vater, der die Dorfschmiede hatte, der war streng und wütend, und als er's hörte, da kam er mit einer Stange auf mich los, die er eben aus dem Feuer genommen hatte, und wollte mich umbringen. Und ich schrie laut auf und lief auf den Boden und versteckte mich, und da lag ich und zitterte und kam erst wieder nach unten, als sie mich riefen und sagten, ich solle nur kommen. Und dann hatte ich noch eine jüngere Schwester, die wies immer auf mich hin und sagte ›pfui‹. Und dann, wie das Kind kommen sollte, ging ich in eine Scheune nebenan, weil ich mir's bei uns nicht getraute. Da fanden mich fremde Leute halbtot und trugen mich ins Haus und in mein Bett. Und den dritten Tag nahmen sie mir das Kind fort, und als ich nachher fragte, wo es sei, da hieß es, es sei gut aufgehoben. Ach, gnädigste Frau, die heil'ge Mutter Gottes bewahre Sie vor solchem Elend.«

Effi fuhr auf und sah Roswitha mit großen Augen an. Aber sie war doch mehr erschrocken als empört. »Was du nur sprichst! Ich bin ja doch eine verheiratete Frau. So was darfst du nicht sagen, das ist ungehörig, das paßt sich nicht.«

»Ach, gnädigste Frau …«

»Erzähle mir lieber, was aus dir wurde. Das Kind hatten sie dir genommen. So weit warst du …«

»Und dann, nach ein paar Tagen, da kam wer aus Erfurt, der fuhr bei dem Schulzen vor und fragte, ob da nicht eine Amme sei. Da sagte der Schulze ›ja‹. Gott lohne es ihm, und der fremde Herr nahm mich gleich mit, und von da an hab ich beßre Tage gehabt; selbst bei der Registratorin war es doch immer noch zum Aushalten, und zuletzt bin ich zu Ihnen gekommen, gnädige Frau. Und das war das Beste, das Allerbeste.« Und als sie das sagte, trat sie an das Sofa heran und küßte Effi die Hand.

»Roswitha, du mußt mir nicht immer die Hand küssen, ich mag das nicht. Und nimm dich nur in acht mit dem Kruse. Du bist doch sonst eine so gute und verständige Person … Mit einem Ehemanne … das tut nie gut.«

»Ach, gnäd'ge Frau, Gott und seine Heiligen führen uns wunderbar, und das Unglück, das uns trifft, das hat doch auch sein Glück. Und wen es nicht bessert, dem is nich zu helfen … Ich kann eigentlich die Mannsleute gut leiden …«

»Siehst du, Roswitha, siehst du.«

»Aber wenn es mal wieder so über mich käme, mit

dem Kruse, das is ja nichts, und ich könnte nicht mehr anders, da lief ich gleich ins Wasser. Es war zu schrecklich. Alles. Und was nur aus dem armen Wurm geworden is? Ich glaube nicht, daß es noch lebt; sie haben es umkommen lassen, aber ich bin doch schuld.« Und sie warf sich vor Annies Wiege nieder und wiegte das Kind hin und her und sang in einem fort ihr »Buhküken von Halberstadt«.

»Laß«, sagte Effi. »Singe nicht mehr; ich habe Kopfweh. Aber bringe mir die Zeitungen. Oder hat Gieshübler vielleicht die Journale geschickt?«

»Das hat er. Und die Modezeitung lag obenauf. Da haben wir drin geblättert, ich und Johanna, eh sie rüberging. Johanna ärgert sich immer, daß sie so was nicht haben kann. Soll ich die Modezeitung bringen?«

»Ja, die bringe, und bring auch die Lampe.«

Roswitha ging, und Effi, als sie allein war, sagte: »Womit man sich nicht alles hilft! Eine hübsche Dame mit einem Muff und eine mit einem Halbschleier; Modepuppen. Aber es ist das Beste, mich auf andere Gedanken zu bringen.«

Im Laufe des andern Vormittags kam ein Telegramm von Innstetten, worin er mitteilte, daß er erst mit dem zweiten Zuge kommen, also nicht vor Abend in Kessin eintreffen werde. Der Tag verging in ewiger Unruhe; glücklicherweise kam Gieshübler im Laufe des Nachmittags und half über eine Stunde weg. Endlich, um sieben Uhr, fuhr der Wagen vor, Effi trat hinaus, und man begrüßte sich. Innstetten war in einer ihm sonst fremden Erregung, und so kam es, daß er die Verlegenheit nicht sah, die sich in Effis Herzlichkeit mischte. Drinnen im Flur brannten die Lampen und

Lichter, und das Teezeug, das Friedrich schon auf einen der zwischen den Schränken stehenden Tische gestellt hatte, reflektierte den Lichterglanz.

»Das sieht ja ganz so aus wie damals, als wir hier ankamen. Weißt du noch, Effi?«

Sie nickte.

»Nur der Haifisch mit seinem Fichtenzweig verhält sich heute ruhiger, und auch Rollo spielt den Zurückhaltenden und legt mir nicht mehr die Pfoten auf die Schulter. Was ist das mit dir, Rollo?«

Rollo strich an seinem Herrn vorbei und wedelte.

»Der ist nicht recht zufrieden, entweder mit mir nicht oder mit andern. Nun, ich will annehmen, mit mir. Jedenfalls laß uns eintreten.« Und er trat in sein Zimmer und bat Effi, während er sich aufs Sofa niederließ, neben ihm Platz zu nehmen. »Es war so hübsch in Berlin, über Erwarten; aber in all meiner Freude habe ich mich immer zurückgesehnt. Und wie gut du aussiehst! Ein bißchen blaß und auch ein bißchen verändert, aber es kleidet dich.«

Effi wurde rot.

»Und nun wirst du auch noch rot. Aber es ist, wie ich dir sage. Du hattest so was von einem verwöhnten Kind, mit einemmal siehst du aus wie eine Frau.«

»Das hör ich gern, Geert, aber ich glaube, du sagst es nur so.«

»Nein, nein, du kannst es dir gutschreiben, wenn es etwas Gutes ist ...«

»Ich dächte doch.«

»Und nun rate, von wem ich dir Grüße bringe.«

»Das ist nicht schwer, Geert. Außerdem, wir Frauen, zu denen ich mich, seitdem du wieder da bist, ja rechnen darf« (und sie reichte ihm die Hand und lachte), »wir Frauen, wir raten leicht. Wir sind hier nicht so schwerfällig wie ihr.«

»Nun, von wem?«

»Nun, natürlich von Vetter Briest. Er ist ja der einzige, den ich in Berlin kenne, die Tanten abgerechnet, die du nicht aufgesucht haben wirst und die viel zu neidisch sind, um mich grüßen zu lassen. Hast du nicht auch gefunden, alle alten Tanten sind neidisch.«

»Ja, Effi, das ist wahr. Und daß du das sagst, das ist ganz meine alte Effi wieder. Denn du mußt wissen, die alte Effi, die noch aussah wie ein Kind, nun, die war auch nach meinem Geschmack. Grad so wie die jetzige gnäd'ge Frau.«

»Meinst du? Und wenn du dich zwischen beiden entscheiden solltest...«

»Das ist eine Doktorfrage, darauf lasse ich mich nicht ein. Aber da bringt Friedrich den Tee. Wie hat's mich nach dieser Stunde verlangt! Und hab es auch ausgesprochen, sogar zu deinem Vetter Briest, als wir bei Dressel saßen und in Champagner dein Wohl tranken... Die Ohren müssen dir geklungen haben... Und weißt du, was dein Vetter dabei sagte?«

»Gewiß etwas Albernes. Darin ist er groß.«

»Das ist der schwärzeste Undank, den ich all mein Lebtag erlebt habe. ›Lassen wir Effi leben‹, sagte er, ›meine schöne Cousine... Wissen Sie, Innstetten, daß ich Sie am liebsten fordern und totschießen möchte? Denn Effi ist ein Engel, und Sie haben mich um diesen Engel gebracht.‹ Und dabei sah er so ernst und wehmütig aus, daß man's beinah hätte glauben können.«

»Oh, diese Stimmung kenn ich an ihm. Bei der wievielten wart ihr?«

»Ich habe es nicht mehr gegenwärtig, und vielleicht hätte ich es auch damals nicht mehr sagen können. Aber das glaub ich, daß es ihm ganz ernst war. Und vielleicht wäre es auch das Richtige gewesen. Glaubst du nicht, daß du mit ihm hättest leben können?«

»Leben können? Das ist wenig, Geert. Aber beinah möchte ich sagen, ich hätte auch nicht einmal mit ihm leben können.«

»Warum nicht? Er ist wirklich ein liebenswürdiger und netter Mensch und auch ganz gescheit.«

»Ja, das ist er…«

»Aber…«

»Aber er ist dalbrig. Und das ist keine Eigenschaft, die wir Frauen lieben, auch nicht einmal dann, wenn wir noch halbe Kinder sind, wohin du mich immer gerechnet hast und vielleicht, trotz meiner Fortschritte, auch jetzt noch rechnest. Das Dalbrige, das ist nicht unsre Sache. Männer müssen Männer sein.«

»Gut, daß du das sagst. Alle Teufel, da muß man sich ja zusammennehmen. Und ich kann von Glück sagen, daß ich von so was, das wie Zusammennehmen aussieht oder wenigstens ein Zusammennehmen in Zukunft fordert, so gut wie direkt herkomme… Sage, wie denkst du dir ein Ministerium?«

»Ein Ministerium? Nun, das kann zweierlei sein. Es können Menschen sein, kluge, vornehme Herren, die den Staat regieren, und es kann auch bloß ein Haus sein, ein Palazzo, ein Palazzo Strozzi oder Pitti oder, wenn die nicht passen, irgendein andrer. Du siehst, ich habe meine italienische Reise nicht umsonst gemacht.«

»Und könntest du dich entschließen, in solchem

Palazzo zu wohnen? Ich meine in solchem Ministerium?«

»Um Gottes willen, Geert, sie haben dich doch nicht zum Minister gemacht? Gieshübler sagte so was. Und der Fürst kann alles. Gott, der hat es am Ende durchgesetzt, und ich bin erst achtzehn.«

Innstetten lachte. »Nein, Effi, nicht Minister, soweit sind wir noch nicht. Aber vielleicht kommen noch allerhand Gaben in mir heraus, und dann ist es nicht unmöglich.«

»Also jetzt noch nicht, noch nicht Minister?«

»Nein. Und wir werden, die Wahrheit zu sagen, auch nicht einmal in einem Ministerium wohnen, aber ich werde täglich ins Ministerium gehen, wie ich jetzt in unser Landratsamt gehe, und werde dem Minister Vortrag halten und mit ihm reisen, wenn er die Provinzialbehörden inspiziert. Und du wirst eine Ministerialrätin sein und in Berlin leben, und in einem halben Jahre wirst du kaum noch wissen, daß du hier in Kessin gewesen bist und nichts gehabt hast als Gieshübler und die Dünen und die Plantage.«

Effi sagte kein Wort, und nur ihre Augen wurden immer größer; um ihre Mundwinkel war ein nervöses Zucken, und ihr ganzer zarter Körper zitterte. Mit einem Male aber glitt sie von ihrem Sitze vor Innstetten nieder, umklammerte seine Knie und sagte in einem Tone, wie wenn sie betete: »Gott sei Dank!«

Innstetten verfärbte sich. Was war das? Etwas, was seit Wochen flüchtig, aber doch immer sich erneuernd über ihn kam, war wieder da und sprach so deutlich aus seinem Auge, daß Effi davor erschrak. Sie hatte sich durch ein schönes Gefühl, das nicht viel was andres als ein Bekenntnis ihrer Schuld war, hinreißen lassen und dabei mehr gesagt, als sie sagen durfte. Sie mußte das wieder ausgleichen, mußte was finden, irgendeinen Ausweg, es koste, was es wolle.

»Steh auf, Effi. Was hast du?«

Effi erhob sich rasch. Aber sie nahm ihren Platz auf dem Sofa nicht wieder ein, sondern schob einen Stuhl mit hoher Lehne heran, augenscheinlich, weil sie nicht Kraft genug fühlte, sich ohne Stütze zu halten.

»Was hast du?« wiederholte Innstetten. »Ich dachte, du hättest hier glückliche Tage verlebt. Und nun rufst du ›Gott sei Dank‹, als ob dir hier alles nur ein Schrecknis gewesen wäre. War *ich* dir ein Schrecknis? Oder war es was andres? Sprich.«

»Daß du noch fragen kannst, Geert«, sagte sie, während sie mit einer äußersten Anstrengung das Zittern ihrer Stimme zu bezwingen suchte. »Glückliche Tage! Ja, gewiß, glückliche Tage, aber doch auch andre.

Nie bin ich die Angst hier ganz losgeworden, nie. Noch keine vierzehn Tage, daß es mir wieder über die Schulter sah, dasselbe Gesicht, derselbe fahle Teint. Und diese letzten Nächte, wo du fort warst, war es auch wieder da, nicht das Gesicht, aber es schlurrte wieder, und Rollo schlug wieder an, und Roswitha, die's auch gehört, kam an mein Bett und setzte sich zu mir, und erst als es schon dämmerte, schliefen wir wieder ein. Es ist ein Spukhaus, und ich hab es auch glauben sollen, das mit dem Spuk – denn du bist ein Erzieher. Ja, Geert, das bist du. Aber laß es sein, wie's will, soviel weiß ich, ich habe mich ein ganzes Jahr lang und länger in diesem Hause gefürchtet, und wenn ich von hier fortkomme, so wird es, denk ich, von mir abfallen, und ich werde wieder frei sein.«

Innstetten hatte kein Auge von ihr gelassen und war jedem Worte gefolgt. Was sollte das heißen: »Du bist ein Erzieher«?, und dann das andre, was vorausging: »... und ich hab es auch glauben sollen, das mit dem Spuk.« Was war das alles? Wo kam das her? Und er fühlte seinen leisen Argwohn sich wieder regen und fester einnisten. Aber er hatte lange genug gelebt, um zu wissen, daß alle Zeichen trügen und daß wir in unsrer Eifersucht, trotz ihrer hundert Augen, oft noch mehr in die Irre gehen als in der Blindheit unsres Vertrauens. Es konnte ja so sein, wie sie sagte. Und wenn es so war, warum sollte sie nicht ausrufen: »Gott sei Dank!«

Und so, rasch alle Möglichkeiten ins Auge fassend, wurde er seines Argwohns wieder Herr und reichte ihr die Hand über den Tisch hin: »Verzeih mir, Effi, aber ich war so sehr überrascht von dem allen. Freilich wohl meine Schuld. Ich bin immer zu sehr mit mir beschäftigt gewesen. Wir Männer sind alle Egoisten. Aber das soll nun anders werden. Ein Gutes hat Berlin gewiß: Spukhäuser gibt es da nicht. Wo sollen die auch herkommen? Und nun laß uns hinübergehen, daß ich Annie sehe; Roswitha verklagt mich sonst als einen unzärtlichen Vater.«

Effi war unter diesen Worten allmählich ruhiger geworden, und das Gefühl, aus einer selbstgeschaffenen Gefahr sich glücklich befreit zu haben, gab ihr ihre Spannkraft und gute Haltung wieder zurück.

Zweiundzwanzigstes Kapitel

Am andern Morgen nahmen beide gemeinschaftlich ihr etwas verspätetes Frühstück. Innstetten hatte seine Mißstimmung und Schlimmeres überwunden, und Effi lebte so ganz dem Gefühl ihrer Befreiung, daß sie nicht bloß die Fähigkeit einer gewissen erkünstelten guten Laune, sondern fast auch ihre frühere Unbefangenheit wiedergewonnen hatte. Sie war noch in Kessin, und doch war ihr schon zumute, als läge es weit hinter ihr.

»Ich habe mir's überlegt, Effi«, sagte Innstetten, »du hast nicht so ganz unrecht mit allem, was du gegen unser Haus hier gesagt hast. Für Kapitän Thomsen war es gerade gut genug, aber nicht für eine junge verwöhnte Frau; alles altmodisch, kein Platz. Da sollst du's in Berlin besser haben, auch einen Saal, aber einen andern als hier, und auf Flur und Treppe hohe bunte Glasfenster, Kaiser Wilhelm mit Zepter und Krone oder auch was Kirchliches, heilige Elisabeth oder Jungfrau Maria. Sagen wir Jungfrau Maria, das sind wir Roswitha schuldig.«

Effi lachte. »So soll es sein. Aber wer sucht uns eine Wohnung? Ich kann doch nicht Vetter Briest auf die Suche schicken. Oder gar die Tanten! Die finden alles gut genug.«

»Ja, das Wohnungsuchen. Das macht einem keiner zu Dank. Ich denke, da mußt du selber hin.«

»Und wann meinst du?«

»Mitte März.«

»Oh, das ist viel zu spät, Geert, dann ist ja alles fort. Die guten Wohnungen werden schwerlich auf uns warten!«

»Ist schon recht. Aber ich bin erst seit gestern wieder hier und kann doch nicht sagen ›reise morgen‹. Das würde mich schlecht kleiden und paßte mir auch wenig; ich bin froh, daß ich dich wiederhabe.«

»Nein«, sagte sie, während sie das Kaffeegeschirr, um eine aufsteigende Verlegenheit zu verbergen, ziemlich geräuschvoll zusammenrückte, »nein, so soll's auch nicht sein, nicht heut und nicht morgen, aber doch in den nächsten Tagen. Und wenn ich etwas finde, so bin ich rasch wieder zurück. Aber noch eins, Roswitha und Annie müssen mit. Am schönsten wär es, du auch. Aber ich sehe ein, das geht nicht. Und ich denke, die Trennung soll nicht lange dauern. Ich weiß auch schon, wo ich miete...«

»Nun?«

»Das bleibt mein Geheimnis. Ich will auch ein Geheimnis haben. Damit will ich dich dann überraschen.«

In diesem Augenblick trat Friedrich ein, um die Postsachen abzugeben. Das meiste war Dienstliches und Zeitungen. »Ah, da ist auch ein Brief für dich«, sagte Innstetten. »Und wenn ich nicht irre, die Handschrift der Mama.«

Effi nahm den Brief. »Ja, von der Mama. Aber das ist ja nicht der Friesacker Poststempel; sieh nur, das heißt ja deutlich Berlin.«

»Freilich«, lachte Innstetten. »Du tust, als ob es ein Wunder wäre. Die Mama wird in Berlin sein und hat ihrem Liebling von ihrem Hotel aus einen Brief geschrieben.«

»Ja«, sagte Effi, »so wird es sein. Aber ich ängstige mich doch beinah und kann keinen rechten Trost darin finden, daß Hulda Niemeyer immer sagte:

›Wenn man sich ängstigt, ist es besser, als wenn man hofft.‹ Was meinst du dazu?«

»Für eine Pastorstochter nicht ganz auf der Höhe. Aber nun lies den Brief. Hier ist ein Papiermesser.«

Effi schnitt das Kuvert auf und las: »Meine liebe Effi. Seit 24 Stunden bin ich hier in Berlin; Konsultationen bei Schweigger. Als er mich sieht, beglückwünscht er mich, und als ich erstaunt ihn frage, wozu, erfahr ich, daß Ministerialdirektor Wüllersdorf eben bei ihm gewesen und ihm erzählt habe: Innstetten sei ins Ministerium berufen. Ich bin ein wenig ärgerlich, daß man dergleichen von einem Dritten erfahren muß. Aber in meinem Stolz und meiner Freude sei Euch verziehen. Ich habe es übrigens immer gewußt (schon als I. noch bei den Rathenowern war), daß etwas aus ihm werden würde. Nun kommt es *Dir* zugute. Natürlich müßt Ihr eine Wohnung haben und eine andere Einrichtung. Wenn du, meine liebe Effi, glaubst, meines Rates dabei bedürfen zu können, so komme, so rasch es Dir Deine Zeit erlaubt. Ich bleibe acht Tage hier in Kur, und wenn es nicht anschlägt, vielleicht noch etwas länger; Schweigger drückt sich unbestimmt darüber aus. Ich habe eine Privatwohnung in der Schadowstraße genommen; neben dem meinigen sind noch Zimmer frei. Was es mit meinem Auge ist, darüber mündlich; vorläufig beschäftigt mich nur Eure Zukunft. Briest wird unendlich glücklich sein, er tut immer so gleichgültig gegen dergleichen, eigentlich hängt er aber mehr daran als ich. Grüße Innstetten, küsse Annie, die Du vielleicht mitbringst. Wie immer Deine Dich zärtlich liebende Mutter Luise von B.«

Effi legte den Brief aus der Hand und sagte nichts.

Was sie zu tun habe, das stand bei ihr fest; aber sie wollte es nicht selber aussprechen, Innstetten sollte damit kommen, und dann wollte sie zögernd ja sagen.

Innstetten ging auch wirklich in die Falle. »Nun, Effi, du bleibst so ruhig.«

»Ach, Geert, es hat alles so seine zwei Seiten. Auf der einen Seite beglückt es mich, die Mama wiederzusehen und vielleicht sogar schon in wenig Tagen. Aber es spricht auch so vieles dagegen.«

»Was?«

»Die Mama, wie du weißt, ist sehr bestimmt und kennt nur ihren eignen Willen. Dem Papa gegenüber hat sie alles durchsetzen können. Aber ich möchte gern eine Wohnung haben, die nach *meinem* Geschmack ist, und eine neue Einrichtung, die *mir* gefällt.«

Innstetten lachte. »Und das ist alles?«

»Nun, es wäre grade genug. Aber es ist nicht alles.« Und nun nahm sie sich zusammen und sah ihn an und sagte: »Und dann, Geert, ich möchte nicht gleich wieder von dir fort.«

»Schelm, das sagst du so, weil du meine Schwäche kennst. Aber wir sind alle so eitel, und ich will es glauben. Ich will es glauben und doch zugleich auch den Heroischen spielen, den Entsagenden. Reise, sobald du's für nötig hältst und vor deinem Herzen verantworten kannst.«

»So darfst du nicht sprechen, Geert. Was heißt das ›vor meinem Herzen verantworten‹? Damit schiebst du mir, halb gewaltsam, eine Zärtlichkeitsrolle zu, und ich muß dir dann aus reiner Koketterie sagen: ›Ach, Geert, dann reise ich nie.‹ Oder doch so etwas Ähnliches.«

Innstetten drohte ihr mit dem Finger. »Effi, du bist mir zu fein. Ich dachte immer, du wärst ein Kind, und sehe nun, daß du das Maß hast wie alle andern. Aber lassen wir das, oder wie dein Papa immer sagte: ›Das ist ein zu weites Feld.‹ Sage lieber, wann willst du fort?«

»Heute haben wir Dienstag. Sagen wir also Freitag mittag mit dem Schiff. Dann bin ich am Abend in Berlin.«

»Abgemacht. Und wann zurück?«

»Nun, sagen wir Montag abend. Das sind dann drei Tage.«

»Geht nicht. Das ist zu früh. In drei Tagen kannst du's nicht zwingen. Und so rasch läßt dich die Mama auch nicht fort.«

»Also auf Diskretion.«

»Gut.«

Und damit erhob sich Innstetten, um nach dem Landratsamte hinüberzugehen.

Die Tage bis zur Abreise vergingen wie im Fluge. Roswitha war sehr glücklich. »Ach, gnädigste Frau, Kessin, nun ja … aber Berlin ist es nicht. Und die Pferdebahn. Und wenn es dann so klingelt und man nicht weiß, ob man links oder rechts soll, und mitunter ist mir schon gewesen, als ginge alles grad über mich weg. Nein, so was ist hier nicht. Ich glaube, manchen Tag sehen wir keine sechs Menschen. Und immer bloß die Dünen und draußen die See. Und das rauscht und rauscht, aber weiter ist es auch nichts.«

»Ja, Roswitha, du hast recht. Es rauscht und rauscht immer, aber es ist kein richtiges Leben. Und dann kommen einem allerhand dumme Gedanken. Das kannst du doch nicht bestreiten, das mit dem Kruse war nicht in der Richtigkeit.«

»Ach, gnädigste Frau...«

»Nun, ich will nicht weiter nachforschen. Du wirst es natürlich nicht zugeben. Und nimm nur nicht zu wenig Sachen mit. Deine Sachen kannst du eigentlich ganz mitnehmen und Annies auch.«

»Ich denke, wir kommen noch mal wieder.«

»Ja, ich. Der Herr wünscht es. Aber ihr könnt vielleicht da bleiben, bei meiner Mutter. Sorge nur, daß sie Anniechen nicht zu sehr verwöhnt. Gegen mich war sie mitunter streng, aber ein Enkelkind...«

»Und dann ist Anniechen ja auch so zum Anbeißen. Da muß ja jeder zärtlich sein.«

Das war am Donnerstag, am Tage vor der Abreise. Innstetten war über Land gefahren und wurde erst gegen Abend zurückerwartet. Am Nachmittag ging Effi in die Stadt, bis auf den Marktplatz, und trat hier in die Apotheke und bat um eine Flasche Sal volatile. »Man weiß nie, mit wem man reist«, sagte sie zu dem alten Gehilfen, mit dem sie auf dem Plauderfuße stand und der sie anschwärmte wie Gieshübler selbst.

»Ist der Herr Doktor zu Hause?« fragte sie weiter, als sie das Fläschchen eingesteckt hatte.

»Gewiß, gnädigste Frau; er ist hier nebenan und liest die Zeitungen.«

»Ich werde ihn doch nicht stören?«

»Oh, nie.«

Und Effi trat ein. Es war eine kleine, hohe Stube, mit Regalen ringsherum, auf denen allerlei Kolben und Retorten standen; nur an der einen Wand befanden sich alphabetisch geordnete, vorn mit einem Eisenringe versehene Kästen, in denen die Rezepte lagen.

Gieshübler war beglückt und verlegen. »Welche Ehre. Hier unter meinen Retorten. Darf ich die gnädige Frau auffordern, einen Augenblick Platz zu nehmen?«

»Gewiß, lieber Gieshübler. Aber auch wirklich nur einen Augenblick. Ich will Ihnen adieu sagen.«

»Aber meine gnädigste Frau, Sie kommen ja doch wieder. Ich habe gehört, nur auf drei, vier Tage ...«

»Ja, lieber Freund, ich soll wiederkommen, und es ist sogar verabredet, daß ich spätestens in einer Woche wieder in Kessin bin. Aber ich könnte doch auch *nicht* wiederkommen. Muß ich Ihnen sagen, welche tausend Möglichkeiten es gibt ... Ich sehe, Sie wollen mir sagen, daß ich noch zu jung sei ... auch Junge können sterben. Und dann so vieles andere noch. Und da will ich doch lieber Abschied nehmen von Ihnen, als wäre es für immer.«

»Aber meine gnädigste Frau ...«

»Als wäre es für immer. Und ich will Ihnen danken, lieber Gieshübler. Denn Sie waren das Beste hier; natürlich, weil Sie der Beste waren. Und wenn ich hundert Jahre alt würde, so werde ich Sie nicht vergessen. Ich habe mich hier mitunter einsam gefühlt, und mitunter war mir so schwer ums Herz, schwerer, als Sie wissen können; ich habe es nicht immer richtig eingerichtet; aber wenn ich Sie gesehen habe, vom ersten Tage an, dann habe ich mich immer wohler gefühlt und auch besser.«

»Aber meine gnädigste Frau.«

»Und dafür wollte ich Ihnen danken. Ich habe mir eben ein Fläschchen mit Sal volatile gekauft; im Kupee sind mitunter so merkwürdige Menschen und wollen einem nicht mal erlauben, daß man ein Fenster aufmacht; und wenn mir dann vielleicht – denn es steigt einem ja ordentlich zu Kopf, ich meine das Salz – die Augen übergehen, dann will ich an Sie denken. Adieu, lieber Freund, und grüßen Sie Ihre Freundin, die Trippelli. Ich habe in den letzten Wochen öfter an sie gedacht und an Fürst Kotschukoff. Ein eigentümliches Verhältnis bleibt es doch. Aber ich kann mich hineinfinden … Und lassen Sie einmal von sich hören. Oder ich werde schreiben.«

Damit ging Effi. Gieshübler begleitete sie bis auf den Platz hinaus. Er war wie benommen, so sehr, daß er über manches Rätselhafte, was sie gesprochen, ganz hinwegsah.

Effi ging wieder nach Haus. »Bringen Sie mir die Lampe, Johanna«, sagte sie, »aber in mein Schlafzimmer. Und dann eine Tasse Tee. Ich hab es so kalt und kann nicht warten, bis der Herr wieder da ist.«

Beides kam. Effi saß schon an ihrem kleinen Schreibtisch, einen Briefbogen vor sich, die Feder in der Hand. »Bitte, Johanna, den Tee auf den Tisch da.«

Als Johanna das Zimmer wieder verlassen hatte, schloß Effi sich ein, sah einen Augenblick in den Spiegel und setzte sich dann wieder. Und nun schrieb sie: »Ich reise morgen mit dem Schiff, und dies sind Abschiedszeilen. Innstetten erwartet mich in wenig Tagen zurück, aber ich komme *nicht* wieder … Warum ich nicht wiederkomme, Sie wissen es … Es wäre das Beste gewesen, ich hätte dies Stück Erde nie gesehen. Ich beschwöre Sie, dies nicht als einen Vorwurf zu fassen; alle Schuld ist bei mir. Blick ich auf Ihr

Haus…, *Ihr* Tun mag entschuldbar sein, nicht das meine. Meine Schuld ist sehr schwer. Aber vielleicht kann ich noch heraus. Daß wir hier abberufen wurden, ist mir wie ein Zeichen, daß ich noch zu Gnaden angenommen werden kann. Vergessen Sie das Geschehene, vergessen Sie mich. Ihre Effi.«

Sie überflog die Zeilen noch einmal, am fremdesten war ihr das »Sie«; aber auch das mußte sein; es sollte ausdrücken, daß keine Brücke mehr da sei. Und nun schob sie die Zeilen in ein Kuvert und ging auf ein Haus zu, zwischen dem Kirchhof und der Waldecke. Ein dünner Rauch stieg aus dem halb eingefallenen Schornstein. Da gab sie die Zeilen ab.

Als sie wieder zurück war, war Innstetten schon da, und sie setzte sich zu ihm und erzählte ihm von Gieshübler und dem Sal volatile.

Innstetten lachte. »Wo hast du nur dein Latein her, Effi?«

Das Schiff, ein leichtes Segelschiff (die Dampfboote gingen nur sommers), fuhr um zwölf. Schon eine Viertelstunde vorher waren Effi und Innstetten an Bord; auch Roswitha und Annie.

Das Gepäck war größer, als es für einen auf so wenige Tage geplanten Ausflug geboten erschien. Innstetten sprach mit dem Kapitän; Effi, in einem Regenmantel und hellgrauen Reisehut, stand auf dem Hinterdeck, nahe am Steuer, und musterte von hier aus das Bollwerk und die hübsche Häuserreihe, die dem Zuge des Bollwerks folgte. Gerade der Landungsbrücke gegenüber lag Hoppensacks Hotel, ein drei Stock hohes Gebäude, von dessen Giebeldach eine gelbe Flagge, mit Kreuz und Krone darin, schlaff in der stillen, etwas nebeligen Luft herniederhing. Effi sah eine Weile nach der Flagge hinauf, ließ dann aber ihr Auge wieder abwärtsgleiten und verweilte zuletzt auf einer Anzahl von Personen, die neugierig am Bollwerk umherstanden. In diesem Augenblicke wurde geläutet. Effi war ganz eigen zumut, das Schiff setzte sich langsam in Bewegung, und als sie die Landungsbrücke noch einmal musterte, sah sie, daß Crampas in vorderster Reihe stand. Sie erschrak bei seinem Anblick und freute sich doch auch. Er seinerseits, in seiner ganzen Haltung verändert, war sichtlich bewegt und grüßte ernst zu ihr hinüber, einen Gruß, den sie ebenso, aber doch zugleich in großer Freundlichkeit, erwiderte; dabei lag etwas Bittendes in ihrem Auge. Dann ging sie rasch auf die Kajüte zu, wo sich Roswitha mit Annie schon eingerichtet hatte. Hier, in dem etwas stickigen Raume, blieb sie, bis man aus dem Fluß in die weite Bucht des Breitling eingefahren war; da kam Innstetten und rief sie nach oben, daß sie sich an dem herrlichen Anblick erfreue, den die Landschaft gerade an dieser Stelle bot. Sie ging dann auch hinauf. Über dem Wasserspiegel hingen graue Wolken, und nur dann und wann schoß ein halbumschleierter Sonnenblick aus dem Gewölk hervor. Effi gedachte des Tages, wo sie, vor jetzt gerade fünf Vierteljahren, im offenen Wagen am Ufer ebendieses Breitlings hin entlanggefahren war. Eine kurze Spanne Zeit, und das Leben oft so still und einsam. Und doch, was war alles seitdem geschehen!

So fuhr man die Wasserstraße hinauf und war um zwei an der Station oder doch ganz in der Nähe derselben. Als man gleich danach das Gasthaus des »Fürsten Bismarck« passierte, stand auch Golchowski wieder in der Tür und versäumte nicht, den Herrn Landrat und die gnädige Frau bis an die Stufen der Böschung zu geleiten. Oben war der Zug noch nicht angemeldet, und Effi und Innstetten schritten auf dem Bahnsteig auf und ab. Ihr Gespräch drehte sich um die Wohnungsfrage; man war einig über den Stadtteil und daß es zwischen dem Tiergarten und dem Zoologischen Garten sein müsse. »Ich will den Finkenschlag hören und die Papageien auch«, sagte Innstetten, und Effi stimmte ihm zu.

Nun aber hörte man das Signal, und der Zug lief ein; der Bahnhofsinspektor war voller Entgegenkommen, und Effi erhielt ein Kupee für sich.

Noch ein Händedruck, ein Wehen mit dem Tuch, und der Zug setzte sich wieder in Bewegung.

Dreiundzwanzigstes Kapitel

Auf dem Friedrichstraßen-Bahnhofe war ein Gedränge; aber trotzdem, Effi hatte schon vom Kupee aus die Mama erkannt und neben ihr den Vetter Briest. Die Freude des Wiedersehens war groß, das Warten in der Gepäckhalle stellte die Geduld auf keine allzu harte Probe, und nach wenig mehr als fünf Minuten rollte die Droschke neben dem Pferdebahngeleise hin, in die Dorotheenstraße hinein und auf die Schadowstraße zu, an deren nächstgelegener Ecke sich die »Pension« befand. Roswitha war entzückt und freute sich über Annie, die die Händchen nach den Lichtern ausstreckte.

Nun war man da. Effi erhielt ihre zwei Zimmer, die

nicht, wie erwartet, neben denen der Frau von Briest, aber doch auf demselben Korridor lagen, und als alles seinen Platz und Stand hatte und Annie in einem Bettchen mit Gitter glücklich untergebracht war, erschien Effi wieder im Zimmer der Mama, einem kleinen Salon mit Kamin, drin ein schwaches Feuer brannte; denn es war mildes, beinah warmes Wetter. Auf dem runden Tische mit grüner Schirmlampe waren drei Kuverts gelegt, und auf einem Nebentischchen stand das Teezeug.

»Du wohnst ja reizend, Mama«, sagte Effi, während sie dem Sofa gegenüber Platz nahm, aber nur um sich gleich danach an dem Teetisch zu schaffen zu machen. »Darf ich wieder die Rolle des Teefräuleins übernehmen?«

»Gewiß, meine liebe Effi. Aber nur für Dagobert und dich selbst. Ich meinerseits muß verzichten, was mir beinah schwer fällt.«

»Ich versteh, deiner Augen halber. Aber nun sage mir, Mama, was ist es damit? In der Droschke, die noch dazu so klapperte, haben wir immer nur von Innstetten und unserer großen Karriere gesprochen, viel zuviel, und das geht nicht so weiter; glaube mir, deine Augen sind mir wichtiger, und in einem finde ich sie, Gott sei Dank, ganz unverändert, du siehst mich immer noch so freundlich an wie früher.« Und sie eilte auf die Mama zu und küßte ihr die Hand.

»Effi, du bist so stürmisch. Ganz die alte.«

»Ach nein, Mama. Nicht die alte. Ich wollte, es wäre so. Man ändert sich in der Ehe.«

Vetter Briest lachte. »Cousine, ich merke nicht viel davon; du bist noch hübscher geworden, das ist alles.

Und mit dem Stürmischen wird es wohl auch noch nicht vorbei sein.«

»Ganz der Vetter«, versicherte die Mama; Effi selbst aber wollte davon nichts hören und sagte: »Dagobert, du bist alles, nur kein Menschenkenner. Es ist sonderbar. Ihr Offiziere seid keine guten Menschenkenner, die jungen gewiß nicht. Ihr guckt euch immer nur selber an oder eure Rekruten, und die von der Kavallerie haben auch noch ihre Pferde. Die wissen nun vollends nichts.«

»Aber Cousine, wo hast du denn diese ganze Weisheit her? Du kennst ja keine Offiziere. Kessin, so habe ich gelesen, hat ja auf die ihm zugedachten Husaren verzichtet, ein Fall, der übrigens einzig in der Weltgeschichte dasteht. Und willst du von alten Zeiten sprechen? Du warst ja noch ein halbes Kind, als die Rathenower zu euch herüberkamen.«

»Ich könnte dir erwidern, daß Kinder am besten beobachten. Aber ich mag nicht, das sind ja alles bloß Allotria. Ich will wissen, wie's mit Mamas Augen steht.«

Frau von Briest erzählte nun, daß es der Augenarzt für Blutandrang nach dem Gehirn ausgegeben habe. Daher käme das Flimmern. Es müsse mit Diät gezwungen werden; Bier, Kaffee, Tee – alles gestrichen und gelegentlich eine lokale Blutentziehung, dann würde es bald besser werden. »Er sprach so von vierzehn Tagen. Aber ich kenne die Doktorangaben; vierzehn Tage heißt sechs Wochen, und ich werde noch hier sein, wenn Innstetten kommt und ihr in eure neue Wohnung einzieht. Ich will auch nicht leugnen, daß das das Beste von der Sache ist und mich über die mutmaßlich lange Kurdauer schon vorweg tröstet. Sucht euch nur recht was Hübsches. Ich habe mir

Landgrafen- oder Keithstraße gedacht, elegant und doch nicht allzu teuer. Denn ihr werdet euch einschränken müssen. Innstettens Stellung ist sehr ehrenvoll, aber sie wirft nicht allzu viel ab. Und Briest klagt auch. Die Preise gehen herunter, und er erzählt mir jeden Tag, wenn nicht Schutzzölle kämen, so muß er mit einem Bettelsack von Hohen-Cremmen abziehen. Du weißt, er übertreibt gern. Aber nun lange zu, Dagobert, und wenn es sein kann, erzähle uns was Hübsches. Krankheitsberichte sind immer langweilig, und die liebsten Menschen hören bloß zu, weil es nicht anders geht. Effi wird wohl auch gern eine Geschichte hören, etwas aus den ›Fliegenden Blättern‹ oder aus dem ›Kladderadatsch‹. Er soll aber nicht mehr so gut sein.«

»Oh, er ist noch ebenso gut wie früher. Sie haben immer noch Strudelwitz und Prudelwitz, und da macht es sich von selber.«

»Mein Liebling ist Karlchen Mießnick und Wippchen von Bernau.«

»Ja, das sind die besten. Aber Wippchen, der übrigens – Pardon, schöne Cousine – keine Kladderadatschfigur ist, Wippchen hat gegenwärtig nichts zu tun, es ist ja kein Krieg mehr. Leider. Unsereins möchte doch auch mal an die Reihe kommen und hier diese schreckliche Leere«, und er strich vom Knopfloch nach der Achsel hinüber, »endlich loswerden.«

»Ach, das sind ja bloß Eitelkeiten. Erzähle lieber. Was ist denn jetzt dran?«

»Ja, Cousine, das ist ein eigen Ding. Das ist nicht für jedermann. Jetzt haben wir nämlich die Bibelwitze.«

»Die Bibelwitze? Was soll das heißen? Bibel und Witze gehören nicht zusammen.«

»Ebendeshalb sagte ich, es sei nicht für jedermann. Aber ob zulässig oder nicht, sie stehen jetzt hoch im Preise. Modesache, wie Kiebitzeier.«

»Nun, wenn es nicht zu toll ist, so gib uns eine Probe. Geht es?«

»Gewiß geht es. Und ich möchte sogar hinzusetzen dürfen, du triffst es besonders gut. Was jetzt nämlich kursiert, ist etwas hervorragend Feines, weil es als Kombination auftritt und in die einfache Bibelstelle noch das dativisch Wrangelsche mit einmischt. Die Fragestellung – alle diese Witze treten nämlich in Frageform auf – ist übrigens in vorliegendem Falle von großer Simplizität und lautet: ›Wer war der erste Kutscher?‹ Und nun rate.«

»Nun, vielleicht Apollo.«

»Sehr gut. Du bist doch ein Daus, Effi. Ich wäre nicht daraufgekommen. Aber trotzdem, du triffst damit nicht ins Schwarze.«

»Nun, wer war es denn?«

»Der erste Kutscher war ›Leid‹. Denn schon im Buche Hiob heißt es: ›Leid soll mir nicht widerfahren‹ oder auch ›wieder fahren‹ in zwei Wörtern und mit einem e.«

Effi wiederholte kopfschüttelnd den Satz, auch die Zubemerkung, konnte sich aber trotz aller Mühe nicht drin zurechtfinden; sie gehörte ganz ausgesprochen zu den Bevorzugten, die für derlei Dinge durchaus kein Organ haben, und so kam denn Vetter Briest in die nicht beneidenswerte Situation, immer erneut erst auf den Gleichklang und dann auch wieder auf den Unterschied von »widerfahren« und »wieder fahren« hinweisen zu müssen.

»Ach, nun versteh ich. Und du mußt mir verzeihen,

daß es so lange gedauert. Aber es ist wirklich zu dumm.«

»Ja, dumm ist es«, sagte Dagobert kleinlaut.

»Dumm und unpassend und kann einem Berlin ordentlich verleiden. Da geht man nun aus Kessin fort, um wieder unter Menschen zu sein, und das erste, was man hört, ist ein Bibelwitz. Auch Mama schweigt, und das sagt genug. Ich will dir aber doch den Rückzug erleichtern ...«

»Das tu, Cousine.«

»... den Rückzug erleichtern und es ganz ernsthaft als ein gutes Zeichen nehmen, daß mir, als erstes hier, von meinem Vetter Dagobert gesagt wurde: ›Leid soll mir nicht widerfahren.‹ Sonderbar, Vetter, so schwach die Sache als Witz ist, ich bin dir doch dankbar dafür.«

Dagobert, kaum aus der Schlinge heraus, versuchte über Effis Feierlichkeit zu spötteln, ließ aber ab davon, als er sah, daß es sie verdroß.

Bald nach zehn Uhr brach er auf und versprach, am anderen Tage wiederzukommen, um nach den Befehlen zu fragen.

Und gleich nachdem er gegangen, zog sich auch Effi in ihre Zimmer zurück.

Am andern Tage war das schönste Wetter, und Mutter und Tochter brachen früh auf, zunächst nach der Augenklinik, wo Effi im Vorzimmer verblieb und sich mit dem Durchblättern eines Albums beschäftigte. Dann ging es nach dem Tiergarten und bis in die Nähe des »Zoologischen«, um dortherum nach einer Wohnung zu suchen. Es traf sich auch wirklich so, daß man in der Keithstraße, worauf sich ihre Wünsche von Anfang an gerichtet hatten, etwas durchaus

Passendes ausfindig machte, nur daß es ein Neubau war, feucht und noch unfertig. »Es wird nicht gehen, liebe Effi«, sagte Frau von Briest, »schon einfach Gesundheitsrücksichten werden es verbieten. Und dann, ein Geheimrat ist kein Trockenwohner.«

Effi, so sehr ihr die Wohnung gefiel, war um so einverstandener mit diesem Bedenken, als ihr an einer raschen Erledigung überhaupt nicht lag, ganz im Gegenteil: »Zeit gewonnen, alles gewonnen«, und so war ihr denn ein Hinausschieben der ganzen Angelegenheit eigentlich das Liebste, was ihr begegnen konnte. »Wir wollen diese Wohnung aber doch im Auge behalten, Mama, sie liegt so schön und ist im wesentlichen das, was ich mir gewünscht habe.« Dann fuhren beide Damen in die Stadt zurück, aßen im Restaurant, das man ihnen empfohlen, und waren am Abend in der Oper, wozu der Arzt unter der Bedingung, daß Frau von Briest mehr hören als sehen wolle, die Erlaubnis gegeben hatte.

Die nächsten Tage nahmen einen ähnlichen Verlauf; man war aufrichtig erfreut, sich wiederzuhaben und nach so langer Zeit wieder ausgiebig miteinander plaudern zu können. Effi, die sich nicht bloß auf Zuhören und Erzählen, sondern, wenn ihr am wohlsten war, auch auf Medisieren ganz vorzüglich verstand, geriet mehr als einmal in ihren alten Übermut, und die Mama schrieb nach Hause, wie glücklich sie sei, das »Kind« wieder so heiter und lachlustig zu finden; es wiederhole sich ihnen allen die schöne Zeit von vor fast zwei Jahren, wo man die Ausstattung besorgt habe. Auch Vetter Briest sei ganz der alte. Das war nun auch wirklich der Fall, nur mit dem Unterschiede, daß er sich seltener sehen ließ als vordem und auf die

Frage nach dem »Warum« anscheinend ernsthaft versicherte: »Du bist mir zu gefährlich, Cousine.« Das gab dann jedesmal ein Lachen bei Mutter und Tochter, und Effi sagte: »Dagobert, du bist freilich noch sehr jung, aber zu solcher Form des Courmachens doch nicht mehr jung genug.«

So waren schon beinah vierzehn Tage vergangen. Innstetten schrieb immer dringlicher und wurde ziemlich spitz, fast auch gegen die Schwiegermama, so daß Effi einsah, ein weiteres Hinausschieben sei nicht mehr gut möglich und es müsse nun wirklich gemietet werden. Aber was dann? Bis zum Umzuge nach Berlin waren immer noch drei Wochen, und Innstetten drang auf rasche Rückkehr. Es gab also nur ein Mittel: sie mußte wieder eine Komödie spielen, mußte krank werden.

Das kam ihr aus mehr als einem Grunde nicht leicht an; aber es mußte sein, und als ihr das feststand, stand ihr auch fest, wie die Rolle, bis in die kleinsten Einzelheiten hinein, gespielt werden müsse.

»Mama, Innstetten, wie du siehst, wird über mein Ausbleiben empfindlich. Ich denke, wir geben also nach und mieten heute noch. Und morgen reise ich. Ach, es wird mir so schwer, mich von dir zu trennen.«

Frau von Briest war einverstanden. »Und welche Wohnung wirst du wählen?«

»Natürlich die erste, die in der Keithstraße, die mir von Anfang an so gut gefiel und dir auch. Sie wird wohl noch nicht ganz ausgetrocknet sein, aber es ist ja das Sommerhalbjahr, was einigermaßen ein Trost ist. Und wird es mit der Feuchtigkeit zu arg und kommt ein bißchen Rheumatismus, so hab ich ja schließlich immer noch Hohen-Cremmen.«

»Kind, beruf es nicht; ein Rheumatismus ist mitunter da, man weiß nicht wie.«

Diese Worte der Mama kamen Effi sehr zupaß. Sie mietete denselben Vormittag noch und schrieb eine Karte an Innstetten, daß sie den nächsten Tag zurückwolle. Gleich danach wurden auch wirklich die Koffer gepackt und alle Vorbereitungen getroffen. Als dann aber der andere Morgen da war, ließ Effi die Mama an ihr Bett rufen und sagte: »Mama, ich kann nicht reisen. Ich habe ein solches Reißen und Ziehen, es schmerzt mich über den ganzen Rücken hin, und ich glaube beinah, es ist ein Rheumatismus. Ich hätte nicht gedacht, daß das so schmerzhaft sei.«

»Siehst du, was ich dir gesagt habe; man soll den Teufel nicht an die Wand malen. Gestern hast du noch leichtsinnig darüber gesprochen, und heute ist es schon da. Wenn ich Schweigger sehe, werde ich ihn fragen, was du tun sollst.«

»Nein, nicht Schweigger. Der ist ja ein Spezialist. Das geht nicht, und er könnt es am Ende übelnehmen, in so was anderem zu Rate gezogen zu werden. Ich denke, das Beste ist, wir warten es ab. Es kann ja auch vorübergehen. Ich werde den ganzen Tag über von Tee und Sodawasser leben, und wenn ich dann transpiriere, komm ich vielleicht drüber hin.«

Frau von Briest drückte ihre Zustimmung aus, bestand aber darauf, daß sie sich gut verpflege. Daß man nichts genießen müsse, wie das früher Mode war, das sei ganz falsch und schwäche bloß; in diesem Punkte stehe sie ganz zu der jungen Schule: tüchtig essen.

Effi sog sich nicht wenig Trost aus diesen Anschauungen, schrieb ein Telegramm an Innstetten, worin sie von dem »leidigen Zwischenfall« und einer ärgerlichen, aber doch nur momentanen Behinderung sprach, und sagte dann zu Roswitha: »Roswitha, du mußt mir nun auch Bücher besorgen; es wird nicht schwer halten, ich will alte, ganz alte.«

»Gewiß, gnäd'ge Frau. Die Leihbibliothek ist ja gleich hier nebenan. Was soll ich besorgen?«

»Ich will es aufschreiben, allerlei zur Auswahl, denn mitunter haben sie nicht das eine, was man grade haben will.« Roswitha brachte Bleistift und Papier, und Effi schrieb auf: Walter Scott, »Ivanhoe« oder »Quentin Durward«; Cooper, »Der Spion«; Dickens, »David Copperfield«; Willibald Alexis, »Die Hosen des Herrn von Bredow«.

Roswitha las den Zettel und schnitt in der anderen Stube die letzte Zeile fort; sie genierte sich ihret- und ihrer Frau wegen, den Zettel in seiner ursprünglichen Gestalt abzugeben.

Ohne besondere Vorkommnisse verging der Tag. Am andern Morgen war es nicht besser und am dritten auch nicht.

»Effi, das geht nicht so länger. Wenn so was einreißt, dann wird man's nicht wieder los; wovor die Doktoren am meisten warnen und mit Recht, das sind solche Verschleppungen.«

Effi seufzte. »Ja, Mama, aber wen sollen wir nehmen? Nur keinen jungen; ich weiß nicht, aber es würde mich genieren.«

»Ein junger Doktor ist immer genant, und wenn er es nicht ist, desto schlimmer. Aber du kannst dich beruhigen; ich komme mit einem ganz alten, der mich schon behandelt hat, als ich noch in der Heckerschen Pension war, also vor etlichen zwanzig Jahren. Und damals war er nah an Fünfzig und hatte schönes graues Haar, ganz kraus. Er war ein Damenmann, aber in den richtigen Grenzen. Ärzte, die das vergessen, gehen unter, und es kann auch nicht anders sein; unsere Frauen, wenigstens die aus der Gesellschaft, haben immer noch einen guten Fond.«

»Meinst du? Ich freue mich immer, so was Gutes zu hören. Denn mitunter hört man doch auch andres. Und schwer mag es wohl oft sein. Und wie heißt denn der alte Geheimrat? Ich nehme an, daß es ein Geheimrat ist.«

»Geheimrat Rummschüttel.«

Effi lachte herzlich. »Rummschüttel! Und als Arzt für jemanden, der sich nicht rühren kann.«

»Effi, du sprichst so sonderbar. Große Schmerzen kannst du nicht haben.«

»Nein, in diesem Augenblicke nicht; es wechselt beständig.«

Am andern Morgen erschien Geheimrat Rummschüttel. Frau von Briest empfing ihn, und als er Effi sah, war sein erstes Wort: »Ganz die Mama.«

Diese wollte den Vergleich ablehnen und meinte, zwanzig Jahre und drüber seien doch eine lange Zeit; Rummschüttel blieb aber bei seiner Behauptung, zugleich versichernd: nicht jeder Kopf präge sich ihm ein, aber wenn er überhaupt erst einen Eindruck empfangen habe, so bleibe der auch für immer. »Und nun, meine gnädigste Frau von Innstetten, wo fehlt es, wo sollen wir helfen?«

»Ach, Herr Geheimrat, ich komme in Verlegenheit, Ihnen auszudrücken, was es ist. Es wechselt beständig. In diesem Augenblick ist es wie weggeflogen. Anfangs habe ich an Rheumatisches gedacht, aber ich möchte beinah glauben, es sei eine Neuralgie, Schmerzen den Rücken entlang, und dann kann ich mich nicht aufrichten. Mein Papa leidet an Neuralgie, da hab ich es früher beobachten können. Vielleicht ein Erbstück von ihm.«

»Sehr wahrscheinlich«, sagte Rummschüttel, der den Puls gefühlt und die Patientin leicht, aber doch scharf beobachtet hatte. »Sehr wahrscheinlich, meine gnädigste Frau.« Was er aber still zu sich selber sagte, das lautete: »Schulkrank und mit Virtuosität gespielt; Evastochter comme il faut.« Er ließ jedoch nichts davon merken, sondern sagte mit allem wünschenswerten Ernst: »Ruhe und Wärme sind das Beste, was ich anraten kann. Eine Medizin, übrigens nichts Schlimmes, wird das Weitere tun.«

Und er erhob sich, um das Rezept aufzuschreiben: Aqua Amygdalarum amarum eine halbe Unze, Syrupus florum Aurantii zwei Unzen. »Hiervon, meine gnädigste Frau, bitte ich Sie, alle zwei Stunden einen halben Teelöffel voll nehmen zu wollen. Es wird Ihre Nerven beruhigen. Und worauf ich noch dringen möchte: keine geistigen Anstrengungen, keine Besuche, keine Lektüre.« Dabei wies er auf das neben ihr liegende Buch.

»Es ist Scott.«

»Oh, dagegen ist nichts einzuwenden. Das Beste sind Reisebeschreibungen. Ich spreche morgen wieder vor.«

Effi hatte sich wundervoll gehalten, ihre Rolle gut durchgespielt. Als sie wieder allein war – die Mama begleitete den Geheimrat –, schoß ihr trotzdem das Blut zu Kopf; sie hatte recht gut bemerkt, daß er ihrer Komödie mit einer Komödie begegnet war. Er war offenbar ein überaus lebensgewandter Herr, der alles recht gut sah, der nicht alles sehen wollte, vielleicht weil er wußte, daß dergleichen auch mal zu respektieren sein könne. Denn gab es nicht zu respektierende Komödien, war nicht die, die sie selber spielte, eine solche?

Bald danach kam die Mama zurück, und Mutter und Tochter ergingen sich in Lobeserhebungen über den feinen alten Herrn, der trotz seiner beinah Siebzig noch etwas Jugendliches habe. »Schicke nur gleich Roswitha nach der Apotheke… Du sollst aber nur alle drei Stunden nehmen, hat er mir draußen noch eigens gesagt. So war er schon damals, er verschrieb nicht oft und nicht viel; aber immer Energisches, und es half auch gleich.«

Rummschüttel kam den zweiten Tag und dann jeden dritten, weil er sah, welche Verlegenheit sein Kommen der jungen Frau bereitete. Dies nahm ihn für sie ein, und sein Urteil stand ihm nach dem dritten Besuche fest: »Hier liegt etwas vor, was die Frau zwingt, so zu handeln, wie sie handelt.« Über solche Dinge den Empfindlichen zu spielen lag längst hinter ihm.

Als Rummschüttel seinen vierten Besuch machte, fand er Effi auf, in einem Schaukelstuhl sitzend, ein Buch in der Hand, Annie neben ihr.

»Ah, meine gnädigste Frau! Hocherfreut. Ich schiebe es nicht auf die Arznei; das schöne Wetter, die hellen, frischen Märztage, da fällt die Krankheit ab. Ich beglückwünsche Sie. Und die Frau Mama?«

»Sie ist ausgegangen, Herr Geheimrat, in die Keithstraße, wo wir gemietet haben. Ich erwarte nun innerhalb weniger Tage meinen Mann, den ich mich, wenn in unserer Wohnung erst alles in Ordnung sein wird, herzlich freue Ihnen vorstellen zu können. Denn ich darf doch wohl hoffen, daß Sie auch in Zukunft sich meiner annehmen werden.«

Er verbeugte sich.

»Die neue Wohnung«, fuhr sie fort, »ein Neubau, macht mir freilich Sorge. Glauben Sie, Herr Geheimrat, daß die feuchten Wände...«

»Nicht im geringsten, meine gnädigste Frau. Lassen Sie drei, vier Tage lang tüchtig heizen und immer Türen und Fenster auf, da können Sie's wagen, auf meine Verantwortung. Und mit Ihrer Neuralgie, das war nicht von solcher Bedeutung. Aber ich freue mich Ihrer Vorsicht, die mir Gelegenheit gegeben hat, eine alte Bekanntschaft zu erneuern und eine neue zu machen.«

Er wiederholte seine Verbeugung, sah noch Annie freundlich in die Augen und verabschiedete sich unter Empfehlungen an die Mama.

Kaum daß er fort war, so setzte sich Effi an den Schreibtisch und schrieb: »Lieber Innstetten! Eben war Rummschüttel hier und hat mich aus der Kur entlassen. Ich könnte nun reisen, morgen etwa; aber heut ist schon der 24., und am 28. willst Du hier eintreffen. Angegriffen bin ich ohnehin noch. Ich denke, Du wirst einverstanden sein, wenn ich die Reise ganz aufgebe. Die Sachen sind ja ohnehin schon unterwegs, und wir würden, wenn ich käme, in Hoppensacks Hotel wie Fremde leben müssen. Auch der Kostenpunkt ist in Betracht zu ziehen, die Ausgaben werden sich ohnehin häufen; unter anderem ist Rummschüttel zu honorieren, wenn er uns auch als Arzt verbleibt. Übrigens ein sehr liebenswürdiger alter

Herr. Er gilt ärztlich nicht für ersten Ranges, ›Damendoktor‹ sagen seine Gegner und Neider. Aber dies Wort umschließt doch auch ein Lob; es kann eben nicht jeder mit uns umgehen. Daß ich von den Kessinern nicht persönlich Abschied nehme, hat nicht viel auf sich. Bei Gieshübler war ich. Die Frau Majorin hat sich immer ablehnend gegen mich verhalten, ablehnend bis zur Unart; bleibt nur noch der Pastor und Dr. Hannemann und Crampas. Empfiehl mich letzterem. An die Familien auf dem Lande schicke ich Karten; Güldenklees, wie Du mir schreibst, sind in Italien (was sie da wollen, weiß ich nicht), und so bleiben nur die drei andern. Entschuldige mich, so gut es geht. Du bist ja der Mann der Formen und weißt das richtige Wort zu treffen. An Frau von Padden, die mir am Silvesterabend so außerordentlich gut gefiel, schreibe ich vielleicht selber noch und spreche ihr mein Bedauern aus. Laß mich in einem Telegramm wissen, ob Du mit allem einverstanden bist. Wie immer Deine Effi.«

Effi brachte selber den Brief zur Post, als ob sie dadurch die Antwort beschleunigen könne, und am nächsten Vormittage traf denn auch das erbetene Telegramm von Innstetten ein: »Einverstanden mit allem.« Ihr Herz jubelte, sie eilte hinunter und auf den nächsten Droschkenstand zu. »Keithstraße 1 c.« Und erst die Linden und dann die Tiergartenstraße hinunter flog die Droschke, und nun hielt sie vor der neuen Wohnung.

Oben standen die den Tag vorher eingetroffenen Sachen noch bunt durcheinander, aber es störte sie nicht, und als sie auf den breiten aufgemauerten Balkon hinaustrat, lag jenseits der Kanalbrücke der Tiergarten vor ihr, dessen Bäume schon überall einen grünen Schimmer zeigten. Darüber aber ein klarer blauer Himmel und eine lachende Sonne.

Sie zitterte vor Erregung und atmete hoch auf. Dann trat sie, vom Balkon her, wieder über die Türschwelle zurück, erhob den Blick und faltete die Hände.

»Nun, mit Gott, ein neues Leben! Es soll anders werden.«

Vierundzwanzigstes Kapitel

Drei Tage danach, ziemlich spät, um die neunte Stunde, traf Innstetten in Berlin ein. Alles war am Bahnhof, Effi, die Mama, der Vetter; der Empfang war herzlich, am herzlichsten von seiten Effis, und man hatte bereits eine Welt von Dingen durchgesprochen, als der Wagen, den man genommen, vor der neuen Wohnung in der Keithstraße hielt. »Ach, da hast du gut gewählt, Effi«, sagte Innstetten, als er in das Vestibül eintrat, »kein Haifisch, kein Krokodil und hoffentlich auch kein Spuk.«

»Nein, Geert, damit ist es nun vorbei. Nun bricht eine andere Zeit an, und ich fürchte mich nicht mehr und will auch besser sein als früher und dir mehr zu Willen leben.« Alles das flüsterte sie ihm zu, während sie die teppichbedeckte Treppe bis in den zweiten Stock hinanstiegen. Der Vetter führte die Mama.

Oben fehlte noch manches, aber für einen wohnlichen Eindruck war doch gesorgt, und Innstetten sprach seine Freude darüber aus. »Effi, du bist doch ein kleines Genie«, aber diese lehnte das Lob ab und zeigte auf die Mama, die habe das eigentliche Verdienst. »Hier muß es stehen«, so hab es unerbittlich geheißen, und immer habe sie's getroffen, wodurch natürlich viel Zeit gespart und die gute Laune nie gestört worden sei. Zuletzt kam auch Roswitha, um den Herrn zu begrüßen, bei welcher Gelegenheit sie sagte: Fräulein Annie ließe sich für heute entschuldigen – ein kleiner Witz, auf den sie stolz war und mit dem sie auch ihren Zweck vollkommen erreichte.

Und nun nahmen sie Platz um den schon gedeckten Tisch, und als Innstetten sich ein Glas Wein eingeschenkt und »auf glückliche Tage« mit allen angestoßen hatte, nahm er Effis Hand und sagte: »Aber Effi, nun erzähle mir, was war das mit deiner Krankheit?«

»Ach, lassen wir doch das, nicht der Rede wert; ein bißchen schmerzhaft und eine rechte Störung, weil es einen Strich durch unsere Pläne machte. Aber mehr war es nicht, und nun ist es vorbei. Rummschüttel hat sich bewährt, ein feiner, liebenswürdiger, alter Herr, wie ich dir, glaub ich, schon schrieb. In seiner Wissenschaft soll er nicht gerade glänzen, aber Mama sagt, das sei ein Vorzug. Und sie wird wohl recht haben wie in allen Stücken. Unser guter Dr. Hannemann war auch kein Licht und traf es doch immer. Und nun sage, was macht Gieshübler und die anderen alle?«

»Ja, wer sind die anderen alle? Crampas läßt sich der gnäd'gen Frau empfehlen …«

»Ah, sehr artig.«

»Und der Pastor will dir desgleichen empfohlen sein; nur die Herrschaften auf dem Lande waren ziemlich nüchtern und schienen auch mich für deinen Abschied ohne Abschied verantwortlich machen zu wollen. Unsere Freundin Sidonie war sogar spitz, und nur die gute Frau von Padden, zu der ich eigens vorgestern noch hinüberfuhr, freute sich aufrichtig über deinen Gruß und deine Liebeserklärung an sie. Du seist eine reizende Frau, sagte sie, aber ich sollte dich gut hüten. Und als ich ihr erwiderte: Du fändest schon, daß ich mehr ein ›Erzieher‹ als ein Ehemann sei, sagte sie halblaut und beinahe wie abwesend: ›Ein junges Lämmchen weiß wie Schnee.‹ Und dann brach sie ab.«

Vetter Briest lachte. »›Ein junges Lämmchen weiß wie Schnee ...‹ Da hörst du's, Cousine.« Und er wollte sie zu necken fortfahren, gab es aber auf, als er sah, daß sie sich verfärbte.

Das Gespräch, das meist zurückliegende Verhältnisse berührte, spann sich noch eine Weile weiter, und Effi erfuhr zuletzt aus diesem und jenem, was Innstetten mitteilte, daß sich von dem ganzen Kessiner Hausstande nur Johanna bereit erklärt habe, die Übersiedelung nach Berlin mitzumachen. Sie sei natürlich noch zurückgeblieben, werde aber in zwei, drei Tagen mit dem Rest der Sachen eintreffen; er sei froh über ihren Entschluß, denn sie sei immer die brauchbarste gewesen und von einem ausgesprochen großstädtischen Schick. Vielleicht ein bißchen zu sehr. Christel und Friedrich hätten sich beide für zu alt erklärt, und mit Kruse zu verhandeln habe sich von vornherein verboten. »Was soll uns ein Kutscher hier?« schloß Innstetten. »Pferd und Wagen, das sind tempi passati, mit diesem Luxus ist es in Berlin vorbei. Nicht einmal das schwarze Huhn hätten wir unterbringen können. Oder unterschätz ich die Wohnung?«

Effi schüttelte den Kopf, und als eine kleine Pause eintrat, erhob sich die Mama; es sei bald elf, und sie habe noch einen weiten Weg, übrigens solle sie niemand begleiten, der Droschkenstand sei ja nah – ein Ansinnen, das Vetter Briest natürlich ablehnte. Bald darauf trennte man sich, nachdem noch Rendezvous für den andern Vormittag verabredet war.

Effi war ziemlich früh auf und hatte – die Luft war beinahe sommerlich warm – den Kaffeetisch bis nahe an die geöffnete Balkontür rücken lassen, und als Innstetten nun auch erschien, trat sie mit ihm auf den Balkon hinaus und sagte: »Nun, was sagst du? Du wolltest den Finkenschlag aus dem Tiergarten hören und die Papageien aus dem Zoologischen. Ich weiß nicht, ob beide dir den Gefallen tun werden, aber möglich ist es. Hörst du wohl? Das kam von drüben, drüben aus dem kleinen Park. Es ist nicht der eigentliche Tiergarten, aber doch beinah.«

Innstetten war entzückt und von einer Dankbarkeit, als ob Effi ihm das alles persönlich herangezaubert habe. Dann setzten sie sich, und nun kam auch Annie. Roswitha verlangte, daß Innstetten eine große Veränderung an dem Kinde finden solle, was er denn auch schließlich tat. Und dann plauderten sie weiter, abwechselnd über die Kessiner und die in Berlin zu machenden Visiten und ganz zuletzt auch über eine Sommerreise. Mitten im Gespräch aber mußten sie abbrechen, um rechtzeitig beim Rendezvous erscheinen zu können.

Man traf sich, wie verabredet, bei Helms, gegenüber dem Roten Schloß, besuchte verschiedene Läden, aß bei Hiller und war bei guter Zeit wieder zu Haus. Es war ein gelungenes Beisammensein gewesen, Innstetten herzlich froh, das großstädtische Leben wieder mitmachen und auf sich wirken lassen zu können. Tags darauf, am 1. April, begab er sich in das Kanzlerpalais, um sich einzuschreiben (eine persönliche Gratulation unterließ er aus Rücksicht), und ging dann aufs Ministerium, um sich da zu melden. Er wurde auch angenommen, trotzdem es ein geschäftlich und gesellschaftlich sehr unruhiger Tag war, ja sah sich seitens seines Chefs durch besonders entgegenkommende Liebenswürdigkeit ausgezeichnet. Er wisse, was er an ihm habe, und sei sicher, ihr Einvernehmen nie gestört zu sehen.

Auch im Hause gestaltete sich alles zum Guten. Ein aufrichtiges Bedauern war es für Effi, die Mama, nachdem diese, wie gleich anfänglich vermutet, fast sechs Wochen lang in Kur gewesen, nach Hohen-Cremmen zurückkehren zu sehen, ein Bedauern, das nur dadurch einigermaßen gemildert wurde, daß sich Johanna denselben Tag noch in Berlin einstellte. Das war immerhin was, und wenn die hübsche Blondine dem Herzen Effis auch nicht ganz so nahe stand wie die ganz selbstsuchtslose und unendlich gutmütige Roswitha, so war sie doch gleichmäßig angesehen, ebenso bei Innstetten wie bei ihrer jungen Herrin, weil sie sehr geschickt und brauchbar und der Männerwelt gegenüber von einer ausgesprochenen und selbstbewußten Reserviertheit war. Einem Kessiner on dit zufolge ließen sich die Wurzeln ihrer Existenz auf eine längst pensionierte Größe der Garnison Pasewalk zurückführen, woraus man sich auch ihre vornehme Gesinnung, ihr schönes blondes Haar und die besondere Plastik ihrer Gesamterscheinung erklären wollte. Johanna selbst teilte die Freude, die man allerseits über ihr Eintreffen empfand, und war durchaus einverstanden damit, als Hausmädchen und Jungfer, ganz wie früher, den Dienst bei Effi zu übernehmen, während Roswitha, die der Christel in beinahe Jahresfrist ihre Kochkünste so ziemlich abgelernt hatte, dem Küchendepartement vorstehen sollte. Annies Abwartung und Pflege fiel Effi selbst zu, worüber Roswitha freilich lachte. Denn sie kannte die jungen Frauen.

Innstetten lebte ganz seinem Dienst und seinem Haus. Er war glücklicher als vordem in Kessin, weil ihm nicht entging, daß Effi sich unbefangener und heiterer gab. Und das konnte sie, weil sie sich freier fühlte. Wohl blickte das Vergangene noch in ihr Leben hinein, aber es ängstigte sie nicht mehr, oder doch um vieles seltener und vorübergehender, und alles, was davon noch in ihr nachzitterte, gab ihrer Haltung einen eigenen Reiz. In jeglichem, was sie tat, lag etwas Wehmütiges wie eine Abbitte, und es hätte sie glücklich gemacht, dies alles noch deutlicher zeigen zu können. Aber das verbot sich freilich.

Das gesellschaftliche Leben der großen Stadt war, als sie während der ersten Aprilwochen ihre Besuche machten, noch nicht vorüber, wohl aber im Erlöschen, und so kam es für sie zu keiner rechten Teilnahme mehr daran. In der zweiten Hälfte des Mai starb es dann ganz hin, und mehr noch als vorher war man glücklich, sich in der Mittagsstunde, wenn Innstetten von seinem Ministerium kam, im Tiergarten treffen oder nachmittags einen Spaziergang nach dem Charlottenburger Schloßgarten machen zu können. Effi sah sich, wenn sie die lange Front zwischen dem

Schloß und den Orangeriebäumen auf und ab schritt, immer wieder die massenhaft dort stehenden römischen Kaiser an, fand eine merkwürdige Ähnlichkeit zwischen Nero und Titus, sammelte Tannenäpfel, die von den Trauertannen gefallen waren, und ging dann, Arm in Arm mit ihrem Manne, bis auf das nach der Spree hin einsam gelegene »Belvedere« zu.

»Da drin soll es auch einmal gespukt haben«, sagte sie.

»Nein, bloß Geistererscheinungen.«

»Das ist dasselbe.«

»Ja, zuweilen«, sagte Innstetten. »Aber eigentlich ist doch ein Unterschied. Geistererscheinungen werden immer gemacht – wenigstens soll es hier in dem ›Belvedere‹ so gewesen sein, wie mir Vetter Briest erst gestern noch erzählte –, Spuk aber wird nie gemacht, Spuk ist natürlich.«

»Also glaubst du doch dran?«

»Gewiß glaub ich dran. Es gibt so was. Nur an das, was wir in Kessin davon hatten, glaub ich nicht recht. Hat dir denn Johanna schon ihren Chinesen gezeigt?«

»Welchen?«

»Nun, unsern. Sie hat ihn, eh sie unser altes Haus verließ, oben von der Stuhllehne abgelöst und ihn ins Portemonnaie gelegt. Als ich mir neulich ein Markstück bei ihr wechselte, hab ich ihn gesehen. Und sie hat es mir auch verlegen bestätigt.«

»Ach, Geert, das hättest du mir nicht sagen sollen. Nun ist doch wieder so was in unserm Hause.«

»Sag ihr, daß sie ihn verbrennt.«

»Nein, das mag ich auch nicht, und das hilft auch nichts. Aber ich will Roswitha bitten ...«

»Um was? Ah, ich verstehe schon, ich ahne, was du

vorhast. Die soll ein Heiligenbild kaufen und es dann auch ins Portemonnaie tun. Ist es so was?«

Effi nickte.

»Nun, tu, was du willst. Aber sag es niemandem.«

Effi meinte dann schließlich, es lieber doch lassen zu wollen, und unter allerhand kleinem Geplauder, in welchem die Reisepläne für den Sommer mehr und mehr Platz gewannen, fuhren sie bis an den Großen Stern zurück und gingen dann durch die Korso-Allee und die breite Friedrich-Wilhelm-Straße auf ihre Wohnung zu.

Sie hatten vor, schon Ende Juli Urlaub zu nehmen und ins bayrische Gebirge zu gehen, wo gerade in diesem Jahre wieder die Oberammergauer Spiele stattfanden. Es ließ sich aber nicht tun; Geheimrat von Wüllersdorf, den Innstetten schon von früher her kannte und der jetzt sein Spezialkollege war, erkrankte plötzlich, und Innstetten mußte bleiben und ihn vertreten. Erst Mitte August war alles wieder beglichen und damit die Reisemöglichkeit gegeben; es war aber nun zu spät geworden, um noch nach Oberammergau zu gehen, und so entschied man sich für einen Aufenthalt auf Rügen. »Zunächst natürlich Stralsund, mit Schill, den du kennst, und mit Scheele, den du nicht kennst und der den Sauerstoff entdeckte, was man aber nicht zu wissen braucht. Und dann von Stralsund nach Bergen und dem Rugard, von wo man, wie mir Wüllersdorf sagte, die ganze Insel übersehen kann, und dann zwischen dem Großen und Kleinen Jasmunder Bodden hin, bis nach Saßnitz. Denn nach Rügen reisen heißt nach Saßnitz reisen. Binz ginge vielleicht auch noch, aber da sind – ich muß Wüllersdorf noch einmal zitieren – so viele kleine Steinchen und Muschelschalen am Strande, und wir wollen doch baden.«

Effi war einverstanden mit allem, was von seiten Innstettens geplant wurde, vor allem auch damit, daß der ganze Hausstand auf vier Wochen aufgelöst werden und Roswitha mit Annie nach Hohen-Cremmen, Johanna aber zu ihrem etwas jüngeren Halbbruder reisen sollte, der bei Pasewalk eine Schneidemühle hatte. So war alles gut untergebracht. Mit Beginn der nächsten Woche brach man denn auch wirklich auf, und am selben Abende noch war man in Saßnitz. Über dem Gasthause stand »Hotel Fahrenheit«. »Die Preise hoffentlich nach Réaumur«, setzte Innstetten, als er den Namen las, hinzu, und in bester Laune machten beide noch einen Abendspaziergang an dem Klippenstrande hin und sahen von einem Felsenvorsprung aus auf die stille, vom Mondschein überzitterte Bucht. Effi war entzückt. »Ach, Geert, das ist ja Capri, das ist ja Sorrent. Ja, hier bleiben wir. Aber natürlich nicht im Hotel; die Kellner sind mir zu vornehm, und man geniert sich, um eine Flasche Sodawasser zu bitten ...«

»Ja, lauter Attachés. Es wird sich aber wohl eine Privatwohnung finden lassen.«

»Denk ich auch. Und wir wollen gleich morgen danach aussehen.«

Schön wie der Abend war der Morgen, und man nahm das Frühstück im Freien. Innstetten empfing etliche Briefe, die schnell erledigt werden mußten, und so beschloß Effi, die für sie freigewordene Stunde sofort zur Wohnungssuche zu benutzen. Sie ging erst an einer eingepferchten Wiese, dann an Häusergruppen und Haferfeldern vorüber und bog zuletzt in einen Weg ein, der schluchtartig auf das Meer zulief. Da, wo dieser Schluchtenweg den Strand traf, stand ein von hohen Buchen überschattetes Gasthaus, nicht so vornehm wie das Fahrenheitsche, mehr ein bloßes Restaurant, in dem, der frühen Stunde halber, noch alles leer war. Effi nahm an einem Aussichtspunkte Platz, und kaum daß sie von dem Sherry, den sie bestellt, genippt hatte, so trat auch schon der Wirt an sie heran, um halb aus Neugier und halb aus Artigkeit ein Gespräch mit ihr anzuknüpfen.

»Es gefällt uns sehr gut hier«, sagte sie, »meinem Manne und mir; welch prächtiger Blick über die Bucht, und wir sind nur in Sorge wegen einer Wohnung.«

»Ja, gnädigste Frau, das wird schwer halten...«

»Es ist aber schon spät im Jahr...«

»Trotzdem. Hier in Saßnitz ist sicherlich nichts zu finden, dafür möcht ich mich verbürgen; aber weiterhin am Strand, wo das nächste Dorf anfängt, Sie können die Dächer von hier aus blinken sehen, da möcht es vielleicht sein.«

»Und wie heißt das Dorf?«

»Crampas.«

Effi glaubte nicht recht gehört zu haben. »Crampas«, wiederholte sie mit Anstrengung. »Ich habe den Namen als Ortsnamen nie gehört... Und sonst nichts in der Nähe?«

»Nein, gnädigste Frau. Hierherum nichts. Aber höher hinauf, nach Norden zu, da kommen noch wieder Dörfer, und in dem Gasthause, das dicht neben Stubbenkammer liegt, wird man Ihnen gewiß Auskunft geben können. Es werden dort von solchen, die gerne noch vermieten wollen, immer Adressen abgegeben.«

Effi war froh, das Gespräch allein geführt zu haben, und als sie bald danach ihrem Manne Bericht erstattet und nur den Namen des an Saßnitz angrenzenden Dorfes verschwiegen hatte, sagte dieser: »Nun, wenn es hierherum nichts gibt, so wird es das Beste sein, wir nehmen einen Wagen (wodurch man sich beiläufig einem Hotel immer empfiehlt) und übersiedeln ohne weiteres da höher hinauf, nach Stubbenkammer hin. Irgendwas Idyllisches mit einer Geißblattlaube wird sich da wohl finden lassen, und finden wir nichts, so bleibt uns immer noch das Hotel selbst. Eins ist schließlich wie das andere.«

Effi war einverstanden, und gegen Mittag schon erreichten sie das neben Stubbenkammer gelegene Gasthaus, von dem Innstetten eben gesprochen, und bestellten daselbst einen Imbiß. »Aber erst nach einer halben Stunde; wir haben vor, zunächst noch einen Spaziergang zu machen und uns den Herthasee anzusehen. Ein Führer ist doch wohl da?«

Dies wurde bejaht, und ein Mann von mittleren Jahren trat alsbald an unsere Reisenden heran. Er sah so wichtig und feierlich aus, als ob er mindestens ein Adjunkt bei dem alten Herthadienst gewesen wäre.

Der von hohen Bäumen umstandene See lag ganz in der Nähe, Binsen säumten ihn ein, und auf der stillen, schwarzen Wasserfläche schwammen zahlreiche Mummeln.

»Es sieht wirklich nach so was aus«, sagte Effi, »nach Herthadienst.«

»Ja, gnäd'ge Frau… Dessen sind auch noch die Steine Zeugen.«

»Welche Steine?«

»Die Opfersteine.«

Und während sich das Gespräch in dieser Weise fortsetzte, traten alle drei vom See her an eine senkrecht abgestochene Kies- und Lehmwand heran, an die sich etliche glattpolierte Steine lehnten, alle mit einer flachen Höhlung und etlichen nach unten laufenden Rinnen.

»Und was bezwecken *die*?«

»Daß es besser abliefe, gnäd'ge Frau.«

»Laß uns gehen«, sagte Effi, und den Arm ihres Mannes nehmend, ging sie mit ihm wieder auf das Gasthaus zurück, wo nun, an einer Stelle mit weitem Ausblick auf das Meer, das vorher bestellte Frühstück aufgetragen wurde. Die Bucht lag im Sonnenlichte vor ihnen, einzelne Segelboote glitten darüber hin, und um die benachbarten Klippen haschten sich die Möwen. Es war sehr schön, auch Effi fand es, aber wenn sie dann über die glitzernde Fläche hinwegsah, bemerkte sie, nach Süden zu, wieder die hell aufleuchtenden Dächer des langgestreckten Dorfes, dessen Name sie heute früh so sehr erschreckt hatte.

Innstetten, wenn auch ohne Wissen und Ahnung dessen, was in ihr vorging, sah doch deutlich, daß es ihr an aller Lust und Freude gebrach. »Es tut mir leid, Effi, daß du der Sache hier nicht recht froh wirst. Du kannst den Herthasee nicht vergessen und noch weniger die Steine.«

Sie nickte. »Es ist so, wie du sagst. Und ich muß dir bekennen, ich habe nichts in meinem Leben gesehen, was mich so traurig gestimmt hätte. Wir wollen das Wohnungssuchen ganz aufgeben; ich kann hier nicht bleiben.«

»Und gestern war es dir noch der Golf von Neapel und alles mögliche Schöne.«

»Ja, gestern.«

»Und heute? Heute keine Spur mehr von Sorrent?«

»Eine Spur noch, aber auch nur eine Spur; es ist Sorrent, als ob es sterben wollte.«

»Gut dann, Effi«, sagte Innstetten und reichte ihr die Hand. »Ich will dich mit Rügen nicht quälen, und so geben wir's denn auf. Abgemacht. Es ist nicht nötig, daß wir uns an Stubbenkammer anklammern oder an Saßnitz oder da weiter hinunter. Aber wohin?«

»Ich denke, wir bleiben noch einen Tag und warten das Dampfschiff ab, das, wenn ich nicht irre, morgen von Stettin kommt und nach Kopenhagen hinüberfährt. Da soll es ja so vergnüglich sein, und ich kann dir gar nicht sagen, wie sehr ich mich nach etwas Vergnüglichem sehne. Hier ist mir, als ob ich in meinem ganzen Leben nicht mehr lachen könnte und überhaupt nie gelacht hätte, und du weißt doch, wie gern ich lache.«

Innstetten zeigte sich voll Teilnahme mit ihrem Zustand, und das um so lieber, als er ihr in vielem recht gab. Es war wirklich alles schwermütig, so schön es war.

Und so warteten sie denn das Stettiner Schiff ab und trafen am dritten Tage in aller Frühe in Kopenhagen ein, wo sie auf Kongens Nytorv Wohnung nahmen. Zwei Stunden später waren sie schon im Thorwaldsen-Museum, und Effi sagte: »Ja, Geert, das ist schön, und ich bin glücklich, daß wir uns hierher auf den Weg gemacht haben.« Bald danach gingen sie zu Tisch und machten an der Table d'hôte die Bekanntschaft einer ihnen gegenübersitzenden jütländischen Familie, deren bildschöne Tochter, Thora von Penz, ebenso Innstettens wie Effis beinah bewundernde Aufmerksamkeit sofort in Anspruch nahm. Effi konnte sich nicht satt sehen an den großen blauen Augen und dem flachsblonden Haar, und als man sich nach anderthalb Stunden von Tisch erhob, wurde seitens der Penzschen Familie – die leider, denselben Tag noch, Kopenhagen wieder verlassen mußte – die Hoffnung ausgesprochen, das junge preußische Paar mit nächstem in Schloß Aggerhuus (ein halbe Meile vom Limfjord) begrüßen zu dürfen, eine Einladung, die von den Innstettens auch ohne langes Zögern angenommen wurde. So vergingen die Stunden im Hotel. Aber damit war es nicht genug des Guten an diesem denkwürdigen Tage, von dem Effi denn auch versicherte, daß er im Kalender rot angestrichen werden müsse. Der Abend brachte, das Maß des Glücks voll zu machen, eine Vorstellung im Tivoli-Theater: eine italienische Pantomime, Arlequin und Colombine. Effi war wie berauscht von den kleinen Schelmereien, und als sie spät am Abend nach ihrem Hotel zurückkehrten, sagte sie: »Weißt du, Geert, nun fühl ich doch, daß ich allmählich wieder zu mir komme. Von der schönen Thora will ich gar nicht erst sprechen; aber wenn ich bedenke, heute vormittag Thorwaldsen und heute abend diese Colombine…«

»…die dir im Grunde doch noch lieber war als Thorwaldsen…«

»Offen gestanden, ja. Ich habe nun mal den Sinn für dergleichen. Unser gutes Kessin war ein Unglück für mich. Alles fiel mir da auf die Nerven. Rügen beinah auch. Ich denke, wir bleiben noch ein paar Tage hier in Kopenhagen, natürlich mit Ausflug nach Frederiksborg und Helsingör, und dann nach Jütland hinüber; ich freue mich aufrichtig, die schöne Thora wiederzusehen, und wenn ich ein Mann wäre, so verliebte ich mich in sie.«

Innstetten lachte. »Du weißt noch nicht, was ich tue.«

»Wär mir schon recht. Dann gibt es einen Wettstreit, und du sollst sehen, dann hab ich auch noch meine Kräfte.«

»Das brauchst du mir nicht erst zu versichern.«

So verlief denn auch die Reise. Drüben in Jütland fuhren sie den Limfjord hinauf, bis Schloß Aggerhuus, wo sie drei Tage bei der Penzschen Familie verblieben, und kehrten dann mit vielen Stationen und kürzeren und längeren Aufenthalten in Viborg, Flensburg, Kiel über Hamburg (das ihnen ungemein gefiel) in die Heimat zurück – nicht direkt nach Berlin in die Keithstraße, wohl aber vorher nach Hohen-Cremmen, wo man sich nun einer wohlverdienten Ruhe hingeben wollte. Für Innstetten bedeutete das nur wenige Tage, da sein Urlaub abgelaufen war, Effi blieb aber noch eine Woche länger und sprach es aus, erst zum dritten Oktober, ihrem Hochzeitstage, wieder zu Haus eintreffen zu wollen.

Annie war in der Landluft prächtig gediehen, und was Roswitha geplant hatte, daß sie der Mama in Stiefelchen entgegenlaufen sollte, das gelang auch vollkommen. Briest gab sich als zärtlicher Großvater, warnte vor zuviel Liebe, noch mehr vor zuviel Strenge, und war in allem der alte. Eigentlich aber galt all seine Zärtlichkeit doch nur Effi, mit der er sich in seinem Gemüt immer beschäftigte, zumeist auch, wenn er mit seiner Frau allein war.

»Wie findest du Effi?«

»Lieb und gut wie immer. Wir können Gott nicht genug danken, eine so liebenswürdige Tochter zu haben. Und wie dankbar sie für alles ist und immer so glücklich, wieder unter unserm Dach zu sein.«

»Ja«, sagte Briest, »sie hat von dieser Tugend mehr, als mir lieb ist. Eigentlich ist es, als wäre dies hier immer noch ihre Heimstätte. Sie hat doch den Mann und das Kind, und der Mann ist ein Juwel, und das Kind ist ein Engel, aber dabei tut sie, als wäre Hohen-Cremmen immer noch die Hauptsache für sie und Mann und Kind kämen gegen uns beide nicht an. Sie ist eine prächtige Tochter, aber sie ist es mir zu sehr. Es ängstigt mich ein bißchen. Und ist auch ungerecht gegen Innstetten. Wie steht es denn eigentlich damit?«

»Ja, Briest, was meinst du?«

»Nun, ich meine, was ich meine, und du weißt auch was. Ist sie glücklich? Oder ist da doch irgendwas im Wege? Von Anfang an war mir's so, als ob sie ihn mehr schätze als liebe. Und das ist in meinen Augen ein schlimm Ding. Liebe hält auch nicht immer vor, aber Schätzung gewiß nicht. Eigentlich ärgern sich die Weiber, wenn sie wen schätzen müssen; erst ärgern sie sich, und dann langweilen sie sich, und zuletzt lachen sie.«

»Hast du so was an dir selber erfahren?«

»Das will ich nicht sagen. Dazu stand ich nicht hoch genug in der Schätzung. Aber schrauben wir uns nicht weiter, Luise. Sage, wie steht es?«

»Ja, Briest, du kommst immer auf diese Dinge zurück. Da reicht ja kein dutzendmal, daß wir darüber gesprochen und unsere Meinungen ausgetauscht haben, und immer bist du wieder da mit deinem Alleswissen-Wollen und fragst dabei so schrecklich naiv, als ob ich in alle Tiefen sähe. Was hast du nur für Vorstellungen von einer jungen Frau und ganz speziell von deiner Tochter? Glaubst du, daß das alles so plan daliegt? Oder daß ich ein Orakel bin (ich kann mich nicht gleich auf den Namen der Person besinnen) oder daß ich die Wahrheit sofort klipp und klar in den Händen halte, wenn mir Effi ihr Herz ausgeschüttet hat? Oder was man wenigstens so nennt. Denn was heißt ausschütten? Das Eigentliche bleibt doch zurück. Sie wird sich hüten, mich in ihre Geheimnisse einzuweihen. Außerdem, ich weiß nicht, von wem sie's hat, sie ist... ja, sie ist eine sehr schlaue kleine Person, und diese Schlauheit an ihr ist um so gefährlicher, weil sie so sehr liebenswürdig ist.«

»Also das gibst du doch zu... liebenswürdig. Und auch gut?«

»Auch gut. Das heißt voll Herzensgüte. Wie's sonst steht, da bin ich mir doch nicht sicher; ich glaube, sie hat einen Zug, den lieben Gott einen guten Mann sein zu lassen und sich zu trösten, er werde wohl nicht allzu streng mit ihr sein.«

»Meinst du?«

»Ja, das mein ich. Übrigens glaube ich, daß sich vieles gebessert hat. Ihr Charakter ist, wie er ist, aber die Verhältnisse liegen seit ihrer Übersiedlung um vieles günstiger, und sie leben sich mehr und mehr ineinander ein. Sie hat mir so was gesagt, und was mir wichtiger ist, ich hab es auch bestätigt gefunden, mit Augen gesehen.«

»Nun, was sagte sie?«

»Sie sagte: ›Mama, es geht jetzt besser. Innstetten war immer ein vortrefflicher Mann, so einer, wie's nicht viele gibt, aber ich konnte nicht recht an ihn heran, er hatte so was Fremdes. Und fremd war er auch in seiner Zärtlichkeit. Ja, dann am meisten; es hat Zeiten gegeben, wo ich mich davor fürchtete.‹«

»Kenn ich, kenn ich.«

»Was soll das heißen, Briest? Soll ich mich gefürchtet haben, oder willst du dich gefürchtet haben? Ich finde beides gleich lächerlich ...«

»Du wolltest von Effi erzählen.«

»Nun also, sie gestand mir, daß dies Gefühl des Fremden sie verlassen habe, was sie sehr glücklich mache. Kessin sei nicht der rechte Platz für sie gewesen, das spukige Haus und die Menschen da, die einen zu fromm, die andern zu platt, aber seit ihrer Übersiedlung nach Berlin fühle sie sich ganz an ihrem Platze. Er sei der beste Mensch, etwas zu alt für sie und zu gut für sie, aber sie sei nun über den Berg. Sie brauchte diesen Ausdruck, der mir allerdings auffiel.«

»Wieso? Er ist nicht ganz auf der Höhe, ich meine, der Ausdruck. Aber ...«

»Es steckt etwas dahinter. Und sie hat mir das auch andeuten wollen.«

»Meinst du?«

»Ja, Briest; du glaubst immer, sie könne kein Wasser trüben. Aber darin irrst du. Sie läßt sich gern treiben, und wenn die Welle gut ist, dann ist sie auch selber gut. Kampf und Widerstand sind nicht ihre Sache.«

Roswitha kam mit Annie, und so brach das Gespräch ab.

Dies Gespräch führten Briest und Frau an demselben Tage, wo Innstetten von Hohen-Cremmen nach Berlin hin abgereist war, Effi auf wenigstens noch eine Woche zurücklassend. Er wußte, daß es nichts Schöneres für sie gab, als so sorglos in einer weichen Stimmung hinträumen zu können, immer freundliche Worte zu hören und die Versicherung, wie liebenswürdig sie sei. Ja, das war das, was ihr vor allem wohltat, und sie genoß es auch diesmal wieder in vollen Zügen und aufs dankbarste, trotzdem jede Zerstreuung fehlte; Besuch kam selten, weil es seit ihrer Verheiratung, wenigstens für die junge Welt, an dem rechten Anziehungspunkte gebrach, und selbst die Pfarre und die Schule waren nicht mehr das, was sie noch vor Jahr und Tag gewesen waren. Zumal im Schulhause stand alles halbleer. Die Zwillinge hatten sich im Frühjahr an zwei Lehrer in der Nähe von Genthin verheiratet, große Doppelhochzeit mit Festbericht im »Anzeiger fürs Havelland«, und Hulda war in Friesack zur Pflege einer alten Erbtante, die sich übrigens, wie gewöhnlich in solchen Fällen, um sehr viel langlebiger erwies, als Niemeyers angenommen hatten. Hulda schrieb aber trotzdem immer zufriedene Briefe, nicht weil sie wirklich zufrieden war (im Gegenteil), sondern weil sie den Verdacht nicht aufkommen lassen wollte, daß es einem so ausgezeichneten Wesen anders als sehr gut ergehen könne. Niemeyer, ein schwacher Vater, zeigte die Briefe mit Stolz und Freude, während der ebenfalls ganz in seinen Töchtern lebende Jahnke sich herausgerechnet hatte, daß beide junge Frauen am selben Tage, und zwar am Weihnachtsheiligabend, ihre Niederkunft halten würden. Effi lachte herzlich und drückte dem Großvater in spe zunächst den Wunsch aus, bei beiden Enkeln zu Gevatter geladen zu werden, ließ dann aber die Familienthemata fallen und erzählte von »Kjöbenhavn« und Helsingör, vom Limfjord und Schloß Aggerhuus und vor allem von Thora von Penz, die, wie sie nur sagen könne, »typisch skandinavisch« gewesen sei, blauäugig, flachsen und immer in einer roten Plüschtaille, wobei sich Jahnke verklärte und einmal über das andere sagte: »Ja, so sind sie; rein germanisch, viel deutscher als die Deutschen.«

An ihrem Hochzeitstage, dem dritten Oktober, wollte Effi wieder in Berlin sein. Nun war es der Abend vorher, und unter dem Vorgeben, daß sie pakken und alles zur Rückreise vorbereiten wolle, hatte sie sich schon verhältnismäßig früh auf ihr Zimmer zurückgezogen. Eigentlich lag ihr aber nur daran, allein zu sein; so gern sie plauderte, so hatte sie doch auch Stunden, wo sie sich nach Ruhe sehnte.

Die von ihr im Oberstock bewohnten Zimmer lagen nach dem Garten hinaus; in dem kleineren schlief Roswitha und Annie, die Tür nur angelehnt; in dem größeren, das sie selber innehatte, ging sie auf und ab; die unteren Fensterflügel waren geöffnet, und die kleinen weißen Gardinen bauschten sich in dem Zuge, der ging, und fielen dann langsam über die Stuhllehne, bis ein neuer Zugwind kam und sie wieder frei machte. Dabei war es so hell, daß man die Unterschriften unter den über dem Sofa hängenden und in schmale Goldleisten eingerahmten Bildern deutlich lesen konnte: »Der Sturm auf Düppel, Schanze V« und daneben »König Wilhelm und Graf Bismarck auf der Höhe von Lipa«. Effi schüttelte den Kopf und lächelte. »Wenn ich wieder hier bin, bitt ich mir andere Bilder aus; ich kann so was Kriegerisches nicht leiden.« Und nun schloß sie das eine Fenster und setzte sich an das andere, dessen Flügel sie offenließ. Wie tat ihr das alles so wohl. Neben dem Kirchturm stand der Mond und warf sein Licht auch auf den Rasenplatz mit der Sonnenuhr und den Heliotropbeeten. Alles schimmerte silbern, und neben den Schattenstreifen lagen weiße Lichtstreifen, so weiß, als läge Leinwand auf der Bleiche. Weiter hin aber standen die hohen Rhabarberstauden wieder, die Blätter herbstlich gelb, und sie mußte des Tages gedenken, nun erst wenig über zwei Jahre, wo sie hier mit Hulda und den Jahnkeschen Mädchen gespielt hatte. Und dann war sie, als der Besuch kam, die kleine Steintreppe neben der Bank hinaufgestiegen, und eine Stunde später war sie Braut.

Sie erhob sich und ging auf die Tür zu und horchte; Roswitha schlief schon und Annie auch.

Und mit einem Male, während sie das Kind so vor sich hatte, traten ungerufen allerlei Bilder aus den Kessiner Tagen wieder vor ihre Seele: das landrätliche Haus mit seinem Giebel und die Veranda mit dem Blick auf die Plantage, und sie saß im Schaukelstuhl und wiegte sich; und nun trat Crampas an sie heran, um sie zu begrüßen, und dann kam Roswitha mit dem Kinde, und sie nahm es und hob es hoch in die Höhe und küßte es.

»Das war der erste Tag; da fing es an.« Und während sie dem nachhing, verließ sie das Zimmer, drin die beiden schliefen, und setzte sich wieder an das offene Fenster und sah in die stille Nacht hinaus.

»Ich kann es nicht loswerden«, sagte sie. »Und was

das Schlimmste ist und mich ganz irre macht an mir selbst...«

In diesem Augenblicke setzte die Turmuhr drüben ein, und Effi zählte die Schläge.

»Zehn... Und morgen um diese Stunde bin ich in Berlin. Und wir sprechen davon, daß unser Hochzeitstag sei, und er sagt mir Liebes und Freundliches und vielleicht Zärtliches. Und ich sitze dabei und höre es und habe die Schuld auf meiner Seele.«

Und sie stützte den Kopf auf ihre Hand und starrte vor sich hin und schwieg.

»Und ich habe die Schuld auf meiner Seele«, wiederholte sie. »Ja, da *hab* ich sie. Aber *lastet* sie auch auf meiner Seele? Nein. Und das ist es, warum ich vor mir selbst erschrecke. Was da lastet, das ist etwas ganz anderes – Angst, Todesangst und die ewige Furcht: es kommt doch am Ende noch an den Tag. Und dann außer der Angst... Scham. Ich schäme mich. Aber wie ich nicht die rechte Reue habe, so hab ich auch nicht die rechte Scham. Ich schäme mich bloß von wegen dem ewigen Lug und Trug; immer war es mein Stolz, daß ich nicht lügen könne und auch nicht zu lügen brauche, lügen ist so gemein, und nun habe ich doch immer lügen müssen, vor ihm und vor aller Welt, im großen und im kleinen, und Rummschüttel hat es gemerkt und hat die Achseln gezuckt, und wer weiß, was er von mir denkt, jedenfalls nicht das Beste. Ja, Angst quält mich und dazu Scham über mein Lügenspiel. Aber Scham über meine Schuld, die hab ich *nicht* oder doch nicht so recht oder doch nicht genug, und das bringt mich um, daß ich sie nicht habe. Wenn alle Weiber so sind, dann ist es schrecklich, und wenn sie nicht so sind, wie ich hoffe, dann steht es schlecht um mich, dann ist etwas nicht in Ordnung in meiner Seele, dann fehlt mir das richtige Gefühl. Und das hat mir der alte Niemeyer in seinen guten Tagen noch, als ich noch ein halbes Kind war, mal gesagt: auf ein richtiges Gefühl, darauf käme es an, und wenn man das habe, dann könne einem das Schlimmste nicht passieren, und wenn man es nicht habe, dann sei man in einer ewigen Gefahr, und das, was man den Teufel nenne, das habe dann eine sichere Macht über uns. Um Gottes Barmherzigkeit willen, steht es so mit mir?«

Und sie legte den Kopf in ihre Arme und weinte bitterlich.

Als sie sich wieder aufrichtete, war sie ruhiger geworden und sah wieder in den Garten hinaus. Alles war so still, und ein leiser, feiner Ton, wie wenn es regnete, traf von den Platanen her ihr Ohr.

So verging eine Weile. Herüber von der Dorfstraße klang ein Geplärr: der alte Nachtwächter Kulicke rief die Stunden ab, und als er zuletzt schwieg, vernahm sie von fern her, aber immer näher kommend, das Rasseln des Zuges, der, auf eine halbe Meile Entfernung, an Hohen-Cremmen vorüberfuhr. Dann wurde der Lärm wieder schwächer, endlich erstarb er ganz, und nur der Mondschein lag noch auf dem Grasplatz, und nur auf die Platanen rauschte es nach wie vor wie leiser Regen nieder.

Aber es war nur die Nachtluft, die ging.

Fünfundzwanzigstes Kapitel

Am andern Abend war Effi wieder in Berlin, und Innstetten empfing sie am Bahnhof, mit ihm Rollo, der, als sie plaudernd durch den Tiergarten hinfuhren, nebenhertrabte.

»Ich dachte schon, du würdest nicht Wort halten.«

»Aber Geert, ich werde doch Wort halten, das ist doch das erste.«

»Sage das nicht. Immer Wort halten ist sehr viel. Und mitunter kann man auch nicht. Denke doch zurück. Ich erwartete dich damals in Kessin, als du die Wohnung mietetest, und wer nicht kam, war Effi.«

»Ja, das war was anderes.«

Sie mochte nicht sagen, »ich war krank«, und Innstetten hörte drüber hin. Er hatte seinen Kopf auch voll anderer Dinge, die sich auf sein Amt und seine gesellschaftliche Stellung bezogen. »Eigentlich, Effi, fängt unser Berliner Leben nun erst an. Als wir im April hier einzogen, damals ging es mit der Saison auf die Neige, kaum noch daß wir unsere Besuche machen konnten, und Wüllersdorf, der einzige, dem wir näherstanden – nun, der ist leider Junggeselle. Von Juni an schläft dann alles ein, und die heruntergelassenen Rouleaus verkünden einem schon auf hundert Schritt: ›Alles ausgeflogen‹; ob wahr oder nicht, macht keinen Unterschied… Ja, was blieb da noch? Mal mit Vetter Briest sprechen, mal bei Hiller essen, das ist kein richtiges Berliner Leben. Aber nun soll es anders werden. Ich habe mir die Namen aller Räte notiert, die noch mobil genug sind, um ein Haus zu machen. Und wir wollen es *auch*, wollen auch ein Haus machen, und wenn der Winter dann da ist, dann soll es im ganzen Ministerium heißen: ›Ja, die liebenswürdigste Frau, die wir jetzt haben, das ist doch die Frau von Innstetten.‹«

»Ach, Geert, ich kenne dich ja gar nicht wieder, du sprichst ja wie ein Courmacher.«

»Es ist unser Hochzeitstag, und da mußt du mir schon was zugute halten.«

Innstetten war ernsthaft gewillt, auf das stille Leben, das er in seiner landrätlichen Stellung geführt, ein gesellschaftlich angeregteres folgen zu lassen, um seinet- und noch mehr um Effis willen; es ließ sich aber anfangs nur schwach und vereinzelt damit an, die rechte Zeit war noch nicht gekommen, und das Beste, was man zunächst von dem neuen Leben hatte, war genauso wie während des zurückliegenden Halbjahres ein Leben im Hause. Wüllersdorf kam oft, auch Vetter Briest, und waren die da, so schickte man zu Gizickis hinauf, einem jungen Ehepaare, das über ihnen wohnte. Gizicki selbst war Landgerichtsrat, seine kluge, aufgeweckte Frau ein Fräulein von Schmettau. Mitunter wurde musiziert, kurze Zeit sogar ein Whist versucht; man gab es aber wieder auf, weil man fand, daß eine Plauderei gemütlicher wäre. Gizickis hatten bis vor kurzem in einer kleinen oberschlesischen Stadt gelebt, und Wüllersdorf war sogar, freilich vor einer Reihe von Jahren schon, in den verschiedensten kleinen Nestern der Provinz Posen gewesen, weshalb er denn auch den bekannten Spottvers:

Schrimm
Ist schlimm,
Rogasen
Zum Rasen,
Aber weh dir, nach Samter
Verdammter –

mit ebensoviel Emphase wie Vorliebe zu zitieren pflegte. Niemand erheiterte sich dabei mehr als Effi, was dann meistens Veranlassung wurde, kleinstädtische Geschichten in Hülle und Fülle folgen zu lassen. Auch Kessin – mit Gieshübler und der Trippelli, mit Oberförster Ring und Sidonie Grasenabb – kam dann wohl an die Reihe, wobei sich Innstetten, wenn er guter Laune war, nicht leicht genugtun konnte. »Ja«, so hieß es dann wohl, »unser gutes Kessin! Das muß ich zugeben, es war eigentlich reich an Figuren, obenan Crampas, Major Crampas, ganz Beau und halber Barbarossa, den meine Frau, ich weiß nicht, soll ich sagen unbegreiflicher- oder begreiflicherweise, stark in Affektion genommen hatte…«

»Sagen wir begreiflicherweise«, warf Wüllersdorf ein, »denn ich nehme an, daß er Ressourcenvorstand war und Komödie spielte, Liebhaber oder Bonvivants. Und vielleicht noch mehr, vielleicht war er auch ein Tenor.« Innstetten bestätigte das eine wie das andere, und Effi suchte lachend darauf einzugehen, aber es gelang ihr nur mit Anstrengung, und wenn dann die Gäste gingen und Innstetten sich in sein Zimmer zurückzog, um noch einen Stoß Akten abzuarbeiten, so fühlte sie sich immer aufs neue von den alten Vorstellungen gequält, und es war ihr zu Sinn, als ob ihr ein Schatten nachginge.

Solche Beängstigungen blieben ihr auch. Aber sie kamen doch seltener und schwächer, was bei der Art, wie sich ihr Leben gestaltete, nicht wundernehmen konnte. Die Liebe, mit der ihr nicht nur Innstetten, sondern auch fernerstehende Personen begegneten, und nicht zum wenigsten die beinah zärtliche Freundschaft, die die Ministerin, eine selbst noch junge Frau, für sie an den Tag legte – all das ließ die Sorgen und Ängste zurückliegender Tage sich wenigstens mindern, und als ein zweites Jahr ins Land gegangen war und die Kaiserin, bei Gelegenheit einer neuen Stiftung, die »Frau Geheimrätin« mit ausgewählt und in die Zahl der Ehrendamen eingereiht, der alte Kaiser Wilhelm aber auf dem Hofball gnädige, huldvolle Worte an die schöne, junge Frau, von der er schon gehört habe, gerichtet hatte, da fiel es allmählich von ihr ab. Es war einmal gewesen, aber weit, weit weg, wie auf einem andern Stern, und alles löste sich wie ein Nebelbild und wurde Traum.

Die Hohen-Cremmener kamen dann und wann auf Besuch und freuten sich des Glücks der Kinder, Annie wuchs heran – »schön wie die Großmutter«, sagte der alte Briest –, und wenn es an dem klaren Himmel eine Wolke gab, so war es die, daß es, wie man nun beinahe annehmen mußte, bei Klein Annie sein Bewenden haben werde; Haus Innstetten (denn es gab nicht einmal Namensvettern) stand also mutmaßlich auf dem Aussterbeetat. Briest, der den Fortbestand anderer Familien obenhin behandelte, weil er eigentlich nur an die Briests glaubte, scherzte mitunter darüber und sagte: »Ja, Innstetten, wenn das so weitergeht, so wird Annie seinerzeit wohl einen Bankier heiraten (hoffentlich einen christlichen, wenn's deren dann noch gibt), und mit Rücksicht auf das alte freiherrliche Geschlecht der Innstetten wird dann Seine Majestät Annies Haute-Finance-Kinder unter dem Namen ›von der Innstetten‹ im Gothaischen Kalender oder, was weniger wichtig ist, in der preußischen Geschichte fortleben lassen« – Ausführungen, die von Innstetten selbst immer mit einer kleinen Verlegenheit, von Frau von Briest mit Achselzucken, von Effi dagegen mit Heiterkeit aufgenommen wurden. Denn so adelsstolz sie war, so war sie's doch nur für ihre Person, und ein eleganter und welterfahrener und vor allem sehr, sehr reicher Bankierschwiegersohn wäre durchaus nicht gegen ihre Wünsche gewesen.

Ja, Effi nahm die Erbfolgefrage leicht, wie junge, reizende Frauen das tun; als aber eine lange, lange Zeit – sie waren schon im siebenten Jahre in ihrer neuen Stellung – vergangen war, wurde der alte Rummschüttel, der auf dem Gebiete der Gynäkologie nicht ganz ohne Ruf war, durch Frau von Briest doch schließlich zu Rate gezogen. Er verordnete Schwalbach. Weil aber Effi seit letztem Winter auch an katarrhalischen Affektionen litt und ein paarmal sogar auf Lunge hin behorcht worden war, so hieß es abschließend: »Also zunächst Schwalbach, meine Gnädigste, sagen wir drei Wochen, und dann ebenso lange Ems. Bei der Emser Kur kann aber der Geheimrat zugegen sein. Bedeutet mithin alles in allem drei Wochen Trennung. Mehr kann ich für Sie nicht tun, lieber Innstetten.«

Damit war man denn auch einverstanden, und zwar sollte Effi, dahin ging ein weiterer Beschluß, die Reise mit einer Geheimrätin Zwicker zusammen machen, wie Briest sagte, »zum Schutze dieser letzteren«, worin er nicht ganz unrecht hatte, da die Zwikker, trotz guter Vierzig, eines Schutzes erheblich bedürftiger war als Effi. Innstetten, der wieder viel mit Vertretung zu tun hatte, beklagte, daß er, von Schwalbach gar nicht zu reden, wahrscheinlich auch auf gemeinschaftliche Tage in Ems werde verzichten müssen. Im übrigen wurde der 24. Juni (Johannistag) als Abreisetag festgesetzt, und Roswitha half der gnädigen Frau beim Packen und Aufschreiben der Wäsche. Effi hatte noch immer die alte Liebe für sie, war doch Roswitha die einzige, mit der sie von alldem Zurückliegenden, von Kessin und Crampas, von dem Chinesen und Kapitän Thomsens Nichte, frei und unbefangen reden konnte.

»Sage, Roswitha, du bist doch eigentlich katholisch. Gehst du denn nie zur Beichte?«

»Nein.«

»Warum nicht?«

»Ich bin früher gegangen. Aber das Richtige hab ich doch nicht gesagt.«

»Das ist sehr unrecht. Dann freilich kann es nicht helfen.«

»Ach, gnädigste Frau, bei mir im Dorfe machten es alle so. Und welche waren, die kicherten bloß.«

»Hast du denn nie empfunden, daß es ein Glück ist, wenn man etwas auf der Seele hat, daß es runter kann?«

»Nein, gnädigste Frau. Angst habe ich wohl gehabt, als mein Vater damals mit dem glühenden Eisen auf mich loskam; ja, das war eine große Furcht, aber weiter war es nichts.«

»Nicht vor Gott?«

»Nicht so recht, gnädigste Frau. Wenn man sich vor seinem Vater so fürchtet, wie ich mich gefürchtet habe, dann fürchtet man sich nicht so sehr vor Gott. Ich habe bloß immer gedacht, der liebe Gott sei gut und werde mir armem Wurm schon helfen.«

Effi lächelte und brach ab und fand es auch natürlich, daß die arme Roswitha so sprach, wie sie sprach. Sie sagte aber doch:

»Weißt du, Roswitha, wenn ich wiederkomme, müssen wir doch noch mal ernstlich drüber reden. Es war doch eigentlich eine große Sünde.«

»Das mit dem Kinde und daß es verhungert ist? Ja, gnädigste Frau, das war es. Aber ich war es ja nicht, das waren ja die anderen… Und dann ist es auch schon so sehr lange her.«

Sechsundzwanzigstes Kapitel

Effi war nun schon in die fünfte Woche fort und schrieb glückliche, beinahe übermütige Briefe, namentlich seit ihrem Eintreffen in Ems, wo man doch unter Menschen sei, das heißt unter Männern, von denen sich in Schwalbach nur ausnahmsweise was gezeigt habe. Geheimrätin Zwicker, ihre Reisegefährtin, habe freilich die Frage nach dem Kurgemäßen dieser Zutat aufgeworfen und sich aufs entschiedenste dagegen ausgesprochen, alles natürlich mit einem Gesichtsausdrucke, der so ziemlich das Gegenteil versichert habe; die Zwicker sei reizend, etwas frei, wahrscheinlich sogar mit einer Vergangenheit, aber höchst amüsant, und man könne viel, sehr viel von ihr lernen; nie habe sie sich, trotz ihrer fünfundzwanzig, so als Kind gefühlt wie nach der Bekanntschaft mit dieser Dame. Dabei sei sie so belesen, auch in fremder Literatur, und als sie, Effi, beispielsweise neulich von Nana gesprochen und dabei gefragt habe, »ob es denn wirklich so schrecklich sei«, habe die Zwicker geantwortet: »Ach, meine liebe Baronin, was heißt schrecklich? Da gibt es noch ganz anderes!« – »Sie schien mich auch«, so schloß Effi ihren Brief, »mit diesem ›anderen‹ bekannt machen zu wollen. Ich habe es aber abgelehnt, weil ich weiß, daß Du die Unsitte unserer Zeit aus diesem und ähnlichem herleitest, und wohl mit Recht. Leicht ist es mir aber nicht geworden. Dazu kommt noch, daß Ems in einem Kessel liegt. Wir leiden hier außerordentlich unter der Hitze.«

Innstetten hatte diesen letzten Brief mit geteilten Empfindungen gelesen, etwas erheitert, aber doch auch ein wenig mißmutig. Die Zwicker war keine Frau für Effi, der nun mal ein Zug innewohnte, sich nach links hin treiben zu lassen; er gab es aber auf, irgendwas in diesem Sinne zu schreiben, einmal, weil er sie nicht verstimmen wollte, mehr noch, weil er sich sagte, daß es doch nichts helfen würde. Dabei sah er der Rückkehr seiner Frau mit Sehnsucht entgegen und beklagte des Dienstes nicht bloß »immer gleichgestellte«, sondern jetzt, wo jeder Ministerialrat fort war oder fort wollte, leider auch auf Doppelstunden gestellte Uhr.

Ja, Innstetten sehnte sich nach Unterbrechung von Arbeit und Einsamkeit, und verwandte Gefühle hegte man draußen in der Küche, wo Annie, wenn die Schulstunden hinter ihr lagen, ihre Zeit am liebsten verbrachte, was insoweit ganz natürlich war, als Roswitha und Johanna nicht nur das kleine Fräulein in gleichem Maße liebten, sondern auch untereinander nach wie vor auf dem besten Fuße standen. Diese Freundschaft der beiden Mädchen war ein Lieblingsgespräch zwischen den verschiedenen Freunden des Hauses, und Landgerichtsrat Gizicki sagte dann wohl zu Wüllersdorf: »Ich sehe darin nur eine neue Bestätigung des alten Weisheitssatzes: ›Laßt fette Leute um mich sein‹; – Cäsar war eben ein Menschenkenner und wußte, daß Dinge wie Behaglichkeit und Umgänglichkeit eigentlich nur beim Embonpoint sind.« Von einem solchen ließ sich denn nun bei beiden Mädchen auch wirklich sprechen, nur mit dem Unterschiede, daß das in diesem Falle nicht gut zu umgehende Fremdwort bei Roswitha schon stark eine Beschönigung, bei Johanna dagegen einfach die zutreffende Bezeichnung war. Diese letztere durfte man nämlich nicht eigentlich korpulent nennen, sie war nur prall und drall und sah jederzeit mit einer eigenen, ihr übrigens durchaus kleidenden Siegermiene gradlinig und blauäugig über ihre Normalbüste fort. Von Haltung und Anstand getragen, lebte sie ganz in dem Hochgefühl, die Dienerin eines guten Hauses zu sein, wobei sie das Überlegenheitsbewußtsein über die halb bäuerisch gebliebene Roswitha in einem so hohen Maße hatte, daß sie, was gelegentlich vorkam, die momentan bevorzugte Stellung dieser nur belächelte. Diese Bevorzugung – nun ja, wenn's dann mal so sein sollte – war eine kleine liebenswürdige Sonderbarkeit der gnädigen Frau, die man der guten alten Roswitha mit ihrer ewigen Geschichte »von dem Vater mit der glühenden Eisenstange« schon gönnen konnte. »Wenn man sich besser hält, so kann dergleichen nicht vorkommen.« Das alles dachte sie, sprach's aber nicht aus. Es war eben ein freundliches Miteinanderleben. Was aber wohl ganz besonders für Frieden und gutes Einvernehmen sorgte, das war der Umstand, daß man sich, nach einem stillen Übereinkommen, in die Behandlung und fast auch Erziehung Annies geteilt hatte. Roswitha hatte das poetische Departement, die Märchen- und Geschichtenerzählung, Johanna dagegen das des Anstands, eine Teilung, die hüben und drüben so festgewurzelt stand, daß Kompetenzkonflikte kaum vorkamen, wobei der Charakter Annies, die eine ganz entschiedene Neigung hatte, das vornehme Fräulein zu betonen, allerdings mithalf, eine Rolle, bei der sie keine bessere Lehrerin als Johanna haben konnte.

Noch einmal also: Beide Mädchen waren gleichwertig in Annies Augen. In diesen Tagen aber, wo man sich auf die Rückkehr Effis vorbereitete, war Roswitha der Rivalin mal wieder um einen Pas voraus, weil ihr, und zwar als etwas ihr Zuständiges, die ganze Begrüßungsangelegenheit zugefallen war. Diese Begrüßung zerfiel in zwei Hauptteile: Girlande mit Kranz und dann, abschließend, Gedichtvortrag. Kranz und Girlande – nachdem man über »W.« oder »E. v. I.« eine Zeitlang geschwankt – hatte zuletzt keine sonderlichen Schwierigkeiten gemacht (»W.«, in Vergißmeinnicht geflochten, war bevorzugt worden), aber desto größere Verlegenheit schien die Gedichtfrage heraufbeschwören zu sollen und wäre vielleicht ganz unbeglichen geblieben, wenn Roswitha nicht den Mut gehabt hätte, den von einer Gerichtssitzung heimkehrenden Landgerichtsrat auf der zweiten Treppe zu stellen und ihm mit einem auf einen »Vers« gerichteten Ansinnen mutig entgegenzutreten. Gizicki, ein sehr gütiger Herr, hatte sofort alles versprochen, und noch am selben Spätnachmittage war seitens seiner Köchin der gewünschte Vers, und zwar folgenden Inhalts, abgegeben worden:

Mama, wir erwarten dich lange schon,
Durch Wochen und Tage und Stunden,
Nun grüßen wir dich von Flur und Balkon
Und haben Kränze gewunden.
Nun lacht Papa voll Freudigkeit,
Denn die gattin- und mutterlose Zeit
Ist endlich von ihm genommen,
Und Roswitha lacht und Johanna dazu,
Und Annie springt aus ihrem Schuh
Und ruft: »Willkommen, willkommen.«

Es versteht sich von selbst, daß die Strophe noch an demselben Abend auswendig gelernt, aber doch nebenher auch auf ihre Schönheit beziehungsweise Nicht-Schönheit kritisch geprüft worden war. Das Betonen von Gattin und Mutter, so hatte sich Johanna geäußert, erscheine zunächst freilich nur in der Ordnung; aber es läge doch auch etwas darin, was Anstoß erregen könne, und sie persönlich würde sich als »Gattin und Mutter« dadurch verletzt fühlen. Annie, durch diese Bemerkung einigermaßen geängstigt, versprach, das Gedicht am andern Tage der Klassenlehrerin vorlegen zu wollen, und kam mit dem Bemerken zurück: Das Fräulein sei mit »Gattin und Mutter« durchaus einverstanden, aber desto mehr gegen »Roswitha und Johanna« gewesen – worauf Roswitha erklärt hatte: Das Fräulein sei eine dumme Gans; das käme davon, wenn man zuviel gelernt habe.

Es war an einem Mittwoch, daß die Mädchen und Annie das vorstehende Gespräch geführt und den Streit um die bemängelte Zeile beigelegt hatten. Am andern Morgen – ein erwarteter Brief Effis hatte noch den mutmaßlich erst in den Schluß der nächsten Woche fallenden Ankunftstag festzustellen – ging Innstetten auf das Ministerium. Jetzt war Mittag heran, die Schule aus, und als Annie, ihre Mappe auf dem Rücken, eben vom Kanal her auf die Keithstraße zuschritt, traf sie Roswitha vor ihrer Wohnung.

»Nun laß sehen«, sagte Annie, »wer am ehesten von uns die Treppe heraufkommt.« Roswitha wollte von diesem Wettlauf nichts wissen, aber Annie jagte voran, geriet, oben angekommen, ins Stolpern und fiel dabei so unglücklich, daß sie mit der Stirn auf den dicht an der Treppe befindlichen Abkratzer aufschlug und stark blutete. Roswitha, mühevoll nachkeuchend, riß jetzt die Klingel, und als Johanna das etwas verängstigte Kind hineingetragen hatte, beratschlagte man, was nun wohl zu machen sei. »Wir wollen nach dem Doktor schicken … wir wollen nach dem gnädigen Herrn schicken … des Portiers Lene muß ja jetzt auch aus der Schule wieder dasein.« Es wurde aber alles wieder verworfen, weil es zu lange dauere, man müsse gleich was tun, und so packte man denn das Kind aufs Sofa und begann mit kaltem Wasser zu kühlen. Alles ging auch gut, so daß man sich zu beruhigen begann. »Und nun wollen wir sie verbinden«, sagte schließlich Roswitha. »Da muß ja noch die lange Binde sein, die die gnädige Frau letzten Winter zuschnitt, als sie sich auf dem Eise den Fuß verknickt hatte…« – »Freilich, freilich«, sagte Johanna, »bloß wo die Binde hernehmen? … Richtig, da fällt mir ein, die liegt im Nähtisch. Er wird wohl zu sein, aber das Schloß ist Spielerei; holen Sie nur das Stemmeisen, Roswitha, wir wollen den Deckel aufbrechen.« Und nun wuchteten sie auch wirklich den Deckel ab und begannen in den Fächern umherzukramen, oben und unten, die zusammengerollte Binde jedoch wollte sich nicht finden lassen. »Ich weiß aber doch, daß ich sie gesehn habe«, sagte Roswitha, und während sie halb ärgerlich immer weitersuchte, flog alles, was ihr dabei zu Händen kam, auf das breite Fensterbrett: Nähzeug, Nadelkissen, Rollen mit Zwirn und Seide, kleine vertrocknete Veilchensträußchen, Karten, Billetts, zuletzt ein kleines Konvolut von Briefen, das unter dem dritten Einsatz gelegen hatte, ganz unten, mit einem roten Seidenfaden umwickelt. Aber die Binde hatte man noch immer nicht.

In diesem Augenblicke trat Innstetten ein.

»Gott«, sagte Roswitha und stellte sich erschreckt neben das Kind. »Es ist nichts, gnädiger Herr; Annie ist auf das Kratzeisen gefallen… Gott, was wird die gnädige Frau sagen. Und doch ist es ein Glück, daß sie nicht mit dabei war.«

Innstetten hatte mittlerweile die vorläufig aufgelegte Kompresse fortgenommen und sah, daß es ein tiefer Riß, sonst aber ungefährlich war. »Es ist nicht schlimm«, sagte er; »trotzdem, Roswitha, wir müssen sehen, daß Rummschüttel kommt. Lene kann ja gehen, die wird jetzt Zeit haben. Aber was in aller Welt ist denn das da mit dem Nähtisch?«

Und nun erzählte Roswitha, wie sie nach der gerollten Binde gesucht hätten; aber sie wolle es nun aufgeben und lieber eine neue Leinwand schneiden.

Innstetten war einverstanden und setzte sich, als bald danach beide Mädchen das Zimmer verlassen hatten, zu dem Kinde. »Du bist so wild, Annie, das hast du von der Mama. Immer wie ein Wirbelwind. Aber dabei kommt nichts heraus oder höchstens so was.« Und er wies auf die Wunde und gab ihr einen Kuß. »Du hast aber nicht geweint, das ist brav, und darum will ich dir die Wildheit verzeihen... Ich denke, der Doktor wird in einer Stunde hier sein; tu nur alles, was er sagt, und wenn er dich verbunden hat, so zerre nicht und rücke und drücke nicht dran, dann heilt es schnell, und wenn die Mama dann kommt, dann ist alles wieder in Ordnung oder doch beinah. Ein Glück ist es aber doch, daß es noch bis nächste Woche dauert, Ende nächster Woche, so schreibt sie mir; eben habe ich einen Brief von ihr bekommen; sie läßt dich grüßen und freut sich, dich wiederzusehen.«

»Du könntest mir den Brief eigentlich vorlesen, Papa.«

»Das will ich gern.«

Aber eh er dazu kam, kam Johanna, um zu sagen, daß das Essen aufgetragen sei. Annie, trotz ihrer Wunde, stand mit auf, und Vater und Tochter setzten sich zu Tisch.

Siebenundzwanzigstes Kapitel

Innstetten und Annie saßen sich eine Weile stumm gegenüber; endlich, als ihm die Stille peinlich wurde, tat er ein paar Fragen über die Schulvorsteherin und welche Lehrerin sie eigentlich am liebsten habe. Annie antwortete auch, aber ohne rechte Lust, weil sie fühlte, daß Innstetten wenig bei der Sache war. Es wurde erst besser, als Johanna, nach dem zweiten Gericht, ihrem Anniechen zuflüsterte, es gäbe noch was. Und wirklich, die gute Roswitha, die dem Liebling an diesem Unglückstage was schuldig zu sein glaubte, hatte noch ein übriges getan und sich zu einer Omelette mit Apfelschnitten aufgeschwungen.

Annie wurde bei diesem Anblicke denn auch etwas redseliger, und ebenso zeigte sich Innstettens Stimmung gebessert, als es gleich danach klingelte und Geheimrat Rummschüttel eintrat. Ganz zufällig. Er sprach nur vor, ohne jede Ahnung, daß man nach ihm geschickt und um seinen Besuch gebeten habe. Mit den aufgelegten Kompressen war er zufrieden. »Lassen Sie noch etwas Bleiwasser holen und Annie morgen zu Hause bleiben. Überhaupt Ruhe.« Dann frug er noch nach der gnädigen Frau und wie die Nachrichten aus Ems seien; er werde den andern Tag wiederkommen und nachsehen.

Als man von Tisch aufgestanden und in das nebenan gelegene Zimmer – dasselbe, wo man mit so viel Eifer und doch vergebens nach dem Verbandstück gesucht hatte – eingetreten war, wurde Annie wieder auf das Sofa gebettet. Johanna kam und setzte sich zu dem Kinde, während Innstetten die zahllosen Dinge, die bunt durcheinandergewürfelt noch auf dem Fensterbrett umherlagen, wieder in den Nähtisch einzuräumen begann. Dann und wann wußte er sich nicht recht Rat und mußte fragen.

»Wo haben die Briefe gelegen, Johanna?«

»Ganz zuunterst«, sagte diese, »hier in diesem Fach.«

Und während so Frage und Antwort ging, betrachtete Innstetten etwas aufmerksamer als vorher das kleine, mit einem roten Faden zusammengebundene Paket, das mehr aus einer Anzahl zusammengelegter Zettel als aus Briefen zu bestehen schien. Er fuhr, als wäre es ein Spiel Karten, mit dem Daumen und Zeigefinger an der Seite des Päckchens hin, und einige Zeilen, eigentlich nur vereinzelte Worte, flogen dabei an seinem Auge vorüber. Von deutlichem Erkennen konnte keine Rede sein, aber es kam ihm doch so vor, als habe er die Schriftzüge schon irgendwo gesehen. Ob er nachsehen solle?

»Johanna, Sie könnten uns den Kaffee bringen. Annie trinkt auch eine halbe Tasse. Der Doktor hat's nicht verboten, und was nicht verboten ist, ist erlaubt.«

Als er das sagte, wand er den roten Faden ab und ließ, während Johanna das Zimmer verließ, den ganzen Inhalt des Päckchens rasch durch die Finger gleiten. Nur zwei, drei Briefe waren adressiert: »An Frau Landrat von Innstetten.« Er erkannte jetzt auch die Handschrift; es war die des Majors. Innstetten wußte nichts von einer Korrespondenz zwischen Crampas und Effi, und in seinem Kopfe begann sich alles zu drehen. Er steckte das Paket zu sich und ging in sein Zimmer zurück. Etliche Minuten später, und Johanna, zum Zeichen, daß der Kaffee da sei, klopfte leis an die Tür. Innstetten antwortete auch, aber dabei blieb es; sonst alles still. Erst nach einer Viertelstunde hörte man wieder sein Aufundabschreiten auf dem Teppich. »Was nur Papa hat?« sagte Johanna zu Annie. »Der Doktor hat ihm doch gesagt, es sei nichts.«

Das Aufundabschreiten nebenan wollte kein Ende nehmen. Endlich erschien Innstetten wieder im Nebenzimmer und sagte: »Johanna, achten Sie auf Annie und daß sie ruhig auf dem Sofa bleibt. Ich will eine Stunde gehen oder vielleicht zwei.«

Dann sah er das Kind aufmerksam an und entfernte sich.

»Hast du gesehen, Johanna, wie Papa aussah?«

»Ja, Annie. Er muß einen großen Ärger gehabt haben. Er war ganz blaß. So hab ich ihn noch nie gesehen.«

Es vergingen Stunden. Die Sonne war schon unter, und nur ein roter Widerschein lag noch über den Dächern drüben, als Innstetten wieder zurückkam. Er gab Annie die Hand, fragte, wie's ihr gehe, und ordnete dann an, daß ihm Johanna die Lampe in sein Zimmer bringe. Die Lampe kam auch. In dem grünen Schirm befanden sich halbdurchsichtige Ovale mit Photographien, allerlei Bildnisse seiner Frau, die noch in Kessin, damals als man den Wichertschen »Schritt vom Wege« aufgeführt hatte, für die verschiedenen Mitspielenden angefertigt waren. Innstetten drehte den Schirm langsam von links nach rechts und musterte jedes einzelne Bildnis. Dann ließ er davon ab, öffnete, weil er es schwül fand, die Balkontür und nahm schließlich das Briefpaket wieder zur

Hand. Es schien, daß er, gleich beim ersten Durchsehen, ein paar davon ausgewählt und obenauf gelegt hatte. Diese las er jetzt noch einmal mit halblauter Stimme.

»Sei heute nachmittag wieder in den Dünen, hinter der Mühle. Bei der alten Adermann können wir uns ruhig sprechen, das Haus ist abgelegen genug. Du mußt Dich nicht um alles so bangen. Wir haben *auch* ein Recht. Und wenn Du Dir das eindringlich sagst, wird, denk ich, alle Furcht von Dir abfallen. Das Leben wäre nicht des Lebens wert, wenn das alles gelten sollte, was zufällig gilt. Alles Beste liegt jenseits davon. Lerne Dich daran freuen.«

»... Fort, so schreibst Du, Flucht. Unmöglich. Ich kann meine Frau nicht im Stich lassen, zu allem andern auch noch in Not. Es geht nicht, und wir müssen es leicht nehmen, sonst sind wir arm und verloren. Leichtsinn ist das Beste, was wir haben. Alles ist Schicksal. Es hat so sein sollen. Und möchtest Du, daß es anders wäre, daß wir uns nie gesehen hätten?«

Dann kam der dritte Brief.

»... Sei heute noch einmal an der alten Stelle. Wie sollen meine Tage hier verlaufen ohne Dich! In diesem öden Nest. Ich bin außer mir, und nur darin hast Du recht: es ist die Rettung, und wir müssen schließlich doch die Hand segnen, die diese Trennung über uns verhängt.«

Innstetten hatte die Briefe kaum wieder beiseite geschoben, als draußen die Klingel ging. Gleich danach meldete Johanna: »Geheimrat Wüllersdorf«.

Wüllersdorf trat ein und sah auf den ersten Blick, daß etwas vorgefallen sein müsse.

»Pardon, Wüllersdorf«, empfing ihn Innstetten,

»daß ich Sie gebeten habe, noch gleich heute bei mir vorzusprechen. Ich störe niemand gern in seiner Abendruhe, am wenigsten einen geplagten Ministerialrat. Es ging aber nicht anders. Ich bitte Sie, machen Sie sich's bequem. Und hier eine Zigarre.«

Wüllersdorf setzte sich. Innstetten ging wieder auf und ab und wäre bei der ihn verzehrenden Unruhe gern in Bewegung geblieben, sah aber, daß das nicht gehe. So nahm er denn auch seinerseits eine Zigarre, setzte sich Wüllersdorf gegenüber und versuchte ruhig zu sein.

»Es ist«, begann er, »um zweier Dinge willen, daß ich Sie habe bitten lassen: erst, um eine Forderung zu überbringen, und zweitens, um hinterher, in der Sache selbst, mein Sekundant zu sein; das eine ist nicht angenehm und das andere noch weniger. Und nun Ihre Antwort.«

»Sie wissen, Innstetten, Sie haben über mich zu verfügen. Aber eh ich die Sache kenne, verzeihen Sie mir die naive Vorfrage: Muß es sein? Wir sind doch über die Jahre weg, *Sie,* um die Pistole in die Hand zu nehmen, und *ich,* um dabei mitzumachen. Indessen mißverstehen Sie mich nicht, alles dies soll kein ›Nein‹ sein. Wie könnte ich Ihnen etwas abschlagen. Aber nun sagen Sie, was ist es?«

»Es handelt sich um einen Galan meiner Frau, der zugleich mein Freund war oder doch beinah.«

Wüllersdorf sah Innstetten an. »Innstetten, das ist nicht möglich.«

»Es ist mehr als möglich, es ist gewiß. Lesen Sie.«

Wüllersdorf flog drüber hin. »Die sind an Ihre Frau gerichtet?«

»Ja. Ich fand sie heut in ihrem Nähtisch.«

»Und wer hat sie geschrieben?«

»Major Crampas.«

»Also Dinge, die sich abgespielt, als Sie noch in Kessin waren?«

Innstetten nickte.

»Liegt also sechs Jahre zurück oder noch ein halb Jahr länger.«

»Ja.«

Wüllersdorf schwieg. Nach einer Weile sagte Innstetten: »Es sieht fast so aus, Wüllersdorf, als ob die sechs oder sieben Jahre einen Eindruck auf Sie machten. Es gibt eine Verjährungstheorie, natürlich, aber ich weiß doch nicht, ob wir hier einen Fall haben, diese Theorie gelten zu lassen.«

»Ich weiß es auch nicht«, sagte Wüllersdorf. »Und ich bekenne Ihnen offen, um diese Frage scheint sich hier alles zu drehen.«

Innstetten sah ihn groß an. »Sie sagen das in vollem Ernst?«

»In vollem Ernst. Es ist keine Sache, sich in jeu d'esprit oder in dialektischen Spitzfindigkeiten zu versuchen.«

»Ich bin neugierig, wie Sie das meinen. Sagen Sie mir offen, wie stehen Sie dazu?«

»Innstetten, Ihre Lage ist furchtbar, und Ihr Lebensglück ist hin. Aber wenn Sie den Liebhaber totschießen, ist Ihr Lebensglück sozusagen doppelt hin, und zu dem Schmerz über empfangenes Leid kommt noch der Schmerz über getanes Leid. Alles dreht sich um die Frage, müssen Sie's durchaus tun? Fühlen Sie sich so verletzt, beleidigt, empört, daß einer weg muß, er oder Sie? Steht es so?«

»Ich weiß es nicht.«

»Sie müssen es wissen.«

Innstetten war aufgesprungen, trat ans Fenster und tippte voll nervöser Erregung an die Scheiben. Dann wandte er sich rasch wieder, ging auf Wüllersdorf zu und sagte: »Nein, so steht es nicht.«

»Wie steht es dann?«

»Es steht so, daß ich unendlich unglücklich bin; ich bin gekränkt, schändlich hintergangen, aber trotzdem, ich bin ohne jedes Gefühl von Haß oder gar von Durst nach Rache. Und wenn ich mich frage, warum nicht, so kann ich zunächst nichts anderes finden als die Jahre. Man spricht immer von unsühnbarer Schuld; vor Gott ist es gewiß falsch, aber vor den Menschen auch. Ich hätte nie geglaubt, daß die *Zeit*, rein als Zeit, so wirken könne. Und dann als zweites: ich liebe meine Frau, ja, seltsam zu sagen, ich liebe sie noch, und so furchtbar ich alles finde, was geschehen, ich bin so sehr im Bann ihrer Liebenswürdigkeit, eines ihr eignen heiteren Charmes, daß ich mich, mir selbst zum Trotz, in meinem letzten Herzenswinkel zum Verzeihen geneigt fühle.«

Wüllersdorf nickte. »Kann ganz folgen, Innstetten, würde mir vielleicht ebenso gehen. Aber wenn Sie so zu der Sache stehen und mir sagen: ›Ich liebe diese Frau so sehr, daß ich ihr alles verzeihen kann‹ und wenn wir dann das andere hinzunehmen, daß alles weit, weit zurückliegt, wie ein Geschehnis auf einem andern Stern, ja, wenn es so liegt, Innstetten, so frage ich, wozu die ganze Geschichte?«

»Weil es trotzdem sein muß. Ich habe mir's hin und her überlegt. Man ist nicht bloß ein einzelner Mensch, man gehört einem Ganzen an, und auf das Ganze haben wir beständig Rücksicht zu nehmen, wir sind durchaus abhängig von ihm. Ging es, in Einsamkeit zu leben, so könnt ich es gehen lassen; ich trüge dann die mir aufgepackte Last, das rechte Glück wäre hin, aber es müssen so viele leben ohne dies ›rechte Glück‹, und ich würde es auch müssen und – auch können. Man braucht nicht glücklich zu sein, am allerwenigsten hat man einen Anspruch darauf, und den, der einem das Glück genommen hat, den braucht man nicht notwendig aus der Welt zu schaffen. Man kann ihn, wenn man weltabgewandt weiterexistieren will, auch laufen lassen. Aber im Zusammenleben mit den Menschen hat sich ein Etwas ausgebildet, das nun mal da ist und nach dessen Paragraphen wir uns gewöhnt haben alles zu beurteilen, die andern und uns selbst. Und dagegen zu verstoßen geht nicht; die Gesellschaft verachtet uns, und zuletzt tun wir es selbst und können es nicht aushalten und jagen uns die Kugel durch den Kopf. Verzeihen Sie, daß ich Ihnen solche Vorlesung halte, die schließlich doch nur sagt, was sich jeder selber hundertmal gesagt hat. Aber freilich, wer kann was Neues sagen! Also noch einmal, nichts von Haß oder dergleichen, und um eines Glükkes willen, das mir genommen wurde, mag ich nicht Blut an den Händen haben; aber jenes, wenn Sie wollen, uns tyrannisierende Gesellschafts-Etwas, das fragt nicht nach Charme und nicht nach Liebe und nicht nach Verjährung. Ich habe keine Wahl. Ich muß.«

»Ich weiß doch nicht, Innstetten …«

Innstetten lächelte. »Sie sollen selbst entscheiden, Wüllersdorf. Es ist jetzt zehn Uhr. Vor sechs Stunden, diese Konzession will ich Ihnen vorweg machen, hatt ich das Spiel noch in der Hand, konnt ich noch das eine und noch das andere, da war noch ein Ausweg. Jetzt nicht mehr, jetzt stecke ich in einer Sackgasse. Wenn Sie wollen, so bin ich selber schuld daran; ich hätte mich besser beherrschen und bewachen, alles in mir verbergen, alles im eignen Herzen auskämpfen sollen. Aber es kam mir zu plötzlich, zu stark, und so kann ich mir kaum einen Vorwurf machen, meine Nerven nicht geschickter in Ordnung gehalten zu haben. Ich ging zu Ihnen und schrieb Ihnen einen Zettel, und damit war das Spiel aus meiner Hand. Von dem Augenblicke an hatte mein Unglück und, was schwerer wiegt, der Fleck auf meiner Ehre einen halben Mitwisser, und nach den ersten Worten, die wir hier gewechselt, hat es einen ganzen. Und weil dieser Mitwisser da ist, kann ich nicht mehr zurück.«

»Ich weiß doch nicht«, wiederholte Wüllersdorf. »Ich mag nicht gerne zu der alten abgestandenen Phrase greifen, aber doch läßt sich's nicht besser sagen: Innstetten, es ruht alles in mir wie in einem Grabe.«

»Ja, Wüllersdorf, so heißt es immer. Aber es gibt keine Verschwiegenheit. Und wenn Sie's wahr machen und gegen andere die Verschwiegenheit selber sind, so wissen *Sie* es, und es rettet mich nicht vor Ihnen, daß Sie mir eben Ihre Zustimmung ausgedrückt und mir sogar gesagt haben: ›Ich kann Ihnen in allem folgen.‹ Ich bin, und dabei bleibt es, von diesem Augenblicke an ein Gegenstand Ihrer Teilnahme (schon nicht etwas sehr Angenehmes), und jedes Wort, das Sie mich mit meiner Frau wechseln hören, unterliegt Ihrer Kontrolle, Sie mögen wollen oder nicht, und wenn meine Frau von Treue spricht oder, wie Frauen tun, über eine andere zu Gericht sitzt, so weiß ich nicht, wo ich mit meinen Blicken hin soll. Und ereignet sich's gar, daß ich in irgendeiner ganz alltäglichen Beleidigungssache zum Guten rede, ›weil ja der Dolus fehle‹ oder so was Ähnliches, so geht ein Lächeln über Ihr Gesicht, oder es zuckt wenigstens darin, und in Ihrer Seele klingt es: ›Der gute Innstetten, er hat doch eine wahre Passion, alle Beleidigungen auf ihren Beleidigungsgehalt chemisch zu untersuchen, und das richtige Quantum Stickstoff findet er *nie*. Er ist noch nie an einer Sache erstickt‹... Habe ich recht, Wüllersdorf, oder nicht?«

Wüllersdorf war aufgestanden. »Ich finde es furchtbar, daß Sie recht haben, aber Sie *haben* recht. Ich quäle Sie nicht länger mit meinem ›muß es sein‹. Die Welt ist einmal, wie sie ist, und die Dinge verlaufen nicht, wie *wir* wollen, sondern wie die *andern* wollen. Das mit dem ›Gottesgericht‹, wie manche hochtrabend versichern, ist freilich ein Unsinn, nichts davon, umgekehrt, unser Ehrenkultus ist ein Götzendienst, aber wir müssen uns ihm unterwerfen, solange der Götze gilt.«

Innstetten nickte.

Sie blieben noch eine Viertelstunde miteinander, und es wurde festgestellt, Wüllersdorf solle noch denselben Abend abreisen. Ein Nachtzug ging um zwölf.

Dann trennten sie sich mit einem kurzen: »Auf Wiedersehen in Kessin.«

Achtundzwanzigstes Kapitel

Am andern Abend, wie verabredet, reiste Innstetten. Er benutzte denselben Zug, den am Tage vorher Wüllersdorf benutzt hatte, und war bald nach fünf Uhr früh auf der Bahnstation, von wo der Weg nach Kessin links abzweigte. Wie immer, solange die Saison dauerte, ging auch heute, gleich nach Eintreffen des Zuges, das mehrerwähnte Dampfschiff, dessen erstes Läuten Innstetten schon hörte, als er die letzten Stufen der vom Bahndamm hinabführenden Treppe erreicht hatte. Der Weg bis zur Anlegestelle war keine drei Minuten; er schritt darauf zu und begrüßte den Kapitän, der etwas verlegen war, also im Laufe des gestrigen Tages von der ganzen Sache schon gehört haben mußte, und nahm dann seinen Platz in der Nähe des Steuers. Gleich danach löste sich das Schiff vom Brückensteg los; das Wetter war herrlich, helle Morgensonne, nur wenig Passagiere an Bord. Innstetten gedachte des Tages, als er, mit Effi von der Hochzeitsreise zurückkehrend, hier am Ufer der Kessine hin in offenem Wagen gefahren war – ein grauer Novembertag damals, aber er selber froh im Herzen; nun hatte sich's verkehrt: das Licht lag draußen, und der Novembertag war in ihm. Viele, viele Male war er dann des Weges hier gekommen, und der Frieden, der sich über die Felder breitete, das Zuchtvieh in den Koppeln, das aufhorchte, wenn er vorüberfuhr, die Leute bei der Arbeit, die Fruchtbarkeit der Äcker, das alles hatte seinem Sinne wohlgetan, und jetzt, in hartem Gegensatz dazu, war er froh, als etwas Gewölk heranzog und den lachenden blauen Himmel leise zu trüben begann. So fuhren sie den Fluß hinab, und bald, nachdem sie die prächtige Wasserfläche des Breitling passiert, kam der Kessiner Kirchturm in Sicht und gleich danach auch das Bollwerk und die lange Häuserreihe mit Schiffen und Booten davor. Und nun waren sie heran. Innstetten verabschiedete sich von dem Kapitän und schritt auf den Steg zu, den man, bequemeren Aussteigens halber, herangerollt hatte. Wüllersdorf war schon da. Beide begrüßten sich, ohne zunächst ein Wort zu sprechen, und gingen dann, quer über den Damm, auf den Hoppensackschen Gasthof zu, wo sie unter einem Zeltdach Platz nahmen.

»Ich habe mich gestern früh hier einquartiert«, sagte Wüllersdorf, der nicht gleich mit den Sachlichkeiten beginnen wollte. »Wenn man bedenkt, daß Kessin ein Nest ist, ist es erstaunlich, ein so gutes Hotel hier zu finden. Ich bezweifle nicht, daß mein Freund, der Oberkellner, drei Sprachen spricht; seinem Scheitel und seiner ausgeschnittenen Weste nach können wir dreist auf vier rechnen ... Jean, bitte, wollen Sie uns Kaffee und Kognak bringen.«

Innstetten begriff vollkommen, warum Wüllersdorf diesen Ton anschlug, war auch damit einverstanden, konnte aber seiner Unruhe nicht ganz Herr werden und zog unwillkürlich die Uhr.

»Wir haben Zeit«, sagte Wüllersdorf. »Noch anderthalb Stunden oder doch beinah. Ich habe den Wagen auf acht ein Viertel bestellt; wir fahren nicht länger als zehn Minuten.«

»Und wo?«

»Crampas schlug erst ein Waldeck vor, gleich hinter dem Kirchhof. Aber dann unterbrach er sich und sagte: ›Nein, da nicht.‹ Und dann haben wir uns über eine Stelle zwischen den Dünen geeinigt. Hart am Strand; die vorderste Düne hat einen Einschnitt, und man sieht aufs Meer.«

Innstetten lächelte. »Crampas scheint sich einen Schönheitspunkt ausgesucht zu haben. Er hatte immer die Allüren dazu. Wie benahm er sich?«

»Wundervoll.«

»Übermütig? Frivol?«

»Nicht das eine und nicht das andere. Ich bekenne Ihnen offen, Innstetten, daß es mich erschütterte. Als ich Ihren Namen nannte, wurde er totenblaß und rang nach Fassung, und um seine Mundwinkel sah ich ein Zittern. Aber all das dauerte nur einen Augenblick, dann hatte er sich wieder gefaßt, und von da ab war alles an ihm wehmütige Resignation. Es ist mir ganz sicher, er hat das Gefühl, aus der Sache nicht heil herauszukommen, und will auch nicht. Wenn ich ihn richtig beurteile, er lebt gern und ist zugleich gleichgültig gegen das Leben. Er nimmt alles mit und weiß doch, daß es nicht viel damit ist.«

»Wer wird ihm sekundieren? Oder sag ich lieber, wen wird er mitbringen?«

»Das war, als er sich wieder gefangen hatte, seine Hauptsorge. Er nannte zwei, drei Adlige aus der Nähe, ließ sie dann aber wieder fallen, sie seien zu alt und zu fromm, er werde nach Treptow hin telegraphieren an seinen Freund Buddenbrook. Und der ist auch gekommen, famoser Mann, schneidig und doch zugleich wie ein Kind. Er konnte sich nicht beruhigen und ging in größter Erregung auf und ab. Aber als ich ihm alles gesagt hatte, sagte er geradeso wie wir: ›Sie haben recht, es muß sein!‹«

Der Kaffee kam. Man nahm eine Zigarre, und Wüllersdorf war wieder darauf aus, das Gespräch auf mehr gleichgültige Dinge zu lenken.

»Ich wundere mich, daß keiner von den Kessinern sich einfindet, Sie zu begrüßen. Ich weiß doch, daß Sie sehr beliebt gewesen sind. Und nun gar Ihr Freund Gieshübler …«

Innstetten lächelte. »Da verkennen Sie die Leute hier an der Küste; halb sind es Philister und halb Pfiffici, nicht sehr nach meinem Geschmack; aber eine Tugend haben sie, sie sind alle sehr manierlich. Und nun gar mein alter Gieshübler. Natürlich weiß jeder, um was sich's handelt, aber ebendeshalb hütet man sich, den Neugierigen zu spielen.«

In diesem Augenblicke wurde von links her ein zurückgeschlagener Chaisewagen sichtbar, der, weil es noch vor der bestimmten Zeit war, langsam herankam.

»Ist das unser?« fragte Innstetten.

»Mutmaßlich.«

Und gleich danach hielt der Wagen vor dem Hotel, und Innstetten und Wüllersdorf erhoben sich.

Wüllersdorf trat an den Kutscher heran und sagte: »Nach der Mole.«

Die Mole lag nach der entgegengesetzten Strandseite, rechts statt links, und die falsche Weisung wurde nur gegeben, um etwaigen Zwischenfällen, die doch immerhin möglich waren, vorzubeugen. Im übrigen, ob man sich nun weiter draußen nach rechts oder links zu halten vorhatte, durch die Plantage mußte man jedenfalls, und so führte denn der Weg unvermeidlich an Innstettens alter Wohnung vorüber. Das Haus lag noch stiller da als früher; ziemlich vernachlässigt sah's in den Parterreräumen aus; wie mocht es erst da oben sein! Und das Gefühl des Unheimlichen, das Innstetten an Effi so oft bekämpft oder auch wohl belächelt hatte, jetzt überkam es ihn selbst, und er war froh, als sie dran vorüber waren.

»Da hab ich gewohnt«, sagte er zu Wüllersdorf.

»Es sieht sonderbar aus, etwas öd und verlassen.«

»Mag auch wohl. In der Stadt galt es als ein Spukhaus, und wie's heute daliegt, kann ich den Leuten nicht unrecht geben.«

»Was war es denn damit?«

»Ach, dummes Zeug: alter Schiffskapitän mit Enkelin oder Nichte, die eines schönen Tages verschwand, und dann ein Chinese, der vielleicht ein Liebhaber war, und auf dem Flur ein kleiner Haifisch und ein Krokodil, beides an Strippen und immer in Bewegung. Wundervoll zu erzählen, aber nicht jetzt. Es spukt einem doch allerhand anderes im Kopf.«

»Sie vergessen, es kann auch alles glatt ablaufen.«

»Darf nicht. Und vorhin, Wüllersdorf, als Sie von Crampas sprachen, sprachen Sie selber anders davon.«

Bald danach hatte man die Plantage passiert, und der Kutscher wollte jetzt rechts einbiegen auf die Mole zu. »Fahren Sie lieber links. Das mit der Mole kann nachher kommen.«

Und der Kutscher bog links in eine breite Fahrstraße ein, die hinter dem Herrenbade grad auf den Wald zulief. Als sie bis auf dreihundert Schritt an diesen heran waren, ließ Wüllersdorf den Wagen halten, und beide gingen nun, immer durch mahlenden Sand hin, eine ziemlich breite Fahrstraße hinunter, die die hier dreifache Dünenreihe senkrecht durchschnitt. Überall zur Seite standen dichte Büschel von Strandhafer, um diesen herum aber Immortellen und ein paar blutrote Nelken. Innstetten bückte sich und steckte sich eine der Nelken ins Knopfloch. »Die Immortellen nachher.«

So gingen sie fünf Minuten. Als sie bis an die ziemlich tiefe Senkung gekommen waren, die zwischen den beiden vordersten Dünenreihen hinlief, sahen sie, nach links hin, schon die Gegenpartei: Crampas und Buddenbrook und mit ihnen den guten Doktor Hannemann, der seinen Hut in der Hand hielt, so daß das weiße Haar im Winde flatterte.

Innstetten und Wüllersdorf gingen die Sandschlucht hinauf, Buddenbrook kam ihnen entgegen. Man begrüßte sich, worauf beide Sekundanten beiseite traten, um noch ein kurzes sachliches Gespräch zu führen. Es lief darauf hinaus, daß man a tempo avancieren und auf zehn Schritt Distanz feuern solle. Dann kehrte Buddenbrook an seinen Platz zurück; alles erledigte sich rasch, und die Schüsse fielen. Crampas stürzte.

Innstetten, einige Schritt zurücktretend, wandte sich ab von der Szene. Wüllersdorf aber war auf Buddenbrook zugeschritten, und beide warteten jetzt auf den Ausspruch des Doktors, der die Achseln zuckte. Zugleich deutete Crampas durch eine Handbewegung an, daß er etwas sagen wollte. Wüllersdorf beugte sich zu ihm nieder, nickte zustimmend zu den paar Worten, die kaum hörbar von des Sterbenden Lippen kamen, und ging dann auf Innstetten zu.

»Crampas will Sie noch sprechen, Innstetten. Sie müssen ihm zu Willen sein. Er hat keine drei Minuten Leben mehr.«

Innstetten trat an Crampas heran.

»Wollen Sie…«, das waren seine letzten Worte.

Noch ein schmerzlicher und doch beinah freundlicher Schimmer in seinem Antlitz, und dann war es vorbei.

Neunundzwanzigstes Kapitel

Am Abend desselben Tages traf Innstetten wieder in Berlin ein. Er war mit dem Wagen, den er innerhalb der Dünen an dem Querwege zurückgelassen hatte, direkt nach der Bahnstation gefahren, ohne Kessin noch einmal zu berühren, dabei den beiden Sekundanten die Meldung an die Behörden überlassend. Unterwegs (er war allein im Kupee) hing er, alles noch mal überdenkend, dem Geschehenen nach; es waren dieselben Gedanken wie zwei Tage zuvor, nur daß sie jetzt den umgekehrten Gang gingen und mit der Überzeugtheit von seinem Recht und seiner Pflicht anfingen, um mit Zweifeln daran aufzuhören. »Schuld, wenn sie überhaupt was ist, ist nicht an Ort und Stunde gebunden und kann nicht hinfällig werden von heute auf morgen. Schuld verlangt Sühne; das hat einen Sinn. Aber Verjährung ist etwas Halbes, etwas Schwächliches, zum mindesten was Prosaisches.« Und er richtete sich an dieser Vorstellung auf und wiederholte sich's, daß es gekommen sei, wie's habe kommen müssen. Aber im selben Augenblicke, wo dies für ihn feststand, warf er's auch wieder um. »Es *muß* eine Verjährung geben, Verjährung ist das einzig Vernünftige; ob es nebenher auch noch prosaisch ist, ist gleichgültig; das Vernünftige ist meist prosaisch. Ich bin jetzt fünfundvierzig. Wenn ich die

Briefe fünfundzwanzig Jahre später gefunden hätte, so war ich siebzig. Dann hätte Wüllersdorf gesagt: ›Innstetten, seien Sie kein Narr.‹ Und wenn es Wüllersdorf nicht gesagt hätte, so hätt es Buddenbrook gesagt, und wenn auch *der* nicht, so ich selbst. Dies ist mir klar. Treibt man etwas auf die Spitze, so übertreibt man und hat die Lächerlichkeit. Kein Zweifel. Aber wo fängt es an? Wo liegt die Grenze? Zehn Jahre verlangen noch ein Duell, und da heißt es Ehre, und nach elf Jahren oder vielleicht schon bei zehnundeinhalb heißt es Unsinn. Die Grenze, die Grenze. Wo ist sie? War sie da? War sie schon überschritten? Wenn ich mir seinen letzten Blick vergegenwärtige, resigniert und in seinem Elend doch noch ein Lächeln, so hieß der Blick: ›Innstetten, Prinzipienreiterei... Sie konnten es mir ersparen und sich selber auch.‹ Und er hatte vielleicht recht. Mir klingt so was in der Seele. Ja, wenn ich voll tödlichem Haß gewesen wäre, wenn mir hier ein tiefes Rachegefühl gesessen hätte... Rache ist nichts Schönes, aber was Menschliches und hat ein natürlich menschliches Recht. So aber war alles einer Vorstellung, einem Begriff zuliebe, war eine gemachte Geschichte, halbe Komödie. Und diese Komödie muß ich nun fortsetzen und muß Effi wegschicken und sie ruinieren, und mich mit... Ich mußte die Briefe verbrennen, und die Welt durfte nie davon erfahren. Und wenn sie dann kam, ahnungslos, so mußt ich ihr sagen: ›Da ist dein Platz‹ und mußte mich innerlich von ihr scheiden. Nicht vor der Welt. Es gibt so viele Leben, die keine sind, und so viele Ehen, die keine sind... dann war das Glück hin, aber ich hätte das Auge mit seinem Frageblicke und mit seiner stummen leisen Anklage nicht vor mir.«

Kurz vor zehn hielt Innstetten vor seiner Wohnung. Er stieg die Treppen hinauf und zog die Glocke; Johanna kam und öffnete.

»Wie steht es mit Annie?«

»Gut, gnäd'ger Herr. Sie schläft noch nicht... Wenn der gnäd'ge Herr...«

»Nein, nein, das regt sie bloß auf. Ich sehe sie lieber morgen früh. Bringen Sie mir ein Glas Tee, Johanna. Wer war hier?«

»Nur der Doktor.«

Und nun war Innstetten wieder allein. Er ging auf und ab, wie er's zu tun liebte. Sie wissen schon alles; Roswitha ist dumm, aber Johanna ist eine kluge Person. Und wenn sie's nicht mit Bestimmtheit wissen, so haben sie sich's zurechtgelegt und wissen es doch. Es ist merkwürdig, was alles zum Zeichen wird und Geschichten ausplaudert, als wäre jeder mit dabeigewesen.

Johanna brachte den Tee. Innstetten trank. Er war nach der Überanstrengung todmüde und schlief ein.

Innstetten war zu guter Zeit auf. Er sah Annie, sprach ein paar Worte mit ihr, lobte sie, daß sie eine gute Kranke sei, und ging dann aufs Ministerium, um seinem Chef von allem Vorgefallenen Meldung zu machen. Der Minister war sehr gnädig. »Ja, Innstetten, wohl dem, der aus allem, was das Leben uns bringen kann, heil herauskommt; *Sie* hat's getroffen.« Er fand alles, was geschehen, in der Ordnung und überließ Innstetten das Weitere.

Erst spätnachmittags war Innstetten wieder in seiner Wohnung, in der er ein paar Zeilen von Wüllersdorf vorfand. »Heute früh wieder eingetroffen. Eine

Welt von Dingen erlebt; Schmerzliches, Rührendes, Gieshübler an der Spitze. Der liebenswürdigste Buckige, den ich je gesehen. Von Ihnen sprach er nicht allzu viel, aber die Frau, die Frau! Er konnte sich nicht beruhigen, und zuletzt brach der kleine Mann in Tränen aus. Was alles vorkommt. Es wäre zu wünschen, daß es mehr Gieshübler gäbe. Es gibt aber mehr andere. Und dann die Szene im Hause des Majors … furchtbar. Kein Wort davon. Man hat wieder mal gelernt: aufpassen. Ich sehe Sie morgen. Ihr W.«

Innstetten war ganz erschüttert, als er gelesen. Er setzte sich und schrieb seinerseits ein paar Briefe. Als er damit zu Ende war, klingelte er: »Johanna, die Briefe in den Kasten.«

Johanna nahm die Briefe und wollte gehen.

»… Und dann, Johanna, noch eins: die Frau kommt nicht wieder. Sie werden von anderen erfahren, warum nicht. Annie darf nichts wissen, wenigstens jetzt nicht. Das arme Kind. Sie müssen es ihr allmählich beibringen, daß sie keine Mutter mehr hat. Ich kann es nicht. Aber machen Sie's gescheit. Und daß Roswitha nicht alles verdirbt.«

Johanna stand einen Augenblick ganz wie benommen da. Dann ging sie auf Innstetten zu und küßte ihm die Hand.

Als sie wieder draußen in der Küche war, war sie von Stolz und Überlegenheit ganz erfüllt, ja beinahe von Glück. Der gnädige Herr hatte ihr nicht nur alles gesagt, sondern am Schlusse auch noch hinzugesetzt »und daß Roswitha nicht alles verdirbt«. Das war die Hauptsache, und ohne daß es ihr an gutem Herzen und selbst an Teilnahme mit der Frau gefehlt hätte, beschäftigte sie doch, über jedes andere hinaus, der

Triumph einer gewissen Intimitätsstellung zum gnädigen Herrn.

Unter gewöhnlichen Umständen wäre ihr denn auch die Herauskehrung und Geltendmachung dieses Triumphes ein leichtes gewesen, aber heute traf sich's so wenig günstig für sie, daß ihre Rivalin, ohne Vertrauensperson gewesen zu sein, sich doch als die Eingeweihtere zeigen sollte. Der Portier unten hatte nämlich, so ziemlich um dieselbe Zeit, wo dies spielte, Roswitha in seine kleine Stube hineingerufen und ihr gleich beim Eintreten ein Zeitungsblatt zum Lesen zugeschoben. »Da, Roswitha, das ist was für Sie; Sie können es mir nachher wieder runterbringen. Es ist bloß das Fremdenblatt: aber Lene ist schon hin und holt das ›Kleine Journal‹. Da wird wohl schon mehr drin stehen; die wissen immer alles. Hören Sie, Roswitha, wer so was gedacht hätte.«

Roswitha, sonst nicht allzu neugierig, hatte sich doch nach dieser Ansprache so rasch wie möglich die Hintertreppe hinaufbegeben und war mit dem Lesen gerade fertig, als Johanna dazukam.

Diese legte die Briefe, die ihr Innstetten eben gegeben, auf den Tisch, überflog die Adressen oder tat wenigstens so (denn sie wußte längst, an wen sie gerichtet waren) und sagte mit guterkünstelter Ruhe: »Einer ist nach Hohen-Cremmen.«

»Das kann ich mir denken«, sagte Roswitha.

Johanna war nicht wenig erstaunt über diese Bemerkung. »Der Herr schreibt sonst nie nach Hohen-Cremmen.«

»Ja, sonst. Aber jetzt ... Denken Sie sich, *das* hat mir eben der Portier unten gegeben.«

Johanna nahm das Blatt und las nun halblaut eine

mit einem dicken Tintenstrich markierte Stelle: »Wie wir kurz vor Redaktionsschluß von gutunterrichteter Seite her vernehmen, hat gestern früh in dem Badeorte Kessin, in Hinterpommern, ein Duell zwischen dem Ministerialrat v. I. (Keithstraße) und dem Major von Crampas stattgefunden. Major von Crampas fiel. Es heißt, daß Beziehungen zwischen ihm und der Rätin, einer schönen und noch sehr jungen Frau, bestanden haben sollen.«

»Was solche Blätter auch alles schreiben«, sagte Johanna, die verstimmt war, ihre Neuigkeit überholt zu sehen. »Ja«, sagte Roswitha. »Und das lesen nun die Menschen und verschimpfieren mir meine liebe, arme Frau. Und der arme Major. Nun ist er tot.«

»Ja, Roswitha, was denken Sie sich eigentlich. Soll er *nicht* tot sein? Oder soll lieber unser gnädiger Herr tot sein?«

»Nein, Johanna, unser gnäd'ger Herr, der soll auch leben, alles soll leben. Ich bin nicht für totschießen und kann nicht mal das Knallen hören. Aber bedenken Sie doch, Johanna, das ist ja nun schon eine halbe Ewigkeit her, und die Briefe, die mir gleich so sonderbar aussahen, weil sie die rote Strippe hatten und drei- oder viermal umwickelt und dann eingeknotet und keine Schleife – die sahen ja schon ganz gelb aus, so lange ist es her. Wir sind ja nun schon über sechs Jahre hier, und wie kann man wegen solcher alten Geschichten ...«

»Ach, Roswitha, Sie reden, wie Sie's verstehen. Und bei Lichte besehen, sind Sie schuld. Von den Briefen kommt es her. Warum kamen Sie mit dem Stemmeisen und brachen den Nähtisch auf, was man nie darf; man darf kein Schloß aufbrechen, was ein anderer zugeschlossen hat.«

»Aber, Johanna, das ist doch wirklich zu schlecht von Ihnen, mir so was auf den Kopf zuzusagen, und Sie wissen doch, daß Sie schuld sind und daß Sie wie närrisch in die Küche stürzten und mir sagten, der Nähtisch müsse aufgemacht werden, da wäre die Bandage drin, und da bin ich mit dem Stemmeisen gekommen, und nun soll ich schuld sein. Nein, ich sage …«

»Nun, ich will es nicht gesagt haben, Roswitha. Nur Sie sollen mir nicht kommen und sagen: ›Der arme Major.‹ Was heißt der arme Major! Der ganze arme Major taugte nichts; wer solchen rotblonden Schnurrbart hat und immer wribbelt, der taugt nie was und richtet bloß Schaden an. Und wenn man immer in vornehmen Häusern gedient hat … aber das haben Sie nicht, Roswitha, das fehlt Ihnen eben … dann weiß man auch, was sich paßt und schickt und was Ehre ist, und weiß auch, daß, wenn so was vorkommt, dann geht es nicht anders, und dann kommt das, was man eine Forderung nennt, und dann wird einer totgeschossen.«

»Ach, das weiß ich auch; ich bin nicht so dumm, wie Sie mich immer machen wollen. Aber wenn es so lange her ist …«

»Ja, Roswitha, mit Ihrem ewigen ›so lange her‹ daran sieht man ja eben, daß Sie nichts davon verstehen. Sie erzählen immer die alte Geschichte von Ihrem Vater mit dem glühenden Eisen und wie er damit auf Sie los gekommen, und jedesmal wenn ich einen glühenden Bolzen eintue, muß ich auch wirklich immer an Ihren Vater denken und sehe immer, wie er Sie wegen des Kindes, das ja nun tot ist, totmachen will. Ja, Roswitha, davon sprechen Sie in einem fort und es fehlt bloß noch, daß Sie Anniechen auch die Geschichte erzählen, und wenn Anniechen eingesegnet wird, dann wird sie's auch gewiß erfahren, und vielleicht denselben Tag noch; und das ärgert mich, daß Sie das alles erlebt haben, und Ihr Vater war doch bloß ein Dorfschmied und hat Pferde beschlagen oder einen Radreifen gelegt, und nun kommen Sie und verlangen von unserm gnäd'gen Herrn, daß er sich das alles ruhig gefallen läßt, bloß weil es so lange her ist. Was heißt lange her? Sechs Jahre ist nicht lange her. Und unsre gnäd'ge Frau – die aber nicht wiederkommt, der gnäd'ge Herr hat es mir eben gesagt –, unsre gnäd'ge Frau wird erst sechsundzwanzig, und im August ist ihr Geburtstag, und da kommen Sie mir mit ›lange her‹. Und wenn sie sechsunddreißig wäre, ich sage Ihnen, bei sechsunddreißig muß man erst recht aufpassen, und wenn der gnäd'ge Herr nichts getan hätte, dann hätten ihn die vornehmen Leute ›geschnitten‹. Aber das Wort kennen Sie gar nicht, Roswitha, davon wissen Sie nichts.«

»Nein, davon weiß ich nichts, will auch nicht; aber das weiß ich, Johanna, daß Sie in den gnäd'gen Herrn verliebt sind.«

Johanna schlug eine krampfhafte Lache auf.

»Ja, lachen Sie nur. Ich seh es schon lange. Sie haben so was. Und ein Glück, daß unser gnäd'ger Herr keine Augen dafür hat … Die arme Frau, die arme Frau.«

Johanna lag daran, Frieden zu schließen. »Lassen Sie's gut sein, Roswitha. Sie haben wieder Ihren Koller; aber ich weiß schon, den haben alle vom Lande.«

»Kann schon sein.«

»Ich will jetzt nur die Briefe forttragen und unten sehen, ob der Portier vielleicht schon die andere Zeitung hat. Ich habe doch recht verstanden, daß er Lene danach geschickt hat? Und es muß auch mehr darin stehen; das hier ist ja so gut wie gar nichts.«

Dreißigstes Kapitel

Effi und die Geheimrätin Zwicker waren seit fast drei Wochen in Ems und bewohnten daselbst das Erdgeschoß einer reizenden kleinen Villa. In ihrem zwischen ihren zwei Wohnzimmern gelegenen gemeinschaftlichen Salon mit Blick auf den Garten stand ein Polysanderflügel, auf dem Effi dann und wann eine Sonate, die Zwicker dann und wann einen Walzer spielte; sie war ganz unmusikalisch und beschränkte sich im wesentlichen darauf, für Niemann als Tannhäuser zu schwärmen.

Es war ein herrlicher Morgen; in dem kleinen Garten zwitscherten die Vögel, und aus dem angrenzenden Hause, drin sich ein »Lokal« befand, hörte man, trotz der frühen Stunde, bereits das Zusammenschlagen der Billardbälle. Beide Damen hatten ihr Frühstück nicht im Salon selbst, sondern auf einem ein paar Fuß hoch aufgemauerten und mit Kies bestreuten Vorplatz eingenommen, von dem aus drei Stufen nach dem Garten hinunterführten; die Markise, ihnen zu Häupten, war aufgezogen, um den Genuß der frischen Luft in nichts zu beschränken, und sowohl Effi wie die Geheimrätin waren ziemlich emsig bei ihrer Handarbeit. Nur dann und wann wurden ein paar Worte gewechselt.

»Ich begreife nicht«, sagte Effi, »daß ich schon seit

vier Tagen keinen Brief habe; er schreibt sonst täglich. Ob Annie krank ist? Oder er selbst?«

Die Zwicker lächelte: »Sie werden erfahren, liebe Freundin, daß er gesund ist, ganz gesund.«

Effi fühlte sich durch den Ton, in dem dies gesagt wurde, wenig angenehm berührt und schien antworten zu wollen, aber in ebendiesem Augenblicke trat das aus der Umgegend von Bonn stammende Hausmädchen, das sich von Jugend an daran gewöhnt hatte, die mannigfachsten Erscheinungen des Lebens an Bonner Studenten und Bonner Husaren zu messen, vom Salon her auf den Vorplatz hinaus, um hier den Frühstückstisch abzuräumen. Sie hieß Afra.

»Afra«, sagte Effi, »es muß doch schon neun sein; war der Postbote noch nicht da?«

»Nein, noch nicht, gnäd'ge Frau.«

»Woran liegt es?«

»Natürlich an dem Postboten; er ist aus dem Siegenschen und hat keinen Schneid. Ich hab's ihm auch schon gesagt, das sei die ›reine Lodderei‹. Und wie ihm das Haar sitzt; ich glaube, er weiß gar nicht, was ein Scheitel ist.«

»Afra, Sie sind mal wieder zu streng. Denken Sie doch: Postbote, und so tagaus, tagein bei der ewigen Hitze…«

»Ist schon recht, gnäd'ge Frau. Aber es gibt doch andere, die zwingen's; wo's drinsteckt, da geht es auch.« Und während sie noch so sprach, nahm sie das Tablett geschickt auf ihre fünf Fingerspitzen und stieg die Stufen hinunter, um durch den Garten hin den näheren Weg in die Küche zu nehmen.

»Eine hübsche Person«, sagte die Zwicker. »Und so quick und kasch, und ich möchte fast sagen, von einer natürlichen Anmut. Wissen Sie, liebe Baronin, daß mich diese Afra … übrigens ein wundervoller Name, und es soll sogar eine heilige Afra gegeben haben, aber ich glaube nicht, daß unsere davon abstammt …«

»Und nun, liebe Geheimrätin, vertiefen Sie sich wieder in Ihr Nebenthema, das diesmal Afra heißt, und vergessen darüber ganz, was Sie eigentlich sagen wollten …«

»Doch nicht, liebe Freundin, oder ich finde mich wenigstens wieder zurück. Ich wollte sagen, daß mich diese Afra ganz ungemein an die stattliche Person erinnert, die ich in Ihrem Hause …«

»Ja, Sie haben recht. Es ist eine Ähnlichkeit da. Nur unser Berliner Hausmädchen ist doch erheblich hübscher und namentlich ihr Haar viel schöner und voller. Ich habe so schönes flachsenes Haar, wie unsere Johanna hat, überhaupt noch nicht gesehen. Ein bißchen davon sieht man ja wohl, aber solche Fülle …«

Die Zwicker lächelte. »Das ist wirklich selten, daß man eine junge Frau mit solcher Begeisterung von dem flachsenen Haar ihres Hausmädchens sprechen hört. Und nun auch noch von der Fülle! Wissen Sie, daß ich das rührend finde. Denn eigentlich ist man doch bei der Wahl der Mädchen in einer beständigen Verlegenheit. Hübsch sollen sie sein, weil es jeden Besucher, wenigstens die Männer, stört, eine lange Stakete mit griesem Teint und schwarzen Rändern in der Türöffnung erscheinen zu sehen, und ein wahres Glück, daß die Korridore meistens so dunkel sind. Aber nimmt man wieder zuviel Rücksicht auf solche Hausrepräsentation und den sogenannten ersten Eindruck und schenkt man wohl gar noch einer solchen hübschen Person eine weiße Tändelschürze nach der andern, so hat man eigentlich keine ruhige Stunde mehr und fragt sich, wenn man nicht *zu* eitel ist und nicht *zu* viel Vertrauen zu sich selber hat, ob da nicht Remedur geschaffen werden müsse. Remedur war nämlich ein Lieblingswort von Zwicker, womit er mich oft gelangweilt hat; aber freilich, alle Geheimräte haben solche Lieblingsworte.«

Effi hörte mit sehr geteilten Empfindungen zu. Wenn die Geheimrätin nur ein bißchen anders gewesen wäre, so hätte dies alles reizend sein können, aber da sie nun mal war, wie sie war, so fühlte sich Effi wenig angenehm von dem berührt, was sie sonst vielleicht einfach erheitert hätte.

»Das ist schon recht, liebe Freundin, was Sie da von den Geheimräten sagen. Innstetten hat sich auch dergleichen angewöhnt, lacht aber immer, wenn ich ihn daraufhin ansehe, und entschuldigt sich hinterher wegen der Aktenausdrücke. Ihr Herr Gemahl war freilich schon länger im Dienst und überhaupt wohl älter…«

»Um ein geringes«, sagte die Geheimrätin spitz und ablehnend.

»Und alles in allem kann ich mich in Befürchtungen, wie Sie sie aussprechen, nicht recht zurechtfinden. Das, was man gute Sitte nennt, ist doch immer noch eine Macht…«

»Meinen Sie?«

»…Und ich kann mir namentlich nicht denken, daß es gerade Ihnen, liebe Freundin, beschieden gewesen sein sollte, solche Sorgen und Befürchtungen durchzumachen. Sie haben, Verzeihung, daß ich diesen Punkt hier so offen berühre, gerade das, was die Männer einen ›Charme‹ nennen, Sie sind heiter, fesselnd, anregend, und wenn es nicht indiskret ist, so möcht ich, angesichts dieser Ihrer Vorzüge, wohl fragen dürfen, stützt sich das, was Sie da sagen, auf allerlei Schmerzliches, das Sie persönlich erlebt haben?«

»Schmerzliches?« sagte die Zwicker. »Ach, meine liebe, gnädigste Frau, Schmerzliches, das ist ein zu großes Wort, auch dann noch, wenn man vielleicht wirklich manches erlebt hat. Schmerzlich ist einfach zuviel, viel zuviel. Und dann hat man doch schließlich auch seine Hilfsmittel und Gegenkräfte. Sie dürfen dergleichen nicht zu tragisch nehmen.«

»Ich kann mir keine rechte Vorstellung von dem machen, was Sie anzudeuten belieben. Nicht, als ob ich nicht wüßte, was Sünde sei, das weiß ich auch; aber es ist doch ein Unterschied, ob man so hineingerät in allerlei schlechte Gedanken oder ob einem derlei Dinge zur halben oder auch wohl zur ganzen Lebensgewohnheit werden. Und nun gar im eigenen Hause…«

»Davon will ich nicht sprechen, das will ich nicht so direkt gesagt haben, obwohl ich, offen gestanden, auch nach dieser Seite hin voller Mißtrauen bin oder, wie ich jetzt sagen muß, war; denn es liegt ja alles zurück. Aber da gibt es Außengebiete. Haben Sie von Landpartien gehört?«

»Gewiß. Und ich wollte wohl, Innstetten hätte mehr Sinn dafür…«

»Überlegen Sie sich das, liebe Freundin. Zwicker saß immer in Saatwinkel. Ich kann Ihnen nur sagen, wenn ich das Wort höre, gibt es mir noch jetzt einen Stich ins Herz. Überhaupt diese Vergnügungsörter in der Umgegend unseres lieben, alten Berlin! Denn ich liebe Berlin trotz alledem. Aber schon die bloßen

Namen der dabei in Frage kommenden Ortschaften umschließen eine Welt von Angst und Sorge. Sie lächeln. Und doch, sagen Sie selbst, liebe Freundin, was können Sie von einer großen Stadt und ihren Sittlichkeitszuständen erwarten, wenn Sie beinah unmittelbar vor den Toren derselben (denn zwischen Charlottenburg und Berlin ist kein rechter Unterschied mehr), auf kaum tausend Schritt zusammengedrängt, einem Pichelsberg, einem Pichelsdorf und einem Pichelswerder begegnen. Dreimal Pichel ist zu viel. Sie können die ganze Welt absuchen, das finden Sie nicht wieder.«

Effi nickte.

»Und das alles«, fuhr die Zwicker fort, »geschieht am grünen Holze der Havelseite. Das alles liegt nach Westen zu, da haben Sie Kultur und höhere Gesittung. Aber nun gehen Sie, meine Gnädigste, nach der andern Seite hin, die Spree hinauf. Ich spreche nicht von Treptow und Stralau, das sind Bagatellen, Harmlosigkeiten, aber wenn Sie die Spezialkarte zur Hand nehmen wollen, da begegnen Sie neben mindestens sonderbaren Namen wie Kiekebusch, wie Wuhlheide... Sie hätten hören sollen, wie Zwicker das Wort aussprach... Namen von geradezu brutalem Charakter, mit denen ich Ihr Ohr nicht verletzen will. Aber natürlich sind das gerade die Plätze, die bevorzugt werden. Ich hasse diese Landpartien, die sich das Volksgemüt als eine Kremserpartie mit ›Ich bin ein Preuße‹ vorstellt, in Wahrheit aber schlummern hier die Keime einer sozialen Revolution. Wenn ich sage soziale Revolution, so meine ich natürlich moralische Revolution, alles andere ist bereits wieder überholt, und schon Zwicker sagte mir noch in seinen letzten

Tagen: ›Glaube mir, Sophie, Saturn frißt seine Kinder.‹ Und Zwicker, welche Mängel und Gebrechen er haben mochte, das bin ich ihm schuldig, er war ein philosophischer Kopf und hatte ein natürliches Gefühl für historische Entwickelung… Aber ich sehe, meine liebe Frau von Innstetten, so artig sie sonst ist, hört nur noch mit halbem Ohr zu; natürlich, der Postbote hat sich drüben blicken lassen, und da fliegt denn das Herz hinüber und nimmt die Liebesworte vorweg aus dem Briefe heraus… Nun, Böselager, was bringen Sie?«

Der Angeredete war mittlerweile bis an den Tisch herangetreten und packte aus: mehrere Zeitungen, zwei Friseuranzeigen und zuletzt auch einen großen eingeschriebenen Brief an Frau Baronin von Innstetten, geb. von Briest.

Die Empfängerin unterschrieb, und nun ging der Postbote wieder. Die Zwicker aber überflog die Friseuranzeigen und lachte über die Preisermäßigung von Shampooing.

Effi hörte nicht hin; sie drehte den ihrerseits empfangenen Brief zwischen den Fingern und hatte eine ihr unerklärliche Scheu, ihn zu öffnen. Eingeschrieben und mit zwei großen Siegeln gesiegelt und ein dickes Kuvert. Was bedeutete das? Poststempel: »Hohen-Cremmen«, und die Adresse von der Handschrift der Mutter. Von Innstetten, es war der fünfte Tag, keine Zeile.

Sie nahm eine Stickschere mit Perlmuttergriff und schnitt die Längsseite des Briefes langsam auf. Und nun harrte ihrer eine neue Überraschung. Der Briefbogen, ja, das waren eng geschriebene Zeilen von der Mama, darin eingelegt aber waren Geldscheine mit einem breiten Papierstreifen drum herum, auf dem mit Rotstift, und zwar von des Vaters Hand, der Betrag der eingelegten Summe verzeichnet war. Sie schob das Konvolut zurück und begann zu lesen, während sie sich in den Schaukelstuhl zurücklehnte. Aber sie kam nicht weit, die Zeilen entfielen ihr, und aus ihrem Gesicht war alles Blut fort. Dann bückte sie sich und nahm den Brief wieder auf.

»Was ist Ihnen, liebe Freundin? Schlechte Nachrichten?«

Effi nickte, gab aber weiter keine Antwort und bat nur, ihr ein Glas Wasser reichen zu wollen. Als sie getrunken, sagte sie: »Es wird vorübergehen, liebe Geheimrätin, aber ich möchte mich doch einen Augenblick zurückziehen … Wenn Sie mir Afra schicken könnten.«

Und nun erhob sie sich und trat in den Salon zurück, wo sie sichtlich froh war, einen Halt gewinnen und sich an dem Polysanderflügel entlangfühlen zu können. So kam sie bis an ihr nach rechts hin gelegenes Zimmer, und als sie hier, tappend und suchend, die Tür geöffnet und das Bett an der Wand gegenüber erreicht hatte, brach sie ohnmächtig zusammen.

Einunddreißigstes Kapitel

Minuten vergingen. Als Effi sich wieder erholt hatte, setzte sie sich auf einen am Fenster stehenden Stuhl und sah auf die stille Straße hinaus. Wenn da doch Lärm und Streit gewesen wäre; aber nur der Sonnenschein lag auf dem chaussierten Wege und dazwischen die Schatten, die das Gitter und die Bäume warfen. Das Gefühl des Alleinseins in der Welt überkam sie mit seiner ganzen Schwere. Vor einer Stunde noch eine glückliche Frau, Liebling aller, die sie kannten, und nun ausgestoßen. Sie hatte nur erst den Anfang des Briefes gelesen, aber genug, um ihre Lage klar vor Augen zu haben. Wohin? Sie hatte keine Antwort darauf, und doch war sie voll tiefer Sehnsucht, aus dem herauszukommen, was sie hier umgab, also fort von dieser Geheimrätin, der das alles bloß ein »interessanter Fall« war und deren Teilnahme, wenn etwas davon existierte, sicher an das Maß ihrer Neugier nicht heranreichte.

»Wohin?«

Auf dem Tische vor ihr lag der Brief; aber ihr fehlte der Mut, weiterzulesen. Endlich sagte sie: »Wovor bange ich mich noch? Was kann noch gesagt werden, das ich mir nicht schon selber sagte? Der, um den all dies kam, ist tot, eine Rückkehr in mein Haus gibt es nicht, in ein paar Wochen wird die Scheidung ausgesprochen sein, und das Kind wird man dem Vater lassen. Natürlich. Ich bin schuldig, und eine Schuldige kann ihr Kind nicht erziehen. Und wovon auch? Mich selbst werde ich wohl durchbringen. Ich will sehen, was die Mama darüber schreibt, wie sie sich mein Leben denkt.« Und unter diesen Worten nahm sie den Brief wieder, um auch den Schluß zu lesen.

»... Und nun Deine Zukunft, meine liebe Effi. Du wirst Dich auf Dich selbst stellen müssen und darfst dabei, soweit äußere Mittel mitsprechen, unserer Unterstützung sicher sein. Du wirst am besten in Berlin leben (in einer großen Stadt vertut sich dergleichen am besten) und wirst da zu den vielen gehören, die sich um freie Luft und lichte Sonne gebracht haben. Du wirst einsam leben und, wenn Du das nicht willst, wahrscheinlich aus Deiner Sphäre herabsteigen müssen. Die Welt, in der Du gelebt hast, wird Dir verschlossen sein. Und was das Traurigste für uns und für Dich ist (auch für Dich, wie wir Dich zu kennen vermeinen) – auch das elterliche Haus wird Dir verschlossen sein; wir können Dir keinen stillen Platz in Hohen-Cremmen anbieten, keine Zuflucht in unserem Hause, denn es hieße das, dies Haus von aller Welt abschließen, und das zu tun, sind wir entschieden nicht geneigt. Nicht weil wir zu sehr an der Welt hingen und ein Abschiednehmen von dem, was sich ›Gesellschaft‹ nennt, uns als etwas unbedingt Unerträgliches erschiene; nein, *nicht* deshalb, sondern einfach weil wir Farbe bekennen und vor aller Welt, ich kann Dir das Wort nicht ersparen, unsere Verurteilung Deines Tuns, des Tuns unseres einzigen und von uns so sehr geliebten Kindes, aussprechen wollen…«

Effi konnte nicht weiterlesen; ihre Augen füllten sich mit Tränen, und nachdem sie vergeblich dagegen angekämpft hatte, brach sie zuletzt in ein heftiges Schluchzen und Weinen aus, darin sich ihr Herz erleichterte.

Nach einer halben Stunde klopfte es, und auf Effis »Herein« erschien die Geheimrätin.

»Darf ich eintreten?«

»Gewiß, liebe Geheimrätin«, sagte Effi, die jetzt, leicht zugedeckt und die Hände gefaltet, auf dem Sofa lag. »Ich bin erschöpft und habe mich hier eingerichtet, so gut es ging. Darf ich Sie bitten, sich einen Stuhl zu nehmen.«

Die Geheimrätin setzte sich so, daß der Tisch, mit einer Blumenschale darauf, zwischen ihr und Effi war. Effi zeigte keine Spur von Verlegenheit und änderte nichts in ihrer Haltung, nicht einmal die gefalteten Hände. Mit einem Male war es ihr vollkommen gleichgültig, was die Frau dachte ; nur fort wollte sie.

»Sie haben eine traurige Nachricht empfangen, liebe, gnädigste Frau...«

»Mehr als traurig«, sagte Effi. »Jedenfalls traurig genug, um unserem Beisammensein ein rasches Ende zu machen. Ich muß noch heute fort.«

»Ich möchte nicht zudringlich erscheinen, aber ist es etwas mit Annie?«

»Nein, nicht mit Annie. Die Nachrichten kamen überhaupt nicht aus Berlin, es waren Zeilen meiner Mama. Sie hat Sorgen um mich, und es liegt mir daran, sie zu zerstreuen oder, wenn ich das nicht kann, wenigstens an Ort und Stelle zu sein.«

»Mir nur zu begreiflich, so sehr ich es beklage, diese letzten Emser Tage nun ohne Sie verbringen zu sollen. Darf ich Ihnen meine Dienste zur Verfügung stellen?«

Ehe Effi darauf antworten konnte, trat Afra ein und meldete, daß man sich eben zum Lunch versammle. Die Herrschaften seien alle sehr in Aufregung: der Kaiser käme wahrscheinlich auf drei Wochen, und am Schluß seien große Manöver, und die Bonner Husaren kämen auch.

Die Zwicker überschlug sofort, ob es sich verlohnen würde, bis dahin zu bleiben, kam zu einem entschiedenen »Ja« und ging dann, um Effis Ausbleiben beim Lunch zu entschuldigen.

Als gleich danach auch Afra gehen wollte, sagte Effi: »Und dann, Afra, wenn Sie frei sind, kommen Sie wohl noch eine Viertelstunde zu mir, um mir beim Packen behülflich zu sein. Ich will heute noch mit dem Siebenuhrzuge fort.«

»Heute noch? Ach, gnädigste Frau, das ist doch aber schade. Nun fangen ja die schönen Tage erst an.«

Effi lächelte.

Die Zwicker, die noch allerlei zu hören hoffte, hatte sich nur mit Mühe bestimmen lassen, der »Frau Baronin« beim Abschiede nicht das Geleit zu geben. Auf einem Bahnhofe, so hatte Effi versichert, sei man immer so zerstreut und nur mit seinem Platz und seinem Gepäck beschäftigt; gerade Personen, die man liebhabe, von denen nähme man gern vorher Abschied. Die Zwicker bestätigte das, trotzdem sie das Vorgeschützte darin sehr wohl herausfühlte; sie hatte hinter allen Türen gestanden und wußte gleich, was echt und unecht war.

Afra begleitete Effi zum Bahnhof und ließ sich fest versprechen, daß die Frau Baronin im nächsten Sommer wiederkommen wolle; wer einmal in Ems gewesen, der komme immer wieder. Ems sei das Schönste, außer Bonn.

Die Zwicker hatte sich mittlerweile zum Briefschreiben niedergesetzt, nicht an dem etwas wackligen Rokokosekretär im Salon, sondern draußen auf der Veranda, an demselben Tisch, an dem sie kaum zehn Stunden zuvor mit Effi das Frühstück genommen hatte.

Sie freute sich auf den Brief, der einer befreundeten, zur Zeit in Reichenhall weilenden Berliner Dame zugute kommen sollte. Beider Seelen hatten sich längst gefunden und gipfelten in einer der ganzen Männerwelt geltenden starken Skepsis; sie fanden die Männer durchweg weit zurückbleibend hinter dem, was billigerweise gefordert werden könne, die sogenannten forschen am meisten. »Die, die vor Verlegenheit nicht wissen, wo sie hinsehen sollen, sind, nach einem kurzen Vorstudium, immer noch die besten, aber die eigentlichen Don Juans erweisen sich jedesmal als eine Enttäuschung. Wo soll es am Ende auch herkommen.« Das waren so Weisheitssätze, die zwischen den zwei Freundinnen ausgetauscht wurden.

Die Zwicker war schon auf dem zweiten Bogen und fuhr in ihrem mehr als dankbaren Thema, das natürlich »Effi« hieß, eben wie folgt fort: »Alles in allem war sie sehr zu leiden, artig, anscheinend offen, ohne jeden Adelsdünkel (oder doch groß in der Kunst, ihn zu verbergen) und immer interessiert, wenn man ihr etwas Interessantes erzählte, wovon ich, wie ich Dir nicht zu versichern brauche, den ausgiebigsten Gebrauch machte. Nochmals also, reizende junge Frau, fünfundzwanzig oder nicht viel mehr. Und doch hab ich dem Frieden nie getraut und traue ihm auch in diesem Augenblicke noch nicht, ja jetzt vielleicht am wenigsten. Die Geschichte heute mit dem Briefe – da steckt eine wirkliche Geschichte dahinter. Dessen bin ich so gut wie sicher. Es wäre das erste Mal, daß ich mich in solcher Sache geirrt hätte. Daß sie mit Vorliebe von den Berliner Modepredigern sprach und das Maß der Gottseligkeit jedes einzelnen feststellte, das und der gelegentliche Gretchenblick, der jedesmal versicherte, kein Wässerchen trüben zu können – alle diese Dinge haben mich in meinem Glauben … Aber da kommt eben unsere Afra, von der ich Dir, glaub ich, schon schrieb, eine hübsche Person, und packt mir ein Zeitungsblatt auf den Tisch, das ihr, wie sie sagt, unsere Frau Wirtin für mich gegeben habe; die blauangestrichene Stelle. Nun verzeih, wenn ich diese Stelle erst lese…

Nachschrift. Das Zeitungsblatt war interessant genug und kam wie gerufen. Ich schneide die blauangestrichene Stelle heraus und lege sie diesen Zeilen bei. Du siehst daraus, daß ich mich *nicht* geirrt habe. Wer mag nur der Crampas sein? Es ist unglaublich – erst selber Zettel und Briefe schreiben und dann auch noch die des anderen aufbewahren! Wozu gibt es Öfen und Kamine? So lange wenigstens, wie dieser Duellunsinn noch existiert, darf dergleichen nicht vorkommen; einem kommenden Geschlechte kann diese Briefschreibepassion (weil dann gefahrlos geworden) vielleicht freigegeben werden. Aber soweit sind wir noch lange nicht. Übrigens bin ich voll Mitleid mit der jungen Baronin und finde, eitel wie man nun mal ist, meinen einzigen Trost darin, mich in der Sache selbst nicht getäuscht zu haben. Und der Fall lag nicht so ganz gewöhnlich. Ein schwächerer Diagnostiker hätte sich doch vielleicht hinters Licht führen lassen. Wie immer

Deine Sophie.«

Zweiunddreißigstes Kapitel

Drei Jahre waren vergangen, und Effi bewohnte seit fast ebenso langer Zeit eine kleine Wohnung in der Königgrätzer Straße, zwischen Askanischem Platz und Halleschem Tor: ein Vorder- und Hinterzimmer, und hinter diesem die Küche mit Mädchengelaß, alles so durchschnittsmäßig und alltäglich wie nur möglich. Und doch war es eine apart hübsche Wohnung, die jedem, der sie sah, angenehm auffiel, am meisten vielleicht dem alten Geheimrat Rummschüttel, der, dann und wann vorsprechend, der armen jungen Frau nicht bloß die nun weit zurückliegende Rheumatismus- und Neuralgiekomödie, sondern auch alles, was seitdem sonst noch vorgekommen war, längst verziehen hatte, wenn es für ihn der Verzeihung überhaupt bedurfte.

Denn Rummschüttel kannte noch ganz anderes. Er war jetzt ausgangs Siebzig, aber wenn Effi, die seit einiger Zeit ziemlich viel kränkelte, ihn brieflich um seinen Besuch bat, so war er am anderen Vormittag auch da und wollte von Entschuldigungen, daß es so hoch sei, nichts wissen. »Nur keine Entschuldigungen, meine liebe, gnädigste Frau; denn erstens ist es mein Metier, und zweitens bin ich glücklich und beinahe stolz, die drei Treppen so gut noch steigen zu können. Wenn ich nicht fürchten müßte, Sie zu belästigen – denn ich komme doch schließlich als Arzt und nicht als Naturfreund und Landschaftsschwärmer –, so käme ich wohl noch öfter, bloß um Sie zu sehen und mich hier etliche Minuten an Ihr Hinterfenster zu setzen. Ich glaube, Sie würdigen den Ausblick nicht genug.«

»O doch, doch«, sagte Effi; Rummschüttel aber ließ sich nicht stören und fuhr fort: »Bitte, meine gnädigste Frau, treten Sie hier heran, nur einen Augenblick, oder erlauben Sie mir, daß ich Sie bis an das Fenster führe. Wieder ganz herrlich heute. Sehen Sie doch nur die verschiedenen Bahndämme, drei, nein vier, und wie es beständig darauf hin und her gleitet... und nun verschwindet der Zug da wieder hinter einer Baumgruppe. Wirklich herrlich. Und wie die Sonne den weißen Rauch durchleuchtet! Wäre der Matthäikirchhof nicht unmittelbar dahinter, so wäre es ideal.«

»Ich sehe gern Kirchhöfe.«

»Ja, Sie dürfen das sagen. Aber unserein! Unsereinem kommt unabweislich immer die Frage, könnten hier nicht vielleicht einige weniger liegen? Im übrigen, meine gnädigste Frau, bin ich mit Ihnen zufrieden und beklage nur, daß Sie von Ems nichts wissen wollen; Ems, bei Ihren katarrhalischen Affektionen, würde Wunder...«

Effi schwieg.

»Ems würde Wunder tun. Aber da Sie's nicht mögen (und ich finde mich darin zurecht), so trinken Sie den Brunnen hier. In drei Minuten sind Sie im Prinz-Albrechtschen Garten, und wenn auch die Musik und die Toiletten und all die Zerstreuungen einer regelrechten Brunnenpromenade fehlen, der Brunnen selbst ist doch die Hauptsache.«

Effi war einverstanden, und Rummschüttel nahm Hut und Stock. Aber er trat noch einmal an das Fenster heran. »Ich höre von einer Terrassierung des Kreuzbergs sprechen, Gott segne die Stadtverwaltung, und wenn dann erst die kahle Stelle dahinten mehr in Grün stehen wird... Eine reizende Wohnung. Ich könnte Sie fast beneiden... Und was ich schon längst einmal sagen wollte, meine gnädigste Frau, Sie schreiben mir immer einen so liebenswürdigen Brief. Nun, wer freute sich dessen nicht? Aber es ist doch jedesmal eine Mühe … Schicken Sie mir doch einfach Roswitha.«

Effi dankte ihm, und so schieden sie.

»Schicken Sie mir doch einfach Roswitha …«, hatte Rummschüttel gesagt. Ja, war denn Roswitha bei Effi? War sie denn statt in der Keith- in der Königgrätzer Straße? Gewiß war sie's, und zwar sehr lange schon, gerade so lange, wie Effi selbst in der Königgrätzer Straße wohnte. Schon drei Tage vor diesem Einzug hatte sich Roswitha bei ihrer lieben gnädigen Frau sehen lassen, und das war ein großer Tag für beide gewesen, so sehr, daß dieses Tages hier noch nachträglich gedacht werden muß.

Effi hatte damals, als der elterliche Absagebrief aus Hohen-Cremmen kam und sie mit dem Abendzuge von Ems nach Berlin zurückreiste, nicht gleich eine selbständige Wohnung genommen, sondern es mit einem Unterkommen in einem Pensionate versucht. Es war ihr damit auch leidlich geglückt. Die beiden Damen, die dem Pensionate vorstanden, waren gebildet und voll Rücksicht und hatten es längst verlernt, neugierig zu sein. Es kam da so vieles zusammen, daß ein Eindringenwollen in die Geheimnisse jedes einzelnen viel zu umständlich gewesen wäre. Dergleichen hinderte nur den Geschäftsgang. Effi, die die mit den Augen angestellten Kreuzverhöre der Zwicker noch in Erinnerung hatte, fühlte sich denn auch von dieser Zurückhaltung der Pensionsdamen sehr angenehm berührt, als aber vierzehn Tage vorüber waren, empfand sie doch deutlich, daß die hier herrschende Gesamtatmosphäre, die physische wie die moralische, nicht wohl ertragbar für sie sei. Bei Tisch waren sie zumeist zu sieben, und zwar außer Effi und der einen Pensionsvorsteherin (die andere leitete draußen das Wirtschaftliche) zwei die Hochschule besuchende Engländerinnen, eine adelige Dame aus Sachsen, eine sehr hübsche galizische Jüdin, von der niemand wußte, was sie eigentlich vorhatte, und eine Kantorstochter aus Polzin in Pommern, die Malerin werden wollte. Das war eine schlimme Zusammensetzung, und die gegenseitigen Überheblichkeiten, bei denen die Engländerinnen merkwürdigerweise nicht absolut obenan standen, sondern mit der vom höchsten Malergefühl erfüllten Polzinerin um die Palme rangen, waren unerquicklich; dennoch wäre Effi, die sich passiv verhielt, über den Druck, den diese geistige Atmosphäre übte, hinweggekommen, wenn nicht, rein physisch und äußerlich, die sich hinzugesellende Pensionsluft gewesen wäre. Woraus sich diese eigentlich zusammensetzte, war vielleicht überhaupt unerforschlich, aber daß sie der sehr empfindlichen Effi den Atem raubte, war nur zu gewiß, und so sah sie sich, aus diesem äußerlichen Grunde, sehr bald schon zur Aus- und Umschau nach einer anderen Wohnung gezwungen, die sie denn auch in verhältnismäßiger Nähe fand. Es war dies die vorgeschilderte Wohnung in der Königgrätzer Straße. Sie sollte dieselbe zu Beginn des Herbstvierteljahrs beziehen, hatte das Nötige dazu beschafft und zählte während der letzten Septembertage die Stunden bis zur Erlösung aus dem Pensionat.

An einem dieser letzten Tage – sie hatte sich eine Viertelstunde zuvor aus dem Eßzimmer zurückgezogen und gedachte sich eben auf einem mit einem großblumigen Wollstoff überzogenen Seegrassofa auszuruhen – wurde leise an ihre Tür geklopft.

»Herein.«

Das eine Hausmädchen, eine kränklich aussehende Person von Mitte Dreißig, die, durch beständigen Aufenthalt auf dem Korridor des Pensionats, den hier lagernden Dunstkreis überallhin in ihren Falten mitschleppte, trat ein und sagte: Die gnädige Frau möchte entschuldigen, aber es wolle sie jemand sprechen.

»Wer?«

»Eine Frau.«

»Und hat sie ihren Namen genannt?«

»Ja. Roswitha.«

Und siehe da, kaum daß Effi diesen Namen gehört hatte, so schüttelte sie den Halbschlaf von sich ab und sprang auf und lief auf den Korridor hinaus, um Roswitha bei beiden Händen zu fassen und in ihr Zimmer zu ziehen.

»Roswitha. Du. Ist das eine Freude. Was bringst du? Natürlich was Gutes. Ein so gutes altes Gesicht kann nur was Gutes bringen. Ach, wie glücklich ich bin, ich könnte dir einen Kuß geben; ich hätte nicht gedacht, daß ich noch solche Freude haben könnte. Mein gutes altes Herz, wie geht es dir denn? Weißt du noch, wie's damals war, als der Chinese spukte? Das waren glückliche Zeiten. Ich habe damals gedacht, es wären unglückliche, weil ich das Harte des Lebens noch nicht kannte. Seitdem habe ich es kennengelernt. Ach, Spuk ist lange nicht das Schlimmste! Komm, meine gute Roswitha, komm, setze dich hier zu mir und erzähle mir… Ach, ich habe solche Sehnsucht. Was macht Annie?«

Roswitha konnte kaum reden und sah sich in dem sonderbaren Zimmer um, dessen grau und verstaubt aussehende Wände in schmale Goldleisten gefaßt waren. Endlich aber fand sie sich und sagte, daß der gnädige Herr nun wieder aus Glatz zurück sei; der alte Kaiser habe gesagt, sechs Wochen in solchem Falle sei gerade genug, und auf den Tag, wo der gnädige Herr wieder da sein würde, darauf habe sie bloß gewartet, wegen Annie, die doch eine Aufsicht haben müsse. Denn Johanna sei wohl eine sehr propre Person, aber sie sei doch noch zu hübsch und beschäftige sich noch zuviel mit sich selbst und denke vielleicht Gott weiß was alles. Aber nun, wo der gnädige Herr wieder aufpassen und in allem nach dem Rechten sehen könne, da habe sie sich's doch antun wollen und mal sehen, wie's der gnädigen Frau gehe...

»Das ist recht, Roswitha...«

...Und habe mal sehen wollen, ob der gnädigen Frau was fehle und ob sie sie vielleicht brauche, dann wolle sie gleich hier bleiben und beispringen und alles machen und dafür sorgen, daß es der gnädigen Frau wieder gut ginge.

Effi hatte sich in die Sofaecke zurückgelehnt und die Augen geschlossen. Aber mit eins richtete sie sich auf und sagte: »Ja, Roswitha, was du da sagst, das ist ein Gedanke; das ist was. Denn du mußt wissen, ich bleibe hier nicht in dieser Pension, ich habe da weiter hin eine Wohnung gemietet und auch Einrichtung besorgt, und in drei Tagen will ich da einziehen. Und wenn ich da mit dir ankäme und zu dir sagen könnte: ›Nein, Roswitha, da nicht, der Schrank muß dahin und der Spiegel da‹, ja, das wäre was, das sollte mir schon gefallen. Und wenn wir dann müde von all der Plackerei wären, dann sagte ich: ›Nun, Roswitha, gehe da hinüber und hole uns eine Karaffe Spatenbräu, denn wenn man gearbeitet hat, dann will man doch auch trinken, und wenn du kannst, so bring uns auch etwas Gutes aus dem Habsburger Hof mit, du kannst ja das Geschirr nachher wieder herüberbringen –‹, ja, Roswitha, wenn ich mir das denke, da wird mir ordentlich leichter ums Herz. Aber ich muß dich doch fragen, hast du dir auch alles überlegt? Von Annie will ich nicht sprechen, an der du doch hängst, sie ist ja fast wie dein eigen Kind – aber trotzdem, für Annie wird schon gesorgt werden, und die Johanna hängt ja auch an ihr. Also davon nichts. Aber bedenke, wie sich alles verändert hat, wenn du wieder zu mir willst. Ich bin nicht mehr wie damals; ich habe jetzt eine ganz kleine Wohnung genommen, und der Portier wird sich wohl nicht sehr um dich und um mich bemühen. Und wir werden eine sehr kleine Wirtschaft haben, immer das, was wir sonst unser Donnerstagessen nannten, weil da rein gemacht wurde. Weißt du noch? Und weißt du noch, wie der gute Gieshübler mal dazukam und sich zu uns setzen mußte und wie er dann sagte: So was Delikates habe er noch nie gegessen. Du wirst dich noch erinnern, er war immer so schrecklich artig, denn eigentlich war er doch der einzige Mensch in der Stadt, der von Essen was verstand. Die andern fanden alles schön.«

Roswitha freute sich über jedes Wort und sah schon alles in bestem Gange, bis Effi wieder sagte: »Hast du dir das alles überlegt? Denn du bist doch – ich muß das sagen, wiewohl es meine eigne Wirtschaft war –, du bist doch nun durch viele Jahre hin verwöhnt, und es kam nie darauf an, wir hatten es nicht nötig, sparsam zu sein; aber jetzt muß ich sparsam sein, denn ich bin arm und habe nur, was man mir gibt, du weißt, von Hohen-Cremmen her. Meine Eltern sind sehr gut gegen mich, soweit sie's können, aber sie sind nicht reich. Und nun sage, was meinst du?«

»Daß ich nächsten Sonnabend mit meinem Koffer anziehe, nicht am Abend, sondern gleich am Morgen, und daß ich da bin, wenn das Einrichten losgeht. Denn ich kann doch ganz anders zufassen wie die gnädige Frau.«

»Sage das nicht, Roswitha. Ich kann es auch. Wenn man muß, kann man alles.«

»Und dann, gnädige Frau, Sie brauchen sich wegen meiner nicht zu fürchten, als ob ich mal denken könnte: Für Roswitha ist das nicht gut genug. Für Roswitha ist alles gut, was sie mit der gnädigen Frau teilen muß, und am liebsten, wenn es was Trauriges ist. Ja, darauf freue ich mich schon ordentlich. Dann sollen Sie mal sehen, das verstehe ich. Und wenn ich es nicht verstünde, dann wollte ich es schon lernen. Denn, gnädige Frau, das hab ich nicht vergessen, als ich da auf dem Kirchhof saß, mutterwindallein, und bei mir dachte, nun wäre es doch wohl das Beste, ich läge da gleich mit in der Reihe. Wer kam da? Wer hat mich da bei Leben erhalten? Ach, ich habe soviel durchzumachen gehabt. Als mein Vater damals mit der glühenden Stange auf mich loskam …«

»Ich weiß schon, Roswitha …«

»Ja, das war schlimm genug. Aber als ich da auf dem Kirchhof saß, so ganz arm und verlassen, das war doch noch schlimmer. Und da kam die gnädige Frau. Und ich will nicht selig werden, wenn ich das vergesse.«

Und dabei stand sie auf und ging aufs Fenster zu. »Sehen Sie, gnädige Frau, *den* müssen Sie doch auch noch sehen.«

Und nun trat auch Effi heran.

Drüben, auf der anderen Seite der Straße, saß Rollo und sah nach den Fenstern der Pension hinauf.

Wenige Tage danach bezog Effi, von Roswitha unterstützt, ihre Wohnung in der Königgrätzer Straße, darin es ihr von Anfang an gefiel. Umgang fehlte freilich, aber sie hatte während ihrer Pensionstage von dem Verkehr mit Menschen so wenig Erfreuliches gehabt, daß ihr das Alleinsein nicht schwer fiel, wenigstens anfänglich nicht. Mit Roswitha ließ sich allerdings kein ästhetisches Gespräch führen, auch nicht mal sprechen über das, was in der Zeitung stand, aber wenn es einfach menschliche Dinge betraf und Effi mit einem »Ach, Roswitha, mich ängstigt es wieder …« ihren Satz begann, dann wußte die treue Seele jedesmal gut zu antworten und hatte immer Trost und meist auch Rat.

Bis Weihnachten ging es vorzüglich; aber der Heiligabend verlief schon recht traurig, und als das neue Jahr herankam, begann Effi ganz schwermütig zu werden. Es war nicht kalt, nur grau und regnerisch, und wenn die Tage kurz waren, so waren die Abende desto länger. Was tun? Sie las, sie stickte, sie legte Patience, sie spielte Chopin, aber diese Nocturnes waren auch nicht angetan, viel Licht in ihr Leben zu tragen, und wenn Roswitha mit dem Teebrett kam und außer dem Teezeug auch noch zwei Tellerchen mit einem Ei und einem in kleine Scheiben geschnittenen Wiener Schnitzel auf den Tisch setzte, sagte Effi, während sie das Pianino schloß: »Rücke heran, Roswitha Leiste mir Gesellschaft.«

Roswitha kam denn auch. »Ich weiß schon, die

gnädige Frau haben wieder zuviel gespielt; dann sehen Sie immer so aus und haben rote Flecke. Der Geheimrat hat es doch verboten.«

»Ach, Roswitha, der Geheimrat hat leicht verbieten, und du hast es auch leicht, all das nachzusprechen. Aber was soll ich denn machen? Ich kann doch nicht den ganzen Tag am Fenster sitzen und nach der Christuskirche hinübersehen. Sonntags, beim Abendgottesdienst, wenn die Fenster erleuchtet sind, sehe ich ja immer hinüber; aber es hilft mir auch nichts, mir wird dann immer noch schwerer ums Herz.«

»Ja, gnädige Frau, dann sollten Sie mal hineingehen. Einmal waren Sie ja schon drüben.«

»O schon öfters. Aber ich habe nicht viel davon gehabt. Er predigt ganz gut und ist ein sehr kluger Mann, und ich wäre froh, wenn ich das Hundertste davon wüßte. Aber es ist doch alles bloß, wie wenn ich ein Buch lese; und wenn er dann so laut spricht und herumficht und seine schwarzen Locken schüttelt, dann bin ich aus meiner Andacht heraus.«

»Heraus?«

Effi lachte. »Du meinst, ich war noch gar nicht drin. Und es wird wohl so sein. Aber an wem liegt das? Das liegt doch nicht an mir. Er spricht immer soviel vom Alten Testament. Und wenn es auch ganz gut ist, es erbaut mich nicht. Überhaupt all das Zuhören; es ist nicht das Rechte. Sieh, ich müßte so viel zu tun haben, daß ich nicht ein noch aus wüßte. Das wäre was für mich. Da gibt es so Vereine, wo junge Mädchen die Wirtschaft lernen, oder Nähschulen oder Kindergärtnerinnen. Hast du nie davon gehört?«

»Ja, ich habe mal davon gehört. Anniechen sollte mal in einen Kindergarten.«

»Nun, siehst du, du weißt es besser als ich. Und in solchen Verein, wo man sich nützlich machen kann, da möchte ich eintreten. Aber daran ist gar nicht zu denken; die Damen nehmen mich nicht an und können es auch nicht. Und das ist das Schrecklichste, daß einem die Welt so zu ist und daß es sich einem sogar verbietet, bei Gutem mit dabeizusein. Ich kann nicht mal armen Kindern eine Nachhülfestunde geben ...«

»Das wäre auch nichts für Sie, gnädige Frau; die Kinder haben immer so fettige Stiefel an, und wenn es nasses Wetter ist – das ist dann solch Dunst und Schmook, das halten die gnädige Frau gar nicht aus.«

Effi lächelte. »Du wirst wohl recht haben, Roswitha; aber es ist schlimm, daß du recht hast, und ich sehe daran, daß ich noch zuviel von dem alten Menschen in mir habe und daß es mir noch zu gut geht.«

Davon wollte aber Roswitha nichts wissen. »Wer so gut ist wie gnädige Frau, dem kann es gar nicht zu gut gehen. Und Sie müssen nur nicht immer so was Trauriges spielen, und mitunter denke ich mir, es wird alles noch wieder gut, und es wird sich schon was finden.«

Und es fand sich auch was. Effi, trotz der Kantorstochter aus Polzin, deren Künstlerdünkel ihr immer noch als etwas Schreckliches vorschwebte, wollte Malerin werden, und wiewohl sie selber darüber lachte, weil sie sich bewußt war, über eine unterste Stufe des Dilettantismus nie hinauskommen zu können, so griff sie doch mit Passion danach, weil sie nun eine Beschäftigung hatte, noch dazu eine, die, weil still und geräuschlos, ganz nach ihrem Herzen war. Sie meldete sich denn auch bei einem ganz alten Malerprofessor, der in der märkischen Aristokratie sehr bewandert und zugleich so fromm war, daß ihm Effi von Anfang an ans Herz gewachsen erschien. Hier, so gingen wohl seine Gedanken, war eine Seele zu retten, und so kam er ihr, als ob sie seine Tochter gewesen wäre, mit einer ganz besonderen Liebenswürdigkeit entgegen. Effi war sehr glücklich darüber, und der Tag ihrer ersten Malstunde bezeichnete für sie einen Wendepunkt zum Guten. Ihr armes Leben war nun nicht so arm mehr, und Roswitha triumphierte, daß sie recht gehabt und sich nun doch etwas gefunden habe.

Das ging so Jahr und Tag und darüber hinaus. Aber daß sie nun wieder eine Berührung mit den Menschen hatte, wie sie's beglückte, so ließ es auch wieder den Wunsch in ihr entstehen, daß diese Berührungen sich erneuern und mehren möchten. Sehnsucht nach Hohen-Cremmen erfaßte sie mitunter mit einer wahren Leidenschaft, und noch leidenschaftlicher sehnte sie sich danach, Annie wiederzusehen. Es war doch ihr Kind, und wenn sie dem nachhing und sich dabei gleichzeitig der Trippelli erinnerte, die mal gesagt hatte: die Welt sei so klein, und in Mittelafrika könne man sicher sein, plötzlich einem alten Bekannten zu begegnen, so war sie mit Recht verwundert, Annie noch nie getroffen zu haben. Aber auch das sollte sich eines Tages ändern. Sie kam aus der Malstunde, dicht am Zoologischen Garten, und stieg, nahe dem Halteplatz, in einen die lange Kurfürstenstraße passierenden Pferdebahnwagen ein. Es war sehr heiß, und die herabgelassenen Vorhänge, die bei dem starken Luftzuge, der ging, hin und her bauschten, taten ihr wohl. Sie lehnte sich in die dem Vorderperron zugekehrte Ecke und musterte eben mehrere in eine Glasscheibe eingebrannte Sofas, blau, mit Quasten und Puscheln daran, als sie – der Wagen war gerade in einem langsamen Fahren – drei Schulkinder aufspringen sah, die Mappen auf dem Rücken, mit kleinen spitzen Hüten, zwei blond und ausgelassen, die dritte dunkel und ernst. Es war Annie. Effi fuhr heftig zusammen, und eine Begegnung mit dem Kinde zu haben, wonach sie sich doch so lange gesehnt, erfüllte sie jetzt mit einer wahren Todesangst. Was tun? Rasch entschlossen öffnete sie die Tür zu dem Vorderperron, auf dem niemand stand als der Kutscher, und bat diesen, sie bei der nächsten Haltestelle vorn absteigen zu lassen. »Is verboten, Fräulein«, sagte der Kutscher; sie gab ihm aber ein Geldstück und sah ihn so bittend an, daß der gutmütige Mensch anderen Sinnes wurde und vor sich hin sagte: »Sind soll es eigentlich nich; aber es wird ja woll mal gehn.« Und als der Wagen hielt, nahm er das Gitter aus, und Effi sprang ab.

Noch in großer Erregung kam Effi nach Hause.

»Denke dir, Roswitha, ich habe Annie gesehen.« Und nun erzählte sie von der Begegnung in dem Pferdebahnwagen. Roswitha war unzufrieden, daß Mutter und Tochter keine Wiedersehensszene gefeiert hatten, und ließ sich nur ungern überzeugen, daß das, in Gegenwart so vieler Menschen, nicht wohl angegangen sei. Dann mußte Effi erzählen, wie Annie ausgesehen habe, und als sie das mit mütterlichem Stolze getan, sagte Roswitha: »Ja, sie ist so halb und halb. Das Hübsche und, wenn ich es sagen darf, das Sonderbare, das hat sie von der Mama; aber das Ernste, das ist ganz der Papa. Und wenn ich mir so alles überlege, ist sie doch wohl mehr wie der gnädige Herr.«

»Gott sei Dank!« sagte Effi.

»Na, gnäd'ge Frau, das ist nu doch auch noch die

Frage. Und da wird ja wohl mancher sein, der mehr für die Mama ist.«

»Glaubst du, Roswitha? Ich glaube es nicht.«

»Na, na, ich lasse mir nichts vormachen, und ich glaube, die gnädige Frau weiß auch ganz gut, wie's eigentlich ist und was die Männer am liebsten haben.«

»Ach, sprich nicht davon, Roswitha.«

Damit brach das Gespräch ab und wurde auch nicht wieder aufgenommen. Aber Effi, wenn sie's auch vermied, grade über Annie mit Roswitha zu sprechen, konnte die Begegnung in ihrem Herzen doch nicht verwinden und litt unter der Vorstellung, vor ihrem eigenen Kinde geflohen zu sein. Es quälte sie bis zur Beschämung, und das Verlangen nach einer Begegnung mit Annie steigerte sich bis zum Krankhaften. An Innstetten schreiben und ihn darum bitten, das war nicht möglich. Ihrer Schuld war sie sich wohl bewußt, ja sie nährte das Gefühl davon mit einer halb leidenschaftlichen Geflissentlichkeit; aber inmitten ihres Schuldbewußtseins fühlte sie sich andererseits auch von einer gewissen Auflehnung gegen Innstetten erfüllt. Sie sagte sich : er hatte recht und noch einmal und noch einmal, und zuletzt hatte er doch unrecht. Alles Geschehene lag so weit zurück, ein neues Leben hatte begonnen – er hätte es können verbluten lassen, statt dessen verblutete der arme Crampas.

Nein, an Innstetten schreiben, das ging nicht; aber Annie wollte sie sehen und sprechen und an ihr Herz drücken, und nachdem sie's tagelang überlegt hatte, stand ihr fest, wie's am besten zu machen sei.

Gleich am andern Vormittage kleidete sie sich sorgfältig in ein dezentes Schwarz und ging auf die Linden zu, sich hier bei der Ministerin melden zu lassen. Sie schickte ihre Karte hinein, auf der nur stand: Effi von Innstetten geb. von Briest. Alles andere war fortgelassen, auch die Baronin. »Exzellenz lassen bitten«, und Effi folgte dem Diener bis in ein Vorzimmer, wo sie sich niederließ und trotz der Erregung, in der sie sich befand, den Bilderschmuck an den Wänden musterte. Da war zunächst Guido Renis Aurora, gegenüber aber hingen englische Kupferstiche, Stiche nach Benjamin West, in der bekannten Aquatinta-Manier von viel Licht und Schatten. Eines der Bilder war König Lear im Unwetter auf der Heide.

Effi hatte ihre Musterung kaum beendet, als die Tür des angrenzenden Zimmers sich öffnete und eine große schlanke Dame von einem sofort für sie einnehmenden Ausdruck auf die Bittstellerin zutrat und ihr die Hand reichte: »Meine liebe, gnädigste Frau«, sagte sie, »welche Freude für mich, Sie wiederzusehen …«

Und während sie das sagte, schritt sie auf das Sofa zu und zog Effi, während sie selber Platz nahm, zu sich nieder.

Effi war bewegt durch die sich in allem aussprechende Herzensgüte. Keine Spur von Überheblichkeit oder Vorwurf, nur menschlich schöne Teilnahme. »Womit kann ich Ihnen dienen?« nahm die Ministerin noch einmal das Wort.

Um Effis Mund zuckte es. Endlich sagte sie: »Was mich herführt, ist eine Bitte, deren Erfüllung Exzellenz vielleicht möglich machen. Ich habe eine zehnjährige Tochter, die ich seit drei Jahren nicht gesehen habe und gern wiedersehen möchte.«

Die Ministerin nahm Effis Hand und sah sie freundlich an.

»Wenn ich sage, in drei Jahren nicht gesehen, so ist das nicht ganz richtig. Vor drei Tagen habe ich sie wiedergesehen.« Und nun schilderte Effi mit großer Lebendigkeit die Begegnung, die sie mit Annie gehabt hatte. »Vor meinem eigenen Kinde auf der Flucht. Ich weiß wohl, man liegt, wie man sich bettet, und ich will nichts ändern in meinem Leben. Wie es ist, so ist es recht; ich habe es nicht anders gewollt. Aber das mit dem Kinde, das ist doch zu hart, und so habe ich denn den Wunsch, es dann und wann sehen zu dürfen, nicht heimlich und verstohlen, sondern mit Wissen und Zustimmung aller Beteiligten.«

»Unter Wissen und Zustimmung aller Beteiligten«, wiederholte die Ministerin Effis Worte. »Das heißt also unter Zustimmung Ihres Herrn Gemahls. Ich sehe, daß seine Erziehung dahin geht, das Kind von der Mutter fernzuhalten, ein Verfahren, über das ich mir kein Urteil erlaube. Vielleicht, daß er recht hat; verzeihen Sie mir diese Bemerkung, gnädige Frau.«

Effi nickte.

»Sie finden sich selbst in der Haltung Ihres Herrn Gemahls zurecht und verlangen nur, daß einem natürlichen Gefühle, wohl dem schönsten unserer Gefühle (wenigstens wir Frauen werden uns darin finden), sein Recht werde. Treff ich es darin?«

»In allem.«

»Und so soll ich denn die Erlaubnis zu gelegentlichen Begegnungen erwirken, in Ihrem Hause, wo Sie versuchen können, sich das Herz Ihres Kindes zurückzuerobern.«

Effi drückte noch einmal ihre Zustimmung aus,

während die Ministerin fortfuhr: »Ich werde also tun, meine gnädigste Frau, was ich tun kann. Aber wir werden es nicht eben leicht haben. Ihr Herr Gemahl, verzeihen Sie, daß ich ihn nach wie vor so nenne, ist ein Mann, der nicht nach Stimmungen und Laune, sondern nach Grundsätzen handelt, und diese fallen zu lassen oder auch nur momentan aufzugeben wird ihm hart ankommen. Läg es nicht so, so wäre seine Handlungs- und Erziehungsweise längst eine andere gewesen. Das, was hart für Ihr Herz ist, hält er für richtig.«

»So meinen Exzellenz vielleicht, es wäre besser, meine Bitte zurückzunehmen?«

»Doch nicht. Ich wollte nur das Tun Ihres Herrn Gemahls erklären, um nicht zu sagen rechtfertigen, und wollte zugleich die Schwierigkeiten andeuten, auf die wir, aller Wahrscheinlichkeit nach, stoßen werden. Aber ich denke, wir zwingen es trotzdem. Denn wir Frauen, wenn wir's klug einleiten und den Bogen nicht überspannen, wissen mancherlei durchzusetzen. Zudem gehört Ihr Herr Gemahl zu meinen besonderen Verehrern, und er wird mir eine Bitte, die ich an ihn richte, nicht wohl abschlagen. Wir haben morgen einen kleinen Zirkel, auf dem ich ihn sehe, und übermorgen früh haben Sie ein paar Zeilen von mir, die Ihnen sagen werden, ob ich's klug, das heißt glücklich, eingeleitet oder nicht. Ich denke, wir siegen in der Sache, und Sie werden Ihr Kind wiedersehen und sich seiner freuen. Es soll ein sehr schönes Mädchen sein. Nicht zu verwundern.«

Dreiunddreißigstes Kapitel

Am zweitfolgenden Tage trafen, wie versprochen, einige Zeilen ein, und Effi las: »Es freut mich, liebe gnädige Frau, Ihnen gute Nachricht geben zu können. Alles ging nach Wunsch; Ihr Herr Gemahl ist zu sehr Mann von Welt, um einer Dame eine von ihr vorgetragene Bitte abschlagen zu können; zugleich aber – auch *das* darf ich Ihnen nicht verschweigen –, ich sah deutlich, daß sein Ja nicht dem entsprach, was er für klug und recht hält. Aber kritteln wir nicht, wo wir uns freuen sollen. Ihre Annie, so haben wir es verabredet, wird über Mittag kommen, und ein guter Stern stehe über Ihrem Wiedersehen.«

Es war mit der zweiten Post, daß Effi diese Zeilen empfing, und bis zu Annies Erscheinen waren mutmaßlich keine zwei Stunden mehr. Eine kurze Zeit, aber immer noch zu lang, und Effi schritt in Unruhe durch beide Zimmer und dann wieder in die Küche, wo sie mit Roswitha von allem möglichen sprach, von dem Efeu drüben an der Christuskirche, nächstes Jahr würden die Fenster wohl ganz zugewachsen sein, von dem Portier, der den Gashahn wieder so schlecht zugeschraubt habe (sie würden doch noch nächstens in die Luft fliegen), und daß sie das Petroleum doch lieber wieder aus der großen Lampenhandlung Unter den Linden als aus der Anhaltstraße holen solle – von allem möglichen sprach sie, nur von Annie nicht, weil sie die Furcht nicht aufkommen lassen wollte, die trotz der Zeilen der Ministerin, oder vielleicht auch um dieser Zeilen willen, in ihr lebte.

Nun war Mittag. Endlich wurde geklingelt, schüchtern, und Roswitha ging, um durch das Guckloch zu sehen. Richtig, es war Annie. Roswitha gab dem Kinde einen Kuß, sprach aber sonst kein Wort, und ganz leise, wie wenn ein Kranker im Hause wäre, führte sie das Kind vom Korridor her erst in die Hinterstube und dann bis an die nach vorn führende Tür.

»Da geh hinein, Annie.« Und unter diesen Worten, sie wollte nicht stören, ließ sie das Kind allein und ging wieder auf die Küche zu.

Effi stand am andern Ende des Zimmers, den Rükken gegen den Spiegelpfeiler, als das Kind eintrat. »Annie!« Aber Annie blieb an der nur angelehnten Tür stehen, halb verlegen, aber halb auch mit Vorbedacht, und so eilte denn Effi auf das Kind zu, hob es in die Höhe und küßte es.

»Annie, mein süßes Kind, wie freue ich mich. Komm, erzähle mir«, und dabei nahm sie Annie bei der Hand und ging auf das Sofa zu, um sich da zu setzen. Annie stand aufrecht und griff, während sie die Mutter immer noch scheu ansah, mit der Linken nach dem Zipfel der herabhängenden Tischdecke. »Weißt du wohl, Annie, daß ich dich einmal gesehen habe?«

»Ja, mir war es auch so.«

»Und nun erzähle mir recht viel. Wie groß du geworden bist! Und das ist die Narbe da; Roswitha hat mir davon erzählt. Du warst immer so wild und ausgelassen beim Spielen. Das hast du von deiner Mama, die war auch so. Und in der Schule? Ich denke mir, du bist immer die Erste, du siehst mir so aus, als müßtest du eine Musterschülerin sein und immer die besten Zensuren nach Hause bringen. Ich habe auch gehört, daß dich das Fräulein von Wedelstädt so gelobt haben soll. Das ist recht; ich war auch so ehrgeizig, aber ich hatte nicht solche gute Schule. Mythologie war immer mein Bestes. Worin bist du denn am besten?«

»Ich weiß es nicht.«

»Oh, du wirst es schon wissen. Das weiß man. Worin hast du denn die beste Zensur?«

»In der Religion.«

»Nun, siehst du, da weiß ich es doch. Ja, das ist sehr schön; ich war nicht so gut darin, aber es wird wohl auch an dem Unterricht gelegen haben. Wir hatten bloß einen Kandidaten.«

»Wir hatten auch einen Kandidaten.«

»Und der ist fort?«

Annie nickte.

»Warum ist er fort?«

»Ich weiß es nicht. Wir haben nun wieder den Prediger.«

»Den ihr alle sehr liebt.«

»Ja; zwei aus der ersten Klasse wollen auch übertreten.«

»Ah, ich verstehe; das ist schön. Und was macht Johanna?«

»Johanna hat mich bis vor das Haus begleitet.«

»Und warum hast du sie nicht mit heraufgebracht?«

»Sie sagte, sie wolle lieber unten bleiben und an der Kirche drüben warten.«

»Und da sollst du sie wohl abholen?«

»Ja.«

»Nun, sie wird da hoffentlich nicht ungeduldig werden. Es ist ein kleiner Vorgarten da, und die Fenster sind schon halb von Efeu überwachsen, als ob es eine alte Kirche wäre.«

»Ich möchte sie aber doch nicht gerne warten lassen.«

»Ach, ich sehe, du bist sehr rücksichtsvoll, und darüber werde ich mich wohl freuen müssen. Man muß es nur richtig einteilen ... Und nun sage mir noch, was macht Rollo?«

»Rollo ist sehr gut. Aber Papa sagt, er würde so faul; er liegt immer in der Sonne.«

»Das glaub ich. So war er schon, als du noch ganz klein warst ... Und nun sage mir, Annie – denn heute haben wir uns ja bloß so mal wiedergesehen –, wirst du mich öfter besuchen?«

»O gewiß, wenn ich darf.«

»Wir können dann in dem Prinz-Albrechtschen Garten spazierengehen.«

»O gewiß, wenn ich darf.«

»Oder wir gehen zu Schilling und essen Eis, Ananas- oder Vanilleneis; das aß ich immer am liebsten.«

»O gewiß, wenn ich darf.«

Und bei diesem dritten »wenn ich darf« war das Maß voll; Effi sprang auf, und ein Blick, in dem es wie Empörung aufflammte, traf das Kind. »Ich glaube, es ist die höchste Zeit, Annie; Johanna wird sonst ungeduldig.« Und sie zog die Klingel. Roswitha, die schon im Nebenzimmer war, trat gleich ein. »Roswitha, gib Annie das Geleit bis drüben zur Kirche. Johanna wartet da. Hoffentlich hat sie sich nicht erkältet. Es sollte mir leid tun. Grüße Johanna.«

Und nun gingen beide.

Kaum aber, daß Roswitha draußen die Tür ins Schloß gezogen hatte, so riß Effi, weil sie zu ersticken drohte, ihr Kleid auf und verfiel in ein krampfhaftes Lachen. »So also sieht ein Wiedersehen aus«, und dabei stürzte sie nach vorn, öffnete die Fensterflügel und suchte nach etwas, das ihr beistehe. Und sie fand auch was in der Not ihres Herzens. Da neben dem Fenster war ein Bücherbrett, ein paar Bände von Schiller und Körner darauf, und auf den Gedichtbüchern, die alle die gleiche Höhe hatten, lag eine Bibel und ein Gesangbuch. Sie griff danach, weil sie was haben mußte, vor dem sie knien und beten konnte, und legte Bibel und Gesangbuch auf den Tischrand, gerade da, wo Annie gestanden hatte, und mit einem heftigen Ruck warf sie sich davor nieder und sprach halblaut vor sich hin: »O du Gott im Himmel, vergib mir, was ich getan; ich war ein Kind… Aber nein, nein, ich war kein Kind, ich war alt genug, um zu wissen, was ich tat. Ich *hab* es auch gewußt, und ich will meine Schuld nicht kleiner machen… aber *das* ist zu viel. Denn das hier, mit dem Kind, das bist nicht *du,* Gott, der mich strafen will, das ist *er,* bloß er! Ich habe geglaubt, daß er ein edles Herz habe, und habe mich immer klein neben ihm gefühlt; aber jetzt weiß ich, daß *er* es ist, *er* ist klein. Und weil er klein ist, ist er grausam. Alles, was klein ist, ist grausam. Das hat *er* dem Kinde beigebracht, ein Schulmeister war er immer, Crampas hat ihn so genannt, spöttisch damals, aber er hat recht gehabt. ›O gewiß, wenn ich darf.‹ Du *brauchst* nicht zu dürfen; ich will euch nicht mehr, ich haß euch, auch mein eigen Kind. Was zuviel ist, ist zuviel. Ein Streber war er, weiter nichts. – Ehre, Ehre, Ehre… und dann hat er den armen Kerl totgeschossen, den ich nicht einmal liebte und den ich vergessen hatte, weil ich ihn nicht liebte. Dummheit war alles, und nun Blut und Mord. Und ich schuld. Und nun schickt er mir das Kind, weil er einer Ministerin nichts abschlagen kann, und ehe er das Kind schickt, richtet er's ab wie einen Papagei und bringt ihm die Phrase bei ›wenn ich darf‹. Mich ekelt, was ich getan; aber was mich noch mehr ekelt, das ist eure Tugend. Weg mit euch. Ich muß leben, aber ewig wird es ja wohl nicht dauern.«

Als Roswitha wiederkam, lag Effi am Boden, das Gesicht abgewandt, wie leblos.

Vierunddreißigstes Kapitel

Rummschüttel, als er gerufen wurde, fand Effis Zustand nicht unbedenklich. Das Hektische, das er seit Jahr und Tag an ihr beobachtete, trat ihm ausgesprochener als früher entgegen, und, was schlimmer war, auch die ersten Zeichen eines Nervenleidens waren da. Seine ruhig freundliche Weise aber, der er einen Beisatz von Laune zu geben wußte, tat Effi wohl, und sie war ruhig, solange Rummschüttel um sie war. Als er schließlich ging, begleitete Roswitha den alten Herrn bis in den Vorflur und sagte: »Gott, Herr Geheimrat, mir ist so bange; wenn es nu mal wiederkommt, und es kann doch; Gott – da hab ich ja keine ruhige Stunde mehr. Es war aber doch auch zuviel, das mit dem Kind. Die arme gnädige Frau. Und noch so jung, wo manche erst anfangen.«

»Lassen Sie nur, Roswitha. Kann noch alles wieder werden. Aber fort muß sie. Wir wollen schon sehen. Andere Luft, andere Menschen.«

Den zweiten Tag danach traf ein Brief in Hohen-Cremmen ein, der lautete: »Gnädigste Frau! Meine alten freundschaftlichen Beziehungen zu den Häusern Briest und Belling, und nicht zum wenigsten die herzliche Liebe, die ich zu Ihrer Frau Tochter hege, werden diese Zeilen rechtfertigen. Es geht so nicht weiter. Ihre Frau Tochter, wenn nicht etwas geschieht, das sie der Einsamkeit und dem Schmerzlichen ihres nun seit Jahren geführten Lebens entreißt, wird schnell hinsiechen. Eine Disposition zu Phthisis war immer da, weshalb ich schon vor Jahren Ems verordnete; zu diesem alten Übel hat sich nun ein neues gesellt: ihre Nerven zehren sich auf. Dem Einhalt zu tun, ist ein Luftwechsel nötig. Aber wohin? Es würde nicht schwer sein, in den schlesischen Bädern eine Auswahl zu treffen, Salzbrunn gut, und Reinerz, wegen der Nervenkomplikation, noch besser. Aber es darf nur Hohen-Cremmen sein. Denn, meine gnädigste Frau, was Ihrer Frau Tochter Genesung bringen kann, ist nicht Luft allein; sie siecht hin, weil sie nichts hat als Roswitha. Dienertreue ist schön, aber Elternliebe ist besser. Verzeihen Sie einem alten Manne dies Sicheinmischen in Dinge, die jenseits seines ärztlichen Berufes liegen. Und doch auch wieder nicht, denn es ist schließlich auch der Arzt, der hier spricht und seiner Pflicht nach, verzeihen Sie dies Wort, Forderungen stellt… Ich habe so viel vom Leben gesehen… aber nichts mehr in diesem Sinne. Mit der Bitte, mich Ihrem Herrn Gemahl empfehlen zu wollen, in vorzüglicher Ergebenheit Dr. Rummschüttel.«

Frau von Briest hatte den Brief ihrem Manne vorgelesen; beide saßen auf dem schattigen Steinfliesengange, den Gartensaal im Rücken, das Rondell mit der Sonnenuhr vor sich. Der um die Fenster sich rankende wilde Wein bewegte sich leise in dem Luftzuge, der ging, und über dem Wasser standen ein paar Libellen im hellen Sonnenschein.

Briest schwieg und trommelte mit dem Finger auf dem Teebrett.

»Bitte, trommle nicht; sprich lieber.«

»Ach, Luise, was soll ich sagen. Daß ich trommle, sagt gerade genug. Du weißt seit Jahr und Tag, wie ich darüber denke. Damals, als Innstettens Brief kam, ein Blitz aus heiterem Himmel, damals war ich deiner Meinung. Aber das ist nun schon wieder eine halbe Ewigkeit her; soll ich hier bis an mein Lebensende den Großinquisitor spielen? Ich kann dir sagen, ich hab es seit langem satt...«

»Mache mir keine Vorwürfe, Briest; ich liebe sie so wie du, vielleicht noch mehr; jeder hat seine Art. Aber man lebt doch nicht bloß in der Welt, um schwach und zärtlich zu sein und alles mit Nachsicht zu behandeln, was gegen Gesetz und Gebot ist und was die Menschen verurteilen und, vorläufig wenigstens, auch noch – mit Recht verurteilen.«

»Ach was. Eins geht vor.«

»Natürlich, eins geht vor; aber was ist das eine?«

»Liebe der Eltern zu ihren Kindern. Und wenn man gar bloß eines hat...«

»Dann ist es vorbei mit Katechismus und Moral und mit dem Anspruch der ›Gesellschaft‹.«

»Ach, Luise, komme mir mit Katechismus, soviel du willst; aber komme mir nicht mit ›Gesellschaft‹.«

»Es ist sehr schwer, sich ohne Gesellschaft zu behelfen.«

»Ohne Kind auch. Und dann glaube mir, Luise, die ›Gesellschaft‹, wenn sie nur will, kann auch ein Auge zudrücken. Und ich stehe so zu der Sache: kommen die Rathenower, so ist es gut, und kommen sie nicht, so ist es auch gut. Ich werde ganz einfach telegraphieren: ›Effi, komm.‹ Bist du einverstanden?«

Sie stand auf und gab ihm einen Kuß auf die Stirn. »Natürlich bin ich's. Du solltest mir nur keinen Vorwurf machen. Ein leichter Schritt ist es nicht. Und unser Leben wird von Stund an ein anderes.«

»Ich kann's aushalten. Der Raps steht gut, und im Herbst kann ich einen Hasen hetzen. Und der Rotwein schmeckt mir noch. Und wenn ich das Kind erst wieder im Hause habe, dann schmeckt er mir noch besser ... Und nun will ich das Telegramm schicken.«

Effi war nun schon über ein halbes Jahr in Hohen-Cremmen; sie bewohnte die beiden Zimmer im ersten Stock, die sie schon früher, wenn sie zu Besuch da war, bewohnt hatte; das größere war für sie persönlich hergerichtet, nebenan schlief Roswitha. Was Rummschüttel von diesem Aufenthalt und all dem andern Guten erwartet hatte, das hatte sich auch erfüllt, soweit sich's erfüllen konnte. Das Hüsteln ließ nach, der herbe Zug, der das so gütige Gesicht um ein gut Teil seines Liebreizes gebracht hatte, schwand wieder hin, und es kamen Tage, wo sie wieder lachen konnte. Von Kessin und allem, was da zurücklag, wurde wenig gesprochen, mit alleiniger Ausnahme von Frau von Padden und natürlich von Gieshübler, für den der alte Briest eine lebhafte Vorliebe hatte. »Dieser Alonzo, dieser Preciosa-Spanier, der einen Mirambo beherbergt und eine Trippelli großzieht – ja, das muß ein Genie sein, das laß ich mir nicht ausreden.« Und dann mußte sich Effi bequemen, ihm den ganzen Gieshübler, mit dem Hut in der Hand und seinen endlosen Artigkeitsverbeugungen, vorzuspielen, was sie, bei dem ihr eigenen Nachahmungstalent, sehr gut konnte, trotzdem aber ungern tat, weil sie's allemal als ein Unrecht gegen den guten und lieben Menschen empfand. – Von Innstetten und Annie war nie die Rede, wiewohl feststand, daß Annie Erbtochter sei und Hohen-Cremmen ihr zufallen würde.

Ja, Effi lebte wieder auf, und die Mama, die, nach Frauenart, nicht ganz abgeneigt war, die ganze Sache, so schmerzlich sie blieb, als einen interessanten Fall anzusehen, wetteiferte mit ihrem Manne in Liebes- und Aufmerksamkeitsbezeugungen.

»Solchen guten Winter haben wir lange nicht gehabt«, sagte Briest. Und dann erhob sich Effi von ihrem Platz und streichelte ihm das spärliche Haar aus der Stirn. Aber so schön das alles war, auf Effis Gesundheit hin angesehen, war es doch alles nur Schein, in Wahrheit ging die Krankheit weiter und zehrte still das Leben auf. Wenn Effi – die wieder, wie damals an ihrem Verlobungstage mit Innstetten, ein blau und weiß gestreiftes Kittelkleid mit einem losen Gürtel trug – rasch und elastisch auf die Eltern zutrat, um ihnen einen guten Morgen zu bieten, so sahen sich diese freudig verwundert an, freudig verwundert, aber doch auch wehmütig, weil ihnen nicht entgehen konnte, daß es nicht die helle Jugend, sondern eine Verklärtheit war, was der schlanken Erscheinung und den leuchtenden Augen diesen eigentümlichen Ausdruck gab. Alle, die schärfer zusahen, sahen dies, nur Effi selbst sah es nicht und lebte ganz dem Glücksgefühle, wieder an dieser für sie so freundlich friedreichen Stelle zu sein, in Versöhnung mit denen, die sie immer geliebt hatte und von denen sie immer geliebt worden war, auch in den Jahren ihres Elends und ihrer Verbannung.

Sie beschäftigte sich mit allerlei Wirtschaftlichem und sorgte für Ausschmückung und kleine Verbesserungen im Haushalt. Ihr Sinn für das Schöne ließ sie darin immer das Richtige treffen. Lesen aber und vor allem die Beschäftigung mit den Künsten hatte sie ganz aufgegeben. »Ich habe davon so viel gehabt, daß ich froh bin, die Hände in den Schoß legen zu können.« Es erinnerte sie auch wohl zu sehr an ihre traurigen Tage. Sie bildete statt dessen die Kunst aus, still und entzückt auf die Natur zu blicken, und wenn das Laub von den Platanen fiel, wenn die Sonnenstrahlen auf dem Eis des kleinen Teiches blitzten oder die ersten Krokus aus dem noch halb winterlichen Rondell aufblühten – das tat ihr wohl, und auf all das konnte sie stundenlang blicken und dabei vergessen, was ihr das Leben versagt oder, richtiger wohl, um was sie sich selbst gebracht hatte.

Besuch blieb nicht ganz aus, nicht alle stellten sich gegen sie; ihren Hauptverkehr aber hatte sie doch in Schulhaus und Pfarre.

Daß im Schulhaus die Töchter ausgeflogen waren, schadete nicht viel, es würde nicht mehr so recht gegangen sein; aber zu Jahnke selbst – der nicht bloß ganz Schwedisch-Pommern, sondern auch die Kessiner Gegend als skandinavisches Vorland ansah und beständig darauf bezügliche Fragen stellte –, zu diesem alten Freunde, stand sie besser denn je. »Ja, Jahnke, wir hatten ein Dampfschiff, und wie ich Ihnen, glaub ich, schon einmal schrieb oder vielleicht auch schon mal erzählt habe, beinahe wär ich wirklich rüber nach Wisby gekommen. Denken Sie sich, beinahe nach Wisby. Es ist komisch, aber ich kann eigentlich von vielem in meinem Leben sagen ›beinah‹.«

»Schade, schade«, sagte Jahnke.

»Ja, freilich schade. Aber auf Rügen bin ich wirklich umhergefahren. Und das wäre so was für Sie gewesen, Jahnke. Denken Sie sich, Arkona mit einem großen Wenden-Lagerplatz, der noch sichtbar sein soll; denn ich bin nicht hingekommen; aber nicht allzu weit davon ist der Herthasee mit weißen und gelben Mummeln. Ich habe da viel an Ihre Hertha denken müssen …«

»Nun, ja, ja, Hertha … Aber Sie wollten von dem Hertha*see* sprechen …«

»Ja, das wollt ich … Und denken Sie sich, Jahnke, dicht an dem See standen zwei große Opfersteine, blank und noch die Rinnen drin, in denen vordem das Blut ablief. Ich habe von der Zeit an einen Widerwillen gegen die Wenden.«

»Ach, gnäd'ge Frau, verzeihen. Aber das waren ja keine Wenden. Das mit den Opfersteinen und mit dem Herthasee, das war ja schon wieder viel, viel früher, ganz vor Christum natum; reine Germanen, von denen wir alle abstammen …«

»Versteht sich«, lachte Effi, »von denen wir alle abstammen, die Jahnkes gewiß und vielleicht auch die Briests.«

Und dann ließ sie Rügen und den Herthasee fallen und fragte nach seinen Enkeln und welche ihm lieber wären, die von Bertha oder die von Hertha.

Ja, Effi stand gut zu Jahnke. Aber trotz seiner intimen Stellung zu Herthasee, Skandinavien und Wisby war er doch nur ein einfacher Mann, und so konnte es nicht wohl ausbleiben, daß der vereinsamten jungen Frau die Plaudereien mit Niemeyer um vieles lieber waren. Im Herbst, solange sich im Parke promenieren ließ, hatte sie denn auch die Hülle und Fülle davon; mit dem Eintreten des Winters aber kam eine mehrmonatliche Unterbrechung, weil sie das Predigerhaus selbst nicht gern betrat; Frau Pastor Niemeyer war immer eine sehr unangenehme Frau gewesen und schlug jetzt vollends hohe Töne an, trotzdem sie, nach Ansicht der Gemeinde, selber nicht ganz einwandsfrei war.

Das ging so den ganzen Winter durch, sehr zu Effis Leidwesen. Als dann aber, Anfang April, die Sträucher einen grünen Rand zeigten und die Parkwege rasch abtrockneten, da wurden auch die Spaziergänge wieder aufgenommen.

Einmal gingen sie auch wieder so. Von fern her hörte man den Kuckuck, und Effi zählte, wie viele Male er rief. Sie hatte sich an Niemeyers Arm gehängt und sagte: »Ja, da ruft der Kuckuck. Ich mag ihn nicht befragen. Sagen Sie, Freund, was halten Sie vom Leben?«

»Ach, liebe Effi, mit solchen Doktorfragen darfst du mir nicht kommen. Da mußt du dich an einen Philosophen wenden oder ein Ausschreiben an eine Fakultät machen. Was ich vom Leben halte? Viel und wenig. Mitunter ist es recht viel, und mitunter ist es recht wenig.«

»Das ist recht, Freund, das gefällt mir; mehr brauch ich nicht zu wissen.« Und als sie das so sagte, waren sie bis an die Schaukel gekommen. Sie sprang hinauf, mit einer Behendigkeit wie in ihren jüngsten Mädchentagen, und ehe sich noch der Alte, der ihr zusah, von seinem halben Schreck erholen konnte, huckte sie schon zwischen den zwei Stricken nieder und setzte das Schaukelbrett durch ein geschicktes Auf- und Niederschnellen ihres Körpers in Bewegung. Ein paar Sekunden noch, und sie flog durch die Luft, und bloß mit einer Hand sich haltend, riß sie mit der andern ein kleines Seidentuch von Brust und Hals und schwenkte es wie in Glück und Übermut. Dann ließ sie die Schaukel wieder langsam gehen und sprang herab und nahm wieder Niemeyers Arm.

»Effi, du bist doch noch immer, wie du früher warst.«

»Nein. Ich wollte, es wäre so. Aber es liegt *ganz* zurück, und ich hab es nur noch einmal versuchen wollen. Ach, wie schön es war, und wie mir die Luft wohltat; mir war, als flög ich in den Himmel. Ob ich wohl hineinkomme? Sagen Sie mir's, Freund, Sie müssen es wissen. Bitte, bitte …«

Niemeyer nahm ihren Kopf in seine zwei alten Hände und gab ihr einen Kuß auf die Stirn und sagte: »Ja, Effi, du wirst.«

Fünfunddreißigstes Kapitel

Effi war den ganzen Tag draußen im Park, weil sie das Luftbedürfnis hatte; der alte Friesacker Dr. Wiesike war auch einverstanden damit, gab ihr aber in diesem Stücke doch zuviel Freiheit, zu tun, was sie wolle, so daß sie sich während der kalten Tage im Mai heftig erkältete: sie wurde fiebrig, hustete viel, und der Doktor, der sonst jeden dritten Tag herüberkam, kam jetzt täglich und war in Verlegenheit, wie er der Sache beikommen solle, denn die Schlaf- und Hustenmittel, nach denen Effi verlangte, konnten ihr des Fiebers halber nicht gegeben werden.

»Doktor«, sagte der alte Briest, »was wird aus der Geschichte? Sie kennen sie ja von klein auf, haben sie geholt. Mir gefällt das alles nicht; sie nimmt sichtlich ab, und die roten Flecke und der Glanz in den Augen, wenn sie mich mit einem Male so fragend ansieht. Was meinen Sie? Was wird? Muß sie sterben?«

Wiesike wiegte den Kopf langsam hin und her. »Das will ich nicht sagen, Herr von Briest. Daß sie so fiebert, gefällt mir nicht. Aber wir werden es schon wieder runterkriegen, dann muß sie nach der Schweiz oder nach Mentone. Reine Luft und freundliche Eindrücke, die das Alte vergessen machen …«

»Lethe, Lethe.«

»Ja, Lethe«, lächelte Wiesike. »Schade, daß uns die alten Schweden, die Griechen, bloß das Wort hinterlassen haben und nicht zugleich auch die Quelle selbst …«

»Oder wenigstens das Rezept dazu; Wässer werden ja jetzt nachgemacht. Alle Wetter, Wiesike, das wär ein Geschäft, wenn wir hier so ein Sanatorium anlegen könnten: Friesack als Vergessenheitsquelle. Nun, vorläufig wollen wir's mit der Riviera versuchen. Mentone ist ja wohl Riviera? Die Kornpreise sind zwar in diesem Augenblicke wieder schlecht, aber was sein muß, muß sein. Ich werde mit meiner Frau darüber sprechen.«

Das tat er denn auch und fand sofort seiner Frau Zustimmung, deren in letzter Zeit – wohl unter dem Eindruck zurückgezogenen Lebens – stark erwachte

Lust, auch mal den Süden zu sehen, seinem Vorschlage zu Hülfe kam. Aber Effi selbst wollte nichts davon wissen. »Wie gut ihr gegen mich seid. Und ich bin egoistisch genug, ich würde das Opfer auch annehmen, wenn ich mir etwas davon verspräche. Mir steht es aber fest, daß es mir bloß schaden würde.«

»Das redest du dir ein, Effi.«

»Nein. Ich bin so reizbar geworden; alles ärgert mich. Nicht hier bei euch. Ihr verwöhnt mich und räumt mir alles aus dem Wege. Aber auf einer Reise, da geht das nicht, da läßt sich das Unangenehme nicht so beiseite tun; mit dem Schaffner fängt es an, und mit dem Kellner hört es auf. Wenn ich mir die süffisanten Gesichter bloß vorstelle, so wird mir schon ganz heiß. Nein, nein, laßt mich hier. Ich mag nicht mehr weg von Hohen-Cremmen, hier ist meine Stelle. Der Heliotrop unten auf dem Rondell, um die Sonnenuhr herum, ist mir lieber als Mentone.«

Nach diesem Gespräch ließ man den Plan wieder fallen, und Wiesike, soviel er sich von Italien versprochen hatte, sagte: »Das müssen wir respektieren, denn das sind keine Launen; solche Kranken haben ein sehr feines Gefühl und wissen, mit merkwürdiger Sicherheit, was ihnen hilft und was nicht. Und was Frau Effi da gesagt hat von Schaffner und Kellner, das ist doch auch eigentlich ganz richtig, und es gibt keine Luft, die so viel Heilkraft hätte, den Hotelärger (wenn man sich überhaupt darüber ärgert) zu balancieren. Also lassen wir sie hier; wenn es nicht das Beste ist, so ist es gewiß nicht das Schlechteste.«

Das bestätigte sich denn auch. Effi erholte sich, nahm um ein geringes wieder zu (der alte Briest gehörte zu den Wiegefanatikern) und verlor ein gut Teil ihrer Reizbarkeit. Dabei war aber ihr Luftbedürfnis in einem beständigen Wachsen, und zumal wenn Westwind ging und graues Gewölk am Himmel zog, verbrachte sie viele Stunden im Freien. An solchen Tagen ging sie wohl auch auf die Felder hinaus und ins Luch, oft eine halbe Meile weit, und setzte sich, wenn sie müde geworden, auf einen Hürdenzaun und sah, in Träume verloren, auf die Ranunkeln und roten Ampferstauden, die sich im Winde bewegten.

»Du gehst immer so allein«, sagte Frau von Briest. »Unter unseren Leuten bist du sicher; aber es schleicht auch soviel fremdes Gesindel umher.«

Das machte doch einen Eindruck auf Effi, die an Gefahr nie gedacht hatte, und als sie mit Roswitha allein war, sagte sie: »Dich kann ich nicht gut mitnehmen, Roswitha; du bist zu dick und nicht mehr fest auf den Füßen.«

»Nu, gnäd'ge Frau, so schlimm ist es doch noch nicht. Ich könnte ja doch noch heiraten.«

»Natürlich«, lachte Effi. »Das kann man immer noch. Aber weißt du, Roswitha, wenn ich einen Hund hätte, der mich begleitete. Papas Jagdhund hat gar kein Attachement für mich, Jagdhunde sind so dumm, und er rührt sich immer erst, wenn der Jäger oder der Gärtner die Flinte vom Riegel nimmt. Ich muß jetzt oft an Rollo denken.«

»Ja«, sagte Roswitha, »so was wie Rollo haben sie hier gar nicht. Aber damit will ich nichts gegen ›hier‹ gesagt haben. Hohen-Cremmen ist sehr gut.«

Es war drei, vier Tage nach diesem Gespräche zwischen Effi und Roswitha, daß Innstetten um eine Stunde früher in sein Arbeitszimmer trat als gewöhnlich. Die Morgensonne, die sehr hell schien, hatte ihn geweckt, und weil er fühlen mochte, daß er nicht wieder einschlafen würde, war er aufgestanden, um sich an eine Arbeit zu machen, die schon seit geraumer Zeit der Erledigung harrte.

Nun war es eine Viertelstunde nach acht, und er klingelte.

Johanna brachte das Frühstückstablett, auf dem, neben der »Kreuzzeitung« und der »Norddeutschen Allgemeinen«, auch noch zwei Briefe lagen. Er überflog die Adressen und erkannte an der Handschrift, daß der eine vom Minister war. Aber der andere? Der Poststempel war nicht deutlich zu lesen, und das »Sr. Wohlgeboren Herrn Baron von Innstetten« bezeugte eine glückliche Unvertrautheit mit den landesüblichen Titulaturen. Dem entsprachen auch die Schriftzüge von sehr primitivem Charakter. Aber die Wohnungsangabe war wieder merkwürdig genau: W., Keithstraße 1 c, zwei Treppen hoch.

Innstetten war Beamter genug, um den Brief von »Exzellenz« zuerst zu erbrechen. »Mein lieber Innstetten! Ich freue mich, Ihnen mitteilen zu können, daß Seine Majestät Ihre Ernennung zu unterzeichnen geruht haben, und gratuliere Ihnen aufrichtig dazu.« Innstetten war erfreut über die liebenswürdigen Zeilen des Ministers, fast mehr als über die Ernennung selbst. Denn was das Höherhinaufklimmen auf der Leiter anging, so war er seit dem Morgen in Kessin, wo Crampas mit einem Blick, den er immer vor Augen hatte, Abschied von ihm genommen, etwas kritisch gegen derlei Dinge geworden. Er maß seitdem mit anderem Maße, sah alles anders an. Auszeichnung, was war es am Ende? Mehr als einmal hatte er, während der ihm immer freudloser dahinfließenden Tage, einer halbvergessenen Ministerialanekdote aus den Zeiten des älteren Ladenberg her gedenken müssen, der, als er nach langem Warten den Roten Adlerorden empfing, ihn wütend und mit dem Ausrufe beiseite warf: »Da liege, bis du *schwarz* wirst.« Wahrscheinlich war er dann, hinterher auch »schwarz« geworden, aber um viele Tage zu spät und sicherlich ohne rechte Befriedigung für den Empfänger. Alles, was uns Freude machen soll, ist an Zeit und Umstände gebunden, und was uns heute noch beglückt, ist morgen wertlos. Innstetten empfand das tief, und so gewiß ihm an Ehren und Gunstbezeugungen von oberster Stelle her lag, wenigstens gelegen *hatte*, so gewiß stand ihm jetzt fest, es käme bei dem glänzenden Schein der Dinge nicht viel heraus, und das, was man »das Glück« nenne, wenn's überhaupt existiere, sei was anderes als dieser Schein. »Das Glück, wenn mir recht ist, liegt in zweierlei: darin, daß man ganz da steht, wo man hingehört (aber welcher Beamte kann das von sich sagen), und zum zweiten und besten in einem behaglichen Abwickeln des ganz Alltäglichen, also darin, daß man ausgeschlafen hat und daß einen die neuen Stiefel nicht drücken. Wenn einem die 720 Minuten eines zwölfstündigen Tages ohne besonderen Ärger vergehen, so läßt sich von einem glücklichen Tage sprechen.« In einer Stimmung, die derlei schmerzlichen Betrachtungen nachhing, war Innstetten auch heute wieder. Er nahm nun den zweiten Brief. Als er ihn gelesen, fuhr er über seine Stirn und empfand schmerzlich, *daß* es ein Glück gebe, daß er es gehabt, aber daß er es nicht mehr habe und nicht mehr haben könne.

Johanna trat ein und meldete: »Geheimrat Wüllersdorf.«

Dieser stand schon auf der Türschwelle. »Gratuliere, Innstetten.«

»Ihnen glaub ich's; die anderen werden sich ärgern. Im übrigen ...«

»Im übrigen. Sie werden doch in diesem Augenblicke nicht kritteln wollen.«

»Nein. Die Gnade Seiner Majestät beschämt mich und die wohlwollende Gesinnung des Ministers, dem ich das alles verdanke, fast noch mehr.«

»Aber ...«

»Aber ich habe mich zu freuen verlernt. Wenn ich es einem anderen als Ihnen sagte, so würde solche Rede für redensartlich gelten. Sie aber, Sie finden sich darin zurecht. Sehen Sie sich hier um; wie leer und öde ist das alles. Wenn die Johanna eintritt, ein sogenanntes Juwel, so wird mir angst und bange. Dieses Sich-in-Szene-Setzen« (und Innstetten ahmte Johannas Haltung nach), »diese halb komische Büstenplastik, die wie mit einem Spezialanspruch auftritt, ich weiß nicht, ob an die Menschheit oder an mich – ich finde das alles so trist und elend, und es wäre zum Totschießen, wenn es nicht so lächerlich wäre.«

»Lieber Innstetten, in dieser Stimmung wollen Sie Ministerialdirektor werden?«

»Ah, bah. Kann es anders sein? Lesen Sie; diese Zeilen habe ich eben bekommen.«

Wüllersdorf nahm den zweiten Brief mit dem unleserlichen Poststempel, amüsierte sich über das »Wohlgeboren« und trat dann ans Fenster, um bequemer lesen zu können.

»Gnäd'ger Herr! Sie werden sich wohl am Ende

wundern, daß ich Ihnen schreibe, aber es ist wegen Rollo. Anniechen hat uns schon voriges Jahr gesagt: Rollo wäre jetzt so faul; aber das tut hier nichts, er kann hier so faul sein, wie er will, je fauler, je besser. Und die gnäd'ge Frau möchte es doch so gern. Sie sagt immer, wenn sie ins Luch oder über Feld geht: ›Ich fürchte mich eigentlich, Roswitha, weil ich da so allein bin; aber wer soll mich begleiten? Rollo, ja, das ginge; der ist mir auch nicht gram. Das ist der Vorteil, daß sich die Tiere nicht so drum kümmern.‹ Das sind die Worte der gnäd'gen Frau, und weiter will ich nichts sagen und den gnäd'gen Herrn bloß noch bitten, mein Anniechen zu grüßen. Und auch die Johanna. Von Ihrer treu ergebensten Dienerin Roswitha Gellenhagen.«

»Ja«, sagte Wüllersdorf, als er das Papier wieder zusammenfaltete, »die ist uns über.«

»Finde ich auch.«

»Und das ist auch der Grund, daß Ihnen alles andere so fraglich erscheint.«

»Sie treffen's. Es geht mir schon lange durch den Kopf, und diese schlichten Worte mit ihrer gewollten oder vielleicht auch nicht gewollten Anklage haben mich wieder vollends aus dem Häuschen gebracht. Es quält mich seit Jahr und Tag schon, und ich möchte aus dieser ganzen Geschichte heraus; nichts gefällt mir mehr; je mehr man mich auszeichnet, je mehr fühle ich, daß dies alles nichts ist. Mein Leben ist verpfuscht, und so hab ich mir im stillen ausgedacht, ich müßte mit all den Strebungen und Eitelkeiten überhaupt nichts mehr zu tun haben und mein Schulmeistertum, was ja wohl mein Eigentlichstes ist, als ein höherer Sittendirektor verwenden können. Es hat ja dergleichen gegeben. Ich müßte also, wenn's ginge, solche schrecklich berühmte Figur werden, wie beispielsweise der Doktor Wichern im Rauhen Hause zu Hamburg gewesen ist, dieser Mirakelmensch, der alle Verbrecher mit seinem Blick und seiner Frömmigkeit bändigte…«

»Hm, dagegen ist nichts zu sagen; das würde gehen.«

»Nein, es geht auch nicht. Auch *das* nicht mal. Mir ist eben alles verschlossen. Wie soll ich einen Totschläger an seiner Seele packen? Dazu muß man selber intakt sein. Und wenn man's nicht mehr ist und selber so was an den Fingerspitzen hat, dann muß man wenigstens vor seinen zu bekehrenden Confratres den wahnsinnigen Büßer spielen und eine Riesenzerknirschung zum besten geben können.«

Wüllersdorf nickte.

»…Nun sehen Sie, Sie nicken. Aber das alles kann ich nicht mehr. Den Mann im Büßerhemd bring ich nicht mehr heraus und den Derwisch oder Fakir, der unter Selbstanklagen sich zu Tode tanzt, erst recht nicht. Und da hab ich mir denn, weil das alles nicht geht, als ein Bestes herausgeklügelt: weg von hier, weg und hin unter lauter pechschwarze Kerle, die von Kultur und Ehre nichts wissen. Diese Glücklichen! Denn gerade *das*, dieser ganze Krimskrams ist doch an allem schuld. Aus Passion, was am Ende gehen möchte, tut man dergleichen nicht. Also bloßen Vorstellungen zuliebe… Vorstellungen! … Und da klappt denn einer zusammen, und man klappt selber nach. Bloß noch schlimmer.«

»Ach was, Innstetten, das sind Launen, Einfälle. Quer durch Afrika, was soll das heißen? Das ist für 'nen Leutnant, der Schulden hat. Aber ein Mann wie Sie! Wollen Sie mit einem roten Fes einem Palaver präsidieren oder mit einem Schwiegersohn von König Mtesa Blutfreundschaft schließen? Oder wollen Sie sich in einem Tropenhelm, mit sechs Löchern oben, am Kongo entlangtasten, bis Sie bei Kamerun oder da herum wieder herauskommen? Unmöglich!«

»Unmöglich? Warum? Und *wenn* unmöglich, was dann?«

»Einfach hier bleiben und Resignation üben. Wer ist denn unbedrückt? Wer sagte nicht jeden Tag: ›Eigentlich eine sehr fragwürdige Geschichte‹? Sie wissen, ich habe auch mein Päckchen zu tragen, nicht gerade das Ihrige, aber nicht viel leichter. Es ist Torheit mit dem Im-Urwald-Umherkriechen oder in einem Termitenhügel nächtigen; wer's mag, der mag es, aber für unserein ist es nichts. In der Bresche stehen und aushalten, bis man fällt, das ist das Beste. Vorher aber im Kleinen und Kleinsten soviel herausschlagen wie möglich und ein Auge dafür haben, wenn die Veilchen blühen oder das Luisendenkmal in Blumen steht oder die kleinen Mädchen mit hohen Schnürstiefeln über die Korde springen. Oder auch wohl nach Potsdam fahren und in die Friedenskirche gehen, wo Kaiser Friedrich liegt und wo sie jetzt eben anfangen, ihm ein Grabhaus zu bauen. Und wenn Sie da stehen, dann überlegen Sie sich das Leben von *dem*, und wenn Sie dann nicht beruhigt sind, dann ist Ihnen freilich nicht zu helfen.«

»Gut, gut. Aber das Jahr ist lang, und jeder einzelne Tag ... und dann der Abend.«

»Mit dem ist immer noch am ehesten fertig zu werden. Da haben wir ›Sardanapal‹ oder ›Coppelia‹ mit der del Era, und wenn es damit aus ist, dann haben wir Siechen. Nicht zu verachten. Drei Seidel beruhigen jedesmal. Es gibt immer noch viele, sehr viele, die zu der ganzen Sache nicht anders stehen wie wir, und einer, dem auch viel verquer gegangen war, sagte mir mal: ›Glauben Sie mir, Wüllersdorf, es geht überhaupt nicht ohne Hülfskonstruktionen.‹ Der das sagte, war ein Baumeister und mußt es also wissen. Und er hatte recht mit seinem Satz. Es vergeht kein Tag, der mich nicht an die ›Hülfskonstruktionen‹ gemahnte.«

Wüllersdorf, als er sich so expektoriert, nahm Hut und Stock. Innstetten aber, der sich bei diesen Worten seines Freundes seiner eigenen voraufgegangenen Betrachtungen über das »kleine Glück« erinnert haben mochte, nickte halb zustimmend und lächelte vor sich hin.

»Und wohin gehen Sie nun, Wüllersdorf? Es ist noch zu früh für das Ministerium.«

»Ich schenk es mir heute ganz. Erst noch eine Stunde Spaziergang am Kanal hin bis an die Charlottenburger Schleuse und dann wieder zurück. Und dann ein kleines Vorsprechen bei Huth, Potsdamer Straße, die kleine Holztreppe vorsichtig hinauf. Unten ist ein Blumenladen.«

»Und das freut Sie? Das genügt Ihnen?«

»Das will ich nicht gerade sagen. Aber es hilft ein bißchen. Ich finde da verschiedene Stammgäste, Frühschoppler, deren Namen ich klüglich verschweige. Der eine erzählt dann vom Herzog von Ratibor, der andere vom Fürstbischof Kopp und der dritte wohl gar von Bismarck. Ein bißchen fällt immer ab. Dreiviertel stimmt nicht, aber wenn es nur witzig ist, krittelt man nicht lange dran herum und hört dankbar zu.«

Und damit ging er.

Sechsunddreißigstes Kapitel

Der Mai war schön, der Juni noch schöner, und Effi, nachdem ein erstes schmerzliches Gefühl, das Rollos Eintreffen in ihr geweckt hatte, glücklich überwunden war, war voll Freude, das treue Tier wieder um sich zu haben. Roswitha wurde belobt, und der alte Briest erging sich, seiner Frau gegenüber, in Worten der Anerkennung für Innstetten, der ein Kavalier sei, nicht kleinlich, und immer das Herz auf dem rechten Fleck gehabt habe. »Schade, daß die dumme Geschichte dazwischenfahren mußte. Eigentlich war es doch ein Musterpaar.« Der einzige, der bei dem Wiedersehen ruhig blieb, war Rollo selbst, weil er entweder kein Organ für Zeitmaß hatte oder die Trennung als eine Unordnung ansah, die nun einfach wieder behoben sei. Daß er alt geworden, wirkte wohl auch mit dabei. Mit seinen Zärtlichkeiten blieb er sparsam, wie er beim Wiedersehen sparsam mit seinen Freudenbezeugungen gewesen war, aber in seiner Treue war er womöglich noch gewachsen. Er wich seiner Herrin nicht von der Seite. Den Jagdhund behandelte er wohlwollend, aber doch als ein Wesen auf niederer Stufe. Nachts lag er vor Effis Tür auf der Binsenmatte, morgens, wenn das Frühstück im Freien genommen wurde, neben der Sonnenuhr, immer ruhig, immer schläfrig, und nur wenn sich

Effi vom Frühstückstisch erhob und auf den Flur zuschritt und hier erst den Strohhut und dann den Sonnenschirm vom Ständer nahm, kam ihm seine Jugend wieder, und ohne sich darum zu kümmern, ob seine Kraft auf eine große oder kleine Probe gestellt werden würde, jagte er die Dorfstraße hinauf und wieder herunter und beruhigte sich erst, wenn sie zwischen den ersten Feldern waren. Effi, der freie Luft noch mehr galt als landschaftliche Schönheit, vermied die kleinen Waldpartien und hielt meist die große, zunächst von uralten Rüstern und dann, wo die Chaussee begann, von Pappeln besetzte große Straße, die nach der Bahnhofsstation führte, wohl eine Stunde Wegs. An allem freute sie sich, atmete beglückt den Duft ein, der von den Raps- und Kleefeldern herüberkam, oder folgte dem Aufsteigen der Lerchen und zählte die Ziehbrunnen und Tröge, daran das Vieh zur Tränke ging. Dabei klang ein leises Läuten zu ihr herüber. Und dann war ihr zu Sinn, als müsse sie die Augen schließen und in einem süßen Vergessen hinübergehen. In Nähe der Station, hart an der Chaussee, lag eine Chausseewalze. Das war ihr täglicher Rasteplatz, von dem aus sie das Treiben auf dem Bahndamm verfolgen konnte; Züge kamen und gingen, und mitunter sah sie zwei Rauchfahnen, die sich einen Augenblick wie deckten und dann nach links und rechts hin wieder auseinandergingen, bis sie hinter Dorf und Wäldchen verschwanden. Rollo saß dann neben ihr, an ihrem Frühstück teilnehmend, und wenn er den letzten Bissen aufgefangen hatte, fuhr er, wohl um sich dankbar zu bezeigen, irgendeine Ackerfurche wie ein Rasender hinauf und hielt nur inne, wenn ein paar beim

Brüten gestörte Rebhühner dicht neben ihm aus einer Nachbarfurche aufflogen.

»Wie schön dieser Sommer! Daß ich noch so glücklich sein könnte, liebe Mama, vor einem Jahre hätte ich's nicht gedacht« – das sagte Effi jeden Tag, wenn sie mit der Mama um den Teich schritt oder einen Frühapfel vom Zweig brach und tapfer einbiß. Denn sie hatte die schönsten Zähne. Frau von Briest streichelte ihr dann die Hand und sagte: »Werde nur erst wieder gesund, Effi, ganz gesund; das Glück findet sich dann; nicht das alte, aber ein neues. Es gibt Gott sei Dank viele Arten von Glück. Und du sollst sehen, wir werden schon etwas finden für dich.«

»Ihr seid so gut. Und eigentlich hab ich doch auch euer Leben geändert und euch vor der Zeit zu alten Leuten gemacht.«

»Ach, meine liebe Effi, davon sprich nicht. Als es kam, da dacht ich ebenso. Jetzt weiß ich, daß unsere Stille besser ist als der Lärm und das laute Getriebe von vordem. Und wenn du so fortfährst, können wir noch reisen. Als Wiesike Mentone vorschlug, da warst du krank und reizbar und hattest, weil du krank warst, ganz recht mit dem, was du von den Schaffnern und Kellnern sagtest; aber wenn du wieder festere Nerven hast, dann geht es, dann ärgert man sich nicht mehr, dann lacht man über die großen Allüren und das gekräuselte Haar. Und dann das blaue Meer und weiße Segel und die Felsen ganz mit rotem Kaktus überwachsen – ich habe es noch nicht gesehen, aber ich denke es mir so. Und ich möchte es wohl kennenlernen.«

So verging der Sommer, und die Sternschnuppennächte lagen schon zurück. Effi hatte während dieser Nächte bis über Mitternacht hinaus am Fenster gesessen und sich nicht müde sehen können. »Ich war immer eine schwache Christin; aber ob wir doch vielleicht von da oben stammen und, wenn es hier vorbei ist, in unsere himmlische Heimat zurückkehren, zu den Sternen oben oder noch drüber hinaus! Ich weiß es nicht, ich will es auch nicht wissen, ich habe nur die Sehnsucht.«

Arme Effi, du hattest zu den Himmelswundern zu lange hinaufgesehen und darüber nachgedacht, und das Ende war, daß die Nachtluft und die Nebel, die vom Teich her aufstiegen, sie wieder aufs Krankenbett warfen, und als Wiesike gerufen wurde und sie gesehen hatte, nahm er Briest beiseite und sagte: »Wird nichts mehr; machen Sie sich auf ein baldiges Ende gefaßt.«

Er hatte nur zu wahr gesprochen, und wenige Tage danach, es war noch nicht spät und die zehnte Stunde noch nicht heran, da kam Roswitha nach unten und sagte zu Frau von Briest: »Gnädigste Frau, mit der gnädigen Frau oben ist es schlimm; sie spricht immer so still vor sich hin, und mitunter ist es, als ob sie bete, sie will es aber nicht wahrhaben, und ich weiß nicht, mir ist, als ob es jede Stunde vorbei sein könnte.«

»Will sie mich sprechen?«

»Sie hat es nicht gesagt. Aber ich glaube, sie möchte es. Sie wissen ja, wie sie ist; sie will Sie nicht stören und ängstlich machen. Aber es wäre doch wohl gut.«

»Es ist gut, Roswitha«, sagte Frau von Briest, »ich werde kommen.«

Und ehe die Uhr noch einsetzte, stieg Frau von Briest die Treppe hinauf und trat bei Effi ein. Das Fenster stand auf, und sie lag auf einer Chaiselongue, die neben dem Fenster stand.

Frau von Briest schob einen kleinen schwarzen Stuhl mit drei goldenen Stäbchen in der Ebenholzlehne heran, nahm Effis Hand und sagte: »Wie geht es dir, Effi? Roswitha sagt, du seiest so fiebrig.«

»Ach, Roswitha nimmt alles so ängstlich. Ich sah ihr an, sie glaubt, ich sterbe. Nun, ich weiß nicht. Aber sie denkt, es soll es jeder so ängstlich nehmen wie sie selbst.«

»Bist du so ruhig über Sterben, liebe Effi?«

»Ganz ruhig, Mama.«

»Täuschst du dich darin nicht? Alles hängt am Leben und die Jugend erst recht. Und du bist noch so jung, liebe Effi.«

Effi schwieg eine Weile. Dann sagte sie: »Du weißt, ich habe nicht viel gelesen, und Innstetten wunderte sich oft darüber, und es war ihm nicht recht.«

Es war das erste Mal, daß sie Innstettens Namen nannte, was einen großen Eindruck auf die Mama machte und dieser klar zeigte, daß es zu Ende sei.

»Aber ich glaube«, nahm Frau von Briest das Wort, »du wolltest mir was erzählen.«

»Ja, das wollte ich, weil du davon sprachst, ich sei noch so jung. Freilich bin ich noch jung. Aber das schadet nichts. Es war noch in glücklichen Tagen, da las mir Innstetten abends vor; er hatte sehr gute Bücher, und in einem hieß es: es sei wer von einer fröhlichen Tafel abgerufen worden, und am anderen Tage habe der Abgerufene gefragt, wie's denn nachher gewesen sei. Da habe man ihm geantwortet: ›Ach, es war noch allerlei; aber eigentlich haben Sie nichts versäumt.‹ Sieh, Mama, diese Worte haben sich mir eingeprägt – es hat nicht viel zu bedeuten, wenn man von der Tafel etwas früher abgerufen wird.«

Frau von Briest schwieg. Effi aber schob sich etwas höher hinauf und sagte dann: »Und da ich nun mal von alten Zeiten und auch von Innstetten gesprochen habe, muß ich dir doch noch etwas sagen, liebe Mama.«

»Du regst dich auf, Effi.«

»Nein, nein; etwas von der Seele heruntersprechen, das regt mich nicht auf, das macht still. Und da wollt ich dir denn sagen: ich sterbe mit Gott und Menschen versöhnt, auch versöhnt mit *ihm*.«

»Warst du denn in deiner Seele in so großer Bitterkeit mit ihm? Eigentlich, verzeihe mir, meine liebe Effi, daß ich das jetzt noch sage, eigentlich hast du doch euer Leid heraufbeschworen.«

Effi nickte. »Ja, Mama. Und traurig, daß es so ist. Aber als dann all das Schreckliche kam, und zuletzt das mit Annie, du weißt schon, da hab ich doch, wenn ich das lächerliche Wort gebrauchen darf, den Spieß umgekehrt und habe mich ganz ernsthaft in den Gedanken hineingelebt, er sei schuld, weil er nüchtern und berechnend gewesen sei und zuletzt auch noch grausam. Und da sind Verwünschungen gegen ihn über meine Lippen gekommen.«

»Und das bedrückt dich jetzt?«

»Ja. Und es liegt mir daran, daß er erfährt, wie mir hier in meinen Krankheitstagen, die doch fast meine schönsten gewesen sind, wie mir hier klar geworden, daß er in allem recht gehandelt. In der Geschichte mit dem armen Crampas – ja, was sollt er am Ende anders tun? Und dann, womit er mich am tiefsten verletzte, daß er mein eigen Kind in einer Art Abwehr gegen mich erzogen hat, so hart es mir ankommt und so weh es mir tut, er hat auch darin recht gehabt. Laß ihn das wissen, daß ich in dieser Überzeugung gestorben bin. Es wird ihn trösten, aufrichten, vielleicht versöhnen. Denn er hatte viel Gutes in seiner Natur und war so edel, wie jemand sein kann, der ohne rechte Liebe ist.«

Frau von Briest sah, daß Effi erschöpft war und zu schlafen schien oder schlafen wollte. Sie erhob sich leise von ihrem Platz und ging. Indessen, kaum daß sie fort war, erhob sich auch Effi und setzte sich an das offene Fenster, um noch einmal die kühle Nachtluft einzusaugen. Die Sterne flimmerten, und im Parke regte sich kein Blatt. Aber je länger sie hinaushorchte, je deutlicher hörte sie wieder, daß es wie ein feines Rieseln auf die Platanen niederfiel. Ein Gefühl der Befreiung überkam sie. »Ruhe, Ruhe.«

Es war einen Monat später, und der September ging auf die Neige. Das Wetter war schön, aber das Laub im Parke zeigte schon viel Rot und Gelb, und seit den Äquinoktien, die drei Sturmtage gebracht hatten, lagen die Blätter überallhin ausgestreut. Auf dem Rondell hatte sich eine kleine Veränderung vollzogen, die Sonnenuhr war fort, und an der Stelle, wo sie gestanden hatte, lag seit gestern eine weiße Marmorplatte, darauf stand nichts als »Effi Briest« und darunter ein Kreuz. Das war Effis letzte Bitte gewesen: »Ich möchte auf meinem Stein meinen alten Namen wiederhaben; ich habe dem andern keine Ehre gemacht.« Und es war ihr versprochen worden.

Ja, gestern war die Marmorplatte gekommen und aufgelegt worden, und angesichts der Stelle saßen nun wieder Briest und Frau und sahen darauf hin und auf den Heliotrop, den man geschont und der den Stein jetzt einrahmte. Rollo lag daneben, den Kopf in die Pfoten gesteckt.

Wilke, dessen Gamaschen immer weiter wurden, brachte das Frühstück und die Post, und der alte Briest sagte: »Wilke, bestelle den kleinen Wagen. Ich will mit der Frau über Land fahren.«

Frau von Briest hatte mittlerweile den Kaffee eingeschenkt und sah nach dem Rondell und seinem Blumenbeete. »Sieh, Briest, Rollo liegt wieder vor dem Stein. Es ist ihm doch noch tiefer gegangen als uns. Er frißt auch nicht mehr.«

»Ja, Luise, die Kreatur. Das ist ja, was ich immer sage. Es ist nicht so viel mit uns, wie wir glauben. Da reden wir immer von Instinkt. Am Ende ist es doch das Beste.«

»Sprich nicht so. Wenn du so philosophierst... nimm es mir nicht übel, Briest, dazu reicht es bei dir nicht aus. Du hast deinen guten Verstand, aber du kannst doch nicht an solche Fragen...«

»Eigentlich nicht.«

»Und wenn denn schon überhaupt Fragen gestellt werden sollen, da gibt es ganz andere, Briest, und ich kann dir sagen, es vergeht kein Tag, seit das arme Kind da liegt, wo mir solche Fragen nicht gekommen wären...«

»Welche Fragen?«

»Ob *wir* nicht doch vielleicht schuld sind?«

»Unsinn, Luise. Wie meinst du das?«

»Ob wir sie nicht anders in Zucht hätten nehmen müssen. Gerade wir. Denn Niemeyer ist doch eigentlich eine Null, weil er alles in Zweifel läßt. Und dann,

Briest, so leid es mir tut … deine beständigen Zweideutigkeiten … und zuletzt, womit ich mich selbst anklage, denn ich will nicht schuldlos ausgehen in dieser Sache, ob sie nicht doch vielleicht zu jung war?«

Rollo, der bei diesen Worten aufwachte, schüttelte den Kopf langsam hin und her, und Briest sagte ruhig: »Ach, Luise, laß … das ist ein *zu* weites Feld.«

»Beinah« oder die aufgehobene Identität der Effi Briest

Ein Nachwort

> »Du sollst keine Ehe schließen,
> die gebrochen werden muß.«
>
> *Friedrich Schleiermacher: Ideen zu einem Katechismus der Vernunft für edle Frauen*

Fontanes Berliner Romane thematisieren Frauenleben, allein die Titel weisen es aus: »L'Adultera«, »Cécile«, »Stine«, »Frau Jenny Treibel«, »Effi Briest« und »Mathilde Möhring«. Frauen sind Hauptfiguren: adelige, bourgeoise, kleinbürgerliche sowie, als Neben- und Randfiguren, proletarische – keine Industriearbeiterinnen sicherlich, doch weibliche Dienstboten – und schließlich Künstlerinnen.

Die Gesellschaft, in der Fontane diese Frauenleben sich realisieren läßt, ist die, in der er lebt: das preußisch-deutsche Kaiserreich unter der Herrschaft Bismarcks und Wilhelms I., nach Marx ein »mit parlamentarischen Formen verbrämter, mit feudalem Beisatz vermischter, schon von der Bourgeoisie beeinflußter, bürokratisch gezimmerter, polizeilich gehüteter Militärdespotismus«.

Aus den Elementen dieser Beschreibung lassen sich

die Besonderheiten des preußischen Staates entwikkeln. Um nur Stichworte zu geben: der Reichstag als Scheinparlament, angefangen beim Wahlmodus, dem Dreiklassenwahlrecht – drei Stimmen aus den Kreisen des bürgerlichen Großbesitzes haben im Jahr 1900 in Essen dasselbe Gewicht wie 18991 aus dem Proletariat! Frauen konnten ohnehin nicht wählen, Männer nicht vor dem fünfundzwanzigsten Lebensjahr. 1900 waren von den fast 2 Millionen Berlinern nur knapp 400000 wahlberechtigt. Ferner: die Entwicklung vom feudal geprägten Agrarstaat zum kapitalistischen Industriestaat, das Klassenbündnis von Großbourgeoisie und Junkertum, das mit dem Großgrundbesitz zu einer einheitlichen Führungsschicht verschmolz. Schließlich: die wachsende Verbürokratisierung der Gesellschaft wie der Ausbau des Polizeiapparates – 1878 etwa wurde die politische Polizei in Berlin um das Doppelte verstärkt. Alle gesellschaftlichen Bereiche waren jedoch durchdrungen vom Militär und seiner Ideologie, das den Staat nicht nur nach außen, sondern auch nach innen zu sichern hatte.

Doch trifft die Form der preußischen Militärdiktatur nur scheinbar die Beherrschten gleichermaßen. Doppelt trifft er die Frauen, deren Sozialisationsmöglichkeiten die patriarchalisch-autoritäre preußische Gesellschaft beschneidet, so daß deren Zwänge, klassen- und schichtenspezifisch modifiziert, quer durch alle Klassen laufen.

Gesetze sind interpretierbar als kodifizierte Interessen der jeweils herrschenden Klasse, wobei bestimmte, historisch notwendige Kompromisse mit den Beherrschten ins Gesetz eingehen. Das »Allgemeine Landrecht für die Preußischen Staaten«, das vor Inkrafttreten des »Bürgerlichen Gesetzbuches« vor 1900 Geltung hatte, zeigt unverhüllt die weitgehende Rechtlosigkeit der Frau gegenüber dem Mann, abgesichert übers Gesetz und formuliert in den Paragraphen des Ehe- und Familienrechts, um nur diese herauszugreifen:

»§ 184. Der Mann ist das Haupt der ehelichen Gesellschaft, und sein Entschluß giebt in gemeinschaftlichen Angelegenheiten den Ausschlag.

§ 188. Der Mann ist schuldig und befugt, die Person, die Ehre, und das Vermögen seiner Frau, in und außer Gerichten zu vertheidigen.

§ 189. In der Regel kann daher die Frau, ohne Zuziehung und Einwilligung des Mannes, mit Anderen keine Prozesse führen.

§ 195. Wider den Willen des Mannes darf sie für sich selbst kein besonderes Gewerbe treiben.

§ 200. Auch bei gerichtlichen Verhandlungen der Frau mit dem Manne ist die Zuziehung eines entweder selbst gewählten, oder von dem Richter ernannten Beistandes für Erstere erforderlich.

§ 205. Durch die Vollziehung der Ehe geht das Vermögen der Frau in die Verwaltung des Mannes über, in so fern diese Verwaltung der Frau durch Gesetze oder Verträge nicht ausdrücklich vorbehalten worden.

§ 211. Was die Frau in stehender Ehe erwirbt, erwirbt sie, der Regel nach, dem Manne.

§ 670. Ehebruch, dessen sich ein Ehegatte schuldig macht, berechtigt den unschuldigen Theil, auf Scheidung zu klagen.

§ 671. Wenn aber die Frau sich des Ehebruchs schuldig gemacht hat, so kann sie, unter dem Vorwande, daß dem Manne ein gleiches Vergehen zur Last falle, der Scheidung nicht widersprechen. [D. h., wie der Kommentator der Ausnahmeregelung formuliert: »daß das Extragehen beim Manne so viel nicht zu bedeuten habe«, woraus folgt, »daß die Ehefrau, welche sich des Ehebruchs schuldig gemacht hat, wegen des gleichen Vergehens gegen den Ehemann nicht auf Scheidung klagen dürfe, ihre Klage vielmehr, wenn der Ehemann den ihr gemachten Vorwurf darthut, zurückgewiesen werden müsse«.]

§ 738. Die geschiedene Frau behält in der Regel den bisherigen Stand und Rang des Mannes.

§ 739. Ist sie aber ausdrücklich für den schuldigen Theil erklärt, so fällt sie in den vor der Ehe gehabten niedrigen Stand zurück.

§ 61. Kinder sind beiden Ältern Ehrfurcht und Gehorsam schuldig.

§ 62. Vorzüglich aber stehen sie unter väterlicher Gewalt.

§ 70. Vor zurückgelegtem vierten Jahre [aber danach!] kann der Vater das Kind, wider den Willen der Mutter, ihrer Aufsicht und Pflege nicht entziehen.

§ 74. Die Anordnung der Art, wie das Kind erzogen werden soll, kommt hauptsächlich dem Vater zu.

§ 93. Ist der Vater zwar der schuldige Theil, die Ursache der Scheidung aber nicht so beschaffen, daß daraus die gegründete Besorgniß einer schlechten Erziehung entsteht: so kann er verlangen, daß ihm die Erziehung der Söhne gelassen werde.

§ 230. Eine unverheirathete Tochter kann, auch wenn sie großjährig ist, nicht anders, als durch ausdrückliche Erklärung, der väterlichen Gewalt entlassen werden.«

Für die Frau fällt dabei ab der standesgemäße Unterhalt im eigenen Haushalt sowie die Pflege und Wartung der Kinder, bis sie vier Jahre alt sind:

»§ 185. Er ist verbunden, seiner Frau standesmäßigen Unterhalt zu gewähren.

§ 67. Eine gesunde Mutter ist ihr Kind selbst zu säugen verpflichtet.

§ 68. Wie lange sie aber dem Kinde die Brust reichen solle, hängt von der Bestimmung des Vaters ab.«

Fontanes Berliner Romane fallen genau in die Zeit, in der sich eine bürgerliche wie proletarische Frauenbewegung gegen die Diskriminierung der Frau zur Wehr setzt. Hauptforderungen der bürgerlichen Frauenbewegung waren »gleiches Recht der Schließung, Gestaltung und Scheidung der Ehe; Verfügungsrecht über die Kinder für Mann und Frau; eine einheitliche sexuelle Moral für beide Geschlechter; freies Verfügungsrecht der Frau über ihr Vermögen, ihr Einkommen, ihr Verdienst; gesicherte Freiheit der Berufsbildung und Berufstätigkeit; gleiches Recht der Bewegungs- und Betätigungsfreiheit der Frauen mit den Männern auf allen Gebieten des sozialen Lebens; volle politische Gleichberechtigung im Staat und in seinen Organen und anderes mehr« (Zetkin, S. 205*).

Die proletarische Frauenbewegung, welche die Wichtigkeit dieser Forderungen nicht bestritt, er-

* Seitenangaben mit Nennung des Autors beziehen sich auf Titel, die im Abschnitt 9 (»Arbeiten zur Sozialgeschichte u. a.«) der bibliographischen Hinweise aufgeführt sind.

kannte schnell deren Mängel. Sie seien, so Clara Zetkin, »aus der Froschperspektive der Interessen der bürgerlichen Gesellschaft« (Zetkin, S. 204) formuliert und schrieben die »Klassensklaverei« (Zetkin, S. 205) nur fest. Sie liefen nicht hinaus auf Emanzipation und Aufhebung der Klassen, sondern nur auf Gleichberechtigung innerhalb der Klassen. Den Widerspruch zwischen Lohnarbeit und Kapital könnten die Frauen nur zusammen mit einer revolutionären Arbeiterbewegung lösen.

Für die Frauenfrage wichtige, epochale Arbeiten wurden im gleichen Zeitraum veröffentlicht. 1879 etwa erschien die Urfassung von August Bebels »Die Frau und der Sozialismus« mit statistisch untermauerten Kapiteln wie »Die Frau als Geschlechtswesen«, »Die moderne Ehe«, »Zerrüttung der Familie«, »Die Erwerbsstellung der Frau«, »Der Kampf um Bildung« u. a. sowie ein Entwurf ihrer Möglichkeiten in einer sozialistischen Gesellschaft; 1884 erschien Friedrich Engels' Arbeit »Der Ursprung der Familie, des Privateigentums und des Staates«, in der die Unterdrükkung der Frau historisch rückgeführt wurde auf sich verändernde ökonomische Ursachen. Bebels Arbeit erreichte 1909 bereits die fünfzigste Auflage!

Fontane spürte, weniger bewußt als unbewußt – »meine ganze Produktion ist Psychographie« (an seine Frau, 14. Mai 1884) –, daß sich die gesellschaftlichen Widersprüche des noch feudal geprägten und schon kapitalistischen, patriarchalisch-autoritären Preußen verstärkt im Leben von Frauen niederschlugen. Zum Zentrum seiner Romane wird die Krise der Ehe, sei's als verhinderte oder verkrachte, sei's als gebrochene oder geschiedene.

Erst aus dieser Perspektive wird eine Bemerkung Fontanes verständlich: »Liebesgeschichten in ihrer schauderösen Ähnlichkeit haben was Langweiliges – aber der Gesellschaftszustand, das Sittenbildliche, das versteckt und gefährlich Politische, was diese Dinge haben [...], *das* ist es, was mich daran so sehr interessiert« (an Friedrich Stephany, 2. Juli 1894).

Fontane hat die Mißachtung der Frau im Deutschen Kaiserreich nie geteilt, sich entschieden abgesetzt von modephilosophischen Trends, vertreten etwa durch Schopenhauer, der im »Weiber«-Kapitel seiner »Parerga und Paralipomena« die Frauen »kindisch«, »läppisch«, »kurzsichtig« schalt und ein Plädoyer für die Polygamie hielt, oder durch Nietzsche im »Zarathustra«: »Das Glück des Mannes heißt: Ich will. Das Glück des Weibes heißt: Er will [...] Du gehst zu Frauen, vergiß die Peitsche nicht!«

Doch bezieht Fontane auch nirgends positiv Stellung zum realgeschichtlich vorhandenen Typus der sich emanzipierenden Frau. Äußerungen von ihm lassen vielmehr den Schluß zu, daß er die traditionelle Geschlechterstereotypisierung wie die patriarchalischen Zwänge der Gesellschaft keineswegs kritisch reflektiert. Im ästhetischen Werk jedoch belegt wie versinnlicht jede Zeile, trotz der noch konventionellen Ansichten des Autors, die Notwendigkeit der Befreiung der Frauen von patriarchalischem Druck, welchen die wilhelminisch-preußische Gesellschaft ausübte.

Daten zur Entstehungsgeschichte

Etwa sechs Jahre arbeitete Fontane an der »Effi Briest« (von 1888/89 bis 1894), allerdings mit Unterbrechungen. Das Manuskript zeigt, daß Fontane mindestens sechsmal angesetzt hat, bis er eine der letzten Fassung ähnliche geschaffen hatte. Bereits am 28. Juli 1890 stellte er dem Verleger Adolf Kröner für den »Winter oder um nächste Ostern herum« den Roman unter dem Titel »Effi Briest« in Aussicht. 1891 wurde jedoch zunächst die Arbeit an »Frau Jenny Treibel« abgeschlossen. 1892 begann er, ohne weit damit zu kommen, das Brouillon der »Effi Briest« zu korrigieren. Schwer erkrankt an hochgradiger Gehirnanämie, die geistige Umnachtung befürchten ließ, mußte er die Korrekturarbeiten im März abbrechen. Im Oktober begann er, auf Anraten des Arztes, die Biographie seiner Kindheit zu schreiben, 1893 erschienen unter dem Titel »Meine Kinderjahre«, trotz der vorangegangenen großen Romane sein erster wirklicher Erfolg als Erzähler. Die autobiographische Niederschrift hatte seine Gesundung beschleunigt, so daß er Mitte 1893 die unterbrochene Arbeit an der »Effi Briest« wieder aufnehmen konnte. Ende Mai 1894 brachte er sie zum Abschluß. Vom Oktober 1894 bis zum März 1895 erschien der Roman im Vorabdruck in sechs Folgen in der von Julius Rodenberg herausgegebenen und begründeten »Deutschen Rundschau«, einer der größten kulturellen Zeitschriften im Kaiserreich, mit einer Auflage so um die 10 000 Exemplare – ihre Leser rekrutierten sich hauptsächlich aus dem gehobenen Bürgertum –; durch weitere Beiträge hat Fontane wesentlich zum hohen Niveau des literarischen Teils der

»Rundschau« beigetragen. Die erste Buchausgabe erschien, gegenüber dem Vorabdruck mit einigen stilistischen Änderungen versehen, im Oktober 1895 im Verlag des Sohnes Friedrich Fontane mit der Datierung 1896. 1895 folgte noch eine zweite und dritte Auflage, ebenfalls vorausdatiert auf 1896, binnen Jahresfrist insgesamt fünf Auflagen – »der erste wirkliche Erfolg, den ich mit einem Roman habe«, so Fontane. Stofflicher Vorwurf ist ihm ein Gesellschaftsskandal der achtziger Jahre.

Else und Effi

Am 27. November 1886 fand zwischen Armand Léon Baron von Ardenne, Rittmeister, Adjutant im preußischen Kriegsministerium wie Militärschriftsteller, und Emil Hartwich, Amtsrichter und geschätzter Autor von Publikationen übers Volksschulwesen und Volkshygiene, ein Pistolenduell statt, bei welchem Hartwich so schwer verwundet wurde, daß er am 1. Dezember seinen Verletzungen erlag. Ardenne hatte Hartwich zum Duell gefordert, weil er hatte entdekken müssen, daß seine Frau Else von Ardenne, geborene von Plotho, mit Hartwich ein Verhältnis pflog. Dieses Duell erregte, über die Presse vermittelt, beträchtliches Aufsehen, schon des Bekanntheitsgrades der Duellanten wegen.

Fontane war, das darf als gesichert gelten, über die Ehegeschichte der Ardennes bestens unterrichtet, um vieles mehr, als seine bisher zugänglichen Briefe es bezeugen, in denen er seine Kenntnisse herunterspielt. Ja, er kannte sogar das Ehepaar von Ardenne, das, wie er und seine Frau, im Salon der Emma Lessing, seiner hauptsächlichen Informantin, oft zu Gast war, wie eine Äußerung bezeugt, als er seiner Frau gegenüber von »Ardenne, deinem Tischnachbarn bei Lessing« spricht (vgl. H. W. Seiffert in: Theodor Fontanes Werk in unserer Zeit, 1966, S. 83).

Aufschlußreich sind die Änderungen, welche Fontane am Stoff vornimmt, soweit dieser bisher hat rekonstruiert werden können.

Fontane verjüngt die Hauptfigur um fast zehn Jahre. Effi wird, das läßt sich aus den Textdaten erschließen, Anfang der sechziger Jahre geboren, als Sechzehnjährige verlobt und als Siebzehnjährige verheiratet, begeht Ehebruch nach erst einjähriger Ehe, wird geschieden mit fünfundzwanzig Jahren und stirbt mit neunundzwanzig. Solche Verjüngung sowie Vorverlegung von Heirat, Ehebruch, Scheidung und Tod gibt der Problematik eine andere Gewichtung. Geht es bei Else von Plotho (geboren 1853) um die Frau gegen die Dreißig, so bei Effi um die Frau gegen die Zwanzig. Zwar heiratet Effi nur zwei Jahre früher als Else, die sich mit neunzehn verheiratet, doch beginnt deren Verhältnis mit Emil Hartwich erst nach etwa zehn Ehejahren, nicht nach einem, und die Scheidung erfolgt nach einer fünfzehn Jahre währenden Ehe. Fontane rückt ins Zentrum seiner Darstellung die *junge* Frau, thematisiert, allgemein formuliert, *Jugend,* ein Schlüsselbegriff des Romans. Durch die zeitlich anderen Datierungen gegenüber dem stofflichen Vorwurf entfällt für Fontane die Notwendigkeit, den Siebziger Krieg in die Darstellung einbeziehen zu müssen. Dessen Ausbruch, die damit verbundenen nationalen Hochgefühle sowie die Verwundung Ardennes hatten Else erst bewogen, Léon zu ehelichen. Nicht die Zeit des Krieges und die unmittelbare Nachkriegszeit mit Gründerrausch und Hochkonjunktur dienen Fontane als historische Folie, sondern die Phase zwischen etwa 1877 und 1890, die im Zeichen verschärfter politischer wie wirtschaftlicher Krisen stand, gekennzeichnet mit Begriffen wie »Depression und Stagnation«, »Epoche der allgemeinen Unzufriedenheit« u.a. (vgl. H. Rosenberg). Diese Krisen finden im Roman auch ihren Niederschlag, blitzen als Stichwort auf oder sind indirekt erschließbar: etwa Nobilings Attentat auf Wilhelm I., Innstettens Barmen über den Respektverfall staatlichen Autoritäten gegenüber, wobei solche Klage historisch zusammenfällt mit Vorgängen um das 1878 erlassene »Sozialistengesetz« und der Flut der Majestätsbeleidigungsprozesse, bis hin zur Strukturkrise der Landwirtschaft, die Mitte der siebziger Jahre einsetzt und bis zur Jahrhundertwende andauert, Briests Schrei nach Schutzzöllen, den Klagen über den schlechten Kornpreis und die sinkende Rentabilität von Raps.

Verjüngt Fontane die weibliche Hauptfigur, so macht er andererseits die männliche Hauptfigur älter. Ardenne ist lediglich fünf Jahre älter als seine Frau, Innstetten indes um einundzwanzig. So gelingt es Fontane, durch den Altersunterschied einmal zu typisieren, denn es war typisch für die Ehe von Karrieristen im Wilhelminischen Reich, nicht vor dem fünfunddreißigsten Lebensjahr zu heiraten, zum andern aber wird es ihm dadurch erst möglich, Innstettens Heiratsabsicht psychologisch zu vertiefen: Er hatte bereits, noch nicht einmal zwanzig, um die Hand von

Effis Mutter, und zwar vergeblich, angehalten. Allein der Altersunterschied, mehrfach reflektiert im Roman, wirft Probleme genug auf.

Effi kennt Innstetten nur aus den Erzählungen ihrer Mutter, Else von Plotho war Ardenne bekannt seit ihrem vierzehnten Lebensjahr. Sie mochte ihn nicht, und als er um die Sechzehnjährige warb, lehnte sie zunächst ab, erst der Siebziger Krieg mit Ardennes Verwundung brachte die Annäherung. Die Verlobung erfolgte am 7. Februar 1871; nach zwei Jahren Verlobungszeit – der Vater Ardennes hätte gern deren drei gesehen – folgte die Hochzeit am 1. Januar 1873. Solches erfährt bei Fontane eine bezeichnende Änderung. Werbung und öffentliche Verlobung erfolgen am gleichen Tag, nachdem Effi Innstetten nur ein einziges Mal kurz gesehen hatte. Nach nur zweimonatiger Verlobungszeit wird schon geheiratet. Durch den Kunstgriff der untypischen und verkürzten Verlobungszeit ist es Fontane möglich, die Unmenschlichkeit dieses Ehehandels, die warenanaloge Behandlung der Frau und ihre totale Fremdbestimmung herauszuarbeiten wie den Bruch zwischen ihrer Rolle als Kind und der als Frau überscharf zu belichten und zu zeigen, wie stark Effi die gesellschaftliche Konvention verinnerlicht hat.

Den mehrmaligen Ortswechsel im Leben der Ardennes spart Fontane aus: Von Hohen-Cremmen geht's nach Kessin, von dort nach Berlin und nach der Scheidung wieder nach Hohen-Cremmen. Fontane ändert die jeweilige Atmosphäre der Räume: Kein Raum wie Schloß Benrath wird zum Schauplatz der Ehekrise – in jenem »architektonischen Juwel« mit reizvollster Umgebung (so einer, der dabei war) wohnten die Ardennes seit 1881 –, sondern das bedrückende Kessin im gelbfahlen Licht mit dem stocknüchternen Spukhaus des Landrats. Fontane kontrastiert diesen Raum mit Hohen-Cremmen, das idyllische Züge aufweist. Else war auf Schloß Benrath umschwärmter Mittelpunkt eines kleinen Freundes- und Künstlerkreises. Feste, Lesungen, tagtägliche Geselligkeiten stehen in scharfem Kontrast zur Isolation, in welche Fontane seine Hauptfigur setzt: kärgliche gesellschaftliche Anlässe nur, tristes Mittelmaß, Gieshübler die große Ausnahme. Durch diese Kunstgriffe vermag Fontane Heimat zu beschwören, die er in Kindheit und vorehelicher Jugend fixiert, zum andern Fremde, die er in der Ehe festmacht. Effi erscheint als Funktion der jeweiligen geographischen Räume wie deren Interaktionsmöglichkeiten.

Else bringt zwei Kinder zur Welt, eine Tochter und einen Sohn. Im Roman bleibt es bei einer Tochter, ebenfalls neun Monate nach der Hochzeit, weitere Kinder bleiben der Ehe versagt, Effi muß, ihrer Frauenkrankheiten wegen, zur Kur. Das zwar nicht von Effi beklagte Ausbleiben weiterer Kinder wird interpretierbar als Symptom für die unbewußte Weigerung Effis, mit Innstetten keine weiteren Kinder haben zu wollen.

Den soliden und geachteten Bürger Hartwich ersetzt Fontane durch den adligen Major von Crampas, wie Hartwich unglücklich verheiratet, jedoch ein Mann vieler Verhältnisse. Durch diese Änderung gegenüber dem Vorwurf verleiht Fontane dem Verhältnis zwischen Effi und Crampas den Charakter von Liebelei, zeigt, daß es nur weniges bedarf, worin die isolierte Effi ihr bißchen Glück findet, und macht deutlich, woran die Ehe nicht zuletzt scheitert: an ihrem Mangel an erotischer Erfüllung.

Die Ehemisere pointiert Fontane weiter dadurch, daß er nach nur etwa einjähriger Ehe Effi diese brechen läßt. Else nimmt erst nach zehn Jahren Ehe ihre Beziehung zu Hartwich auf, die, im Unterschied zum Roman, weiter und tiefer dimensioniert war: Beiderseits wurde die Scheidung geplant, und auch die geographische Trennung tat ihrer Beziehung keinen Abbruch. Anders bei Fontane: Der Umzug nach Berlin läßt Effi zu Innstetten finden, läßt sie Crampas vergessen; nicht gebrochen, sondern stabilisiert wurde die Ehe durch ihren Seitensprung.

Eine der einschneidendsten Veränderungen, die Fontane gegenüber dem wirklichen Vorfall vornimmt, ist die zeitlich verzögerte Entdeckung des Ehebruchs. Ardenne ist argwöhnisch geworden, besorgt sich Nachschlüssel, um damit die Briefe von Hartwich, versteckt in einer Kassette, einsehen zu können, und ertappt das Paar in flagranti. Innstetten entdeckt nach sieben Jahren zufällig die Briefe von Crampas und fordert ihn. Duellfrage, Ehrenkultus wie Gewissenskonflikt werden durch den Kunstgriff der Verjährung zugespitzt, ihre Widersprüche verschärft.

Else von Plotho wird mit vierunddreißig Jahren geschieden, findet Arbeit als Ausweg im Dienst an hilfsbedürftigen Menschen und stirbt, hochbetagt, 1952 im Alter von neunundneunzig Jahren. Anders im Roman: Effi wird mit fünfundzwanzig Jahren geschieden, Arbeit bleibt ihr, obzwar herbeigesehnt, versagt, der psychische Schmerz somatisiert, ein Nervenleiden stellt sich ein, nach mehrjähriger Krankheit erfolgt der Tod der erst Neunundzwanzigjährigen.

Fontane hat, das mag der kurz gehaltene Vergleich gezeigt haben, den stofflichen Vorwurf nicht nur transformiert, um allzu aktuelle Bezüge zu verwischen. Streng funktional sind seine Änderungen gehalten. Wenn er an Spielhagen schreibt (am 25. August 1896), der in seinem Roman »Zum Zeitvertreib« das gleiche Sujet verarbeitet hatte, daß er das Maß der Verurteilung der geschilderten Gesellschaft nicht scharf genug finde, so legt das die Frage nahe, an welchen Maßstäben er den gleichen Stoff mißt.

Der verhinderte Mann

Was zählte in Preußen, waren Männer, wenn möglich Soldaten. »Wir haben heute den Tag von Königgrätz; schade, daß es ein Mädchen ist« (S. 152*), so bemerkt Dr. Hannemann am Bett von Effi, die er eben entbunden hat.

Im Unterschied zu Else von Plotho hat sich Effi als Einzelkind zu sozialisieren, ist, schon von daher, stärker auf die Eltern fixiert. Solche Fixierung bewegt sich im noch kindlich ödipalen Umfeld, die Identifikation mit einer eigenen Rolle steht noch aus. Kindhaft fixiert bleibt Effi auf die Mutter, mit der sie sich zu identifizieren versucht. Sie gleicht darin dem kleinen Mädchen, das, psychoanalytisch gesehen, zu seiner

* Bloße Seitenangaben. beziehen sich auf den vorliegenden Band.

früheren Bindung an die Mutter zurückkehrt und unter Umständen sein ganzes Leben hindurch dem Wunsch verhaftet bleiben kann, ein Mann zu sein, um die Mutter besitzen zu können. Solcher Wunsch wird unmittelbar geäußert. Effi schlüpft in die Rolle des potentiellen Liebhabers: »Wenn ich ein junger Leutnant wäre, so würd ich mich in die Mama verlieben.« (S. 14) Später, zur Sommerfrische in Kopenhagen, als Effi eine Rolle gefunden hat, bleibt der Wunsch zwar der gleiche, nur verschiebt sich das Objekt: »Ich freue mich aufrichtig, die schöne Thora wiederzusehen, und wenn ich ein Mann wäre, so verliebte ich mich in sie.« (S. 281)

Nur Mutter und Tochter zeigt der Erzählanfang. Effi trägt einen »Jungenskittel«, weil sie keine Dame sein möchte (S. 9f.). Sie unterbricht »von Zeit zu Zeit« (S. 9) ihre Handarbeit, um sich turnerisch zu betätigen. »Für die Knaben Turnen, für die Mädchen Handarbeiten«, so hieß es noch in preußischen Schulen. Je wilder die Spiele, je besser, Klettern und Schaukeln, der »Schauer süßer Gefahr« (S. 155). Effi fühlt sich wohl in ihrer jungenhaften Rolle, die sie auch ihren Spielgefährtinnen gegenüber ausspielt. Bevor sie das erste Wort spricht, wird sie vorgeführt als sich dehnender, reckender und beugender, junger, schöner Körper. Das Ende zeigt sie siech, zuschanden gemacht. Die Frau, so ihre hellsichtige Mutter, sei dem Mann gegenüber in einer »Zwangslage« (S. 54).

»Ich fürchte mich vor ihm«

Effi heiratet nicht, sie wird verheiratet. Geworben wird nicht, dafür erworben. Verhandelt wird mit den Eltern. Behandelt wie eine schöne Ware, wird sie von den Eltern freigegeben. Effi hat Innstetten ein einziges Mal gesehen, Liebe suggeriert die Mutter: »Du hast ihn vorgestern gesehen, und ich glaube, er hat dir auch gut gefallen« (S. 21), doch Effi schweigt darauf. »[…] gewiß wurden bei den besitzenden und herrschenden Klassen Stand, Konnexionen usw. beim Eheschluß stets vornen an gestellt, aber der Warencharakter der Liebe trat bisher doch nie so rein in Erscheinung wie in der modernen bürgerlichen Gesellschaft.« (Fuchs, S. 236) Als Tauschwerte bei diesem Ehehandel stehen einander gegenüber bei Innstetten: adlige Herkunft, gutes Aussehen, achtunddreißig Jahre, Karrierist, hölzern wie steif, und bei Effi: sehr alter Adel, Schönheit, siebzehn Jahre, frisch und wild, virgo intacta – versteht sich.

Unterm Diktat der Eltern erfolgt sogleich die Verlobung, und Effi, ganz gehorsame Tochter, *denkt* sich glücklich: »Wenn man zwei Stunden verlobt ist, ist man immer ganz glücklich. Wenigstens denk ich es mir so.« (S. 25) Glück, das übers Kinderglück hinausgreift, kann nur gedacht werden, weil die Erfahrung fehlt, die sich nicht anlesen läßt. Effi rede nur von Liebe, weil sie irgendwo gelesen habe, Liebe sei nun mal das Höchste, so ihre Mutter (vgl. S. 50). Keineswegs das reine Naturkind, hat sie, bei aller unverstellten Spontaneität, die herrschende Konvention, vermittelt über die Eltern und deren Stellung, verinnerlicht, meßbar an ihren zahlreichen klischierten

Sätzen wie: »Jeder ist der Richtige. Natürlich muß er von Adel sein und eine Stellung haben und gut aussehen.« (S. 24) Herthas Replik: »Gott, Effi, wie du nur sprichst. Sonst sprachst du doch ganz anders«, verrät, daß zur Richtschnur die Konvention in dem Moment wird, als Effi ihre Einwilligung zur Heirat hat geben müssen. Abgetan als »halber Junge« (S. 43) wird ihr Vetter, den sie mag – durchaus eine zeittypische Reaktion: »Mann und Fräulein achten und lieben sich in dem Augenblick, in dem die von beiden selbst oder von den Eltern gemachte Kalkulation als den jeweiligen speziellen Umständen entsprechend für vorteilhaft gehalten wird, und empfinden ebenso frühere, von der Natur diktierte Beziehungen alsbald als erledigt, als Jugendeseleien, mit denen man deshalb bricht.« (Fuchs, S. 238) Bei aller Verinnerlichung spürt Effi schon vor der Ehe jedoch den Widerspruch zwischen gesellschaftlich aufgezwungener Moral und eigenem, natürlichem Glücksanspruch, nur vermag sie den Widerspruch nicht aufzubrechen.

Zwar setzt das »Allgemeine Landrecht für die Preußischen Staaten« als Heiratsmindestalter für die Frau das vollendete sechzehnte Lebensjahr fest, doch was das Gesetz im § 178 des Eherechts als »eheliche Pflicht« umschreibt, bleibt Effi dunkel. Als Effi sich in kindlicher Unbefangenheit von der Mutter einen japanischen Bettschirm und eine rote Ampel fürs Schlafzimmer wünscht, schweigt diese betreten und meint bloß, daß es oft gut sei, wenn es statt Licht und Schimmer ein Dunkel gebe (vgl. S. 38). Wenn Effi ihr zustimmt, daß sie sich das gewünscht habe, damit es ihr »wie ein Märchen« (S. 38) vorkomme, so belegt sie damit, wie Mädchenerziehung im Wilhelminismus praktiziert wurde. Sicherlich grotesk, doch für das Ausmaß der Sexualverdrängung typisch, was in einem Mädchenkalender aus dem Jahre 1884 angeraten wird: »Wenn Du ein Bad nimmst, so streue etwas Sägemehl auf das Wasser, damit Dir der peinliche Anblick Deiner Scham erspart bleibe!« So wurden die höheren Töchter in allen sexuellen Fragen im unklaren gelassen, wodurch, bei entsprechender Lektüre, die sich auch Effi aneignet, in den Mädchen eine verzerrte wie völlig irreale Vorstellung von Liebe und Ehe sich verfestigte, oft verklärt zu märchenhaft-romantischer Liebe mit Prinz und angebeteter Prinzessin, eine Vorstellung, die dann der schockhaften Desillusionierung schnell anheimfiel.

Unwissen und Halbwissen aber produziert, neben den märchenhaften Phantasien, auch Unsicherheit und Angst, um so mehr, als Effi Innstetten vor der Hochzeit nur dreimal gesehen hat. »Ich fürchte mich vor ihm« (S. 44) sind ihre letzten Worte, die der Erzähler vor der Hochzeit mitteilt. Furcht und Angst werden fortan ihr Leben bestimmen.

»Jeder quält seine Frau«
oder
der »Angstapparat aus Kalkül«

Die alte Frau Niemeyer trifft's: »Wenn's die Mutter nicht sein konnte, muß es die Tochter sein.« (S. 24) Innstetten hält sich an die Tochter, weil ehedem die Mutter sich seinem Werben versagt und dem gestandenen wie wohlhabenden Ritterschaftsrat von Briest den Vorzug gegeben hatte. Er heiratet ihr Abbild –

»ganz die Mama«, diagnostiziert später der unbestechliche Rummschüttel –, um der Erfüllung seines ursprünglichen Wunsches am nächsten zu kommen. Er ehelicht das Kind, das er der Mutter hatte machen wollen. »Er könnte ja beinah mein Vater sein« (S. 19), meint Effi, unfreiwillig doppelsinnig und genau. Weil er damals »viel zu jung« (S. 14) war, nimmt er nun, älter geworden, die blutjunge Effi. Weniger ein hilfloser Versuch, die eigene Jugend zu beschwören, als vielmehr Ausdruck des schlecht-schulmeisterlichen Prinzips »Auge um Auge, Zahn um Zahn«. Nicht mit Effi wird verhandelt, als Innstetten den weit zurückliegenden Ehebruch entdeckt, sondern mit der Mutter, die Effi denn erst schreibt.

Die starke Intensität des ursprünglichen Wunsches verrät seine, durch Effi mitgeteilte, Reaktion auf die Abweisung: »Nein, das Leben hat er sich nicht genommen. Aber ein bißchen war es doch so was.« (S. 15) Die Abweisung führt zur Frustration, die er durchs Studium der Juristerei zu kompensieren versucht, doch führt sie auch zur Aggression gegen das wunschversagende Objekt, das er nur indirekt über und in der Tochter treffen kann. Solche Aggressionen geschehen verdeckt, selten offen, sind vielfältig vermittelt. Faßbar werden sie im »Chinesen«, dem »Angstapparat aus Kalkül«, im inszenierten Spuk, der instrumental gegen Effi eingesetzt wird. Innstetten, soviel steht fest, hatte die Mutter nie mit Spukgeschichten traktiert, dafür die Kameraden im Siebziger Krieg, zur Selbsterhöhung, wie Crampas erzählt. Das heißt: Erst nach der Abweisung durch Effis Mutter scheint er darauf zu verfallen. Er bindet dadurch die Tochter, weil ihn die Mutter hatte abblitzen lassen.

Bindung im Sinne warenhafter wie patriarchalischer Verfügung, nicht bis der Tod sie scheidet, sondern darüber hinaus: »[...] wenn ich dann stürbe, nähme ich dich am liebsten mit. Ich will dich keinem andern lassen.« (S. 72) Auch die rasch vollzogene Heirat verrät seine Angst, Effi könne ihm doch noch entgehen.

Daß er selbst an Spuk glaubt, bestätigt er zwar scheinheilig: »Gewiß glaub ich dran. Es gibt so was« (S. 273), doch nur aus Taktik. Der unbestechliche Erzähler formuliert gleich zu Beginn apodiktisch: »Er glaubte nicht an Zeichen und Ähnliches, im Gegenteil, wies alles Abergläubische weit zurück.« (S. 26)

Schon auf dem Weg zum Landratshaus, gleich nach der Hochzeitsreise, läßt Innstetten nichts unversucht, Effis Angst zu schüren wie zu dosieren: Wenn sie sich nicht fürchte, wolle er ihr das Grab des Chinesen zeigen, an ihrem Bett werde der Chinese sicher nicht stehen, Rollo lasse keinen Lebendigen und Toten an sie heran, mit ihm sei sie sicher usw. Das Landratshaus selbst, das Heim sein sollte, wird bereits auf dem Weg dorthin unheimlich. Krokodil, Hai und Kanonenschiff, die im Flur von der Decke baumeln, sind Sinnbilder der Angriffe, denen Effi ausgesetzt ist. Eingepfercht in nur drei Zimmer im Erdgeschoß haust der Erste Mann Kessins, der auf äußere Formen doch so bedacht ist. Der weitläufige erste Stock bleibt leer, die über die Dielen schleifenden Vorhänge bleiben ungekürzt, trotz Effis Bitten, damit der Eindruck des Unheimlichen, Spukhaften sich erhält. Innstetten verweigert jegliche Veränderung im ersten Stock, weil sie ihn des Instrumentariums berauben würde, seine Frau durch Angst zu kontrollieren. »Wir lassen es beim alten.« (S. 76)

Seine Rechnung, daß der Spuk immer dann wirken solle, wenn er nicht da ist, geht voll auf. Als er bei Bismarck ist und über Nacht fortbleibt, steigert sich in Effi die Angst bis hin zur Vision des vorbeihuschenden Chinesen. Als Phasen lassen sich unterscheiden: der Besuch bei der irren Frau Kruse mit dem schwarzen Huhn auf dem Schoß, die Lektüre des Reisehandbuchs und der Geschichte von der Weißen Frau, das Bekenntnis zu Johanna, »solche Angst« (S. 96) zu haben, und deren Replik, »alle« hätten die schon gehabt, und schließlich ihr Auffahren aus dem Schlaf und das vorbeihuschende Etwas. Fontane legt das Erzählte so an, daß der Spuk als Täuschung durchschaubar wird, fähig einer rationalen Erklärung. Effi reproduziert im Traum die gleichen Ängste, die sie vor dem Einschlafen gequält und Vergangenes reaktiviert hatten. Sie meint, der Chinese sei aus dem Bildchen getreten, das Christel und Johanna an die Stuhllehne geklebt hatten, ebenso wie die Weiße Frau, die aus dem Gemälde, das sie darstellte, herausgetreten und auf das Bett Napoleons zugeschritten sein soll. Effi hat sich vor ihr gefürchtet, solange sie denken kann (vgl. S. 92). Daß Rollo anschlägt, versteht sich von selbst, hat seine Herrin doch auf geschrien.

Zwar läßt sich Effis Angst durch Innstettens Inszenierung erklären, doch werden noch andere Ängste bloßgelegt, wie schon die Rückerinnerung an die Weiße Frau zeigt. Effi begegnet der Angst mit Erinnerungen, die auf tiefere Ängste noch schließen lassen. Sie versucht die Angst zu bannen mit der Vergegenwärtigung des Polterabends und der Hochzeitsreise, ausgespart wird die Hochzeit selbst, doch davon scheint die Spukpassage zu reden, wie ihre Signalwörter verraten: »[...] mit einem Male fuhr sie mit einem lauten Schrei [...] auf [...] Ihr war, als ob ihr das Herz stillstände; sie konnte nicht rufen [...] Aber ebendieser Moment höchster Angst war auch der ihrer Befreiung, denn statt etwas Schrecklichem [...].« (S. 98 f.) Die Beschreibung des Spuks signalisiert das Trauma der Defloration in ihrer Mischung aus Schmerz und Lust. Im Traum bzw. Halbtraum vermischt sich die Weiße Frau mit Innstetten und dem Chinesen, der aufs Bett der sich bedroht Fühlenden zuschreitet und sie nehmen will. Gefürchtet habe sie sich vor Innstettens Zärtlichkeit, so bekennt sie später (vgl. S. 284). Auch das ganze Ambiente verweist auf Hochzeit und Hochzeitsnacht: der erste Stock, in dem die Kapitänshochzeit gefeiert wurde, die Braut, die plötzlich vor der Hochzeitsnacht verschwand. Dieser Befund läßt sich absichern mit Freuds Analyse des Unheimlichen. Das Gefühl des Unheimlichen und Ängstlichen, so Freud in seinem Aufsatz »Das Unheimliche«, könne entstehen, wenn etwas Bekanntes, das verdrängt und als überwunden gedacht wurde, durch bestimmte Umstände begünstigt wiedergekehrt sei.

Den von Effi am Morgen danach geforderten Wohnungswechsel lehnt Innstetten ab, mit der vorgeschobenen Begründung, sich damit lächerlich zu machen, als ob nicht der leerstehende erste Stock lächerlich genug schon wäre. Gleichzeitig verstärkt er weiter ihre Angst: »Und dann wird dir Johanna wohl gestern abend was erzählt haben, von der Hochzeit hier oben ...« (S. 103 f.) – und, da Effi verneint, sie weiter verunsichernd: »Desto besser.« Die Spazierfahrt, die folgt, wird von Innstetten so arrangiert, daß sie am Grab des Chinesen vorbeifahren: »Effi fuhr zusammen; es war ihr wie ein Stich.« (S. 109) Und schließlich versucht er die Geschichte vom Chinesen, die zu erzählen er sich endlich anbequemt, nicht ganz zu erzählen: ob sie nicht die alte Grasenabb besuchten sollten, fragt er mittendrin.

Die Angst läßt Effi nicht los, immer wird, jeweils anders gebrochen, drauf verwiesen. Crampas' Erklärung, welches Interesse Innstetten bewogen hat, sich des Angstapparates zu bedienen, vermag ihr zwar die Angst nicht völlig zu nehmen, eher schon der Katholizismus Roswithas, doch bewirkt die Erklärung mit, was der Spuk verhindern sollte: den Ehebruch.

In Berlin versucht Innstetten ebenfalls, seinen Angstapparat zu aktivieren. Die ersten Worte, als er die neue Wohnung betritt. – »[…] hoffentlich auch kein Spuk« (S. 267) und später: »Hat dir denn Johanna schon ihren Chinesen gezeigt?« (S. 273) Die Metropole Berlin läßt die Spukinszenierung nicht zu, auch hat Effi die Wohnung ausgesucht, und schließlich scheint sein Bestrafungsbedürfnis doch abzunehmen, weil Effi sich unterordnet: »[…] ich fürchte mich nicht mehr und will auch besser sein als früher und dir mehr zu Willen leben« (S. 267) – das klingt wie die Versicherung eines botmäßigen Schulkindes seinem Schulmeister gegenüber.

Der von Innstetten instrumental gegen Effi angesetzte Chinese, den Fontane »einen Drehpunkt für die ganze Geschichte« nannte (vgl. seinen Brief vom 19. November 1895 an J. V. Widmann), läßt die Ehe kippen, aber nicht fallen. Fallen wird sie, wiederum durch Innstetten, erst sieben Jahre später. Die Funktion des Chinesen im Erzählablauf ist vielfältig: Durch ihn werden verdrängte Angste Effis manifest, er dient als Mittel, das Strafbedürfnis Innstettens zu materialisieren; gegen Effi eingesetzt, wendet es sich schließlich gegen Innstetten selbst und arbeitet Crampas' amourösen Absichten zu, der den Angstapparat aus Kalkül verstehbar macht. Für Effi wird der Spuk zum Mittel, Innstetten zu täuschen, seinen Argwohn im Keim zu ersticken. Ihren Kniefall mit dem »Gott sei Dank!« (S. 240), als Innstetten ihr eröffnet, es werde nach Berlin gezogen, erklärt sie dem mißtrauisch Gewordenen mit der Befreiung vom Druck des Spuks. Schließlich potenziert sich im Chinesen das Motiv ihrer entfremdeten Beziehung, wie das von Fremde und Isolation im von Effi ungeliebten Kessin, und schließlich verweist es, Chinese und Kapitänsnichte, auf unglückliche Liebe. Bei allem Erklärbaren wird deutlich, daß ein geheimnisvoller Rest bleibt: die verschwundene Nichte und der schnelle Tod des Chinesen.

Merkwürdig nur auf den ersten Blick, daß Innstetten so beredt vor Crampas' Verführungskünsten warnt, die er aus der Vergangenheit beurteilen kann, jedoch nichts unternimmt, um Effi zu kontrollieren. Er setzt sie der Versuchung aus, ganz schulmeisterlich, um zu sehen, inwieweit seine Erziehungsprinzipien verfangen, steuert noch selbst in den dunklen Wald, wo's dann passiert.

»Gott verhüte es«

Was der Herr verhüten möge, von Frau von Briest inbrünstig gewünscht, ist: Sinnlichkeit. Für Effi aber »kommt Liebe zuerst« (S. 40). Die Erfahrungen in der Ehe mit Innstetten treiben ihr die märchenhaften Illusionen von der Liebe aus. »Ein Liebhaber war er nicht« (S. 134), so klagt Effi über ihren eisigen Mann, keinen Kuß, »frostig wie ein Schneemann. Und immer nur die Zigarre« (S. 88). Das Scheitern der Ehe ist die Konsequenz der versachlichten Beziehungen, unter denen sie geschlossen wurde, wie das Resultat von Innstettens Abrechnung mit der Mutter. Er hat Effi erworben wie eine Ware, und daß sie ihm gehört, genügt ihm: »Er hatte das Gefühl, Effi zu lieben, und das gute Gewissen, daß es so sei, ließ ihn von besonderen Anstrengungen absehen.« (S. 134) Tristesse des Ehealltags wie auch der Nächte:»Es war fast zur Regel geworden, daß er sich, wenn Friedrich die Lampe brachte, aus seiner Frau Zimmer in sein eigenes zurückzog. ›Ich habe da noch eine verzwickte Geschichte zu erledigen.‹ Und damit ging er. [...] Um neun erschien dann Innstetten wieder zum Tee, [...] sprach vom Fürsten, der wieder viel Ärger habe, [...] und ging dann die Ernennungen und Ordensverleihungen durch [...]. Zuletzt sprach er von den Wahlen. [...] War er damit durch, so bat er Effi, daß sie was spiele, aus ›Lohengrin‹ oder aus der ›Walküre‹, denn er war ein Wagner-Schwärmer. [...] Um zehn war Innstetten dann abgespannt und erging sich in ein paar wohlgemeinten, aber etwas müden Zärtlichkeiten, die sich Effi gefallen ließ, ohne sie recht zu erwidern.« (S. 134f.) Sofern's zu Zärtlichkeiten überhaupt reicht: »Ich will nichts [!] als dich ansehen und mich freuen, daß ich dich habe.« (S. 191)

Männer, die im wilhelminischen Preußen Karriere machen wollten, heirateten kaum vor dem fünfunddreißigsten Lebensjahr – fürs Militär gab es ohnehin bestimmte Auflagen bei der Eheschließung. Ihre sexuellen Bedürfnisse hatten sie in Bordellen und Verhältnissen befriedigen können, die dann zu Lasten der Verlassenen aufgegeben wurden. Das einzige Kriterium bei der Wahl der Ehefrau war der Nutzen, den sie der eigenen Karriere bringen konnte. Die Frau geriet in die Sklaverei einer lebenslangen Prostitution.

Die Bilanz, die Effi zieht, ist erdrückend: »Und fremd war er auch in seiner Zärtlichkeit. Ja, dann am meisten; es hat Zeiten gegeben, wo ich mich davor fürchtete.« (S. 284)

Doch nicht nur zwischen Effi und Innstetten wird Sexualität zum Problem. Eheliche wie voreheliche Beziehungen scheitern allesamt, sind nirgends intakt. Außereheliche Bindungen werden, gemäß der herrschenden Ideologie von der Stärkung der Familie wie der Beschränkung der Sexualität auf die Ehe, verpönt und geahndet: Inspektor Pink wird von Briest entlassen, weil er was mit der Gärtnersfrau gehabt haben soll; Frau von Palleske setzt ihre Jungfer »wegen einer fatalen Geschichte« (S. 114) auf die Straße; Roswitha wird wegen ihres unehelichen Kindes von ihrem Vater fast erschlagen. Bei den alten Jungfern zeigt sich eine andere Variante: Johanna etwa kompensiert ihre Ehelosigkeit mit Frauenstolz und Männerhaß, verliebt sich in Innstetten, ins Unerreichbare und daher Gefahrlose; Sidonie von Grasenabb bewältigt ihr Dasein mit aggressiven Bemerkungen gegen die Lust. Anders nuanciert wieder die Verwitweten, Frau von Padden und die Zwicker etwa, und schließlich die Verheirateten: Crampas, der sich vor seiner Frau fürchtet, die er kurz hält und mehrfach betrügt, Niemeyer mit seiner »sehr unangenehmen Frau« (S. 371), die irre Frau Kruse und auch die Briests, die sich zwar arrangiert zu haben scheinen, doch auch ihre Furcht voreinander bezeugen und weniger mit- als nebeneinander leben. Nicht zu vergessen der Chinese und die Kapitänsnichte mit dem frisch Angetrauten.

Alle sind gebrochene Menschen, mehr oder minder. Ihre Beziehungen scheitern immer dann, wenn Sexualität vornehmlich als Genitalität zum Problem wird. Sie sind dort intakt, wo der Sexualität Schranken gesetzt sind: in der Liebe zu den Eltern, in Effis Freundschaften zu den vielen alten Herren – Gieshübler, Rummschüttel, Niemeyer, dem alten Malprofessor – wie in ihrer Beziehung zu Roswitha oder den Freundinnen. Lediglich die Trippelli vermag sich als Künstlerin einen von der Gesellschaft gebilligten Freiraum zu schaffen.

Die Unterdrückung von Sexualität hat ein formales Korrelat. Sexualität wird quasi untern Text gedrückt, wird versteckt in doppelsinnige Anspielungen und Verweise, Bilder und Symbole. Vielfältige Bedeutungen können sich dabei überschneiden. Objektiviert ist etwa das Schlüsselmotiv der Schaukel Effis Schicksals- und Todesmotiv; psychologisch ausgelegt versinnbildlicht es ihr Streben nach schwerelosem Glück, nach dem Risiko auch, und weist gleichzeitig aufs Sexuelle. In Verbindung mit anderen Zeichen, etwa dem Klettern (vgl. S. 18) u. a., steht es, als klassisches Symbol für den Geschlechtsakt, für Effis sinnliche Ansprüche.

Mit Wilhelm Reichs analytischem Instrumentarium läßt sich nachzeichnen, wem die Repression von Sexualität nur nutzt. Auf eine kurze Formel gebracht: Die Verdrängung der genitalen Sexualität wie das Beschneiden der Partialtriebe erzeugt autoritätsgläubige Untertanen und dient der Aufrechterhaltung und Stabilisierung der bestehenden Herrschaftsverhältnisse.

Luftikus und »Tochter der Luft«

Die Affäre mit Crampas ist nur konsequent. Als Figur hat er die Trostlosigkeit von Effis Situation zu belegen. Noch um fünf Jahre älter als Innstetten, verfängt er bei ihr nur, weil jemand anders nicht da ist. Auch er demütigt seine Frau, auch er operiert mit Angst, allerdings literarisch vermittelter. Karl Stuart, der nur bei Crampas, nicht aber in Heines Gedicht seinen Kopf unterm Arm trägt, Vitzliputzli und Pedro der Grausame sollen Effi gefügig machen. Ihr Verhältnis hat wiederum nichts Freies, dafür Gewaltförmiges: »Der Major hat so was Gewaltsames, er nimmt einem die Dinge gern über den Kopf fort. Und man muß dann spielen, wie er will, und nicht, wie man selber will.« (S. 189 f.) Die Differenz zu Innstetten und die Affinität zu Effi liegt in seiner Prinzipienlosigkeit, seinem Leichtsinn, seiner Spielernatur, vor allem aber in seiner Sinnlichkeit: »Mit einemmal siehst du aus wie eine Frau« (S. 236), kommentiert der ahnungslose Innstetten unfreiwillig treffend.

Da die patriarchalische Gesellschaft den Frauen die Möglichkeit beschneidet, sexuelle Erfahrungen in verschiedenen Beziehungen zu sammeln, fehlen ihnen Vergleiche. Vorehelicher Verkehr galt als Unzucht, und da die Frauen, solche von Karrieristen erst recht, sich unberührt zu halten hatten, sonst hätten sie nur unter ihrem Stand heiraten können, wenn überhaupt, blieb der Ehebruch die einzige Möglichkeit, ein als unbefriedigend empfundenes Eheverhältnis zu dimensionieren.

Doch vermag der Bruch der Ehe keine Befreiung zu bringen. Die verinnerlichte wie eingetrichterte, bloß formale wie inhaltsleere Treueideologie sowie die Androhung gesellschaftlicher Sanktionen wie Ächtung und Isolierung der Frauen, versteht sich – belegen ihr Bewußtsein mit Angst und schlechtem Gewissen. Effi hat nicht nur Angst, sie halluziniert sogar, daß ihr ihr Gewissen über die Schulter schaue (vgl. S. 223).

Geliebt habe sie ihn nicht, so bekennt sie später, mag sein auch deshalb, weil er seine Existenz nicht aufgeben, nicht mit ihr fliehen wollte, wie seine Briefe zeigen. Der Bruch der Ehe biegt sie wieder hin, eine neue Zeit breche an – so Effi in Berlin –, mehr und mehr – so ihre Mutter – lebten sich beide ineinander ein.

Der verschluckte Kaiser oder die Schere im Kopf

Jeder, der nicht mit uns ist,
ist wider uns.

Bismarck, 12. Juli 1880

»Warte, du Aas, das werde ich dir besorgen, du hast den Kaiser beleidigt.«

Patriotische Hausfrau, 1878

Ich bin einmal in unserer Armeeverfassung aufgewachsen, und in dieser war es Usus, sich selbst, nie sich durch richterlichen Spruch Satisfaction zu verschaffen; man nahm die Pistole in die Hand, und verweigerte der Gegner das Duell, so ließ man ihn durch seine Leute durchprügeln.

Edwin von Manteuffel, 2. August 1871

Innstetten macht die Affäre öffentlich, bevor er sie mit Effi zu klären versucht. Er nimmt Rücksicht aufs »Ganze«, nicht aber auf seine Frau: »Man ist nicht bloß ein einzelner Mensch, man gehört einem Ganzen an […]« (S. 310) Argumentiert wird mit dem Point d'honneur, dem »Fleck« (S. 312) auf der Ehre.

Der Ehrbegriff des Adels reicht historisch zurück ins Mittelalter, vertreten vom Rittertum. Dessen ursprünglich heidnisches Kampfideal, das etwa die

Schande aus verletzter Ehre mehr mied als die Sünde, kollidierte mit dem fünften Gebot: »Du sollst nicht töten.« Aufgehoben wurde der Widerspruch dadurch, daß das Rittertum sein Heldenethos in den Dienst des Kampfes für die christliche Lehre stellte. Der ideelle Zwiespalt – hie Verteidigung der Standesehre, hie christliches Tötungsverbot – blieb indes fürs Rittertum, später den Adel, insbesondere das Offizierskorps, bis ins 20. Jahrhundert hinein bestehen und fand seinen schärfsten Ausdruck im Duell, nur daß sich die Ehrbegriffe langsam – und keineswegs kontinuierlich verschoben: von der »außenwendigen Standesehre« im 19. Jahrhundert hin zur »innenwendigen Individualehre« (vgl. Demeter, S. 120 u. a.).

Der Adel, der im ausgehenden 19. Jahrhundert ökonomisch immer mehr von einer erstarkenden, kapitalkräftigen Bourgeoisie abhängig wurde, ohne Einbuße seines politischen Einflusses allerdings, versuchte durch das Hochhalten des Esprit de corps seine wachsende ökonomische Bedeutungslosigkeit wie den Verlust an Homogenität und den Verfall des Traditionsbewußtseins auszugleichen. Der Esprit de corps forderte als ungeschriebenes Gesetz die Einhaltung bestimmter Gruppenprinzipien bei der Pflege der adligen Traditionen, beim Wahren der Etikette, bei der standesgemäßen Erziehung, bei der Eheschließung, die nach dem Prinzip der Ebenbürtigkeit – Adel zu Adel, oder allenfalls Adel zu bourgeoisem Geld – zu erfolgen hatte, wie im Beruf und gesellschaftlichen Auftreten, was die Verpflichtung, andauernd zu repräsentieren, einschloß. Kurzum: Der Adel war nicht nur stärker privilegiert, sondern auch stärker normiert als die anderen Klassen und Schichten.

Schärfste Norm war das Duell, gemäß der Auffassung, daß für eine ehrenrührige Beleidigung Gesetz und Richter keine hinreichende Genugtuung verschaffen. In den Worten des zeitgenössischen Generallieutenants z. D. Albrecht von Boguslawski: »Das Duell ist eine Form geregelter Selbsthülfe auf einem Gebiet, wo der Rechtsschutz versagt, [...] das Duell ist ferner eine Wiederherstellung der gegenseitigen Achtung durch das Eintreten mit der Person; und endlich ist das Duell ein ehrenvoller Austrag von Streitigkeiten, in denen keiner dem Anderen weichen will.«

Das Duell dient dem Adel zur Markierung der Klassengesellschaft, zur Demonstration seiner Höherwertigkeit um so mehr, als er realiter an Bedeutung verliert: »Ein bedeutender Unterschied aber ist zwischen höheren und niederen Klassen in der Abwehr von Beleidigungen zu finden. [...] Der Ungebildete greift zum Stuhlbein, der Mann der höheren Stände stellt sich im geregelten Kampfe.« (Boguslawski, S. 4 u. a.)

Sogenannte Ehrenräte, besetzt mit Standesgenossen, hatten sich Ende des 18. Jahrhunderts gebildet, um gegen vorgefallene Beleidigungen zu entscheiden und zu ergründen, inwieweit die Ehre des Standes verletzt worden war. Das um sich greifende wilde Duellieren sollte dadurch stärker kontrolliert werden. Je nach dem Regenten verschoben sich die Kompetenzen dieses Gremiums im 19. Jahrhundert.

Wilhelm I. verschärfte durch seine Verordnung vom 2. Mai 1874 den Zwang zum Duell. So sollte der Ehrenrat, dem nur noch *möglichst* vor der Vollziehung des Zweikampfes Meldung erstattet zu werden brauchte, darüber entscheiden, ob die Standesehre es zulasse, eine friedliche Beilegung des Streits überhaupt zu versuchen. Ein Zweikampf konnte also halbamtlich angeordnet werden, selbst wenn es die Beteiligten gar nicht wünschten. Der Kernsatz der Ordre, die auch für Offiziere des Beurlaubtenstandes galt, hieß: »[...] einen Offizier, welcher imstande ist, die Ehre eines Kameraden in frevelhafter Weise zu verletzen, werde ich ebenso wenig in meinem Heere dulden, wie einen Offizier, welcher seine Ehre nicht zu wahren weiß.« (Zitiert nach Demeter, S. 290.) Im Klartext: Wer zum Zweikampf zwingt, wird entlassen, wer nicht, gleichfalls.

Die Folge dieser Ordre war ein Emporschnellen der Duellzahlen der aktiven Offiziere wie der inaktiven im Zivilberuf, die, immer schneidig, hinter den aktiven nicht zurückstehen wollten, sensationelle Duelle zum Teil, bei denen es sich, wie so oft in der Vergangenheit, um das »Sichgesundschießen« zweifelhafter Personen handelte.

Gegen diesen staatlichen Zwang zum Duell und dessen verheerende Praxis formierten sich die Duell-Kritiker: innerhalb der Kirchen wie der den Kirchen nahestehenden Parteien, Sozialdemokraten sowieso, doch auch partei- und konfessionsungebundene Gegner. »Überall ist es in erster Linie der Staat, der das Duell privilegiert und die Duellgegner verfolgt«, so Georg von Below (vgl. Below, S. 72).

Strafrechtlich wurden die Duelle zwar geahndet. Die § 201 bis 210 des Strafgesetzbuches für das Deutsche Reich vom 15. Mai 1871 führen für den Zweikampf die Bestimmungen auf, die auch auf Studentenduelle Anwendung finden:

»§ 206. Wer seinen Gegner im Zweikampf tödtet, wird mit Festungshaft nicht unter zwei Jahren, und wenn der Zweikampf ein solcher war, welcher den Tod des einen von Beiden herbeiführen sollte, mit Festungshaft nicht unter drei Jahren bestraft.« Die Privilegierung, von der Below schreibt, wird ersichtlich, wenn man den § 211 danebenhält: »Wer vorsätzlich einen Menschen tödtet, wird, wenn er die Tödtung mit Überlegung ausgeführt hat, wegen Mordes mit dem Tode bestraft.«

Die strafrechtliche Ahndung glich eher einer Farce, da der Regent in der Regel dem aristokratisch-militärischen Ehrbegriff verpflichtet war. So wollte sich Wilhelm I. mit dem Major von Jürgas schlagen, weil er sich von ihm beleidigt fühlte. Ob auf eines oder unter bestimmten Bedingungen auf maximal fünfzehn Jahre Festungshaft erkannt wurde, war belanglos. Die Begnadigung folgte nach ein paar Wochen, spätestens nach anderthalb Jahren. Innstetten, wie auch Armand Léon von Ardenne, wird nach sechs Wochen entlassen und kurz darauf zum Ministerialdirektor ernannt. Er bekleidet damit den dritthöchsten Posten in der preußischen Verwaltung: »Der alte Kaiser habe gesagt, sechs Wochen in solchem Falle sei gerade genug.« (S. 347)

Die verführte Gattin war Duellzwang genug. Nochmals Boguslawski: »Die Verführung einer Gattin oder Tochter erheischt also unter allen Umständen die wirksamste Genugthuung. Diese Genugthuung sich zu holen, ist ein Akt der Moralität.« Die Männer als Besitzer der unmündigen Frauen machen den Kampf unter sich aus. Fontane problematisiert den Ehrenkultus, zugespitzt im Duell und verschärft durch die Verjährung des Falls, historisch genau zu dem Zeitpunkt, als sich die Wende abzeichnet. 1897 wurden von Wilhelm II. ergänzende Bestimmungen zur Ordre vom Mai 1874 erlassen – Ergebnis der breiten Kritik, die sich nicht weiter bagatellisieren ließ –, in welchen der ausgleichende Einfluß der Ehrenräte verstärkt wurde, etwa durch bindende Ausgleichsvorschläge wie das Eintreten für den schuldlos Beleidigten. Äußeres Anzeichen für diese Wende war beispielsweise, der als Konfirmandenlehrbuch in sämtlichen preußischen Kadettenanstalten benutzte Katechismus des preußischen Feldprobstes Richter, in dem das Duell als Unsitte, als Sünde und Verstoß gegen das fünfte Gebot gebrandmarkt wurde. Der preußische Kriegsminister von Heeringen, keineswegs ein Gegner des Duells, resümierte 1913 im Reichstag: »Die Erledigung vieler Ehrenhändel, die jetzt auf gütlichem Wege erfolgt, war vor 1897 auf anderem Wege, als durch einen Waffengang undenkbar.« (Zitiert nach Demeter, S. 143.) So setzt sich in den Offiziersehrengerichten zwischen 1897 und dem Ausbruch des ersten Weltkrieges immer mehr die Überzeugung durch, daß etwa derjenige, der die Frau eines andern Offiziers verführt, nicht mehr satisfaktionsfähig sei und aus dem Offizierskorps entfernt werden müsse, ohne daß duelliert zu werden brauche. Die Individualehre hatte höheren Rang als die Standesehre.

Innstettens wie Wüllersdorfs Argumentation ist Ausdruck dieser Umbruchsphase: Noch gilt das Alte, das Duell, doch nicht mehr unbedingt. Zwar identifizieren sie sich nicht mit dem »Götzendienst« des »Ehrenkultus« (S. 313), doch um so schlimmer nur: Sie verhalten sich so, *als ob* sie sich identifizierten, obschon sie den Unsinn zu durchschauen vorgeben. »Man gehört einem Ganzen an« will besagen, daß sich Individuum und Gesellschaft nicht antagonistisch gegenüberstehen. Das Individuum hat das »tyrannisierende Gesellschafts-Etwas« (S. 311), das es sozialisiert hat, derart verinnerlicht, daß selbst die Erkenntnis der Unsinnigkeit des eigenen Verhaltens es nicht davon abhalten kann, ihm zu willfahren, auch wenn die physische und psychische Vernichtung, die eigene wie die anderer, der Preis dafür ist. Es obsiegt die Macht der staatlichen, repressiven, auf Sicherung bestehender Herrschaftsverhältnisse ausgerichteten Sozialisierungsmittel – Schule, Militär, Universität u. a. –, welche die derart Sozialisierten in ihren Familien perpetuieren. Das »uns tyrannisierende Gesellschafts-Etwas«, von dem Innstetten spricht und dem er sich unterwirft, ist Ausdruck der spezifischen Ideologie des Esprit de corps im Preußen-Deutschland Bismarcks und Wilhelms I.

Auf beide ist Innstetten fixiert. Wenn es mehrmals im Text heißt, Bismarck wie der Kaiser hielten große Stücke auf ihn (vgl. S. 15, 64), dann doch nur – und es ist legitim, so zu schließen –, weil sie in Innstetten einen Mann erkannten, der ihnen behilflich sein konnte, ihre spezifischen Interessen durchzusetzen und abzusichern, Interessen, die sich mit dem Stichwort »antidemokratisch« etikettieren lassen. Oder polemisch: Bismarck würde Innstetten nicht geschätzt haben, wenn dieser die »Sozialistengesetze« mißbilligt hätte.

Innstettens sittlicher Rigorismus verliert schnell seinen Anspruch, wenn man seine Fixierung auf Bismarck bedenkt, der sich auch dadurch hervortat, öffentlich die Lüge zum Prinzip seiner Politik zu erheben. »Wenn ich nicht lügen soll«, so der Reichskanzler, »kann ich nicht auswärtiger Minister sein.« Und weiter, nur als Stichworte: die »Emser Depesche«, die seit 1878 permanent verschärften Sozialistengesetze, das Wirtschaften in die eigene Tasche sowie seine Verachtung von Parlament, Demokratie und bürgerlichen Freiheiten. Ohne Bismarck war an Karriere nicht zu denken. Effi spricht es aus: »Denn schließlich ist er doch der Mann, der über uns entscheidet. Auch über mich.« (S. 108) Brav trägt sich Innstetten denn am 1. April, an Bismarcks Geburtstag, in die im Kanzlerpalais aufliegende Gratulationsliste ein. »Gewissermaßen eine Potenzierung der allgemeinen Untertanenpflichten« wurde dem Beamten abverlangt (vgl. Ritter/Kocka, S. 349). Neueinstellungen von Beamten wurden abhängig gemacht von deren politischer Zuverlässigkeit. »In Deutschland herrscht Preußen, in Preußen Fürst Bismarck.« (Engelmann, S. 272) Oder Effi: »Der Fürst kann alles.« (S. 239)

Zusätzlich fixiert ist Innstetten, als alter Militär, auf den Kaiser, dessen Rock er getragen hatte. Die Armee, die alles in der Gesellschaft galt, unterstand der exklusiven Befehlsgewalt Wilhelms I., der die Organisation, Ausbildung, Disziplin wie Personalpolitik allein zu bestimmen hatte, ohne daß der Reichskanzler hätte gegenzeichnen müssen, ohne daß der Reichstag, ohnehin ein Scheinparlament, hätte Einfluß nehmen können – der Einfluß des Kriegsministers, der dem preußischen Landtag verantwortlich war, beschränkte sich hauptsächlich auf den Bereich der Militärverwaltung. Innstettens Verhalten paßt sich ein der spezifisch konservativen bis reaktionären Ideologie des preußischen Offizierkorps: »Der bürgerliche sowohl wie der adlige Offizier vertreten«, so ein Artikel im Militär-Wochenblatt vom 20. Juli 1889, »das gleiche Prinzip, die aristokratische Weltanschauung gegen die demokratische. [...] Die dem Urgedanken des Offiziersstandes entstammenden Gesinnungen sind dynastischer Sinn, unbedingte Treue gegen die Person des Monarchen, erhöhter Patriotismus, Erhaltung des Bestehenden, Verteidigung der seinem Schutz anvertrauten Rechte des Königs und Bekämpfung vaterlandloser, königsfeindlicher Gesinnung etc. [...]« (Zitiert nach: Ritter/Kocka, S. 224.) Auf Innstetten gewendet: Er fügt sich der kaiserlichen Ordre vom Mai 1874, er beklagt die Respektlosigkeit gegenüber Autoritäten – er sei glücklich, einem Kreise vorzustehen, in dem noch Respekt herrsche (vgl. S. 135) – historisch genau zu dem Zeitpunkt, als die »Sozialistengesetze« die Zerschlagung aller Organisationen der Sozialdemokraten verrechtlichten, die als respekt- und vaterlandslose Gesellen verfemt wurden. Eine Flut von Majestätsbeleidigungsprozessen, besonders nach den beiden Attentaten auf Wilhelm I., sollte den Respekt wiederherstellen. Das Denunziantentum hatte Hochkonjunktur: »Ein beliebter Trick der Denunzianten bestand darin, in Arbeiterversammlungen oder in Wirtshäusern, wo Arbeiter verkehrten, plötzlich ein Hoch auf den Kaiser auszubringen; wer dann nicht aufstand oder nicht das Haupt entblößte, war wegen Majestätsbeleidigung geliefert.« (Lange, S. 402 f.) Hohe Gefängnisstrafen dienten der Respektsicherung: »Die Ehefrau des Kutschers Hotzer aus Dortmund nannte am 5. d. Mts. [1878] den Kaiser ›so ein dummes Luder‹. Sofort angeklagt, ist sie bereits am 11. zu 2 Jahren Gefängnis verurteilt.« (Ritter/

Kocka, S. 395) »18 Monate erhielt ein Arbeiter wegen der Bemerkung zu einem Geheimagenten: Das Schießen auf den Kaiser komme davon, daß dieser 1848 auf das Volk habe schießen lassen.« (Lange, S. 404)

Den Verfall der Sitten, auch das ein notorisch konservativ-reaktionäres Denkmuster, leitet Innstetten ab aus dem zersetzenden Einfluß unsittlicher, auch noch welscher Literatur wie Zolas »Nana« (vgl. S. 297). Ins gleiche Denkmuster paßt sich ein der Haß gegen die Juden, denen der Aufstieg im Militär versagt war und die der gesellschaftlichen Ächtung anheimfielen. Innstettens Wagner-Liebe ist vermittelt über antisemitische Ressentiments (vgl. S. 135). Daß er schließlich einen der brillantesten Gegner Bismarcks, Eugen Richter von der Deutschen Fortschrittspartei, unqualifiziert nennt und dessen Angriffe auf den armen Bismarck rügt (vgl. S. 135), zeigt einmal mehr, wie kompromißlos Innstetten auf bestehende Herrschaftsverhältnisse eingeschworen ist.

Der alte Borcke, der Innstetten bei der Taufe von Annie hochleben läßt, trifft's, bei aller Überzeichnung: »[...] es sind schwere Zeiten, in denen wir leben, Auflehnung, Trotz, Indisziplin, wohin wir blikken. Aber solange wir noch Männer haben, [...] wie Baron Innstetten, den ich stolz bin meinen Freund nennen zu dürfen, so lange geht es noch, so lange hält unser altes Preußen noch. Ja, meine Freunde, Pommern und Brandenburg, damit zwingen wir's und zertreten dem Drachen der Revolution das giftige Haupt.« (S. 153) Sicher ist Innstetten kein Hurra-Patriot vom Schlag eines Borcke, doch bleibt er, wie gezeigt, den gleichen Prinzipien verpflichtet. Ironischer Schnörkel: Innstetten zeugt sein Kind zeitlich so, daß es am Tag von Königgrätz zur Welt kommt, doppelt ironisch, weil's bloß ein Mädchen ist.

Innstettens Verhalten macht die Hochschätzung von Kaiser und Reichskanzler erst verständlich, verkörpert er doch idealiter den in der deutschen Geschichte so folgenreichen Typus des intellektuellen Untertanen, der selbst dann noch stur nach den kodifizierten und nicht kodifizierten Regeln der Obrigkeit verfährt, wenn er deren tödlichen Unsinn bereits durchschaut hat. Die eigene Verantwortung wird dabei eskamotiert, verschoben auf die »andern« (S. 311), die drüber noch sitzen. Die Verjährung macht deutlich, daß Innstetten emotionslos, nicht im ersten, eher verständlichen Affekt handelt, sondern automatengleich den Gegner – »beinah« sein »Freund« (vgl. S. 308) – liquidiert, auch mit dem Risiko des eigenen Todes.

Durch Wilhelm II. wird diese Haltung wie deren katastrophale Konsequenzen unübertrefflich auf den Begriff gebracht – anläßlich einer Rekrutenvereidigung 1891: »Heute machen sich Unglaube und Unzufriedenheit in unerhörter Weise bemerkbar; folglich kann Ich Euch jederzeit zusammenrufen, um Eure eigenen Verwandten – Vater und Mutter, Schwestern und Brüder – niederzuschießen und niederzustechen. Meine Befehle dazu müssen mit fröhlichem Herzen und ohne Murren ausgeführt werden, wie irgendein anderer Befehl, den Ich erlasse. Ihr müßt Eure Pflicht tun, einerlei, wie die Stimmen Eures Herzens sein mögen. Und nun geht nach Hause und Euren neuen Pflichten nach.« (Zitiert nach Lange, S. 636.)

Innstettens Sozialisation – Militär, Jurastudium,

höhere Beamtenlaufbahn – paralysiert seine Einsicht in die Unsinnigkeit seines Verhaltens. Erst durch den Vollzug und die Folgen der Tat werden begrenzte Lernprozesse in Gang gesetzt: »Er maß seitdem mit anderem Maße, sah alles anders an.« (S. 376) Die Ernennung zum Ministerialdirektor vermag ihn nicht zu erheben, »Krimskrams« wird plötzlich »Kultur und Ehre« genannt, Flucht »unter lauter pechschwarze Kerle« ernsthaft erwogen. Nur bleibt auch das im Kopf, wird nicht freigesetzt zur Tat. Ein tragisches Moment für Innstetten sicher insofern, denn je mehr er neben den eigenen auch die ehrgeizigen Ambitionen Effis zu befriedigen hatte, je weniger Zeit hatte er für seine Frau, je mehr mußte er schuften, um den Aufstieg zu schaffen.

Wüllersdorf bietet an: »Einfach hier bleiben und Resignation üben.« (S. 381) Verpackt in kriegerische Metaphorik – »In der Bresche stehen und aushalten, bis man fällt, das ist das Beste« (S. 381) –, werden »Hülfskonstruktionen« (S. 382) benannt, wird als Kampf ausgegeben, der keiner ist: Blumen betrachten, kleine Mädchen beobachten, das Luisendenkmal bestaunen, Oper und Ballett, drei Seidel Bier bei Siechen und schließlich, wiederum typisch, der Besuch des Grabes des 99-Tage-Kaisers Friedrich III., der an Krebs verstorben war: »[...] dann überlegen Sie sich das Leben von *dem,* und wenn Sie dann nicht beruhigt sind, dann ist Ihnen freilich nicht zu helfen.« (S. 381) Neben dem Zynismus der an der Herrschaft Beteiligten, Leid nur dort auszumachen, wo es monarchisch ist, läuft Wüllersdorfs Philosophie der »Hülfskonstruktionen« nur darauf hinaus, sich der als notwendig empfundenen Änderung der gesellschaftlichen Praxis zu entziehen und den bestehenden, als »fragwürdig« (vgl. S. 381) erkannten Status quo zu affirmieren. Wüllersdorf kann Innstetten nicht ganz überzeugen, nur »halb zustimmend« (S. 382) lächelt er. Fontane schließt die Figur des Innstetten mit einer Frage an Wüllersdorf ab: »Das genügt Ihnen?« (S. 382) – allzu verwegen, dies als Hoffnung zu deuten.

»Daß einem die Welt so zu ist«

Darf die Frau denken?

Eine selbst unter Frauen
in öffentlichen Vorträgen diskutierte
Frage im Deutschen Reich

Wenn Innstetten gegenüber Wüllersdorf klagt, daß ihm »alles verschlossen« sei (S. 380), dann vergißt er, daß ihm die patriarchalische preußische Gesellschaft genügend Spielraum läßt. Anders jedoch bei Effi: »Sieh, ich müßte so viel zu tun haben, daß ich nicht ein noch aus wüßte. Das wäre was für mich. Da gibt es so Vereine, wo junge Mädchen die Wirtschaft lernen oder Nähschulen oder Kindergärtnerinnen. [...] Und in solchen Verein, wo man sich nützlich machen kann, da möchte ich eintreten. Aber daran ist gar nicht zu denken; die Damen nehmen mich nicht an und können es auch nicht. Und das ist das Schrecklichste, daß einem die Welt so zu ist und daß es sich einem sogar verbietet, bei Gutem mit dabeizusein. Ich kann nicht mal armen Kindern eine Nachhülfestunde geben...« (S. 352) Gelernt hat Effi nichts. In Kessin hatte sie keinerlei Arbeit zu leisten, weder im Haushalt noch bei der Aufzucht der Tochter. An der Arbeit von Innstetten nimmt sie nur teil im Rahmen seiner Repräsentationspflichten, die sie meidet. Nicht zuletzt ist es auch der Mangel an Tätigkeit, der sie für den Ehebruch disponibel macht.

Wegen ihrer Stellung als Land- bzw. Geheimrätin brauchte, konnte und wollte sie auch keine berufliche Tätigkeit ausüben, weil dies als unschicklich, als emanzipatorisch verpönt war, nach ihrer Scheidung durfte sie, obschon sie wollte, keine Tätigkeit annehmen, weil ihr die Ausbildung verweigert worden wäre.

Fontane thematisiert Arbeit in ihrer möglichen identitätsbildenden Funktion als notwendige Ergänzung zur sexuellen Identität. Liebe *und* Arbeit, so Freud, garantierten erst Identität, nicht entfremdete Arbeit wäre zu präzisieren. Gleichzeitig geraten in den Blick die miserablen Bildungsmöglichkeiten für Mädchen, die vom Besuch der Gymnasien, Realgymnasien, Oberrealschulen und von der Universität ohnehin ausgeschlossen waren und lediglich auf die überwiegend privaten höheren Mädchenschulen ausweichen konnten mit dem typischen Bildungsziel: »Es gilt dem Weibe eine [...] Bildung zu ermöglichen, damit der deutsche Mann nicht durch die geistige Kurzsichtigkeit und Engherzigkeit seiner Frau an dem häuslichen Herde gelangweilt und in seiner Hingabe an höhere Interessen gelähmt werde, daß ihm vielmehr das Weib mit Verständnis dieser Interessen und der Wärme des Gefühls für dieselben zur Seite stehe.« (Aus einer Entschließung auf der sogenannten Weimarer Konferenz, 1872.)

Der Kampf um Bildung wurde von der Frauenbewegung propagiert, weil sich die Frau nur durch die Teilnahme am Erwerbsleben der ökonomischen Abhängigkeit vom Mann entziehen konnte, wodurch sie auch ihrer sozialen Abhängigkeit von ihm entging. 1889 etwa wurden in Berlin sogenannte Realkurse für Frauen als Vorbereitung für das Abitur in der Schweiz eingerichtet, die wenig später durch Helene Lange in Gymnasialkurse umgewandelt wurden mit dem vollen Pensum des humanistischen Gymnasiums und dem deutschen Abitur als Ziel.

Daß Effi »die Welt« mit der Möglichkeit sinnvoller gesellschaftlicher Arbeit gleichsetzt, zeigt die existentielle Dimension der Arbeit. Zum Nichtstun verurteilt – zu Lesen, Sticken, Musik, Malen, Naturbeobachtung –, kümmert sie dahin. Doch auch ihre Klassengebundenheit wird zum Hemmnis; denn als Roswitha ihr entgegenhält, daß die »gnädige Frau« ohnehin nicht den Geruch des fettigen Schuhwerks nachhilfebedürftiger Kinder hätte aushalten können, gibt sie ihr recht.

»Weg mit euch«

Effi läßt die Angst nie los: Angst vor Innstetten, Angst vorm Spuk, Angst vor der Entdeckung des Ehebruchs, Angst nach der Scheidung, Angst vor der eigenen Tochter. Da es ihr versagt blieb, ihre sexuelle und berufliche Identität zu finden, bleibt, als winzige Möglichkeit, fortan der Tochter zu leben. Auch diese Möglichkeit zerschlägt Innstetten. »Das, was hart für Ihr Herz ist, hält er für richtig«, so die Frau des Ministers zu Effi (S. 358). Ganz der alte Schulmeister, verfährt er wie nach dem »Ratgeber für Volksschullehrer« (1900): »Des Lehrers Hauptfrage ist: Wie mache ich den Schüler durch eine passende Strafe besser?«

Genau in dem Moment, als ihr der letzte mögliche Halt entzogen ist, bäumt sie sich noch einmal auf, in einem furiosen Gebet: »Mich ekelt, was ich getan; aber was mich noch mehr ekelt, das ist eure Tugend. Weg mit euch.« (S. 364) Nicht nur mit Innstetten wird schonungslos abgerechnet. Die Anklage weitet sich aus auf alle, die Innstettens scheinheiligen Moralbegriff teilen, das heißt, die an der Herrschaft Beteiligten wie die Beherrschten, sofern sie ihn verinnerlicht haben.

Ihr totales Schuldgeständnis am Schluß, Fontanes Konzession an die Leser vielleicht, kann nicht darüber hinwegtäuschen, was ihr angetan wurde. Es zeigt lediglich, daß sich das rigide Über-Ich doch wieder durchsetzt. Gebrochen nimmt sie auf sich, was sie ehedem bestritt und als Widerspruch formulierte. Sie habe, so ihr Monolog im vierundzwanzigsten Kapitel, keine Schuldgefühle wegen ihres Tuns, und *das* könne sie nicht verstehen, da man doch Schuldgefühle haben müsse. Das richtige Gefühl müsse ihr also fehlen. Umgekehrt stellt es sich objektiv dar: Sie *hat* das richtige Gefühl, keine Schuld haben zu müssen, nur verlangt die herrschende Ideologie, die ihr anerzogen wurde, als Bestrafung wenigstens die Qualen des schlechten Gewissens. Diesen Widerspruch von herrschender Ideologie und natürlich gebliebenem Empfinden vermag sie nicht aufzulösen.

Zwar vermögen die Figuren in dieser Gesellschaft noch richtig zu fühlen, doch handeln können sie nicht danach. Daß Alternativen gedacht und gefühlt werden können, heißt aber, daß sie sich dereinst praktizieren lassen. »Beinah« geschieht vieles, »beinah« – ein Schlüsselbegriff des Romans. »[...] ich kann eigentlich von vielem in meinem Leben sagen ›beinah‹« (S. 370), bekennt Effi Niemeyer. Immer wieder wird ein Anlauf genommen, sich auszusprechen, doch kurz zuvor wird abgebogen, sei's durch äußere, willkommene Ereignisse – Grundfigur: Wichtiges/Entscheidendes wäre noch passiert/gesagt worden, wenn nicht in diesem Moment das Ereignis X eingetreten wäre –, sei's durch Verstummen der Figuren selbst – »›Für dich bin ich ...‹ – ›Nun was?‹ – ›Ach laß. Ich werd mich hüten, es zu sagen‹« (S. 66) –, sei's durch Ausweichen, etwa Briest mit seiner agrarisch-schönen Metapher.

Da die adelige wie bürgerliche Familie als Reproduktionsstätte des Systems stabil zu sein hat, um das System zu erhalten, sichert es seine Herrschaft ideologisch wie institutionell durch Monogamie, Erschwerung der Scheidung, sexuelle Repression, die Schuld und Angst erzeugen soll, sowie, was die Frau angeht, zusätzlich mit den Ideologien von Mutterschaft und Kinderreichtum, von Verzicht auf wie von Erschwerung und Ächtung der Erwerbsarbeit, womit die ökonomische Abhängigkeit vom Mann festgeschrieben wird, und schließlich durch die Lehre von der Minderwertigkeit der Frau. Sexuelle Beziehungen und Mutterschaft werden nur in der Ehe sanktioniert, außerhalb der Ehe aber unter Strafe gestellt und geächtet; Erwerbsarbeit wird nur insoweit zugelassen, als das System ihrer bedarf.

Effi jedoch paßt sich *unbewußt* nicht an, läßt sich

der auf Monogamie, Mutterschaftsideologie und Kinderreichtum ausgerichteten familien- wie staatserhaltenden Ideologie nicht nahtlos einverleiben. Sie bricht ihre Ehe und empfindet keine Schuld, bekommt, psychosomatisch am schlüssigsten als unbewußte Verweigerung erklärbar, mit Innstetten keine weiteren Kinder, muß wegen Frauenkrankheiten zur Kur. Das erlittene Leid somatisiert. Ihr stummer, körperlicher Zerfall ist Anklage gegen die Nichterfüllung ihres Anspruchs auf Selbstverwirklichung. Ihre Identität ist zerstört und bewahrt zugleich – aufgehoben.

Zeittafel zu Fontane

1819–32 *Neuruppin und Swinemünde.*

1819 30. Dezember: Henri Théodore (Theodor) Fontane als erstes Kind des königlich privilegierten Apothekers Louis Henri Fontane und Emilie Fontanes, geborener Labry, in Neuruppin geboren.

1827 Übersiedlung der Eltern nach Swinemünde, wo der Vater die »Adlerapotheke« erworben hatte. Besuch der Stadtschule sowie Privatunterricht.

1832 Ostern: Eintritt in die Quarta des Gymnasiums in Neuruppin.

1833–41 *Berlin.*

1833 1. Oktober: Eintritt in die Friedrichswerdersche Gewerbeschule von F. K. Klödens.

1835 Fontane lernt Emilie Rouanet-Kummer kennen, seine spätere Frau.

1836 März/April: Abgang von der Gewerbeschule und Beginn der mehrjährigen Ausbildung zum Apotheker in Berlin, Magdeburg (1840), Leipzig (1841), Dresden (1842), Letschin (1843–46).

1838 Der Vater erwirbt die Apotheke in Letschin.

1839 Dezember: Im »Berliner Figaro« erscheint die Versnovelle »Geschwisterliebe«, das erste gedruckte Werk Fontanes.

1840 Januar-März: zwölf Gedichte im »Berliner Figaro«. Sommer: »Du hast recht getan!«

(Roman) und »Heinrichs IV. erste Liebe« (Novelle), beide nicht überliefert. »Burg«, satirisches Epos.

1841 Januar-März: Krankheit, danach bei den Eltern in Letschin.

1841–42 *Leipzig und Dresden.*
Veröffentlichungen in Leipziger Zeitungen und Zeitschriften, zum Teil sozialkritische Lyrik.

1843–52 *Berlin und Letschin.*

1843 23. Juli: Bernhard von Lepel bringt Fontane als Gast in den Berliner Dichterkreis »Tunnel über der Spree«.
Ab 1843 weitere Gedicht- und Balladenproduktion, Veröffentlichungen im Cottaschen »Morgenblatt« sowie in anderen Zeitungen und Zeitschriften.

1844 1. April: Beginn des Militärjahres, Eintritt als Einjährig-Freiwilliger in das Gardegrenadierregiment »Kaiser Franz« in Berlin. 25. Mai – 10. Juni: erste Reise nach London. 29. September: Aufnahme in den »Tunnel«.

1845 1. April: in der väterlichen Apotheke in Letschin. 8. Dezember: Verlobung mit Emilie Rouanet-Kummer.

1847 2. März: Staatsexamen. Approbation als »Apotheker erster Klasse«. Sommer: Trennung der Eltern ohne Scheidung. Mutter und jüngste Tochter ziehen nach Neuruppin.

1848 18. März: Beteiligung an den Barrikadenkämpfen. Juni: als pharmazeutischer Ausbilder im Krankenhaus Bethanien (bis 30. September). August–November: publizistisches Debüt mit vier Artikeln in der täglich erscheinenden »Berliner Zeitungshalle«. Um die Jahreswende: »Karl Stuart«, Drama (Fragment geblieben).

1849 Oktober: Aufgabe der Apothekerlaufbahn, »freier Schriftsteller«. November–April 1850: Korrespondent der »Dresdner Zeitung«. Fontane veröffentlicht dort 29 politische Korrespondenzen und stellt schließlich seine Tätigkeit wegen unregelmäßiger Honorarzahlung ein. Dezember: erste Buchpublikationen: »Männer und Helden. Acht Preußen-Lieder« (Balladen), »Von der schönen Rosamunde. Gedicht« (Romanzenzyklus).

1850 August: Lektor im »Literarischen Kabinett« der preußischen Regierung bis zu dessen Auflösung am 31. Dezember. 16. Oktober: Heirat.

1851 Mai: erste Buchausgabe der »Gedichte«. Ablehnung des Gesuchs um Gewährung einer Poetenpension durch König Friedrich Wilhelm IV. wegen »fragwürdiger« politischer Gesinnung. Eröffnung einer Schülerpension. Ausbildung als Englischlehrer, Erteilung von Privatunterricht, auch in den folgenden Jahren. 14. August: Geburt des ersten Kindes, George Emile. 1. November: Wiedereintritt in das »Literarische Kabinett«, umbenannt in »Zentralstelle für Presseangelegenheiten«.

1852 Frühjahr: »Deutsches Dichter-Album«, herausgegeben von Fontane.

1852 *London.*

1852 23. April – 25. September: als Korrespondent der »Zentralstelle« Reportagen, Berichte für Berliner Tageszeitungen. Erste Theaterberichte.

1852–55 *Berlin.*

1853 Entlassung aus der »Zentralstelle«. »Unsere lyrische und epische Poesie seit 1848« (Aufsatz).

1854 Juli: »Ein Sommer in London« (erstes Reisebuch). Gründung des »Belletristischen Jahrbuchs ›Argo‹«. 3. Dezember: erster Vortrag der Ballade »Archibald Douglas« im »Tunnel«.

1855–59 *England.*

1855 10. September: Ankunft in London. Aufbau einer deutsch-englischen Pressekorrespondenz im Auftrag der preußischen Regierung. Reportagen, Feuilletons, Theaterkritiken u. a. für deutsche und englische Zeitungen und Zeitschriften.

1856 Ende März: Die »Pressekorrespondenz« wird eingestellt. Fontane bleibt halbamtlicher Presse-Agent. 3. November: Geburt des zweiten Kindes, Theodor, in Berlin.

1857 Emilie Fontane zieht mit den Söhnen nach London.

1858 August: Reise mit Lepel durch Schottland. 2. Dezember: Fontane gibt seine Stellung nach dem Sturz des Ministeriums Manteuffel auf.

1859–98 *Berlin.*

1859 17. Januar: Ankunft in Berlin. Vergeblicher

Versuch, Redakteur der »Preußischen Zeitung« zu werden.

18.–23. Juli: mit Lepel erste märkische Wanderungen.

1860 21. März: Geburt des dritten Kindes, Martha (»Mete«). 1. Juni: Eintritt in die Redaktion der »Kreuz-Zeitung« (bis 20. April 1870). »Aus England. Studien und Briefe über Londoner Theater, Kunst und Presse.« »Jenseits des Tweeds. Bilder und Briefe aus Schottland.« Ende 1860: erste Buchausgabe der gesammelten »Balladen«.

1861 Ende: Der erste Band der »Wanderungen durch die Mark Brandenburg« erscheint; bis 1882 vier Bände.

1864 5. Februar: Geburt des vierten Kindes, Friedrich. Mai und September: Reisen auf den dänischen Kriegsschauplatz.

1865 August/September: Sommerfrische mit Emilie am Rhein und in der Schweiz. Ende 1865: erstes Kriegsbuch: »Der Schleswig-Holsteinsche Krieg im Jahre 1864.«

1866 Reisen auf die böhmischen und süddeutschen Kriegsschauplätze.

1867 5. Oktober: Tod des Vaters.

1869 13. Dezember: Tod der Mutter.

1870 Juni: Theaterrezensent der »Vossischen Zeitung«.

27. September: Reise zu den Kriegsschauplätzen nach Frankreich. 5. Oktober: Festnahme und Kriegsgefangenschaft. 5. Dezember: Rückkehr nach Berlin. »Der deutsche Krieg von 1866«, Band 1; Band 2 erscheint 1871.

1871 April–Mai: »Osterreise« durch Nordfrankreich, Ende November als Buch erschienen »Aus den Tagen der Occupation. Eine Osterreise durch Nordfrankreich und Elsaß-Lothringen«, 2 Bände. »Kriegsgefangen. Erlebtes 1870.«

1872 Juli–September: Essays über Willibald Alexis.

1873 »Der Krieg gegen Frankreich 1870–71« (2 Bände), 1873/75.

1874 November: Reise mit Emilie nach Italien. Zweite, vermehrte Auflage der »Gedichte«.

1875 August/September: Reise in die Schweiz und Oberitalien. Rückkehr über Wien.

1876 6. März: ständiger Sekretär der Akademie der Künste in Berlin. Ende Mai Rücktrittsgesuch. 2. August: Entlassung.

1878 »Vor dem Sturm. Roman aus dem Winter 1812 auf 13.«

1880 »Grete Minde. Nach einer altmärkischen Chronik.«

1881 »Ellernklipp. Nach einem Harzer Kirchenbuch.«

1882 März: »L'Adultera«, Novelle. Ende November: »Schach von Wuthenow. Erzählung aus der Zeit des Regiments Gensdarmes.« Nach Vorabdruck (Juli/August).

1884 »Graf Petöfy«, Roman. Sommer: Beginn der Korrespondenz mit Georg Friedlaender.

1885 »Unterm Birnbaum«, Roman. »Christian Friedrich Scherenberg und das litterarische Berlin von 1840 bis 1860.«

1887 April: »Cécile«, Roman. 24. September: Tod des Sohnes George.

1888 Ende Januar: »Irrungen Wirrungen«, Roman. Nach Vorabdruck (Juli/August 1887). Oktober: Der Sohn Friedrich gründet einen eigenen Verlag, in dem Fontane fast alle seine Werke veröffentlicht.

1889 »Fünf Schlösser. Altes und Neues aus der Mark Brandenburg.« April: »Stine«, Roman. 2. Juni: Fontane beendet seine Tätigkeit als Theaterkritiker der »Vossischen Zeitung«. »Gedichte«, dritte, vermehrte Auflage.

1890–91 Erste Gesamtausgabe der erzählenden Werke in zwölf Bänden.

1891 »Quitt«, Roman. »Unwiederbringlich«, Roman. 26. Dezember. »Die gesellschaftliche Stellung der Schriftsteller«, Aufsatz.

1892 März–September: Gehirnanämie. Oktober: »Frau Jenny Treibel«, Roman. Nach Vorabdruck (Januar/April). »Gedichte«, vierte, vermehrte Auflage.

1893 »Von, vor und nach der Reise. Plaudereien und kleine Geschichten.« November: »Meine Kinderjahre. Autobiographischer Roman«; erster großer Erfolg als Erzähler.

1894 8. November: Ehrendoktor der philosophischen Fakultät der Berliner Universität auf Vorschlag Erich Schmidts und Theodor Mommsens.

1895 Oktober: »Effi Briest«, Roman. Nach Vorabdruck (Oktober 1894 – März 1895).

1896 November: »Die Poggenpuhls«, Roman.

1897 »Gedichte«, fünfte, vermehrte Auflage.

1898 Juni: »Von Zwanzig bis Dreißig. Autobiographisches.« 20. September: Tod Fontanes.

Ende 1898: »Der Stechlin«, Roman. Nach Vorabdruck (Oktober–Dezember 1897).

1905 »Causerien über Theater«, herausgegeben von Paul Schlenther.

1905–11 »Gesammelte Werke«, drei Serien, 22 Bände.

1907 »Aus dem Nachlaß«, herausgegeben von Josef Ettlinger.

1914 »Mathilde Möhring«, nachgelassener Roman. Nach Vorabdruck in der »Gartenlaube« (November/Dezember 1906). Erstausgabe in: »Aus dem Nachlaß«, 1907.

Anmerkung: Berücksichtigt wurden, wo möglich, die tatsächlichen Erscheinungsdaten der Werke. Einige Werke wurden – eine oft geübte Verlegerpraxis – jeweils auf das nächste Jahr vorausdatiert, weil sie gegen Jahresende erschienen.

Briefliche Zeugnisse Fontanes

An Adolf Kröner Berlin, 28. Juli 1890

Ganz ergebensten Dank für das Manuskript von »Quitt« …

Zugleich frage ich an, ob ich Ihnen im Winter oder um nächste Ostern herum einen neuen Roman schikken darf? Er spielt im ersten Drittel auf einem havelländischen adligen Gut, im zweiten Drittel in einem kleinen pommerschen Badeort in der Nähe von Varzin und im letzten Drittel in Berlin. Titel: Effi Briest. Es handelt sich, ganz im Gegensatz zu »Quitt« und »Unterm Birnbaum« nur um Liebe, also stofflich eine Art Ideal. Ob auch sonst? nicht blos Ihre Gerechtigkeit, sondern auch ihre [!] Milde wird zu Gericht sitzen.

An Julius Rodenberg Berlin, 9. November 1893

Wir kamen gestern nicht recht zum Schluß. Ich denke mir es so:

Mitte Februar, oder auch noch eine Woche früher, schicke ich Ihnen das M.S. Es ist dann so weit fertig, daß Sie sich mühelos darin zurechtfinden und Ihre Entschlüsse fassen können. Akzeptieren Sie's, so bleibt das Fertige (mutmaßlich 2/3) in Ihren Händen, und ich erhalte den Rest zur Fertigmachung zurück. Titel: »Effi Briest«, für mein Gefühl sehr hübsch, weil viel e und i darin ist; das sind die beiden feinen Vokale.

An Julius Rodenberg Berlin, 22. Januar 1894

Von der Beschaffenheit des Manuskripts erzähle ich Ihnen heute nichts, dazu ist noch Zeit, wenn ich es Ihnen schicke. In druckfertigem Zustande werden wohl bis zu genanntem Termin nur die ersten 12 Kapitel sein, aber das genügt ja auch für den ersten Ansturm; bei dem unfertig Verbleibenden kann es sich zunächst nur darum handeln, ob es stofflich keinen Anstoß gibt. »Stil wird angeputzt.« Bei den Architekten gilt dies als Schrecknis und niedrigster Grad, bei uns ist es schließlich alles.

An Hans Hertz Berlin, 2. März 1895

Seien Sie schönstens bedankt für Ihre liebenswürdigen Zeilen, die mir, weil von einem starken Gefühle eingegeben, eine große Freude gemacht haben.

Ja, die arme Effi! Vielleicht ist es mir so gelungen, weil ich das Ganze träumerisch und fast wie mit einem Psychographen geschrieben habe. Sonst kann ich mich immer der Arbeit, ihrer Mühe, Sorgen und Etappen, erinnern – in *diesem* Falle gar nicht. Es ist so wie von selbst gekommen, ohne rechte Überlegung und ohne alle Kritik. Meine Gönnerin Lessing (von der Vossin) erzählte mir auf meine Frage: »Was macht denn *der*?« (ein Offizier, der früher viel bei Lessings verkehrte und den ich nachher in Innstetten transponiert habe) die ganze Effi-Briest-Geschichte, und als die Stelle kam, 2. Kapitel, wo die spielenden Mädchen durchs Weinlaub in den Saal hineinrufen: »Effi, komm«, stand mir fest: »*Das* mußt du schreiben.« Auch die äußere Erscheinung Effis wurde mir durch einen glücklichen Zufall an die Hand gegeben; ich saß im Zehnpfund-Hotel in Thale, auf dem oft beschriebenen großen Balkon, Sonnenuntergang, und sah nach der Roßtrappe hinauf, als ein englisches Geschwisterpaar, er 20, sie 15, auf den Balkon hinaustrat und 3 Schritt vor mir sich an die Brüstung lehnte, heiter plaudernd und doch ernst. Es waren ganz ersichtlich Dissenterkinder, Methodisten. Das Mädchen war genau so gekleidet, wie ich Effi in den allerersten und dann auch wieder in den allerletzten Kapiteln geschildert habe: Hänger, blau und weiß gestreifter Kattun, Ledergürtel und Matrosenkragen. Ich glaube, daß ich für meine Heldin keine bessere Erscheinung und Einkleidung finden konnte, und wenn es nicht anmaßend wäre, das Schicksal als etwas einem für jeden Kleinkram zu Diensten stehendes Etwas anzusehen, so möchte ich beinah sagen: das Schicksal schickte mir die kl. Methodistin.

An eine Dame Berlin, 12. Juni 1895

Natürlich ist alles Recht auf Ihrer Seite, natürlich alles sehr unplatonisch. Ich bin schon ohnehin gegen todtschießen, Mord aus dem Affekt heraus, geht viel eher, aber nun gar todtschießen wegen einer 7 Jahre zurückliegenden Courmacherei – an die sich in der Regel ein anständiger Ehemann mit Vergnügen miterinnert – das wäre denn doch über den Spaß. Auch so geht Innstetten, der übrigens von allen Damen härter beurtheilt wird als er verdient – sehr ungern 'ran und wäre nicht der Ehrengötze, so lebte Crampas noch.

Es ist nämlich eine wahre Geschichte, die sich hier

zugetragen hat, nur in Ort und Namen alles transponirt.

Das Duell fand in Bonn statt, nicht in dem räthselvollen Kessin, dem ich die Scenerie von Swinemünde gegeben habe; Crampas war ein Gerichtsrath, Innstetten ist jetzt Oberst, Effi lebt noch, ganz in Nähe von Berlin. Vielleicht läge sie lieber auf dem Rondel in Hohen-Kremmen. – Daß ich die Sache im Unklaren gelassen hätte, kann ich nicht zugeben, die berühmten »Schilderungen« (der Gipfel der Geschmacklosigkeit) vermeide ich freilich, aber Effis Brief an Crampas und die mitgetheilten 3 Zettel von Crampas an Effi, die sagen doch alles.

An Colmar Grünhagen Berlin, 10. Oktober 1895

…wie ich eine Vorliebe für die Schlesier überhaupt habe, so speziell für den schlesischen Adel. Er ist gewiß, nach bestimmten Seiten hin, sehr anfechtbar, aber gerade diese Anfechtbarkeiten machen ihn interessant und mir auch sympathisch. Es sind keine Tugendmeier, was mir immer wohltut. Ich war nie ein Lebemann, aber ich freue mich, wenn andere leben, Männlein wie Fräulein. Der natürliche Mensch will leben, will weder fromm noch keusch noch sittlich sein, lauter Kunstprodukte von einem gewissen, aber immer zweifelhaft bleibenden Wert, weil es an Echtheit und Natürlichkeit fehlt. Dies Natürliche hat es mir seit lange angetan, ich lege nur *da*rauf Gewicht, fühle mich nur *da*durch angezogen, und dies ist wohl der Grund, warum meine Frauengestalten alle einen Knacks weghaben. Gerade dadurch sind sie mir lieb, ich verliebe mich in sie, nicht um ihrer Tugenden, sondern um ihrer Menschlichkeiten, d. h. um ihrer Schwächen und Sünden willen. Sehr viel gilt mir auch die Ehrlichkeit, der man bei den Magdalenen mehr begegnet als bei den Genoveven. Dies alles, um Cécile und Effi ein wenig zu erklären.

An Anna Witte Berlin, 18. Oktober 1895

Da ist nun also Effi. Schenken Sie ihr die Liebe, die sie menschlich so sehr verdient. Von dem Manne, den eine Freundin von mir einen »alten Ekel« genannt hat, wage ich nicht zu sprechen. Männer – und nun gar wenn sie Prinzipien haben – sind immer »alte Ekels«. Darin muß man sich finden.

An Clara Kühnast Berlin, 27. Oktober 1895

Ja Effi! Alle Leute sympathisiren mit ihr und Einige gehen so weit, im Gegensatze dazu, den Mann als einen »alten Ekel« zu bezeichnen. Das amüsiert mich natürlich, giebt mir aber auch zu denken, weil es wieder beweist, wie wenig den Menschen an der sogenannten »Moral« liegt und wie die liebenswürdigen Naturen dem Menschenherzen sympathischer sind. Ich habe dies lange gewußt, aber es ist mir nie so stark entgegengetreten wie in diesem Effi Briest und Innstetten-Fall. Denn eigentlich ist er (Innstetten) doch in jedem Anbetracht ein ganz ausgezeichnetes Menschenexemplar, dem es an dem, was man lieben muß, durchaus nicht fehlt. Aber sonderbar, alle korrekten Leute werden schon blos um ihrer Korrektheiten willen, mit Mißtrauen, oft mit Abneigung betrachtet. Vielleicht interessirt es Sie, daß die *wirkliche* Effi übrigens noch lebt, als ausgezeichnete Pflegerin in einer großen Heilanstalt. Innstetten, in natura, wird mit Nächstem General werden. Ich habe ihn seine Militärcarrière nur aufgeben lassen, um die wirklichen Personen nicht zu deutlich hervortreten zu lassen.

An Otto von Glasenapp Berlin, Herbst [?] 1895
[Entwurf]

Ich bedauere aufrichtig, zu einer Verstimmung Anlaß gegeben zu haben, noch dazu – selbst von meinem Standpunkt aus – in mancher Beziehung mit Recht. Ich hätte so billige Namenswitze, wie beispielsweise mit dem Namen »Grasenapp«, besser unterlassen sollen, hinterher ist man immer klüger. Natürlich liegt mir daran, den sogenannten »Lokalton«, so gut man's eben kann, zu treffen, daher das Vorführen pommerscher Adelsnamen, teils direkt, teils in durchsichtiger Verkleidung. Ich hätte aber, wie ich gern einräume, besser getan, wenn ich das in dem Namen »Güldenklee« hervortretende Prinzip konsequent durchgeführt hätte. Die Güldenklees sind ausgestorben, und den allerdings sehr wünschenswerten Lokalton mit Namen solcher ausgestorbenen Familien zu wahren, hätte für meinen Zweck ausgereicht und ist besser, als wie mit dem Namen noch lebender Familien zu operieren; es hätte keinen Anstoß gegeben.

So weit also »pater peccavi«. Wenn Sie aber, hochgeehrter Herr Oberst, annehmen, daß ich, in einer Art märkischer Voreingenommenheit, mich in kleinen Anzüglichkeiten und Unliebsamkeiten über pommersche Familien hätte ergehen wollen, so tun Sie mir wirklich Unrecht. Es ist ja gewiß ein Unterschied da; die märkischen Herren sind, glaube ich, gutmütiger, brüderlicher, sogar, so komisch es klingt, freiheitlicher, sie haben etwas von den alten Clan-Häuptlingen, die Herren und Genossen zugleich waren, aber ich habe mich zu viel mit Landesgeschichte, dazu auch mit der schwedisch-dänisch-skandinavischen, beschäftigt, als daß ich nicht wissen sollte, was Pommern und sein Adel bedeutet. Effi, wenn sie nach dem schönen Schmiedeberg oder Hirschberg oder Hildesheim oder gar Münster hin verschlagen worden wäre, hätte da noch weniger gehabt als in Kessin. Das lag nicht an Hinterpommern, sondern daran, daß Fremde Fremde bleibt und daß es – nach meinen Erfahrungen – überhaupt nicht viele Menschen gibt, mit denen man glücklich leben kann.

Ihre Güte, hoffe ich, wird mir dies alles glauben und mich von einem märkischen Chauvinismus gern freisprechen.

An Paul Schlenther Berlin, 11. November 1895

Ich habe das Buch wie mit dem Psychographen geschrieben. Nachträglich, beim Korrigieren, hat es mir viel Arbeit gemacht, beim ersten Entwurf gar keine. Der alte Witz, daß man Mundstück sei, in das von irgendwoher hineingetutet wird, hat doch was für sich, und das Durchdrungensein davon läßt schließlich nur zwei Gefühle zurück: Bescheidenheit und Dank. Letzterer, als ich Ihre Kritik gelesen, nahm eine Doppelgestalt an, und zu dem Dank gegen den lieben Gott gesellte sich der Dank gegen den lieben Schlenther. Verbeugung gegen Jenseits und Diesseits.

An Marie Uhse Berlin, 13. November 1895

Es ist eine Geschichte nach dem Leben, und die Heldin lebt noch. Ich erschrecke mitunter bei dem Gedanken, daß ihr das Buch – so relativ schmeichelhaft die Umgestaltung darin ist – zu Gesicht kommen könnte.

An Joseph Viktor Widmann Berlin, 19. November 1895

Herzlichen Dank für Ihre Besprechung [im Berner »Bund«]. Sie werden aus eigener Erfahrung wissen, daß einem *die* Kritiker am liebsten sind, die das betonen, worauf es einem beim Schreiben angekommen ist. Es geht das, für einen leidlich vernünftigen Menschen, weit über das bloße Lob hinaus, das, wenn nicht *Leben* drin ist, überhaupt sehr leicht langweilig wird. Ich habe das diesmal reichlich erfahren. Obenan in Schrecknis stehen die, die einem die ganze Geschichte noch mal erzählen und nur gerade das weglassen, worauf es einem angekommen ist. Sie sind der erste, der auf das Spukhaus und den Chinesen hinweist; ich begreife nicht, wie man daran vorbeisehen kann, denn erstlich ist dieser Spuk, so bilde ich mir wenigstens ein, an und für sich interessant, und zweitens, wie Sie hervorgehoben haben, steht die Sache nicht zum Spaß da, sondern ist ein Drehpunkt für die ganze Geschichte. Was mich ganz besonders gefreut hat, ist, daß Sie dem armen Innstetten so schön gerecht werden. Eine reizende Dame hier, die ich ganz besonders liebe und verehre, sagte mir: »Ja, Effi; aber Innstetten ist ein ›Ekel‹.« Und ähnlich urteilen alle. Für den Schriftsteller in mir kann es gleichgültig sein, ob Innstetten, der nicht notwendig zu gefallen braucht, als famoser Kerl oder als Ekel empfunden wird, als Mensch aber macht mich die Sache stutzig. Hängt das mit etwas Schönem im Menschen- und namentlich im Frauenherzen zusammen, oder zeigt es, wie schwach es mit den Moralitäten steht, so daß jeder froh ist, wenn er einem »Etwas« begegnet, das er nur nicht den Mut hatte auf die eigenen Schultern zu nehmen.

An Ernst Heilborn Berlin, 24. November 1895

Seien Sie schönstens bedankt für all das Freundliche, was Sie für mich und die arme Effi gehabt haben. Sie sind, wie ich zu meiner Freude sehe, auch einverstanden damit, daß ich, in den intrikaten Situationen, der Phantasie des Lesers viel überlasse; dies anders zu machen wäre mir ganz unmöglich, und ich würde totale Dunkelheiten immer noch einer Gasglühlichtbeleuchtung von Dingen vorziehen, die, selbst wenn ihre Darstellung geglückt ist (ein sehr selten vorkommender Fall), immer noch mißglückt wirken.

Daß Sie den Menschen betonen, ist mir das schmeichelhafteste; schließlich steckt da doch alles andre drin.

An Maximilian Harden Berlin, 1. Dezember 1895

Es gibt ein Raimundsches Stück, wo der Held in rührender Weise von der »Jugend« Abschied nimmt, die er im Hintergrund als ein reizendes Balg in rosafarbenem Tüll verschwinden sieht. So nehme ich Abschied von Effi; es kommt nicht wieder, das letzte Aufflakkern eines Alten.

An Friedrich Spielhagen Berlin, 21. Februar 1896

Die ganze Geschichte ist eine Ehebruchsgeschichte wie hundert andre mehr und hätte, als mir Frau L. davon erzählte, weiter keinen großen Eindruck auf mich gemacht, wenn nicht (vgl. das kurze 2. Kapitel) die Szene bez. die Worte: »Effi, komm« darin vorgekommen wären. Das Auftauchen der Mädchen an den mit Wein überwachsenen Fenstern, die Rotköpfe, der Zuruf und dann das Niederducken und Verschwinden machten *solchen* Eindruck auf mich, daß aus *dieser* Szene die ganze lange Geschichte entstanden ist. An dieser *einen* Szene können auch Baron A. und die Dame erkennen, daß *ihre* Geschichte den Stoff gab.

An Maximilian Harden Berlin, 19. April 1896

Seien Sie für diese schmeichelhafte Form einer Effi-Briest-Besprechung schönstens bedankt… Mit allem, was sich gegen den geschäftigen Müßiggang in der höfischen Sphäre richtet, bin ich einverstanden, aber mit der Duellfrage werden wir so bald nicht fertig werden; es wird jetzt immer auf England hingewiesen, dessen alles mit Moneten begleichende Zustände mir auch keineswegs als ein Ideal erscheinen.

An Hermann Wichmann Berlin, 24. April 1896

Ja, die nicht verbrannten Briefe in »Effi«! Unwahrscheinlich ist es gar nicht. Dergleichen kommt immerzu vor. Die Menschen können sich nicht trennen von dem, woran ihre Schuld haftet. Unwahrscheinlich ist es nicht, aber es ist leider trivial. Das habe ich von allem Anfang an sehr stark empfunden, und ich hatte eine Menge anderer Entdeckungen in Vorrat. Aber ich habe nichts davon benutzt, weil alles wenig natürlich war, und das gesucht Wirkende ist noch schlimmer als das Triviale. So wählte ich von zwei Übeln das kleinere.

Anmerkungen

7 *Georg Wilhelm*: 1595–1640, Kurfürst von Brandenburg (1620–40).
Familie von Briest: alte märkische Adelsfamilie.
Hohen-Cremmen: Cremmen, im damaligen preußischen Regierungsbezirk Potsdam gelegen; von Fontane weiter westlich in die Nähe von Rathenow (vgl. die sechste Anmerkung zu Seite 8) versetzt.
Canna indica: indische Staudenpflanze mit großen roten Blüten.
Rondell: kreisförmiges Rasen- oder Blumenbeet.
Platanen: bis 30 m hoher, ahornähnlicher, weit ausladender Baum.
Aloekübeln: Aloe, Liliengewächsgattung.

8 *Seidendocken:* Rollen, auf denen Seidenfäden aufgewickelt sind.
Lunch: zweites Frühstück.
Majolikaschale: Majolika, italienischer Name für Fayence, farbig bemalte und glasierte Tonschale, benannt nach Mallorca.

9 *Matrosenkragen:* Matrosenbluse und -kragen wurden ab 1883 auf Empfehlung des Prinzen von Wales zur sportlichen Knaben-, bald auch Mädchenmode.
Trapez: kurze Stange zwischen Schaukelseilen.
die Rathenower: das von Fontane oft erwähnte Husarenregiment Nr. 3 (Zieten-Husaren), benannt nach dem im damaligen preußischen Regierungsbezirk Potsdam liegenden Rathenow.

Courmacher: faire la cour, einer Dame den Hof machen.

10 *Hansa:* Die Hanse war im Mittelalter in Nordeuropa die einflußreichste Genossenschaft wie Wirtschaftsmacht deutscher Kaufleute im Ausland, namentlich der meisten west-, ost-, nord- und mitteldeutschen Städte. Im 15. Jahrhundert gehörten ihr mehr als 160 Städte an. Anspielung auf nationalpatriotische Strömungen. Siehe auch die vierte Anmerkung zu Seite 143.

Fritz Reuter: 1810–74, niederdeutscher Autor, schrieb in Mecklenburger Platt.

Mining und Lining: Zwillinge aus Reuters Mundartroman »Ut mine Stromtid« (1862–64).

Niemeyer: Name einer alten, bekannten Theologenfamilie.

11 *lymphatische:* blasse, leicht aufgeschwemmte.

blöden: schwachen.

Klitzing: bekannte Soldatenfamilie.

Engel Gabriel: Vgl. Lukas 1,26 ff.; der Erzengel Gabriel verkündet Maria, daß sie den Heiland gebären werde.

Schwantikow: geographisch nicht existent.

12 *Schlusen:* Schalen.

Hochmut kommt vor dem Fall: Vgl. Sprüche Salomonis 16,18.

Gouvernante: Erzieherin.

13 *pikiert:* gereizt, empfindlich.

14 *gegen das vierte Gebot:* »Du sollst deinen Vater und deine Mutter ehren.«

Belling: Wilhelm Sebastian von Belling (1719–79), Reitergeneral Friedrichs des Großen.

Ritterschaftsrat: Ritterschaft nannte sich die Vertretung der adeligen Gutsbesitzer bei den preußischen Provinziallandtagen.

15 *Biereifer:* (studentensprachlich) übergroßer Eifer, wie beim Biertrinken.

siebziger Krieg: Deutsch-Französischer Krieg, 1870/71.

Perlebergern: In Perleberg im damaligen preußischen Regierungsbezirk Potsdam waren vier Schwadronen (kleinste Abteilung bei der Kavallerie) des Ulanenregiments Nr. 11 stationiert (Ulanen: mit Lanze bewaffnete Reiter).

das Kreuz: das eiserne Kreuz, hohe preußische Kriegsauszeichnung seit 1813; später auch Orden im Deutschen Reich.

Bismarck: Fürst Otto von Bismarck (1815–98), 1871–90 Kanzler des Deutschen Reiches.

der Kaiser: Wilhelm I. (1797–1888), ab 1871 Deutscher Kaiser.

Kessiner Kreise: Kessin, vielleicht nach dem südöstlich von Rostock gelegenen Ort Kessin, dem Fontane Züge von Swinemünde aufprägt.

16 *Familienfaktotum:* fac totum, mach alles, Diener(in) für alles.

Daus: As im deutschen Kartenspiel, hier: Teufelskerl.

17 *Litanei:* im katholischen Ritus Bittgebete zur Erflehung göttlichen Segens.

in Konstantinopel: von Effi fälschlich gebraucht. Der Koran sah bei Ehebruch nicht das Ertränken, sondern das Einkerkern vor.

Kandidat: bereits examinierter und unterrichtender Bewerber um das Prediger- oder Lehramt.

18 *Midshipman:* Seekadett, Anwärter auf die Offizierslaufbahn in der Marine.
Rahen: Rah, am Mast von Segelschiffen quer angebrachte Stange zum Anbringen des Rahsegels.
Kadett: Offiziersanwärter, Zögling einer militärischen, zur Offizierslaufbahn vorbereitenden Erziehungsanstalt.
20 *Aschenputtel:* Aschenbrödel, Märchenfigur. Verrichtet schmutzigste Küchenarbeit, gewinnt schließlich den Königssohn.
22 *Bonhomie:* Gutmütigkeit, Biederkeit.
»Effi, komm«: Vgl. Fontanes Brief vom 2. März 1895 (Seite 450).
joviale: leutselige, fröhliche.
prosaisch: sachlich, nüchtern.
23 *frivolen:* leichtfertigen, schlüpfrigen.
proponieren: vorschlagen, anbieten.
Toaste: Toast, Trinkspruch.
24 *Studentenblumen:* auch Toten-, Tuneserblume und Afrikane genannt, gehört zur Gattung der Samtblume. Herbduftende Stauden mit gelben bis braunen Blütenköpfen.
25 *genant:* unangenehm, peinlich.
26 *perorierte:* perorieren, laut und mit Nachdruck sprechen.
27 *»Trousseau«:* vornehme Brautausstattung (für Prinzessinnen).
Hôtel du Nord: exklusives Berliner Hotel, Unter den Linden.
»Mesquinerien«: Knausereien, Kleinlichkeiten.
Table d'hôte: Mittagstafel in Hotels.
Spinn und Mencke: Berliner Möbelfabrik und -lager, Hoflieferant, in der Leipziger Straße.

Goschenhofer: Goschenhofer & Roesicke, Hoflieferant, vornehmes Berliner Ausstattungsgeschäft, ebenfalls in der Leipziger Straße.

28 *Alexander-Regiment:* Kaiser-Alexander-Garde-Grenadier-Regiment Nr. 1, stationiert in Berlin.

»Fliegenden Blätter«: humoristisches, reich illustriertes (Menzel, Wilhelm Busch u. a.), weit verbreitetes Wochenblatt, 1844 von Kaspar Braun und Friedrich Schneider in München gegründet.

Kranzler: berühmtes Berliner Restaurant und Konditorei, Unter den Linden, Ecke Friedrichstraße.

Café Bauer: berühmtes Berliner Café, gegenüber vom Kranzler. Im Unterschied zu diesem traf sich hier nachmittags und abends die Halbwelt.

Nationalgalerie: 1876 vollendet, erbaut in Form eines korinthischen Tempels.

»Insel der Seligen«: »Gefilde der Seligen«, berühmtes Gemälde von Arnold Böcklin (1827–1901), 1878 für die Berliner Nationalgalerie gemalt. Öffentlicher Entrüstungssturm wegen der Darstellung nackter Nymphen.

chaperonnieren: eine junge Dame begleiten.

29 *Prinzessin Friedrich Karl:* Maria Anna von Anhalt (1837 bis 1906), Gemahlin des Prinzen Friedrich Karl von Preußen (1828–85), eines Neffen Wilhelms I., seit 1870 preußischer Generalfeldmarschall.

die Linden: Unter den Linden, damals Berlins schönste und berühmteste Straße, 1647 angelegt und von Friedrich dem Großen zu einer 60 m breiten und 1200 m langen Prachtstraße ausgebaut.

Demuthschen Laden: exklusives Geschäft für Lederwaren und Reiseartikel, Hoflieferant, Unter den Linden.

Apartes: Geschmackvolles, Außergewöhnliches, Reizvolles; ein Lieblingsbegriff Fontanes.

30 *Gardepli:* Haltung und Auftreten des Gardeoffiziers.

Cortege: Gefolge, Begleitung.

Luch: sumpfige Niederung.

31 *Spät kommt ihr:* Zitat aus Schillers »Wallenstein« (»Die Piccolomini«, I, 1).

32 *Fritz-Reuter-Passion … Lining und Mining:* Vgl. die zweite und dritte Anmerkung zu Seite 10.

Käthchen von Heilbronn in der Holunderbaumszene: die zweite Szene des vierten Aktes in Heinrich von Kleists (1777–1811) Drama »Das Käthchen von Heilbronn«, in der das unter dem Holunderbaum schlafende Käthchen im Traum dem Grafen Wetter vom Strahl ihre Liebe erklärt.

Engelbrecht: Ein Rittmeister von Engelbrecht war 1892 Flügeladjutant Wilhelms II.

32 *Patronatsherrn:* Das Patronat wurde erworben durch Hergabe des Baugrundes für eine Kirche durch den Patron, der dadurch bestimmte Rechte erwarb, z. B. das Vorschlagsrecht für die Besetzung von Pfarrstellen.

»Hoher Herr«: Käthchen nennt so den Grafen Wetter vom Strahl.

Berolinismus: typische Berliner Spracheigentümlichkeit.

33 *verkappter Hohenzoller:* Anspielung auf den erfolgreichen wie umstrittenen Dramatiker Ernst

von Wildenbruch (1845 bis 1909), Enkel des Prinzen Louis Ferdinand von Preußen.
»Aschenbrödel«: Lustspiel von Roderich Benedix (1811–73), erstaufgeführt in Berlin 1867. Benedix schrieb über 100 Stücke und wurde von Fontane sehr geschätzt.

34 *Goschenhofer:* Siehe die sechste Anmerkung zu Seite 27.

35 *Raps:* Ölfrucht, aus der Speise- und Lampenbrennöl gewonnen wurde.
Archangel: Archangelsk, russische Hafenstadt am Weißen Meer.

36 *Sedantag:* Am 2. September im Deutschen Reich begangener Nationalfeiertag in Erinnerung an die Kapitulation Napoleons III. 1870 bei Sedan.
gravitätisch: würdevoll, ernst, gemessen.
Kugelstock: Stock mit Kugelknauf.
Heliotrop: Vanille-Heliotrop, Zierstrauch aus Peru mit blauen vanilleduftenden Blüten.
wie Lot: Vgl. 1. Mose 19,36. Lots Frau erstarrte beim Untergang von Sodom und Gomorrha zur Salzsäule, da sie sich ungehorsam gegen Gott gezeigt hatte. Lot zeugte zwei Söhne mit seinen beiden Töchtern, die ihn trunken gemacht hatten.

37 *japanischer Bettschirm:* zusammenlegbare, bemalte Wand, bestehend aus einem mit Seide bezogenen Holzrahmen, die das Bett gegen den Raum abschirmen sollte.
Ampel: Hängelampe, die schwaches Licht verbreitete.

39 *ambiert:* ambieren, ehrgeizig nach etwas streben.

40 *Prinz Friedrich Karl:* Siehe erste Anmerkung zu Seite 29.

Mittelloge: die Loge des Kaisers.

41 *Schulzenamt:* Amt des Gemeindevorstehers, in welchem Informationen für die Gemeinde angeschlagen wurden.

42 *Piazzetta:* berühmter Platz am Dogenpalast zu Venedig.

Lido: der berühmte Strand zwischen den Lagunen Venedigs und dem Meer.

Murano: kleine Laguneninsel bei Venedig mit berühmter Glasindustrie.

45 *in diesem Zeichen … werde … gesiegt:* Anspielung auf den lateinischen Ausspruch »in hoc signo vinces« (»In diesem Zeichen wirst du siegen«), den Konstantin der Große 312 n. Chr. vor seiner entscheidenden Schlacht um ein Kreuz am Himmel stehend gesehen haben soll. Daraufhin soll er zum Christentum bekehrt worden sein.

Demuthscher Kommis: Siehe die dritte Anmerkung zu Seite 29. – Kommis, Handlungsgehilfe.

Hövel: vornehme Berliner Schokoladen- und Konfitürenfabrik, Hoflieferant, Unter den Linden.

Fackeltanz: Abschlußtanz bei Hochzeiten, die männlichen Tänzer tragen Wachsfackeln.

Strumpfband-Austanzens: hochzeitliches Pfänderspiel in Tanzform, bei dem das Strumpfband der Braut zerschnitten und an die Hochzeitsgäste verteilt wurde.

die Honneurs … machen: die Gäste willkommen heißen.

46 *Hospitalit:* Armenhäusler.

Antithese: rhetorisches Stilmittel; einer These wird die Antithese gegenübergestellt, Verknüpfung gegensätzlicher Begriffe.

Kögel: Rudolf Kögel (1829–96), stockkonservativer, einflußreicher Theologe, Seelsorger Wilhelms I. »Musterwerke« nannte Fontane seine Gelegenheitsreden.

47 *Walhalla:* die bei Regensburg 1830–41 erbaute Ehrenhalle mit den Büsten berühmter Deutscher, benannt nach dem Aufenthaltsort für die im Kampf Gefallenen in der nordischen Mythologie.

Kunstfex: Kunstnarr.

ein weites Feld: durch Fontane zum geflügelten Wort geworden, doch ähnliche Formulierung schon in Goethes »Urfaust« und Knigges »Über den Umgang mit Menschen« sowie in Stifters »Nachsommer«.

48 *mit leichter Manier:* auf leichte Weise.

Kanevas: gitterartiges Gewebe als Untergrund für Stickereien.

51 *Rabiates:* Heftiges.

unterm Holunderbaum: Siehe die zweite Anmerkung zu Seite 32.

52 *Pinakothek:* hier die Alte Pinakothek in München, erbaut 1826–36 , in der sich die Bilder der älteren Meister befinden.

nach dem andern hinüber: Gemeint ist wohl die Glyptothek, die Skulpturensammlung, erbaut 1816–30.

Palladio: Andrea Palladio (1508–80), italienischer Baumeister und Architekt hauptsächlich von Kirchen und Palästen in Vicenza.

›Er liegt in Padua begraben‹: Vgl. Goethes »Faust«, I, Vers 2925. Mephisto teilt mit diesen Worten der Frau Marthe Schwerdtlein den Tod ihres Mannes mit.

53 *Pfauentaube:* Taubenart mit kropfartigem Hals, die ihre Schwanzfedern pfauengleich spreizen kann.
Kind in den Brunnen: sprichwörtlich: Erst wenn das Unglück passiert ist, wird etwas getan.

54 *Kurierzuge:* Schnellzug.
St.-Privat-Panoramas: Rundbild von Emil Hünten (1827 bis 1902), das den strategisch wichtigen Kampf um St. Privat vom 18. August 1870 (im Deutsch-Französischen Krieg) darstellte. Als »Nationalpanorama« befand es sich seit 1881 in der Herwarthstraße.

55 *Klein-Tantow:* Dorf im damaligen preußischen Regierungsbezirk Stettin.
»Phönix«: heiliger Vogel bei den Ägyptern, der sich, nach dem Mythos, in gewissen Abständen selbst verbrannte und neu aus der Asche aufstieg. Symbol der Verjüngung.

56 *Varzin:* Dorf und gleichnamiges Rittergut im damaligen preußischen Regierungsbezirk Köslin, das Bismarck 1866 erworben hatte.
Starost: Dorfältester, Gemeindevorsteher, Kreisvorsteher.
Loyalen: Regierungstreuen.
dem Fürsten: Bismarck.

57 *Kaschuben:* westslawischer Volksstamm in Westpreußen.

58 *Strandhafer:* meterhohe steife Gräser, zur Strand- und Dünenbefestigung verwendet.
Immortellen: »Unsterbliche«, Blumen, die sich wegen ihrer strohigen Beschaffenheit (Strohblumen) für Dauersträuße und -kränze gut eignen. Bei Fontane oft verwendet als symbolischer Verweis auf Verlassenheit und Tod.

59 *Clan*: schottischer Sippenverband.
Walter Scott: 1771–1832, schottischer Autor, den Fontane vor allem wegen seiner historischen Romane hoch schätzte.
General de Meza: Christian Julius de Meza (1792–1865), Oberbefehlshaber des dänischen Heeres im Deutsch-Dänischen Krieg von 1864.

60 *Hekla oder Krabla:* Vulkane auf Island.
fliegenden Holländer: Nach der Seemannssage mußte er, verdammt wegen seines nicht gottgefälligen Lebens, bis in alle Ewigkeit mit seinem Gespensterschiff auf den Weltmeeren kreuzen; Schiffe, die ihm begegneten, gingen unter. Stoff von Heinrich Heine, Richard Wagner u. a. aufgegriffen, auch gleichnamiger Roman von Albert Emil Brachvogel (1824–78).
Schwarzflaggen: Reste der 1865 aus Südchina unter schwarzer Flagge segelnden Taipingrebellen.
Tonkin: Tonking, nördlicher Teil Vietnams am gleichnamigen Golf.

61 *Normannenherzog:* Rollo, Eroberer der Normandie im 10. Jahrhundert.
Haff: flacher Strandsee mit Süßwasserzufuhr, durch einen schmalen Landstreifen vom Meer abgeschnitten.
Mestre: Stadt bei Venedig.

64 *Astrallampen:* Petroleumlampen, die kaum Schatten werfen.
Plaids: Reisedecken aus kariertem Wollstoff.

65 *Portiere:* (schwerer) Türvorhang.

67 *alkovenartigen Schlafraum:* Alkoven = Bettnische.

Trumeau: Pfeilerspiegel, großer Wandspiegel an den Fensterpfeilern.
Pendule: Pendel-, Wanduhr.

69 *multrig:* dumpf, faulig.
Rafraichisseur: » Erfrischer«, (Parfüm-)Zerstäuber.

70 *Zylinderbureau:* Schreibtisch mit Rollklappe.

71 *Bottegone:* berühmtes Café in Florenz.
Wrangel: Friedrich Heinrich Ernst Graf von Wrangel (1784 bis 1877), seit 1856 preußischer Generalfeldmarschall.

72 *Parderfellen:* Parder = Leopard oder Panther.

73 *Honoratioren:* angesehene Einwohner, besonders in kleineren Orten.
gute Menschen und schlechte Musikanten: Zitat aus Clemens Brentanos (1778–1842) Lustspiel »Ponce de Leon«. Zum geflügelten Wort geworden durch Heinrich Heines »Ideen. Das Buch Le Grand«, Kap. 13.
Konsuln: Innstetten meint hier die Handels- bzw. Wahlkonsuln, die als Kaufleute im eigenen Land die Interessen ausländischer Staaten vertraten.
Liktoren: Amtsdiener, die den hohen römischen Regierungsbeamten vorangingen und ein Rutenbündel als Zeichen der Amtsgewalt trugen.
Brutus: Lucius Junius Brutus (85–42 v. Chr.), Caesars Freund und späterer Mörder.

74 *Schwarz und Weiß und allenfalls ein bißchen Rot*: Schwarz und Weiß waren die bevorzugt gezeigten preußischen Landesfarben, Schwarz-weiß-rot die Farben der weniger gezeigten Nationalflagge.

76 *devotest:* unterwürfigst.
kapitaler: vorzüglicher.

77 *Holzpantinen:* Holzschuhe.
Rollkammer: benannt nach der dort stehenden, handbetriebenen, aus Holzrollen bestehenden Wäschemangel.
Wagenremise: Wagenschuppen.

79 *holländische Windmühle:* Mühle mit unbeweglichem Gehäuse und drehbaren Flügeln.
Fibel: Kinderlesebuch.
Bockmühle: Mühle, bei der sich auch das Gehäuse dreht.

80 *Distinguiertes:* Vornehmes.

81 *Fauteuils*: bequeme Lehnsessel.

82 *Preziosa-Name:* Anspielung auf das Schauspiel von Pius Alexander Wolf (1782–1828) »Preziosa«, Libretto nach Cervantes' Novelle »Das Zigeunermädchen«, Musik von Carl Maria von Weber (1786–1826), uraufgeführt 1820.

83 *Capitanos:* Hauptmann, auch komische Figur in der Commedia dell'arte, der italienischen Stegreifkomödie.
Andalusierin: Andalusien, südspanische Landschaft.
Exterieur: Äußeres.
Fehrbelliner Schlacht: Am 28. Juni 1675 siegte der Große Kurfürst bei Fehrbellin über die Schweden und setzte damit den schwedischen Ansprüchen auf Brandenburg ein Ende.
Überfall von Rathenow: Am 25. Juni 1675 wurde das von den Schweden besetzte Rathenow durch Truppen unter General Derfflinger befreit.
als Froben das Pferd tauschte: Legende um Emanuel von Froben (1640–75), dem Stallmeister des Großen Kurfürsten, der in der Schlacht bei Fehr-

bellin, in der er dann fiel, sein Pferd mit dem auffälligen Schimmel des Kurfürsten getauscht haben soll, um die Aufmerksamkeit der Schweden auf sich zu ziehen und seinen Herrn zu retten.
als Luther sagte: ›Hier stehe ich‹: Luthers legendäre Äußerung (»Hier stehe ich, ich kann nicht anders«), die er auf dem Reichstag zu Worms 1521 gesprochen haben soll, als er sich wegen seiner als ketzerisch verdammten Schriften zu verantworten hatte und nicht widerrief.

84 *Cid … Campeador:* Beinamen des spanischen Nationalhelden Rodrigo (Ruy) Diaz de Vivar (1043–99).

85 *Borckes:* altes Geschlecht aus Hinterpommern.
Rothenmoor: Dorfname bei Waren/Müritz.
Morgnitz: Mogenitz, in der Nähe von Swinemünde gelegen.
Dabergotz: Dorf bei Ruppin.
Kroschentin: Krotoschin, Kreisstadt im damaligen preußischen Regierungsbezirk Posen.
Kronprinzessin: Viktoria (1840–1901), Tochter der englischen Königin Viktoria, Gattin von Friedrich Wilhelm von Preußen (1831–88), dem späteren Kaiser Friedrich III.
Deismus: Gottesauffassung, die an das Existieren von Gott als Schöpfer der Welt glaubt, jedes weitere Einwirken und Eingreifen in seine Schöpfung, insbesondere jede übernatürliche Offenbarung, leugnet. In Deutschland seit dem 18. Jahrhundert.
Tournee: Rundreise.
Papenhagen: Ort bei Stralsund.

86 *ein zweiter Dezember:* Am 2. Dezember 1851 hatte

Louis Napoleon (1808–73) in einem blutigen Staatsstreich den Widerstand des Parlaments gebrochen; er ließ sich genau ein Jahr später zum Kaiser Napoleon III. ausrufen.
Napoleons-Neffe – wenn er so was war: Es bestanden vieldiskutierte Zweifel, ob Louis Napoleon der Sohn von Louis, dem holländischen König und Bruder Napoleons I., sei, da Louis' Frau, Hortense de Beauharnais, u. a. mit dem Admiral Carel Henrik Graf von Verhuel liiert war und Louis wiederholt gegen seine Vaterschaft Einspruch erhoben hatte.
kartätschte: Kartätsche, ein mit Bleikugeln gefülltes Artilleriegeschoß.
Pariser Kanaille: Kanaille, Hundepack, Gesindel. Republikanische Proletarier, die Napoleon III. bei seinem Staatsstreich brutal niederkämpfen ließ.
Insolenz: Unverschämtheit, Anmaßung.
Philistereien: spießerhafte Äußerungen.
der Held und Eroberer von Saarbrücken: Am 2. August 1870 wurde Saarbrücken von den Franzosen besetzt, am 6. August aber durch die Schlacht bei Spichern wieder befreit.
seiner katholischen Frau: die spanische Gräfin Eugenie von Montijo und Teba (1826–1920).
87 *jüdischen Bankier:* Baron Alphonse de Rothschild (1827 bis 1905).
Café chantant: Café, in welchem Sängerinnen und Kleinkünstler auftraten, »Tingeltangel«.
das Weib von Babel: Vgl. Offenbarung des Johannes 17: Babylon als »die Mutter der Hurerei und aller Greuel auf Erden«.

Wahl: Reichstagswahl.

Nobiling: Karl Eduard Nobiling (1848–1878) hatte am 2. Juni 1878 versucht, Kaiser Wilhelm I. zu erschießen, und verwundete ihn schwer. Bismarck nahm dieses Attentat zum willkommenen Anlaß, um gegen die Sozialdemokraten vorzugehen, denen er eine Verbindung zu dem Anarchistenkreisen nahestehenden Nobiling unterstellte. Im Oktober 1878 trat das Sozialistengesetz in Kraft, das Vereine, Druckschriften und Versammlungen der Sozialdemokraten verbot.

Saffianschuhen: Saffian, Ziegenleder für feine Lederwaren.

88 *medisant:* medisieren, (geistreich) lästern, spötteln, klatschen, Lieblingswort Fontanes.

Ressource: Club, geschlossene Gesellschaft (der Honoratioren z.B.).

Wiedereroberung von Le Bourget: Am 30. Oktober 1870 wurde Le Bourget, eine nordöstlich von Paris gelegene, schwer umkämpfte Ortschaft, von den Preußen zurückerobert.

Bostonspielerin: Boston, amerikanisches Kartenspiel.

Mohrenapotheke: Eine gleichnamige Apotheke befand sich in Berlin.

89 *noch von Versailles her:* In Versailles lag 1870/71 das deutsche Hauptquartier.

Fürstin: Johanna von Bismarck.

isabellfarbenen Graditzer: gelbbräunliche Pferde aus dem preußischen Gestüt Graditz bei Torgau.

90 *Kabarett:* drehbare, mit kleinen Schüsselchen versehene Salat- oder Speiseplatte.

91 *Augenpulver:* sehr feine Schrift, welche die Augen bei längerem Lesen schmerzen läßt.
»Eremitage«: »Einsiedelei«, Lustschloß bei Bayreuth, 1718 von Markgraf Georg Wilhelm von Bayreuth erbaut.

92 *Gräfin von Orlamünde:* Sie soll ihre beiden Kinder aus erster Ehe getötet haben, um den Burggrafen Albrecht von Nürnberg heiraten zu können. In ihr sah man die »Weiße Frau«, die auf den Hohenzollernschlössern herumspukte.
Souterrain: Kellergeschoß.
hier übernachtete: im Sommer 1812.
›maudit château‹: verfluchtes Schloß.
Kellergewölbe: Vgl. die Szene »Auerbachs Keller« in Goethes »Faust« I.

94 *Behang*: in der Jägersprache Ohr des Hundes.
Lichtstümpfe: Kerzenstümpfe.

95 *dusig:* schlafmützig.

96 *rote Husaren:* Siehe die dritte Anmerkung zu Seite 9.

97 *Julia Capulet:* weibliche Titelfigur aus Shakespeares Tragödie »Romeo und Julia«, die in Verona spielt.

98 *Alpdruck*: Alp, nach dem Volksglauben ein menschen- oder tierähnliches Wesen, das sich dem Schlafenden auf die Brust setzt und ihn zu erstikken droht; danach: Alpdrücken, nächtliche Beklemmungszustände.

100 *lethargischen:* Lethargie, krankheitsbedingte Schlafsucht, Trägheit.

102 *unterm Holunderbaum:* Siehe die zweite Anmerkung zu Seite 32.

103 *Schwaben:* (Küchen-)Schaben.

104 *Bazillen:* Robert Koch (1843–1910) hatte 1882 den Tuberkel-, 1884 den Cholerabazillus entdeckt.
Geistertummelage: Geistertummelei.

105 *Billett:* Zettel, Briefchen.
Lyra: griechisches Saiteninstrument, Leier.

106 *Oblate:* Siegeloblate, mit der Briefe versiegelt werden.
Trippelli: wohl gebildet nach dem Namen der erfolgreichen Altistin Zelia Trebelli, die u. a. an der königlichen Oper zu Berlin aufgetreten war.
Trippel: Name eines bekannten Bildhauers des 18. Jahrhunderts.

107 *Mirambo:* afrikanischer Rebellenführer, Fontane bekannt durch das 1878 erschienene Buch von Henry Morton Stanley »Durch den dunklen Welttheil«. Vgl. auch die erste Anmerkung zu Seite 353.
Tanganjika-See: See in Zentralafrika.
Kohlenprovisor: scherzhafte Bezeichnung für den ungelernten Apothekergehilfen, der auch für die Heizung zuständig war.
Rekonvaleszenz: Genesung.

108 *Starosten:* Siehe die zweite Anmerkung zu Seite 56.

109 *Utpatels Mühle:* Utpatel, Name aus Swinemünde.
Berberitzensträucher: Sauerdorn, dornige, gelbblütige Sträucher mit länglichen roten Beeren und gelbem, wertvollem Holz.
Thomsen … Kirstein: Namen aus Swinemünde.

111 *Vatermördern:* hohe Herrenstehkrägen.

112 *Konventikler:* Gläubiger außerhalb der Landeskirche.
Konsistorium: oberste Verwaltungsbehörde einer evangelischen Landeskirche.

113 *Viardot:* Pauline Viardot-Garcia (1821–1910), berühmte französische Opernsängerin.
transponiert: verwandelt.
114 *Dejeuner:* (Gabel-)Frühstück.
Palleske: Stettiner Familienname.
Fraude: Wilmersdorfer Name.
115 *Lissa*: Stadt im damaligen preußischen Regierungsbezirk Posen mit drei Schwadronen des Leib-Husaren-Regiments »Kaiserin« Nr. 2.
den Fürsten … als Papiermüller: Bismarck betrieb auf Varzin eine Papierfabrik.
117 *Pincenez:* Klemmer, Kneifer.
Pikeeweste: Pikee, (Baumwoll-)Gewebe mit Reliefmusterung.
118 *Bonhomie:* Siehe die erste Anmerkung zu Seite 22.
wo die Rechnung noch nach Seelen ging: vor der Aufhebung der Leibeigenschaft in Rußland 1861.
Devise: Wahlspruch, Losung.
119 *kupieren:* abschneiden.
Gesangspiecen: Pièce, Stück.
Gourmand: Schlemmer, Feinschmecker.
120 *Bock und Bote:* Eduard Bote & Bock, die 1838 gegründete, bekannte Berliner Hofmusikalienhandlung in der Leipziger Straße.
Orpheus: »Orpheus und Eurydike« (1762), Oper von Christoph Willibald Gluck (1714–87). Die Partie des Orpheus war für eine Altstimme geschrieben.
Kriemhild: Figur aus der Oper »Die Nibelungen« (1854) von Heinrich Ludwig Egmont Dorn (1804–92).
Vestalin: »Die Vestalin« (1807), Oper von Gasparo Spontini (1774–1851).

›Erlkönig‹: die von Franz Schubert vertonte gleichnamige Goethe-Ballade.

›Bächlein, laß dein Rauschen sein‹: aus dem von Franz Schubert vertonten Gedichtzyklus »Die schöne Müllerin« (1820) von Wilhelm Müller (1794–1827).

Loewesche Balladen: Balladenkompositionen von Karl Loewe (1796–1869), der auch zwei Balladen Fontanes vertont hatte.

121 *›Glocken von Speyer‹:* von Karl Loewe vertontes Gedicht des Freiherrn Maximilian von Oer (1806–46).

›Ritter Olaf‹: Fontane verwechselt hier die von Loewe vertonte Ballade »Herr Olof« aus der Gedichtsammlung »Des Knaben Wunderhorn« mit dem Gedicht »Ritter Olaf« aus den »Romanzen« Heinrich Heines, das Loewe nicht vertont hat.

»Fliegenden Holländer«: Siehe die zweite Anmerkung zu Seite 60.

»Zampa«: »Zampa oder die Marmorbraut« (1831), Oper von Louis Joseph Ferdinand Hérold (1791–1833).

»Der Heideknabe«: von Robert Schumann (1810–56) 1853 vertonte Ballade (1844) Friedrich Hebbels (1813–63).

122 *der toten Julia:* Vgl. Shakespeares »Romeo und Julia« V, 3. Romeo begegnet indes nicht der toten Julia.

Kalauer: (schlechter) Wortwitz, nach der Stadt Calau bei Cottbus.

Malice: Bosheit.

Quäkerin: Quäker, Spottname für eine religiöse Gemeinschaft, die Mitte des 17. Jahrhunderts in

England von George Fox gegründet, in Nordamerika von William Penn ausgebaut wurde und sich durch Frömmigkeit und Sittenstrenge auszeichnete.

123 *Psychographen:* »Seelenschreiber«, Schreibgerät, mit dem bei spiritistischen Sitzungen angebliche Mitteilungen aus der Geisterwelt aufgezeichnet wurden. Fontane vergleicht wiederholt sein Produzieren mit Psychographie.

124 *Ironikus:* ironischer Mensch.
die orthodoxe: die stränggläubige.

125 *Rationalist:* jemand, der die Vernunft zum Maßstab seines Handelns und Denkens macht.
Freigeist: Freidenker, jemand, der sein Denken und Tun rational ausrichtet und sich nicht dem Glaubenszwang einer Religion unterwirft.
Konsistorialregiment: Siehe die zweite Anmerkung zu Seite 112.
Torquemada: Thomas de Torquemada (1420–94), seit 1484 spanischer Großinquisitor, berüchtigt durch seine Grausamkeit bei Ketzerprozessen.
Dogmatische: dogmatisch, streng an Lehrsätze (der Glaubenslehre) gebunden.
»Madame la Baronne … Trippelli: »Frau Baronin von Innstetten, geb. von Briest. Gut angekommen. Fürst K. auf dem Bahnhof. Entzückter von mir denn je. Tausend Dank für Ihre gute Aufnahme. Verbindliche Empfehlungen an den Herrn Baron. Marietta Trippelli.«

126 *Legat:* Zuweisung einzelner Vermögensgegenstände durch testamentarische Verfügung.
Soiree: Abendgesellschaft.

Reinetten: edle Apfelsorte.
okuliert: okulieren, Pflanzen durch Einsetzen von Knospen veredeln.

127 *Julklapp:* mehrfach eingepacktes Weihnachtsgeschenk. Nach skandinavischem und norddeutschem Brauch werden am Julfest (Weihnachten) Geschenke ins Zimmer geworfen und dabei »Julklapp« gerufen.
Morsellenkästchen: Morsellen, Zuckerplätzchen mit Gewürzzusatz.
Pistazien: südländische Steinfrucht mit eßbarem Kern.

128 *Stadtflora*: Flora, Pflanzenwelt.
Kamelien: Kamelie, asiatischer Zierstrauch mit immergrünen Blättern und roten bzw. weißen rosenähnlichen Blüten.

129 *mokiert:* sich mokieren, sich spöttisch, tadelnd äußern.

130 *Luch:* Siehe die dritte Anmerkung zu Seite 30.
genant: peinlich, unangenehm.

133 *Kamelienbukett:* Bukett, Strauß.
an den »Dom« berufen zu werden: als Hofprediger in Berlin zu arbeiten.

134 *Journalzirkels:* Zeitschriftenleserkreis.
Satineepapier: seidenglänzendes Buntpapier.

135 *Eugen Richter, dessen … Sprache:* Richter (1838–1906) war als linksliberaler Politiker und Führer der Fortschrittspartei ein Gegner Bismarcks. Bekannt als glänzender Redner.
Wahlen: Reichstagswahlen.
»Lohengrin« … »Walküre«: Opern von Richard Wagner.
Wagners Stellung zur Judenfrage: Wagner war

Antisemit, vgl. hierzu seinen Aufsatz »Das Judentum in der Musik« (1852).

136 *Landwehrbezirkskommandeur:* ein nicht mehr aktiver Major, Oberstleutnant oder Oberst, der in Verbindung mit den bürgerlichen Behörden, dem Landrat vor allem, für die Ausrüstung, Kontrolle und Einberufung der Angehörigen der Landwehr zuständig war, d. h. all jener, die ihre aktive Wehrpflicht bereits abgeleistet hatten.

137 *keine Geborne:* keine geborene Adelige.

138 *Resektion:* operative Entfernung kranker Organteile.

Wilms: Robert Friedrich Wilms (1824–80), bekannter Berliner Chirurg, der im Sechsundsechziger und Siebziger Krieg Generalarzt war und den Fontane von seiner Apothekerzeit in »Bethanien« her kannte.

Brigade: Großverband des Heeres, aus mehreren Truppenteilen bestehend.

Graf Gröben: Georg Graf von Gröben (1817–94), im Deutsch-Französischen Krieg Kommandeur der 3. Kavalleriedivision, beteiligt an der Belagerung von Paris.

Breitling: Breitlingsee, Verbreiterung der Warnow vor ihrer Mündung in die Ostsee.

139 *vor Johanni:* vor dem 24. Juni.

kalfaterten: kalfatern, hölzerne Schiffswände mit geteertem Werg in den Fugen abdichten.

Schwamm: Pilzart, die bei entsprechender Feuchtigkeit das Holz zerstören kann.

ausgeschwefelt: Schwefel wurde verbrannt, um damit den Pilzwuchs zu zerstören.

140 *Registrator:* Beamter des niederen Dienstes, der

die Eintragungen in die Ein- und Ausgangsverzeichnisse vorzunehmen hatte.
ramassierte: gedrungene, untersetzte.

142 *Buchsbaumbeeten:* Buchsbaum, immergrüner, kleinblättriger Strauch, häufig für (Beet-)Einfassungen oder als Hecke zugeschnitten.
Entoutcas: Regen-, Sonnenschirm.

143 *chaussierten*: chaussieren, mit einer festen Fahrbahndecke versehen.
Biliner Wasser: Mineralwasser aus dem böhmischen Badeort Bilin.
Wisby: alte Handelsstadt auf der schwedischen Insel Gotland.
Wullenweber: Jürgen Wullenweber (1492–1537), seit 1533 Bürgermeister von Lübeck. Politische Ziele: Wiederherstellung der Vorherrschaft Lübecks auf der Ostsee, Verbreitung des Protestantismus. Vermochte sich nicht gegen die aristokratische Partei in Lübeck durchzusetzen, dankte 1535 ab, wurde auf einer Reise verhaftet und dem katholischen Herzog Heinrich d. J. von Braunschweig-Wolfenbüttel ausgeliefert, der ihn hinrichten ließ. Siehe auch die erste Anmerkung zu Seite 10.
Stockholmer Blutbad: 1520 wurden während des Dänisch-Schwedischen Krieges auf Befehl des Dänenkönigs Christian II. trotz eines Amnestieversprechens 600 Schweden auf dem Stockholmer Marktplatz hingerichtet. Dieses Blutbad führte zur Befreiung Schwedens von dänischer Herrschaft.

146 *happig:* gefräßig.
vierte Klasse: billigste Klasse; das Gepäck mußte im Wagen mitgenommen werden.

Menschenschikanierer: schikanieren, in böswilliger Weise jemand Schwierigkeiten machen.

147 *kattolsch:* katholisch.

Eichsfeld: nordwestliches Randgebiet des Thüringer Beckens, überwiegend katholisch.

Giebichenstein: Ortschaft mit gleichnamiger berühmter Burgruine bei Halle an der Saale.

148 *Salzdirektorin:* Frau des Direktors einer Salzsiederei.

149 *»Reeperbahn«:* Seilerbahn, geschützter Platz, auf dem Seile (norddt. Reepe) gedreht werden.

152 *Tag von Königgrätz:* Am 3. Juli 1866 entschieden die Preußen bei Königgrätz in Böhmen den Krieg gegen Österreich für sich.

»Lütt Annie«: Klein-Annie.

153 *Ressourcen-Hotel:* Siehe die zweite Anmerkung zu Seite 88.

Kasualreden: Reden aus besonderem Anlaß wie bei Hochzeiten, Taufen, Begräbnissen.

das Bibelwort: Vgl. Offenbarung des Johannes 3,16: »Weil du aber lau bist und weder warm noch kalt, werde ich dich ausspeien aus meinem Munde.«

Felsen Petri: hier die katholische Kirche; Anspielung auf das Wort Jesu, der zu Petrus gesagt haben soll: »Du bist Petrus [griech. Fels], und auf diesen Felsen will ich bauen meine Gemeinde, und die Pforten der Hölle sollen sie nicht überwältigen.« (Matthäus 16,18) Die katholische Kirche betrachtet Petrus unter Berufung auf dieses umstrittene Jesuswort als das von Christus eingesetzte Oberhaupt der Christenheit.

Rocher de bronze: eherner Fels, Felsen von Erz. Gemeint ist hier Bismarck.

154 *Gadebusch:* Kreisstadt im Bezirk Schwerin.

Krocket: englisches Rasenspiel, bei dem hölzerne Kugeln mit hölzernen Hämmern über einen festgelegten Kurs mit zehn Toren geschlagen werden.

155 *hanseatisch:* Siehe die erste Anmerkung zu Seite 10.

156 *thüringischen Platt:* Platt, Sammelbegriff für niederdeutsche Mundarten.

»Anzeiger fürs Havelland«: Lokalzeitung fürs Havelland.

Schlacht von Waterloo … Blücher … Wellington: Am 18. Juni 1815 besiegten preußische und englische Truppen unter Gebhard Leberecht von Blücher (1742–1819) und Arthur Wellesley Herzog von Wellington (1769–1852) endgültig Napoleon I.

157 *Buchsbaumrabatten:* Rabatten, Beeteinfassungen; siehe auch die Anmerkung zu Seite 42.

schülbrigen: brüchigen.

159 *Markise:* aufrollbares Sonnenschutzdach aus Stoff.

160 *mutterwindallein:* mutterseelenallein.

161 *Liebesstern:* die Venus.

162 *Renommisterei:* Aufschneiderei, Prahlerei.

Honneurs des Hauses: Siehe die sechste Anmerkung zu Seite 45.

Bankier Heinersdorf: Günther Schulz von Heinersdorf, mehrfacher Millionär.

Neptun: römischer Meeresgott.

Pluto: römischer Gott der Unterwelt, hier: des Reichtums.

163 *Renommage:* Prahlerei.

Façon de parler: Redensart.
Da schlägt man sich jetzt herum: 1875 und 1882–85 Chinesisch-Japanischer Krieg, 1877 Russisch-Türkischer Krieg.
164 *liking:* Vorliebe.
volkstümlicheren Wendung: etwa »einen Narren gefressen haben«.
Vionville: Am 16. August 1870 besiegten bei Vionville deutsche Truppen die französische Rheinarmee.
Jabots: Brustkrausen an Männerhemden, Mitte des 19. Jahrhunderts durch Vatermörder (siehe Anmerkung zu Seite 111) verdrängt, später an Damenkleidern.
Plätterin: Büglerin.
165 *Ressourcenabende:* Siehe die zweite Anmerkung zu Seite 88.
Entrepreneur: Veranstalter.
›*Krieg im Frieden*‹: Lustspiel (1881) von Gustav Moser (1825–1903) und Franz von Schönthan (1849–1913), besonders beliebt bei Laienspielern.
›*Monsieur Herkules*‹: Posse (1863) von Georg Belly (1836 bis 1875).
›*Jugendliebe*‹: Lustspiel (1871) von Adolf Wilbrandt (1837 bis 1911), dem Direktor des Wiener Burgtheaters.
›*Euphrosyne*‹: Schauspiel (1877) von Otto Franz Gensichen (1847–1933), in welchem die Beziehung Goethes zu der jung verstorbenen Schauspielerin Christiane Neumann-Becker behandelt wurde, der Goethe seine Elegie »Euphrosyne« gewidmet hatte.
tragiere: tragieren, eine Rolle (tragisch) spielen.

166 *kastalischen Quell*: heilige Quelle am Fuß des Parnaß bei Delphi, deren Genuß, so die griechische Mythologie, dichterische Begeisterung weckte.

medisieren: Siehe die erste Anmerkung zu Seite 88.

Breitling: Siehe die fünfte Anmerkung zu Seite 138.

Molen: (Stein-Dämme, die die Hafeneinfahrt begrenzen und schützen.

167 *Passion:* Leidenschaft.

kapital: vorzüglich, ausgezeichnet.

Damenpferd: ruhiges Pferd.

zu welchem Behufe: wozu.

Phantasielivree: Livree, uniformartige Dienerkleidung.

168 *Kavalkade:* prachtvoller Reiteraufzug.

169 *Mohrenwäsche:* Unmögliches versuchen, wie einen Mohren weiß waschen zu wollen.

170 ›*Verdruß*‹: schönfärberische Bezeichnung für »Buckel«.

»*Seejungfrau*«: Seekuh, Meeressäugetier, hier: Robbe.

171 *Causeur:* geistreicher Plauderer.

mystische: geheimnisvolle.

Konventikel: heimliche Zusammenkünfte einer Sekte.

172 *den aus der Oper:* Gemeint ist die Oper »Der Prophet« (1849) von Giacomo Meyerbeer (1791–1864), deren Titelfigur der niederländische Wiedertäufer Jan Bochold (1509 bis 1536) ist.

173 *hecheln:* kritisieren.

Liancourt: Stadt im französischen Departément Oise.

Bischof von Beauvais: Pierre Cauchon (und nicht Cochon = Schwein) hatte maßgeblichen Anteil daran, daß Jeanne d'Arc am 24. Mai 1431 zum Feuertod verurteilt wurde. – Beauvais: Hauptstadt des Départements Oise, nördlich von Paris.

174 *Einsegnung:* Konfirmation.

Kate: kleines Bauernhaus.

175 *links Basedow und rechts Pestalozzi:* Anspielung auf Goethes Scherzgedicht vom 28. Juli 1774, in dem es heißt: »Zwischen Lavater und Basedow/Saß ich bei Tisch des Lebens froh … Prophete rechts, Prophete links,/Das Weltkind in der Mitten.« Johann Bernhard Basedow (1723–90), Johann Heinrich Pestalozzi (1746–1827), berühmte Pädagogen.

Schnepfenthal: christliche Erziehungsanstalt bei Waltershausen in Thüringen, 1784 gegründet durch den Pädagogen Christian Gotthilf Salzmann (1744–1811).

Bunzlau: die Herrnhuter Kolonie Gnadenberg bei Bunzlau in Schlesien.

Cherub mit dem Schwert: der Engel, der nach der Austreibung von Adam und Eva mit dem Schwert das Paradies bewacht (vgl. 1. Mose 3, 24).

176 *Kalkül:* Berechnung.

medisant: Siehe die erste Anmerkung zu Seite 88.

Haselant: Narr, Prahlhans.

177 *chevaleresker:* ritterlicher.

178 *Bonhomie:* Siehe die erste Anmerkung zu Seite 22.

Ziegenpeter: Mumps, entzündliche Anschwellung der Ohrspeicheldrüse.

Gedanken und Wünsche sind zollfrei: sprichwörtliche Redensart, auf Cicero und Luther zurückgehend.

179 *Bojen:* verankerte Schwimmkörper, die Fahrtrinnen markieren.

Vineta: sagenhafte Stadt auf der Ostseeinsel Wollin, die ins Meer versunken sein soll.

Heinesche Gedicht: Gemeint ist das »Seegespenst« aus »Die Nordsee« (l. Zyklus) im »Buch der Lieder« von Heinrich Heine (1797–1856).

Journalzirkel: Siehe die erste Anmerkung zu Seite 134.

180 *Kapotthüten:* in der Biedermeierzeit getragener kleiner, unterm Kinn gebundener Damenhut (nach franz. capote, Kapuze).

›Du hast Diamanten …‹ … ›Deine weichen Lilienfinger‹: Anfangsverse der Gedichte Nr. 31 und 62 des Zyklus »Die Heimkehr« in Heines »Buch der Lieder«, das zweite allerdings falsch zitiert: nicht »weiche«, sondern »weiße«.

181 *die ›romantischen‹:* die von Fontane besonders geliebte Gedichtsammlung »Romanzero« (1851).

Karl Stuart … Kopf unterm Arm: Heines Ballade »Karl I.« aus dem »Romanzero«, allerdings ohne Kopf unterm Arm. Karl I., König von England, wurde 1649 hingerichtet.

Vitzliputzli: mexikanischer Kriegsgott (Huitzilopochtli), gleichnamige Ballade im »Romanzero« Heines.

indezent: unschicklich, unanständig.

degoutant: ekelhaft.

182 *Immortellen:* Siehe die zweite Anmerkung zu Seite 58.

»Ein Korbdeckel ist kein Korb …«: Anspielung auf

die Redensart »einen Korb geben«, das heißt, einen Freier abweisen.

183 *Pedro dem Grausamen:* Pedro I. (1334–69), König von Kastilien und Leon, hatte den Beinamen »der Grausame«, weil er die Geliebte seines Vaters und die eigene Frau beseitigte. Vgl. Heines Gedicht »Die spanischen Atriden« im »Romanzero«.

Blaubartskönig: König Blaubart, Figur im französischen Märchen, tötete nacheinander seine sechs Frauen.

sechs Frauen von Heinrich dem Achten: Der englische König Heinrich VIII. (1509–1547) war sechsmal verheiratet. Zwei seiner Frauen ließ er wegen vermeintlicher Untreue hinrichten.

Mutter der Elisabeth: Anna Boleyn (1507–36), die zweite Gattin Heinrichs VIII., die dieser hinrichten ließ, war die Mutter der späteren Königin Elisabeth I. (1558–1603).

Kreuz von Calatrava: der nach der spanischen Stadt Calatrava in Neukastilien benannte erste große spanische Ritterorden, gestiftet von König Sancho III. 1158 bei der Verteidigung des Schlosses Calatrava gegen die Mauren.

Schwarzer Adler: höchster preußischer Orden, 1701 von Friedrich I. gestiftet.

Pour le mérite: »für das Verdienst«, hoher preußischer Orden, 1740 von Friedrich dem Großen gestiftet.

184 *gleisnerisch:* heuchlerisch.

186 *Josefinenhütte:* 1842 gegründetes Glasunternehmen des Grafen Schaffgotsch bei Schreiberhau im Riesengebirge im preußischen Regierungsbezirk Liegnitz.

König von Thule: Vgl. die Szene »Abend« in Goethes »Faust« I: Anspielung auf die Balladenverse: »Gönnt alles seinen Erben,/Den Becher nicht zugleich … /Dem … seine Buhle/Einen goldnen Becher gab.«
Kappe: Narrenkappe.
Reimwort: Buhle.
kompromittieren: bloßstellen.
187 *en famille:* im Kreis der Familie.
Friedrichsruh: Besitzung Bismarcks im Sachsenwald bei Hamburg.
188 *Rekapitulation:* Wiederholung.
›*Buhküken von Halberstadt*‹: populäres Kinderlied an Bischof Burkhard II. (Buko) von Halberstadt (1006–59), das mit den Zeilen beginnt: »Buko von Halberstadt/Bring doch unserm Kinne wat.«
189 *»Ein Schritt vom Wege«:* Lustspiel (1872) von Ernst Wichert (1831–1902).
die Rolle der Ella: Ella von Schmettwitz, die weibliche Hauptrolle des Stücks.
Arthur von Schmettwitz: Ellas Mann.
191 *der Dichter … Kammergerichtsrat … Königsberg:* Anspielung auf die Tatsache, daß Wichert 1887 Kammergerichtsrat in Berlin wurde und noch dazu aus Königsberg kam, der Stadt Immanuel Kants.
sieben Schönheiten: Boccaccio, Hans Sachs u. a. hatten sich um die Aufstellung sogenannter Schönheitskataloge bemüht.
192 *eskamotieren:* verbergen.
193 *hasardiert:* hasardieren, alles aufs Spiel setzen.
195 *Uvagla:* Fontane hat den Namen einer existieren-

den Oberförsterei Pudagla in Uvagla abgeändert.

Tête: Anfang, Spitze.

196 *Grönlandfahrer:* Walfangschiff.

Binnenseite: die dem Inland zugewandte Seite.

197 *ersten Feldzug in Schleswig noch unter Wrangel und Bonin:* Als Schleswig-Holstein sich im März 1848 gegen Dänemark erhob, wurde es durch preußische und andere Bundestruppen unter Wrangel (siehe die zweite Anmerkung zu Seite 71) und Eduard von Bonin (1793–1865) unterstützt.

Erstürmung des Danewerks: die Erstürmung der Befestigungsanlagen bei Schleswig durch preußische Truppen am 23. April 1848.

Signatur unserer Zeit: geflügeltes Wort nach der reaktionären Zeitschrift »Signatura temporis« (1849) des Historikers Heinrich Leo (1799–1878).

199 *›Seegespenst‹ … ›Vitzliputzli‹:* Siehe die zweite Anmerkung und die dritte zu Seite 81.

›Gottesmauer‹: Gedicht von Clemens Brentano (1778 bis 1842).

200 *Marienburger Remter:* Remter, Speisesaal in der berühmten Deutschordensburg im ostpreußischen Marienburg, erbaut im 14. Jahrhundert.

Memlingschen Altarbilde: Darstellung (um 1470) des Jüngsten Gerichts durch den niederländischen Maler Hans Memling (1433–94).

Kloster Oliva: Zisterzienserkloster bei Danzig, 1170 gegründet.

in Kork geschnitzt: Korkbildnerei, von Agostino Rosa Ende des 18. Jahrhunderts erfundene Kunst, (klassische) Baudenkmäler kleinformatig nachzuschnitzen.

Nettelbeck: Joachim Nettelbeck (1738–1824). Als die Franzosen 1806/07 Kolberg belagerten, unterstützte Nettelbeck als Bürgerrepräsentant den Major von Schill und Neithardt von Gneisenau bei der erfolgreichen Verteidigung.

Auktion: Versteigerung.

201 *Das Fleisch ist schwach:* Anspielung auf die Jesusworte:»Der Geist ist willig, aber das Fleisch ist schwach.« (Markus 14,38)

Roastbeef: Rostbraten nach englischer Art, der innen noch rötlich ist.

202 *Ring… Sagenkönig:* Sigurd Ring, König in der altisländischen Frithjofsaga.

vom Geist überkommen: Anspielung auf die Bibel; vgl. z. B. Lukas 1,35.

die Schalen ihres Zornes: Vgl. Offenbarung des Johannes 16,1: »Gehet hin und gießet aus die sieben Schalen des Zornes Gottes auf die Erde.«

Kassandrablick: Kassandra, prophetische Tochter des Königs Priamos von Troja, sagte den Untergang von Troja voraus.

Punschbowle: Mischgetränk aus Rum mit (heißem) Wasser oder Tee, Zucker und Zitronensaft.

Weihnachtsreunions: Reunion, Zusammenkunft, Gesellschaft.

Krausgebackenes: in Fett ausgebackener (Hefe-) Teig.

203 *Römer:* (grünliche) Weingläser.

Padden: bekannter pommerscher Familienname.

en cascade: im Sturzguß.

›Geschichte von den drei Ringen‹: Anspielung auf

die Ringparabel in Gotthold Ephraim Lessings (1729–81) Schauspiel »Nathan der Weise« (1779), dritter Akt, siebente Szene.

204 *mit Gott für König und Vaterland:* an Helm und Mütze der Landwehr angebrachtes Kreuz mit dieser Inschrift, 1813 gestiftet, später Losung der konservativen Parteien Preußens.

»Ich bin ein Preuße«: sogenannte Preußenhymne, Lied zur Feier des 3. August, des Geburtstags von Friedrich Wilhelm III.

205 *Doktor und Apotheker:* Anspielung auf die gleichnamige komische Oper (1786) von Carl Ditters von Dittersdorf (1739–99).

Quappendorf: Ortschaft im Kreis Lebus.

208 *Methodistenpredigerin:* Methodisten, Anhänger einer 1729 von John und Charles Wesley gegründeten Sekte, die die Vielfalt und Freiheit in der Ausgestaltung des religiösen Lebens betonte. Auch Frauen wurde das Predigen gestattet.

209 *Gothener See:* zwischen Gothen und Heringsdorf auf Usedom.

211 *zurückgezoppt:* zurückzoppen, zurückgehen lassen.

türkische Pfeife: lange gerade Pfeife mit kleinem Kopf.

Forcierung: forcieren, etwas erzwingen (wollen).

215 *Fauxpas:* Fehlverhalten.

216 *Karat:* der getrocknete Samen des Johannisbrotes, mit dem in Afrika Gold, in Indien Diamanten gewogen wurden; Gewichtseinheit bei Edelsteinen.

Sappeurbart: Barttracht der napoleonischen Pioniere (sappeurs).

217 *»destruktiver Tendenzen«:* Formulierung Bismarcks.
Esprit fort: Freigeist; vgl. auch die zweite Anmerkung zu Seite 125.
die Radegaster und die Swantowiter Linie: Anspielung auf die wendischen Götter Radegast (Fontane: »der heilige oder helle Sieger«) und Swantowit (Fontane: »die Vernunft, die geistige Kraft«).
219 *Canal La Manche:* Ärmelkanal.
220 *Sunderland:* Hafenstadt im Nordosten von England.
222 *Pfefferküchler:* Pfefferkuchenbäcker.
hors concours: außer Konkurrenz.
224 *Aspik:* Sülze.
225 *Solo:* Kartenspiel für vier Personen, dem spanischen Kartenspiel L'Hombre nachgebildet.
227 *Blüchersche Husaren:* das Husaren-Regiment »Fürst Blücher von Wahlstatt« (5. Pommersches).
228 *Gesandtschaft nach Marokko:* Seit 1873 hatte das Deutsche Reich in Tanger ein Konsulat.
herkömmliche Vase mit Sanssouci: Die Gastgeschenke der deutschen Gesandtschaften im Ausland bestanden oft aus Vasen, bemalt mit den Motiven der Potsdamer Schlösser (Sanssoucis oder des Neuen Palais).
Eismaschine: In den siebziger Jahren erfand Carl von Linde (1842–1934) die Ammoniakkältemaschine; Produktion dieses Exportschlagers in der Gesellschaft für Linde's Eismaschinen, gegründet 1879.
Reeperbahn: Siehe Anmerkung zu Seite 49.

230 *Sielenzeug:* Siele, Riemenwerk der Zugtiere (Sielengeschirr).

235 *»Buhküken von Halberstadt«:* Siehe die zweite Anmerkung zu Seite 88.

237 *Doktorfrage:* besonders schwierige Frage.
Dressel: exklusives Berliner Restaurant, Unter den Linden, 1870 von Rudolf Dressel gegründet, Hoflieferant und Hoftraiteur, Treffpunkt der feinen Gesellschaft.

238 *dalbrig:* albern.
Palazzo Strozzi oder Pitti: Renaissancepaläste in Florenz.

240 *schlurrten:* schlurren, schlurfen.

242 *heilige Elisabeth:* Elisabeth, Landgräfin von Thüringen (1207–31), wegen ihrer Mildtätigkeit und Frömmigkeit heilig gesprochen (1235).

243 *Friesacker Poststempel:* Friesack, Stadt im damaligen preußischen Regierungsbezirk Potsdam.

244 *Schweigger:* Karl Schweigger (1830–1905), bekannter Augenarzt, seit 1871 Professor und Direktor der Berliner Universitätsaugenklinik.
Rathenowern: Siehe die dritte Anmerkung zu Seite 9.
Schadowstraße: Straße zwischen Unter den Linden und der damaligen Dorotheenstraße.

246 *Pferdebahn:* von Pferden gezogene Straßenbahn. Ab 1878 verkehrte die erste Pferdebahnlinie zwischen Berlin und Treptow.

247 *Sal volatile:* »belebendes Salz«, Riechsalz.
Retorten: Glaskolben.

251 *Breitling:* Siehe die fünfte Anmerkung zu Seite 138.

254 *Allotria:* Unfug, Narretei.

255 *Landgrafen- oder Keithstraße:* im Tiergartenviertel gelegene Seitenstraßen der Kurfürstenstraße.

Schutzzölle: die insbesondere von den Großindustriellen und Großgrundbesitzern geforderten Schutzzölle auf Getreide, Vieh, Holz, Eisen u. a., mit denen die Einfuhr solcher Waren gedrosselt werden sollte, die im Ausland billiger erzeugt wurden, wurden im Juli 1879 eingeführt und dienten in der Hauptsache der Bereicherung derer, die sie forderten.

›Fliegenden Blättern‹: Siehe die zweite Anmerkung zu Seite 28.

›Kladderadatsch‹: weit verbreitete satirische Wochenschrift, 1848 von David Kalisch (1820–72), Rudolf Löwenstein (1819–91) und Albert Hofmann gegründet, zunächst linksliberal, dann bismarckfreundlich.

Strudelwitz und Prudelwitz… Karlchen Mießnick: Typen aus dem »Kladderadatsch«.

Wippchen von Bernau: populäre komische Figur aus dem Witzblatt »Berliner Wespen«, herausgegeben von Julius Stettenheim (1831–1916), der als Kriegsberichterstatter Wippchen die vielbelachten Berichte über den Russisch-Türkischen Krieg geschrieben hatte.

256 *Modesache, wie Kiebitzeier:* ein Lieblingsgericht Bismarcks.

das dativisch Wrangelsche: Um Wrangel (siehe die zweite Anmerkung zu Seite 71) rankten sich wegen seiner typisch berlinerischen Verwechslung von Dativ und Akkusativ, beabsichtigt oder nicht, viele Anekdoten.

Apollo: der griechische, mit Helios gleichgesetzte Sonnengott, Lenker des Sonnenwagens.

Daus: Siehe die zweite Anmerkung zu Seite 16.

258 *Trockenwohner:* Mieter, die so lange billiger wohnen konnten, bis die neuerbaute Wohnung ausgetrocknet war.

Medisieren: Siehe die erste Anmerkung zu Seite 88.

261 *Walter Scott:* Siche die zweite Anmerkung zu Seite 59.

»Ivanhoe« oder »Quentin Durward«: zwei Romane von Scott (1819 und 1823).

Cooper: James Fenimore Cooper (1789–1851), nordamerikanischer Autor, allgemein bekannt durch seine »Lederstrumpf-Erzählungen«. Sein Roman »Der Spion« erschien 1821.

»David Copperfield«: der berühmteste Roman Charles Dickens' (1812–70), in dem er seine Jugend schildert, erschienen 1850.

Willibald Alexis: 1798–1871, schrieb u. a. Romane aus der brandenburgischen Geschichte, z. B. »Die Hosen des Herrn von Bredow« (1846). – Alle von Effi gewünschten Titel zählten zu den Lieblingswerken Fontanes.

genant: Siehe die erste Anmerkung zu Seite 25.

Heckerschen Pension: Pension in der Bedeutung von (privater) Erziehungsstätte. Johann Julius Hecker (1707–68), bekannter Berliner Schulmann und Prediger.

262 *Fond:* Grund, Kern.

263 *Neuralgie:* in Anfällen auftretender Nervenschmerz, z. B. Ischias.

comme il faut: wie es sich gehört.

Aqua Amygdalarum amararum: Bittermandelwasser.
Unze: alte Gewichtseinheit, 1 Unz 31,25 g.
Syrupus florum Aurantii: Orangenblütensirup.
266 *Kanalbrücke:* Brücke über den Landwehrkanal.
269 *›Ein junges Lämmchen weiß wie Schnee‹:* Anspielung auf das bekannte Kinderlied von Friedrich Justin Bertuch (1747 bis 1822) »Das Lämmchen«.
tempi passati: vergangene Zeiten.
270 *Helms:* Restaurant des Hoflieferanten Fritz Helms, Schloßfreiheit.
Roten Schloß: volkstümlicher Name für das Geschäftshaus aus roten Backsteinen in der Werderstraße, 1866/67 erbaut.
Hiller: das exklusive Weinrestaurant von Carl Hiller, Unter den Linden.
1. April … Kanzlerpalais: Innstetten schreibt sich in die Gratulationsliste zu Bismarcks Geburtstag am 1. April ein, die im Reichskanzlerpalais in der Wilhelmsstraße ausliegt.
on dit: Gerücht.
271 *Garnison Pasewalk:* In Pasewalk im damaligen preußischen Regierungsbezirk Stettin war das pommersche Kürassier-Regiment »Königin« Nr. 2 stationiert.
272 *Küchendepartement:* Departement, Bereich.
Annies Abwartung: die Sorge für Annie.
Charlottenburger Schloßgarten … römischen Kaiser … »Belvedere« … Geistererscheinungen: Im »Belvedere«, einem Pavillon im Charlottenburger Schloßpark, waren spiritistische Sitzungen abgehalten worden, die Johann Rudolf von Bischoffwerder (1741–1803) für König Friedrich

Wilhelm II. von Preußen (1744–97) veranstaltet hatte.

273 *Nero und Titus:* römische Kaiser (37–68 n. Chr. bzw. 41–81 n. Chr.).

274 *Oberammergauer Spiele:* die zur Erinnerung an die Pest im Jahre 1634 alle zehn Jahre aufgeführten Passionsspiele.

Schill: Ferdinand von Schill (1776–1809), Major und Kommandeur eines Husarenregiments. Als Preußen sich 1809 angesichts der Erhebung Österreichs gegen Napoleon zurückhielt, schlug Schill auf eigene Faust los; nach einigen Erfolgen fiel er in Stralsund.

Scheele: Karl Wilhelm Scheele (1742–86), in Stralsund geborener Chemiker, Entdecker des Sauerstoffs, des Chlors, des Glyzerins, der Harnsäure und anderer Stoffe.

Bergen: Hauptort der Insel Rügen.

Rugard: rund 100 m hoher Hügel auf Bergen.

Jasmunder Bodden: seichte, unregelmäßig geformte Meeresbucht zwischen Rügen und der Halbinsel Jasmund.

Saßnitz: Seebad auf Jasmund.

275 *»Hotel Fahrenheit« … Réaumur:* witzige Anspielung auf die unterschiedlichen Temperaturangaben nach Gabriel Daniel Fahrenheit (1686–1736) mit seinem Quecksilberthermometer und René-Antoine Ferchault de Réaumur (1686–1757) mit seinem Weingeistthermometer. Wassersiedepunkt nach Fahrenheit 212 Grad über dem Gefrierpunkt, nach Réaumur bei 80 Grad.

Attachés: Beamte im diplomatischen Dienst.

277 *Stubbenkammer:* Steilküste auf Jasmund.

Geißblattlaube: Geißblatt, Kletterstrauch, weiß und rosablütig, zum Teil mit roten ungenießbaren Beeren.

Herthasee: Hertha, eigentlich Nerthus, germanische Göttin des Wachstums und der Fruchtbarkeit, die in einem heiligen Hain auf einer Insel im Ozean von sieben germanischen Stämmen verehrt wurde. Als Schauplatz des Kultes galt damals Rügen. – Herthasee: auch Schwarzer oder Borgsee genannt, nördlich von Saßnitz.

Adjunkt: Amtsgehilfe.

Mummeln: Seerosenart.

279 *Kongens Nytorv:* »Königs Neumarkt«, der größte, zentral gelegene Platz in Kopenhagen.

Thorwaldsen-Museum: Museum mit Skulpturen des dänischen klassizistischen Bildhauers Bertel Thorvaldsen (1770 bis 1844).

Table d'hôte: Siehe die vierte Anmerkung zu Seite 27.

280 *Schloß Aggerhuus:* eigentlich Agersborg.

Limfjord: 180 km lange Wasserstraße in Dänemark, die von der West- nach der Ostküste Jütlands führt.

Tivoli-Theater: im berühmten Kopenhagener Vergnügungspark Tivoli gelegenes Varieté-Theater.

Arlequin und Colombine: zwei komische, typenhaft festgelegte Figuren aus der Commedia dell'arte, der italienischen Stegreifkomödie (Arlecchino und Colombina).

281 *Frederiksborg und Helsingör:* königliches Renaissanceschloß bei Hillerød im Norden der Insel Seeland bzw. Hafenstadt auf Seeland am Öre-

sund mit Schloß Kronborg, bekannt durch Shakespeares »Hamlet«.
Viborg: Stadt in Jütland.

282 *schrauben:* quälen.

283 *plan:* eben.
Orakel … Namen der Person: das dunkle, mehrdeutige Orakel der Pythia, der Priesterin im Apollontempel zu Delphi.

285 *Genthin:* Kreisstadt im damaligen preußischen Regierungsbezirk Magdeburg.
»Anzeiger fürs Havelland«: Siehe die zweite Anmerkung zu Seite 156.
Friesack: Siehe Anmerkung zu Seite 243.
dem Großvater in spe: dem zukünftigen Großvater.

286 *»Kjöbenhavn«:* dänisch Kopenhagen.
»Der Sturm auf Düppel«: die den Deutsch-Dänischen Krieg entscheidende Einnahme der Düppeler Schanzen beim dänischen Dorf Düppel auf der Halbinsel Sundewitt am 18. April 1864.
Höhe von Lipa: Höhe beim Dorf Lipa, nordwestlich von Königgrätz, einer der Kampfplätze in der Schlacht bei Königgrätz im Preußisch-Österreichischen Krieg am 3. Juli 1866.

287 *Heliotropbeeten:* Siehe die vierte Anmerkung zu Seite 36.

290 *Hiller:* Siehe die dritte Anmerkung zu Seite 270.

291 *Whist:* englisches Kartenspiel mit französischen Karten für vier Personen.

292 *Schrimm … Rogasen … Samter:* Schrimm und Samter Kreisstädte, Rogasen Stadt im damaligen preußischen Regierungsbezirk Posen.

Emphase: Nachdruck, Begeisterung.
Beau: schöner Mann, meist abfällig gebraucht im Sinn von Geck.
Barbarossa: der deutsche Kaiser Friedrich I. (1125–90), der seinen italienischen Beinamen Barbarossa wegen seines roten Bartes erhielt.
Affektion: Wohlwollen, Zuneigung.
Bonvivants: Lebemänner.

293 *die Kaiserin:* Augusta Marie Luise Katharina, Prinzessin von Sachsen-Weimar (1811–90), Gattin von Kaiser Wilhelm I. Stiftete viele Wohlfahrtseinrichtungen. Als Ehrendame in ein Stiftungskomitee aufgenommen zu werden, galt als hohe Ehre.
einen christlichen: inmitten der vielen jüdischen Bankiers.

294 *Haute-Finance-Kinder:* Hochfinanz-Kinder.
Gothaischen Kalender: die »Gothaischen Genealogischen Taschenbücher«, ein Adelskalender, erschienen seit 1763 bei Justus Perthes in Gotha, seit 1848 auch das »Taschenbuch freiherrlicher Häuser«.
Gynäkologie: Frauenheilkunde.
Schwalbach: wegen seiner Heilkraft gegen Blutarmut und Frauenkrankheiten berühmtes Mineralbad im Taunus, im damaligen preußischen Regierungsbezirk Wiesbaden.
katarrhalischen Affektionen: Schleimhautentzündung bzw. -reizung.
Ems: Mineralbad an der Lahn, ebenfalls im damaligen Regierungsbezirk Wiesbaden, bekannt wegen seiner Heilwirkung bei Erkrankungen der Atmungsorgane, bei Erkältungskrankheiten,

Gallen- und Frauenleiden. Von den höheren Berliner Gesellschaftsschichten viel besuchter Kurort.

297 *Nana:* der als unmoralisch und anstößig kritisierte naturalistische Roman (1880) des französischen Autors Emile Zola (1840–1902).
des Dienstes... »immer gleichgestellte« ... Uhr: Anspielung auf Schillers »Wallenstein« (»Die Piccolomini« 1, 4).

298 *›Laßt fette Leute um mich sein‹:* Zitat aus Shakespeares »Julius Cäsar« 1, 2.
Embonpoint: Wohlbeleibtheit, Körperfülle.

299 *Pas:* Schritt.

302 *Konvolut:* Bündel von Schriftstücken.

303 *so zerre nicht... dann heilt es schnell:* Anspielung auf Emanuel Geibels (1815–84) Gedicht »Wo still ein Herz vor Liebe glüht«: »O rühret, rühret nicht daran.«

304 *Bleiwasser:* zur Wunddesinfizierung und Blutstillung.

306 *»Schritt vom Wege«:* Siehe die erste Anmerkung zu Seite 89.

309 *jeu d'esprit:* geistreiches (Wort-)Spiel.

311 *Konzession:* Zugeständnis.

313 *Dolus:* Arglist, böser Vorsatz.
noch denselben Abend: Die Duellregeln bestimmten, daß die Forderung spätestens vierundzwanzig Stunden nach der Entdeckung der Beleidigung überbracht sein mußte.

315 *Breitling:* Siehe die fünfte Anmerkung zu Seite 138.

316 *Allüren*: Benehmen, Umgangsformen, Auftreten.
sekundieren: Der Sekundant überbrachte die

Duellforderung und war Beistand beim Duell selbst.

Treptow: an der Tollense im damaligen preußischen Regierungsbezirk Stettin.

317 *Pfiffici:* Plural zu Pfifficus, Schlauberger.

Chaisewagen: Wagen mit zurückschlagbarem Halbverdeck.

318 *Strippen:* Schnüren.

319 *Immortellen:* Siehe die zweite Anmerkung zu Seite 58.

a tempo avancieren: gleichzeitig vorgehen.

324 *Fremdenblatt:* »Berliner Fremden- und Anzeigenblatt«, am 1. Januar 1862 durch Rudolf von Decker gegründet, seit 1876 unter dem Titel »Berliner Fremdenblatt« erscheinend. Konservative Lokalzeitung.

›*Kleine Journal*‹: »Kleines Journal«, 1879 von Bethel Henry Strousberg begründete Berliner Tageszeitung, die vorwiegend über Hof- und Gesellschaftsereignisse sowie über Skandale berichtete.

325 *verschimpfieren:* verunglimpfen.

326 *wribbelt:* wribbeln, zwirbeln.

328 *Polysanderflügel:* Palisander, schweres und hartes brasilianisches Edelholz.

Niemann: Albert Niemann (1831–1917), gefeierter Heldentenor, bekannter Wagnersänger, von 1866 bis 1887 am Berliner Königlichen Opernhaus.

329 *Bonner Husaren:* das Husaren-Regiment »König Wilhelm I.« Nr. 7 (1. Rheinisches), das in Bonn, damals zum preußischen Regierungsbezirk Köln gehörig, stationiert war.

Lodderei: Liederlichkeit.

quick und kasch: schnell und munter.

330 *heilige Afra:* Märtyrerin, während der Christenverfolgung unter Diokletian 304 in Augsburg hingerichtet; Schutzpatronin der Büßerinnen.

Stakete: Stange.

griesem: grießigem, körnigem.

Tändelschürze: Zierschürze.

331 *Remedur:* Abhilfe.

332 *Saatwinkel:* Ausflugsort am Tegeler See.

333 *Pichelsberg… Pichelsdorf… Pichelswerder:* beliebte Ausflugsorte bei Spandau.

Dreimal Pichel ist zu viel: Anspielung auf »picheln« = trinken.

Treptow: Vorort im Berliner Osten an der Spree.

Stralau: auf einer Halbinsel Treptow gegenüber.

Kiekebusch … Wuhlheide: ehemalige Vorortbezirke von Berlin.

Kremserpartie: Kremser, viersitziger, offener, von zwei Pferden gezogener Mietwagen mit Verdeck für Landpartien.

›Ich bin ein Preuße‹: Siehe die zweite Anmerkung zu Seite 204.

334 *Saturn frißt seine Kinder:* Der römische Gott Saturn (griech. Kronos) verschlang seine Kinder, weil ihm geweissagt worden war, er werde von ihnen entmachtet werden. Die Weissagung ging trotzdem in Erfüllung, da Zeus, sein jüngster Sohn, vorher gerettet wurde und so seinen Vater stürzen konnte.

340 *Gretchenblick:* ironische Anspielung auf Gretchens Unschuld in Goethes »Faust« I.

341 *Königgrätzer Straße:* Fontane wohnte hier von 1863 bis 1872.

342 *Metier:* Beruf, Handwerk.

343 *Matthäikirchhof:* Friedhof in Berlin-Schöneberg.

im Prinz-Albrechtschen Garten: beliebter Park am Palais des Prinzen Albrecht von Preußen (1837–1906), am Askanischen Platz.

Terrassierung des Kreuzbergs: Am Kreuzberg, dem Hügel im Süden Berlins vor dem Halleschen Tor, auf dem das Nationaldenkmal für die Gefallenen der Freiheitskriege errichtet worden war, wurde zwischen 1888 und 1894 der Viktoria-Park angelegt, mit künstlichen Felsgruppen und einem Wasserfall.

344 *Pensionate:* Zimmer mit Verpflegung über einen längeren Zeitraum.

345 *Polzin:* Stadt im damaligen preußischen Regierungsbezirk Köslin.

347 *Glatz:* Stadt und Festung im damaligen preußischen Regierungsbezirk Breslau.

der alte Kaiser: Siehe die sechste Anmerkung zu Seite 15.

propre: ordentliche, nette.

Spatenbräu: Bier der bekannten Münchner Spatenbrauerei.

348 *Habsburger Hof:* Hotel und Restaurant in der Nähe von Effis neuer Wohnung, beim Anhalter Bahnhof am Askanischen Platz.

349 *mutterwindallein:* Siehe Anmerkung zu Seite 160.

350 *Patience:* Kartenlegespiel für eine Person, das auch als Orakel benutzt wird.

Nocturnes: »Nachtstücke«, Klavierstücke des polnischen Komponisten Frédéric Chopin (1810–49).

351 *Christuskirche:* in der Königgrätzer Straße.

Da gibt es so Vereine: wohl Anspielung auf den »Lette-Verein«, der 1865 von dem preußischen Politiker Wilhelm Adolf Lette (1799–1868) als »Verein zur Förderung der Erwerbstätigkeit des weiblichen Geschlechts« gegründet wurde und seine Geschäftsräume in der Königgrätzer Straße hatte.

352 *Schmook:* Rauch.

353 *in Mittelafrika könne man sicher sein:* Anspielung auf die unvermutete Begegnung des Journalisten Henry Morton Stanley (1841–1904) mit dem verschollenen Afrikaforscher David Livingstone (1813–78) am Tanganjika-See am 10. November 1871, wie sie Stanley in seinem Fontane bekannten Buch »Wie ich Livingstone fand« beschrieben hatte.

Vorderperron: Perron, Plattform.

Puscheln: Troddeln.

356 *Exzellenz:* Die Frau des Ministers läßt sich hier mit dem Titel ihres Mannes ansprechen.

Guido Renis Aurora: das durch zahlreiche Reproduktionen verbreitete bekannte Deckengemälde »Aurora« im Palazzo Rospigliosi zu Rom von Guido Reni (1575–1642).

Benjamin West: bekannter englischer Historienmaler (1738 bis 1820).

Aquatinta-Manier: Radierverfahren, mit dem die Wirkung von Tuschzeichnungen erzielt werden kann.

König Lear im Unwetter: Anspielung auf Shakespeares Tragödie »König Lear«, III, 2.

359 *großen Lampenhandlung:* die Lampen-, Bronze- und Zinkgußwaren-Fabrik Karl Rakemus & Co., Hoflieferant, Unter den Linden.

360 *Wedelstädt:* bekannte Adels- und Offiziersfamilie.
361 *Mythologie:* Gesamtheit der Sagen eines Volkes, Sagenkunde.
Kandidaten: Siehe die dritte Anmerkung zu Seite 17.
wollen auch übertreten: vom Juden- zum Christentum.
362 *Schilling:* Konditorei in der Friedrichstraße.
363 *Körner:* Karl Theodor Körner (1791–1813), patriotischer Lyriker, erfolgreicher Lustspielautor, als Lützowscher Jäger bei Gadebusch gefallen.
365 *Phthisis:* (Lungen-)Schwindsucht.
Salzbrunn: Gemeinde in Niederschlesien, bekannt durch ihre Heilquellen.
Reinerz: Kurort im damaligen preußischen Regierungsbezirk Breslau.
367 *Rathenower:* Siehe die sechste Anmerkung zu Seite 9.
370 *Arkona … Wenden-Lagerplatz:* Rhetra und Arkona waren die zwei Haupttempelstätten der Wenden auf der zu Rügen zählenden Halbinsel Wittow.
Herthasee: Siehe die dritte Anmerkung zu Seite 277.
vor Christum natum: vor Christi Geburt.
371 *da ruft der Kuckuck:* Nach dem Volksglauben soll jeder Kuckucksruf ein Lebensjahr für den Zählenden bedeuten.
373 *Mentone:* französischer Kurort für Lungenleiden, am Mittelmeer bei Nizza.
Lethe: in der griechischen Mythologie Fluß der Unterwelt, aus dem die Toten das Vergessen ihrer irdischen Existenz tranken.

374 *süffisanten:* dünkelhaften, selbstgefälligen.
375 *Ranunkeln:* Hahnenfuß, krautartige Pflanzengattung mit rötlichen oder weißen Blüten.
Ampferstauden: hohe Staudengewächse aus der artenreichen Gattung der Knöterichgewächse mit kleinen Blüten.
Attachement: Anhänglichkeit, Zuneigung.
376 *»Kreuzzeitung«:* die »Neue Preußische Zeitung«, Kreuzzeitung genannt nach ihrem eisernen Kreuz im Titelkopf, 1848 gegründet von Hermann Wagener als Presseorgan der evangelischen Konservativen. Sie war die Zeitung des märkischen Adels. Fontane war von 1860 bis 1870 ihr Mitarbeiter.
»Norddeutschen Allgemeinen«: Die »Norddeutsche Allgemeine Zeitung«, 1861 von August Brass als »Norddeutsches Wochenblatt« gegründet, galt als das unter Bismarcks Einfluß stehende »Kanzlerblatt«.
377 *Ladenberg:* Philipp von Ladenberg (1796–1847), preußischer Staatsminister von 1837 bis 1842.
Roten Adlerorden: Der 1705 gestiftete, in fünf Klassen verliehene Orden war ein Orden mittleren Ranges im Unterschied zum Schwarzen Adlerorden, der zu den höchsten preußischen Auszeichnungen gehörte.
380 *Doktor Wichern:* Johann Hinrich Wichern (1808–81), evangelischer Theologe, Begründer der »Inneren Mission« und 1833 des »Rauhen Hauses« in Hamburg, eines Erziehungsheims für verwahrloste Kinder. Seit 1856 war er Rat im preußischen Innenministerium.
Mirakelmensch: Mirakel, Wunder.

Confratres: Mitbrüder.
Derwisch: islamischer Bettelmönch.
Fakir: Bettler, Gaukler, Asket bei den Mohammedanern.

381 *Fes:* rotwollene topfförmige Mütze mit Quaste u. a. bei Türken, Griechen, Arabern.
Palaver: Verhandlung zwischen Weißen und Eingeborenen.
König Mtesa: Sultan von Uganda (1841–84), bekannt durch seine Gastfreundschaft gegenüber Afrikaforschern wie Stanley.
Bresche: Lücke in einer Befestigung.
Luisendenkmal: zu Ehren der Königin Luise von Preußen (1776–1810) im Tiergarten.
Korde: Seil, Schnur.
Kaiser Friedrich: Friedrich III. (1831–88), der nach 99 Regierungstagen an Kehlkopfkrebs verstarb.
›Sardanapal‹: großes Ballett von Paul Taglioni (1808–1884) um den letzten altsyrischen König Sardanapal.
*›Coppelia‹: Ballett (*1870*)* von Leo Délibes (1836–91).

382 *del Era:* Antonietta dell 'Era, berühmte Tänzerin, seit 1880 Primaballerina am Königlichen Opernhaus in Berlin.
Siechen: bekanntes Bierrestaurant von Franz Siechen in der Behrenstraße.
Seidel: Bierkrug.
sich … expektoriert: seinem Gefühl Luft gemacht.
Charlottenburger Schleuse: vor der Einmündung des Landwehrkanals in die Spree.
Huth: Weingroßhandlung und -stube von C.

Huth & Sohn in der Potsdamer Straße 139. Fontane wohnte Nr. 134 c.

Herzog von Ratibor: Viktor Herzog von Ratibor und Fürst von Corvey (1818–93), schlesischer Großgrundbesitzer, seit 1877 Präsident des preußischen Herrenhauses.

Kopp: Georg Kopp (1837–1914), seit 1887 Fürstbischof von Breslau, 1893 Kardinal. Vermittelte im Kulturkampf zwischen Bismarck und der katholischen Kirche.

384 *Rüstern:* Ulmen.

385 *Sternschnuppennächte:* Mitte August; Sternschnuppenschwärme um den 11. August.

387 *Chaiselongue:* Langstuhl, gepolsterte Liege mit Kopflehne.

389 *Äquinoktien:* Zeit der Tagundnachtgleiche, hier zu Herbstanfang um den 21. September.

390 *Gamaschen:* über Strumpf und Schuhoberteil getragener Stoff oder weiches Leder.

Bibliographische Hinweise

1. Handschriften

Christel Laufer: Vollständiges Verzeichnis und Erschließung der Werkhandschriften »Unwiederbringlich«, »Effi Briest«, »Der Stechlin« von Th. Fontane. Berlin: Akademie der Wissenschaften der DDR 1973

2. Ausgaben

Effi Briest. Roman. [Vorabdruck] In: Deutsche Rundschau: Band 81, Oktober–Dezember 1894, Seite 1–32, 161–191, 321–354; Band 82, Januar–März 1895, Seite 1–35,161–196 321–359

Effi Briest. Roman. Berlin: Fontane 1896

Gesammelte Werke. Serie 1, Band 9: Effi Briest. Berlin: Fontane 1905

Sämtliche Werke, Herausgegeben von Edgar Groß und Kurt Schreinert. 1. Abteilung, Band 7: Frau Jenny Treibel, Effi Briest. München: Nymphenburger Verlagshandlung 1959

Sämtliche Werke. Herausgegeben von Walter Keitel. 1. Abteilung, Band 4: Effi Briest, Frau Jenny Treibel, Die Poggenpuhls, Mathilde Möhring. München: Hanser 1963

Romane und Erzählungen in acht Bänden. Herausgegeben von Peter Goldammer, Gotthard Erler, Anita

Golz und Jürgen Jahn. Band 7 (bearbeitet von G. Erler): Effi Briest, Die Poggenpuhls, Mathilde Möhring. Berlin: Aufbau-Verlag 1969. 4. Auflage 1993

Theodor Fontane, Band 12: Effi Briest, Die Poggenpuhls. München 1969. (= Nymphenburger Taschenausgabe in 15 Bänden)

Effi Briest. Mit einem Nachwort von Kurt Wölfel. Stuttgart: Reclam 1969 u. a. (= Reclams Universal-Bibliothek. 6961–63)

Dazu: Erläuterungen und Dokumente. Herausgegeben von Walter Schafarschik. Stuttgart: Reclam 1995. (= Reclams Universal-Bibliothek 8119/19a)

Sämtliche Romane, Erzählungen, Gedichte, Nachgelassenes. Herausgegeben von Walter Keitel und Helmuth Nürnberger. Band 17: Effi Briest. Frankfurt am Main, Berlin und Wien: Ullstein 1976. (= Ullstein-Buch 4524) [Nachdruck der Hanser-Ausgabe mit erweitertem Apparat]

Werke in 5 Bänden: Ausgewählt und eingeleitet von Hans-Heinrich Reuter. Band 4: Effi Briest. Berlin und Weimar: Aufbau-Verlag 1975

Effi Briest. Mit 21 Lithographien von Max Liebermann. Frankfurt am Main: Insel 1976

Effi Briest. Mit Materialien., Ausgewählt und eingeleitet von Hanns-Peter Reisner. Stuttgart: Klett 1984. (= Editionen für den Literaturunterricht)

Peter Schaefer: Fontane weltweit. Bibliographie der Übersetzungen. In: Fontane-Blätter 62 (1996) Seite 127–153

Theodor Fontane, Band 15: Effi Briest. Herausgegeben von Christine Hehle. Berlin 1999. (= Große Brandenburger Ausgabe)

Effi Briest. Translated from the German by Hugh Borringson and Helen Chambers. London 1996

3. Stoffgeschichte

Horst Budjuhn: Fontane nannte sie »Effi Briest«. Das Leben der Elisabeth von Ardenne. Berlin 1985

Manfred Franke: Leben und Roman der Elisabeth von Ardenne. Fontanes »Effi Briest«. Düsseldorf 1994

Ulrich Kastner: Urbild und Abbild. Fontanes »Effi Briest«. In: Neue JuristischeWochenschrift (1998) Heft 19, Seite 1315–1358

Jean H. Leventhal: Fact into Fiction. »Effi Briest« and the Ardenne Case. In: Colloquia Germanica 59 (1995) Seite 170–177

Hans Werner Seiffert (unter Mitarbeit von Christel Laufer): Fontanes »Effi Briest« und Spielhagens »Zum Zeitvertreib«. Zeugnisse und Materialien. In: Studien zur neueren deutschen Literatur. Herausgegeben von H. W. Seiffert: Berlin 1964, Seite 255–300

Hans Werner Seiffert: Theodor Fontanes Roman »Effi Briest«. In: Theodor Fontanes Werk in unserer Zeit. Potsdam 1966 (Symposion zur 30-Jahr-Feier des Fontane-Archivs der Brandenburgischen Landes- und Hochschulbibliothek Potsdam), Seite 81–94. [Teilweise auch in den kommentierten Werkausgaben]

Thomas Tyrrell: Theodor Fontanes »Effi Briest« und Friedrich Spielhagens »Zum Zeitvertreib«. Zwei Dichtungen zu einer Wirklichkeit. Rice University 1986 (Phil. Diss.)

4. Zeugnisse Fontanes

Dichter über ihre Dichtungen. Theodor Fontane. 2 Bände. Herausgegeben von Richard Brinkmann. München: Heimeran 1973 [auch: dtv-Bibliothek. 6073/74]

Theodor Fontane: Briefe. Herausgegeben von Otto Drude u. a. 5 Bände. München 1976–94. (= Werke, Schriften und Briefe. Abteilung IV)

Theodor Fontane: Tagebücher. Band 1: 1852, 1855–1858. Herausgegeben von Charlotte Jolles unter Mitarbeit von Rudolf Muhs. Band 2: 1866–1882, 1884–1898. Herausgegeben von Gotthard Erler unter Mitarbeit von Therese Erler. Berlin 1994. (= Große Brandenburger Ausgabe)

5. Monographien, Gesamtdarstellungen, Forschungsbericht

Helmut Ahrens: Das Leben des Romanautors, Dichters und Journalisten Theodor Fontane. Düsseldorf 1985

Kenneth Attwood: Fontane und das Preußentum. Berlin 1970

Hugo Aust: Literatur des Realismus. 2. durchgesehene und ergänzte Auflage. Stuttgart 1981. (= Sammlung Metzler. 157)

Hugo Aust: Theodor Fontane. Ein Studienbuch. Tübingen u. a. 1998

Cord Beintmann: Theodor Fontane. München 1998

Helga Bemmann: Theodor Fontane: ein preußischer Dichter. Berlin 1998

Roland Berbig (unter Mitarbeit von Bettina Hartz): Theodor Fontane im literarischen Leben. Zeitungen und Zeitschriften, Verlage und Vereine. Berlin u. a. 2000

Roy C. Cowen: Der poetische Realismus. Kommentar zu einer Epoche. München 1985.(= Winkler-Kommentare)

Gordon A. Craig: Über Fontane. 2. Auflage. München 1998

Gordon A. Craig: Theodor Fontane: Literature and History in the Bismarck Reich. New York u. a. 1999

Otto Drude: Theodor Fontane. Leben und Werk in Texten und Bildern. Frankfurt am Main und Leipzig 1994. (= Insel-Taschenbuch. 1660)

Otto Drude: Fontane und sein Berlin. Personen, Häuser, Straßen. Frankfurt am Main, Leipzig 1998

Hans Ester: Die Fontane-Forschung im Wandel der Zeiten. In: Duitse Kroniek 40 (1990, 3/4) Seite 19–32

Theodor Fontane: Dichtung und Wirklichkeit. (Ausstellung vom 5. September bis 8. November 1981.) Herausgegeben vom Verein zur Erforschung und Darstellung der Geschichte Kreuzbergs e.V. und dem Kunstamt Kreuzberg. Berlin 1981

Theodor Fontane im literarischen Leben seiner Zeit. Beiträge zur Fontane-Konferenz vom 17. bis 20. Juni 1986 in Potsdam. Mit einem Vorwort von Otfried Keiler, Berlin 1987. (= Beiträge aus der Deutschen Staatsbibliothek. 6)

Theodor Fontane. Herausgegeben von Heinz Ludwig Arnold. München 1989. (= Text + Kritik. Sonderband)

Theodor Fontane – Märkische Region und europäische Welt. Katalog zur Ausstellung in Bonn vom 20. Oktober bis 16. November 1993

Theodor Fontane. Am Ende des Jahrhunderts. Internationales Symposium des Theodor-Fontane-Archivs zum 100. Todestag Theodor Fontanes. 13.–17. September 1998 in Potsdam. Herausgegeben von Hanna Delf von Wolzogen in Zusammenarbeit mit Helmuth Nürnberger. 3 Bände. Würzburg 2000

Theodor Fontane (1819–1898). Un promeur dans le siècle. Herausgegeben von Marc Thuret. Asnières 1999

Theodor Fontane and the European Context. Literature, Culture and Society in Prussia an Europe. Proceedings of the Interdisciplinary Symposium at the Institute of Germanic Studies, University of London in March 1999. Herausgegeben von Patricia Howe und Helen Chambers. Amsterdam u. a. 2001 (= Internationale Forschungsgesellschaft zur Allgemeinen und Vergleichenden Literaturwissenschaft. 53)

Fontane-Handbuch. Herausgegeben von Christian Grawe und Helmuth Nürnberger. Stuttgart 2000

Fontane und die Fremde, Fontane und Europa. Herausgegeben von Konrad Ehlich. Würzburg 2002

Gerhard Friedrich: Fontanes preußische Welt. Armee–Dynastie–Staat. Herford 1988

Christian Grawe: Führer durch die Romane Theodor Fontanes. Ein Lexikon der Personen, Schauplätze und Kunstwerke. Stuttgart 1996. (= Reclams Universal-Bibliothek. 9439)

Christian Grawe: Fontane-Chronik. Stuttgart 1998. (Reclams Universal-Bibliothek. 9721)

Wolfgang Hädecke. Theodor Fontane. Biographie. München u. a. 1998

Rudolf Helmstetter: Die Geburt des Realismus aus dem Dunst des Familienblattes. Fontane und die öffentlichkeitsgeschichtlichen Rahmenbedingungen des Poetischen Realismus. München 1998

Charlotte Jolles: Theodor Fontane. 4., überarbeitete und erweiterte Auflage. Stuttgart 1993. (= Sammlung Metzler. 114)

Carin Liesenhoff: Fontane und das literarische Leben seiner Zeit. Eine literatursoziologische Studie. Bonn 1976. (= Abhandlungen zur Kunst-, Musik- und Literaturwissenschaft. 28)

Georg Lukács: Der alte Fontane. In: G. L.: Werke. Band 7. Neuwied: Luchterhand 1964, Seite 452–498. [Nachgedruckt auch in rowohlts deutsche enzyklopädie. 276, Seite 120–159]

Fritz Martini: Deutsche Literatur im bürgerlichen Realismus. 1848–1898.3. Auflage. Stuttgart 1974. (= Metzler-Studienausgabe).

Gerd Mesenhol: Oftmals auch auf rauhen Pfaden. Das Leben des Theodor Fontane. Heilbronn 1994

Walter Müller-Seidel: Theodor Fontane. Soziale Romankunst in Deutschland. 3., durchgesehene Auflage. Stuttgart und Weimar 1994

Helmuth Nürnberger: Theodor Fontane. 20. Auflage. Reinbek bei Hamburg 1994. (= Rowohlts Monographien. 145)

Helmuth Nürnberger: Theodor Fontane. Berlin 1997

Helmuth Nürnberger: Fontanes Welt. Berlin 1997

Heinz Ohff: Theodor Fontane. Leben und Werk. München u. a. 1995

Wolfgang Paulsen: Zum Stand der heutigen Fontane-Forschung. In: Jahrbuch der Deutschen Schillergesellschaft 25 (1981) Seite 474–508

Wolfgang Paulsen: Im Banne der Melusine. Theodor Fontane und sein Werk. Bern, Frankfurt am Main und New York 1988

Bettina Plett: Kommentierte Auswahlbibliographie zu Theodor Fontane. In: Der Deutschunterricht 50 (1998) Heft 4, Seite 82–96

Hans-Heinrich Reuter: Fontane. 2 Bände. München 1968

Hans-Heinrich Reuter: Theodor Fontane. Grundzüge und Materialien einer historischen Biographie. Leipzig 1976. (= Reclams Universal-Bibliothek. 372)

Hans-Heinrich Reuter: Fontane. 2 Bände. Neu herausgegeben und mit einem Nachwort sowie einer Ergänzungs-Bibliographie versehen von Peter Görlich. Berlin 1994–1995

Hans Scholz: Theodor Fontane. München 1978. (= Kindlers literarische Portraits)

Gustav Sichelschmidt: Theodor Fontane. Lebensstationen eines preußischen Realisten. München 1986. (= Heyne Biographien. 141)

Ulrike Tontsch: Der »Klassiker« Fontane. Ein Rezeptionsprozeß. Bonn 1977

Ekkehard Verchau: Theodor Fontane. Individuum und Gesellschaft. Frankfurt am Main, Berlin und Wien 1983. (= UllsteinBuch 4604)

Conrad Wandrey: Theodor Fontane. München 1919

»Was hat nicht alles Platz in eines Menschen Herzen…« Theodor Fontane und seine Zeit. Beiträge einer Tagung der Evangelischen Akademie Baden vom 14.–16. Februar 1992 in Bad Herrenalb. Karlsruhe 1993

Peter Wruck: Fontanes Berlin. Durchlebte, erfahrene und dargestellte Wirklichkeit. In: Literarisches Leben in Berlin 1871–1933. Herausgegeben von Peter Wruck. 2 Bände. Band I. Berlin 1987, Seite 22–87

Edda Ziegler und Gotthard Erler: Theodor Fontane. Lebensraum und Phantasiewelt. Eine Biographie. Berlin 1996

6. Spezielle Sekundärliteratur

Wendy J. Abitz: A note on the motif of ivy in Fontanes »Effi Briest«. In: Germanic notes and reviews 24 (1993) Heft 2, Seite 80–81

Diana d'Alquen: Landschaft und Lebensraum in Fontanes Roman »Effi Briest«. Düsseldorf 1993. (= Magisterarbeit an der Heinrich-Heine-Universität)

Michael Andermatt: Haus und Zimmer im Roman. Die Genese des erzählten Raums bei E. Marlitt, Th. Fontane und F. Kafka. Bern, Frankfurt am Main und New York 1987

Michael Andermatt: »Es rauscht und rauscht immer, aber es ist kein richtiges Leben.« Zur Topographie des Fremden in Fontanes »Effi Briest«. In: Theodor Fontane. Am Ende des Jahrhunderts. Band III, Seite 189–199

Peter S. Andersen: Negationes position. En analyse af tre romaner af Theodor Fontane. »Irrungen, Wirrungen«, »Unwiederbringlich«, »Effi Briest«. Kopenhagen 1983

Paul Anderson: Game-Motifs in Selected Works of Theodor Fontane. A Study of Literary and Psychological Structures in Late Writings of Theodor Fontane in Terms of Games and Play. Indiana University 1974 (Phil. Diss.)

Julia Anna: Personal Love and Kantian Ethics in »Effi Briest«. In: Philosophy and Literature 8 (1984) Seite 15–31

Herbert Anton: »Mythische Schönheit« in Goethes »Wahlverwandtschaften« und Fontanes »Effi Briest«. In: Mythos und Mythologie in der Literatur des 19. Jahrhunderts. Herausgegeben von Helmut Koopmann. Frankfurt am Main 1979. (= Studien zur Philosophie und Literatur des 19. Jahrhunderts. 36)

Bernhard Asmuth: Ostasiatisches in der deutschen Literatur. Zur Bedeutung des Chinesen in Fontanes »Effi Briest«. In: Begegnungen der Kulturen in Ost und West. Festschrift für Hyogmyon Kwon zu seinem 60. Geburtstag. Seoul 1987

Robert Atkins: Versions of reality. Hochhuth's »Effis Nacht«. Fontane und Spielhagen. From classical shades to vickers. In: Victourious. Shifting perspektives in British German Studies. Herausgegeben von Steve Giles und Peter Graves. Berlin u. a. 1999, Seite 97–122

Hugo Aust: Theodor Fontane: »Verklärung«. Eine Untersuchung zum Ideengehalt seiner Werke. Bonn 1974

Hugo Aust: »Effi Briest« oder: Suche eines fremden Mädchens aus dem Garten. In: Fontane-Blätter (1997) Heft 64, Seite 66–88

(Autorenkollektiv:) Theodor Fontane: »Effi Briest«. In: Unterrichtshilfen: Deutsche Sprache und Literatur. Klassen 11/12. Teil 1. Berlin 1980, Seite 142–152

George C. Avery: The Chinese Wall. Fontane's

Psychograph of Effi Briest. In: Views and Reviews of Modern German Literature (1974) 18/38

Alan Bance: Theodor Fontane: The Major Novels. Cambridge, New York und Melbourne 1982. (= Anglica Germanica. Series 2)

Pierre Bange: Humor und Ironie in »Effi Briest«. In: Fontanes Realismus. Wissenschaftliche Konferenz zum 150. Geburtstag Theodor Fontanes in Potsdam. Vorträge und Berichte. Im Auftrag der Deutschen Staatsbibliothek herausgegeben von Hans-Erich Teitge und Joachim Schobeß. Berlin 1972, Seite 143–148

Pierre Bange: Motifs imaginaires dans les romans de Theodor Fontane. Essai de sémantique discursive. In: Recherches germaniques 11 (1981) Seite 87–104

Hellmuth Barnasch: Zur Analyse der Komposition: Fontanes »Effi Briest«. In: Zeitschrift für Erziehungs- und Bildungsaufgaben des Deutschunterrichts 6 (1953), Heft 12, Seite 643–649

Marcia Baron: Was Effi Briest a Victim of Kantian Morality? In: Philosophy and Literature 12 (1988) 1, Seite 95–113

Karen Bauer: Fontanes Frauenfiguren. Zur literarischen Gestaltung weiblicher Charaktere im 19. Jahrhundert. Frankfurt am Main u. a. 2002 (= Europäische Hochschulschriften. Reihe I. Deutsche Sprache und Literatur. 1817)

Uwe Baur: Zur Rezeption der Effi Briest von Theodor Fontane. In: Jahrbuch der Raabe-Gesellschaft (1975) Seite 7–15

Eva D. Becker: »Zeitungen sind doch das beste«. Bürgerliche Realisten und der Vorabdruck ihrer Werke in der periodischen Presse. In: Gestaltungsgeschichte und Gesellschaftsgeschichte. Literatur-, kunst- und musikwissenschaftliche Studien. Herausgegeben von Helmut Kreuzer. Stuttgart 1969, Seite 382–408

Hannelore Becker: Die Herrin. Vor 40 Jahren starb Elisabeth von Ardenne. 1. Fontanes wirkliche »Effi Briest« lebte in Düsseldorf und im Benrather Schloß. 2. Briefe einer Liebe, die Literaturgeschichte wurde. In: Düsseldorfer Hefte 1.4/1992, Seite 14–18 bzw. 2.5/1992, Seite 10–15

Harald Alexander Becker: Dekadenzerscheinungen in der preußischen Gesellschaft im Spätwerk Theodor Fontanes. University of Texas 1989 (Phil. Diss.)

Thomas Becker: »Effi Briest«. Interpretation und unterrichtspraktische Hinweise. Hollfeld 1987. (= Analysen und Reflexionen. 61)

Sabina Becker: Literatur als »Psychographie«. Entwürfe weiblicher Identität in Theodor Fontanes Romanen. In: Zeitschrift für deutsche Philologie, Sonderheft 2001 zum Band 120, Seite 90–110

Fritz Behrend: Aus Theodor Fontanes Werkstatt. Berlin 1924. (= 9. Bertholddruck. Privatdruck)

Roland Berbig und Otfried Keiler. Internationale Arbeitskonferenz in Potsdam: Theodor Fontane im literarischen Leben seiner Zeit. (16.–20.Juni 1986.) In: Fontane-Blätter 6 (1987) Seite 567–576

Luise Berg-Ehlers: Theodor Fontane und die Literaturkritik. Zur Rezeption eines Autors in der zeitgenössischen konservativen und liberalen Tagespresse. Bochum 1990

Luise Berg-Ehlers und Gotthard Erler (Herausgeber): »Ich bin nicht für halbe Portionen«. Essen und Trinken mit Theodor Fontane. Berlin 1995

Clifford Albrecht Bernd: Die Politik als tragendes Strukturelement in Fontanes »Effi Briest«. In: Wahrheit und Wort. Festschrift für Rolf Tarot zum 65. Geburtstag. Herausgegeben von Gabriela Scherer und Beatrice Wehrli. Bern u. a. 1996, Seite 61–71

Karla Maria Bindokat: »Effi Briest«. Erzählstoff und Erzählinhalt. Frankfurt am Main und Bern 1984. (= Europäische Hochschulschriften. Reihe I: Deutsche Sprache und Literatur. 540)

Mareike Blum: »Das ist eben das, was man sich verheiraten nennt«. Zu zwei Frauenbildern bei Theodor Fontane. In: Kleine Lauben. Arcadien und Schnabelewopski. Festschrift für Klaus Jeziorkowski. Herausgegeben von Ingo Wintermeyer. Würzburg 1995, Seite 94–110

Hans Blumenberg: Gerade noch Klassiker. Glossen zu Fontane. München u. a. 1998

Werner Bockholdt, Andreas Rohde: Das Theodor-Fontane-Kochbuch. Ein literarisches Kochbuch. Warendorf 1998

Paul Böckmann: Der Zeitroman Fontanes. In: Der Deutschunterricht 11 (1959) Heft 5, Seite 59–81

Renate Böschenstein: Fontanes »Finessen«. Zu einem Methodenproblem der Analyse »realistischer« Texte. In: Jahrbuch der Deutschen Schillergesellschaft 29 (1985) Seite 532–535

Renate Böschenstein: Die Ehre als Instrument des Masochismus in der Literatur des 18. und 19. Jahrhunderts. In: Freiburger literaturpsychologische Gespräche 7 (1988), Seite 34–55

Renate Böschenstein: »Und die Mutter kaum im Salz«. Muttergestalten in Fontanes »Vor dem Sturm« und »Effi Briest«. In: Mutter und Mütterlichkeit. Festschrift für Verena Ehrlich-Haefeli. Würzburg 1996, Seite 247–269

Marianne Bonwit: »Effi Briest« und ihre Vorgängerinnen Emma Bovary und Nora Helmer. In: Monatshefte (Wisconsin) 40 (1948) Seite 445–456

Alexander von Bormann: Glücksanspruch und Glücksverzicht. Zu einigen Frauengestalten Fontanes. In: Amsterdamer Beiträge zur neueren Germanistik 10 (1980) Seite 205–233

Helmut Brackert und Marianne Schuller: Theodor Fontane, »Effi Briest«. In: Funk-Kolleg Literatur. Band I . Herausgegeben von Helmut Brackert und Eberhard Lämmert. Frankfurt am Main 1977. (= Fischer-Taschenbuch. 6326), Seite 325–336

Jean-Louis Brandet: Le secret et la caricature. Remarques sur Fontane. In: Mélanges offerts à Claude David pur son 70e anniversaire. Herausgegeben von J.-L. Brandet. Bern und Frankfurt am Main 1986, Seite 37–58

Gertrud H. Brate: Über den Begriff der Ehre im Werke Theodor Fontanes. City University of New York 1973 (Phil. Diss.)

Kirstin Breitenfellner: Lavaters Schatten. Physiognomie und Charakter bei Ganghofer, Fontane und Döblin. Dresden u. a. 1999

Richard Brinkmann: Theodor Fontane. Über die Verbindlichkeit des Unverbindlichen. München 1967

Richard Brinkmann: Der angehaltene Moment. Requisiten – Genre – Tableau bei Fontane. In: Formen realistischer Erzählkunst, Seite 360–380. Auch in: Deutsche Vierteljahrsschrift für Literaturwissenschaft und Geistesgeschichte 53 (1979) Seite 429–462

Elisabeth Bronfen: Die schöne Leiche. Weiblicher Tod als motivische Konstante von der Mitte des 18. Jahrhunderts bis in die Moderne. In: Weiblichkeit und Tod in der Literatur. Herausgegeben von Renate Berger und Inge Stephan. Köln und Wien 1987, Seite 87–115

Maria Elisabeth Brunner: »Effi Briest« von Theodor Fontane als Schule des Sehens. In: Wittgenstein. Herausgegeben von Ralf Schnell. Stuttgart u. a. 1999 (= Zeitschrift für Literaturwissenschaft und Linguistik. 115)

Maria Elisabeth Brunner: Sehen und Erkennen in »Effi Briest«. Ist Wahrnehmung »ein zu weites Feld«? In: Seminar 36 (2000) Heft 4, Seite 418–435

Maria E. Brunner: »Man will die Hände des Puppenspielers nicht sehen« – Wahrnehmung in »Effi Briest«. In: Fontane-Blätter (2001) Heft 71, Seite 28–48

Theo Buck: Zwei Apotheker-Figuren in »Madame Bovary« und »Effi Briest«. Anmerkungen zur realistischen Schreibweise bei Flaubert und Fontane. In: Jahrbuch der Raabe-Gesellschaft (1976) Seite 33–59

Theo Buck: Hommage für Roswitha. Zum Menschenbild Theodor Fontanes. In: Deutsche Dichtung um 1890. Beiträge zu einer Literatur im Umbruch. Herausgegeben von Robert Leroy und Eckart Pastor. Bern u. a. 1991,Seite 257–271

Sigrid Anita Burns: Women Between Nature Magic and Emancipation. Washington University 1984 (Phil. Diss.)

Kenneth S. Calhoon: Alchemies of distraction. James's »Portrait of a Lady« and Fontanes »Effi Briest«. In: Arcadia 43 (1999) Heft 1, Seite 90–113

Anni Carlsson: Ibsenspuren im Werk Fontanes und Thomas Manns. In: Deutsche Vierteljahrsschrift für Literaturwissenschaft und Geistesgeschichte 43 (1969) Seite 289–296

T. E. Carter: A Leitmotif in Fontane's »Effi Briest«. In: German Life and Letters, New Series 10 (1956/57) Seite 38–42

Helen Elizabeth Chambers: Supernatural and Irrational Elements in the Works of Theodor Fontane. Stuttgart 1980

Helen E. Chambers: Mond und Sterne in Fontanes Werken. In: Fontane-Blätter 5 (1984) Seite 457–476

Helen Chambers: The changing image of Theodor Fontane. Columbia 1997

Yun-Young Choi: Individuum und Gesellschaft in Fontanes »Effi Briest«. In: Dogilmunhak 36 (1995) Heft 3, Seite 118–136

Jane Scofield Chew: The Theme of Adultery in the Novels of Theodor Fontane. The Pennsylvania State University 1980 (Phil. Diss.)

Annette Coen: Literaturkartei: »Effi Briest«. Mühlheim an der Ruhr 1999

Alan Corkhill: Abwandlungen des Duellrituals in der deutschsprachigen Literatur des 19. und frühen 20. Jahrhunderts. In: Neophilologus 72 (1988) Seite 244–257

Else Croner: Fontanes Frauengestalten. Berlin 1906. 2. Auflage Langensalza 1931. (= Schriften zur Frauenbildung. 12)

Thomas Degering: Das Verhältnis von Individuum und Gesellschaft in Fontanes »Effi Briest« und Flauberts »Madame Bovary«. Bonn 1978. (= Abhandlungen zur Kunst-, Musik- und Literaturwissenschaft. 274)

Konstantina Delbruyère: Der Dialog. Seine Funktion und Bedeutung in den späten Romanen Theodor Fontanes. München 1982 (Phil. Diss.)

Peter Demetz: Formen des Realismus. Theodor Fontane. Kritische Untersuchungen. München 1964

Benedikt Descourvières: Utopie des Lesens. Eine Theorie kritischen Lesens auf Grundlage der Ideologietheorie Louis Althussers. Dargestellt an Texten Georg Büchners, Theodor Fontanes, Ödön von Horvaths und Heiner Müllers. Sankt Augustin 1999

Uwe Dethloff: Emma Bovary und Effi Briest. Überlegungen zur Entwicklung des Weiblichkeitsbildes in der Moderne. In: Theodor Fontane. Am Ende des Jahrhunderts. Band II, Seite 123–134

Marianne C. Devine: Erzähldistanz bei Theodor Fontane: Untersuchungen zur Struktur seiner tragischen Gesellschaftsromane. University of Connecticut 1974 (Phil. Diss.)

Marianne C. Devine: Erzähldistanz in Fontanes »Effi Briest«. In: Formen realistischer Erzählkunst, Seite 544–549

Klaus Dieckhoff: Romanfiguren Theodor Fontanes in andragogischer Sicht. Untersuchungen zur Geschichte des Erwachsenseins. Frankfurt am Main u. a. 1994

Klaus Dieckhoff: »Männer – und nun gar wenn sie Prinzipien haben – sind immer alte Ekels«. Männerbildung im Spiegel Theodor Fontanes. In: Zeitschrift für Bildungs- und Wissenschaftsgeschichte 1/2 (1996) Seite 135–155

Regina Dieterle: Vater und Tochter. Erkundung einer erotisierten Beziehung in Leben und Werk Theodor Fontanes. Bern u. a. 1996. (= Zürcher Germanistische Studien. 47)

Otto Drude: Wo liegt Hohen-Cremmen, und wo wurde Effi Briest geboren? Ort und Zeit bei Fontane. In: Mitteilungen der Technischen Universität Carolo-Wilhelmina zu Braunschweig 25 (1990) 3, Seite 28–34

Monique Dubar: Portrait d'Effi Briest en Cendrillon, Nora et Froufrou. In: Theodor Fontane (1819–1898). Un promeur dans le siècle. Herausgegeben von Marc Thuret. Asnières 1999, Seite 199–218

Joachim Dyck und Bernhard Wurth: »Immer Tochter der Luft« Das gefährliche Leben der Effi Briest. In: Psyche 39 (1985) Seite 617–633

Hartmut Eggert: Ehe und Sexualität. Erzählerischer Umgang mit gesellschaftlichen Normen von Goethes »Wahlverwandtschaften« bis Fontanes »Effi Briest«. In: Sitten und Sittlichkeit im 19. Jahrhundert. Herausgegeben von Peter Brockmeier und Stephane Michaud. Stuttgart 1993, Seite 58–81

Conrad Ehlich: Die Fremde als Spuk. Fontane. In: Merkur 52 (1998) Heft 8, Seite 746–752

Edeltraud Ellinger: Das Bild der bürgerlichen Gesellschaft bei Theodor Fontane. Würzburg 1970 (phil. Diss.)

Gisela Elsner: Wie man sich einfach unmöglich macht. Über Ehebrecherinnen in der Weltliteratur und die Moral der Bourgeoisie. In: G. Elsner: Gefahrensphäre. Wien 1988, Seite 79–109

Eric Erfurth: Bananen und Stachelbeeren oder: Krapp, Fontane, Beckett und die Bibliotheksphänomene. In: Forum Modernes Theater (Tübingen) 7 (1992) Heft 1, Seite 36–45

Gotthard Erler: »Effi Briest«: Die Ardenne-Affäre bei Fontane und Spielhagen. In: Zur Entstehungs- und Wirkungsgeschichte Fontanescher Romane. Aus den Kommentaren zur achtbändigen Ausgabe der Romane und Erzählungen, die zum 150. Geburtstag des Dichters im Aufbau-Verlag, Berlin und Weimar, erscheint. Fontane-Blätter Sonderheft 2 (1969) Seite 64–68

Hans Ester: Rollo und die Ordnung. In: Zäsur. Zum Abschied von Gregor Pompen am 1. September 1993. Herausgegeben von Inge Laisina u. a. Nijmegen 1994, Seite 115–121

Hans Ester: Theodor Fontane und der Berliner Roman. In: Das Jahrhundert Berlins. Eine Stadt in der Literatur. Herausgegeben von Jattie Enklaar und H. E. Amsterdam 2001. (= Epistemata: Reihe Literaturwissenschaft. 315)

Christine Ann Evans: New Wine in Old Bottles. On Appropriating Male Speech in Effi Briest. In: Germanic Notes (Lexington) 19 (1988) 3, Seite 38–41

Barbara Everet: Night Air: »Effi Briest« and other Novels by Fontane. In: Theodor Fontane and the European Context. Amsterdam 2001, Seite 85–94

Inga-Stina Ewbank: »Hedda Gabler«, »Effi Briest« and »The Ibsen Effect«. In: Theodor Fontane and the European Context. Amsterdam 2001, Seite 95–104

Katharina von Faber-Castell: Arzt, Krankheit und Tod im erzählerischen Werk Theodor Fontanes. Zürich 1983. (= Züricher medizingeschichtliche Abhandlungen. Neue Reihe. 157)

Reinhard Finke: »...der Äquator läuft über den Bauch.« Namen und Geschichten zu Afrika in Fontanes »Effi Briest« und anderswo. In: Romantik und Ästhetizismus. Festschrift für Paul Gerhard Klussmann. Herausgegeben von Bettina Gruber und Gerhard Plumpe. Würzburg 1999, Seite 297–313

B. Susann Förster-Habrich: Die Briefe Theodor Fontanes. Romane und Erzählungen im Spiegel seiner Briefe. Gießen 1996 (Phil. Diss.)

Theodor Fontane. Herausgegeben von Wolfgang Preisendanz. Darmstadt 1973. (= Wege der Forschung. 381)

Theodor Fontane (Themenheft). Diskussion Deutsch 26 (1995) Heft 144

Theodor Fontane: The London Symposium. Herausgegeben von Alan Bance u. a. Stuttgart 1995

Fontane aus heutiger Sicht. Analysen und Interpretationen seines Werks. Herausgegeben von Hugo Aust. München 1980

Formen realistischer Erzählkunst. Festschrift für Charlotte Jolles. In Honour of her 70th Birthday. Herausgegeben von Jörg Thunecke u. a. Nottingham 1979

Francoise Forster-Hahn: »Die Ehe als Beruf« oder der Fall von der Schaukel. Über die Moral in präraffaelitischen Bildgeschichten und in Fontanes »Effi Briest«. In: Fontane und die bildende Kunst. Herausgegeben von Claude Keisch. Berlin 1998. (= Ausstellungskatalog)

Marius Fränzel: »Alles geht nämlich unterirdisch vor sich«. Einige Anmerkungen zu einer angewandten Etymmystik von Theodor Fontanes »Effi Briest«. In: Zettelkasten 12 (1993) Seite 229–256

Dieter Franke: »Effi Briest« und die Folgen. Literarische Gedankenspiele um Theodor Fontane. Berlin 1999

Norbert Frei: Theodor Fontane. Die Frau als Paradigma des Humanen. Königstein im Taunus 1980

Lilian R. Furst: Madame Bovary and Effi Briest. An Essay in Comparison. In: Romanistisches Jahrbuch 12 (1961) Seite 124–134

Karl Heinz Gärtner: Theodor Fontane. Literatur als Alternative. Eine Studie zum »poetischen Realismus« in seinem Werk. Bonn 1978. (= Abhandlungen zur Kunst-, Musik- und Literaturwissenschaft. 265)

H. B. Garland: The Berlin Novels of Theodor Fontane. Oxford 1980

Astrid Gathmann und Hans-Dieter Schwarzmann: »Effi Briest« und »Madame Bovary«. Zwei Gesellschaftsromane im 19. Jahrhundert. Stuttgart, u. a. 1993. (= Arbeitsmaterialien Deutsch. Fächerverbindender Unterricht. Deutsch/Französisch)

Hanna Geffcken: »Effi Briest« und »Madame Bovary«. In: Das literarische Echo 22 (1921) Spalte 523–527

Alexander Geist: Theodor Fontanes Effi Briest. München 1997. (= Lektüre. Durchblick. 321)

Hans-Dieter Gelfert: Wie interpretiert man einen Roman? Stuttgart 1993. (= Reclams Universal-Bibliothek. 15031)

Hans Vilmar Geppert: »A Cluster of Signs«. Semiotic Micrologies in Nineteenth-Century Realism. »Madame Bovary«, »Middlemarch«, »Effi Briest«. In: The Germanic Review (1998) Heft 3, Seite 239–250

Anna Marie Gilbert: A New Look at »Effi Briest«: Genesis and Interpretation. In: Deutsche Vierteljahrsschrift für Literaturwissenschaft und Geistesgeschichte 53 (1979) Seite 96–114

Anna Marie Gilbert: A New Reading of Fontane's »Effi Briest«. Genesis and Interpretation. University of California 1981 (Phil. Diss.)

Mary-Enole Gilbert: Fontanes »Effi Briest«. In: Der Deutschunterricht 11 (1959) Heft 4, Seite 63–75

Rainer Gippert: Fontanes Roman »Effi Briest« im Hinblick auf die Zeitgestaltung interpretiert. Bonn 1951 (Phil. Diss.)

Horst Albert Glaser: Theodor Fontane. Effi Briest (1894). Im Hinblick auf Emma Bovary und andere. In: Romane und Erzählungen des Bürgerlichen Realismus. Neue Interpretationen. Herausgegeben von Horst Denkler. Stuttgart 1980, Seite 362–377

Felicia Gordon: Legitimation and irony in Tolstoy and Fontane. In: Nicholas White, Naomi Segal: Scarlett letters: fictions of adultery from antiquity to the 1900 s. Basingstoke u. a. 1997, Seite 85–97

Lotte Grages: Frauengestalten bei Theodor Fontane. Heppenheim 1931

Christian Grawe: Crampas' Lieblingsdichter Heine und einige damit verbundene Motive in »Effi Briest«. In: Raabe-Jahrbuch 1982, Seite 148–170

Christian Grawe: Theodor Fontane: »Effi Briest«. Grundlagen und Gedanken zum Verständnis erzählender Literatur. Frankfurt am Main, Berlin und München 1985

Christian Grawe: Über die Sinnentleerung der Literatur. Polemische Anmerkungen zu Bernd W. Seilers »Effi Briest«-Aufsatz in Diskussion Deutsch (1988)

Seite 586–605. In: Diskussion Deutsch 20 (1989) Seite 208–211

Christian Grawe: Effi Briest. Geducktes Vögelchen in Schneelandschaft. Effi von Innstetten, geborene von Briest. In: Interpretationen: Fontanes Novellen und Romane. Herausgegeben von Christian Grawe. Stuttgart 1991. (= Reclams Universal-Bibliothek. 8416) Seite 217–242

Christian Grawe: »Es schlug gerade…«. Zur Gestaltung eines Zeitelements in Fontanes Romanen. In: Fontane-Blätter 51 (1991) Seite 141–156

Valerie Greenberg: The Resistance of »Effi Briest«: An (un)told Tale. In: Publications of the Modern Language Association of Amerika 103 (1988) Seite 770–782

Stefan Greif: Ehre als Bürgerlichkeit in den Zeitromanen Theodor Fontanes. Paderborn u.a. 1992

Gisela Greve: Theodor Fontanes »Effi Briest«. Die Entwicklung einer Depression. In: Jahrbuch der Psychoanalyse 18 (1986) Seite 195–220

Heide Grieve: Aspects of Fontane's Narrative Technique. The Development of His Novels in the Context of German and European Prose Fiction. University of East Anglia 1974 (Phil. Diss.)

Gabriele Gross: Der Neid der Mutter auf die Tochter. Ein weibliches Konfliktfeld bei Fontane, Schnitzler, Keyserling und Thomas Mann. Bern u.a. 2002

Sylvain Guarda: Theodor Fontane und das »Schau-Spiel«. Die Künstlergestalten als Bedeutungsträger seines Romanwerks. Bern, Frankfurt am Main und New York 1990

Vincent J. Günther: Das Symbol im erzählerischen

Werk Fontanes. Bonn 1967. (= Bonner Arbeiten zur deutschen Literatur. 16)

Glenn A. Guidry: Myth and Ritual in Fontane's »Effi Briest«. In: The Germanic Review 59 (1984) Seite 19–25

Karl S. Guthke: Fontanes »Finessen«, »Kunst« oder »Künstelei«? In: Jahrbuch der Deutschen Schillergesellschaft 26 (1982) Seite 235–261

Ortrud Gutjahr: Kultur der Ungleichzeitigkeit. Theodor Fontanes Berliner-Romane im Kontext der literarischen Moderne. In: Theodor Fontane. Am Ende des Jahrhunderts. Band III, Seite 171–188

Klaus Haberkann: »Links und rechts umlauert«. Zu einem symbolischen Schema in Fontanes »Effi Briest«. In: Modern Language Notes 101 (1986) Seite 553–591

Klaus Haberkann: Links und Rechts. Nochmals zur Symbolik der »Verführungsszene« in Fontanes »Effi Briest«. In: Eros, Ehe, Ehebruch. Münster 1997, Seite 58–75. (= Spektrum Literatur. Literarische Abende zu menschlichen Themen. 2)

Peter Härtling: Der spanische Soldat oder Finden und Erfinden. Frankfurter Poetik-Vorlesungen. Darmstadt und Neuwied 1984. (= Sammlung Luchterhand. 600)

Karl Hahn: Dem Ehrenkodex geopfert: Effi Briest. In: Karl Hahn: Schicksal als Gesetz. Betrachtungen zur Unausweichlichkeit des Seinsgesetzlichen. Frankfurt am Main 1993, Seite 57–74

Elsbeth Hamann: Theodor Fontanes »Effi Briest« aus erzähltheoretischer Sicht unter besonderer Berücksichtigung der Interdependenz zwischen Autor, Erzählwerk und Leser. Bonn 1984

Elsbeth Hamann: Theodor Fontane: »Effi Briest«. 2., überarbeitete und ergänzte Auflage. München 1988. (= Oldenbourg-Interpretationen. 11)

Ulrike Hanraths: Das Andere bin ich. Zur Konstruktion weiblicher Subjektivität in Fontanes Romanen. In: Theodor Fontane. Text + Kritik. München 1989, Seite 163–173

Ulrike Hanraths: Bilderfluchten. Weiblichkeitsbilder in Fontanes Romanen und im Wissenschaftsdiskurs seiner Zeit. Aachen 1997

Barbara Hardy: Tellers and Listeners in »Effi Briest«. In: Theodor Fontane and the European Context. Amsterdam 2001, Seite 85–94

Martá Harmat: Eisenbahnen. Zivilisationskritik und Kulturskepsis in »Anna Karenina« und »Effi Briest«. In: Europavisionen im 19. Jahrhundert: Vorstellungen von Europa in Literatur und Kunst, Geschichte und Philosophie. Herausgegeben von Wulf Segebrecht. Würzburg 1999. (=Literatura. 10)

Antje Harnisch: Keller, Raabe, Fontane. Geschlecht, Sexualität und Familie im bürgerlichen Realismus. Frankfurt am Main u. a. 1994. (= Forschungen zur Literatur- und Kulturgeschichte. 46)

Ursula Hartmüller: Fontanes »Effi Briest«. Eine handlungs- und produktionsorientierte Annäherung. In: Praxis Deutsch 21 (1994) Heft 123, Seite 53–57

Ulrike Haß: Theodor Fontane. Bürgerlicher Realismus am Beispiel seiner Berliner Gesellschaftsromane. Bonn 1979. (= Abhandlungen zur Kunst-, Musik- und Literaturwissenschaft. 289)

Brigitte Hauschild: Geselligkeitsformen und Erzählstrukturen. Die Darstellung von Geselligkeit und

Naturbegegnung bei Gottfried Keller und Theodor Fontane. Frankfurt am Main und Bern 1981. (= Europäische Hochschulschriften. Reihe 1: Deutsche Sprache und Literatur. 413)

Christine Hehle: »Ich steh und falle mit Gieshübler.« Die Verführung der »Effi Briest«. In: Theodorus victor. Theodor Fontane, der Schriftsteller des 19. am Ende des 20. Jahrhunderts. Herausgegeben von Roland Berbig. Frankfurt am Main u. a. 1999, Seite 137–162

Christine Hehle: Von Kroschotin nach Kessin. Zu Landschaft und Mythos der Ostsee in Fontanes Romanen. In: Wirkendes Wort 51 (2001) Heft 3, Seite 30–43

Wolf-Rüdiger Heinrich: Podiumsgespräch im Unterricht der Klasse 1. In: Der Deutschunterricht (1981) Heft 7/8, Seite 411–414

Bernt von Heiseler: »Effi Briest«. In: B. von Heiseler: Gesammelte Essays zur alten und neuen Literatur. Band 1: Figuren 1. Stuttgart 1966, Seite 206–213

Rudolf Helmstetter: Literarisch induzierte Liebe und »salonmäßig abgedämpfte Liebe«. Theodor Fontanes »Effi Briest«. In: Leidenschaft literarisch. Herausgegeben von Reingard M. Nischik. Konstanz 1998. (= Texte zur Weltliteratur. 1)

Gertrud Herding: Theodor Fontane im Urteil der Presse. Ein Beitrag zur Geschichte der literarischen Kritik. München 1945 (Phil. Diss.)

Helene Herrmann: Theodor Fontanes »Effi Briest«. In: Die Frau 1912, Seite 543–554, 610–625, 677–694

Gunter H. Hertling: Alonzo Gieshübler: Theodor Fontanes persönlichste »Neben«-. »Mittelgrunds«-

und »Schlüssel«-Figur. In: Michigan Germanic Studies 16 (1990) Heft 2, Seite 150–184

Walter Herzig: Weltentwurf und Sprachverwandlung. Untersuchungen zu Dominanzverschiebungen in der Erzählkunst zwischen 1825 und 1950. Frankfurt am Main u. a. 1982

Renate von Heydebrand und Simone Winko: Geschlechterdifferenz und literarischer Kanon. Historische Beobachtungen und systematische Überlegungen. In: Internationales Archiv für Sozialgeschichte der Literatur 19 (1994) Heft 2, Seite 96–172

Roger Hillman: Zeitroman. The Novel and Society in Germany 1830 to 1900. Bern, Frankfurt am Main und New York 1983

Elisabeth Hoffmann: Annie von Innstetten – noch eine Nebenfigur in Fontanes »Effi Briest«. In: Fontane-Blätter 57 (1994) Seite 77–87

Else Hoffmann: Fontanes »Effi Briest«, ein Stück Heimatkunst. In: Unser Pommerland. Monatsschrift für das Kulturleben der Heimat 7. (1922) Seite 239–244

Brian Holbeche: Innstetten's »Geschichte mit Entsagung« and its Significance in Fontane's »Effi Briest«. In: German Life and Letters 41 (1987/88) Seite 21–32

Brian Holbeche: Mother and daughter. A key relationship in Fontane's »Effi Briest«. In: Unravelling the labyrinth. Festschrift für Eric Lowson Marson. Herausgegeben von Kerry Dunne, Ian R. Campbell. Frankfurt am Main u. a. 1997, Seite 37–56

Gudrun Henderson Hoobler: The dual nature of victimization. A study of four women in Gerhart

Hauptmann's »Rose Bernd« and Theodor Fontane's »Effi Briest«. Ann Arbor 1995
Sabine Hotho-Jackson: »Dazu muß man selber intakt ein.« Innstetten and the portrayal of a male mind in Fontane's »Effi Briest«. In: Forum for Modern Language Studies 32 (1996) Heft 3, Seite 264–276
Christoph Hubig: »Es ist soviel Unschuld in ihrer Schuld«. Theodor Fontanes Stellung zur »preußischen Moral« am Beispiel der »Effi Briest«. In: Preußen. Versuch einer Bilanz. Eine Ausstellung. Band 4: Preußen. Dein Spree-Athen. Reinbek bei Hamburg 1981, Seite 109–120
Robert L. Jamison: The Fearful Education of Effi Briest. In: Monatshefte 74 (1982) Seite 20–32
Birgit A. Jensen: Auf der morschen Gartenschaukel. Kindheit als Problem bei Theodor Fontane. Amsterdam 1998. (= Amsterdamer Publikationen zur Sprache und Literatur. 132)
Hang-Kyun Jeong: Dialogische Offenheit. Eine Studie zum Erzählwerk Theodor Fontanes. Würzburg 2001. (= Epistemata. Reihe Literaturwissenschaft. 315)
Karsten Jessen: Theodor Fontane und Skandinavien. Kiel 1975 (Phil. Diss.)
Marilyn Louise Johnson: Maturation in Demise. Theodor Fontane's »L'Adultera«, »Schach von Wuthenow« »Unwiederbringlich« and »Effi Briest«. University of Washington 1981 (Phil. Diss.)
Guido Jüttner: Aus der »Giftbude« ins Herrenhaus von Effi Briest. Theodor Fontane – Apotheker wider Willen. In: Die Waage 23 (1984) Heft 2, Seite 67–74
Martha Kaarsberg-Wallach: Die »verkaufte« Braut:

Mütter geben ihre Töchter preis. Wobeser, »Elisa«; Kleist, »Die Marquise von O...«; Fontane, »Effi Briest«. In: Mütter – Töchter – Frauen. Weiblichkeitsbilder in der Literatur. Herausgegeben von Helga Kraft und Elke Liebs, Stuttgart 1993, Seite 91–113

Dieter Kafitz: Figurenkonstellation als Mittel der Wirklichkeitserfassung. Dargestellt an Romanen der zweiten Hälfte des 19. Jahrhunderts (Freytag. Spielhagen. Fontane. Raabe). Kronberg im Taunus 1978

Nancy A. Kaiser: Social Integration and Narrative Structure. Patterns of Realism in Auerbach, Freytag, Fontane and Raabe. New York u. a. 1986

Otfried Keiler: »Effi Briest«. Arbeit mit Motiven. In: Der Deutschunterricht (1981) Heft 7/8, Seite 415–423

Franz R. Kempf: »Versteckt und gefährlich politisch« – hundert Jahre »Effi Briest«-Kritik. In: Michigan Germanic Studies 17 (1991) Seite 99–118

Wilhelm Kettner: Emil F. Hartwich (1843–1886). Vita – Genealogie – Wirken als Sportlehrer. Düsseldorf 1992 [Über das Urbild des Crampas]

Barbara E. Kienbaum: Die Frauengestalten in Theodor Fontanes Berliner Romanen. Michigan State University 1978 (Phil. Diss.)

Young-Zu Kim: Eine Studie über den Hohen-Cremmen-Raum in Theodor Fontanes »Effi Briest«. In: Dogilmunhak (1987) Heft 38, Seite 52–74

Hans Christian Kirsch: Theodor Fontane. »Effi Briest« und »Der Stechlin« als Beispiele realistischer Romankunst. In: Klassiker heute. Realismus und Naturalismus. Frankfurt am Main 1983, Seite 229–263

Marion Kleinschmidt: Psychologische Erzählkunst in den Romanen »Schach von Wuthenow«, »Unwiederbringlich« und »Effi Briest« von Theodor Fontane. Hannover 1995. (= Phil. Diss.)
Reinhold Klinge: Mensch und Gesellschaft im Spiegel neuerer Romane. In: Der Deutschunterricht 2 (1971) Seite 86–102
Bettina Klingler: Emma Bovary und ihre Schwestern. Die unverstandene Frau: Variationen eines literarischen Typus von Balzac bis Thomas Mann. Reinbach-Merzbach 1986
Albrecht Kloepfer: Fontanes Berlin. Funktion und Darstellung der Stadt in den Zeit-Romanen. In: Germanisch-Romanische Monatsschrift 42 (1992) Seite 67–86
Erwin Kobel: Die Angst der Effi Briest. Zur möglichen Kierkegaard-Rezeption Fontanes. In: Jahrbuch des Freien Deutschen Hochstifts 1994, Seite 254–288
Richard Anton Koch: The German Gesellschaftsroman at the Turn of the Century: A Comparison of the Works of Theodor Fontane and Eduard von Keyserling. Stanford University 1981 (Phil. Diss.)
Roland Köhne: »Effi Briest« und die Duellfrage. Zu einem Brief Fontanes an Maximilian Harden. In: Fontane-Blätter (1997) Heft 64, Seite 229–251
Roland Köhne: Der Roman »Effi Briest« in Thomas Manns Anzeige eines Fontane-Buches. In: Thomas Mann Jahrbuch 13 (2000) Seite 113–122
Jürgen Kolbe: Goethes »Wahlverwandtschaften« und der Roman des 19. Jahrhunderts. Stuttgart 1968. (= Studien zur Poetik und Geschichte der Literatur. 7)
Rainer Kolk: Beschädigte Individualität. Untersuchungen zu den Romanen Fontanes. Heidelberg

1986. (= Probleme der Dichtung. Studien zur deutschen Literaturgeschichte. 19)

Eugene Koltai: Untersuchungen zur Erzähltechnik Theodor Fontanes, dargestellt an den Werken »Vor dem Sturm«, »Irrungen, Wirrungen« und »Effi Briest«. New York University 1969 (Phil. Diss.)

Hans-Joachim Konieczny: Theodor Fontanes Erzählwerk in Presseorganen des ausgehenden 19. Jahrhunderts. Eine Untersuchung zur Funktion des Vorabdrucks ausgewählter Erzählwerke in den Zeitschriften »Nord und Süd«, »Westermanns illustrierte Monatshefte«, »Deutsche Romanbibliothek«, »Über Land und Meer«, »Die Gartenlaube« und »Deutsche Rundschau«. Paderborn 1978 (Phil. Diss.)

Edith H. Krause: Theodor Fontane. Eine rezeptionsgeschichtliche und übersetzungskritische Untersuchung. Bern u. a. 1989

Edith H. Krause, Steven V. Hicks: »O Himmel, jetzt kommt Hegel an die Reihe.« Fontane und Hegel an social substance. In: Seminar 35 (1999) Heft 1, Seite 38–54

Edith H. Krause: Desire and Denial. Fontanes »Effi Briest«. In: Germanic Review 74 (1999) Heft 2, Seite 117–129

Detlef Kremer und Nikolaus Wegmann: Wiederholungslektüre(n): Fontanes »Effi Briest«. Realismus des wirklichen Lebens oder realistischer Text? In: Der Deutschunterricht 47 (1995) Heft 6, Seite 56–75

Heinz L. Kretzenbacher: Das Kulturthema Ehre. Über Ehre, Ironie und kulturelle Interferenz: Ehebruch und Ehekonflikt bei Theodor Fontane und Eca de Queirós. In: Jahrbuch Deutsch als Fremdsprache 16 (1990) Seite 32–75

Dieter Krohn: Wer hat eigentlich Mitleid mit Innstetten in Fontanes »Effi Briest«? In: Kleine Beiträge zur Germanistik. Festschrift für John Evert Härd. Herausgegeben von Bo Andersson und Gernot Müller. Uppsala 1997, Seite 157–164 (= Acta Universitatis. 37)

Dieter Krohn: Die Dialoge in »Effi Briest« als Problem der Erzähltheorie. In: Germanistische Schlaglichter. Eine Reihe der Institute für deutsche Sprache der Universitäten Göteborg und Uppsala (1998) Heft 1, Seite 7–22 (Beiträge zur »Effi-Briest«-Forschung)

Anna Kusser: War »Effi Briest« das Opfer moralischer Prinzipien? Analyse einer Kontroverse. In: Rationalität, Realismus, Revision. Vorträge des 3. internationalen Kongresses der Gesellschaft für Analytische Philosophie vom 15.–18. September 1997. Herausgegeben von Julian Nida-Rümelin. Berlin u. a. 2000. (= Perspektiven der analytischen Philosophie.23)

Dieter Lamping: »Schönheitsvoller Realismus«. Die Landschaftsbilder Fontanes. In: Wirkendes Wort 94 (1984) Seite 2–10

Fritz Landshoff: Theodor Fontanes »Effi Briest«. Die Kunstform eines Romans. Frankfurt am Main 1924 (Phil. Diss.)

Loretta Lari: Theodor Fontane, »Effi Briest«. In: L. Lari: Esercizi sui tedeschi. Pisa 1990, Seite 289–373

Jutta Sigrid Leheis: Zauber des Evatums. Zur Frauenfrage bei Theodor Fontane. University of Massachusetts 1974 (Phil. Diss.)

Christine Lehmann: Das Modell Clarissa. Liebe, Verführung, Sexualität und Tod der Romanheldinnen des 18. und 19. Jahrhunderts. Stuttgart 1991

Mark Lehrer: Intellektuelle Aporie und literarische Originalität. Wissenschaftsgeschichtliche Studien zum deutschen Realismus: Keller, Raabe und Fontane. New York u. a. 1991

Jean H. Leventhal: Fact into Fiction: »Effi Briest« and the Ardenne Case. In: Colloquia Germanica 24 (1991) Nr. 3/4, Seite 181–193

Jean H. Leventhal: Echoes in the Text: Musical Citation in German Narratives from Theodor Fontane to Martin Walser. Berlin 1995. (= Studies in Modern German Literature. 64)

Claudia Liebrand: Das Ich und die Anderen. Fontanes Figuren und ihre Selbstbilder. Freiburg im Breisgau 1990

Dieter Lohr: Die Erlebnisgeschichte der »Zeit« in literarischen Texten. Analyse von Temporalstrukturen – der isländischen »Laxdae(!)la Saga«, des »Parzival« Wolframs von Eschenbach, in Grimmelshausens »Simplicissimus Teutsch«, Goethes »Wilhelm Meisters Lehrjahre«, Fontanes »Effi Briest« und Heinrich Bölls »Billard um halb zehn«. Bad Iburg 1999

María Losada: A Jakobsonian reading of the epistolary strategies of communication in Fontane's »Effi Briest«. In: Focus on Literatur 1 (1994) Heft 1, Seite 36–43

Bernhard Losch: Fontanes »Effi Briest« im »weiten Feld« der Rechtsphilosophie. In: Neue Juristische Wochenschrift 49 (1996) Heft 17, Seite 1100–1103

Gudrun Loster-Schneider: Der Erzähler Fontane. Seine politischen Positionen in den Jahren 1864–1890 und ihre ästhetische Vermittlung. Tübingen 1986. (= Mannheimer Beiträge zur Sprach- und Literaturwissenschaft. 11)

Rainer Lotz: Opfer der Ehe. Eine vergleichende Untersuchung zu Form und Wirksamkeit von ethischen Konzepten in Theodor Fontanes »Effi Briest« und Premchands »Nirmala«. In: Kulturelle Identität. Deutsch-indische Kulturkontakte in Literatur, Religion und Politik. Herausgegeben von Horts Turk und Anil Bhatti. Berlin 1997, Seite 191–208. (= Göttinger Beiträge zur internationalen Übersetzungsforschung. 15)

Theodor L. Lowe: The Problem of Love and Marriage in the Novels of Theodor Fontane. University of Pennsylvania 1955 (Phil. Diss.)

Heinz-Helmut Lüger: Stereotypie und Konversationsstil. Zu einigen Funktionen satzwertiger Phraseologismen im literarischen Dialog. In: Deutsche Sprache 17 (1989) Seite 2–25

Michael Mandelartz: »Das erste Kapitel ist immer die Hauptsache.« Paradies und Sündenfall der Effi Briest. In: Doitsu bungaku (1997) Heft 99, Seite 71–79

Mandane Manko: Figuren und Konfliktdarstellung bei Friedrich Spielhagen, Theodor Fontane, Ferdinand von Saar, Eduard von Keyserling. Eine vergleichende Untersuchung der Erzählungen »Zum Zeitvertreib«, »Effi Briest«, »Schloß Kostenitz« und »Am Südhang«. Hamburg 1995 (Phil. Diss.)

Fritz Martini: Theodor Fontane, »Effi Briest« – Thomas Mann, »Die Buddenbrooks«. Zur Frage ihrer vergleichenden Lektüre im Unterricht. In: Lehren und Lernen 5 (1979) Heft 1, Seite 22–36

Michael Masanetz: Sozialisationsspiel Literatur. Zur Problematik seiner Modellierung im diskursanalytisch-feministischen und im Freudschen Ansatz.

Kritische Überlegungen anhand dreier neuer Arbeiten. In: Fontane-Blätter 63 (1997) Seite 158–166

Michael Masanetz: Vom Leben und Sterben des Königskindes. »Effi Briest« oder der Familienroman als analytisches Drama. In: Fontane-Blätter (2001) Heft 72, Seite 42–93

Norbert Mecklenburg: Figurensprache und Bewußtseinskritik in Fontanes Romanen. In: Deutsche Vierteljahrsschrift für Literaturwissenschaft und Geistesgeschichte 65 (1991) Seite 674–694

Norbert Mecklenburg: Theodor Fontane. Romankunst der Vielstimmigkeit. Frankfurt am Main 1998

Norbert Mecklenburg: »Weiber weiblich, Männer männlich«. Fontanes Reden mit fremden Stimmen. In: Kultur, Sprache, Macht. Festschrift für Klaus Horn. Herausgegeben von John K. Noyes u. a. Frankfurt am Main u. a. 2000

Peter Meyer: Die Struktur der dichterischen Wirklichkeit in Fontanes »Effi Briest«. München 1961 (Phil. Diss.)

Susanne Meyer: Literarische Schwestern: Ana Ozores – Effi Briest. Studien zur psychosozialen Genese fiktionaler Figuren. Aachen 1993

Andreas MhicFhionnbhairr: Anekdoten aus allen fünf Weltteilen. The Anecdote in Fontane's Fiction and Autobiography. Bern, Frankfurt am Main und New York 1985. (= European University Studies. Series 1.864)

Gertrude Michielsen: The Preparation of the Future. Techniques of Anticipation in the Novels of Theodor Fontane and Thomas Mann. Bern, Frankfurt am Main und Las Vegas 1978. (= Canadian Studies in German Language and Literature. 21)

Christoph Miething: Drei Frauen, drei Romane, dreimaliger Tod: Die Reflexion zum Problem des Schönen in der Moderne. In: Sinn und Form 46 (1994) Heft 3, Seite 341–366

Leslie L. Miller: Fontane's »Effi Briest«. Innstetten's Decision: In Defense of the Gentleman. In: German Studies Review 4 (1981) Heft 3, Seite 383–402

Michael Minden: »Effi Briest« and »Die historische Stunde des Takts«. In: Modern Language Review (1981) Seite 869–879

Michael Minden: Realism Versus Poetry. Theodor Fontane, »Effi Briest«. In: The German Novel in the Twentieth Century. Beyond Realism. Herausgegeben von David Midgley. Edinburgh 1993, Seite 18–29

Hanni Mittelmann: Die Utopie des weiblichen Glücks in den Romanen Theodor Fontanes. Bern, Frankfurt am Main und Las Vegas 1980. (= Germanic Studies in Amerika. 36)

Ingrid Mittenzwei: Theorie und Roman bei Theodor Fontane. In: Deutsche Romantheorien. Herausgegeben von Reinhold Grimm. Band 2. Frankfurt am Main 1968, Seite 277–294

Ingrid Mittenzwei: Die Sprache als Thema. Untersuchungen zu Fontanes Gesellschaftsromanen. Berlin und Zürich 1970 (= Frankfurter Beiträge zur Germanistik. 12)

Katharina Mommsen: Das kletternde Mädchen in »Effi Briest« und »Andreas«. In: K. Mommsen: Hofmannsthal und Fontane. Frankfurt am Main 1986 (= Suhrkamp-Taschenbuch 1228), Seite 181–182

Sharon Moyse: Die Gesellschaft als Handlungselement in drei Romanen Fontanes: »L'Adultera«, »Cecile«, »Effi Briest«. Ottawa 1975. (= Canadian Theses on Microfiches. 20189)

Beatrix Müller-Kampel: »Auch die Besten nehmen uns bloß so hin«. Bild und Funktion der Schauspielerin in der Erzählprosa Fontanes. In: Recherches germaniques 19 (1989) Seite 123–142

Harro Müller-Michaels: »Fontane in der Schule.« Ein Bericht über das internationale Symposium in Neuruppin vom 29.–31. Oktober 1998. In: Fontane-Blätter (1999) Heft 68, Seite 217–219

Harro Müller-Michaels: Normendiskurse in Fontanes späten Romanen. In: Der Deutschunterricht 53 (2000) Heft 2, Seite 94–102

Walter Müller-Seidel: Fontanes »Effi Briest«. Zur Tradition des Eheromans. In: Wissenschaft als Dialog. Stuttgart 1969, Seite 30–58

Ernst Nef: Notizen zum Schluß von »Effi Briest«. In: Der gesunde Gelehrte. Literatur-, Sprach- und Rezeptionsanalysen. Festschrift zum 70. Geburtstag von Hans Bänzinger. Herausgegeben von Armin Arnold und C. Stephen Jaeger. Herisau 1987, Seite 70–77

Jürgen Nelles: Bedeutungsdimensionen zwischen dem Gesagten und dem Ungesagten. Intertextuelle Korrespondenz in Fontanes »Effi Briest« und Goethes »Faust«. In: Wirkendes Wort 48 (1998) Heft 2, Seite 192–214

Stefan Neuhaus: Geheimrat Zwickers Affären. Zur Funktion einer Nebenfigur in Fontanes »Effi Briest«. In: Fontane-Blätter (1997) Heft 64, Seite 124–132

Stefan Neuhaus: Kleine Bilanz der Tagung zu Fontanes, »Effi Briest«. In: Fontane-Blätter (1997) Heft 64, Seite 191–192

Stefan Neuhaus: Kessin. Zur Topographie eines literarischen Ortes in Fontanes »Effi Briest«. In: Germanistische Schlaglichter. Eine Reihe der Institute für deutsche Sprache der Universitäten Göteborg und Uppsala (1998) Heft 1, Seite 23–48 (Beiträge zur »Effi-Briest«-Forschung)

Bernd Neumann: Theodor Fontanes »Effi Briest« und die »Wahlverwandtschaften« von Johann Wolfgang Goethe. In: Gingkobaum 1 (1982) Seite 49–61

Gerhard Neumann: Das Ritual der Mahlzeit und die realistische Literatur. Ein Beitrag zu Fontanes Romankunst. In: Das schwierige neunzehnte Jahrhundert. Germanistische Tagung zum 65. Geburtstag von Eda Sagarra im August 1998. Herausgegeben von Jürgen Barkhoff. Tübingen 2000, Seite 301–317 (= Studien und Texte zur Sozialgeschichte der Literatur. 77)

Brigitta Neumeister-Taroni: Theodor Fontane. Poetisches Relativieren – Ausloten einer uneindeutigen Wirklichkeit. Bonn 1976. (= Abhandlungen zur Kunst-, Musik- und Literaturwissenschaft. 196)

Petra Nölke: Kindheit und Krankheit in Theodor Fontanes Roman »Effi Briest«. Berlin 1992. (= Magisterarbeit an der Freien Universität Berlin)

Helmuth Nürnberger: Goethes »Wahlverwandtschaften« und Fontanes Romane. 1. Teil: Unter Palmen. 2. Teil: Ottilie und Effi. In: Deutsches Adelsblatt (2000) Heft 8, Seite 200–203, Heft 9, Seite 228–231

Ulrike Nunhofer: Zur Literarisierung des Arztbildes: Die Arztfiguren in Theodor Fontanes Roman »Effi

Briest« und Arthur Schnitzlers »Traumnovelle«. Erlangen-Nürnberg 1995 (Phil. Diss.)

Hubert Ohl: Bilder, die die Kunst stellt. Landschaftsdarstellungen in den Romanen Theodor Fontanes. In: Schiller-Jahrbuch 11 (1967) Seite 469–483

Teresa Martins de Olivera: Dienstmädchengestalten in den Romanen »O Primo Bazíllo« von Eça de Queirós und »Effi Briest« von Theodor Fontane. In: Die Germanistik in Portugal. Dialog und Debatte. Akten des I. internationalen Kongresses des Portugiesischen Germanistenverbandes. 25.–27. Januar 1996. Band 2. Coimbra 1996, Seite 553–561

Teresa Martins de Olivera: Fontanes »Effi Briest‹‹ and Eça de Queirós's »O Primo Bazílio‹‹. Two Novels of Adultery in the Context of European Realism. In: In: Theodor Fontane and the European Context. Amsterdam 2001, Seite 207–215

Bill Overton: The novel of femal adultery. Love and gender in continental European fiction, 1830–1900. Basingstoke u. a. 1996

Bill Overton: Children and childness in the novel of female adultery. In: The Modern Language Review 94 (1999) Heft 2, Seite 314–327

Amos Oz: Das unmerkliche Fortschreiten des Schattens. Über den Anfang von Theodor Fontanes »Effi Briest«. In: A. O.: So fangen Geschichten an. Frankfurt am Main 1997, Seite 19–25

Eue-Choon Park: Fontanes Zeitromane. Zur Kritik der Gründerzeit. Frankfurt am Main u. a. 1997

Douglas Parmee: Einleitung zu »Effi Briest«. Harmondsworth, Middlesex 1967. (= The Penguin Classics. 190)

Rolf Parr: Kongobecken, Lombok und der Chinese im Hause Briest. Das »Wissen um die Kolonien« und das »Wissen aus den Kolonien« bei Theodor Fontane. In: Fontane und die Fremde, Fontane und Europa. Herausgegeben von Konrad Ehlich. Würzburg 2002, Seite 212–228

Hermann Patsch: Aischa auf der Schaukel. Zu einer möglichen literarischen Anregung für Fontanes »Effi Briest«. In: Fontane-Blätter (1997) Heft 64, Seite 116–123

Jean-Marie Paul: »Ein weites Feld«. L'échec de la communication dans l'oeuvre narrative de Fontane. In: Le texte et l'idée 2 (1987) Seite 137–175

Vanda Perretta: La danza inutile della silfide: »Effi Briest« di Theodor Fontane. In: L'avventura della conoscenza: momenti del »Bildungsroman« dal »Parzival« a Thomas Mann. A cura di Roberta Ascarelli. Napoli 1992, Seite 175–192

Peter C. Pfeiffer: Fontanes »Effi Briest«: Zur Gestaltung epistemologischer Probleme des bürgerlichen Realismus. In: The German Quarterly 63 (1990) Seite 75–82

Bettina Plett: Die Kunst der Allusion. Formen literarischer Anspielung in den Romanen Theodor Fontanes. Köln und Wien 1986. (= Kölner germanistische Studien. 23)

Bettina Plett: Frauenbilder, Männerperspektiven und die fragwürdige Moral. Applikation und Demontage von Rollenbildern und Wertzuschreibungen in Fontanes Romanen. In: Fontane-Blätter (1999) Heft 68, Seite 118–129

Malgorzata Pólrola: »Madame Bovary« und »Effi Briest« – Versuch eines Vergleichs. In Acta Universitatis Wratislaviensis. Germanica Wratislaviensia 61 (1988) 799, Seite 155–175

Klaus-Dieter Post: »Das eigentliche Parfüm des Wortes«. Zum Doppelbild des Heliotrops in Theodor Fontanes Roman »Effi Briest«. In: Literatur und Medien in Wissenschaft und Unterricht. Festschrift für Albrecht Weber zum 65. Geburtstag. Herausgegeben von Walter Seifert. Köln undWien 1987.(= Literatur und Leben. Neue Folge. 31). [Auch in Fontane Blätter 49 (1990) Seite 32–39]

Hans-Georg Pott: Effi Briest, Heinrich Heine und der Teufel. Theodor Fontanes Roman »Effi Briest. In: Klassiker der deutschen Literatur. Epochensignaturen von der Aufklärung bis zur Gegenwart. Herausgegeben von Gerhard Rupp. Würzburg 1999, Seite 98–116

Peter Pütz: Wenn Effi läse, was Crampas empfiehlt… Offene und verdeckte Zitate im Roman. In: Theodor Fontane. Text + Kritik. München 1989, Seite 174–184

Stanley Radcliffe: Fontane: Effi Briest. London 1986. (= Critical Guides to German Texts. 6)

Stanley Radcliffe: Effi Briest and the Crampas Letters. In: German Life and Letters 39 (1986) Heft 2, Seite 148–160

Ulrike Rainer: »Effi Briest« und das Motiv des Chinesen: Rolle und Darstellung in Fontanes Roman. In: Zeitschrift für deutsche Philologie 101 (1982) Seite 545–561

Renate Rauch-Maibaum: »Zum Frauen-« und »Männerbild« in Romanen Theodor Fontanes. Vergleichende Untersuchungen zu ausgewählten Romanen. Köln 1991 (Phil. Diss.)

Hartmut Reinhardt: Die Wahrheit des Sentimentalen. Bemerkungen zu zwei Romanschlüssen bei Theodor Fontane: »Frau Jenny Treibel« und »Effi Briest«. In: Wirkendes Wort 29 (1979) Seite 318–326

Hanns-Peter Reisner und Rainer Siegle: Stundenblätter »Effi Briest«. 2. Auflage. Stuttgart 1990

Hanns-Peter Reisner und Rainer Siegle: Theodor Fontane: »Effi Briest«. Stuttgart und Dresden 1993. (= Klett-Lektürehilfen)

Henry H. H. Remak: Politik und Gesellschaft als Kunst: Güldenklees Toast in Fontanes »Effi Briest«. In: Formen realistischer Erzählkunst, Seite 550–562

Henry H. H. Remak: Der Strandritt. Zwei Textanalysen aus dem 17. Kapitel von »Effi Briest«. In: Revue d'Allemagne 14 (1982) Seite 277–288

Christine Renz: Geglückte Rede. Zu Erzählstrukturen in Theodor Fontanes »Effi Briest«, »Frau Jenny Treibel« und »Der Stechlin«. München 1999

Anja Restenberger: »Effi Briest«. Historische Realität und literarische Fiktion in den Werken von Friedrich Spielhagen, Hochhuth, Brückner und Keuler. Frankfurt am Main u. a. 2001

Hans Georg Richert: Über eine Randfigur bei Fontane: Wüllersdorf. In: Colloquia Germanica 13 (1980) Seite 246–252

Karl Richter: Resignation. Eine Studie zum Werk Theodor Fontanes. Stuttgart 1966. (= Studien zur Poetik und Geschichte der Literatur. 1)

Karl Richter: Poesie der Sünde. Ehebruch und gesellschaftliche Moral im Roman Theodor Fontanes. In: Formen realistischer Erzählkunst, Seite 44–51

Donald C. Riechel: Effi Briest and the Calendar of

Fate. In: The Germanic Review 48 (1973) Heft 3, Seite 189–211

Gisela F. Ritchie: Der Dichter und die Frau. Literarische Frauengestalten durch drei Jahrhunderte. Bonn 1989

James McPherson Ritchie: Embarrassment, Ambiguity and Ambivalence in Fontane's »Effi Briest«. In: Formen realistischer Erzählkunst, Seite 563–569

Christoph Rodieck: Probleme der vergleichenden Rangbestimmung literarischer Werke. (»Effi Briest«, »La regenta«, »O Primo Basílio«). In: Neohelicon 15 (1988) Nr. 1, Seite 275–300

Manfred Rösel: »Das ist ein weites Feld.« Wahrheit und Weisheit einer Fontaneschen Sentenz. Frankfurt am Main u. a. 1997

Heide Rohse: »Arme Effi.« Widersprüche geschlechtlicher Identität in Fontanes »Effi Briest«. In: Widersprüche geschlechtlicher Identität. Bibliographie: Literaturpsychologie 1992–1996. Herausgegeben von Johannes Cremerius u. a. Würzburg 1998, Seite 203–216 (= Freiburger literaturpsychologische Gespräche. 17)

Heide Rohse: Unsichtbare Tränen: »Effi Briest« – »Oblomow« – »Anton Reiser« – »Passion Christi«; psychoanalytische Literaturinterpretationen zu Theodor Fontane, Iwan A. Gontscharow, Karl Philipp Moritz und Neuem Testament. Würzburg 2000

Theo Rosebrock: Erläuterungen zu Theodor Fontanes Effi Briest. 4. Auflage. Hollfeld 1971. (= Königs Erläuterungen. 253)

Anna Rossell: La construcción del vacío femenino »Effi Briest« y »La regenta«. In. Tropelias 7/8 (1996/97) Seite 363–368

Wolfgang E. Rost: Örtlichkeit und Schauplatz in Fontanes Werken. Berlin und Leipzig 1931

Friedrich Rothe: Theodor Fontane und die bildenden Künste. Was dem »Plauderer« gefiel und wo er leider wegschaute. In: Ausstellung Effi Briest und ihre Schwestern. Zur Psychographie der Frau. Berlin 1998, Seite 3–16

Margret Rothe-Buddensieg: Spuk im Bürgerhaus: Der Dachboden in der deutschen Prosaliteratur als Negation der gesellschaftlichen Realität. Kronberg im Taunus 1974. (= Skripten Literaturwissenschaft. 7)

Jürgen Rothenberg: Realismus als »Interessenvertretung«. Fontanes »Effi Briest« im Spannungsfeld zwischen Dichtungstheorie und Schreibpraxis. In: Euphorion 71 (1977) Seite 154–168

Dorothea Rüland: Innstetten war ein Wagnerschwärmer. Fontane, Wagner und die Position der Frau zwischen Natur und Gesellschaft. In: Jahrbuch der Deutschen Schillergesellschaft 29 (1985) Seite 405–425

Max Rychner: »Effi Briest«. In: M. Rychner: Welt im Wort. Literarische Aufsätze. Zürich 1949, Seite 249–266

Eda Sagarra: »Und die Katholschen seien, bei Lichte besehen, auch Christen«. Katholiken und Katholischsein bei Fontane: Zur Funktion eines Erzählmotivs. In: Fontane-Blätter 59 (1995) Seite 38–58

Gertrud Schänzlin: Frauenbilder. Ingeborg Drewitz, »Gestern war Heute« – Theodor Fontane, »Effi Briest« – Barbara Frischmuth, »Erzählungen« – Heinrich Mann, »Eugénie«. Stuttgart 1986

Jhy-Wey Schieh: Liebe, Ehe, Hausstand. Die sprachliche und bildliche Darstellung des »Frauenzimmers im Herrenhaus« in Fontanes Gesellschaftsroman »Effi Briest«. Bern, Frankfurt am Main und New York 1987

Jost Schillemeit: Theodor Fontane. Geist und Kunst seines Alterswerkes. Zürich 1961. (= Züricher Beiträge zur deutschen Literatur- und Geistesgeschichte. 19)

Heinz Schlaffer: Das Schicksalsmodell in Fontanes Romanwerk. In: Germanisch-Romanische Monatsschrift. Neue Folge 16 (1966) Heft 4, Seite 392–402

Hannelore Schlaffer: Die gesprächige Ehe. Eine Utopie des späten Fontane. In: Fontane-Blätter (1999) Heft 67, Seite 75–90

Adelheide Schmidt-Supprian: Briefe im erzählten Text. Untersuchungen zum Werk Theodor Fontanes. Frankfurt am Main u. a. 1993. (= Europäische Hochschulschriften. Reihe I. 1362)

Helmut Schmiedt: Liebe, Ehe, Ehebruch. Ein Spannungsfeld in deutscher Prosa von Christian Fürchtegott Gellert bis Elfriede Jelinek. Opladen 1993

Helmut Schmiedt: Die beschwerliche Gemeinschaft. Ehe, Liebe und Ehebruch in deutscher Erzählprosa. In: Der Deutschunterricht (1994) Heft 1, Seite 8–17

Helmut Schmiedt: Die Ehe im historischen Kontext. Zur Erzählweise in »Effi Briest«. In: Theodor Fontane. Am Ende des Jahrhunderts. Band II, Seite 201–208

Sybil Schönfeldt: Bei Fontane zu Tisch. Wanderungen durch des Dichters Esslandschaften. Zürich 1997

Wolfgang Scholter: Von Innstettens Duell aus zivilisationsgeschichtlicher Sicht. In: Germanistische

Schlaglichter. Eine Reihe der Institute für deutsche Sprache der Universitäten Göteborg und Uppsala (1998) Heft I , Seite 49–57 (Beiträge zur Effi-Briest-Forschung)

Ingrid Schuster: Akribie und Symbolik in den Romananfängen Fontanes. In: Formen realistischer Erzählkunst, Seite 318–324

Ingrid Schuster: Exotik als Chiffre: Zum Chinesen in »Effi Briest«. In: Wirkendes Wort 33 (1983) Seite 115–125

Peter Klaus Schuster: Theodor Fontane. Effi Briest, ein Leben nach christlichen Bildern. Tübingen 1978. (= Studien zur deutschen Literatur. 55)

Werner Schwan: Der Apotheker Gieshübler und der Makler Gosch. Eine Untersuchung zu zwei Nebenfiguren aus Theodor Fontanes »Effi Briest« und Thomas Manns »Buddenbrooks«. In: Das Subjekt der Dichtung. Festschrift für Gerhard Kaiser. Herausgegeben von Gerhard Buhr. Würzburg 1990, Seite 309–328

Peter Paul Schwarz: »Tragische Analysis« und Schicksalsvorausdeutung in Fontanes Roman »Effi Briest«. In: Sprachkunst 7 (1976) Seite 247–260

Bernd W. Seiler: »Effi, du bist verloren!« Vom fragwürdigen Liebreiz der Fontaneschen Effi Briest. In: Diskussion Deutsch 19 (1988) Seite 586–605 [Siehe auch: Christian Grawe: Über die Sinnentleerung der Literatur (nähere Angaben oben Seite 370)]

Bernd W. Seiler: Beliebt, doch nicht ganz einwandfrei. Fontane, »Effi Briest«, 1894. In: (K)ein Kanon: 30 Schulklassiker neu gelesen. Herausgegeben von Klaus-Michael Bogdal und Clemens Kammler.

München 2000, Seite 84–88 (= Oldenbourg Interpretationen. 100)
Christiane Seiler: Representations of the Loving, Hateful and Fearful Wife in Flaubert's »Mme Bovary«, Fontane's »Effi Briest«, and Tolstoy's »Anna Karenina«. In: German Notes and Review 25 (1994) Heft 2, Seite 3–7
Humbert Settler: »Effi Briest«. Fontanes Versteckspiel mittels Sprachgestaltung und Mätressenspuk. Flensburg 1999
Safa a Shalaby: Ehebruch im Roman des Realismus. Eine Problematik des Ehelebens um die Jahrhundertwende. Studie anhand von zwei exemplarischen Werken: Theodor Fontanes »Effi Briest« und Marie von Ebner-Eschenbachs »Unsühnbar«. In: Kairoer germanistische Studien 9 (1996) Seite 235–268
Sara Shostak: The trauma of seperation: public and private realms in »Effi Briest«. In: New approaches to Theodor Fontane: cultural codex in flux. Herausgegeben von Marion Doebeling. Columbia 2000. (= Studies in German literature, linguistics, and culture)
Shridhar B. Shrotri: Theodor Fontane's »Effi Briest« und Hari Nārāyan Aptes »Wer denkt daran?« In: German Studies in India 7 (1983)Seite 167–170
Klaus Siebenhaar: Après-lude. Abschiedsgesten in der Prosaliteratur des 19. Jahrhunderts: Storm, Raabe, Fontane. In: Internationales Archiv der Sozialgeschichte der Literatur 19 (1994) Heft 2, Seite 76–95
Jutta Skarke: Zeitgeschichte in den Romanen Theodor Fontanes. Die Frauenfrage. Neustadt an der Aisch 1989 (Magisterarbeit. Manuskriptdruck)
Wilhelm Solms: Effi und Innstetten, »ein Muster-

paar«? Zum poetischen Realismus Fontanes. In: Germanisch-Romanische Monatsschrift 35 (1985) Seite 189–208

Friedrich Spielhagen: Goethes »Wahlverwandtschaften« und Fontanes »Effi Briest«. In: Magazin für die Literatur des In- und Auslandes 65 (1896) Seite 408–420. [Später in: F. Spielhagen: Neue Beiträge zur Theorie und Technik der Epik und Dramatik. Leipzig 1898]

Waltraud Spitzner: Bewußte Anwendung von Methode und Techniken der geistigen Arbeit. Dargestellt an der Behandlung des Romans »Effi Briest«. In: Der Deutschunterricht (1981) Heft 7/8, Seite 406–411

Josef Peter Stern: Effi Briest, Madame Bovary, Anna Karenina. In: Modern Language Review 52 (1957) Seite 363–375. [Auch in: J. P. Stern: Reinterpretations. London 1964, Seite 301–347]

Birgit Stolt: Von Maria zu Eva. Innstettens Anteil an Effis Entwicklung. Eine Gesprächsanalyse. In: Sozusagen. Festschrift für Helmut Müssener. Herausgegeben von Edelgard Biedermann. Stockholm 1996, Seite 231–245 (= Schriften des Germanistischen Instituts. 23)

Roman S. Struc: Zu einigen Gestalten in »Effi Briest« und »Buddenbrooks«. In: Seminar. A Journal of Germanic Studies 17 (1981) Seite 35–49

Frances M. Subiotto: The Ghost in »Effi Briest«. In Forum for Modern Language Studies 21 (1985) Seite 137–150

E. Swales: Private Mythologies and Public Unease: On Fontane's »Effi Briest«. In: Modern Language Review 75 (1980) Seite 114–123

Martin Swales: Zur Diagnose des »Gesellschafts-Etwas« (Theodor Fontane). In: M. S.: Epochenumbruch Realismus. Romane und Erzählungen. Berlin 1997. (= Grundlagen der Germanistik. 32)

Erzébet Szabó: In Geschichten verstrickt. Zu Fontanes »Effi Briest« und Goethes »Die Wahlverwandtschaften«. In: Erzählstrukturen II. Studien zur Literatur der Jahrhundertwende. Herausgegeben von Károly Csúrt u. a. Szeged 1999, Seite 47–61 (= Acta germanica. 10)

Erzébet Szabó: »Vergessen Sie das Geschehen, Vergessen Sie mich.« Die Unlöschbarkeit der Zeichen in Fontanes »Effi Briest«. In: Theodor Fontane. Am Ende des Jahrhunderts. Band III, Seite 57–64

Mihály Szegedy-Maszák: Toward a Historical Definition of Realism. In: Comparative Literary History as Discourse: in Honor of Anna Balkian. Edited by Mario J. Valdés. Bern u. a. 1992, Seite 213–234

Hanna Szemiot: Der »Preußische Geist« in Theodor Fontanes Novelle »Schach von Wuthenow« und im Roman »Effi Briest«. In: Acta Universitatis Lodziensis, Series 1, Nr. 22 (1978) Seite 27–37

Tony Tanner: Adultery in the Novel. Contract and Transgression. Baltimore und London 1979

Gertrude Tax-Shultz: Andeutung und Leitmotiv in Fontanes »Effi Briest«. In: Fontane-Blätter 23 (1976) Seite 507–522

Louis Teller: Fontane in Flauberts Fußstapfen. In: Revue des langues vivantes 23 (1957) Seite 147–160, 231–255, 331–343

Josef Sigmund Maria Thanner: Symbol and Function of the Symbol in Theodor Fontane's »Effi Briest«. In: Monatshefte (Wisconsin) 57 (1965) Seite 187–192

Reinhard H. Thum: Symbol, Motif and Leitmotif in Fontane's »Effi Briest«. In: Germanic Review 54 (1979) Seite 115–124

Martin Todtenhaupt: Der erste Dialog über den Chinesen in »Effi Briest«. In: Germanistische Schlaglichter. Eine Reihe der Institute für deutsche Sprache der Universitäten Göteborg und Uppsala (1998) Heft 1, Seite 59–78 (Beiträge zur »Effi-Briest«-Forschung)

Fritz Trautmann: Von dem Arzt und der Krankheit der Effi Briest. In: Zeitschrift für psycho-somatische Medizin 7 (1960/61) Seite 65–68

Uta Treder: Von der Hexe zur Hysterikerin. Zur Verfestigungsgeschichte des »Ewig-Weiblichen«. Bonn 1984 (= Abhandlungen zur Kunst-, Musik- und Literaturwissenschaft. 345)

Trude Trunk: »Weiber weiblich, Männer männlich.« Frauen in der Welt Fontanes. In: Fontane und sein Jahrhundert, 1998, Seite 137–154

David Turner: Theodor Fontane: »Effi Briest« (1895). In: The Monster in the Mirror. Studies in 19th Century Realism. Edited by D. A. Williams. Oxford 1980

Herbert Uerlings: »Ehre, Ehre, Ehre.« Zu einem deutsch-japanischen Thema bei Mori Ogai und Theodor Fontane. In: Japanstudien 8 (1996) Seite 77–104

Peter Utz: Effi Briest, der Chinese und der Imperialismus: eine »Geschichte« im geschichtlichen Kontext. In: Zeitschrift für deutsche Philologie 103 (1984) Heft 2, Seite 212–225

Carol Hawkes Velardi: Techniques of Compression and Prefiguration in the Beginnings of Theodor Fontane's Novels. Bern u. a. 1992

Jürgen Viering: »In welcher Welt der schauderhaften Widersprüche leben wir!« Überlegungen zum Zeitroman bei Fontane und Spielhagen am Beispiel von Fontanes »Effi Briest« und Spielhagens »Zum Zeitvertreib«. In: Literatur und Sprache im historischen Prozeß. Vorträge des Deutschen Germanistentages Aachen 1982. Band 1, Seite 329–349

Herman Mari Voetelink: Effi Briest, eine deutsche Emma Bovary? Ein leserbezogener, text- und strukturanalytischer Vergleich der Romandarstellung bei Gustave Flaubert und Theodor Fontane. Amsterdam 2001. (= Phil. Diss.)

E. M. Volkow: Zur Problematik von Theodor Fontanes »Effi Briest«. In: Fontane-Blätter 17 (1973) Seite 1–9

Liselotte Voss: Literarische Präfiguration dargestellter Wirklichkeit bei Fontane. Zur Zitatstruktur seines Romanwerks. München 1985

Margret Walter-Schneider: Randfiguren im Roman Fontanes. Bemerkungen zu »Irrungen, Wirrungen« und »Effi Briest«. In: Jahrbuch der Deutschen Schillergesellschaft 27 (1983) Seite 303–325

Erdmann Waniek: Beim zweiten Lesen: Der Beginn von Fontanes »Effi Briest« als verdinglichtes tableau vivant. In: The German Quarterly 55 (1982) Seite 164–174

Rainer Warning: Flaubert und Fontane. München 1997

Rainer Warning: Flaubert und Fontane. In: R. W.: Die Phantasie der Realisten. München 1999

Gisela Warnke: Der Spuk als »Drehpunkt« in Fontanes »Effi Briest«. In: Literatur für Leser (1978) Seite 214–242

David Hamilton Watson: Prussia and the Historical Perspective in the Works of Theodor Fontane. University of Oregon 1975 (Phil. Diss.)

Dietrich Weber: »Effi Briest« – »Auch wie ein Schicksal«. Über den Andeutungsstil bei Fontane. In: Jahrbuch des Freien Deutschen Hochstifts 1966, Seite 457–474

Waltraud Wende: »Es gibt… viele Leben, die keine sind…« Effi Briest und Baron von Innstetten im Spannungsfeld zwischen gesellschaftlichen Verhaltensmaximen und privatem Glücksanspruch. In: Theodor Fontane. Am Ende des Jahrhunderts. Band II, Seite 147–160

Jürgen Wertheimer: Effis Zittern: Ein Affektsignal und seine Bedeutung. In: Lili. Zeitschrift für Literaturwissenschaft und Linguistik 26 (1996) Heft 102. Seite 134–140

Jürgen Wertheimer: Hierarchien des Lachens. Machtstrukturen der Affektäußerung in Romanen des 19. Jahrhunderts. In: Semiotik, Rhetorik und Soziologie des Lachens. Vergleichende Studien zum Funktionswandel des Lachens vom Mittelalter bis zur Gegenwart. Herausgegeben von Lothar Fietz. Tübingen 1996, Seite 312–324

Gisela Wilhelm: Die Dramaturgie des epischen Raumes bei Theodor Fontane. Frankfurt am Main 1981

Albert Wilkens: Freundschaftliche Beziehungen im Roman »Effi Briest« von Theodor Fontane. In: miteinander leben lernen. Zeitschrift für Tiefenpsychologie, Gruppendynamik und Gruppentherapie 12 (1987) Heft 2, Seite 39–45

Kurt Wölfel: »Man ist nicht bloß ein einzelner Mensch«. Zum Figurenentwurf in Fontanes Gesellschaftsromanen. In: Zeitschrift für deutsche Philologie 82 (1963) Heft 2, Seite 152–171

Kurt Wölfel: Nachwort zu »Effi Briest«. Stuttgart 1969, Seite 339–349. (= Reclams Universal-Bibliothek. 6961–63)

Jörg Wolff. Theodor Fontane und das ALR (Allgemeine Landrecht). In: Zur Ideen- und Rezeptionsgeschichte des Preußischen Allgemeinen Landrechts. Trierer Symposium zum 250. Geburtstag von Carl Gottlieb Svarez. Herausgegeben von Walter Gohse und Thomas Würtenberger. Stuttgart 1999, Seite 127–153

Wolf Wülfing: »Aber nur mit dem Auge des Gewitzten sichtbar.« Mythisierende Strukturen in Fontanes Narration. In: Fontane-Blätter (1998) Heft 65–66, Seite 72–86

Han-Soon Yim: Eine ungelöste Vorwegnahme. Das Problem der Ehre in »Minna von Barnhelm« und »Effi Briest«. In: Realismus, Expressionismus, Gegenwart. Stiltendenzen in der deutschen Literatur. Germanistisches Kolloquium 1992, 28.–31. Oktober 1992. Seoul 1993, Seite 65–93. (= Koreanische Gesellschaft für Germanistik. Dokumentation. 1)

Yun-Young Zhang: Verschwiegene und schweigende Individuen im realistischen Roman. Eine Untersuchung zum »Grünen Heinrich« und zu »Effi Briest«. Pfaffenweiler 1996. (= Literatur in der Diskussion. 1)

Gisela Zimmermann: The Civil Servant as Educator: »Effi Briest« and »Anna Karenina«. In: The Modern Language Review 90 (1995) Heft 4, Seite 817–829

Hans Jürgen Zimmermann: »Das Ganze« und die Wirklichkeit. Theodor Fontanes perspektivischer

Realismus. Frankfurt am Main, Bern und New York 1988. (= Literarhistorische Untersuchungen. 11)

Rolf C. Zimmermann: Was hat Fontanes »Effi Briest« noch mit dem Ardenne-Skandal zu tun? Zur Korrektur zweier Gestaltungsvorhaben bei Entstehung des Romans. In: Fontane-Blätter (1997) Heft 64, Seite 89–109

Martina Zitterer: Der Frauenroman bei Fontane, Lewald und Marlitt. Eine Analyse des feministischen Ganzheitskonzepts im humanistischen Sinn. Klagenfurt 1997

Rolf Zuberbühler: »Ja, Luise, die Kreatur«. Zur Bedeutung der Neufundländer in Fontanes Romanen. Tübingen 1991

7. Verfilmungen/Audiokassetten/CD-ROM/ Künstlerische Adaption

»Der Schritt vom Wege«. Literarische Vorlage: Effi Briest. Deutschland 1938: Terra, 101 Min. Regie: Gustaf Gründgens. Buch: Georg C. Klaren, Eckart von Naso.
Darsteller: Marianne Hoppe (Effi Briest); Karl Ludwig Diehl (Baron von Innstetten); Paul Hartmann (Major von Crampas); Paul Bildt (von Briest); Käthe Haack (Frau von Briest); Elisabeth Flickenschildt (Tripelli)

»Rosen im Herbst«. Literarische Vorlage: Effi Briest. BRD 1955: Bavaria, 102 Min. Regie: Rudolf Jugert. Buch: Horst Budjuhn.
Darsteller: Ruth Leuwerik (Effi Briest); Bernhard Wicki (Geert von Innstetten); Carl Raddatz (Cram-

pas); Paul Hartmann (Vater Briest); Lil Dagover (Mutter Briest); Günther Lüders (Gieshübler)

»Effi Briest«. DDR 1968: DFF/DEFA-Studio Spielfilme, 115 Min. Regie: Wolfgang Luderer. Buch: Wolfgang Luderer; Christian Collin (Szenarium). Darsteller: Angelika Domröse (Effi Briest); Horst Schulze (Geert von Innstetten); Dietrich Körner (Crampas); Gerhard Bienert (Vater Briest); Inge Keller (Mutter Briest); Lissy Tempelhof (Roswitha); A. P. Hoffmann (Wüllersdorf)

»Fontane Effi Briest oder Viele, die eine Ahnung haben von ihren Möglichkeiten und ihren Bedürfnissen und trotzdem das herrschende System in ihrem Kopf akzeptieren durch ihre Taten und es somit festigen und durchaus bestätigen«. Literarische Vorlage: Effi Briest. BRD 1974: Tango Film Produktion, 140 Min. Regie u. Buch: Rainer Werner Fassbinder.

Darsteller: Hanna Schygulla (Effi Briest); Wolfgang Schenk (Innstetten); Ulli Lommel (Major Crampas); Lilo Pempeit (Frau Briest); Herbert Steinmetz (Herr Briest); Ursula Strätz (Roswitha); Irm Hermann (Johanna); Karl-Heinz Böhm (Wüllersdorf)

Theodor Fontane: Effi Briest. Ungekürzte Ausgabe. Gelesen von Gert Westphal. 8 Audiokassetten im Schuber. Hamburg: Polygram 1988

Theodor Fontane: Schach von Wuthenow. Unterm Birnbaum. Irrungen, Wirrungen. Effi Briest. Der Stechlin. Lyrik in Auswahl. In ungekürzter Fassung. Voll interaktive CD-ROM mit integrierter Textverarbeitung, Einführung zu den Werken, zur Biographie und Epoche ... o.o.: X-libris 1996. (= bibliothek X-libris)

Theodor Fontane: Effi Briest. Hörspielbearbeitung und Regie von Rudolf Noelte. 4 Kassetten. Produktion des SFB, HR und BR 1974. München: Der Hör-Verlag 1998

Theodor Fontane: Effi Briest. Eine Lesung von Cornelia Kühn-Leitz. Hannover 1999 (CD)

Christine Brückner: Triffst du nur das Zauberwort. Effi Briest an den tauben Hund Rollo. In: Fontane Blätter 8 (1989) Seite 105–108

Rolf Hochhuth: Effis Nacht. Monolog. Reinbek bei Hamburg 1996

Dorothea Keuler: Die wahre Geschichte der Effi Briest. Melodram. Zürich 1998

Zum Theaterstück in Düsseldorf, dem »Ballett nach ›Effi Briest‹« in Magdeburg, der Veroperung in Bonn: Bibliographische Nachweise in: Fontane-Blätter (1999) Heft 67, Seite 254–255 und (2001) Heft 72, Seite 174

Peter Schaefer: »Effi Briest« und der Angelapparat. Erste Beobachtungen zum papierlosen Fontane – im Internet und auf CD-ROM. In: Fontane-Blätter (1997) Heft 64, Seite 193–197

8. Literatur zu den Verfilmungen

Joachim Biener: Zur Aneignung von Fontanes Epik durch Film und Fernsehen. In: Fontane-Blätter(1981) Heft 32, Seite 733–737

Karl Friedrich Boll: Über die Verfilmung von Werken Fontanes und Storms. In: Schriften der Theodor-Storm- Gesellschaft 25 (1976) Seite 61–74

Edith Borchardt: Leitmotif and Structure in Fassbinder's »Effi Briest«. In: Literature/ Film Quarterly 7 (1979), Seite 201–207

Mary Margret Brodnax: »Ent-sagung«. The Failure of Discourse as Narrative Theme and Narrational Problem in the Novel and Film. Johns Hopkins University 1987 (Phil. Diss.)

»Effi Briest« – Anmerkungen zu drei Filmfassungen. In: Theodor Fontane. Dichtung und Wirklichkeit. Berlin 1981, Seite 245–255

Paul Coates: National Socialism and literary adaption. Gustaf Gründgen's »Der Schritt vom Wege« und Helmut Käutner's »Kleider machen Leute«. In: German Life and Letters 53 (2000) Heft 2, Seite 231–242

Franz Fabian: Noch einmal »Der Schritt vom Wege«. Eine Anmerkung zu »Zur Aneignung von Fontanes Epik durch Film und Fernsehen«, von Joachim Biener in Heft 32/1981. In: Fontane-Blätter 5 (1982) Heft 1, Seite 82–84

Rainer Werner Fassbinder und Kraft Wetzel: Bilder, die der Zuschauer mit seinen eigenen Phantasien füllen kann. Ein Gespräch über Fassbinders »Effi Briest«. In: R. W. Fassbinder: Die Anarchie der Phantasie. Frankfurt am Main 1986, Seite 53–63

Jörg Friedrich: Effi Briest. In: Filmkritik 18 (1974) Seite 573–577

Wolfgang Gast: Fontane, Plenzdorf, Goethe – sehen oder lesen? Literaturverfilmungen sind besser als ihr Ruf. In: Diskussion Deutsch 12 (1981) Seite 432–453

Claudia Gladziejewski: Dramaturgie der Romanverfilmung. Systematik der praktischen Analyse und Versuch zur Theorie am Beispiel von vier Klassikern der Weltliteratur und ihrer Filmadaptionen. Alfeld 1998

Ulrich Greiner: Fontanes Bitterkeit oder Angstapparat aus Kalkül. Drei Versuche, »Effi Briest« zu verfilmen. In: Frankfurter Allgemeine Zeitung, 26. Oktober 1974, Nr. 249

Gilbert Guillard: »Fontane, Effi Briest« de R. W. Fassbinder: un vaste contrechamp. In Theodor Fontane (1819–1898). Un promeur dans le siècle. Herausgegeben von Marc Thuret. Asnières 1999, Seite 169–182

Charlotte Habersack: Die Figur der Roswitha in den vier Verfilmungen von Fontanes »Effi Briest«. München: Ludwig-Maximilians-Universität 1995 (= Magisterarbeit)

Ernst Heinkel: Epische Literatur im Film. Eine Untersuchung im besonderen Hinblick auf die doppelte Filmfassung von Theodor Fontanes »Effi Briest«. München 1958 (Phil. Diss.)

Carolin Hilker: Verfilmungen von Theodor Fontanes Roman »Effi Briest«. Eine Untersuchung des Films »Der Schritt vom Wege« (Gründgens, 1939), »Rosen im Herbst« (Jugert, 1956), »Effi Briest« (Luderer, 1968) und »Effi Briest« (Fassbinder, 1974). Freie Universität Berlin 1983 (=Magisterarbeit)

Klaus Kanzog: Viermal Effi. Grundsätzliches zum Vergleich der Verfilmungen von Fontanes »Effi Briest«. In: Text + Kontext 18 (1993) Seite 68–80

Anna K. Kuhn: Modes of Alienation in Fassbinder's »Effi Briest«. In: Seminar 21 (1985) Seite 272–285

Anke-Marie Lohmeier: Symbol und allegorische Rede im Film. Die »Effi Briest«-Filme von Gustaf Gründgens und Rainer Werner Fassbinder. In:

Theodor Fontane. Text + Kritik. München 1989, Seite 229–241
Michaela Mundt: Transformationsanalyse. Methodologische Probleme der Literaturverfilmung. Tübingen 1994
Joachim Paech: Literatur und Film. Stuttgart 1988. (=Sammlung Metzler. 235)
Edward M. Plater: Sets, props and the »Havanaise« in Fassbinder's Fontane »Effi Briest«. In: German Life and Letters 52 (1999) Heft 1, Seite 28–42
Gaby Schachtschnabel: Der Ambivalenzcharakter der Literaturverfilmung. Mit einer Beispielanalyse von Theodor Fontanes »Effi Briest« und dessen Verfilmung von Rainer Werner Fassbinder. Frankfurt am Main u. a. 1984. (= Europäische Hochschulschriften. Reihe 30: Theater-, Film- und Fernsehwissenschaften. 16)
Peter Schaefer, Peter Strauch: Fontane in Film und Fernsehen. Zwischen »Werktreue« und Neuinterpretation. Mit einer Filmographie. In: Fontane-Blätter(1999) Heft 67, Seite 172–200
Helmut Schanze: Fontanes »Effi Briest«. Bemerkungen zu einem Drehbuch von Rainer Werner Fassbinder. In: Literatur in den Massenmedien – Demontage von Dichtung? Herausgegeben von Friedrich Knilli, Knut Hickethier, Wolf Dieter Lützen. München 1976, Seite 131–138. (= Reihe Hanser. 221)
Eva M. J. Schmid: War Effi Briest blond? Bildbeschreibung und kritische Gedanken zu vier »Effi Briest«-Verfilmungen. In: Literaturverfilmungen. Herausgegeben von Franz-Josef Albersheimer und Volker Roloff. Frankfurt am Main 1989, Seite 122–154. (= Suhrkamp-Taschenbuch 2093)

Rolf-Rüdiger Wagner: Theodor Fontanes »Effi Briest«. Medienpädagogische Wanderung durch die Kommunikationskultur des ausgehenden 19. Jahrhunderts. In: Der Deutschunterricht 51 (1998) Heft 6, Seite 318–328

Martha Wallach: Ideal and Idealized Victims: The Lost Honour of the Marquise von O., Effi Briest and Katharina Blum in Prose and Film. In: Woman in Germany 1 (1985) Seite 61–75

Jürgen Wolff: Einführung in den Problembereich Literaturverfilmungen. Ein Literaturbericht. In: Mitteilungen des Deutschen Germanistenverbandes (1980) Heft 2, Seite 10–21

Jürgen Wolff: Verfahren der Literaturrezeption im Film, dargestellt am Beispiel der Effi-Briest-Verfilmungen von Luderer und Fassbinder. In: Der Deutschunterricht 4 (1981) Seite 47–75

9. Arbeiten zur Sozialgeschichte u.a.

Allgemeines Landrecht für die Preußischen Staaten. Herausgegeben mit Kommentar in Anmerkungen von C. F. Koch. 8. Auflage. 4 Bände. Berlin und Leipzig 1886

Aspekte der Gründerzeit 1870–90. Katalog der Ausstellung in der Akademie der Künste. Berlin 1974

August Bebel: Die Frau und der Sozialismus. 162. Auflage. Berlin 1973

Georg von Below: Das Duell in Deutschland. 2. Auflage. Kassel 1897

Helmut Böhme: Prolegomena zu einer Sozial- und

Wirtschaftsgeschichte im 19. und 20. Jahrhundert. Frankfurt 1967. (= Edition Suhrkamp. 253)

Albrecht von Boguslawski: Die Ehre und das Duell. Berlin 1896

Karl Demeter: Das deutsche Offizierskorps in Gesellschaft und Staat 1650–1945. Frankfurt am Main 1965

Deutsche Sozialgeschichte. Dokumente und Skizzen. Herausgegeben von G. A. Ritter und J. Kocka. Band II: 1870–1914. München 1974. (= Beck'sche Sonderausgaben)

Bernt Engelmann: Wir Untertanen. Ein deutsches Anti-Geschichtsbuch. Frankfurt am Main 1976. (= Fischer-Taschenbuch 6080)

Eduard Fuchs: Illustrierte Sittengeschichte. Band 3: Das bürgerliche Zeitalter. München 1912

Karl Heinrich Höfele: Geist und Gesellschaft der Bismarckzeit 1870–1890. Göttingen 1967. (= Quellensammlung zur Kulturgeschichte. 18)

Annemarie Lange: Berlin zur Zeit Bebels und Bismarcks. Zwischen Reichsgründung und Jahrhundertwende. Berlin 1972

Preußen: Versuch einer Bilanz. Eine Ausstellung der Berliner Festspiele GmbH. Katalog in 5 Bänden. Reinbek bei Hamburg 1981

Hans Rosenberg: Große Depression und Bismarckzeit. Wirtschaftsablauf, Gesellschaft und Politik in Mitteleuropa. Frankfurt am Main, 1976. (= Ullstein-Buch 3239)

Moderne deutsche Sozialgeschichte. Herausgegeben von Hans-Ulrich Wehler. Köln und Berlin 1970. (= Neue Wissenschaftliche Bibliothek. 10)

Strafgesetzbuch für das Deutsche Reich. Text-Aus-

gabe mit Anmerkungen von Hans Rühdorf. 17. Auflage. Berlin 1894
Hans-Ulrich Wehler: Das deutsche Kaiserreich 1871–1918. 2. Auflage. Göttingen 1975. (= Kleine Vandenhoeck-Reihe. 1380)
Hans-Ulrich Wehler: Deutsche Gesellschaftsgeschichte. Band 3: 1849 bis 1914. München 1995
Clara Zetkin: Zur Geschichte der proletarischen Frauenbewegung. Frankfurt am Main 1971